MANUAL DA FAXINEIRA

LUCIA BERLIN

Manual da faxineira
Contos escolhidos

Tradução
Sonia Moreira

6ª reimpressão

Copyright © 1977, 1983, 1984, 1988, 1990, 1993, 1999 by Lucia Berlin
Copyright © 2015 by espólio de Lucia Berlin
Copyright do texto "O que importa é a história" © 2015 by Lydia Davis
Copyright do posfácio © 2015 by Stephen Emerson
Publicado mediante acordo com Farrar, Straus e Giroux, LLC, Nova York.

*Grafia atualizada segundo o Acordo Ortográfico da Língua
Portuguesa de 1990, que entrou em vigor no Brasil em 2009.*

Título original
A Manual for Cleaning Women

Capa
Tereza Bettinardi

Ilustração de capa
Hoover/ Bridgeman Images/ Fotoarena

Preparação
Ana Cecília Agua de Melo

Revisão
Nana Rodrigues
Valquíria Della Pozza

Dados Internacionais de Catalogação na Publicação (CIP)
(Câmara Brasileira do Livro, SP, Brasil)

Berlin, Lucia
    Manual da faxineira : contos escolhidos / Lucia Berlin ; tradução
Sonia Moreira. — 1ª ed. — São Paulo : Companhia das Letras, 2017.

    Título original: A Manual for Cleaning Women.
    ISBN 978-85-359-2811-2

    1. Contos norte-americanos I. Título.

16-07085   CDD-813

Índice para catálogo sistemático:
1. Contos : Literatura norte-americana 813

Todos os direitos desta edição reservados à
EDITORA SCHWARCZ S.A.
Rua Bandeira Paulista, 702, cj. 32
04532-002 — São Paulo — SP
Telefone: (11) 3707-3500
www.companhiadasletras.com.br
www.blogdacompanhia.com.br
www.facebook.com/companhiadasletras
instagram.com/companhiadasletras
twitter.com/cialetras

Sumário

Lavanderia Angel's, 7

Dr. H. A. Moynihan, 14

Estrelas e santos, 24

Manual da faxineira, 35

Meu jóquei, 52

El Tim, 54

Ponto de vista, 66

A primeira desintoxicação, 72

Dor fantasma, 78

Mordidas de tigre, 88

Caderno de notas do setor de emergência, 1977, 112

Temps perdu, 125

Carpe diem, 135

Toda luna, todo año, 141

Boa e má, 160

Melina, 175

Amigos, 185

Incontrolável, 192

Carro elétrico, El Paso, 197

Sex appeal, 201

Moleque adolescente, 208

Passo, 211

Desgarrados, 215

Dor, 226

Tremoços-de-flor-azul, 244

La Vie en rose, 255

Macadame, 263

Querida Conchi, 264

Boba de chorar, 277

Luto, 296

Panteón de Dolores, 304

Até mais, 317

Um caso amoroso, 328

Quero ver aquele seu sorriso, 342

Mamãe, 382

Carmen, 391

Silêncio, 403

Mijito, 420

502, 449

Aqui é sábado, 457

B. F. e eu, 473

Espere um instante, 478

Voltando para casa, 488

"O que importa é a história" — *Lydia Davis*, 504

Posfácio — *Stephen Emerson*, 519

Agradecimentos, 527

Sobre a autora, 529

Lavanderia Angel's

Um índio velho e alto, de calça Levi's desbotada e um belo cinto zuni. Cabelo branco comprido, amarrado com um fio de lã grená na altura do pescoço. O estranho foi que, durante mais ou menos um ano, aconteceu de irmos à Angel's sempre na mesma hora. Mas não nas mesmas horas. Quer dizer, eu tanto podia ir às sete da manhã de uma segunda-feira como às seis e meia da tarde de uma sexta que ele já estava lá.

Com a sra. Armitage tinha sido diferente, embora ela também fosse velha. Isso foi em Nova York, na lavanderia San Juan, na rua 15. Os donos eram porto-riquenhos. As máquinas transbordavam espuma pelo chão. Eu era uma jovem mãe na época e lavava fraldas nas manhãs de quinta-feira. Ela morava no apartamento em cima do meu, o 4-C. Uma manhã, na lavanderia, ela me entregou uma chave. Disse que se eu não a visse às quintas-feiras isso queria dizer que ela tinha morrido e perguntou se eu poderia por favor ir lá encontrar o corpo dela. Era uma coisa terrível de pedir a alguém; além disso, desse dia em diante eu me vi obrigada a lavar roupa às quintas-feiras.

Ela morreu numa segunda-feira e eu nunca mais voltei à lavanderia San Juan. O zelador a encontrou. Não sei como.

Durante meses, na Angel's, o índio e eu não falamos uma palavra um para o outro, mas sentávamos lado a lado em cadeiras de plástico amarelas interligadas, como cadeiras de aeroporto. O barulho que elas faziam quando derrapavam no linóleo puído doía nos dentes.

O índio costumava ficar sentado lá, bebericando Jim Beam e olhando para as minhas mãos. Não diretamente, mas pelo espelho pendurado na nossa frente, em cima das máquinas de lavar Speed Queen. No início não me incomodou. Um velho índio observando as minhas mãos pelo espelho sujo, entre um aviso amarelado que dizia PASSAR A FERRO $1,50 A DÚZ e uma oração da serenidade em laranja fosforescente. CONCEDEI-ME, SENHOR, SERENIDADE PARA ACEITAR AS COISAS QUE NÃO POSSO MUDAR. Mas depois eu comecei a me perguntar se ele tinha alguma tara por mãos. Aquilo me deixava nervosa, ele me vigiando enquanto eu fumava, assoava o nariz, folheava revistas de anos atrás. A primeira-dama Lady Bird Johnson descendo as corredeiras.

Por fim, ele acabou me fazendo olhar para as minhas mãos. Eu o vi quase sorrir porque tinha me flagrado olhando para as minhas próprias mãos. Pela primeira vez nossos olhos se encontraram no espelho, logo abaixo de NÃO SOBRECARREGUE AS MÁQUINAS.

Havia pânico nos meus olhos. Pelo espelho, eu olhei para os meus próprios olhos e de novo para as minhas mãos. Manchas de velhice horrendas, duas cicatrizes. Mãos não indígenas, nervosas, solitárias. Eu via filhos, homens, jardins nas minhas mãos.

As mãos dele naquele dia (no dia em que reparei nas minhas) estavam pousadas cada uma em uma coxa azul e tensa. A maior parte do tempo elas tremiam horrores e ele simplesmente as deixava tremer no colo, mas naquele dia ele estava querendo mantê-las paradas. O esforço para impedir que elas tremessem fazia com que os nós cor de tijolo dos dedos ficassem brancos.

A única vez em que eu tinha falado com a sra. Armitage fora da lavanderia tinha sido quando a privada dela transbordou e a água começou a escorrer torrencialmente pelo lustre no meu andar do prédio. As luzes continuaram acesas e a água esguichava arco-íris por cada uma delas. A sra. Armitage segurou meu braço com sua mão fria e moribunda e disse: "É um milagre, não é?".

O nome dele era Tony. Era um apache *jicarilla* do norte do estado. Um dia, eu não o tinha visto, mas já sabia que a mão elegante que pousou no meu ombro era dele. Ele me deu três moedas de dez centavos. Eu não entendi, quase disse obrigada, mas depois percebi que ele estava trêmulo demais para conseguir pôr a secadora para funcionar. Sóbrio, é difícil. Você tem que girar o seletor com uma das mãos, enfiar a moeda com a outra, empurrar o êmbolo para dentro, depois girar o seletor de volta para enfiar a moeda seguinte.

Ele voltou mais tarde, bêbado, exatamente na hora em que suas roupas estavam começando a cair, moles e secas. Não conseguiu abrir a porta da secadora e desmaiou na cadeira amarela. Eu dobrava minhas roupas, que estavam secas.

Angel e eu levamos Tony para o chão da sala de passar. Quente. Angel é o responsável por todas as orações e lemas dos AA espalhados pela lavanderia. NÃO PENSE E NÃO BEBA. Angel pôs uma meia molhada e fria na testa de Tony e se ajoelhou do lado dele.

"Irmão, acredite… eu já passei por isso… já estive aí nessa sarjeta onde você está. Eu sei exatamente como você se sente."

Tony não abriu os olhos. Quem diz que sabe exatamente como outra pessoa se sente é um idiota.

A lavanderia Angel's fica em Albuquerque, no Novo México. Rua 4. Oficinas xexelentas e ferros-velhos, lojas de artigos de segunda mão com catres do Exército, caixas de meias sem par, edições de 1940 de *Good Hygiene*. Armazéns de cereais e motéis para amantes, bêbados e velhas com cabelos tingidos com hena que lavam roupa na Angel's. Noivas chicanas adolescentes vão na Angel's. Toalhas, baby-dolls cor-de-rosa, calcinhas de biquíni que dizem *Quinta-feira*. Os maridos usam macacões azuis com nomes escritos em letra cursiva no bolso. Gosto de ficar esperando para ver os nomes aparecerem na imagem espelhada das secadoras. *Tina, Corky, Junior*.

Viajantes lavam roupa na Angel's. Colchonetes sujos e cadeirinhas de bebê enferrujadas amarradas em capotas de Buicks velhos e amassados. Os reservatórios de óleo vazam, as bolsas de lona de água vazam. As máquinas de lavar vazam. Os homens ficam sentados dentro dos carros, sem camisa, e amassam latas de cerveja vazias.

Mas quem mais lava roupa na Angel's são os índios. Índios pueblos de San Felipe, Laguna e Sandia. Tony foi o único apache que eu conheci, na lavanderia ou em qualquer outro lugar. Gosto de entortar um pouco os olhos e ficar vendo as secadoras cheias de roupas indígenas borrarem as cores vivas e rodopiantes, roxo, laranja, vermelho, rosa.

Eu lavo roupa na Angel's. Não sei bem por quê. Não é só por causa dos índios. Fica do outro lado da cidade, longe à beça de onde eu moro. A um quarteirão da minha casa tem a Campus, que tem ar-condicionado, soft rock ao fundo, revistas *New Yorker*, *Ms.* e *Cosmopolitan*. Esposas de doutorandos ou de professores universitários em início de carreira lavam roupa lá e compram barras de caramelo e coca-cola para os filhos. Como a maioria das lavanderias, a Campus tem um aviso que diz: É EXPRESSAMENTE PROIBIDO TINGIR. Eu rodei a cidade inteira com uma colcha verde no porta-malas até encontrar a Angel's e seu aviso amarelo: VOCÊ PODE TINGIR A QUALQUER HORA AQUI.*

Eu percebi que a colcha não ia ficar roxa, mas sim de um tom mais escuro e manchado de verde, mas quis voltar assim mesmo. Gostava dos índios e das roupas deles. A máquina de coca-cola quebrada e o chão alagado me faziam lembrar de Nova York. Porto-riquenhos passando e passando pano no chão. O telefone público deles vivia fora de serviço, como a Angel's. Será que eu teria ido encontrar o corpo da sra. Armitage numa quinta?

"Eu sou o chefe da minha tribo", o índio disse. Antes, ele estava apenas sentado lá, bebericando vinho e olhando para as minhas mãos.

Ele me contou que a mulher dele trabalhava de faxineira em casas de família. Eles tinham tido quatro filhos. O mais novo havia cometido suicídio, o mais velho, morrido no Vietnã. Os outros dois eram motoristas de ônibus escolar.

"Você sabe por que eu gosto de você?", ele perguntou.

"Não, por quê?"

"Porque você é uma pele-vermelha." Ele apontou para o meu rosto no espelho. Sim, eu tenho a pele vermelha. E não, eu nunca tinha visto um índio de pele vermelha.

Ele gostava do meu nome, e pronunciava em italiano. *Lu-tchí-a*. Tinha estado na Itália na Segunda Guerra Mundial. Obviamente, havia uma corrente com sua placa de identificação de soldado entre seus lindos colares de prata e turquesa. A placa

---

* No original, *"You can die here anytime"*. Um erro de ortografia no aviso altera totalmente o sentido da frase, ao trocar o verbo *"to dye"* (tingir) pelo verbo *"to die"* (morrer), de modo que o aviso na verdade diz: "Você pode morrer a qualquer hora aqui". (N. T.)

tinha um talho enorme. "Foi tiro?" Não, ele costumava roer a placa quando estava com medo ou com tesão.

Uma vez ele sugeriu que fôssemos nos deitar para descansar juntos no trailer dele.

"Os esquimós dizem rir juntos." Eu apontei para o aviso em letras verdes fosforescentes: NUNCA ABANDONE AS MÁQUINAS EM FUNCIONAMENTO. Nós dois caímos na gargalhada, rindo juntos nas nossas cadeiras de plástico interligadas. Depois ficamos calados, quietos. Nenhum som a não ser o chacoalhar da água, tão rítmico quanto as ondas do oceano. Com sua mão de Buda, ele segurou a minha.

Um trem passou. Ele me cutucou e disse: "Grande cavalo de ferro!". E começamos a rir de novo.

Eu tendo a fazer muitas generalizações infundadas sobre as pessoas, por exemplo, todos os negros devem gostar de Charlie Parker. Alemães são horríveis. Todos os índios têm um senso de humor estranho, como o da minha mãe. Uma das preferidas dela é a do sujeito que está abaixado amarrando o sapato e um desconhecido chega perto, dá um tapa nele e diz: "Você vive amarrando o sapato!". Outra é de um garçom que está servindo fregueses, entorna a sopa no colo de um deles e diz: "Ih! Entornei o caldo". Tony costumava repetir essas histórias para mim em dias de pouco movimento na lavanderia.

Uma vez ele estava muito bêbado e agressivo e se meteu numa briga com uns caipiras no estacionamento. Eles quebraram a garrafa de uísque dele. Angel disse que compraria outra garrafa se Tony fosse com ele para a sala de passar e ouvisse o que ele tinha a dizer. Eu transferi as minhas roupas da máquina de lavar para a secadora enquanto Angel conversava com Tony sobre a coisa do "Um dia de cada vez".

Quando saiu da sala de passar, Tony pôs as moedas dele na minha mão. Eu botei as roupas dele na secadora enquanto ele batalhava para abrir a tampa da garrafa de Jim Beam. Antes que eu tivesse tempo de me sentar, ele berrou para mim:

"Eu sou o chefe da minha tribo! Eu sou um chefe apache! Merda!"

"Vai à merda, chefe!" Ele estava apenas sentado lá, bebendo e olhando para as minhas mãos pelo espelho.

"Então por que é que é você que lava a roupa dos apaches?"

Não sei por que eu disse isso. Era uma coisa horrível de dizer. Talvez eu achasse que ele fosse rir. Ele riu, de fato.

"De que tribo você é, pele-vermelha?", ele perguntou, observando as minhas mãos pegarem um cigarro.

"Sabe quem acendeu o meu primeiro cigarro? Um príncipe! Você acredita?"

"Claro que acredito. Quer fogo?" Ele acendeu o meu cigarro e nós sorrimos um para o outro. Estávamos muito próximos e aí ele desmaiou e eu fiquei sozinha no espelho.

Também havia uma moça jovem lá, não no espelho, mas sentada perto da vitrine. O cabelo dela encaracolava no vapor, delicado como os de Botticelli. Eu lia todos os avisos. DEUS ME DÊ CORAGEM. BERÇO NOVO, NUNCA FOI USADO — BEBÊ MORREU.

A moça pôs as roupas dela num cesto azul-turquesa e foi embora. Eu levei minhas roupas para a mesa, dei uma olhada nas de Tony e pus mais uma moeda na secadora. Estava sozinha na Angel's com Tony. Olhei para minhas mãos e para meus olhos no espelho. Belos olhos azuis.

Uma vez eu fiz um passeio de iate ao largo da costa de Viña del Mar. Filei meu primeiro cigarro e perguntei ao príncipe Ali Khan se ele tinha fogo. "*Enchanté*", ele disse. Mas não tinha fogo.

Dobrei minhas roupas e, quando Angel voltou, fui para casa.

Não consigo me lembrar quando foi que me dei conta de que nunca mais vi aquele velho índio.

Dr. H. A. Moynihan

Eu odiava a escola St. Joseph's. Aterrorizada pelas freiras, eu bati na irmã Cecilia num dia de calor texano e fui expulsa da escola. Como punição, tive que trabalhar todos os dias das férias de verão no consultório do meu avô dentista. Eu sabia que o verdadeiro motivo do castigo era que eles não queriam que eu brincasse com as crianças da vizinhança, que eram mexicanas e sírias. Não havia negros, mas isso era só uma questão de tempo, segundo minha mãe.

Tenho certeza de que eles também queriam me poupar de ver Mamie morrendo, dos gemidos dela, das suas amigas rezando, do fedor e das moscas. À noite, com a ajuda da morfina, ela cochilava, e então minha mãe e meu avô iam beber sozinhos em seus respectivos quartos. Eu ouvia o gorgolejo de seus respectivos uísques da varanda onde eu dormia.

Meu avô mal falou comigo o verão inteiro. Eu esterilizava e enfileirava os instrumentos dele, prendia babadores em volta do pescoço dos pacientes, entregava o copinho com antisséptico bucal e falava para eles cuspirem. Quando não havia nenhum paciente, vovô ia para sua oficina para fazer dentes ou para seu escritório para colar recortes. Eu não estava autorizada a entrar em nenhum dos dois cômodos. Ele colava artigos de Ernie Pyle e sobre Franklin Delano Roosevelt; tinha álbuns de recortes separados para as guerras japonesa e alemã. Também tinha álbuns sobre Crimes, Texas e Acidentes Insólitos: Homem se enfurece e joga uma melancia pela janela de um apartamento de segundo andar. A fruta atinge a cabeça da mulher dele e a mata, depois atinge o bebê dentro do carrinho e o mata também, e nem sequer chega a rachar.

Todo mundo odiava o meu avô, menos Mamie, e eu, acho. Toda noite ele ficava bêbado e mau. Era cruel, intolerante e orgulhoso. Tinha dado um tiro no olho do meu tio John durante uma briga e envergonhado e humilhado a minha mãe a vida dela inteira. Ela nunca falava com ele, nunca sequer chegava perto dele por ele ser tão sujo e porco, sempre esparramando comida e cuspindo, deixando cigarros molhados em toda parte. Vivia coberto de pintas brancas, do gesso dos moldes de dentes, como se fosse um pintor ou uma estátua.

Ele era o melhor dentista do oeste do Texas, talvez até do Texas inteiro. Muita gente dizia isso, e eu acreditava. Não era verdade que os pacientes dele eram todos velhos beberrões ou então amigos de Mamie, como a minha mãe dizia. Homens respeitáveis vinham até mesmo de Dallas ou de Houston para se tratar com o meu avô porque ele fazia dentaduras maravilhosas. As dentaduras que ele fazia não saíam do lugar nem assobiavam, e eram iguaizinhas a dentes de verdade. Ele tinha inventado uma fórmula secreta para deixá-las da cor certa e às vezes fazia até dentes lascados ou amarelados e com obturações e coroas.

Não deixava ninguém entrar na oficina dele, a não ser os bombeiros, naquela única vez. A oficina não via uma faxina fazia uns quarenta anos. Eu entrava lá quando ele ia ao banheiro. As janelas estavam pretas de sujeira, gesso e cera. A única luz vinha das chamas azuladas e tremeluzentes de dois bicos de Bunsen. Havia enormes sacos de gesso empilhados junto às paredes, vertendo pó num chão coberto de cacos de moldes de dentes, e potes cheios de dentes soltos, cada pote com um tipo diferente de dente. Bolotas de cera rosa e branca grudavam-se às paredes, com teias de aranha penduradas. As prateleiras estavam abarrotadas de ferramentas enferrujadas e de fileiras de dentaduras sorrindo ou fazendo carranca, de cabeça para baixo, como máscaras de teatro. Ele cantarolava enquanto trabalhava, suas guimbas de cigarro volta e meia ateando fogo em bolotas de cera ou em embalagens de bombom. Então, ele jogava café no fogo, manchando o chão coberto de gesso de um tom escuro e cavernoso de marrom.

A oficina dava passagem para um pequeno escritório, onde havia uma escrivaninha de tampo corrediço, sobre a qual vovô colava recortes nos seus álbuns e preenchia cheques. Depois de assinar, ele sempre sacudia a caneta, fazendo pingar tinta preta sobre a assinatura e, às vezes, borrando o valor, de modo que o banco tinha que telefonar para conferir de quanto era o cheque.

Não havia porta entre a sala onde ele atendia os pacientes e a sala de espera. Enquanto trabalhava, ele virava para trás para conversar com quem estava na sala de espera, gesticulando com a broca na mão. Os pacientes que haviam extraído dentes se recuperavam numa espreguiçadeira; o resto se sentava nos peitoris das janelas ou nos radiadores. Às vezes, alguém se sentava na cabine telefônica, um cubículo de madeira com um telefone público, um ventilador e uma placa que dizia: "Eu nunca conheci um homem de quem não gostasse".

Não havia nenhuma revista na sala de espera. Se alguém trouxesse uma e a deixasse por lá, vovô a jogava fora. Minha mãe dizia que ele só fazia isso para ser do contra. Ele dizia que era porque ver pessoas sentadas lá folheando revistas o deixava maluco.

Quando não estavam sentados, os pacientes ficavam zanzando pela sala, mexendo nos objetos pousados em cima dos dois cofres. Budas, caveiras com dentaduras presas com arame para abrir e fechar, cobras que mordiam quando você puxava o rabo, globos de vidro que nevavam quando virados de cabeça para baixo. No teto havia uma placa: POR QUE RAIOS VOCÊ ESTÁ OLHANDO AQUI PARA CIMA? Os cofres continham ouro e prata para as obturações, maços de dinheiro e garrafas de Jack Daniel's.

Em todas as janelas, que davam para a rua principal de El Paso, havia grandes letras douradas que diziam: "Dr. H. A. Moynihan. Eu não trabalho para negros". As placas se refletiam nos espelhos pendurados nas três paredes restantes. O mesmo aviso estava escrito na porta que dava para o hall. Eu nunca me sentava de frente para aquela porta, por medo de que negros passassem ali e olhassem para dentro da sala por cima do aviso. Mas nunca vi um único negro no edifício Caples, a não ser Jim, o ascensorista.

Quando alguém telefonava para marcar consulta, vovô me mandava dizer que ele não estava mais aceitando pacientes. Então, à medida que o verão passava, havia cada vez menos coisa para fazer. Por fim, pouco antes de Mamie morrer, já não havia mais paciente algum. Vovô simplesmente ficava trancado dentro da oficina ou do escritório. Eu ia para o terraço às vezes. Dava para ver a cidade de Juárez e todo o centro de El Paso lá de cima. Eu escolhia uma pessoa na multidão e a acompanhava com os olhos até que ela desaparecesse. Mas a maior parte do tempo eu ficava no consultório mesmo, sentada no radiador e olhando para a Yandel Drive lá embaixo. Passava horas decodificando cartas da seção de correspondência do Capitão Marvel, embora isso não tivesse a menor graça; o código era sempre A no lugar de Z, B no lugar de Y e assim por diante.

As noites eram longas e quentes. Mesmo quando Mamie dormia, as amigas dela ficavam lá, lendo passagens da Bíblia, às vezes cantando. Vovô saía, ia para o clube ou para Juárez. O motorista do táxi da companhia 8-5 o ajudava a subir a escada. Minha mãe saía, segundo ela, para jogar bridge, mas também voltava para casa bêbada. As crianças mexicanas brincavam na rua até bem tarde. Eu ficava observando as meninas da varanda. Elas jogavam o jogo das pedrinhas, agachadas no chão de concreto, à luz do poste de iluminação. Eu morria de vontade de brincar com elas. O som das pedrinhas parecia mágico, o arremesso delas era como uma vassourinha arrastando num tambor ou como a chuva quando uma lufada de vento a empurra de encontro ao vidro da janela.

Uma manhã, quando ainda estava escuro, vovô me acordou. Era domingo. Eu me vesti enquanto ele chamava um táxi. Para chamar um táxi, ele pediu à telefonista que o ligasse com a 8-5 e, quando atenderam, ele perguntou: "Dá pra fazer uma viagenzinha hoje?". Ele não respondeu quando o motorista do táxi perguntou por que estávamos indo para o consultório num domingo. A portaria estava escura e assustadora. Baratas corriam pelos ladrilhos e revistas mostravam os dentes para nós de trás de grades. Vovô conduziu o elevador, dando um solavanco para cima e para baixo e depois para cima de novo feito um maníaco, até que finalmente paramos um pouco acima do quinto andar e pulamos. Tudo ficou muito silencioso depois que paramos. Só o que se ouvia eram sinos de igreja e o bonde de Juárez.

No início eu fiquei com medo de entrar na oficina atrás dele, mas depois ele me puxou lá para dentro. Estava escuro, como uma sala de cinema. Ele acendeu os bicos de Bunsen resfolegantes. Eu continuei sem entender, sem conseguir ver o que ele queria que eu visse. Ele pegou uma dentadura de cima de uma prateleira, pousou-a no bloco de mármore e a empurrou para perto da chama. Eu sacudi a cabeça.

"Continua olhando." Vovô abriu bem a boca e eu olhei para os dentes dele, depois para a dentadura e para os dentes dele de novo.

"São iguais!", eu disse.

A dentadura era uma réplica perfeita dos dentes na boca do meu avô; até as gengivas tinham o mesmo tom feio, pálido e doentio de rosa. Alguns dentes estavam obturados e rachados, outros lascados ou gastos. Ele só tinha modificado um dente, um dos da frente, no qual tinha posto uma coroa de ouro. Era isso que a tornava uma obra de arte, ele disse.

"Como foi que você conseguiu fazer todas essas cores?"

"Ficou bom à beça, né? Então… é a minha obra-prima ou não é?"

"É." Eu apertei a mão dele. Estava muito feliz por estar ali.

"Como é que você vai encaixar a dentadura?", eu perguntei. "Ela vai encaixar?"

Normalmente, ele arrancava todos os dentes, deixava as gengivas cicatrizarem, depois fazia uma impressão da gengiva desdentada.

"Tem uns caras novos fazendo desse jeito. Você tira a impressão antes de arrancar os dentes, faz a dentadura e a encaixa antes que as gengivas tenham chance de encolher."

"Quando você vai arrancar os dentes?"

"Agora mesmo. Somos nós que vamos arrancar. Vai lá preparar as coisas."

Eu liguei o esterilizador enferrujado na tomada. O fio estava puído e soltou faíscas. Vovô correu em direção ao fio. "Deixa para lá esse…", mas eu protestei. "Não. Eles têm que ser esterilizados", e ele riu. Depois, botou sua garrafa de uísque e seus cigarros em cima da bandeja, acendeu um cigarro, encheu um copo de papel de Jack Daniel's e se sentou na cadeira. Eu ajeitei o refletor, botei um babador no meu avô e apertei o pedal para fazer a cadeira subir e se inclinar.

"Aposto que vários pacientes seus gostariam de estar no meu lugar."

"Aquele troço já está fervendo?"

"Ainda não." Enchi alguns copos de papel com antisséptico bucal e peguei um pote de sais aromáticos.

"E se você desmaiar?", perguntei.

"Ótimo. Aí você pode arrancar todos. Você tem que segurar o dente o mais perto da gengiva que você puder e depois torcer e puxar ao mesmo tempo. Me dá uma bebida." Eu entreguei um copo com antisséptico pra ele. "Engraçadinha." Servi um copo com uísque.

"Nenhum dos seus pacientes ganha bebida."

"Eles são meus pacientes, não seus."

"Pronto, está fervendo." Esvaziei o esterilizador dentro da cuspideira e estendi uma toalha. Usando outra toalha, arrumei os instrumentos em arco em cima da bandeja sobre o peito dele.

"Segura o espelhinho pra mim", ele disse e pegou o alicate.

Subi no apoio para os pés, entre os joelhos do meu avô, para segurar o espelho perto do rosto dele. Os primeiros três dentes saíram fácil. Ele os entregou para mim e eu os joguei dentro do barril perto da parede. Os incisivos foram mais difíceis, um deles em particular. Vovô engasgou e parou, a raiz do dente ainda presa na gengiva. Ele fez um barulho estranho e pôs o alicate na minha mão. "Pega!" Eu puxei o dente. "Usa a tesoura, sua idiota!" Eu me sentei na placa de metal entre os pés dele. "Só um instante, vô."

Ele esticou o braço por cima de mim para pegar a garrafa de uísque, bebeu, depois pegou outra ferramenta da bandeja. Começou a extrair o resto dos dentes de baixo mesmo sem o espelho. O som era como o de raízes de árvores sendo arrancadas do solo congelado no inverno. Gotas de sangue caíam na bandeja, ploc, ploc, e na placa de metal onde eu estava sentada.

Ele começou a rir tão alto que eu achei que ele tinha enlouquecido. Depois, desabou em cima de mim. Assustada, eu dei um pulo tão grande que o empurrei de volta para a cadeira inclinada. "Arranca o resto!", ele disse, arfando. Eu estava com muito medo e, por um instante, fiquei me perguntando se seria assassinato se eu arrancasse os dentes restantes e ele morresse.

"Arranca!" Ele cuspiu uma pequena cascata vermelha queixo abaixo.

Fiz a cadeira se inclinar totalmente. Ele estava mole, não parecia sentir nada enquanto eu puxava os dentes superiores de trás para o lado e para fora. Ele desmaiou, seus lábios se fechando feito conchas cinzentas de marisco. Eu abri a sua boca e enfiei uma toalha de papel lá no fundo, de um dos lados, para poder arrancar os três dentes de trás que faltavam.

Não restava mais dente nenhum. Tentei abaixar a cadeira com o pedal, mas bati na alavanca errada e acabei fazendo meu avô girar, espalhando pingos de sangue pelo chão. Eu o deixei lá, a cadeira rangendo lentamente até parar. Eu queria pegar uns saquinhos de chá; meu avô costumava fazer os pacientes morderem saquinhos de chá para estancar o sangramento. Revirei as gavetas de Mamie: talco, santinhos, obrigado pelas flores. Os saquinhos de chá estavam numa lata, atrás do fogão portátil.

A toalha de papel que eu tinha posto na boca do meu avô estava encharcada de sangue agora. Joguei-a no chão, enfiei um punhado de saquinhos de chá na boca dele e apertei os maxilares um contra o outro. Gritei. Sem dente nenhum, o rosto dele parecia uma caveira, ossos brancos em cima do pescoço ensanguentado. Um monstro medonho, um bule de chá que ganhou vida, com etiquetas amarelas e pretas de chá Lipton penduradas como enfeites de Carnaval. Corri para telefonar para a minha mãe, mas não tinha moeda para fazer a ligação. Não consegui virar o meu avô para alcançar os bolsos dele. Ele tinha mijado na calça; gotas de urina pingavam no chão. Volta e meia uma bolha de sangue aparecia na narina dele e estourava em seguida.

O telefone tocou. Era minha mãe. Ela estava chorando. A carne assada, um bom almoço de domingo. Com pepino, cebola e tudo, exatamente como Mamie fazia. "Socorro! O vovô!", eu disse e desliguei.

Ele tinha vomitado. Ah, que bom, pensei, e depois ri, porque era uma coisa idiota pra se pensar "ah, que bom". Joguei os saquinhos de chá no meio da porcaria amontoada no chão, molhei algumas toalhas e limpei o rosto dele. Abri o pote de sais aromáticos debaixo do nariz do meu avô, depois cheirei os sais eu mesmo e estremeci.

"Meus dentes!", ele berrou.

"Não tem mais dente", eu disse, como se estivesse falando com uma criança. "Nenhum!"

"Os novos, palerma!"

Fui buscar a dentadura. Já a conhecia àquela altura; era exatamente como a boca do meu avô costumava ser por dentro.

Ele estendeu a mão para pegá-la como um mendigo de Juárez, mas estava tremendo demais.

"Eu boto pra você. Enxague a boca primeiro." Entreguei pra ele o antisséptico bucal. Ele bochechou e cuspiu sem levantar a cabeça. Eu lavei a dentadura com água oxigenada e a pus na boca dele. "Ei, olha!" Levantei o espelho de marfim de Mamie.

"Olha xó exa gengiva!" Ele estava rindo.

"Uma obra-prima, vovô!" Eu ri também e dei um beijo na sua cabeça suada.

"Ai meu Deus!", minha mãe exclamou com uma voz estridente e veio andando na minha direção com os braços estendidos. Escorregou no sangue e trombou com os barris de dentes. Apoiando-se neles, recuperou o equilíbrio.

"Olha os dentes dele, mãe."

Ela não tinha nem reparado. Disse que não dava para notar diferença nenhuma. Ele ofereceu um copo com Jack Daniel's para ela. Ela aceitou, fez um brinde distraído a ele e bebeu.

"Você é maluco, pai. Ele é maluco. De onde veio esse monte de saquinhos de chá?"

A camisa dele fez um ruído de rasgo quando desgrudou da pele. Eu o ajudei a lavar o peito e a barriga enrugada. Depois me lavei também e vesti um suéter cor de coral da Mamie. Os dois ficaram bebendo, em silêncio, enquanto esperávamos o táxi da 8-5. Eu conduzi o elevador até lá embaixo e aterrissei bem perto do piso. Quando nós chegamos em casa, o motorista ajudou o vovô a subir as escadas. Ele parou em frente ao quarto de Mamie, mas ela estava dormindo.

Na cama, o vovô dormiu também, seus dentes à mostra num esgar de Bela Lugosi. A boca dele devia estar doendo.

"Ele fez um bom trabalho", minha mãe disse.

"Você não odeia mais o vovô, odeia, mãe?"

"Ah, odeio", disse ela. "Odeio sim."

Estrelas e santos

Espera, me deixa explicar...

A vida inteira eu me vi nesse tipo de situação, como naquele dia com o psiquiatra. Ele estava hospedado no chalé atrás da minha casa enquanto a sua casa nova passava por uma reforma. Parecia muito simpático, além de bonito, e claro que eu queria causar uma boa impressão; pensei até em levar uns brownies para ele, mas não queria que ele me achasse oferecida. Uma manhã, logo depois do amanhecer, como de costume, eu estava tomando café e olhando pela janela para o meu jardim, que estava lindo naquela época, com ervilhas-de-cheiro, delfínios e cosmos. Eu estava sentindo, bem, eu estava sentindo uma enorme alegria... por que hesito em te contar isso? Não quero que você me ache boba, quero causar uma boa impressão. Enfim, eu estava feliz e joguei um punhado de alpiste no deque lá fora, depois fiquei sentada, sorrindo sozinha enquanto dezenas de rolinhas e tentilhões vinham voando para comer o alpiste. De repente, num relâmpago, dois gatos enormes saltaram para o deque e começaram a estraçalhar os passarinhos, penas voando para todo lado, justo na hora em que o psiquiatra estava saindo pela porta do chalé. Ele olhou para mim, chocado, disse "Que horror!" e foi embora. Depois daquela manhã, ele passou a me evitar completamente, e não era imaginação minha. Não havia jeito de explicar que tudo tinha acontecido rápido demais, que eu não estava sorrindo porque os gatos estavam devorando os passarinhos. É que a minha alegria com as ervilhas-de-cheiro e os tentilhões não tinha tido tempo de murchar.

Até onde me lembro, eu sempre causei uma péssima primeira impressão. Como naquela vez em Montana em que o que eu estava tentando fazer era só tirar as meias de Kent Shreve para a gente ficar descalço, mas elas estavam presas às ceroulas dele. Mas o que eu queria falar mesmo é da escola St. Joseph's. Sabe, os psiquiatras (por favor, não me entenda mal, eu não sou obcecada por psiquiatras nem nada disso)... é só que tenho a impressão de que os psiquiatras se concentram demais na cena primária e na privação pré-edipiana e ignoram o trauma da escola e das outras crianças, que são cruéis, secas, impiedosas.

Não vou nem mencionar o que aconteceu na Vilas, a primeira escola que frequentei em El Paso. Um grande mal-entendido do início ao fim. Então, dois meses depois de iniciado o ano letivo, na terceira série, lá estava eu no pátio em frente à St. Joseph's. Minha nova escola. Absolutamente apavorada. Eu tinha pensado que usar uniforme fosse ajudar. Só que o problema era o trambolho que eu tinha nas costas, um colete de metal para corrigir o que chamavam de curvatura, mas que era, vamos encarar os fatos, uma corcunda. Então, eu tive que comprar uma blusa branca e uma saia xadrez de um tamanho muito maior do que o meu para poder vesti-las por cima do colete, e claro que nem passou pela cabeça da minha mãe fazer pelo menos uma bainha na saia.

Outro grande mal-entendido. Meses mais tarde, a irmã Mercedes estava encarregada de monitorar o hall. Ela era aquele tipo de freira jovem e doce que devia ter tido um caso amoroso trágico. Ele provavelmente tinha morrido na guerra, num avião bombardeiro. Quando estávamos passando por ela em fila, duas a duas, ela pôs a mão na minha corcunda e disse baixinho: "Minha querida, você tem uma cruz para carregar". Ora, como ela poderia saber que eu tinha me transformado numa fanática religiosa àquela altura, que aquelas suas palavras inocentes só iriam confirmar a minha suspeita de estar predestinada a me unir ao Nosso Salvador?

(Ah, e as mães. Outro dia mesmo, no ônibus, uma mãe entrou com o filho pequeno. Ela obviamente trabalhava fora, tinha acabado de pegar o filho na escola maternal, estava cansada, mas feliz de vê-lo, e perguntou como tinha sido o dia dele. O menino contou a ela todas as coisas que ele havia feito. "Você é tão especial!", ela disse e o abraçou. "Especial quer dizer que eu sou retardado!", disse o menino. Lágrimas enormes brotaram de seus olhos e ele ficou lá sentado, com uma expressão de pânico no rosto, enquanto a mãe continuava sorrindo exatamente como eu no episódio dos passarinhos.)

Aquele dia no pátio eu tive a certeza de que nunca na vida ia conseguir me enturmar. Não falo da coisa de se adequar, mas de se enturmar. Num canto do pátio, duas meninas giravam uma corda grossa e pesada e, uma a uma, lindas meninas de bochechas rosadas saíam da fila correndo para pular sob a corda, pulavam, pulavam e saíam de novo na hora exata, depois voltavam para a fila. Vapt, vapt, ninguém perdia uma única batida. No meio do pátio havia um balanço redondo, com um assento circular que girava vertiginosa e alegremente sem nunca parar, mas crianças risonhas saltavam para subir ou descer dele sem... não só sem cair, mas sem sequer titubear. Ao meu redor no pátio, em todo canto, havia simetria, sincronia. Duas freiras, as contas do rosário estalando em uníssono, os rostos lavados se virando para cumprimentar as crianças como se fossem um só. O jogo das pedrinhas. A bola quicando no cimento com um baque seco, as doze pedrinhas voando para o alto e agarradas todas de uma vez com o giro de um pequeno pulso. Tapa, tapa, tapa, outras meninas faziam complicadas brincadeiras de bater as mãos. Era uma vez um pequeno holandês. Tapa, tapa. Fiquei circulando, não só incapaz de me enturmar, mas aparentemente invisível, o que era um misto de bênção e maldição. Fugi para a lateral do edifício, onde ouvi ruídos e risos vindos da cozinha da escola. Foi ali que me escondi do pátio; os barulhos amistosos que vinham lá de dentro me tranquilizavam. Mas eu também não podia entrar lá. Pouco depois, no entanto, ouvi gritos e brados e uma freira dizendo "Ah, eu não consigo, eu simplesmente não consigo", e concluí que eu poderia entrar, porque o que ela não conseguia fazer era tirar os ratos mortos das ratoeiras. "Eu faço isso", eu disse. E as freiras ficaram tão contentes que não disseram nada sobre o fato de eu estar na cozinha, embora uma delas tenha cochichado "Protestante" para a outra.

E foi assim que começou. Além disso, elas me deram um pãozinho, quente e delicioso, com manteiga. Claro que eu tinha tomado café da manhã, mas o pãozinho era tão delicioso que eu o devorei num instante e elas me deram outro. Então, todo dia, em troca de esvaziar e rearmar duas ou três ratoeiras, eu ganhava não só pãezinhos, mas também uma medalha de são Cristóvão, que eu usava mais tarde como ficha para comprar lanche. Isso me poupava do embaraço de entrar na fila, antes de a aula começar, para trocar moedas pelas medalhas que serviam como fichas para o lanche.

Por causa das minhas costas, as freiras deixavam que eu ficasse na sala durante a aula de educação física e o recreio. Era só de manhã cedo que era difícil, porque o ônibus chegava lá antes da hora em que o portão do prédio era aberto. Eu me forçava a tentar fazer amizade, a puxar conversa com meninas da minha turma, mas era inútil. Todas elas eram católicas e se conheciam desde o jardim de infância. Eram, justiça seja feita, boas meninas, meninas normais. Eu estava adiantada na escola e, portanto, era bem mais nova do que elas. Além disso, só tinha morado em campos de mineração remotos antes da guerra. Não sabia dizer coisas como "Você gosta de estudar o Congo Belga?" ou "O que você gosta de fazer no seu tempo livre?". Chegava perto delas de repente e disparava: "O meu tio tem um olho de vidro". Ou "Uma vez eu encontrei um urso morto com a cara cheia de larvas". Elas me ignoravam, davam risadinhas ou diziam "Quem mente o nariz cresce!".

Então, durante algum tempo eu tive um lugar para ir antes das aulas. Eu me sentia útil e valorizada. Mas depois comecei a ouvir as meninas sussurrarem "bolsista carente" e "protestante" quando me viam e, passado um tempo, elas começaram a me chamar de "menina da ratoeira" e "Minnie Mouse". Eu fingia não ligar e, além do mais, adorava a cozinha, o riso suave e os murmúrios das freiras cozinheiras, que usavam batinas rústicas, parecidas com camisolas, na cozinha.

Claro que a essa altura eu tinha decidido me tornar freira, não só porque elas nunca pareciam ficar nervosas, mas principalmente por causa das batinas pretas e das toucas brancas, que pareciam enormes flores de lis brancas e engomadas. Aposto que a Igreja católica perdeu uma porção de aspirantes a freiras quando elas começaram a se vestir como guardas femininas comuns. Então, a minha mãe resolveu fazer uma visita à escola para saber como eu estava me saindo. Elas disseram que o meu desempenho nos trabalhos de classe era excelente e o meu comportamento, perfeito. A irmã Cecilia disse que elas eram muito gratas a mim na cozinha e sempre zelavam para que eu tomasse um bom café da manhã. Minha mãe, a esnobe, com aquele seu casaco velho e xexelento que tinha uma gola de raposa xexelenta cujos olhos de conta tinham caído, ficou chocada, enojada com a história dos ratos e furiosa com a medalha de são Cristóvão, porque eu continuava a receber dinheiro para o lanche todas as manhãs e o gastava com balas quando saía da escola. Ladrazinha trapaceira. Vapt, vapt. Chocada!

Então, fim da história, e foi um grande mal-entendido de todos os lados. Ao que parece, as freiras achavam que eu fazia ponto na cozinha porque era uma pobre criancinha desamparada e faminta, e só me davam a tarefa de cuidar das ratoeiras por caridade, não porque de fato precisassem de mim. O problema é que até hoje eu não sei como a falsa impressão poderia ter sido evitada. Talvez se eu tivesse recusado o pãozinho?

Foi assim que eu acabei indo matar o tempo antes das aulas na igreja e decidi realmente virar freira, ou santa. O primeiro mistério que encontrei foi que as fileiras de velas em frente a cada uma das estátuas de Jesus, Maria e José ficavam bruxuleando e tremendo como se estivessem recebendo lufadas de vento, quando na verdade a enorme igreja estava toda muito bem fechada e nenhuma de suas portas pesadas estava aberta. Concluí, então, que o espírito de Deus nas estátuas era tão forte que fazia as chamas das velas se agitarem e sibilarem, trêmulas de sofrimento. Cada pequeno pique de luz iluminava o sangue coagulado nos pés brancos e ossudos de Jesus e fazia com que ele parecesse úmido.

No início, eu ficava bem no fundo da igreja, grogue, embriagada com o cheiro de incenso. Ajoelhava e rezava. Ajoelhar era muito doloroso, por causa do problema nas minhas costas e porque o colete se encravava na coluna. Eu tinha certeza de que isso me tornava santa e servia como penitência pelos meus pecados, mas doía demais e, por fim, acabei desistindo e passei a ficar só sentada lá, na igreja escura, até o sinal da entrada tocar. Geralmente não havia ninguém na igreja além de mim, salvo nas quintas-feiras, quando o padre Anselmo ia para o confessionário e se trancava lá. Algumas senhoras, meninas dos últimos anos do colegial e, de vez em quando, uma ou outra aluna do ginásio se dirigiam até lá, parando para se ajoelhar e fazer o sinal da cruz diante do altar, depois se ajoelhando e fazendo o sinal da cruz de novo antes de entrarem pelo outro lado do confessionário. O que me intrigava era o tempo variável que elas passavam rezando depois que saíam de lá. Eu teria dado qualquer coisa no mundo para saber o que acontecia lá dentro. Não sei ao certo quanto demorou até eu conseguir reunir coragem para entrar, com o coração martelando no peito. O interior do confessionário era muito mais bonito do que eu poderia ter imaginado. Enevoado pela mirra, uma almofada de veludo para ajoelhar, uma virgem abençoada olhando para mim lá do alto com infinita piedade e compaixão. Atrás da treliça trabalhada estava o padre Anselmo, que normalmente era um homenzinho ensimesmado. Mas ele estava em silhueta, como o homem de cartola na parede de Mamie. Poderia ser qualquer um... Tyrone Power, meu pai, Deus. Sua voz não parecia nem um pouco com a do padre Anselmo; era uma voz grave, com um leve eco. Como eu não conhecia a oração que me pediu para rezar, ele recitou os versos e eu os repeti, profundamente arrependida de vos ter ofendido. Então, ele me perguntou quais eram os meus pecados. Eu não estava mentindo. Realmente não tinha nenhum pecado para confessar. Nenhum mesmo. Fiquei muito envergonhada. Não era possível que eu não conseguisse pensar em alguma coisa. Procure bem no fundo do seu coração, minha filha... Nada. Aflita, querendo desesperadamente agradar, eu inventei um pecado. Tinha batido na cabeça da minha irmã com uma escova de cabelo. Você tem ciúme da sua irmã? Tenho, tenho sim, padre. O ciúme é um pecado, minha filha, reze para ficar livre dele. Três ave-marias. Enquanto rezava, ajoelhada, eu me dei conta de que tinha recebido uma penitência curta. Da próxima vez eu me sairia melhor. Mas não haveria próxima vez. Naquele dia, a irmã Cecilia quis conversar comigo depois da aula. O fato de ela ser tão gentil tornou a coisa ainda pior. Ela entendia que eu quisesse vivenciar os sacramentos e os mistérios da Igreja. Os mistérios, sim! Mas eu era protestante e não tinha sido batizada nem crismada. Podia frequentar a escola delas, e ela era grata por isso, porque eu era uma aluna estudiosa e obediente, mas não podia tomar parte na Igreja delas. Tinha que ficar no pátio com as outras crianças.

Um pensamento terrível me passou pela cabeça e eu tirei quatro santinhos de dentro do bolso. Toda vez que a gente tirava nota máxima em leitura ou aritmética, ganhava uma estrela. Nas sextas-feiras, a aluna que tivesse mais estrelas recebia um santinho, que era parecido com um *card* de beisebol, só que na auréola tinha purpurina. "Eu posso ficar com os meus santinhos?", perguntei a ela, com o coração apertado.

"Claro que pode. E eu espero que você ganhe vários outros." Ela sorriu para mim e me fez outro favor. "Você ainda pode rezar, minha querida, pedindo que Deus a guie. Vamos rezar uma ave-maria juntas." Eu fechei os olhos e rezei com fervor para Nossa Senhora, que para mim sempre vai ter o rosto da irmã Cecilia.

Sempre que uma sirene soava lá fora, na rua, perto ou longe, a irmã Cecilia nos fazia parar o que quer que estivéssemos fazendo, deitar a cabeça nas nossas mesas e rezar uma ave-maria. Eu ainda faço isso. Rezar uma ave-maria, quero dizer. Bem, às vezes eu também deito a cabeça em mesas de madeira, para ouvi-las, porque elas de fato produzem sons, como galhos ao vento, como se ainda fossem árvores. Várias coisas andavam me intrigando muito naquela época, como o que dava vida às velas ou de onde exatamente vinha o som das mesas de madeira. Se tudo o que existe no mundo de Deus tem alma, até as mesas, já que elas têm uma voz, então deve existir um céu. Eu não podia ir para o céu, porque era protestante. Ia ter que ir para o limbo. Eu preferia ir para o inferno a ir para o limbo. Que palavra feia, limbo. Parece lombo, molambo. Um lugar sem dignidade nenhuma.

Eu disse à minha mãe que queria virar católica. Ela e meu avô tiveram um ataque. Ele queria me botar de volta na escola Vilas, mas minha mãe disse que não, que lá era cheio de mexicanos e de delinquentes juvenis. Eu disse a ela que havia muitas alunas mexicanas na St. Joseph's, mas ela disse que elas eram de boas famílias. A gente era uma boa família? Eu não sabia. Uma coisa que eu ainda faço até hoje é espiar pelas janelas o interior de salas onde famílias estão reunidas e ficar pensando o que será que aquelas pessoas fazem, como será que elas falam umas com as outras.

Uma tarde, a irmã Cecilia e outra freira foram até a nossa casa. Eu não sei por que elas foram lá e elas não tiveram a chance de dizer. Estava tudo uma bagunça. A minha mãe chorando e Mamie, a minha avó, também. Vovô estava bêbado e avançou para cima delas, chamando-as de bruxas. No dia seguinte eu estava com medo de que a irmã Cecilia tivesse ficado zangada comigo e não me dissesse mais "Até logo, minha querida" quando me deixasse sozinha na sala durante o recreio. Mas, antes de sair, ela me deu um livro chamado *Understood Betsy* e disse que achava que eu ia gostar. Foi o primeiro livro de verdade que eu li, o primeiro livro pelo qual me apaixonei.

Ela elogiava os meus trabalhos na escola e comentava com as outras alunas sempre que eu recebia uma estrela ou ganhava um santinho às sextas-feiras. Eu fazia tudo para agradar-lhe, escrevia A.M.D.G.* com letras cuidadosamente desenhadas no alto de todos os trabalhos, corria para apagar o quadro-negro. A minha voz era a mais alta quando rezávamos, a minha mão era a primeira a se erguer quando ela fazia uma pergunta. Ela continuou a me dar livros para ler e, uma vez, me deu um marcador de livro de papel que dizia "Rogai por nós, pecadores, agora e na hora de nossa morte". Eu mostrei o marcador para Melissa Barnes na cafeteria. Tinha posto na cabeça, tolamente, que, já que a irmã Cecilia gostava de mim, as meninas também passariam a gostar. Mas agora, em vez de rir de mim, elas me odiavam. Quando eu me levantava para responder a alguma pergunta na aula, elas sussurravam queridinha, queridinha, queridinha. Se a irmã Cecilia me escolhia para recolher as moedas e distribuir as medalhas para comprar lanche, cada uma das meninas sussurrava queridinha quando recebia a medalha de mim.

Então um dia, sem mais nem menos, a minha mãe ficou furiosa comigo porque o meu pai escrevia mais para mim do que para ela. É porque eu escrevo mais para ele. Não, é porque você é a queridinha dele. Um dia, eu cheguei tarde em casa. Tinha perdido o ônibus que passava na praça. Minha mãe apareceu no alto da escada, segurando uma carta aérea azul do meu pai numa das mãos. Com a outra, ela acendeu um fósforo na unha do polegar e queimou a carta enquanto eu corria escada acima. Aquilo sempre me assustava. Quando era pequena, eu não via o fósforo e achava que ela acendia os cigarros dela com um polegar em chamas.

Parei de falar. Não disse: agora, eu não vou mais falar. Simplesmente fui parando aos poucos e, quando sirenes passavam, eu deitava a cabeça na mesa e sussurrava a oração para mim

---

* *Ad maiorem Dei gloriam* ("para maior glória de Deus"), lema dos jesuítas. (N. T.)

mesma. Quando a irmã Cecilia me chamava, eu sacudia a cabeça e me sentava de novo. Parei de ganhar estrelas e santinhos. Mas já era tarde demais. Agora elas me chamavam de burralda. Um dia, a irmã Cecilia ficou na sala depois que a turma saiu para a aula de educação física. "O que há com você, minha querida? Eu posso ajudar? Por favor, fale comigo." Eu trinquei os dentes e me recusei a olhar para ela. Ela saiu e eu fiquei lá sentada, na penumbra quente da sala de aula. Ela voltou mais tarde, com um exemplar de *Beleza negra*, que pousou na minha mesa. "Esse livro é maravilhoso, só que muito triste. Diga para mim, você está triste com alguma coisa?"

Eu fugi dela e do livro e corri para o pequeno vestiário de guardar casacos. Claro que não havia casaco nenhum lá, já que no Texas faz muito calor, mas sim caixas cheias de livros didáticos empoeirados, enfeites de Páscoa, enfeites de Natal. A irmã Cecilia entrou no vestiário minúsculo atrás de mim. Ela me fez virar de frente para ela e ajoelhar. "Vamos rezar", disse.

Ave Maria, cheia de graça, o senhor é convosco. Bendito é o fruto do vosso ventre, Jesus... Os olhos dela estavam cheios de lágrimas. Eu não consegui suportar a ternura que havia neles e me desvencilhei dela, derrubando-a sem querer no chão. A touca ficou presa num gancho de casaco e foi arrancada. Ela não tinha a cabeça raspada como as meninas diziam. Ela gritou e saiu de lá correndo.

Fui mandada para casa naquele dia mesmo, expulsa da Saint Joseph's por agredir uma freira. Não sei como ela pode ter achado que eu seria capaz de bater nela. Não tinha sido nada disso.

Manual da faxineira

42-PIEDMONT. Ônibus lento até a Jack London Square. Empregadas domésticas e velhinhas. Sentei ao lado de uma senhora cega que estava lendo um texto em braille, seu dedo deslizando pela página, lenta e silenciosamente, linha após linha. Era tranquilizador observá-la, lendo por cima do seu ombro. Ela desceu na rua 29, onde um letreiro que dizia PRODUTOS NACIONAIS FEITOS POR CEGOS tinha perdido todas as letras menos as de CEGOS.

Eu também costumo saltar na rua 29, mas tenho que ir até o centro para descontar o cheque da sra. Jessel. Se ela me pagar com cheque mais uma vez, eu largo o trabalho. Além do mais, ela nunca tem trocado para a condução. Semana passada eu fui até o banco com dinheiro do meu próprio bolso e ela tinha esquecido de assinar o cheque.

Ela esquece tudo, até suas próprias moléstias. Enquanto espano a casa, vou recolhendo os bilhetinhos e botando em cima da mesa dela. 10 DA MANHÃ NÁUSIA (sic) num pedaço de papel em cima do consolo da lareira. DIARREIA no escorredor de louça.

TONTURA FALTA DE MEMÓRIA no fogão. Esquece principalmente se já tomou ou não o seu fenobarbital, que já ligou duas vezes para a minha casa para me perguntar se tinha tomado, onde está o anel de rubi dela etc.

Ela me segue de cômodo em cômodo, dizendo as mesmas coisas mil vezes. Eu estou ficando tão maluca quanto ela. Vivo dizendo que vou largar, mas tenho pena dela. Sou a única pessoa que ela tem para conversar. O marido dela é advogado, joga golfe e tem uma amante. Não acredito que a sra. Jessel saiba — ou se lembre — disso. As faxineiras sabem de tudo.

Faxineiras roubam, sim. Não as coisas com as quais as pessoas para quem a gente trabalha tanto se preocupam. É o supérfluo que acaba te tentando. Não queremos os trocados nos cinzeirinhos.

Parece que uma madame, sei lá onde, numa reunião de amigas para jogar bridge, espalhou o boato de que a melhor maneira de testar a honestidade de uma faxineira era deixar cinzeirinhos com moedas espalhados pela casa. A minha solução para isso é sempre acrescentar algumas moedas de um centavo ou até uma de dez.

Assim que chego para trabalhar, a primeira coisa que faço é conferir onde estão os relógios de pulso, os anéis, as bolsinhas de lamê dourado. Mais tarde, quando elas chegam correndo, esbaforidas e vermelhas, eu só digo toda calma: "Debaixo do seu travesseiro", "Atrás da privada verde-abacate". O que eu roubo mesmo são comprimidos para dormir, que guardo para alguma necessidade.

Hoje eu roubei um frasco de sementes de gergelim Spice Islands. A sra. Jessel raramente cozinha. Quando cozinha, ela faz frango com gergelim. A receita está colada dentro do armário de temperos. Há outra cópia dentro da gaveta de selos e barbantes e outra no caderno de telefones dela. Sempre que encomenda frango, molho de soja e xerez do mercado, ela pede outro frasco de sementes de gergelim. Já tem quinze frascos de sementes de gergelim. Catorze agora.

No ponto de ônibus, eu me sentei no meio-fio. Três outras empregadas, negras de uniforme branco, estavam em pé perto de mim. São velhas amigas, trabalham na Country Club Road há anos. No início nós todas estávamos furiosas... o ônibus tinha passado dois minutos mais cedo e nós o perdemos. Sacanagem. Ele sabe que as empregadas estão sempre lá, que o 42-PIEDMONT só passa de hora em hora.

Eu fumava enquanto elas comparavam seus butins. Coisas que elas tinham pegado... esmalte de unha, perfume, papel higiênico. Coisas que elas tinham ganhado... brincos sem par, vinte cabides, sutiãs rasgados.

(Conselho para a faxineira: Aceite tudo o que a sua patroa te der e diga obrigada. Você pode deixar o que não quiser no ônibus, na fenda entre o encosto e o assento do banco.)

Para entrar na conversa, eu mostrei a elas o meu frasco de sementes de gergelim. Elas caíram na gargalhada. "Ah, menina! Sementes de gergelim?" Perguntaram como eu estava conseguindo trabalhar para a sra. Jessel fazia tanto tempo. A maioria das faxineiras não aguentava ir para lá mais que três vezes. Perguntaram se era verdade que ela tinha cento e quarenta pares de sapato. É, mas o chato é que quase todos são idênticos.

Passamos uma hora agradável. Falamos sobre todas as senhoras para as quais cada uma de nós trabalha. Rimos bastante, não sem certa amargura.

As faxineiras mais antigas nem sempre me aceitam com muita facilidade. E é difícil arranjar serviços de faxina também, porque eu sou "instruída". Só que eu não tenho conseguido de jeito nenhum arranjar outro tipo de trabalho. Aprendi que tinha que dizer para as senhoras logo de cara que o meu marido alcoólatra tinha morrido fazia pouco tempo, me deixando sozinha com quatro filhos. Eu nunca tinha trabalhado antes, por ter que cuidar das crianças e tudo o mais.

43-SHATTUCK-BERKELEY. Os bancos de praça que dizem PUBLICIDADE POR SATURAÇÃO sempre amanhecem encharcados. Eu pedi um fósforo a um sujeito e ele me deu a carteirinha de fósforos toda. PREVENÇÃO AO SUICÍDIO. Era uma carteirinha do tipo burro, com a lixa na parte de trás. Melhor prevenir do que remediar.

Do outro lado da rua, a mulher da lavanderia SPOTLESS CLEANERS estava varrendo a calçada. À direita e à esquerda do estabelecimento dela, a calçada estava repleta de lixo e folhas esvoaçantes. É outono agora, em Oakland.

No mesmo dia, à tarde, voltando de uma faxina na casa dos Horwitz, eu vi que a calçada da SPOTLESS estava coberta de lixo e de folhas de novo. Joguei meu bilhete de transferência nela. Eu sempre recebo um bilhete de transferência. Às vezes dou para alguém. Normalmente, só guardo.

Terry costumava zombar da minha mania de guardar tudo quanto era coisa o tempo todo.

"Sabe, Maggie May, não há nada neste mundo a que você possa se agarrar. A não ser eu, talvez."

Uma noite, na Telegraph Avenue, eu acordei sentindo Terry fechar uma tampinha de lata de cerveja dentro da palma da minha mão. Ele estava sorrindo para mim. Terry era um jovem caubói de Nebraska. Ele se recusava a ver filmes estrangeiros. Acabo de me dar conta de que devia ser porque ele não conseguia ler as legendas rápido o bastante.

Sempre que lia um livro, o que era raro, Terry ia arrancando as folhas e jogando fora. Quando chegava em casa, onde as janelas estavam sempre abertas ou quebradas, eu encontrava folhas de livro voando pela sala inteira, como pombos no estacionamento do Safeway.

33-BERKELEY EXPRESS. O 33 se perdeu! O motorista passou direto pela entrada da autoestrada na altura da Sears. Todo mundo ficou apertando a campainha enquanto, vermelho, ele virava à esquerda na rua 27. Acabamos ficando entalados numa rua sem saída. Nos prédios, as pessoas vieram para as janelas para ver o ônibus. Quatro homens desceram para ajudar o motorista a sair de marcha a ré entre os carros estacionados na rua estreita. Quando finalmente conseguiu pegar a autoestrada, ele saiu desembestado, a mais de cento e vinte por hora. Foi assustador. Todos nós falávamos ao mesmo tempo, contentes com o incidente.

Hoje é dia da Linda.

(Faxineira: Tenha como regra nunca trabalhar para amigos. Mais cedo ou mais tarde eles acabam ficando ressentidos porque você sabe coisas demais sobre eles. Ou deixa de gostar deles, pela mesma razão.)

Mas Linda e Bob são bons e velhos amigos. Sinto o carinho deles mesmo quando eles não estão lá. Porra e geleia de framboesa nos lençóis. Tabelas de corridas de cavalo e guimbas de cigarro no banheiro. Bilhetes de Bob para Linda: "Compre cigarro e leve o carro… dum-dá, dum-dá". Desenhos de Andrea com amor para Mamãe. Beiradas de pizza. Eu limpo o espelho em que eles cheiram cocaína com limpa-vidros.

É o único lugar onde eu trabalho que já não está impecável quando eu chego. Na verdade, está sempre imundo. Toda quarta-feira eu subo como Sísifo a escada até a sala de estar deles, onde sempre parece que estão no meio de uma mudança.

Não ganho muito dinheiro com eles, porque não cobro por hora nem recebo o dinheiro da passagem. Muito menos almoço. Eu trabalho para valer, mas sento bastante para descansar e fico até bem tarde. Fumo e leio o *New York Times*, livros pornográficos, *Como construir um telhado no quintal*. Mas a maior parte do tempo eu fico mesmo só olhando pela janela para a casa ao lado, onde nós morávamos. Russel Street, 2129-1/2. Olho para a árvore que dá umas frutas duras, em formato de pera, nas quais Terry costumava atirar. A cerca de madeira reluz, crivada de chumbinho. O letreiro da BEKINS que iluminava a nossa cama à noite. Sinto saudade de Terry e fumo. Não dá para ouvir os trens durante o dia.

40-TELEGRAPH. CASA DE CONVALESCENÇA MILLHAVEN. Quatro velhinhas em cadeiras de rodas fitam com olhos baços a rua lá fora. Atrás delas, no posto de enfermagem, uma moça negra muito bonita dança ao som de "I Shot the Sheriff". A música está alta, até para mim, mas as velhinhas não ouvem nada. Abaixo delas, na calçada, há uma placa tosca: "INSTITUTO DO TUMOR 1:30".

O ônibus está atrasado. Carros passam. Gente rica dentro de carro nunca olha para as pessoas na rua. Gente pobre sempre olha… na verdade, às vezes parece que elas estão só passeando de carro, olhando para as pessoas na rua. Eu já fiz isso. Gente pobre espera muito. Em postos da previdência social, filas de desempregados, lavanderias, cabines telefônicas, prontos-socorros, prisões etc.

Enquanto o 40 não vinha, a gente olhava a vitrine da LAVANDERIA MILL AND ADDIE'S. Mill tinha nascido num moinho na Geórgia. Estava deitado em cima de cinco máquinas de lavar, instalando um enorme aparelho de tevê na parede acima delas. Addie fazia pantomimas ridículas para nós, indicando que ele não ia conseguir prender a tevê lá em cima de jeito nenhum. Transeuntes paravam para observar Mill também. Todos nós estávamos refletidos na televisão, como num daqueles programas que entrevistam pessoas na rua.

Mais adiante está acontecendo um grande funeral de negros na "Fouché's". Eu costumava achar que o letreiro de neon dizia

"Touché" e sempre imaginava a morte de máscara, encostando a ponta da foice no meu coração.

Tenho trinta comprimidos agora, de Jessel, Burns, Mcintyre, Horwitz e Blum. Essas pessoas para quem eu trabalho têm, cada uma, estimulantes ou calmantes em quantidade suficiente para tirar um Hells Angels de circulação por vinte anos.

18-PARK-MONTCLAIR. Centro de Oakland. Um índio beberrão a essa altura já me conhece e sempre diz: "É, meu bem, as coisas são como são".

Na Park Boulevard, vejo um ônibus azul da delegacia do condado com as janelas tapadas com tábuas. Dentro dele há cerca de vinte prisioneiros a caminho da primeira audiência com o juiz. Acorrentados uns aos outros, todos de macacão laranja, eles se movimentam mais ou menos como uma equipe de remo. Com a mesma camaradagem, na verdade. Está escuro dentro do ônibus. O sinal de trânsito se reflete na janela. Amarelo ESPERE ESPERE. Vermelho PARE PARE.

Uma longa hora sonolenta rumo às abastadas e nebulosas colinas de Montclair. Só empregadas no ônibus. Abaixo da igreja luterana Zion há uma grande placa preta e branca que diz CUIDADO COM AS PEDRAS QUE CAEM. Toda vez que vejo a placa, eu caio na gargalhada. As outras empregadas e o motorista se viram e ficam olhando para mim. Já virou um ritual. Houve uma época em que eu me benzia automaticamente sempre que passava por uma igreja católica. Talvez eu tenha parado porque as pessoas dentro dos ônibus sempre se viravam para olhar para mim. Eu ainda rezo automaticamente uma ave-maria, em silêncio, sempre que ouço uma sirene. O que é uma amolação, porque eu moro em Pill Hill, em Oakland, perto de três hospitais.

Ao pé das colinas de Montclair, mulheres de Toyota esperam suas empregadas descerem do ônibus. Eu sempre pego uma carona até a Snake Road com Mamie e a patroa dela, que diz:

"Nossa, como estamos bonitas com essa peruca de mechas louras, Mamie, e eu aqui com as minhas roupas de pintura xexelentas". Mamie e eu fumamos.

A voz das mulheres sempre sobe duas oitavas quando elas falam com faxineiras ou com gatos.

(Faxineira: Por falar em gatos… nunca faça amizade com eles, não deixe que eles brinquem com a vassoura, com os panos de chão. As patroas ficam com ciúme. Jamais, no entanto, expulse gatos de cadeiras. Por outro lado, sempre faça amizade com cachorros, gaste cinco ou dez minutos fazendo festinha no Cherokee ou no Smiley quando chegar para trabalhar. Não se esqueça de fechar as tampas das privadas. Os focinhos peludos ficam pingando.)

Os Blum. Esse é o lugar mais estranho em que eu trabalho, a única casa bonita. Os dois são psiquiatras. São terapeutas de casal e adotaram duas crianças em "idade pré-escolar".

(Nunca trabalhe numa casa com crianças em "idade pré-escolar". Bebês são ótimos. Você pode passar horas olhando para eles, segurando-os no colo. Mas as crianças mais velhas… você tem que lidar com berros, sucrilhos grudentos, acidentes endurecidos e pisoteados com os pés do pijama do Snoopy.)

(Nunca trabalhe para psiquiatras também. Você vai enlouquecer. Eu bem que teria uma ou duas coisinhas para dizer a *eles*… Sapato com salto embutido?)

O dr. Blum está de molho em casa de novo, doente. Ele tem asma, santo Deus. Fica à toa pela casa, de roupão de banho, coçando a perna branca e peluda com o chinelo.

Oh ho ho ho Mrs. Robinson. Ele tem uma aparelhagem de som que vale mais de dois mil dólares e cinco discos. Simon e Garfunkel, Joni Mitchel e três Beatles.

Ele está parado no vão da porta da cozinha, coçando a outra perna agora. Eu passo o esfregão com desinfetante em giros sensuais no chão da cozinha e vou me afastando dele em direção à copa, enquanto ele me pergunta por que eu escolhi justo esse ramo para trabalhar.

"Acho que foi ou por culpa ou por raiva", respondo na minha fala arrastada.

"Quando o chão secar, eu posso fazer um chá pra mim?"

"Ah, olha, senta lá que eu levo o chá para o senhor. Açúcar ou mel?"

"Mel. Se não for dar muito trabalho. E limão se..."

"Pode ir que eu cuido disso." Eu levo chá para ele.

Uma vez eu trouxe para Natasha, que tem quatro anos, uma blusa preta com lantejoulas. Para ocasiões especiais. A sra. dra. Blum ficou furiosa e berrou que aquilo era sexista. Por um momento, achei que ela estivesse me acusando de tentar seduzir Natasha. Ela jogou a blusa no lixo. Eu resgatei a blusa mais tarde e às vezes a uso em ocasiões especiais.

(Faxineira: Você inevitavelmente vai trabalhar para muita mulher liberada. O primeiro passo é uma terapia de grupo; o segundo, uma faxineira; o terceiro, o divórcio.)

Os Blum têm muitos comprimidos, uma profusão deles. Ela tem estimulantes, ele tem calmantes. O dr. Blum tem comprimidos de beladona. Eu não sei o que eles fazem, mas queria que meu nome fosse esse.

Uma manhã, eu o ouvi dizer para ela, na copa: "Vamos fazer alguma coisa espontânea hoje, levar as crianças para soltar pipa!".

Isso me tocou. Um lado meu queria entrar lá correndo, como a empregada das charges publicadas no fim do *Saturday Evening Post*, para dar uma força para ele. Eu faço pipas fantásticas e conheço bons lugares para soltar pipa em Tilden. Não tem vento em Montclair. O outro ligou o aspirador para não poder ouvir a resposta dela. Chovia a cântaros lá fora.

O quarto de brinquedos estava uma bagunça. Perguntei a Natasha se ela e Todd realmente brincavam com aqueles brinquedos todos. Ela me disse que às segundas ela e Todd acordavam e esparramavam os brinquedos, porque eu estava vindo. "Vai lá chamar o seu irmão", eu disse.

Coloquei os dois para recolher os brinquedos e eles estavam trabalhando direitinho quando a dra. Blum entrou no quarto. Ela me passou um sermão sobre interferência e sobre como ela se recusava a "incutir sentimentos de culpa neuróticos por causa de tarefas" nos filhos. Eu ouvi, emburrada. Terminado o sermão, ela pensou um pouco e depois me mandou descongelar a geladeira e limpá-la com amônia e baunilha.

Amônia e baunilha? Isso me fez parar de odiá-la. Era uma coisa tão singela. Eu percebi que ela realmente queria ter uma casa acolhedora, não queria que incutissem nos filhos dela sentimentos de culpa neuróticos por causa de tarefas. Quando tomei um copo de leite mais tarde, ele estava com gosto de amônia e baunilha.

40-TELEGRAPH-BERKELEY. LAVANDERIA MILL AND ADDIE'S. Addie está sozinha na lavanderia, limpando a imensa vidraça da vitrine. Atrás dela, em cima de uma máquina de lavar, há uma enorme cabeça de peixe dentro de um saco plástico. Olhos cegos e preguiçosos. Um amigo, o sr. Walker, leva cabeças de peixes para eles, para botar na sopa. Addie faz grandes círculos com um pano branco e felpudo na vidraça. Do outro lado da rua, na escola maternal Saint Luke's, um menino acha que ela está acenando para ele e acena para ela, fazendo os mesmos grandes círculos. Addie para, sorri, acena de verdade em resposta. O meu ônibus chega. Sobe a Telegraph rumo a Berkeley. Na vitrine do SALÃO DE BELEZA VARINHA DE CONDÃO vê-se uma estrela de papel laminado presa a um mata-moscas. Ao lado há uma loja de produtos ortopédicos com duas mãos suplicantes e uma perna.

Ter se recusava a andar de ônibus. As pessoas o deprimiam, lá sentadas. Mas ele gostava das rodoviárias dos ônibus Greyhound. Nós costumávamos ir às rodoviárias de San Francisco e de Oakland. Principalmente à de Oakland, na San Pablo Avenue. Uma vez ele disse que me amava porque eu era como a San Pablo Avenue.

Ele era como o depósito de lixo de Berkeley. Eu queria que existisse um ônibus que fosse até o depósito. A gente ia para lá quando ficava com saudade do Novo México. Lá é árido, venta muito e gaivotas planam como bacuraus no deserto. Você vê o céu não só lá no alto, mas também ao seu redor. Caminhões de lixo trovejam pelas estradas de terra, levantando vagalhões de poeira. Dinossauros cinza.

Eu não consigo lidar com o fato de você estar morto, Ter. Mas você sabe disso.

É como aquela vez no aeroporto, quando você estava prestes a subir a rampa de embarque para ir para Albuquerque.

"Ai, merda. Eu não posso ir. Você não vai encontrar o carro nunca."

"O que é que você vai fazer quando eu não estiver aqui, Maggie?", você perguntava toda hora, naquela outra vez, quando estava com viagem marcada para Londres.

"Eu vou fazer macramê, cara."

"O que é que você vai fazer quando eu não estiver aqui, Maggie?"

"Você realmente acha que eu preciso tanto assim de você?"

"Acho", você respondeu. Uma declaração simples, típica de um cara de Nebraska.

Meus amigos dizem que eu estou chafurdando em autopiedade e remorso. Diziam; eu não vejo mais ninguém. Quando sorrio, levo involuntariamente a mão à boca.

Coleciono comprimidos para dormir. Uma vez nós fizemos

um pacto... se as coisas não melhorassem até 1976, íamos dar um tiro um no outro no final da marina. Você não acreditou em mim, disse que eu ia atirar em você antes e fugir, ou atirar em mim mesma antes, sei lá. Estou cansada do trato, Ter.

58-COLLEGE-ALAMEDA. As velhinhas de Oakland vão todas fazer compras na loja de departamentos Hink's, em Berkeley. Já as velhinhas de Berkeley vão à loja de departamentos Capwell, em Oakland. Todo mundo que anda nesse ônibus é jovem e negro ou branco e velho, inclusive os motoristas. Os motoristas brancos e velhos são grossos e nervosos e ficam mais nervosos ainda nos arredores da Oakland Tech High School. Vivem dando freadas bruscas e berrando por causa de cigarros e rádios ligados. Dão guinadas e param de repente, fazendo as velhinhas baterem nos mastros. Os braços das velhinhas ficam roxos na hora.

Os motoristas jovens e negros correm muito, varando um sinal amarelo atrás do outro na Pleasant Valley Road. Nos ônibus deles fica uma barulheira e uma fumaceira tremenda, mas eles não dão guinadas.

Casa da sra. Burke hoje. Preciso largar essa também. Nunca nada muda. Nunca nada está sujo. Eu não consigo entender o que é que eu vou fazer lá. Hoje eu me senti um pouco melhor. Pelo menos entendi o mistério das trinta garrafas de vinho rosé Lancers. Antes tinha trinta e uma. Ao que parece, ontem foi o aniversário de casamento deles. Havia duas guimbas de cigarro no cinzeiro dele (não só a dele), uma taça de vinho (ela não bebe) e a minha nova garrafa de vinho rosé. Os troféus de boliche tinham sido mudados de lugar, ligeiramente. A nossa vida juntos.

Ela me ensinou muita coisa sobre o trabalho doméstico. Ponha o papel higiênico no porta-papel de modo que a ponta dele saia por baixo. Puxe a aba do saponáceo só até destampar três buracos, em vez de seis. Quem poupa tem. Uma vez, num acesso de rebeldia, eu arranquei a aba toda e, sem querer, derramei saponáceo dentro do fogão inteiro. Um melê.

(Faxineira: Mostre a eles que você faz um serviço completo. No primeiro dia, ponha todos os móveis de volta no lugar errado... dez a vinte centímetros mais para um lado, ou virados em outra direção. Quando tirar o pó, inverta a posição dos gatos siameses. Ponha a cremeira à esquerda do açucareiro. Troque todas as escovas de dentes de lugar.)

A minha obra-prima nessa área foi quando eu limpei o topo da geladeira da sra. Burke. Ela repara em tudo, mas se eu não tivesse deixado a lanterna ligada ela não teria notado que eu havia areado e reuntado o ferro de fazer waffle, consertado a bonequinha de gueixa e limpado a lanterna também.

Fazer tudo errado não só deixa claro que você faz um serviço completo, como também dá para eles a chance de ser exigentes e de bancar o "chefe". A maioria das mulheres americanas se sente muito desconfortável com o fato de ter criados. Elas não sabem o que fazer enquanto você está lá. A sra. Burke faz coisas como reconferir a lista de pessoas para quem ela vai enviar cartões de Natal e passar a ferro os papéis de presente do ano anterior. Em agosto.

Tente trabalhar para judeus ou negros. Você ganha almoço. Mas, principalmente, porque as mulheres judias e as mulheres negras respeitam o trabalho, o trabalho que você faz, e também não sentem a menor vergonha de passar o dia inteiro sem fazer absolutamente nada. Elas estão te pagando, não estão?

Já as cristãs da Estrela do Oriente são outra história. Para que elas não se sintam culpadas, tente estar sempre fazendo alguma coisa que elas jamais fariam. Suba no fogão para limpar as manchas deixadas no teto por uma coca-cola que explodiu. Feche-se dentro do boxe de vidro do chuveiro. Empurre todos os móveis, inclusive o piano, contra a porta. Elas jamais fariam uma coisa dessas e, além disso, não vão poder entrar.

Ainda bem que elas sempre são viciadas em pelo menos um programa de televisão. Eu deixo o aspirador ligado durante meia hora (um som tranquilizador) e deito debaixo do piano segurando uma flanela na mão, por via das dúvidas. Fico só deitada lá, cantando baixinho e pensando. Eu me recusei a identificar o seu corpo, Ter, o que causou um grande transtorno. Fiquei com medo de bater em você pelo que você fez. Morrer.

O piano dos Burke é a última coisa que eu limpo antes de ir embora. O lado ruim disso é que a única música que tem nele é o hino dos fuzileiros navais. Eu sempre acabo marchando até o ponto de ônibus ao ritmo de *"From the Halls of Monte-zu-u-ma…"*.

58-COLLEGE-BERKELEY. Um motorista branco, velho e grosso. Chove e eu estou atrasada. O ônibus está lotado e faz frio. A época do Natal é ruim para os ônibus. Uma hippie chapada gritou: "Me deixa descer da porra deste ônibus!". "Espera o ponto!", o motorista gritou de volta. Uma mulher gorda, uma faxineira, vomitou no banco da frente, sujando as galochas das pessoas e a minha bota. O cheiro era horrível e um monte de gente desceu no ponto seguinte, quando ela também desceu. O motorista parou num posto de gasolina Arco, em Alcatraz, e pegou uma mangueira para limpar o vômito, mas claro que só fez empurrá-lo para a parte de trás do ônibus e deixar tudo mais molhado ainda. Ele estava vermelho e furioso, ultrapassou o sinal seguinte, botando todo mundo em perigo, disse o homem ao meu lado.

Em frente à Oakland Tech, cerca de vinte estudantes com rádios esperavam atrás de um homem todo estropiado. Há um posto da previdência social ao lado da Tech. Enquanto o homem entrava no ônibus com muita dificuldade, o motorista disse "Ah meu SANTO DEUS" e o homem fez uma cara de espanto.

Casa dos Burke de novo. Nenhuma mudança. Eles têm dez

relógios digitais, todos mostrando exatamente a hora certa. No dia em que eu largar, vou tirar todos eles da tomada.

Finalmente larguei a sra. Jessel. Ela continuou me pagando com cheque e, uma vez, me ligou quatro vezes na mesma noite. Telefonei para o marido dela e disse que eu estava com mononucleose. Ela esqueceu que eu tinha largado e me ligou ontem à noite para perguntar se eu tinha achado que ela estava um pouco mais pálida que o normal. Sinto falta dela.

Patroa nova hoje. Uma verdadeira lady.

(Eu nunca penso em mim mesma como uma "senhora da faxina",* embora seja assim que as pessoas se refiram a nós: a senhora ou a moça que faz faxina lá em casa.)

A sra. Johansen. Ela é sueca e fala um inglês cheio de gírias e expressões idiomáticas, como os filipinos.

A primeira coisa que ela me disse, quando abriu a porta, foi "MINHA NOSSA!".

"Ah. Eu cheguei cedo demais?"

"De jeito nenhum, minha querida."

Ela roubou a cena. Uma Glenda Jackson de oitenta anos. Fiquei de queixo caído. (Viu, eu já estou falando que nem ela.) De queixo caído no vestíbulo.

No vestíbulo, antes mesmo de eu tirar meu casaco, o casaco de Ter, ela me explicou o acontecimento da vida dela.

John, o marido, tinha morrido fazia seis meses. Estava achando difícil, principalmente, dormir. Então, tinha começado a montar quebra-cabeças de paisagens. (Fez um gesto na direção da mesa de jogar cartas, na sala de estar, onde a mansão Monticello

---

* No original, *"cleaning lady"*, que é a forma mais comum de se referir a uma faxineira em inglês, mas que a narradora rejeita, preferindo *"cleaning woman"*. (N. T.)

de Jefferson estava quase terminada, salvo por um buraco em forma de protozoário no canto superior direito.)

Uma noite, ela ficou tão obcecada com o quebra-cabeça que nem sequer foi para a cama. Esqueceu, de verdade, de ir dormir! E de comer, ainda por cima. Jantou às oito horas da manhã. Tirou uma soneca, acordou às duas, tomou o café da manhã às duas da tarde, saiu e comprou outro quebra-cabeça.

Quando John estava vivo, era café da manhã às seis, almoço ao meio-dia, jantar às seis. Sem brincadeira. Mas os tempos mudaram. Quem te viu, quem te vê.

"Não, minha querida, você não chegou cedo demais", disse ela. "Mas é possível que a qualquer momento eu dê uma fugidinha pra cama."

Eu ainda estava parada lá, cheia de calor, olhando para os radiantes olhos sonolentos da minha nova patroa, esperando minhas instruções.

Só o que eu tinha que fazer era limpar as janelas e passar aspirador no carpete. Mas, antes de passar aspirador no carpete, eu tinha que tentar encontrar uma peça de quebra-cabeça. Céu com um pedacinho de árvore. Eu sei que está faltando uma peça.

Foi gostoso ficar na varanda, limpando as janelas. Estava frio, mas o sol batia nas minhas costas. Do lado de dentro, ela montava o quebra-cabeça. Absorta, mas fazendo pose assim mesmo. Ela deve ter sido muito bonita.

Depois das janelas veio a tarefa de procurar a peça de quebra-cabeça. Esquadrinhando palmo a palmo o carpete verde e peludo, migalhas de bolacha, elásticos do *Chronicle*. Eu estava felicíssima, era o melhor trabalho que já tinham me dado. Como ela estava "pouco se lixando" se eu fumasse ou não, fiquei engatinhando pelo chão e fumando, arrastando meu cinzeiro junto comigo.

Encontrei a peça, bem longe do canto da sala onde ficava a mesa do quebra-cabeça. Era céu, com um pedacinho de árvore.

"Achei!", ela gritou. "Eu sabia que estava faltando uma peça!"

"*Eu* achei!", eu gritei.

Agora eu podia passar o aspirador, o que fiz enquanto ela terminava o quebra-cabeça com um suspiro. Quando estava saindo, eu lhe perguntei se ela achava que ia precisar de mim de novo.

"Quem sabe?", disse ela.

"Bom... tanto faz como tanto fez", eu disse, e nós duas rimos.

Ter, eu não quero morrer de jeito nenhum, na verdade.

40-TELEGRAPH. Ponto de ônibus em frente à lavanderia. A MILL AND ADDIE'S está abarrotada de gente esperando para usar as máquinas, mas todos estão animados, como quem espera uma mesa. Estão de pé, batendo papo na vitrine e tomando latas verdes de Sprite. Mill e Addie se misturam a eles como anfitriões afáveis, trocando dinheiro. Na tevê, a Ohio State Band toca o hino nacional. Neva no Michigan.

É um dia frio e claro de janeiro. Quatro motoqueiros de costeleta surgem da esquina da rua 29 um atrás do outro, feito uma rabiola de pipa. Uma Harley para em frente ao ponto de ônibus e alguns garotos acenam para o motoqueiro da carroceria de uma picape Dodge 1950. Eu finalmente choro.

Meu jóquei

Eu gosto de trabalhar na emergência — pelo menos lá você conhece homens. Homens de verdade, heróis. Bombeiros e jóqueis. Eles vivem indo para alas de emergência. Jóqueis têm radiografias fantásticas. Quebram ossos a toda hora, mas só se enfaixam e se mandam para a próxima corrida. Os esqueletos deles parecem árvores, ou brontossauros reconstruídos. Radiografias de são Sebastião.

Eu costumo ficar encarregada de cuidar dos jóqueis porque falo espanhol e quase todos eles são mexicanos. O primeiro jóquei que conheci se chamava Muñoz. Santo Deus. Eu dispo pessoas o tempo todo e não é nada de mais, leva alguns segundos. Muñoz estava lá deitado, inconsciente, um deus asteca em miniatura. As roupas dele eram tão complicadas que era como se eu estivesse realizando um ritual elaborado. E enervante, porque demorava demais, como num livro de Mishima em que leva três páginas para tirar o quimono da moça. Sua camisa de cetim magenta tinha muitos botões ao longo do ombro e nos dois punhos minúsculos; a calça era atada com um intricado vaivém de cordões, nós pré-colombianos. Suas botas cheiravam a estrume e suor, mas eram tão macias e delicadas quanto os sapatinhos da Cinderela. Ele continuou dormindo, um príncipe encantado.

Começou a chamar pela mãe antes mesmo de acordar. Não se contentou em segurar minha mão como alguns pacientes fazem, mas se agarrou ao meu pescoço, chorando e dizendo *Mamacita! Mamacita!*. Só quis deixar que o dr. Johnson o examinasse se eu o segurasse deitado no colo como um bebê. Era pequeno como uma criança, mas forte, musculoso. Um homem no meu colo. Seria o homem dos meus sonhos? O bebê dos meus sonhos?

O dr. Johnson secava a minha testa enquanto eu traduzia. Ele com certeza tinha quebrado a clavícula e pelo menos três costelas e provavelmente havia sofrido uma concussão. Não, Muñoz disse. Ele tinha que disputar as corridas do dia seguinte. Leve-o para a radiologia, disse o dr. Johnson. Como ele se recusava a deitar na maca, eu o carreguei pelo corredor, como King Kong. Ele chorava, apavorado, e suas lágrimas encharcaram meu peito.

Ficamos esperando na sala escura pelo técnico de raio X. Eu o acalmei como acalmaria um cavalo. *Cálmate, lindo, cálmate. Despacio... despacio.* Devagar... devagar. Ele se aquietou nos meus braços, arfou e resfolegou suavemente. Afaguei suas belas costas. Elas estremeceram e tremeluziram como as de um esplêndido potro. Foi maravilhoso.

El Tim

Havia uma freira parada no vão da porta de cada sala de aula, hábitos pretos voando para o corredor com o vento. As vozes da primeira série, rezando, *Ave Maria, cheia de graça, o Senhor é convosco*. Do outro lado do corredor, a segunda série começava, com voz clara, *Ave Maria, cheia de graça*. Eu parava no meio do prédio e ficava esperando as vozes triunfantes da terceira série, às quais se uniam as da primeira série, *Pai nosso que estais no céu*, depois as da quarta série, mais graves, *Ave Maria, cheia de graça*.

Conforme iam ficando mais velhas, as crianças rezavam mais rápido, de forma que aos poucos as vozes começavam a se combinar, a se fundir num repentino e alegre cântico... *Em nome do Pai, do Filho e do Espírito Santo. Amém.*

Eu ensinava espanhol na nova escola ginasial, que ficava no canto oposto do pátio como um brinquedo de criança colorido. Todas as manhãs, antes das aulas, eu passava pela escola primária, para ouvir as orações, mas também simplesmente para entrar no prédio, como quem entra numa igreja. A escola tinha sido uma missão, construída em 1700 pelos espanhóis, construída para resistir durante muito tempo no deserto. Ela era diferente de outras escolas antigas, cuja quietude e solidez ainda são uma concha para as crianças que passam por elas. Tinha conservado a paz de uma missão, de um santuário.

As freiras riam na escola primária, e as crianças também. As freiras eram todas velhas, não como aquelas velhas cansadas que ficam se agarrando às suas bolsas nos pontos de ônibus, mas orgulhosas, amadas pelo seu Deus e pelas suas crianças. Elas retribuíam o amor com carinho, com um riso suave que ficava contido, protegido, atrás das pesadas portas de madeira.

Algumas freiras da escola ginasial percorriam o pátio, procurando fumaça de cigarro. Essas freiras eram jovens e nervosas. Davam aula para "crianças desfavorecidas", "quase delinquentes", e seus rostos magros pareciam cansados, padeciam de um olhar vazio. Elas não podiam usar a reverência ou o amor como as freiras da escola primária. O recurso de que dispunham era a impassibilidade, a indiferença pelos alunos que eram seu dever e sua vida.

As vidraças da fileira de janelas da nona série reluziam à medida que a irmã Lourdes as abria, como sempre, sete minutos antes de o sinal tocar. Eu estava parada do lado de fora, diante das portas laranja rabiscadas com iniciais, observando os meus alunos da nona série andarem de um lado para o outro em frente à cerca de arame, seus corpos relaxados e flexíveis, os pescoços balançando conforme eles andavam, os braços e as pernas se movendo ao ritmo de uma cadência, um trompete que ninguém mais conseguia ouvir.

Encostados na cerca de arame, eles conversavam numa língua que misturava inglês, espanhol e dialeto hippie, rindo sem emitir som. As meninas usavam o uniforme azul-marinho da escola. Como pássaros emudecidos, elas flertavam com os meninos, que inclinavam a cabeça emplumada, muito chamativos com suas calças laranja, amarelas ou azul-turquesa de boca afunilada. Eles usavam camisas pretas abertas ou suéteres de gola em V sem nada por baixo, de modo que o crucifixo cintilava em contraste com o peito liso e moreno... o crucifixo das gangues chicanas, que também era tatuado nas costas de suas mãos.

"Bom dia, minha querida."

"Bom dia, irmã." A irmã Lourdes tinha vindo para o lado de fora, para ver se a sétima série estava em fila.

A irmã Lourdes era a diretora. Tinha sido ela que havia me contratado, contrariada por ter de pagar alguém para lecionar, já que nenhuma das freiras falava espanhol.

"Como uma professora leiga", ela dissera, "a primeira da escola San Marco, pode ser que você tenha dificuldade para controlar os alunos, principalmente porque muitos deles são quase da sua idade. Você não pode cometer o erro que muitas das nossas jovens freiras cometem. Não tente ser amiga deles. Esses alunos pensam em termos de poder e fraqueza. Você precisa manter o seu poder... com frieza, disciplina, punição, controle. Espanhol é uma disciplina eletiva, então você pode dar nota baixa à vontade. Durante as primeiras três semanas, você pode transferir qualquer um dos seus alunos para a minha aula de latim. Eu não tive nenhum voluntário", ela sorriu. "Você vai ver que isso var ser de grande ajuda."

O primeiro mês tinha corrido bem. A ameaça da aula de latim era uma vantagem; ao fim da segunda semana, eu tinha eliminado sete alunos. Era um luxo dar aula para uma turma relativamente pequena, ainda mais sendo uma turma da qual a quarta parte mais fraca havia sido excluída. Meu espanhol nativo ajudou muito. Eles ficaram muito surpresos com o fato de uma "gringa" falar espanhol tão bem quanto os pais deles, melhor até do que eles. Ficavam impressionados com o fato de eu reconhecer as palavras obscenas que eles usavam, suas gírias para maconha e polícia. E se empenhavam bastante. O espanhol fazia parte da vida deles, era importante para eles. Todos se comportavam bem, mas a obediência mal-humorada e as respostas automáticas deles eram uma afronta para mim.

Eles zombavam de palavras e expressões que eu usava e começaram a usá-las tanto quanto eu. "La Piña", eles caçoavam, por causa do meu cabelo, e logo as meninas cortaram os cabelos como o meu. "A idiota não sabe escrever", eles sussurravam quando eu escrevia com letra de fôrma no quadro-negro, mas começaram a escrever com letra de fôrma em todos os trabalhos.

Eles ainda não eram *pachucos*, os gângsteres chicanos que se esforçavam tanto para imitar, atirando com displicência um canivete em cima da mesa, corando quando ele escorregava e caía no chão. Ainda não diziam "Você não tem nada pra me ensinar". Ainda esperavam, dando de ombros, que alguém lhes ensinasse alguma coisa. Então, o que eu podia ensinar a eles? O mundo que eu conhecia não era melhor do que aquele que eles tinham a coragem de desafiar.

Eu observava a irmã Lourdes, cuja força não era, como a minha, uma fachada para impor respeito. Os alunos viam a fé que ela tinha no Deus e na vida que ela havia escolhido; eles respeitavam essa fé, disfarçando a tolerância pela rispidez que ela usava para ter o controle.

Ela também não podia rir com eles. Eles só riam para debochar, só riam quando alguém se expunha com uma pergunta, com um sorriso, um erro, um peido. Quando silenciava as risadas sem alegria deles, eu sempre pensava nos risinhos, nos gritos, na alegria contrastante da escola primária.

Uma vez por semana, eu ria com a nona série. Nas segundas-feiras, quando ouvíamos uma batida repentina na frágil porta de metal, um imperioso BUM BUM BUM que fazia as janelas chacoalharem e ecoava pelo prédio inteiro. Aquele barulho assustador sempre me fazia pular de susto, e a turma ria de mim.

"Pode entrar!", eu gritava. As batidas cessavam e nós ríamos, porque era só um menininho minúsculo da primeira série. De tênis nos pés, ele ia andando até a minha mesa com passinhos silenciosos. "Bom dia", sussurrava, "a senhora poderia me dar a lista da cafeteria?" Depois, saía andando na ponta dos pés e batia a porta com força, o que também era engraçado.

"Sra. Lawrence, a senhora pode vir comigo à minha sala um minutinho?" Entrei no gabinete da irmã Lourdes atrás dela e fiquei esperando enquanto ela tocava o sinal.

"Timothy Sanchez está voltando para a escola." Ela fez uma pausa, como se eu devesse reagir. "Ele estava no reformatório, onde já esteve várias vezes — por roubo e posse de drogas. Eles acham que seria bom ele concluir os estudos o mais rápido possível. Ele é bem mais velho do que o resto da turma e, de acordo com os testes que eles fizeram, é um menino excepcionalmente inteligente. Diz aqui que ele deve ser 'encorajado e desafiado'."

"Há alguma coisa específica que a senhora queira que eu faça?"

"Não, na verdade, eu não tenho como lhe dar conselho algum... ele é um problema todo especial. Eu achei que devia avisar. O funcionário judicial encarregado de monitorá-lo durante a condicional vai acompanhar o desempenho dele."

O dia seguinte era Halloween, e a escola primária veio fantasiada. Eu fiquei lá para ver as bruxas, as centenas de diabinhos que recitavam suas orações matinais com voz trêmula. O sinal já tinha tocado quando eu cheguei à porta da nona série. "Sagrado Coração de Maria, rogai por nós", eles estavam dizendo. Fiquei parada em frente à porta enquanto a irmã Lourdes fazia a chamada. Os alunos se levantaram quando eu entrei na sala. "Bom dia." Suas cadeiras arrastaram no chão quando eles se sentaram.

A sala ficou em silêncio. "El Tim!", alguém sussurrou.

Ele estava parado diante da porta, sua silhueta, como a da irmã Lourdes, delineada contra a luz que vinha da claraboia do corredor. Estava vestido de preto, com a camisa aberta até a cintura, a calça de cós baixo bem justa no quadril esguio. Um crucifixo de ouro pendia de um cordão grosso. Com um leve sorriso no rosto, ele olhava para a irmã Lourdes de cima para baixo, os cílios criando sombras irregulares nas bochechas magras. Seu cabelo preto era comprido e liso. Ele o pôs para trás com dedos finos e longos, rápido, como um pássaro.

Vi o medo reverente que ele causava na turma. Fiquei observando as adolescentes, as meninas bonitas que cochichavam no banheiro não sobre namoros e amor, mas sobre casamento e aborto. Elas estavam tensas, olhando para ele, ruborizadas e cheias de vida.

A irmã Lourdes entrou na sala. "Sente-se aqui, Tim", disse ela, apontando para a carteira que ficava em frente à minha mesa. Ele foi andando até o meio da sala, suas costas largas encurvadas, o pescoço projetado para a frente, tssch-tssch, tssch--tssch, a cadência *pachuco*. "Saca só a freira maluca!", ele disse com um sorriso sarcástico, olhando para mim. A turma riu. "Silêncio!", ordenou a irmã Lourdes. Ela foi para o lado dele. "Esta é a sra. Lawrence. Aqui está o seu livro de espanhol." Ele não deu nenhum sinal de que a tivesse ouvido. As contas dela chacoalhavam nervosamente.

"Abotoe a camisa", disse ela. "Abotoe a camisa!"

Ele levou as mãos ao peito, depois começou a mexer num botão com uma das mãos, examinando-o sob a luz, e a tatear a casa com a outra. A freira empurrou as mãos dele para o lado e se pôs a abotoar a camisa até fechá-la toda.

"Eu não sei como consegui viver sem a senhora até hoje, irmã", ele disse com voz arrastada. Ela saiu da sala.

Era terça-feira, ditado. "Peguem lápis e papel." A turma obedeceu automaticamente. "Você também, Tim."

"Papel", ele ordenou em voz baixa. Folhas de papel competiram para chegar à sua mesa.

"*Llegó el hijo*", ditei. Tim se levantou e foi andando até o fundo da sala. "O lápis está sem ponta...", ele disse. Sua voz era grossa e rouca, uma rouquidão de quem está prestes a chorar. Ele apontava o lápis devagar, virando o apontador de modo a soar como vassourinhas arrastando num tambor.

"*No tenían fé.*" Tim parou para passar a mão no cabelo de uma menina.

"Sente-se", eu disse.

"Calminha", ele murmurou. A turma riu.

Ele entregou uma folha de papel em branco, com o nome "EL TIM" escrito no alto da página.

Desse dia em diante, tudo passou a girar em torno de El Tim. Ele alcançou rapidamente o resto da turma. Seus testes e exercícios escritos eram sempre excelentes. Mas os outros alunos só eram influenciados pela sua insolência mal-humorada em sala de aula, pela sua silenciosa e impunível recusa. Ler em voz alta, conjugar verbos no quadro, fazer debates, todas as atividades que costumavam ser quase divertidas agora eram quase impossíveis. Os meninos não levavam mais nada a sério, tinham vergonha de acertar; as meninas ficavam inibidas, constrangidas na frente dele.

Comecei a passar trabalhos escritos a maior parte do tempo, trabalhos individuais que eu podia conferir de mesa em mesa. Passava muitas redações e dissertações, embora esse tipo de exercício não fizesse parte do currículo de espanhol da nona série. Era a única coisa que Tim gostava de fazer, na qual ele trabalhava com dedicação, apagando e reescrevendo, enquanto consultava o dicionário de espanhol que mantinha em cima de sua mesa. Suas redações eram criativas, gramaticalmente perfeitas e sempre sobre temas impessoais… uma rua, uma árvore. Eu escrevia comentários e elogios nelas. Às vezes lia as redações dele para a turma, na esperança de que os alunos ficassem impressionados e se sentissem encorajados pelo trabalho dele. Percebi tarde demais que eles só ficavam confusos com o fato de ele ser elogiado, de se dar bem mesmo sendo desdenhoso… *"Pues, la tengo…"* Eu sei do que ela gosta.

Emiterio Perez repetia tudo o que Tim dizia. Como era retardado, Emiterio vinha sendo mantido na nona série até ter idade suficiente para sair da escola. Ele distribuía folhas de exercício, abria janelas. Eu o mandava fazer tudo o que os outros alunos faziam. Dando risadinhas, ele escrevia páginas intermináveis de rabiscos amorfos, mas bem organizados, às quais eu dava nota e depois devolvia a ele. Às vezes eu lhe dava um B e ele ficava felicíssimo. Agora, nem mesmo ele fazia mais os trabalhos. *"Para qué, hombre?"*, Tim sussurrava para ele. Emiterio ficava confuso, olhando ora para Tim, ora para mim. Às vezes, chorava.

Impotente, eu via a turma ficar cada vez mais agitada, uma agitação que agora nem mesmo a irmã Lourdes conseguia controlar. Quando ela entrava na sala, não havia mais silêncio, mas inquietação… mãos esfregando rostos, uma borracha batendo numa mesa, páginas sendo viradas. A turma esperava. Sempre, lenta e grossa, soava a voz de Tim. "Está frio aqui, irmã, a senhora não acha?" "Irmã, tem algum problema com o meu olho, vem cá ver." Nós não nos mexíamos enquanto, todos os dias, automaticamente, a freira abotoava a camisa de Tim. "Está tudo bem?", ela me perguntava e depois saía da sala.

Numa segunda-feira, eu levantei a cabeça e vi uma criança pequena vindo na minha direção. Olhei para a criança e depois, sorrindo, olhei para Tim.

"Elas estão ficando menores a cada ano que passa... você reparou?", ele disse baixinho, de modo que só eu ouvisse. E sorriu para mim. Eu retribuí o sorriso, fraca de alegria. Então, fazendo um barulho áspero, ele empurrou sua cadeira para trás e foi andando em direção ao fundo da sala. No meio do caminho, parou diante de Dolores, uma menininha feia e tímida. Lentamente, ele passou as mãos nos seios dela. Dolores gemeu e saiu correndo da sala, chorando.

"Venha aqui!", eu ordenei a ele, gritando. Os dentes dele brilharam.

"Me obrigue", disse ele.

Eu me apoiei na mesa, zonza.

"Saia daqui! Vá para casa e não volte para a minha aula nunca mais."

"Pode deixar", ele disse, sorrindo. Passou por mim no caminho para a porta, estalando os dedos enquanto andava... tsch-tsch, tsch-tsch. A turma ficou em silêncio.

Quando eu estava saindo da sala para procurar Dolores, uma pedra atravessou a janela e caiu na minha mesa, com uma saraivada de cacos de vidro.

"O que está acontecendo?" A irmã Lourdes estava na porta. Eu não tinha como passar por ela.

"Eu mandei Tim ir para casa."

Ela estava branca, a touca balançando.

"Sra. Lawrence, é seu dever lidar com ele na sala de aula."

"Eu sinto muito, irmã, eu não consigo."

"Eu vou falar com a madre superiora", disse ela. "Passe na minha sala amanhã de manhã. Volte para o seu lugar!", ela gritou para Dolores, que havia entrado pela porta de trás. A freira saiu.

"Abram o livro na página 93", eu disse. "Eddie, leia e traduza o primeiro parágrafo."

Não entrei na escola primária na manhã seguinte. A irmã Lourdes estava esperando, sentada atrás de sua mesa. Em frente às portas de vidro da sala, Tim esperava encostado na parede, com as mãos enganchadas no cinto.

Brevemente, eu contei à freira o que havia acontecido na véspera. Ela manteve a cabeça baixa enquanto eu falava.

"Eu espero que a senhora consiga recuperar o respeito desse menino", ela disse.

"Eu não vou aceitá-lo de volta na minha aula", eu disse. De pé diante da mesa dela, eu apertava a beirada do tampo de madeira.

"Sra. Lawrence, nós fomos informadas de que esse menino precisava de uma atenção especial, de que ele precisava ser 'encorajado e desafiado'."

"Não no ginasial. Ele é velho demais e inteligente demais para estar lá."

"Bem, a senhora vai ter que aprender a lidar com esse problema."

"Irmã Lourdes, se a senhora puser o Tim de volta na minha turma de espanhol, eu vou falar com a madre superiora e com o funcionário judicial encarregado de acompanhá-lo. Vou contar a eles o que aconteceu. Vou mostrar os trabalhos que os meus alunos faziam antes de Tim entrar para a turma e os trabalhos que eles vêm fazendo desde então. Vou mostrar os trabalhos de Tim, não são trabalhos de um aluno da nona série."

Ela falou em voz baixa, seca. "Sra. Lawrence, esse menino é responsabilidade nossa. O comitê que concedeu liberdade condicional a ele o entregou a nós. Ele vai permanecer na sua turma." Ela se inclinou na minha direção, pálida. "É nosso dever como professoras controlar esses problemas e ensinar apesar deles."

"Bom, eu não consigo."

"Você é fraca!", ela rosnou.

"Sim, eu sou. Ele venceu. Eu não suporto o que ele faz com a turma e comigo. Se ele voltar, eu me demito."

Ela desabou de volta na cadeira. Cansada, falou: "Dê mais uma chance a ele. Uma semana. Depois disso, a senhora pode fazer o que quiser".

"Está bem."

Ela se levantou e abriu a porta para Tim. Ele se sentou na beira da mesa dela.

"Tim", ela disse num tom suave, "você vai provar para mim, para a senhora Lawrence e para a turma que está arrependido?"

Ele não respondeu.

"Eu não quero mandar você de volta para o reformatório."

"Por que não?"

"Porque você é um menino inteligente. Eu quero ver você aprender alguma coisa aqui, quero ver você se formar pela San Marco, entrar para uma escola secundária, para…"

"Ah, qual é, irmã", Tim disse com voz arrastada. "A senhora só quer abotoar a minha camisa."

"Cala a boca!" Dei um tapa na cara dele. Minha mão deixou uma marca branca na sua pele escura. Ele não se mexeu. Eu senti vontade de vomitar. A irmã Lourdes saiu da sala. Tim e eu ficamos, encarando um ao outro, ouvindo a irmã dar início às orações da nona série… *Bendita sois vós entre as mulheres, bendito é o fruto do vosso ventre, Jesus…*

"Por que você me bateu?", Tim perguntou com voz branda.

Eu estava prestes a responder "Porque você é insolente e

cruel", mas vi o sorriso de desdém no rosto dele enquanto esperava que eu dissesse exatamente isso.

"Eu bati em você porque estava com raiva. Por causa da Dolores e da pedra. Porque fiquei magoada e me senti uma idiota."

Seus olhos escuros vasculharam o meu rosto. Por um instante, o véu caiu.

"Acho que nós estamos quites então", disse ele.

"É, estamos", eu disse. "Vamos para a aula."

Fui andando com Tim pelo corredor, evitando a cadência dos seus passos.

Ponto de vista

Imagine o conto "Angústia" de Tchékhov narrado na primeira pessoa. Um velho nos contando que seu filho acabou de morrer. Nós nos sentiríamos constrangidos, desconfortáveis, até mesmo enfadados, e reagiríamos exatamente como os passageiros do cocheiro reagem na história. Mas a voz imparcial de Tchékhov imbui o velho de dignidade. Nós absorvemos a compaixão do autor por ele e ficamos profundamente comovidos, se não com a morte do filho do velho, certamente com o velho falando com sua égua.

Acho que é porque somos todos muito inseguros.

Quer dizer, se eu só apresentasse a você essa mulher sobre a qual eu estou escrevendo agora...

"Sou uma mulher solteira de quase sessenta anos. Trabalho no consultório de um médico. Volto para casa de ônibus. Todo sábado, lavo minhas roupas na lavanderia, depois faço compras no supermercado Lucky, compro o *San Francisco Chronicle* de domingo e volto para casa." Você diria: "Ah, tenha a santa paciência".

Mas o meu conto abre com "Todo sábado, depois de lavar suas roupas na lavanderia e fazer compras no mercado, ela comprava o *Chronicle* de domingo". Você vai dar atenção a todos os detalhezinhos enfadonhos, obsessivos e compulsivos da vida dessa mulher, Henrietta, só porque ele está escrito na terceira pessoa. Vai pensar, bom, se o narrador acha que há alguma coisa nessa criatura melancólica sobre a qual vale a pena escrever, então deve haver mesmo. E vai continuar a ler para ver o que acontece.

Só que não acontece nada. Na verdade, a história ainda nem foi escrita. O que eu espero conseguir fazer é, por meio da utilização de detalhes intricados, tornar essa mulher tão verossímil que você não tenha como deixar de se compadecer dela.

A maioria dos escritores usa acessórios e cenários retirados de sua própria vida. Por exemplo, a minha Henrietta come toda noite seu jantarzinho magro sobre um jogo americano azul, usando belíssimos talheres italianos de inox. Um detalhe estranho, que pode parecer incoerente com essa mulher que corta cupons de desconto de toalhas de papel Brawny, mas que desperta a curiosidade do leitor. Pelo menos eu espero que desperte.

Não creio que eu vá dar nenhuma explicação para isso no conto. Eu mesma como com talheres elegantes desse tipo. Ano passado eu encomendei seis jogos de talheres do catálogo de Natal do Museum of Modern Art. Bem caros, cem dólares, mas valiam. Eu tenho seis pratos e seis cadeiras. Talvez eu possa dar um jantar para seis pessoas, pensei na época. Só que, na verdade, eram cem dólares por seis peças. Dois garfos, duas facas, duas colheres. Um jogo de talheres. Fiquei com vergonha de devolver o jogo; pensei: quem sabe o ano que vem eu compro outro?

Henrietta come com seus talheres bonitos e toma vinho californiano numa taça. Come salada numa tigela de madeira e comida congelada de baixa caloria num prato raso. Enquanto come, lê a seção "Mundo" do *Chronicle*, onde todos os artigos parecem ter sido escritos pela mesma primeira pessoa.

Henrietta mal pode esperar pela segunda-feira. Está apaixonada pelo dr. B., o nefrologista. Muitas secretárias/enfermeiras se apaixonam pelos "seus" médicos. É uma espécie de síndrome de Della Street.

O dr. B. é baseado no nefrologista para o qual trabalhei. Eu certamente não estava apaixonada por ele. Às vezes brincava dizendo que nós tínhamos uma relação de amor e ódio. Eu o achava tão detestável que isso devia me fazer lembrar o ponto a que relacionamentos amorosos às vezes chegam.

Já Shirley, a minha antecessora, era apaixonada por ele. Ela me mostrou todos os presentes de aniversário que tinha lhe dado. A jardineira com a trepadeira e a pequena bicicleta de latão. O espelho decorado com um coala em vidro fosco. O conjunto de canetas. Ela disse que ele tinha adorado todos os presentes, menos a capa de banco de bicicleta de pele de carneiro felpuda. Ela teve que trocá-la por luvas de ciclista.

Na minha história, o dr. B. ri de Henrietta por causa da capa felpuda, é muito debochado e cruel, como sem dúvida nenhuma era capaz de ser. Na verdade, esse vai ser o clímax do conto, quando Henrietta se dá conta do desprezo que ele sente por ela, de como é patético o amor que ela sente.

No dia em que comecei a trabalhar lá, encomendei aventais de papel. Shirley usava aventais de tecido: "Xadrez azul para os meninos, rosas cor-de-rosa para as meninas". (Muitos dos nossos pacientes eram tão velhos que usavam andadores.) Todo fim de semana, ela levava os aventais sujos para casa no ônibus e não só os lavava como engomava e passava a ferro. A minha Henrietta vai fazer isso também… passar a ferro aos domingos, depois de fazer faxina no apartamento.

Claro que boa parte da minha história é sobre os hábitos de

Henrietta. Hábitos. Não é nem que eles em si sejam tão ruins, é que já duraram tempo demais. Todo sábado, ano após ano.

Todo domingo, Henrietta lê a seção rosa do jornal. O horóscopo primeiro, sempre na página 16, o hábito do jornal. Geralmente as estrelas têm coisas picantes a dizer para Henrietta. "Lua cheia, escorpiana sexy, e você sabe o que isso quer dizer! Prepare-se para arder!"

Aos domingos, depois de fazer faxina e passar a ferro, Henrietta prepara alguma coisa especial para o jantar. Um frango assado, com recheio instantâneo e molho de frutas vermelhas. Purê de ervilha. Uma barra de chocolate Forever Yours de sobremesa.

Depois de lavar a louça, ela assiste ao programa de notícias *60 Minutes*. Não é que ela se interesse particularmente pelo programa. Ela gosta mesmo é da equipe de apresentadores. Diana Sawyer, tão bonita e bem-educada, e os homens são todos sensatos, confiáveis e solidários. Ela gosta quando eles se mostram preocupados e balançam a cabeça ou quando é uma matéria engraçada e eles sorriem e balançam a cabeça. Gosta principalmente das imagens do enorme relógio. Do ponteiro dos minutos e do tique-tique-taque do tempo.

Depois ela assiste à série *Assassinato por escrito*, da qual não gosta, mas não tem mais nada passando.

Estou tendo dificuldade de escrever sobre o domingo. De captar a longa sensação de vazio dos domingos. Nada de correio, roncos distantes de cortadores de grama, o desamparo.

E de descrever a ansiedade de Henrietta pela segunda de manhã. O tique-tique dos pedais da bicicleta dele e o clique quando ele tranca a porta da sua sala para trocar de roupa e vestir o jaleco azul.

"O fim de semana foi bom?", ela pergunta. Ele nunca responde. Nunca diz oi nem tchau.

À noite ela segura a porta aberta para ele, quando ele está saindo a pé puxando a bicicleta.

"Até amanhã! Vai pela sombra!", ela diz, sorrindo.

"Que raios isso quer dizer, ir pela sombra? Pelo amor de Deus, para de dizer isso."

Mas, por mais que ele seja grosseiro com ela, Henrietta acredita que exista um vínculo entre eles. Ele tem um pé torto e manca muito, enquanto ela tem escoliose, uma curvatura na coluna. Uma corcunda, na verdade. Ela é tímida e insegura, mas entende o que o faz ser tão cáustico. Uma vez ele disse que ela tinha as duas qualificações necessárias para ser enfermeira... era "burra e servil".

Depois de *Assassinato por escrito*, Henrietta toma um banho, paparicando a si mesma com sais de banho de perfume floral.

Assiste ao noticiário enquanto passa creme no rosto e nas mãos. Já botou água no fogo para fazer chá. Gosta de ver o boletim meteorológico. Os pequenos sóis sobre Nebraska e Dakota do Norte. Nuvens de chuva sobre Flórida e Louisiana.

Recostada na cama, ela beberica seu chazinho de ervas Sleepytime. Sente falta do antigo cobertor elétrico, que tinha um seletor de temperatura com as opções baixa, média ou alta. O cobertor novo era anunciado como o Cobertor Elétrico Inteligente. Ele sabe que não está frio e, então, não fica quente. Ela queria que ele ficasse quente e confortável. Ele é inteligente demais para o gosto dela! Ela ri alto. O som assusta um pouco no quarto pequeno.

Ela desliga a televisão e toma um gole de chá, ouvindo o barulho dos carros que entram e saem do posto de gasolina Arco do outro lado da rua. De vez em quando um carro para em frente à cabine telefônica com uma freada brusca, cantando pneu. Uma porta bate com força e logo o carro arranca e vai embora.

Ela ouve um carro se aproximando devagar da cabine telefônica. Um som alto de jazz vem de dentro do carro. Henrietta apaga a luz e levanta a persiana que fica ao lado da sua cama, só um pouquinho. A janela está embaçada. O rádio do carro toca Lester Young. O homem que está falando ao telefone segura o fone com o queixo. Seca a testa com um lenço. Eu me apoio no peitoril frio da janela e fico observando o homem. Ouço o saxofone melodioso tocar "Polka Dots and Moonbeams". No vidro embaçado, escrevo alguma coisa. O quê? O meu nome? O nome de um homem? Henrietta? Amor? Seja o que for, eu apago rápido, antes que alguém veja.

A primeira desintoxicação

Carlotta acordou, durante a quarta semana seguida de chuva daquele mês de outubro, na ala de desintoxicação do hospital do condado. Estou num hospital, ela pensou, e foi andando cambaleante pelo corredor. Havia dois homens num quarto grande, que seria ensolarado se não estivesse chovendo. Os homens eram feios e usavam roupas de brim preto e branco. Estavam cheios de manchas roxas e de curativos sujos de sangue. Devem ter sido trazidos da prisão para cá, ela pensou, mas depois viu que também estava usando uma roupa de brim preto e branco e também estava cheia de manchas roxas e de curativos sujos de sangue. Lembrou de algemas, de uma camisa de força.

Era Halloween. A voluntária do AA os ensinou a fazer abóboras. Você enche o balão, ela dá o nó no bico. Depois você cola tiras de papel grudentas em volta do balão todo. Na noite seguinte, quando o seu balão estiver seco, você o pinta de cor de abóbora. A voluntária recorta os olhos, o nariz e a boca. Você pode escolher se quer um sorriso ou uma careta na sua abóbora. Você não pode usar tesoura.

Houve muitas risadas pueris, por causa dos balões escorregadios, das mãos trêmulas deles. Era difícil fazer as abóboras. Se tivessem tido permissão para recortar os olhos, o nariz e a boca, eles teriam recebido aquelas tesouras sem ponta ridículas. Sempre que queriam escrever, recebiam lápis grossos, como na primeira série.

Carlotta se divertiu bastante na ala de desintoxicação. Os homens a tratavam de um jeito galante e encabulado. Ela era a única mulher, era bonita e "não tinha a menor pinta de pinguça". Seus olhos cinzentos eram claros e seu riso, fácil. Ela havia transformado o seu pijama preto e branco com uma echarpe de um tom bem vivo de vermelho.

Os homens eram em sua maioria beberrões de rua. A polícia os trazia para o hospital ou eles simplesmente vinham por conta própria quando a pensão que recebiam do governo acabava, quando não tinham vinho nem abrigo. O hospital do condado era um ótimo lugar para largar o álcool, eles disseram. Ali, eles te dão Valium, Thorazine, Dilantin se você tiver convulsão. Uma enorme cápsula amarela de Nembutal à noite. Isso não ia durar por muito tempo; logo, logo só iam existir clínicas de desintoxicação "modelo social", sem droga nenhuma. "Que merda… pra que vir, então?", perguntou Pepe.

A comida é boa, mas fria. Você tem que pegar a sua própria bandeja do carrinho e levá-la para a mesa. A maior parte das pessoas não consegue fazer isso no início, ou deixa a bandeja cair. Alguns dos homens tremiam tanto que era preciso lhes dar comida na boca, ou eles simplesmente abaixavam a cabeça e comiam direto do prato, como gatos.

Os pacientes recebiam Antabuse depois do terceiro dia. Se ingerir bebida alcoólica no período de setenta e duas horas depois de tomar Antabuse, você passa muito, muito mal. Convulsões, dores no peito, choque, muitas vezes morte. Os pacientes viam o filme sobre o Antabuse todos os dias às nove e meia da manhã, antes da terapia de grupo. Mais tarde, no solário, os homens calculavam quanto tempo faltava para eles poderem beber de novo. Anotavam em guardanapos, com lápis grossos. Carlotta era a única que dizia que não ia mais beber.

"O que é que tu bebe, mulher?", Willie perguntou.

"Jim Beam."

"Jim Beam?" Os homens todos riram.

"Tu não é bebona nem aqui nem na China, porra. Nós, bebuns, bebe vinho doce."

"Ôôô… e como é doce!"

"Que diabo tu tá fazendo aqui, afinal?"

"Você quer dizer o que uma boa moça como eu…?" O que ela estava fazendo ali, afinal? Ainda não tinha pensado nisso.

"Jim Beam. Tu não precisa de distochicação nenhuma…"

"Ah, ela tava precisando sim. Ela tava doidinha quando eles trouxe ela pra cá, tava descendo o braço naquele polícia chinês, o Wong. Depois ela teve um treco dos feio e ficou uns três minuto se debatendo que nem uma galinha de pescoço torcido."

Carlotta não se lembrava de nada. A enfermeira lhe disse que ela havia batido com o carro num muro. Os policiais a tinham levado para o hospital e não para a prisão porque descobriram que ela era professora, tinha quatro filhos, não tinha marido. E também não tinha antecedentes, o que quer que isso fosse.

"Você já teve DT?", Pepe perguntou.

"Já", ela mentiu. Meu Deus, o que eu estou dizendo… por favor, me aceitem, caras. Por favor gostem de mim, seus vagabundos de olhos remelentos.

Eu não sei o que é DT. O médico também me perguntou isso. Eu disse que sim e ele tomou nota. Acho que tive isso a vida inteira, se isso é, de fato, ter visões de demônios.

Todos eles riam, colando tiras de papel em seus balões. Joe

contou que tinha sido convidado a se retirar do Adam and Eve e achado que podia encontrar um bar melhor. Entrou num táxi e gritou: "Para o Shalimar!". Só que o táxi era uma radiopatrulha e eles o trouxeram para o hospital. A diferença entre um connaisseur e um bebum? O connaisseur tira a garrafa de dentro do saco de papel. Mac, sobre as virtudes do vinho Thunderbird: "Os idiota dos chicano esquece de tirar as meia".

À noite, depois dos balões e do último Valium, vinha o pessoal do AA. Metade dos pacientes cochilava a reunião inteira, ouvindo o pessoal contar que também tinha estado no fundo do poço. Uma mulher do AA contou que costumava mascar alho o dia inteiro para que ninguém sentisse cheiro de bebida no hálito dela. Carlotta mascava cravos. A mãe dela inalava Vick Vaporub. Tio John vivia com pedaços de pastilha Sen-Sen grudados nos dentes, de modo que ele parecia uma das nossas abóboras, sorrindo.

Carlotta gostava mais da parte final da reunião, quando todos se davam as mãos e rezavam o pai-nosso. Eles tinham que acordar os companheiros e escorá-los como os soldados mortos de *Beau Geste*. Ela se sentia próxima dos homens quando eles rezavam pedindo sobriedade para todo o sempre.

Depois que o pessoal do AA ia embora, os pacientes recebiam leite, biscoitos e Nembutal. Quase todo mundo ia dormir, inclusive as enfermeiras. Carlotta jogava pôquer com Mac, Joe e Pepe até as três horas da manhã. Sem coringa.

Ela telefonava para casa todos os dias. Seus filhos mais velhos, Ben e Keith, estavam cuidando de Joel e Nathan. Estava tudo bem, eles diziam. Não havia muito que ela pudesse dizer.

Ela ficou sete dias no hospital. Na manhã em que foi embora, havia um cartaz na sala de recreação escura e chuvosa. "Boa sorte! Luta, Lotta!" A polícia tinha deixado o carro dela no estacionamento. Um amassado enorme, um espelho quebrado.

Carlotta entrou no carro e foi até Redwood Park. Ligou o rádio bem alto e se sentou no capô amassado, na chuva. Lá embaixo, brilhava o templo dourado mórmon. A baía estava coberta de neblina. Era bom estar ao ar livre, ouvir música. Ela fumou, planejou o que ia fazer nas aulas da semana seguinte, anotou planos de aula, livros da biblioteca de que iria precisar. (Justificativas tinham sido dadas na escola. Um cisto no ovário... Benigno, felizmente.) Lista de compras de supermercado. Ela ia fazer lasanha para o jantar — o prato preferido dos filhos. Massa de tomate, carne de vitela, carne de boi. Salada e pão de alho. Sabonete e papel higiênico provavelmente. Bolo de cenoura para a sobremesa. As listas a tranquilizavam, juntavam os cacos de novo.

Seus filhos e Myra, a diretora da escola, eram os únicos que sabiam onde ela tinha estado. Eles haviam lhe dado bastante apoio. Não se preocupe. Vai ficar tudo bem.

Sempre ficava tudo bem, de alguma forma. Ela era uma boa professora e uma boa mãe, mesmo. A casinha deles transbordava de projetos, livros, discussões, risadas. Todo mundo cumpria suas obrigações.

No fim do dia, depois de lavar a louça e a roupa e corrigir trabalhos, havia a televisão, Scrabble, charadas, cartas ou conversas bobas. Boa noite, meninos! Um silêncio então, que ela celebrava duplicando as doses de bebida, agora sem pedras de gelo maníacas.

Se acontecia de acordarem, os filhos davam de cara com a loucura dela, que, até então, só de vez em quando respingava na manhã. Mas, até onde se lembrava, ela ouvia Keith, tarde da noite, verificando cinzeiros, a lareira. Apagando luzes, trancando portas.

Aquele tinha sido o primeiro encontro dela com a polícia, embora não se lembrasse de nada. Nunca havia dirigido bêbada antes, nunca havia perdido mais do que um dia de trabalho, nunca... Não fazia ideia do que ainda estava por vir.

Farinha. Leite. Ajax. Ela só tinha vinagre de vinho em casa, o que, com o Antabuse, poderia lhe causar convulsões. Escreveu vinagre de maçã na lista.

Dor fantasma

Eu tinha cinco anos na época, na mina Deuces Wild, em Montana. De tantos em tantos meses, antes de nevar, meu pai e eu escalávamos as montanhas, seguindo marcas que o velho Hancock tinha feito nas árvores nos idos de 1890. Meu pai carregava um saco de lona com café, fubá, carne-seca e outras coisas assim. Eu carregava uma pilha de *Saturday Evening Posts*, durante boa parte do caminho pelo menos. A cabana de Hancock ficava na beira de uma campina em forma de cratera, bem no alto da montanha. Céu azul em cima e ao redor dela. O cachorro dele se chamava Blue. O capim que crescia no telhado caía como uma franja arrojada sobre a varanda onde eles tomavam café e conversavam, passando minérios um para o outro, apertando os olhos detrás da fumaça de cigarro. Eu brincava com Blue e com as cabras ou colava folhas do *Post* nas paredes da cabana, já cobertas de uma grossa camada de jornais velhos. Dispostas uniformemente, umas em cima das outras em retângulos bem organizados, as folhas de jornal revestiam o pequeno cômodo inteiro. Aprisionado pela neve durante o longo inverno, Hancock lia suas paredes, página por página. Se encontrava o final de um artigo, tentava imaginar o que tinha vindo antes, ou procurava outras partes dele nas páginas ao redor da cabana. Quando acabava de ler as paredes todas, passava dias e dias colando mais jornal e depois começava tudo de novo. Eu não tinha ido com o meu pai na primeira escalada daquela primavera, quando ele encontrou o velho morto. As cabras e o cachorro também, todos na cama dele. "Quando fico com frio, eu puxo outra cabra pra cima de mim e pronto", ele costumava dizer.

"Vai, Lu, só me leva até lá em cima e me deixa lá." Era o que o meu pai vivia implorando que eu fizesse quando eu o internei numa casa de repouso. Ele só falava disso nessa época, das várias minas em que tinha trabalhado, das várias montanhas. Idaho, Arizona, Colorado, Bolívia, Chile. Ele estava começando a perder a lucidez então. Não se limitava a se lembrar desses lugares, mas acreditava realmente estar lá, naquela época. Achava que eu ainda era criança e falava comigo como se eu tivesse a idade que eu tinha quando morávamos nesses lugares. Dizia para as enfermeiras coisas como: "A Lu sabe ler *Nossos ajudantes camaradas* inteirinho e ela só tem quatro anos". Ou "Ajude a moça a tirar a mesa, Lu. Boa menina".

Eu levava café com leite para ele todas as manhãs. Fazia a sua barba e o penteava, andava com ele para cima e para baixo pelos corredores fedorentos. A maior parte dos pacientes ainda estava na cama, chamando, sacudindo as grades de proteção, apertando campainhas. Velhinhas senis se masturbam. Depois de andar com ele, eu o amarrava na sua cadeira de rodas, para que ele não tentasse fugir e caísse. E eu fazia isso também. Quer dizer, não fingia nem concordava só para agradar-lhe — eu de fato ia com ele para algum lugar. Para a mina Trench nas montanhas acima da cidadezinha de Patagonia, no Arizona: eu tinha oito anos e estava toda pintada com violeta de genciana por causa de uma micose. À noitinha, nós todos íamos até o penhasco para jogar latas fora e queimar o lixo. Um cervo, um antílope ou até mesmo um puma às vezes chegavam perto de nós, sem medo dos nossos cachorros. Bacuraus planavam diante do paredão escarpado de rocha dos penhascos à nossa frente, ainda mais avermelhados à luz do pôr do sol.

A única vez em que o meu pai disse que me amava foi logo antes de eu voltar para os Estados Unidos para fazer faculdade. Estávamos numa praia na Terra do Fogo. Um frio antártico. "Nós trilhamos este continente inteiro juntos… as mesmas montanhas, o mesmo oceano, de alto a baixo." Eu nasci no Alasca, mas não me lembro de lá. Ele vivia dizendo que eu devia me lembrar, na casa de repouso, então acabei fingindo que conhecia Gabe Carter, que me lembrava de Nome, do urso que apareceu no acampamento.

No início ele volta e meia perguntava da minha mãe, onde ela estava, quando ela vinha. Ou então pensava que ela estava lá, conversava com ela, me fazia dar uma garfada de comida para ela para cada garfada que ele comia. Eu despistava. Dizia que ela estava fazendo as malas, que ela já vinha. Quando ele melhorasse, todos nós íamos morar juntos numa casa bem grande em Berkeley. Ele fazia que sim com a cabeça, reconfortado, a não ser num dia, quando se virou para mim e disse: "Você está mentindo descaradamente". E depois começou a falar de outra coisa.

Um dia ele simplesmente a matou. Quando eu cheguei, ele estava deitado na cama, chorando, encolhidinho feito um bebê. Ele me contou a história como se estivesse em choque, com detalhes irrelevantes, como quem testemunhou um acidente horrível. Eles estavam num barco a vapor no Mississippi; minha mãe estava jogando pôquer na coberta. Pessoas de cor agora tinham permissão para jogar e Florida (a enfermeira dele) tinha ganhado o dinheiro deles todo, até o último centavo. Minha mãe tinha apostado tudo, todas as economias que eles haviam juntado a vida inteira, numa última mão de pôquer fechado. Valetes de ouros e de espadas como coringas. "Eu já devia ter desconfiado quando vi aquela safada rindo sem parar com aqueles dentes de ouro dela, contando todo aquele dinheiro", disse ele. "Ela deu pelo menos uns quatro mil aqui para o John."

"Cala a boca, seu esnobe", disse John da cama ao lado da do meu pai. Ele tirou um tablete de Hershey de trás da sua Bíblia. John não tinha permissão para comer doces; o tablete de chocolate era o que eu tinha trazido para o meu pai no dia anterior. Os óculos de leitura do meu pai estavam parcialmente escondidos debaixo do travesseiro de John. Eu os resgatei. John começou a gemer e se queixar: "As minhas pernas! As minhas pernas doem!". Ele não tinha mais pernas. Era diabético e elas tinham sido amputadas acima dos joelhos.

No barco a vapor, meu pai estava no bar com Bruce Sasse (um operador de sonda a diamante de Bisbee). Eles ouviram o tiro e, um bom tempo depois, um chape na água. "Eu não tinha trocado para a gorjeta, mas não queria deixar um dólar." "Esnobe e pão-duro! É típico! Típico!", John resmungou da cama dele. Meu pai e Bruce Sasse saíram correndo pelo barco e chegaram a boreste ainda a tempo de ver a minha mãe boiando e ficando para trás. O sangue na esteira do barco.

Ele só chorou por ela naquele dia, mas passou semanas falando do funeral. Milhares de pessoas tinham ido ao enterro. Nenhum dos meus filhos tinha usado terno, mas eu estava muito bonita e fui gentil com todos. Ed Titman, o embaixador americano no Peru, esteve lá; Domingo, o mordomo, também; e até Charlie Bloom, o velho sueco que morava em Mullan, Idaho. Charlie uma vez me disse que sempre botava açúcar no mingau de aveia dele. Mas e se não tiver? Eu perguntei, metida. Eu bota azim mesma.

O dia em que meu pai matou minha mãe foi também o dia em que ele parou de me reconhecer. Daí em diante ele passou a me dar ordens como se eu fosse uma secretária ou uma criada. Um dia eu finalmente perguntei a ele onde eu estava. Eu tinha fugido. Sangue ruim, uma Moynihan que nem a minha mãe e o tio John. Eu simplesmente tinha me mandado uma tarde, bem em frente à casa de repouso, e subido a Ashby Avenue com um chicano inútil num Buick. O homem que ele descreveu era, na verdade, um tipo moreno com pinta de malandro que eu acho atraente.

Nessa época, ele começou a ter alucinações a maior parte do tempo. Cestos de lixo se transformavam em cachorros que falavam, sombras de folhas de árvores nas paredes viravam soldados em marcha, enfermeiras parrudas agora eram espiões travestidos. Ele falava incessantemente sobre um tal de Eddie e um tal de pequeno Joe; nenhum dos dois parecia ser ninguém que ele pudesse ter conhecido. Toda noite eles viviam alguma aventura maluca e temerária num navio-auxiliar estacionado ao largo de Nagasaki, em helicópteros que sobrevoavam a Bolívia. Meu pai ria, descontraído e à vontade como eu nunca o tinha visto.

Eu chegava a rezar para que ele continuasse assim, mas ele estava ficando cada vez mais racional, "orientado em relação a tempo e lugar". Falava muito de dinheiro. Dinheiro que ele tinha ganhado, dinheiro que ele tinha perdido, dinheiro que ele ia ganhar. Ele me via então como uma corretora, talvez, e tagarelava sem parar sobre opções e porcentagens, rabiscando números na caixa de Kleenex inteira. Margens e opções, notas do Tesouro, ações, títulos, fusões. Condenava rancorosamente a filha (eu) por ter matado a mulher dele e o trancafiado, só para ficar com o dinheiro dele. Florida era a única enfermeira negra do hospital que ainda cuidava dele. Ele acusava todas elas de roubarem, xingava-as de crioulinhas ou de putas. Usava o urinol para chamar a polícia. Florida e John tinham roubado todo o dinheiro dele. John o ignorava, lendo sua Bíblia ou simplesmente deitado na cama, se contorcendo e gritando "As minhas pernas! Senhor Jesus, faça as minhas pernas pararem de doer!".

"Shhh, John", disse Florida. "Isso é só dor fantasma."

"Mas é dor de verdade?", eu perguntei a ela.

Ela deu de ombros. "Toda dor é de verdade."

Ele conversava com Florida sobre mim. Ela ria, piscando para mim, concordando. "Ela não vale nada mesmo." Ele nos falou de todas as maneiras como eu tinha sido uma decepção para ele, desde os campeonatos de ortografia até os meus casamentos fracassados.

"Isso está começando a mexer com você", disse Florida. "Você parou de passar as camisas dele a ferro. Daqui a pouco vai parar de vir aqui também."

Mas eu me sentia mais próxima dele. Nunca tinha visto o meu pai demonstrar rancor, preconceito nem obsessão por dinheiro. Aquele era o homem cujos ídolos tinham sido Thoreau, Jefferson e Thomas Paine. Eu não estava desiludida. O medo e a admiração reverente que eu costumava sentir por ele estavam começando a desaparecer.

A outra coisa de que eu gostava era que agora eu podia tocar nele. Abraçá-lo e dar banho nele, cortar as unhas dos seus pés e segurar a sua mão. Não dava mais trela para nada do que ele dizia. Ficava abraçada com ele, ouvindo Florida e as outras enfermeiras cantarem e rirem, enquanto *Days of Our Lives* bradava da sala de recreação. Eu lhe dava gelatina e ouvia John ler passagens do Deuteronômio. Nunca consegui entender como tanta gente que mal sabe ler lê tanto a Bíblia. É difícil. Da mesma forma, me espanta que costureiras do mundo inteiro consigam descobrir como pregar mangas e zíperes.

Ele comia no quarto dele e não se aproximava de forma

nenhuma dos outros pacientes. Eu sim, só para me distrair ou para não chorar. No quadro de avisos havia um cartaz bem grande que dizia: Hoje é _____. O tempo hoje está _____. A próxima refeição é _____. O próximo feriado é _____. Durante dois meses ficou sendo uma terça-feira chuvosa antes do almoço e da Páscoa, mas depois disso os espaços passaram a ficar sempre em branco.

Uma voluntária chamada Ada lia o jornal todas as manhãs. Virando uma página atrás da outra, evitando crimes e violência. A maior parte dos dias só o que sobrava para ela ler eram acidentes de ônibus no Paquistão, *Dennis, o Pimentinha* e o horóscopo. Furacões em Galveston. (Eu também não consigo entender como as pessoas ainda continuam morando em Galveston depois de todos esses anos.) Comecei a gostar dos outros pacientes. A maioria era mais senil ainda que o meu pai, mas eles ficavam contentes de me ver, se agarravam a mim com dedos minúsculos. Todos eles me reconheciam e cada um me chamava de um nome diferente.

Continuei a visitá-lo. Talvez por culpa, como Florida dizia, mas também com esperança. Ficava esperando que ele me elogiasse, me perdoasse. Por favor me reconheça, papai, diga que me ama. Ele nunca disse, e eu só vou lá agora para levar apetrechos de barba, pijamas ou doces. Ele não consegue mais andar. Como fica violento, eles o mantêm num colete de contenção dia e noite.

A última vez em que estive com ele de verdade foi no piquenique no lago Merritt. Dez pacientes foram, com Ada, Florida, Sam e eu. Sam é o zelador. (Chimpanzé, meu pai o chamava.) Nós levamos uma hora para botá-los na van, as cadeiras de rodas subindo num ascensor que rangia. Era o dia seguinte ao Memorial Day e estava muito calor. Ainda nem tínhamos saído do lugar e a maioria deles já tinha feito xixi; as janelas ficaram embaçadas.

Os velhinhos riam, entusiasmados, mas cheios de medo também, se encolhendo quando ônibus passavam por nós, sirenes, motocicletas. Meu pai estava bonito com um terno de algodão listrado, mas depois a parte da frente ficou azul com a baba do Parkinson e uma mancha azul-escura se espalhou por uma das pernas abaixo.

Eu tinha imaginado que ficaríamos embaixo das árvores, na margem do lago, mas Ada nos fez dispor as cadeiras de rodas num semicírculo virado para a rua, perto do lago dos patos. Também imaginei que os bêbados iriam sair de perto de nós, mas eles simplesmente continuaram onde estavam, nos bancos em frente aos velhos. Alguns dos pacientes sentiram cheiro de cigarro e pediram para fumar. Um dos bêbados deu um cigarro para John, mas Ada tirou o cigarro dele e o esmagou com o pé. Fumaça dos canos de descarga, rádios de carros de cafetão, carros rebaixados e motocicletas. O chão vibrava com as passadas dos corredores, que se amontoavam quando chegavam perto de nós, correndo sem sair do lugar enquanto tentavam nos contornar. Nós estávamos passando comida uns para os outros, dando de comer a quem não conseguia comer sozinho. Salada de batata e galinha frita. Beterraba em conserva e Ki-Suco. Florida e eu demos pratos de comida para os quatro bêbados que estavam nos bancos, e Ada ficou furiosa. Mas tinha comida de sobra. Sorvete napolitano derretido pingava nos babadores. Lula e Mae só misturavam as cores do sorvete, brincando com ele em seus colos. Meu pai era muito asseado quando comia, sempre tinha sido meticuloso. Eu lavei cada um dos seus dedos. Ele tem mãos lindas. Não sei por que eles vivem beliscando e puxando as próprias roupas e cobertas. Isso é chamado de "carfologia".

Depois do almoço, uma mulher grande, com uniforme de guarda-florestal, trouxe um filhote de guaxinim para nos mostrar e o passou entre nós. Ele era macio, tinha um cheiro doce e todo mundo gostou dele, ou melhor, todo mundo ficou apaixonado por ele, segurando-o no colo e fazendo carinho, mas Lula o apertou tanto que ele acabou dando uma unhada no rosto dela. "Raivoso!", disse meu pai. "Minhas pernas!", John reclamou. O homem deu outro cigarro para John. Ada não viu, porque estava guardando as travessas de comida na van. A guarda-florestal entregou o guaxinim para os bêbados. O bichinho obviamente já os conhecia, pois se enroscou em volta do pescoço de um e de outro, calmo. Ada avisou que nós tínhamos vinte minutos para levar os pacientes para dar uma volta pelo lago dos patos, ver as gaiolas dos pássaros e subir a colina para ver a vista do lago lá de cima.

Meu pai sempre tinha tido paixão por pássaros. Estacionei a cadeira dele em frente às corujas desgrenhadas e fiquei falando sobre os vários pássaros e animais que tínhamos visto. O porco-espinho-de-pelo-verde. O pica-pau-de-penacho-vermelho num choupo-branco. Uma fragata ao largo de Antofagasta. Papa-léguas cruzando, majestosos. Meu pai ficou sentado lá simplesmente, de olhos baços. As corujas estavam dormindo ou então eram empalhadas. Eu fui em frente, empurrando a cadeira. Todos os outros estavam animadíssimos, gritando e acenando para nós. John estava se divertindo a valer. Florida tinha feito amizade com um corredor, que havia lhe emprestado o gravador dele. Lula segurava o gravador e cantava, enquanto eles davam comida para os patos.

Era difícil empurrar a cadeira colina acima. Estava quente e barulhento, com os carros, os rádios e o constante tum-tum-tum das passadas dos corredores. Estava tão enevoado e enfumaçado que mal dava para ver a outra margem. Lixo e entulho do Memorial Day. Copos de papel flutuavam no lago marrom e espumoso, serenos como cisnes. No topo da colina eu puxei os freios da cadeira do meu pai e acendi um cigarro. Ele estava rindo, um riso feio.

"É horrível, não é, papai?"

"Se é, Lu."

Ele afrouxou os freios e a cadeira começou a deslizar pelo caminho de lajotas. Eu hesitei, fiquei parada olhando, mas depois joguei o cigarro fora e segurei a cadeira dele bem na hora em que ela estava pegando velocidade.

Mordidas de tigre

O trem reduziu a velocidade nas imediações de El Paso. Eu não acordei o meu neném, Ben, mas fui com ele no colo até a plataforma no fim do vagão para poder ver a paisagem lá fora. E sentir os cheiros do deserto. Caliche, sálvia, enxofre da oficina de fundição de minérios, madeira queimada das fogueiras dos barracos de mexicanos às margens do rio Grande. A Terra Santa. Quando fui para lá pela primeira vez, para morar com Mamie e vovô durante a guerra, foi também a primeira vez em que ouvi falar de Jesus, Maria, Bíblia e pecado, de forma que Jerusalém ficou misturada na minha cabeça com as montanhas irregulares e os desertos de El Paso. Juncos na beira do rio e crucifixos enormes em toda parte. Figos e romãs. Mulheres de xale escuro com bebês no colo e homens pobres e esqueléticos com olhos de sofredor, de salvador. E as estrelas à noite eram grandes e brilhantes como na música, tão insistentemente ofuscantes que fazia sentido que homens sábios não tivessem outra escolha senão seguir qualquer uma delas e encontrar seu caminho.

Meu tio Tyler havia arquitetado uma reunião de família

para o Natal. Em primeiro lugar, porque ele tinha a esperança de que eu e os velhos fizéssemos as pazes. Eu estava morrendo de medo de encontrar meus pais... eles estavam furiosos porque o meu marido, Joe, havia me deixado. Já tinham quase morrido quando eu me casei aos dezessete anos, então o meu divórcio foi a gota d'água. Mas eu estava louca para rever a minha prima Bella Lynn e o meu tio John, que ia vir de Los Angeles.

E lá estava Bella Lynn! No estacionamento da estação de trem. Acenando, de pé, de dentro de um Cadillac conversível azul-claro, usando uma roupa de vaqueira de camurça enfeitada com franjas. Ela provavelmente era a mulher mais bonita do oeste do Texas, já tinha ganhado milhares de concursos de beleza. Cabelo comprido louro-claro e olhos cor de mel. Mas o sorriso dela... não, era a sua risada, uma risada melancólica, gutural e cascateante que captava a alegria, deixava implícita a tristeza que existe em toda alegria e, ao mesmo tempo, zombava dela.

Ela jogou nossas malas e a pequena cama de Ben no banco de trás. Todos nós, os Moynihan, somos fortes; fisicamente pelo menos. Ela deu vários beijos e abraços em nós dois. Entramos no carro e rumamos para uma lanchonete A & W do outro lado da cidade. Fazia frio, mas o ar estava limpo e seco. Ela mantinha a capota abaixada e o aquecedor no máximo, falando sem parar enquanto dirigia só com uma das mãos, já que a outra estava ocupada acenando para praticamente todo mundo que víamos pelo caminho.

"Antes de mais nada eu preciso te avisar que está tendo uma grande escassez de alegria natalina lá em casa. O tio John chega depois de amanhã, véspera de Natal, graças a Deus. Mary, a sua mãe, e a minha começaram a beber e a brigar assim que se viram. A mamãe subiu no telhado da garagem e se recusa a descer. A sua mãe cortou os pulsos."

"Ai, meu Deus."

"Bom, quer dizer, não cortou fundo nem nada, sabe? Ela escreveu um bilhete suicida falando de como você vive arruinando a vida dela. E assinou como Bloody Mary! Ela vai ficar na ala psiquiátrica do Saint Joseph's por um período de setenta e duas horas. Pelo menos o seu pai não vem; ele está furioso por causa do seu D.I.V.Ó.R.C.I.O. A minha avó maluca está lá. Looney Tunes! E um bando de parentes insuportáveis de Lubbock e de Sweetwater. Papai botou todos hospedados num hotel, mas eles vão lá para casa de carro e passam o dia inteiro comendo e vendo televisão. Todos eles são crentes, então, pra eles, eu e você somos duas perdidas. O Rex Kipp está aqui! Ele e papai têm saído todo dia para comprar presentes e mantimentos para os pobres e depois ficam lá trancados na oficina do meu pai. Então você imagina como eu estou feliz de te ver..."

No drive-in, pedimos dois hambúrgueres grandes, duas porções de batata frita e dois leites maltados, como sempre. Eu disse a ela que Ben ia só beliscar um pouquinho do meu pedido. Ele só tinha dez meses. Mas ela pediu um hambúrguer e uma banana split para ele. A nossa família inteira é exagerada. Bom, na verdade, não, o meu pai não é nem um pouco assim. Ele é da Nova Inglaterra e é econômico e responsável. Eu saí aos Moynihan.

Depois de me botar a par da situação da reunião de família, Bella me falou sobre Cletis, seu marido havia apenas dois meses. Os pais dela tinham ficado tão enfurecidos quando ela se casou quanto os meus ficaram comigo. Cletis era servente de obra, peão de rodeio, operário da indústria de petróleo. Lágrimas escorriam pelas lindas bochechas de Bella enquanto ela me contava o que tinha acontecido.

"Lou, nós estávamos felizes como dois pombinhos. Eu juro que ninguém nunca teve um amor tão doce e carinhoso como o nosso. Por que raios dizem que pombinhos são felizes? Tínhamos um trailerzinho que era uma gracinha no vale do sul, perto do rio. O nosso pequeno paraíso azul. Eu limpava a casa e lavava a louça! Eu cozinhava, fazia bolo de abacaxi, macarrão, tudo quanto é tipo de coisa, e ele sentia orgulho de mim e eu dele. A primeira coisa ruim que aconteceu foi que o papai me perdoou por ter casado com ele e comprou uma casa para nós. Na Rim Road, sabe, uma mansão, com colunas na entrada, mas nós não quisemos a casa dele, e aí o Cletis e o papai tiveram uma briga horrível. Eu tentei explicar pro papai que a gente não precisava da casa dele, que eu seria feliz morando com o Cletis num trailer. E tive que explicar várias e várias vezes para o Cletis também, porque, apesar de eu ter me recusado a me mudar, a partir daí ele começou a ficar emburrado. Aí, um dia, eu fui à loja de departamentos Popular e comprei algumas roupas e toalhas, só umas poucas coisas, e mandei botar na minha antiga conta, uma conta que eu tenho desde que me entendo por gente. O Cletis teve um ataque, disse que eu tinha gastado mais dinheiro em duas horas do que ele ganhava em seis meses. Então eu simplesmente levei tudo lá para fora, joguei querosene e pus fogo em tudo, e aí a gente se beijou e fez as pazes. Ah, Lou, eu amo tanto, tanto, tanto o Cletis! Passado um tempo eu fiz outra grande besteira e nunca vou conseguir entender por que eu fiz aquilo. A mamãe tinha ido me visitar. Acho que foi só porque eu estava me sentindo uma senhora casada, sabe? Uma mulher adulta. Eu fiz café e servi biscoito Oreo pra ela num pratinho. E aí, em vez de segurar a minha língua comprida dentro da boca, eu inventei de falar sobre S.E.X.O. Acho que acabei pensando que já era crescidinha o bastante para conversar com ela sobre S.E.X.O. Ai, Deus, bom, e eu também não *sabia*, então perguntei pra ela se eu podia engravidar se engolisse a porra do Cletis. Ela saiu feito uma bala do trailer e foi correndo pra casa falar com o meu pai. E aí foi um deus nos acuda. Naquela noite mesmo, o papai e o

Rex foram lá e quase moeram o Cletis de pancada. Ele foi parar no hospital, com a clavícula e duas costelas quebradas. Enquanto batiam, eles diziam que ele era um pervertido, que iam botá-lo na cadeia por sodomia e anular o nosso casamento. Você imagina uma coisa dessas, chupar o seu próprio marido, o homem com quem você está casada de papel passado, é contra a lei? Enfim, eu me recusei a ir pra casa com o papai e fiquei do lado da cama do Cletis no hospital até poder voltar pra casa com ele. E nós ficamos bem, ficamos felizes como aqueles pombinhos de novo, apesar de o Cletis ter dado pra beber demais, chateado porque não ia poder voltar a trabalhar por um tempo. Então, na semana passada, eu olho lá pra fora e vejo um Cadillac novinho em folha na frente do nosso trailer, com um boneco de Papai Noel enorme sentado lá dentro e fitas de cetim amarradas em volta. Eu ri, sabe, porque era engraçado, mas o Cletis disse: 'Tá feliz, né? Bom, eu nunca vou te fazer feliz como o seu papaizinho querido faz'. E foi embora. Eu imaginei que ele só tivesse saído num acesso de raiva e fosse voltar dali a pouco. Ah, Lou. Ele não vai voltar. Ele foi embora *mesmo*! Foi trabalhar numa plataforma de petróleo perto da costa da Louisiana. E nem sequer me telefonou. A grosseirona da mãe dele foi que me contou quando foi buscar as roupas e a sela dele."

Para o meu espanto, Ben realmente tinha comido aquele hambúrguer enorme e boa parte da banana split. Depois, vomitou nas roupas dele todas e na jaqueta de Bella Lynn. Ela jogou a jaqueta no banco de trás e limpou Ben com guardanapos umedecidos com água, enquanto eu pegava uma muda de roupa limpa e uma fralda para ele na bolsa. Mas ele não chorou nenhuma vez. Estava adorando o rock e as músicas country e também a voz ou o cabelo de Bella Lynn, não tirava os olhos dela um instante.

Fiquei com inveja de Bella e Cletis, tão apaixonados um

pelo outro. Eu adorava o Joe, mas sempre havia sentido medo dele, vivia tentando agradá-lo. E acho que ele nunca chegou sequer a gostar muito de mim. Eu estava arrasada não tanto porque sentia falta dele, mas mais pelo fracasso todo das coisas e de como tudo parecia ter sido por culpa minha.

Contei a ela a minha breve e triste história. Falei que Joe era um escultor maravilhoso, que ele tinha ganhado uma bolsa da fundação Guggenheim, arranjado um mecenas, uma vila e uma fundição na Itália e se mandado. "A arte é a vida dele." (Eu tinha pegado a mania de dizer isso, para todo mundo, dramaticamente.) Não, nada de pensão alimentícia. Eu nem sequer sabia o endereço dele.

Bella Lynn e eu nos abraçamos e ficamos um tempo chorando. Depois, ela soltou um suspiro e disse: "Bom, pelo menos você tem um filho dele".

"Filhos."

"O quê?"

"Eu estou grávida de quase quatro meses. Isso foi a gota d'água para o Joe, eu estar esperando outro bebê."

"É a gota d'água pra você, sua maluca! O que você vai fazer? Não há a menor chance dos seus velhos te ajudarem. A sua mãe vai simplesmente se matar de novo quando souber."

"Eu não sei o que fazer. E ainda tem mais um problema muito, muito idiota... eu queria tanto vir pra cá, mas eles não queriam me dar folga nem na véspera de Natal lá no escritório. Então eu simplesmente pedi demissão e vim. Agora vou ter que procurar emprego grávida."

"Você tem que fazer um aborto, Lou. Não tem outro jeito."

"E onde é que eu iria fazer isso? Enfim... vai ser tão fácil criar dois filhos sozinha quanto criar um."

"Tão *difícil*, você quer dizer. Além do mais, isso não é verdade. O Ben só é um menino doce desse jeito porque você cuidou dele quando ele era bebê. Agora ele já está crescidinho o bastante para ficar com outra pessoa enquanto você trabalha, embora seja uma lástima deixar o Ben com outra pessoa. Mas você não pode deixar um bebê recém-nascido assim."

"Bom, a situação é essa."

"Você está falando que nem o seu pai. A situação é que você tem dezenove anos e é bonita. Você precisa encontrar um homem bom, um homem forte e decente que esteja disposto a amar o Ben como se fosse filho dele. Mas vai ser quase impossível encontrar um homem que queira assumir duas crianças. Ele teria que ser uma espécie de santo salvador pra lá de bonzinho com quem você se casaria por gratidão e depois se sentiria culpada por isso e começaria a odiá-lo e acabaria se apaixonando loucamente por um saxofonista irresponsável... Ah, seria trágico, trágico, Lou. Vamos pensar. Isso é sério. Agora você precisa escutar o que estou dizendo e me deixar cuidar de você. Eu não te aponto sempre o melhor caminho?"

Bem, na verdade, longe disso, mas eu estava tão confusa que não disse nada. Fiquei arrependida de ter contado para ela. Só o que eu queria era vir para a reunião de família e me alegrar, esquecer as minhas preocupações. Agora elas só tinham feito piorar, com a notícia de que a minha mãe tinha tentado se matar de novo e de que o meu pai nem sequer vinha.

"Você me espera aqui e pede café pra gente que eu vou fazer umas ligações." Ela sorria e acenava para as pessoas que a chamavam de outros carros no drive-in, homens na maioria, enquanto seguia em direção à cabine telefônica. Ficou lá um bom tempo, saiu duas vezes, uma para pegar um suéter emprestado e tomar um pouco de café e depois para pegar mais moedas. Ben ficou brincando com os botões do rádio e ligando e desligando os limpadores de para-brisa. O garçom do drive-in esquentou uma mamadeira para mim; Ben tomou a mamadeira e adormeceu no meu colo.

Bella subiu a capota quando voltou, sorriu para mim e deu partida no carro, seguindo pela Mesa Street em direção à Plaza, enquanto cantava *"South of the border... down Mexico way!"*.

"Olha, Lou, está tudo acertado. Eu mesma já passei por isso. É horrível, mas é seguro e o lugar é limpo. Você vai entrar hoje, às quatro da tarde, e sair às dez amanhã de manhã. Eles vão te dar antibióticos e analgésicos pra levar pra casa, mas não dói tanto assim. É como ficar menstruada. Eu liguei pra casa e falei que a gente ia fazer compras em Juárez e depois passar a noite no Camino Real. É lá que eu e o Ben vamos ficar, conhecendo melhor um ao outro, e você pode ir pra lá assim que tudo acabar."

"Espera um pouco, Bella. Eu ainda não pensei sobre isso direito."

"Eu sei que não. É por isso que eu estou me encarregando de pensar por você."

"E se alguma coisa der errado?"

"Aí nós procuramos um médico aqui. Eles podem salvar a sua vida e tudo o mais no Texas. Só não podem fazer abortos."

"E se eu morrer? Quem é que vai cuidar do Ben?"

"Eu, ora bolas! E vou ser uma mãe sensacional ainda por cima."

Eu tive que rir depois dessa. O que ela estava dizendo fazia sentido. Na verdade, um peso enorme tinha saído dos meus ombros. Não ter que me preocupar com um bebezinho além de Ben. Nossa, que alívio! Ela tinha razão. Um aborto era a melhor coisa a fazer. Fechei os olhos e me recostei no banco de couro.

"Eu não tenho dinheiro! Quanto é que isso custa?"

"Quinhentos dólares. Em dinheiro vivo. Que, por acaso, eu tenho bem aqui, na minha mãozinha quente. Estou cheia da grana. Toda vez que eu chego perto da minha mãe ou do meu pai — às vezes só porque quero um abraço ou quero falar da falta que estou sentindo do Cletis ou perguntar se eles acham que eu devia fazer um curso de secretariado — eles enfiam dinheiro na minha mão. Vai lá comprar alguma coisa bonita pra você."

"Eu sei", eu disse. Sabia como era isso. Ou tinha sabido um dia, antes de os meus pais me renegarem. "Eu costumava pensar que se algum dia um tigre mordesse a minha mão e a arrancasse fora e eu fosse correndo pra minha mãe pedir socorro, ela simplesmente sapecaria um maço de dinheiro no meu coto. Ou faria uma piada… 'O que é isso, o som de uma mão batendo palma?'"

Chegamos à ponte e começamos a sentir o cheiro do México. Fumaça, chili, cerveja. Cravo, vela, querosene. Laranja, cigarros Delicados, urina. Eu abaixei a janela e botei a cabeça para o lado de fora, feliz de estar em casa. Sinos de igreja, música *ranchera*, bebop, mambo. Cantigas de Natal das lojas de turista. Canos de descarga chacoalhantes, buzinas, soldados americanos de Fort Bliss bêbados. Donas de casa de El Paso, consumidoras sérias, carregando *piñatas* e garrafas de rum. Havias áreas comerciais novas e um hotel novo e luxuoso, onde um rapaz amável pegou o carro, outro as malas e um terceiro pegou Ben no colo sem acordá-lo. O nosso quarto era elegante, com belos tapetes e tapeçarias, antiguidades fajutas bem-feitas e alegres obras de arte popular. As janelas acortinadas se abriam para um pátio com uma fonte azulejada, jardins exuberantes e, mais além, uma piscina aquecida. Bella deu gorjetas para todo mundo, depois foi para o telefone pedir serviço de quarto. Café, rum, coca-cola, salgados, frutas. Eu tinha leite em pó, cereal e várias mamadeiras limpas para Ben e implorei a ela que não lhe desse balas nem sorvete.

"Flã?", ela perguntou. Eu fiz que sim. "Flã", ela falou para o telefone. Em seguida, ligou para a lojinha do hotel e pediu um maiô número 38, lápis de cera, qualquer brinquedo que eles tivessem e revistas de moda. "A gente bem que devia ficar aqui o feriado todo! Esquecer por completo o Natal!", disse ela.

Ficamos passeando pelas instalações do hotel com Ben entre nós. Eu estava tão relaxada e feliz que fiquei surpresa quando Bella Lynn disse: "Bom, minha querida, agora está na hora de você ir".

Ela me deu os quinhentos dólares. Falou para eu pegar um táxi para voltar para o hotel e mandar chamá-la quando eu chegasse, para que ela descesse e pagasse a corrida. "Você não pode levar nenhum outro dinheiro nem nenhuma identificação com você. Pode dar o meu nome para eles e este número."

Ela e Ben acenaram para mim depois que ela me botou num táxi, pagou ao motorista e disse a ele para onde ir.

O táxi me levou para o restaurante Nueva Poblana, para a entrada dos fundos do estacionamento, onde eu deveria esperar por dois homens vestidos de preto e usando óculos escuros.

Eu só estava esperando fazia uns dois ou três minutos quando eles apareceram atrás de mim. Rápida e silenciosamente, um velho sedã se aproximou e parou. Um dos homens abriu a porta e fez sinal para que eu entrasse, enquanto o outro dava a volta correndo e entrava do outro lado. O motorista, um rapazinho, olhou em volta, balançou a cabeça e arrancou. As janelas de trás estavam tapadas com cortinas e o banco era tão baixo que eu não conseguia ver nada do lado de fora; no início me pareceu que estávamos andando em círculos, depois veio o tum-tum-tum de um trecho de rodovia, mais círculos, uma parada. O rangido de portões de madeira pesados. Avançamos alguns metros e paramos. O portão se fechou atrás de nós.

Tive apenas uma rápida visão do pátio enquanto estava sendo conduzida para dentro do prédio por uma velha senhora vestida de preto. Ela não chegou exatamente a me olhar com desprezo, mas o fato de não ter me cumprimentado nem me dirigido a palavra contrastava tanto com a costumeira amabilidade e simpatia mexicanas que foi como se ela tivesse me destratado.

O prédio, de tijolo amarelo, talvez fosse uma antiga fábrica; o terreno era todo cimentado, mas ainda havia canários, vasos de maravilhas e de onze-horas. Ouviam-se boleros, risadas e barulhos de louça vindos do outro lado do pátio. O ar cheirava a galinha no fogo, cebola e alho, erva-de-santa-maria.

Uma mulher com ar de eficiente fez um sinal com a cabeça para mim de trás de uma mesa. Quando me sentei diante dela, ela apertou minha mão, mas não se apresentou. Perguntou meu nome e pediu os quinhentos dólares, por favor. Pediu também o nome e o número de alguém que eles pudessem chamar em caso de emergência. Foi só o que ela me pediu, e eu não assinei nada. Ela só arranhava o inglês, mas eu não falei espanhol com ela nem com nenhuma das outras pessoas ali presentes; iria parecer que eu estava sendo confiada demais.

"Às cinco horas o médico vem. Você tem exame, cateter colocado no útero. Durante a noite causa contrações, mas com remédio para dormir você não sente mal. Nada de comida, água depois do jantar. De manhã cedo aborto espontâneo muito geralmente. Seis horas você vai para sala de operação, dorme, faz dilatação e curetagem. Acorda na sua cama. Nós damos a você ampicilina contra infecção, codeína para dor. Às dez o carro leva você para Juárez ou para aeroporto de El Paso ou ônibus."

A velha vestida de preto me levou até a minha cama, que ficava num quarto escuro com seis outras camas. Ela ergueu a mão aberta para indicar cinco horas, depois apontou para a cama e em seguida fez um gesto em direção a uma sala de espera do outro lado do corredor.

Estava tudo tão silencioso que eu fiquei surpresa ao descobrir que havia vinte mulheres na sala, todas americanas. Três delas eram meninas, quase crianças, acompanhadas das mães. As outras estavam patentemente sozinhas, lendo revistas, esperando sentadas. Quatro delas estavam na casa dos quarenta, talvez até dos cinquenta... gravidezes acidentais da menopausa, imaginei, e acabei descobrindo que tinha razão. O resto das mulheres parecia ter entre dezoito e vinte e poucos anos. Todas pareciam estar com medo, constrangidas, mas, acima de tudo, profundamente envergonhadas. Como quem fez algo terrível. Uma vergonha. Não parecia haver nenhum elo de solidariedade entre elas. Minha chegada mal foi notada. Uma mexicana grávida passava um esfregão úmido e sujo pelo chão, olhando para nós com indisfarçada curiosidade e desprezo. Eu senti uma raiva irracional dela. O que é que você diz para o padre quando se confessa, sua vaca? Que não tem marido e tem sete filhos para criar... que tem que trabalhar neste lugar horrível ou morre de fome? Ai, Deus, era bem provável que isso fosse verdade. Senti um cansaço, uma tristeza imensa, por ela, por todas nós que estávamos naquela sala.

Estávamos, cada uma de nós, sozinhas. As meninas mais novas talvez mais que ninguém, pois, embora duas delas estivessem chorando, suas mães também pareciam distantes delas, olhando fixamente para dentro do quarto, isoladas em sua própria vergonha e raiva. Sozinhas. Lágrimas começaram a me vir aos olhos, porque Joe tinha ido embora, porque a minha mãe não estava do meu lado, nunca.

Eu não queria fazer um aborto. Não precisava fazer um aborto. As tramas que eu imaginava para as outras mulheres que estavam ali eram todas horríveis, histórias dolorosas, situações irremediáveis. Estupro, incesto, tragédias de todo tipo. Eu podia cuidar daquele bebê. Nós seríamos uma família. Ele, Ben e eu. Uma família de verdade. Talvez eu estivesse maluca, mas pelo menos seria uma decisão realmente minha. Bella Lynn vive me dizendo o que fazer.

Eu saí para o corredor. Queria ligar para Bella Lynn, queria ir embora. Todas as outras portas estavam trancadas, menos a da cozinha, de onde as cozinheiras me enxotaram.

Uma porta bateu. O médico tinha chegado. Não havia dúvida de que ele era o médico, embora parecesse um astro de cinema argentino ou um cantor de boate de Las Vegas. A velha o ajudou a tirar o casaco de pelo de camelo e o cachecol. Um terno de seda caro, um relógio Rolex. Eram a autoridade e a arrogância dele que o rotulavam como médico. Ele era moreno, tinha uma agilidade sexy e pisava macio, como um ladrão.

O médico pegou o meu braço. "Volte para perto das outras moças, querida, está na hora do seu exame."

"Eu mudei de ideia. Quero ir embora."

"Vá para o seu quarto, meu bem. Algumas mudam de ideia umas dez vezes em uma hora. Nós conversamos depois... Agora vai. *Andale!*"

Encontrei a minha cama. As outras mulheres estavam sentadas na beira das delas. Duas das meninas mais novas estavam lá. A velha nos mandou tirar a roupa e botar a camisola. A menina mais nova de todas estava tremendo, quase histérica de medo. Ele começou por ela e, devo dizer, foi paciente e fez o possível para tranquilizá-la, mas ela lhe deu um tapa de repente, chutou a mãe para longe. Ele deu uma injeção nela e a cobriu com um lençol.

"Eu já volto. Tente relaxar", ele disse para a mãe.

A outra mocinha também foi sedada, antes de ele dar início a um exame superficial. Ele pedia um breve histórico da paciente, ouvia o coração com um estetoscópio, tirava a temperatura e a pressão. Nenhuma amostra de urina nem de sangue tinha sido colhida de nós. Ele fazia um rápido exame pélvico em cada uma das mulheres, acenava e então a velha começava a introduzir um tubo intravenoso de três metros de comprimento no útero de cada mulher, empurrando lentamente o tubo lá para dentro, como quem recheia um peru. Ela não usava luvas e ia de uma paciente para outra. Algumas delas gritavam, como se estivessem sentindo uma dor terrível.

"Isso vai causar certo desconforto", ele disse a todas nós. "Também vai induzir contrações e uma rejeição saudável e natural do feto."

Ele estava examinando a mulher mais velha ao meu lado. Quando ele perguntou quando ela havia menstruado pela última vez, ela disse que não sabia… que tinha parado de menstruar. Ele fez um exame bem demorado nela.

"Eu sinto muito", disse por fim. "Você já tem mais de cinco meses de gravidez. Eu não posso correr esse risco."

Ele lhe deu um sedativo também. Ela ficou olhando para o teto, arrasada. Ah, meu Deus. Meu Deus.

"Olha quem está aqui. A nossa pequena fugitiva." Ele botou o termômetro na minha boca, a braçadeira do aparelho de pressão em volta do meu braço e ficou segurando o meu outro braço. Quando ele soltou para ouvir o meu coração, eu tirei o termômetro da boca.

"Eu quero ir embora. Mudei de ideia."

Ele não ouviu; estava com o estetoscópio nos ouvidos. Pôs a mão em concha num dos meus seios, sorrindo para mim com ar insolente enquanto ouvia os meus pulmões. Eu me afastei, furiosa. Em espanhol, ele disse para a velha: "A vadiazinha age como se ninguém nunca tivesse tocado no peito dela". Falei em espanhol então; numa tradução grosseira, o que eu disse foi: "Você é que não pode tocar nele, seu escroto".

Ele riu. "Que falta de educação a sua, me deixar gaguejando em inglês!" Então, ele se desculpou e ficou falando como a pessoa acaba ficando descrente e amarga quando tem que atender quinze, vinte pacientes por dia. Uma profissão trágica, mas tão necessária. Etc. Quando ele terminou de falar, eu já estava com pena *dele* e, Deus me perdoe, retribuindo o olhar intenso de seus grandes olhos castanhos e úmidos enquanto ele acariciava o meu braço.

De volta aos negócios. "Olha, doutor, eu não quero mais fazer isso e gostaria de ir embora agora."

"Você está ciente de que o dinheiro que você pagou não é reembolsável, não está?"

"Tudo bem. Eu não quero fazer o aborto mesmo assim."

"*Muy bien*. De qualquer forma, você terá que passar a noite aqui. Nós estamos longe da cidade e os nossos motoristas só voltam pela manhã. Eu vou lhe dar um sedativo pra você dormir. Amanhã, por volta das dez, você já vai embora. Você tem certeza, *m'ija*, que é isso que você quer? Última chance."

Eu fiz que sim. Ele estava segurando a minha mão. Parecia carinho; eu estava louca para chorar, para ser abraçada. Ah, o que a gente não faz por um pouco de carinho.

"Você poderia me ajudar muito", disse ele. "Aquela menina lá no canto está muito traumatizada. A mãe dela está em péssimo estado e sem condição de dar apoio nenhum. Eu desconfio que seja algum problema com o pai, ou alguma situação particularmente ruim. Ela realmente precisa fazer o aborto. Você pode me ajudar com ela? Tentar acalmá-la um pouco?"

Fui com ele até a cama da menina e me apresentei. Ele pediu que eu dissesse a ela o que ele ia fazer, para que ela já soubesse o que esperar, e que eu lhe explicasse que o procedimento era simples e seguro e que tudo iria ficar bem. Agora ele vai ouvir o seu coração e os seus pulmões… Agora ele precisa tocar lá dentro de você… (Ele disse que não ia doer. Eu disse a ela que ia doer.) Ele precisa fazer isso para se certificar de que tudo vai correr bem.

Ela continuou resistindo. "A *fuerzas!*", ele disse. À força. A velha e eu seguramos a menina. Depois, o médico e eu a seguramos, falando com ela, tentando acalmá-la, enquanto a velha enfiava o tubo no corpinho minúsculo, palmo a palmo. Eu a abracei quando terminou; ela se agarrou a mim, chorando e soluçando. A mãe dela ficou o tempo todo sentada na cadeira ao pé da cama, com um rosto rígido e sem expressão.

"Ela está em choque?", eu perguntei ao médico. "Não. Está completamente bêbada." Justo nessa hora, ela desabou no chão. Nós a levantamos e a botamos deitada na cama ao lado da cama da filha.

Ele e a velha se retiraram então, para ir para dois outros quartos cheios de pacientes. Duas mocinhas índias entraram, trazendo bandejas com o jantar.

"Você quer que eu jante aqui com você?", eu perguntei à menina. Ela fez que sim. O nome dela era Sally; era do Missouri. Isso foi basicamente tudo o que ela me disse, mas ela comeu, com voracidade. Nunca tinha comido tortilhas; queria que tivesse pão de verdade. O que é esse troço? Abacate. É bom. Põe um pouco na tortilha junto com a carne. Assim; agora enrola.

"A sua mãe vai ficar bem?", eu perguntei.

"Ela vai passar mal de manhã." Sally levantou o colchão. Havia uma garrafa pequena de Jim Beam escondida ali. "Se eu não estiver aqui e você estiver, isso é pra ela. Ela precisa disso pra não passar mal."

"Eu sei. A minha mãe também bebe", eu disse.

As bandejas foram recolhidas e então a velha voltou trazendo enormes comprimidos de Seconal para a gente tomar. As meninas mais novas receberam injeções. A velha hesitou ao lado da mãe de Sally, depois deu uma injeção de barbitúrico nela também, embora ela já estivesse dormindo.

Deitei na minha cama. Os lençóis eram ásperos, pelo cheiro tinham secado ao sol, gostoso, e o áspero cobertor mexicano tinha cheiro de lã crua. Eu me lembrei de verões em Nacogdoches.

O médico nem sequer tinha se despedido. Talvez Joe acabasse voltando para casa. Ah, eu não tenho um pingo de juízo. Talvez eu devesse fazer o aborto. Não estou preparada para criar um filho, quanto mais dois. Meu Deus... o que eu devo...? Peguei no sono.

Um choro terrível estava vindo de algum lugar. O quarto estava escuro, mas uma luz suave que vinha do corredor me permitiu ver que a cama de Sally estava vazia. Corri para o corredor. A princípio, não consegui abrir a porta do banheiro. Sally estava encostada na porta, inconsciente, pálida feito um cadáver. Havia sangue por todo lado. Ela estava tendo uma hemorragia feia, enrolada em voltas e mais voltas de tubo como um Laocoonte alucinado. Havia coágulos de sangue grudados no tubo, que se arqueava e se encurvava, serpenteando em volta dela como se estivesse vivo. Ela ainda tinha pulsação, mas eu não consegui despertá-la.

Saí correndo pelo corredor, batendo em todas as portas, até que acordei a velha. Ela ainda estava vestida com seu uniforme branco; calçou os sapatos e correu para o banheiro. Deu uma olhada rápida e foi correndo para o escritório e para o telefone. Fiquei esperando do lado de fora, ouvindo. Ela fechou a porta com um chute.

Voltei para perto de Sally, lavei o rosto e os braços dela.

"O médico já vem. Vá para o seu quarto", disse a velha. As mocinhas índias estavam atrás dela. Elas me seguraram e me levaram para a minha cama; a velha me deu uma injeção.

Acordei num quarto ensolarado. Havia seis camas vazias, arrumadas com capricho, com colchas cor-de-rosa. Lá fora, canários e tentilhões cantavam e bougainvílleas vermelhas roçavam nas persianas abertas, agitadas pelo vento. Minhas roupas estavam no pé da minha cama. Eu as levei para o banheiro, agora imaculado. Lavei o rosto e me vesti, penteei o cabelo. Estava trôpega, ainda sedada. Quando voltei para o quarto, as outras mulheres começaram a ser trazidas de maca para as suas camas. A mulher que não tinha feito aborto estava sentada numa cadeira, olhando pela janela. As moças índias entraram no quarto, trazendo bandejas com café com leite, *pan dulce*, fatias de laranja e de melancia. Algumas das mulheres comeram, outras vomitaram numa bacia ou foram cambaleando até o banheiro. Todo mundo se movia em câmera lenta.

"*Buenos días.*" O médico estava com um avental verde e comprido, a máscara debaixo do queixo, o longo cabelo preto despenteado. Ele sorriu.

"Espero que você tenha dormido bem", disse. "Você vai no primeiro carro, daqui a alguns minutos."

"Onde está a Sally? E a mãe dela?" Minha língua estava grossa. Era difícil pronunciar as palavras.

"A Sally precisou fazer transfusão de sangue."

"Ela está aqui?" Viva? A palavra não saía.

Ele segurou o meu pulso. "A Sally está bem. Você pegou as suas coisas? O carro está saindo agora."

Cinco de nós fomos conduzidas às pressas pelo corredor, saímos do prédio e entramos no carro. Partimos e ouvimos os portões se fecharem atrás de nós. "Quem vai para o aeroporto de El Paso?" Todas as outras mulheres iam para o aeroporto.

"Pode me deixar na ponte, do lado de Juárez", eu disse. Seguimos em frente. Ninguém falava nada. Eu estava louca para dizer alguma coisa idiota, do tipo "O dia está lindo, não está?". O dia estava lindo de fato, fresco e claro, o céu de um azul vivo bem mexicano.

Mas o silêncio no carro era impenetrável, pesado, cheio de vergonha e de dor. Só o medo tinha passado.

O alarido e os cheiros do centro de Juárez continuavam iguais aos de quando eu era pequena. Eu me sentia pequena e estava com vontade de sair andando sem rumo, mas fiz sinal para um táxi. Acabou que o hotel ficava só a alguns quarteirões de distância. O porteiro pagou o táxi. Bella Lynn tinha combinado tudo com ele. Eles estavam no quarto, o porteiro me disse.

O quarto estava uma tremenda bagunça. Ben e Bella estavam no meio da cama, rindo, rasgando revistas e jogando as folhas para o alto.

"Essa é a brincadeira preferida dele. Será que ele vai ser crítico quando crescer?"

Ela se levantou e me abraçou, depois olhou nos meus olhos.

"Minha nossa! Você não fez. Sua idiota! Idiota!"

"Não, não fiz!" Eu estava abraçando Ben. Ah, eu adorava o cheiro dele, aquele seu corpinho esquelético. Ele estava balbuciando sem parar. Dava para perceber que eles tinham se divertido muito juntos.

"Não, não fiz. Tive que pagar mesmo assim, mas pode deixar que eu vou dar um jeito de te devolver o dinheiro. Só não faça sermão, tá bem? Bella, tinha uma menina lá, a Sally..."

As pessoas dizem que Bella Lynn é mimada e cabeça oca. Não se preocupa com nada. Mas ninguém entende as coisas como ela... Ela simplesmente já sabia de tudo. Eu não precisei contar nada, embora obviamente tenha contado assim mesmo, mais tarde. Naquela hora eu só chorei, e ela e Ben choraram comigo.

Só que nós, os Moynihan, choramos e ficamos loucos de raiva, mas logo depois passa. Ben foi o primeiro a se cansar daquilo, começando a pular na cama.

"Olha, Lou, claro que eu não vou fazer sermão. Não importa o que você faça, eu sempre vou estar do seu lado. Só o que eu quero saber é o que nós vamos fazer agora. Tomamos uma tequila? Almoçamos? Saímos pra fazer compras? Eu, de minha parte, estou morrendo de fome."

"Eu também. Vamos comer. E eu quero comprar alguma coisa pra sua avó e pro Rex Kipp."

"Então, Ben, o assunto está resolvido ou não está? Você sabe dizer 'compras'? A gente tem que ensinar bons valores a esse menino. Vamos às compras!"

O serviço de quarto veio, trazendo a jaqueta de franja de Bella Lynn. Nós duas nos trocamos e nos maquiamos, vestimos Ben. Eu tinha pensado que ele estava com algum tipo de erupção, mas eram só marcas do batom de Bella, que tinha beijado o rosto dele inteiro.

Almoçamos no lindo salão de refeições do hotel. Estávamos alegres, sem nenhuma preocupação na cabeça. Éramos jovens, bonitas, livres, tínhamos uma vida inteira pela frente. Fofocamos, rimos e ficamos imaginando como era a vida de todas as pessoas que estavam no salão.

"Bom, é melhor a gente ir pra casa se quiser participar da tal reunião de família alguma hora", eu disse por fim, enquanto tomávamos nosso terceiro café e o terceiro licor Khalúa.

Compramos presentes e uma cesta de palha para botar tudo dentro, inclusive todos os brinquedos espalhados pelo quarto. Bella Lynn soltou um suspiro quando estávamos saindo. "Hotéis são tão acolhedores, eu sempre fico com pena de ir embora…"

Para além da porta de entrada colossal da casa de campo do tio Tyler, Roy Rogers e Dale Evans cantavam cantigas de Natal a plenos pulmões. Uma máquina de fazer bolhas também funcionava a todo vapor, de modo que a primeira visão que tivemos da gigantesca árvore de Natal foi através de um borrão de prismas de sabão.

"Minha nossa, é como entrar num lava a jato! Olha o estado do tapete!" Bella Lynn tirou a máquina da tomada, desligou a música.

Descemos a escada de pedra rumo à imensa sala de estar. Toras, árvores inteiras, queimavam na lareira. Os parentes da tia Tiny estavam todos esparramados em sofás de couro e poltronas reclináveis, vendo um jogo de futebol americano na televisão. Ben se sentou na mesma hora; nunca tinha visto uma televisão na vida. Meu bebezinho querido, nunca tinha saído de casa; estava tirando de letra.

Bella Lynn nos apresentou a todos, mas a maioria só nos cumprimentou balançando a cabeça, mal tirou os olhos do prato ou do jogo. Estavam todos bem vestidos, como se estivessem indo para um enterro ou para um casamento, mas continuavam parecendo um bando de meeiros ou de vítimas de um tornado.

Subimos a escada de novo. "Mal posso esperar para ver todo mundo na festa do papai amanhã. De manhã nós pegamos o tio John, depois vamos até o hospital libertar a sua mãe. Depois tem uma recepção enorme, que vai estar cheia de homens solteiros, bons partidos na maioria, então a gente não vai gostar de nenhum deles. Mas vai estar cheia de velhos amigos também, que querem ver você e o bebê."

"Jesus abençoado!" Era a velha sra. Veeder, mãe de Tiny. Ela tinha pegado Ben no colo, deixando a bengala cair no chão, e estava cambaleando com ele para lá e para cá pela sala de jantar. Ele ria, pensando que era uma brincadeira, os dois esbarrando em aparadores e cristaleiras, os cristais se espatifando. Uma das frases preferidas da minha mãe é "A vida é cheia de perigos". A sra. Veeder foi cambaleando com Ben até o quarto dela, onde havia outra televisão, sintonizada num canal de novelas, e em cima da cama quinquilharias suficientes para distrair Ben durante meses. Saleiros em forma de latrina de Texarkana, capas para papel higiênico em forma de poodle, sachês de feltro, pulseiras com contas faltando. Tudo encardido, em vias de ser reciclado como presente de Natal. A sra. Veeder e Ben caíram juntos na cama. Ben ficou horas lá com ela, mordendo estatuetas de Jesus que brilhavam no escuro, enquanto ela embrulhava presentes com pedaços de papel de embrulho amassado e fitas emaranhadas. Cantando *"Jesus loves me, yes I know! Cuz the Bible tells me so!"*.

A mesa de jantar fazia lembrar anúncios de bufês em cruzeiros. Fiquei olhando para a sucessão de travessas de carne, saladas, costelas assadas, galantinas, camarões, queijos, bolos, tortas, me perguntando para onde iria tudo aquilo, quando a comida começou a desaparecer diante dos meus olhos conforme os parentes de Tiny iam entrando rapidamente, um de cada vez, fazendo incursões furtivas e em seguida correndo de volta para a frente da televisão e para o jogo de futebol.

Esther estava na cozinha, de uniforme preto, debruçada sobre uma enorme bacia de massa para *tamales*. Tortas natalinas assavam no forno. Bella Lynn abraçou Esther como se tivesse passado meses longe de casa.

"Ele ligou?"

"Claro que não, amor. Ele não vai ligar." Esther a abraçou também, balançando-a. Ela tinha cuidado de Bella Lynn desde bebê. Mas não a mimava como todo mundo. Eu costumava achar que Esther era malvada. Bem, ela é, na verdade. Ela me cumprimentou dizendo: "Olha só... outra menina cabeça oca!" e me abraçou também. Esther era uma mulher miúda, de talhe fino, mas conseguia envolver o corpo todo da gente.

"Cadê o coitadinho daquele neném?" Ela foi ver Ben, voltou e me abraçou de novo. "Amor abençoado. Ele é uma criança abençoada. Você está grata, menina?" Eu fiz que sim, sorrindo.

109

"Nós podemos te ajudar a fazer os *tamales*", eu disse. "Eu só quero dar um oi pro Tyler e pro Rex antes. E pra tia Tiny. Ela já…?"

"Ela não vai descer. Está com um cobertor elétrico, com um rádio e com bebida. Então, ela ainda vai ficar um bom tempo por lá."

"Louvado seja Deus", disse Bella.

"Vão lá preparar um prato de comida pra levar para aqueles crianções daqueles homens lá na oficina. Levem bastante camarão pro Rex."

A "oficina" de Tyler era na verdade uma velha casa de adobe, com um grande gabinete e um quarto de hóspedes, um cômodo gigantesco cheio de armas, novas e antigas. No gabinete havia uma lareira enorme, troféus de animais espalhados por todas as paredes e peles de urso no chão de ladrilhos. O banheiro tinha um tapete de seios, seios de borracha de todas as cores e tamanhos. Tyler tinha ganhado o tapete de presente de Barry Goldwater, que uma vez havia se candidatado a presidente dos Estados Unidos.

Estava escuro agora, frio e claro. Fui andando atrás de Bella Lynn pela trilha.

"Vadias! Ralé branca!"

Eu arfei de susto. Bella riu.

"É só a mamãe no telhado."

Rex e tio Tyler ficaram contentes de me ver. Disseram que era para eu avisá-los quando Joe pusesse os pés em solo americano de novo, que eles iam arrancar todos os membros dele, um por um. Eles estavam bebendo uísque e fazendo listas. O quarto estava cheio de sacolas de compras. Todo ano eles levavam presentes para asilos de idosos, hospitais de crianças e orfanatos. Gastavam milhares e milhares de dólares. Só que não ficavam assinando cheques. O divertido era escolher cada coisa, depois ir aos lugares levando comida e Papais Noéis.

Naquele ano eles iam usar um sistema novo, porque Rex agora tinha um avião. Um Piper Cub, que ele pousava num dos pastos de Tyler. Na véspera de Natal, eles iam lançar sobre a favela de Juárez sacolas com brinquedos e alimentos. Os dois homens estavam rindo e falando, cheios de entusiasmo, sobre os seus planos.

"Mas, papai", disse Bella, "o que a gente vai fazer com a mamãe? E com a tia Mary? E o que vai ser da Lou e de mim? Tigres embucharam a Lou e sumiram com o meu marido."

"Espero que vocês duas tenham roupas de arrasar pra festa de amanhã. Vai ter serviço de bufê, mas a Esther vai precisar de ajuda mesmo assim. Rex, quantos daqueles pirulitos em forma de bengala você acha que a gente leva pras criancinhas aleijadas?"

Caderno de notas do setor de emergência, 1977

Você nunca ouve sirenes no setor de emergência — os motoristas as desligam na Webster Street. Eu vejo as luzes de ré vermelhas das ambulâncias ACE ou United com o canto do olho. Geralmente já estamos esperando por elas, alertados pelo sistema de rádio MED NET, exatamente como acontece nos programas de televisão. "Municipal Um, aqui é ACE, Código Dois. Homem de quarenta e dois anos, ferimento na cabeça, PS 190 por 110. Consciente. Tempo estimado de chegada: três minutos." "Municipal Um... 76542 Livre."

Se é um Código Três, em que a vida do paciente está correndo sério risco, o médico e as enfermeiras esperam do lado de fora, conversando ansiosamente. Do lado de dentro, na sala 6, a sala de traumatologia, está a equipe do Código Azul. Técnicos de ECG e de raio X, fisioterapeutas respiratórios, enfermeiros cardiologistas. No entanto, na maioria dos casos de Código Azul, os motoristas ou bombeiros socorristas ficam ocupados demais para avisar que estão chegando. O Corpo de Bombeiros de Piedmont nunca avisa, e eles costumam ter os piores casos. Tromboses coronarianas colossais, tentativas matronais de suicídio com fenobarbital, acidentes com crianças em piscinas.

O dia inteiro, as pesadas ambulâncias Cadillac do Care Ambulance Service, que mais parecem carros fúnebres, param logo à esquerda do estacionamento da emergência. O dia inteiro, logo em frente à minha janela, as macas deles passam deslizando rumo à cobaltoterapia, à radioterapia. As ambulâncias são cinza, os motoristas usam uniforme cinza, os lençóis são cinza, os pacientes são cinza-amarelados, a não ser nos lugares em que os médicos marcaram seus crânios ou gargantas com um ofuscante X vermelho em caneta hidrográfica.

Já me chamaram para trabalhar lá. Não, obrigada. Detesto longas despedidas. Por que eu ainda faço piadas de mau gosto sobre a morte? Eu a levo muito a sério agora. Estudo a morte. Não diretamente, só espiando meio de longe. Vejo a morte como uma pessoa... às vezes várias pessoas, dizendo olá. A sra. Diane Adderly, que era cega, o sr. Gionotti, a madame Y, a minha avó.

A madame Y é a mulher mais bonita que eu já vi. Ela parece morta, na verdade; tem uma pele translúcida branco-azulada, um rosto oriental de feições extremamente delicadas, sereno, sem idade. Usa botas e calças pretas, jaquetas de gola padre cortadas e ajustadas... na Ásia? Na França? Talvez no Vaticano — elas têm o peso de uma batina de bispo — ou um avental de radiografia. Debruns feitos à mão em tons vivos de fúcsia, vermelho, laranja.

O Bentley dela chega ao hospital às nove da manhã, dirigido por um filipino petulante que fuma um cigarro Sherman atrás do outro no estacionamento. Seus dois filhos, homens altos que vestem ternos feitos em Hong Kong, a acompanham do carro até a entrada do setor de radioterapia. De lá, ela ainda tem uma longa caminhada pela frente, por um corredor. É a única pessoa que caminha por ali sozinha. Na entrada, ela se vira para os filhos, sorri e faz uma mesura. Eles fazem uma mesura para ela também e ficam observando-a até que ela chegue ao fim do corredor. Quando ela desaparece, eles vão tomar café e falam no telefone.

Uma hora e meia depois todos reaparecem ao mesmo tempo. Ela, com duas manchas cor de malva nas bochechas, os filhos, o Bentley com o filipino, e todos vão embora como que deslizando. Luz e cintilância do carro prateado, o cabelo preto e a jaqueta de seda preta dela. O ritual inteiro flui silenciosamente, como sangue.

Ela está morta agora. Não sei direito quando aconteceu; deve ter sido num dos meus dias de folga. Ela sempre pareceu morta de qualquer forma, mas de um jeito bonito, como uma ilustração ou um anúncio.

Eu gosto de trabalhar na emergência. Sangue, ossos, tendões são como afirmações da existência para mim. Sou fascinada pelo corpo humano, pela tenacidade dele. Ainda bem, porque são horas de espera antes de um raio X ou de um Demerol. Talvez eu seja mórbida. Fico impressionada com dois dedos dentro de um saquinho, com uma lâmina cintilante de canivete saindo das costas magras de um cafetão. Gosto do fato de que, na emergência, tudo é remediável, ou não.

Códigos Azuis. Bem, todo mundo adora Códigos Azuis. Isso é quando uma pessoa morre — o coração dela para de bater, ela para de respirar — mas a equipe da emergência pode, e muitas vezes consegue, trazê-la de volta à vida. Mesmo quando o paciente é um velhinho cansado de oitenta anos, é impossível não se envolver com o drama da ressuscitação, ainda que só por um momento. Muitas vidas, jovens e fecundas, são salvas.

O ritmo e a agitação de dez ou quinze pessoas, artistas... é como uma noite de estreia no teatro. Os pacientes, quando despertos, também participam, mesmo que seja apenas se mostrando interessados em todas aquelas coisas acontecendo à sua volta. Nunca parecem estar com medo.

Se o paciente está acompanhado de familiares, é minha tarefa obter informações deles e mantê-los informados sobre o que está acontecendo. Tranquilizá-los, principalmente.

Enquanto os membros da equipe pensam em termos de códigos bons ou ruins — com que grau de eficiência cada um fez o que tinha que fazer, se o paciente reagiu ou não —, eu penso em termos de mortes boas ou ruins.

As mortes ruins são aquelas em que o ente mais próximo é um gerente de hotel, ou a faxineira encontrou uma vítima de derrame duas semanas depois, morrendo de desidratação. As mortes realmente ruins são quando a pessoa tem vários filhos, noras e genros que se encontravam em algum lugar inconveniente quando foram chamados por mim e que parecem não só não se conhecer, mas não conhecer nem mesmo o pai ou a mãe que está morrendo. Não há nada a dizer. Eles só ficam falando sobre tomar providências, sobre ser preciso tomar providências, sobre quem vai tomar providências.

Os ciganos têm boas mortes. Eu acho... embora as enfermeiras não achem, nem os seguranças. Sempre vão dezenas deles para lá, exigindo ficar com a pessoa que está morrendo, beijá-la e abraçá-la, desligando e esculhambando monitores, tevês e aparelhos diversos. A melhor coisa das mortes de ciganos é que eles nunca fazem as crianças ficarem quietas. Os adultos choram, gemem e soluçam, mas todas as crianças continuam a correr de um lado para o outro, brincando e rindo, sem que ninguém lhes diga que elas têm que ficar tristes ou se comportar de modo respeitoso.

As boas mortes, por coincidência, parecem ser também bons códigos — o paciente responde por milagre a todo aquele tratamento salvador e depois morre serenamente.

A morte do sr. Gionotti foi boa… A família respeitou o pedido da equipe para que eles ficassem do lado de fora, mas, um a um, e eles eram muitos, todos entraram no quarto, fizeram o sr. Gionotti tomar conhecimento da presença deles e saíram para garantir aos outros que todo o possível estava sendo feito. Havia muitos deles, sentados, em pé, se tocando, fumando, rindo de vez em quando. Eu me senti como se estivesse participando de uma comemoração, uma reunião de família.

Uma coisa eu sei sobre a morte. Quanto "melhor" a pessoa, mais amorosa, feliz e afetuosa, menor é a lacuna que a morte dela deixa.

Quando o sr. Gionotti morreu, bem, a sra. Gionotti chorou, todos eles choraram, mas todos foram embora chorando juntos, e com ele, na verdade.

Eu vi o sr. Adderly, que é cego, no ônibus 51 outro dia. A mulher dele, Diane Adderly, chegou morta ao hospital alguns meses atrás. Ele havia encontrado o corpo dela ao pé da escada, com a bengala dele. A bruxa da enfermeira McCoy ficou dizendo para ele parar de chorar.

"Não vai ajudar em nada a situação, sr. Adderly."

"Nada vai ajudar. É só o que eu posso fazer. Me deixa em paz."

Quando ouviu a enfermeira McCoy sair da sala para cuidar dos preparativos, ele me disse que nunca tinha chorado. Aquilo o deixava apavorado, por causa dos olhos dele.

Eu botei a aliança de casamento dela no dedo mindinho dele. Ela tinha mais de mil dólares em notas encardidas dentro do sutiã, e eu pus as notas na carteira dele. Disse a ele que eram notas de cinquenta, de vinte e de cem e que ele iria precisar encontrar alguém para ajudá-lo a separá-las.

Quando o vi mais tarde no ônibus, ele deve ter se lembrado do meu cheiro ou da minha maneira de andar. Eu não tinha nem percebido que ele estava lá — só tinha subido no ônibus e desabado no banco mais próximo. Ele até se levantou do banco da frente, perto do motorista, para se sentar ao meu lado.

"Oi, Lucia", ele disse.

Ele estava muito engraçado, descrevendo o seu novo companheiro de quarto, um bagunceiro, no asilo de cegos Hilltop House. Eu não conseguia imaginar como ele podia saber que o seu companheiro de quarto era bagunceiro, mas depois consegui e contei a ele a minha ideia, estilo irmãos Marx, de como seria a vida de dois companheiros de quarto cegos — espuma de barbear no espaguete, escorregões no creme de espinafre derramado no chão etc. Rimos e ficamos em silêncio, de mãos dadas... de Pleasant Valley até a Alcatraz Avenue. Ele chorou, baixinho. As minhas lágrimas foram pela minha própria solidão, pela minha própria cegueira.

Na primeira noite em que trabalhei na emergência, uma ambulância ACE trouxe uma mulher de identidade desconhecida, uma Jane Doe. A equipe estava desfalcada naquela noite, então os motoristas da ambulância e eu despimos a mulher, tiramos a meia-calça esburacada de suas pernas cheias de varizes, as unhas dos pés encurvadas como unhas de papagaio. Desencavamos os documentos dela não do seu sutiã cor de pele encardido, mas do meio dos seios grudentos. Uma foto de um rapaz com uniforme de fuzileiro naval: George 1944. Três cupons úmidos de ração de gato Purina e um cartão vermelho, branco e azul do Medicare todo borrado. O nome dela era Jane. Jane Daugherty. Procuramos na lista telefônica. Nenhuma Jane, nenhum George.

Se suas bolsas já não foram furtadas, as velhinhas nunca parecem carregar nada a não ser a dentadura de baixo, um folheto com o horário do ônibus 51 e uma caderneta de endereços e telefones em que não se acha um único sobrenome.

Os motoristas e eu trabalhamos juntos com fragmentos de informação, telefonando para o hotel California à procura de

Annie, sublinhada, para a lavanderia Five-Spot. Às vezes não há o que fazer a não ser esperar que algum parente ligue à procura delas. Os telefones da emergência tocam o dia inteiro. "Vocês por acaso viram um _____?" Velhos. Eu fico confusa em relação aos velhinhos. Parece uma maldade fazer uma reconstrução total de quadril ou um bypass coronariano numa pessoa de noventa e cinco anos que sussurra "Por favor, me deixem".

Pessoas idosas não deveriam cair tanto, tomar tantos banhos. Mas talvez seja importante para elas andar sozinhas, se apoiar nos próprios pés. Às vezes parece que elas caem de propósito, como a mulher que comeu uma quantidade absurda de pastilhas laxantes só para sair da casa de repouso.

É muito comum haver brincadeiras e flertes entre a equipe de enfermagem e o pessoal das ambulâncias. "Tchau, querida, ataque mais tarde." Eu costumava ficar chocada com isso, todas aquelas piadas quando eles estão no meio de uma traqueostomia ou estão raspando um paciente para prepará-lo para os monitores. Uma mulher de oitenta anos, com uma fratura na pélvis, chora e implora "Me dá a mão! Por favor, me dá a mão!". Motoristas da ambulância matraqueando sobre os Oakland Stompers.

"Dá a mão pra ela, cacete!" Ele olhou para mim como se eu fosse maluca. Não dou mais a mão para tanta gente e faço muita piada também, ainda que não perto dos pacientes. É muita tensão e muita pressão. É desgastante — estar envolvido o tempo inteiro em situações de vida ou morte.

O que é mais desgastante ainda, e é a verdadeira causa da tensão e da frieza, é que não só grande parte dos pacientes que nós recebemos na emergência não são casos de emergência, como não há absolutamente nada de errado com eles. Chega um ponto em que você até anseia por um bom e inequívoco ferimento por faca ou disparo de arma de fogo. O dia inteiro, a noite inteira, as pessoas vão até lá porque estão com falta de apetite, porque não estão evacuando regularmente, porque estão com o pescoço duro, porque a urina delas está vermelha ou verde (o que invariavelmente significa que elas comeram beterraba ou espinafre no almoço).

Sabe todas aquelas sirenes que você ouve ao fundo, no meio da noite? Mais de uma delas vai pegar algum velho que ficou sem vinho para beber.

Um prontuário atrás do outro. Reação de ansiedade. Dores de cabeça causadas por tensão. Hiperventilação. Intoxicação. Depressão. (Esses são os diagnósticos. As queixas dos pacientes são câncer, ataque cardíaco, coágulos, asfixia.) Cada um desses pacientes custa centenas de dólares, incluindo gastos com ambulância, radiografias, exames laboratoriais, eletrocardiograma. A ambulância recebe um adesivo do Medi-Cal, nós recebemos um adesivo do Medi-Cal, o médico recebe um adesivo do Medi-Cal, e o paciente tira uma soneca até que um táxi chegue para levá-lo para casa, pago com um vale. Meu Deus, será que eu me tornei tão desumana quanto a enfermeira McCoy? Medo, pobreza, alcoolismo e solidão são doenças terminais. Emergências, de fato.

Também recebemos pacientes com traumatismos graves ou problemas cardíacos, e eles são tratados e estabilizados com admirável habilidade e eficiência em questão de minutos e levados rapidamente para a cirurgia, para a UTI ou para a UTC.

Bêbados e suicidas consomem horas, ocupando enfermeiros e quartos extremamente necessários. Quatro ou cinco pessoas esperam em volta da minha mesa para dar entrada. Fraturas de tornozelo, inflamações de garganta, lesões cervicais etc.

Maude, embriagada, exausta, está esparramada numa maca, massageando meu braço feito uma gata neurótica.

"Você é tão boa... tão amável... o problema é essa vertigem, querida."

"Qual é o seu sobrenome e o seu endereço? O que aconteceu com o seu cartão do Medi-Cal?"

"Sumiu, tudo sumiu... Eu estou tão triste e tão sozinha. Eles vão me internar aqui? Deve ter alguma coisa errada com o meu ouvido interno. O meu filho Willie nunca me liga. Claro, ele está em Daly City e a ligação é cara. Você tem filhos?"

"Assine aqui."

Encontrei as informações básicas no meio da bagunça dentro da bolsa dela. Ela usa seda de enrolar cigarro para tirar o excesso de batom. Grandes beijos borrados se abrindo como milho de pipoca pela bolsa inteira.

"Qual é o sobrenome e o telefone do Willie?"

Ela começa a chorar, esticando os dois braços na direção do meu pescoço.

"Não ligue pra ele. Ele diz que eu sou repulsiva. Você me acha repulsiva? Me abraça!"

"Mais tarde eu volto, Maude. Agora larga o meu pescoço e assina esse papel. Larga."

Os bêbados chegam sempre sozinhos. Os suicidas vêm com pelo menos mais uma pessoa, normalmente várias pessoas. O que provavelmente é a ideia mesmo. Pelo menos dois oficiais da polícia de Oakland. Eu finalmente entendi por que o suicídio é considerado crime.

Casos de overdose são os piores. De novo, tempo. Enfermeiras geralmente ocupadas demais. Elas medicam o paciente, mas aí ele tem que tomar dez copos de água (quando não é uma overdose crítica, do tipo que exige uma lavagem estomacal). Eu fico tentada a enfiar o dedo na goela deles. Soluços e lágrimas. "Toma aqui, mais um copo."

Existem "bons" suicídios. "Bons motivos" muitas vezes, como doença terminal, dor. Mas o que mais me impressiona é a boa técnica. Um tiro nos miolos, pulsos bem cortados, sedativos decentes. Essas pessoas, mesmo quando não conseguem se suicidar, parecem emanar uma paz, uma força, talvez por terem tomado uma decisão refletida.

São as repetições que me irritam — as quarenta cápsulas de penicilina, os vinte comprimidos de Valium e um frasco de descongestionante nasal. Sim, eu sei que, estatisticamente, as pessoas que ameaçam ou tentam se suicidar acabam conseguindo um dia, mas tenho certeza de que isso sempre acontece por acidente. John, que geralmente chega em casa por volta das cinco, teve que trocar um pneu furado e não conseguiu socorrer a esposa a tempo. Desconfio que às vezes seja uma espécie de homicídio culposo: o marido ou algum outro salvador regular finalmente se cansa de aparecer justo na fatídica hora H.

"Cadê o Marvin? Ele deve estar morrendo de preocupação."

"Ele foi dar um telefonema."

Eu detestaria dizer a ela que ele está na cafeteria, acabou gostando do sanduíche Reuben de lá.

Semana de provas na Universidade da Califórnia em Berkeley. Muitas tentativas de suicídio, algumas bem-sucedidas, a maioria de orientais. A tentativa de suicídio mais idiota da semana foi a de Otis.

A esposa de Otis, Lou-Bertha, tinha encontrado outro homem. Otis tomou dois frascos de Sominex, mas estava completamente acordado. Cheio de energia, até.

"Chamem a Lou-Bertha antes que seja tarde demais!"

Ele não parava de gritar instruções para mim, da sala de traumatologia. "Liga pra minha mãe... Mary Brochard 849-0917... Vê se a Lou-Bertha está no bar Adam and Eve."

Lou-Bertha tinha acabado de sair do Adam and Eve com destino ao Shalimar. Deu ocupado durante um bom tempo, depois atenderam, e então tocou "Don't You Worry 'bout a Thing" do Stevie Wonder inteira.

"Repete mais uma vez pra mim, querida… Ele tomou uma overdose de *quê*?"

Eu disse a ela.

"Porra. Você vai lá falar praquele imprestável daquele crioulo desdentado que ele vai ter que tomar uma quantidade muito maior de alguma coisa muito mais forte se ele quer que eu saia *daqui* pra ir ver ele."

Fui lá falar para ele… o quê? Que ela tinha ficado feliz de saber que ele estava bem, talvez. Mas ele estava falando ao telefone no quarto 6. Tinha vestido a calça, mas ainda estava com um avental de bolinhas na parte de cima. Tinha encontrado uma garrafinha de vodca Royal Gate no bolso do paletó. Estava só relaxando, reclinado na cama, feito um executivo.

"Johnnie? Oi. É o Otis. Eu tô na emergência do hospital municipal. Perto da Broadway, sabe? Como estão as coisas? Tudo indo, tudo indo. Aquela piranha da Lou-Bertha está de caso com o Darryl…" (Silêncio.) "Sem sacanagem."

A enfermeira-chefe entrou no quarto. "Ele ainda está aqui? Corre com ele daqui *agora*! Tem quatro casos graves chegando aí. Acidente de carro, todos Códigos Três, estimativa de chegada em dez minutos."

Eu tento fazer a ficha do maior número possível de pacientes antes que as ambulâncias cheguem. As pessoas simplesmente vão ter que esperar; mais ou menos metade delas vai embora, mas enquanto isso todas estão inquietas e irritadas.

Ah, não… três pessoas já estavam à espera antes dessa daí chegar, mas é melhor fazer a ficha dela logo de uma vez. É Marlene, a mala, uma habituée da emergência. Uma mulher tão bonita, tão jovem. Ela interrompe a conversa com dois jogadores de basquete do Laney College, um deles com uma contusão no joelho direito, e vem capengando até a minha mesa para começar a fazer a cena dela.

Os uivos de Marlene são como os do sax de Ornette Coleman nos velhos tempos de "Lonely Woman". Em geral o que ela faz é, primeiro, bater a cabeça na parede perto da minha mesa e derrubar tudo de cima da mesa com um empurrão dramático.

Depois ela começa a chorar. Solta longos ganidos angustiados, que lembram touradas mexicanas, canções de amor texanas, *"Aiee, Vi, Yi!"*.

"Ah ha San Antone!"

Ela desabou no chão e só o que eu consigo ver é uma mão elegante e bem cuidada estendendo um cartão do Medi-Cal por cima da mesa.

"Você não vê que eu estou morrendo? Eu estou ficando cega, santo Deus!"

"Ah, por favor, Marlene. Como foi que você botou esses cílios postiços então?"

"Piranha malvada."

"Marlene, senta direito e assina aqui. Daqui a pouco vão chegar várias ambulâncias, então você vai ter que esperar. Senta direito!"

Ela se senta direito e faz menção de acender um Kool. "Não acenda isso, assine aqui", eu digo. Ela assina e Zeff chega para botá-la num quarto.

"Ora, ora, se não é a nossa velha amiga enfezada, Marlene."

"Não vem puxar o meu saco, seu enfermeiro idiota."

As ambulâncias chegam, e os pacientes que elas trazem são sem dúvida casos de emergência. Dois morrem. Durante uma hora todos os enfermeiros, médicos, plantonistas, cirurgiões, *todo mundo* fica ocupado no quarto 6 com os dois jovens pacientes sobreviventes.

Uma das mãos de Marlene está lutando para entrar na manga de um casaco de veludo, a outra está passando um batom magenta nos lábios.

"Santo Deus, eu não posso ficar *nesta* espelunca a noite inteira, não é? Até mais, querida!"

"Até mais, Marlene."

Temps perdu

Trabalho em hospitais há anos e se tem uma coisa que eu aprendi é que quanto mais doentes os pacientes estão menos barulho eles fazem. É por isso que eu ignoro o interfone dos pacientes. Sou secretária de ala; minhas prioridades são providenciar medicamentos e equipamentos intravenosos, levar pacientes para a cirurgia ou para a radiologia. Claro que eu acabo atendendo o interfone alguma hora, quando geralmente digo aos pacientes: "A sua enfermeira já vai passar aí". Porque mais cedo ou mais tarde ela vai acabar aparecendo por lá. Minha opinião a respeito das enfermeiras mudou bastante com o tempo. Eu costumava achar que elas eram frias e sem coração. Mas é a doença que é o problema. Vejo agora que a indiferença das enfermeiras é uma arma contra a doença. Lute contra ela, acabe com ela. Ignore-a, se preferir. Mas atender a todas as vontades de um paciente só o estimula a gostar de ficar doente, essa é que é a verdade.

No início, quando uma voz dizia pelo interfone "Enfermeira! Rápido", eu perguntava "Qual é o problema?". Mas isso tomava muito tempo; além do mais, nove entre dez vezes era só a televisão que estava sem cor.

Os únicos aos quais eu dou atenção são aqueles que não conseguem falar. A luz acende e eu aperto o botão. Silêncio. Obviamente eles têm alguma coisa a dizer. Em geral há algum problema, como uma bolsa de colostomia cheia, por exemplo. Essa é outra das poucas coisas que eu sei com certeza agora. As pessoas ficam fascinadas com as suas bolsas de colostomia. Todo mundo que usa uma bolsa dessas — não só os pacientes dementes ou senis, que chegam a brincar com ela — fica inevitavelmente hipnotizado pela visibilidade do processo. E se os nossos corpos fossem transparentes, como uma janela de máquina de lavar? Como seria assombroso poder observar a nós mesmos por dentro. Corredores correriam com mais ímpeto ainda, bombeando sangue sem parar. Amantes amariam mais. Minha nossa! Olha aquele velho sêmen correndo! Dietas melhorariam — kiwi e morango, sopa de beterraba com creme azedo.

Enfim, quando a luz do paciente do leito dois do quarto 4420 acendeu, eu fui até lá. Sr. Brugger, um velho diabético que tinha tido um derrame grave. A primeira coisa que vi foi que a bolsa estava cheia, como eu tinha imaginado. "Vou avisar pra sua enfermeira", eu disse, sorrindo para os olhos dele. Meu Deus, que choque eu levei, como cair em cima da barra de uma bicicleta, como uma sonata de Vinteuil bem ali no Four East. Olhinhos pretos e brilhantes sorrindo, emoldurados por epicantos acinzentados. Olhos pouco maiores que os olhos de um Buda... olhos de azeviche, olhos vagarosos, olhos quase mongoloides. Olhos de Kentshereve, rindo para os meus... Fui inundada pela memória do amor, não pelo amor em si... O sr. Brugger sentiu isso sem dúvida, pois agora aperta sua amorosa campainha a noite inteira.

Ele sacudiu a cabeça, zombando de mim por eu ter achado

que o problema era a bolsa de colostomia. Olhei ao redor. *The Odd Couple* girava vertiginosamente na tela da tevê. Ajustei a imagem do aparelho e saí, voltando às pressas para a minha mesa, para suaves ondas de memória.

Mullan, Idaho, 1940, na mina Morning Glory. Eu tinha cinco anos e fazia sombras com o dedão do pé sob o sol do início da primavera. Eu o ouvi primeiro. Sons de mordidas numa maçã. Ou seria aipo? Não, era Kentshereve, debaixo da minha janela, comendo bulbos de jacinto. Sujeira nos cantos da boca, lábios carnudos roxos, molhados como os do sr. Brugger.

Eu voei até ele (Kentshereve), sem olhar para trás, sem hesitar. Ou, pelo menos, só o que eu me lembro de ter feito em seguida foi morder eu mesma um daqueles bulbos crocantes e frios. Ele sorriu para mim, olhos de passas cintilando do meio de fendas de bordas massudas, me encorajando a saborear. Ele não usou essa palavra — o meu primeiro marido usou, quando estava me mostrando as sutilezas do alho-porró e da cebolinha (na nossa cozinha de adobe, vigas e ladrilhos mexicanos em Santa Fe). Vomitamos mais tarde (Kentshereve e eu).

Trabalhei mecanicamente na minha mesa, atendendo o telefone, ligando para pedir oxigênio e técnicos de laboratório, me deixando levar por ondas mornas feitas de salgueiros, ervilhas-de-cheiro e lagos de trutas. As roldanas e cordas da mina à noite, depois da primeira nevasca. Cenoura silvestre com o céu estrelado ao fundo.

"Ele conhecia cada centímetro do meu corpo." Será que eu li isso em algum lugar? Com certeza ninguém jamais diria uma coisa dessas. Mais tarde naquela primavera, pelados no bosque, contamos cada sinal de nascença um do outro, marcando com nanquim o lugar onde tínhamos parado a cada dia. Kentshereve observou que o aplicador da tinta era igualzinho a um pinto de gato.

Kentshereve sabia ler. O nome dele era Kent Shreve, mas quando ele me falou eu entendi que o primeiro nome dele era Kentshereve e, naquela primeira noite, repeti-o mil vezes, entoei--o baixinho mil vezes, como fiz com Jeremys e Christophers mais tarde. Kentshereve Kentshereve. Ele conseguia ler até cartazes de PROCURADOS na agência dos correios e dizia que quando a gente crescesse ele provavelmente leria um cartaz sobre mim. Claro que eu estaria usando um apelido, mas ele saberia que era eu porque o cartaz diria: grande sinal no calcanhar do pé esquerdo, marca no joelho direito, sinal na racha do bumbum. Talvez alguém que já me namorou venha a ler o que eu estou escrevendo. Aposto que você não se lembrava dessas coisas. Kentshereve se lembraria. O meu terceiro filho nasceu com o mesmo sinal, bem na racha do bumbum. No dia em que ele nasceu eu dei um beijo no sinal dele, feliz em pensar que um dia provavelmente alguma outra mulher o beijaria ali também, ou contaria aquele sinal. Foi mais demorado mapear Kentshereve do que a mim, porque ele também tinha sardas e a diferença entre uma coisa e outra era sutil. Ele duvidou de mim quando eu contei os sinais das costas dele, me acusou de estar exagerando.

Fiquei irritada quando recebemos dois pacientes de pós-operatório — páginas de pedidos para preencher, justo quando eu estava tendo todos aqueles insights. A descarga de amor que eu recebi do Leito Dois do quarto 4420 era indistinguível de todas as outras. Kentshereve, meu palimpsesto. Um intelectual mais velho com um humor sarcástico, obcecado por comida e sexo. Ele deu início a uma série infindável de piqueniques, de Zihuatanejo ao norte do estado de Nova York. Hambúrgueres em cima de um túmulo zuni com Harrison, aquela fraude.

Nenhum outro foi tão delicioso e assustador. Como conseguia ler, sabia que a fogueira que nós fizemos poderia significar uma multa de mil dólares ou cadeia. Não para nós, para os nossos pais, ele disse rindo, enquanto jogava mais pinhas no fogo. Pomada para mamilos Massé, lâmpadas de calor para o períneo, spray Americaine para hemorroidas, banho de assento três vezes ao dia. Corri com os pedidos para poder voltar a sentir cheiro de pinheiro, a sentir o gosto do sanduíche de carne defumada no pão branco que ele fez. O molho foi um frasco de creme para as mãos Jergen — mel e amêndoa — e nenhum molho agridoce que eu tenha provado desde então rivalizou com ele. Ele sabia fazer panquecas no formato do Texas, de Idaho e da Califórnia. Seus dentes ficavam pretos até quarta-feira das balas de alcaçuz de sábado, azuis de blueberry o verão inteiro.

Tentamos reproduzir o ato sexual, mas acabamos desistindo e nos concentrando em praticar tiro ao alvo com o nosso xixi. Obviamente, ele se saiu melhor, mas mirar não é um feito insignificante para uma menina. Ele reconheceu o meu mérito, com um aceno de cabeça, um brilho vindo da fenda dos seus olhos.

Ele me levou ao meu primeiro lago de trutas. Único lago de trutas. Lago vazio, na verdade, na incubadora. Esses lagos rasos só eram drenados algumas vezes por ano, mas Kentshereve sabia exatamente quando ir. Ele via tudo, apesar de seus olhos parecerem fechados, como aqueles óculos de madeira dos esquimós. O segredo era chegar lá num dia quente antes de limparem o lago vazio. Uns sete centímetros de uma gosma viscosa e gelatinosa de esperma de truta revestiam os lagos. Eu lhe dava o primeiro empurrão, fazendo-o deslizar em disparada até a outra ponta, quando então ele ricocheteava de volta até mim, um sapo movido a jato, e lá íamos nós, escorregando das paredes como tubos pneumáticos besuntados de graxa, cobertos de escamas cintilantes de truta.

Lavávamos o cabelo com suco de tomate para tirar o cheiro,

mas o cheiro não saía. Dias depois, quando ele estava na escola e eu em casa, fazendo sombras na parede com o dedão do pé, eu sentia um leve fedor de peixe morto e ficava louca para vê-lo, louca para que chegasse a hora em que eu o ouviria subindo a colina, com a merendeira batendo na perna.

Nós nos escondíamos num barracão atrás da cozinha do J. R. e ficávamos vendo ele e sua mulher magricela transarem, um ato tão monumentalmente hilário que conseguiu arruinar muitos momentos de prazer na minha vida com um ataque de riso. Eles ficavam sentados diante da mesa forrada de tecido oleado, jururus, fumando e bebendo sem parar, só fumando e bebendo, em silêncio, e então ele arrancava seu capacete de minerador com lanterna, berrava "Estilo cachorrinho!" e virava a mulher de costas sobre o banco da cozinha.

Os mineradores eram na sua maioria finlandeses e, quando saíam do trabalho, iam tomar uma ducha e fazer sauna. Havia um cercado de madeira em frente à sauna e, no inverno, eles saíam correndo lá de dentro e pulavam na neve acumulada no cercado. Homens grandes, homens pequenos, homens gordos, homens magricelas, todos homens cor-de-rosa, rolando de um lado para o outro na neve. No início, espiando pelo nosso buraco na cerca, ríamos baixinho de todos aqueles pintos e bagos azuis, mas depois passamos a rir de alegria simplesmente, como eles, com a neve e o céu azul, azul.

As coisas se aquietaram à noite, no trabalho. Wendy, a enfermeira-chefe, e sua melhor amiga, Sandy, rabiscavam bobagens na mesa perto de mim. Bobagens mesmo, praticando escrever 1982 e os seus futuros nomes se elas se casassem com os caras com quem andavam saindo no momento. Mulheres adultas, nos dias de hoje, fazendo uma coisa dessas. Fiquei com pena delas, daquelas enfermeiras jovens e bonitas que ainda não conheciam o amor.

"E você? Está sonhando acordada com o quê?", Wendy perguntou.

"Um velho amor", respondi, soltando um suspiro.

"Ah, que fofo! Você, na sua idade, ainda pensa no amor."

Eu nem sequer reagi. A pobre tolinha não fazia ideia da paixão que tinha acabado de se acender entre mim e o Leito Dois do quarto 4420.

A campainha dele estava, na verdade, tocando sem parar. Eu atendi. "A sua enfermeira já vai passar aí." Eu disse a Sandy que ele queria voltar para a cama. Porque àquela altura eu já sabia o que ele queria só de deixar aqueles olhos de Kentshereve entrarem. Sandy pediu que eu chamasse o auxiliar de enfermagem para ajudá-la. Peso morto.

Eu sempre soube ouvir. É a minha melhor qualidade. Kentshevere podia ter todas as ideias, mas era eu quem as ouvia. Éramos um casal clássico, como Zelda e Scott, Paul et Virginie. Aparecemos três vezes no jornal semanal de Wallace, Idaho. Uma vez quando nos perdemos. Não estávamos perdidos coisa nenhuma, só zanzando pela floresta depois da hora de ir para casa, mas eles drenaram as valas assim mesmo. Depois, encontramos um mendigo morto na mata. Ouvimos a morte dele primeiro, lá do fundo da clareira, as moscas zumbindo. A última vez foi quando a escada caiu em cima do Sextus. Pelo menos o jornal gostou da notícia; já os nossos pais não gostaram nem um pouco. Kentshereve tinha que tomar conta do Sextus (o sexto filho, só um mês de vida). Ele não passava de um embrulhinho sem graça e dormia o tempo inteiro, então não parecia que ia fazer diferença se a gente o levasse conosco até o galpão. Decidimos nos pendurar nos caibros, deixamos o embrulhinho no chão e subimos na escada de mão. Kentshereve não me culpou nenhuma vez por ter chutado a escada e a deixado cair. Ele aceitava essas coisas com naturalidade. E o que aconteceu foi que a escada caiu em cima do neném — as ripas dos quatro lados deixaram o corpinho ileso por um triz — e ele não acordou. Um milagre, mas eu acho que a gente ainda não conhecia essa palavra. Então ficamos lá, horas a fio, no caibro estreito, bem acima do chão, pendurados pelos joelhos, já que tentar sentar dava muito medo. De cara vermelha, falando de um jeito esquisito de cabeça para baixo. Ninguém nos ouviu berrar. Nossas famílias tinham ido para Spokane e não havia nenhuma outra casa por perto. Foi ficando cada vez mais escuro. Descobrimos um jeito de nos sentar e conseguimos ir nos arrastando aos pouquinhos até a ponta do caibro; chegando lá, passamos a nos revezar para encostar na parede. Brincamos de coruja e de cuspir, mirando nas coisas. Eu fiz xixi nas calças. Sextus acordou e começou a chorar sem parar. Mais alto, acima do choro do bebê, nós listamos todas as coisas que queríamos comer. Pão com manteiga polvilhado de açúcar. Kentshereve comia isso o dia inteiro. Eu sei que ele é diabético a esta altura, surrupiando creme Jergen e entrando em choque. Ele sempre exalava, suas camisas quadriculadas cintilavam de açúcar ao sol.

Ele precisava fazer xixi e achou que, se mirasse logo ao lado de Sextus, isso o esquentaria e o deixaria mais animado. Era o que ele estava fazendo quando meu pai entrou e deu um berro. Fiquei tão assustada que caí de cima do caibro. Foi assim que quebrei meu braço pela primeira vez. Depois Red, o pai de Kentshereve, entrou e pegou o bebê do chão. Ninguém ajudou Kentshereve a descer, nem reparou no milagre de as ripas da escada não terem atingido o bebê em nenhum dos quatro lados. Do carro, tremendo de dor, eu vi Red dando uma surra em Kentshereve. Ele não chorou. Acenou para mim com a cabeça lá do outro lado do pátio e seus olhos me disseram que tinha valido a pena.

Passei uma noite com ele, a noite em que a minha irmã mais nova extraiu as amígdalas. Red mandou a mim e às minhas roupas de cama escada acima, para a água-furtada onde os cinco filhos mais velhos dormiam sobre uma camada de palha. Não havia janela, só uma abertura no beiral coberta com tecido oleado preto. Kentshereve fez um buraco no tecido com um furador de gelo e então um jato de ar começou a entrar, como nos aviões, só que gelado. Encostando o ouvido no buraco, dava para ouvir pingentes de gelo nos pinheiros, lustres, o rangido do elevador da mina, vagões de minério. O ar cheirava a frio e a fumaça de madeira queimada. Quando botei um olho no buraquinho minúsculo, vi as estrelas como que pela primeira vez, ampliadas, o céu, vasto e estonteante. Se eu piscasse o olho, tudo desaparecia.

Ficamos acordados, esperando para ouvir os pais dele fazendo sexo, mas eles não fizeram. Perguntei a Kentshereve como ele achava que era. Ele levantou a mão e a encostou na minha, de modo que todos os nossos dedos se tocassem, depois me falou para passar o polegar e o indicador pelos nossos dedos que estavam encostados. Não dá para saber qual é qual. Deve ser algo assim, disse ele.

Eu não fui para a cafeteria no meu intervalo, mas saí para a varanda do quarto andar. Era uma noite fria de janeiro, mas já havia botões de ameixeira-japonesa iluminados pelos postes de luz. Californianos costumam defender suas estações dizendo que elas são sutis. Mas quem quer uma primavera sutil? Sou muito mais o degelo de Idaho, com Kentshereve e eu deslizando por colinas enlameadas numa caixa de papelão achatada. Sou muito mais a luxuriante explosão de lilás, de um jacinto sobrevivente. Fumei na varanda, a cadeira de metal fazendo listras frias nas minhas coxas. Eu ansiava por amor, por sussurros numa noite clara de inverno.

A gente só brigava no cinema, aos sábados, em Wallace. Ele conseguia ler os créditos, mas se recusava a me falar o que eles diziam. Eu sentia ciúme, como sentiria mais tarde da música de um marido, das drogas de outro. A dama do lago. Quando as primeiras palavras apareciam, ele sussurrava: "Agora! Fica quieta!". As letras deslizavam pela tela enquanto ele apertava os olhos, fazendo que sim com a cabeça. Às vezes ele sacudia a cabeça, dava uma risadinha ou dizia "Hum!". Mesmo sabendo agora que a palavra mais difícil que aparece nos créditos é cinematográfico, eu ainda tenho a nítida sensação de estar deixando escapar alguma coisa. Na época eu me contorcia, frenética, sacudindo o braço dele. Fala, vai! O que é que está escrito? Shhhh! Ele se desvencilhava do meu braço e se inclinava para a frente, tapando as orelhas, seus lábios se mexendo enquanto ele lia. Eu ficava louca para ir para a escola, louca para a segunda série começar logo. (Ele dizia que a primeira era uma perda de tempo.) Aí não iria haver mais nada que a gente não compartilhasse um com o outro.

A campainha do Leito Dois do quarto 4420 tocou. Fui até lá. Quando foram embora, as visitas do seu companheiro de quarto tinham acidentalmente tapado a televisão dele com a cortina. Eu puxei a cortina de volta para o lugar e ele balançou a cabeça para mim. "Mais alguma coisa?", perguntei, e ele fez que não. Os créditos de *Dallas* estavam deslizando pela tela.

"Sabe, eu finalmente aprendi a ler, seu cretino", eu disse, e os olhinhos pretos dele brilharam enquanto ria. Não dava para perceber, na verdade — era só um barulho parecido com o chiado de um cano enferrujado sacudindo sua cama em zigue-zague, mas eu reconheceria aquele riso em qualquer lugar.

Carpe diem

A maior parte do tempo eu não me importo de envelhecer. Algumas coisas me causam uma pontinha de dor, como os patinadores. Como eles parecem livres, deslizando com suas pernas compridas, os cabelos tremulando atrás. Outras coisas me causam pânico, como as portas dos trens da área da baía de San Francisco. Aquela longa espera antes que as portas se abram, depois que o trem para. Não é muito longa, mas é longa demais. Não há tempo.

E as lavanderias. Mas elas já eram um problema mesmo quando eu era jovem. Demoram demais, mesmo as Speed Queens. Dá tempo de a sua vida inteira passar diante dos seus olhos enquanto você fica lá, se afogando. Claro que, se tivesse carro, eu poderia ir à loja de ferragens ou ao correio e depois voltar para botar as roupas na secadora.

As lavanderias que não têm atendentes são piores ainda. Aí é que parece mesmo que eu sou sempre a única pessoa que fica lá. Mas todas as máquinas de lavar e de secar estão ocupadas... todo mundo foi para a loja de ferragens.

Foram tantos os atendentes de lavanderia que eu conheci, os Carontes de plantão, que trocam dinheiro ou que nunca têm troco. Agora é a gorda Ophelia, que pronuncia "Sem problema" como "Fem problema". Ela quebrou a dentadura de cima mordendo um pedaço de charque. É tão peituda que tem que virar de lado e avançar em diagonal para conseguir passar pelas portas, como quem transporta uma mesa de cozinha. Quando vem andando pelo corredor com um esfregão, todo mundo se afasta e afasta os cestos também. Ela é uma saltadora de canais. Justo quando a gente acabou de se acomodar para ver *The Newlywed Game*, ela muda para *Ryan's Hope*.

Uma vez, para ser educada, eu disse a ela que também andava tendo calores, então é a isso que ela me associa... à menopausa. "Como é que tá indo com os calorões?", ela pergunta, alto, em vez de "Oi, tudo bem?". O que só piora a situação, a coisa de ficar lá sentada, refletindo, envelhecendo. Meus filhos já estão todos crescidos agora, então eu passei de cinco máquinas de lavar para uma, mas uma demora tanto quanto cinco.

Eu me mudei na semana passada, talvez pela ducentésima vez na vida. Levei todos os meus lençóis, cortinas e toalhas para a lavanderia, empilhados até o alto no meu carrinho de compras. A lavanderia estava muito cheia; não havia máquinas de lavar vazias perto umas das outras. Pus todas as minhas coisas em três máquinas e fui trocar dinheiro com Ophelia. Voltei, pus as moedas e o sabão nas máquinas e as liguei. Só que eu tinha ligado três máquinas erradas. Três máquinas que haviam acabado de lavar as roupas de um sujeito.

Fui imprensada contra as máquinas. Ophelia e o sujeito pararam na minha frente, me olhando de cima. Sou uma mulher alta, uso meia-calça tamanho mãezona agora, mas os dois eram enormes. Ophelia estava com um spray de removedor de manchas na mão. O homem estava de bermuda jeans e tinha coxas imensas, cobertas de pelos ruivos. Sua barba cerrada nem parecia feita de pelos, parecia mais um protetor de para-choque vermelho. Ele usava um boné de beisebol com um gorila estampado. O boné não era pequeno, mas o cabelo dele era tão cheio que empurrava o boné bem lá para cima, no alto da cabeça, fazendo com que ele ficasse com uns dois metros e vinte de altura. Ele estava socando com um punho colossal a palma vermelha da outra mão. "Puta merda! Que merda!" Ophelia não parecia ameaçadora; ela estava me protegendo, pronta para se enfiar entre mim e ele, ou entre ele e as máquinas. Vivia dizendo que não havia problema na lavanderia que ela não soubesse resolver.

"Moço, é melhor você sentar e relaxar. Não tem como fazer essas máquina parar depois que elas começa a trabalhar. Assiste um pouco de televisão, toma uma Pepsi."

Botei moedas nas máquinas certas e as liguei. Então me lembrei que estava completamente dura, que não tinha mais sabão e que aquelas moedas que eu havia acabado de usar eram para as secadoras. Comecei a chorar.

"Por que é que *ela* tá chorando, porra? O que você acha que isso fez com o meu sábado, sua retardada? Jesus Maria José."

Eu me ofereci para botar as roupas dele nas secadoras, caso ele quisesse ir a algum lugar.

"Eu não vou deixar você chegar nem perto das minhas roupas. Tipo, fica bem longe das minhas roupas, entendeu?" Não havia nenhum outro lugar para ele se sentar a não ser do meu lado. Ficamos olhando para as máquinas. Eu queria muito que ele fosse lá para fora, mas ele só ficou sentado ali, do meu lado. Sua imensa perna direita vibrava feito uma máquina de lavar quando está centrifugando. Seis luzinhas vermelhas cintilavam na nossa direção.

"Você sempre faz merda desse jeito?", ele perguntou.

"Olha, eu lamento muito. Eu estava cansada. Eu estava com pressa." Comecei a rir de nervoso.

"Acredite você ou não, *eu* estou com pressa. Eu dirijo um guincho. Seis dias por semana. Doze horas por dia. E é isso. Este é o meu dia de folga."

"Você estava com pressa pra quê?" Eu perguntei com a intenção de ser gentil, mas ele achou que eu estava sendo sarcástica.

"Sua cretina. Se você fosse homem, eu lavava você. Botava essa sua cabeça oca na secadora e deixava ligada até cozinhar."

"Eu disse que lamentava."

"Óbvio que você lamenta. O que é que uma anta feito você pode fazer além de se lamentar? Eu já tinha sacado que você era uma inútil antes de você fazer aquilo com as minhas roupas. Eu não acredito nisso. Ela está chorando de novo. Jesus Maria José."

Ophelia se plantou na frente dele.

"Para de azucrinar a paciência dela, tá ouvindo? Acontece que ela está passando por uma fase difícil, que eu sei."

Como ela sabia disso? Fiquei impressionada. Ela sabe de tudo, essa sibila negra gigante, essa esfinge. Ah, ela deve estar se referindo à menopausa…

"Eu posso dobrar as suas roupas, se você quiser", eu disse para ele.

"Fica quieta, garota", disse Ophelia. "A questão é: que importância isso tem? Daqui a uns fem ano, quem é que vai ligar pra isso?"

"Fem ano", ele sussurrou. "Fem ano."

Eu também estava pensando nisso. Cem anos. As nossas máquinas estavam sacudindo para valer, e todas as luzinhas vermelhas dos ciclos estavam acesas.

"Pelo menos as suas roupas estão limpas. Eu gastei todo o sabão que eu tinha."

"Eu compro sabão pra você, cacete."

"Tarde demais. Mas obrigada assim mesmo."

"Ela não estragou o meu dia. Ela estragou a porra da minha semana inteira! Não tem sabão."

Ophelia voltou e se abaixou para cochichar comigo.

"Eu tô tendo um pouco de corrimento. O médico disse que, se não parar, eu vou precisar fazer uma curetagem. Você tem corrimento?"

Eu fiz que não.

"Você vai ter. Os pobrema femininos não acaba nunca. É uma vida inteira de pobrema. Eu estou inchada. Você inchou?"

"A cabeça dela tá inchada", disse o homem. "Olha, eu vou até o carro pegar uma cerveja, mas eu quero que você prometa que não vai chegar perto das minhas máquinas. As suas são a trinta e quatro, a trinta e nove e a quarenta e três. Gravou?"

"Gravei. Trinta e dois, quarenta, quarenta e dois." Ele não achou graça.

As roupas estavam no último ciclo. Eu ia ter que pendurar as minhas para secar na cerca. Quando recebesse meu pagamento, eu ia voltar com sabão.

"A Jackie Onassis troca as roupa de cama dela todo santo dia", disse Ophelia. "Isso pra mim já é doença."

"Com certeza", concordei.

Deixei o homem botar as roupas dele num cesto e levá-las para as secadoras antes de tirar as minhas. Algumas pessoas estavam rindo, mas eu ignorei. Enchi meu carrinho com toalhas e lençóis encharcados. Ficou quase pesado demais para empurrar e, como as roupas estavam molhadas, nem tudo coube. Pendurei as cortinas rosa-choque no ombro. Do outro lado da lavanderia, pareceu que o homem iria dizer alguma coisa, depois desviou o rosto.

Levei um tempo enorme para chegar em casa. E mais tempo ainda para pendurar tudo, embora tenha conseguido encontrar uma corda. Uma neblina estava se aproximando.

Enchi uma caneca de café e me sentei na escada dos fundos. Estava feliz, calma, sem pressa nenhuma. Na próxima vez que pegar um trem, até ele parar eu não vou ficar me preocupando em descer. Quando for a hora, vou descer no momento exato.

Toda luna, todo año

> *Toda luna, todo año*
> *Todo día, todo viento*
> *Camina, y pasa también.*
> *También, toda sangre llega*
> *Al lugar de su quietud.*
> (Livros de Chilam-Balam)

De maneira automática, Eloise Gore começou a traduzir o poema mentalmente. *Each moon, each year*. Não. *Every moon, every year* pega o som fricativo. *Camina? Walks*. Pena que isso não funciona em inglês. Em espanhol os relógios andam, não correm. *Goes along, and passes away*.

Ela fechou o livro. Um resort não é lugar para ficar lendo. Tomou um gole da sua margarita e se forçou a prestar atenção na vista da varanda do restaurante. As nuvens matizadas de rosa tinham adquirido um tom fluorescente de grafite e as cristas das ondas se quebravam espalhando uma espuma prateada pela praia de um branco acinzentado lá embaixo. Por toda a praia, desde a cidade de Zihuatanejo, havia uma suave dança cintilante de minúsculas luzinhas verdes. Vaga-lumes, verde-claro neon. As meninas do lugar botavam no cabelo quando saíam para passear ao anoitecer, caminhando em grupos de duas ou três. Algumas espalhavam os insetos pelo cabelo, outras os arrumavam como uma tiara de esmeraldas.

Aquela era a sua primeira noite ali e ela estava sozinha no salão do restaurante. Garçons de paletó branco estavam parados perto da escada que levava à piscina e ao bar, onde a maioria dos hóspedes ainda dançava e bebia. *Mambo! Que rico el mambo!* Cubos de gelo e maracas. Ajudantes de garçom acendiam velas bruxuleantes. Não havia lua; ao que parecia, eram as estrelas que estavam dando aquele brilho metálico ao mar.

Pessoas bronzeadas e vestidas com roupas espalhafatosas começaram a entrar no salão. Texanos ou californianos, ela pensou, mais soltos e descontraídos do que qualquer pessoa do Colorado. Eles gritavam uns para os outros de uma mesa para outra: "Vai fundo, Willy!" "Muito foda!".

O que é que eu estou fazendo aqui? Era a primeira viagem que ela fazia desde a morte do marido, três anos antes. Ambos professores de espanhol, os dois costumavam viajar todo verão para o México ou algum outro lugar da América Latina. Depois que ele morreu, ela não tinha sentido vontade de ir a lugar nenhum sem ele e havia se oferecido a cada mês de junho para lecionar nos cursos de verão. Naquele ano ela estava se sentindo cansada demais para continuar dando aula. Na agência de viagem tinham lhe perguntado quando ela precisava voltar. Ela tinha hesitado, sentindo um frio na espinha. Ela não precisava voltar, não precisava dar aula nunca mais. Não havia nenhum lugar onde ela tivesse que estar, ninguém a quem ela tivesse que dar satisfação.

Agora ela estava comendo o seu ceviche, sentindo-se terrivelmente chamativa. Seu tailleur de listinhas cinza, adequado numa sala de aula, ali na Cidade do México era… chinfrim, uma escolha ridiculamente errada. Usar meia-calça era cafona, além de esquentar. Era provável até que ela estivesse com uma mancha de suor quando se levantasse.

Ela se forçou a relaxar, a saborear os lagostins ao alho e óleo. Mariachis iam de mesa em mesa, mas passaram ao largo da dela quando viram sua expressão rígida. *Sabor a tí.* Sabor de você. Dá para imaginar uma música americana que falasse sobre como é o gosto de uma pessoa? Tudo no México tinha gosto. Gostos intensos de alho, coentro, limão. Os cheiros eram intensos. Não os das flores, que não tinham cheiro nenhum. Mas o cheiro do mar, o cheiro agradável de floresta em decomposição. O odor rançoso das poltronas de couro de porco, dos ladrilhos polidos com querosene, das velas.

Estava escuro na praia e vaga-lumes brincavam em redemoinhos de neblina esverdeada, sozinhos agora. Ao longe, na baía, viam-se os sinalizadores vermelhos usados para atrair peixes.

"*Pues, cómo estuvo?*", o garçom perguntou.

"*Exquisito, gracias.*"

A butique do hotel ainda estava aberta. Ela encontrou dois vestidos simples, feitos à mão, um branco e outro rosa. Eram macios e soltos, diferentes de tudo o que ela já tinha usado. Comprou uma bolsa de palha e alguns pentes enfeitados com vaga-lumes cor de jade, para dar como prêmios aos seus alunos.

"Um último drinque antes de dormir?", o gerente sugeriu quando ela estava atravessando o lobby. Por que não?, ela pensou e entrou no bar agora vazio à beira da piscina. Pediu conhaque Madero com Kahlúa, o drinque favorito de Mel. Sentia uma falta dilacerante dele, queria a mão dele no seu cabelo. Fechou os olhos e ficou ouvindo as palmeiras se agitando, gelo batendo na coqueteleira, remos rangendo.

No quarto, examinou o poema de novo. *Thus all life arrives/ at the place of its quietude*. Não. E não era *life*, além do mais; a palavra era *sangre*, sangue, tudo o que pulsa e flui. A lâmpada era fraca demais, insetos se chocavam contra o quebra-luz. Quando ela apagou a luz, a música começou a tocar de novo no bar. A batida insistente do baixo. Seu coração batia, estava batendo. *Sangre.*

Sentia falta da sua cama firme, do acalanto eficiente dos carros na autoestrada distante. O que está me fazendo falta mesmo são as minhas palavras cruzadas matinais. Ah, Mel, o que eu faço da minha vida? Paro de lecionar? Viajo? Começo um doutorado? Cometo suicídio? De onde tinha vindo essa ideia? Mas lecionar é a minha vida. E isso é lamentável. A sra. Gore é um porre. Todo ano algum aluno novo inventava isso, todo contente. Eloise era uma boa professora, seca, tranquila, o tipo de professora de quem os alunos gostam anos depois.

Cuando calienta el sol, aquí en la playa. A cada vez que a música se aquietava, os sons dos quartos próximos entravam pelas persianas. Risos, ruídos de gente fazendo amor.

"Senhor Viajante Internacional! Senhor Sabe-Tudo! Viajante Internacional!"

"Amor, eu sei tudo mesmo!", miou o texano. Então, ouviu-se um estrondo e depois um silêncio. Ele deve ter caído, desmaiado. A mulher deu uma gargalhada rouca. "Graças a Deus!"

Eloise estava arrependida de não ter trazido um livro policial. Levantou e foi até o banheiro, enquanto baratas e caranguejos terrestres fugiam ruidosamente, saindo do seu caminho. Tomou banho com sabão de coco e se secou com toalhas úmidas. Limpou o espelho para poder se ver. Desenxabida e soturna. Não, o seu rosto não era desenxabido, com grandes olhos cinzentos, nariz e sorriso bonitos, mas era soturno. Um bom corpo, mas descuidado fazia tanto tempo que também parecia soturno.

A banda parou de tocar às duas e meia. Passos e sussurros, um copo se espatifando. *Diz que gosta, paixão, diz!* Um gemido. Roncos.

Eloise acordou às seis, como de costume. Abriu as persianas e viu o céu passar de um tom leitoso de prateado a um tom arroxeado de cinza. Galhos de palmeira balançavam ao vento como cartas sendo embaralhadas. Ela vestiu sua roupa de banho e o vestido novo rosa. Não havia ninguém acordado, nem mesmo na cozinha. Galos cantavam e urubus adejavam em volta do lixo. Quatro porcos. No fundo do jardim, jardineiros e assistentes de garçom indígenas dormiam, descobertos e enroscados, no chão de lajota.

Ela seguiu pela trilha da mata, distante da praia. Um silêncio escuro e gotejante. Orquídeas. Um bando de papagaios verdes. Um iguana arqueado numa pedra, esperando ela passar. Galhos davam tapas quentes e pegajosos no seu rosto.

O sol já tinha se erguido quando ela subiu uma colina e dali desceu para uma elevação acima de uma praia branca. De onde estava ela conseguia avistar a tranquila enseada de Las Gatas. Debaixo d'água havia um muro de pedra construído por tarascanos para proteger a enseada de tubarões. Um cardume de sardinhas atravessou em torvelinho a água transparente e desapareceu como um tornado rumo ao mar. Agrupamentos de cabanas com telhados feitos de folhas secas de palmeira se espalhavam ao longo da praia. Uma língua de fumaça subia da cabana mais afastada, mas não havia ninguém à vista. Uma placa dizia "Escola de mergulho do Bernardo".

Ela largou o vestido e a bolsa na areia, nadou um crawl seguro até o muro de pedra. Voltou depois boiando e nadando, mexendo as pernas para se manter à tona e rindo alto. Por fim, se deitou na água perto da margem, deixando-se embalar pelas ondas e pelo silêncio, de olhos abertos para o céu, que era de um azul impressionante.

Passou pela escola do Bernardo e seguiu pela praia em direção à fumaça. Um salão aberto, com telhado de colmo e chão de areia varrido com ancinho. Uma mesa grande de madeira, bancos. Atrás desse salão, uma longa fileira de cubículos de bambu, cada um com uma rede de dormir e um mosquiteiro. Na cozinha rústica, uma criança lavava louça na pia; uma velha abanava o fogo. Galinhas zanzavam em volta delas, ciscando a areia.

"Bom dia", Eloise disse. "Aqui é sempre tão sossegado assim?"

"É que os mergulhadores já foram. Quer tomar café da manhã?"

"Quero sim, por favor." Eloise estendeu a mão. "Meu nome é Eloise Gore." Mas a velha só balançou a cabeça. "*Siéntese.*"

Eloise comeu feijão, peixe, tortilhas, olhando para as colinas enevoadas além da água. Seu hotel lhe pareceu velho e desmazelado, empoleirado obliquamente na encosta. Bougainvílleas se derramavam por suas paredes como o xale de uma mulher bêbada.

"Eu poderia me hospedar aqui?", ela perguntou à mulher.

"Nós não somos um hotel. Pescadores moram aqui."

Mas quando voltou trazendo café quente ela disse: "Tem um quarto. Mergulhadores estrangeiros ficam hospedados aqui às vezes".

Era uma cabana aberta, atrás da clareira. Uma cama e uma mesa, com uma vela em cima. Um colchão mofado, roupas de cama limpas, um mosquiteiro. "Aqui não tem escorpião", disse a mulher. O preço que ela pediu pelo quarto era absurdamente baixo. Café da manhã e almoço às quatro, quando os mergulhadores voltavam do mar.

Estava quente quando Eloise voltou pela mata, mas ela se pegou saltitando, feito uma criança, enquanto conversava mentalmente com Mel. Tentou se lembrar de quando tinha sido a última vez em que se sentira feliz. Uma vez, pouco depois de ele morrer, ela tinha visto um filme dos irmãos Marx na televisão. *Uma noite na ópera.* Tivera que desligar; era insuportável rir sozinha.

O gerente do hotel achou graça quando ela disse que ia para Las Gatas. *"Muy típico."* Cor local: um eufemismo para primitivo ou sujo. Ele providenciou para que uma canoa transportasse a ela e suas bagagens pela baía naquela tarde.

Ficou decepcionada quando eles se aproximaram da praia que ela tinha achado tão pacífica. Um grande barco de madeira, *La Ida*, estava ancorado em frente à cabana. Canoas multicoloridas e pequenos barcos pesqueiros motorizados oriundos da cidade se aproximavam e se afastavam, levando cargas de lá. Lagostas, peixes, enguias, polvos, sacos de mariscos. Cerca de uma dúzia de homens estavam na praia ou descarregando tanques de ar e reguladores do barco, rindo e gritando. Um garoto amarrou uma enorme tartaruga-verde ao cabo da âncora.

Eloise levou as coisas dela para o quarto. Estava com vontade de se deitar, mas não havia privacidade nenhuma ali. Da sua cama dava para ver a cozinha inteira e, além dela, a mesa ao redor da qual os mergulhadores estavam sentados e, mais além, o mar verde-azul.

"Hora de comer", a mulher gritou para Eloise. Ela e a menina estavam levando pratos para a mesa.

"Posso ajudar?", Eloise perguntou.

"Siéntese."

Eloise hesitou diante da mesa. Um dos homens se levantou e apertou a mão dela. Atarracado, parrudo, como uma estátua olmeca. Ele tinha um tom de pele bem moreno, pálpebras pesadas e uma boca sensual.

"Soy César. El maestro."

Ele abriu um espaço para que ela se sentasse e a apresentou aos outros mergulhadores, que a cumprimentaram fazendo um aceno com a cabeça e continuaram a comer. Três homens muito velhos. Flaco, Ramón e Raúl. Os filhos de César, Luis e Cheyo. Madaleno, o barqueiro. Beto, "um mergulhador novo — o melhor". A mulher de Beto, Carmen, estava sentada um pouco afastada da mesa, amamentando o filho deles.

Tigelas fumegantes de mariscos. Os homens estavam falando sobre *El Peine*. O velho Flaco finalmente o tinha visto, depois de tantos anos mergulhando. O pente? Mais tarde, com a ajuda de um dicionário, ela descobriu que eles estavam falando de um peixe-serra imenso.

"*Gigante*. Do tamanho de uma baleia. Não, maior!"

"*Mentira!* Você estava alucinando. Bêbado de ar."

"Espera só. Quando os italianos chegarem com as câmeras deles, vocês vão ver. Eu vou levar os italianos lá, vocês não."

"Aposto que você não consegue lembrar onde ele estava."

Flaco riu. "*Pues...* não exatamente."

Lagostas, vermelho grelhado, polvo. Arroz com feijão e tortilhas. A menina pôs um pratinho com mel numa mesa distante para atrair as moscas. Foi uma refeição longa e barulhenta. Quando acabou, todo mundo foi para as redes dormir, menos César e Eloise. O quarto de Beto e Carmen tinha uma cortina, mas os outros eram abertos.

"*Acércate a mí*", César disse para Eloise. Ela chegou mais perto dele. A mulher lhes trouxe papaia e café. Era irmã de César e se chamava Isabel; Flora era filha dela. Eles tinham vindo para Las Gatas dois anos antes, depois que a esposa de César morrera. Sim, Eloise também era viúva. Três anos.

"O que você quer de Las Gatas?", ele perguntou.

Ela não sabia. "Silêncio", disse. Ele riu.

"Mas você é sempre quieta, não? Você pode mergulhar com a gente, não tem barulho lá embaixo. Vá descansar agora."

Estava anoitecendo quando ela acordou. Uma lamparina brilhava na sala de jantar. César e os três velhos jogavam dominó. Os velhos eram pai e mãe para ele, César disse a ela. Seus pais de verdade haviam morrido quando ele tinha cinco anos e os três tinham tomado conta dele, levado para debaixo d'água logo no primeiro dia. Os três homens eram os únicos mergulhadores do lugar na época, mergulhadores livres que coletavam ostras e mariscos, anos antes dos tanques de ar e dos arbaletes.

Do outro lado da cabana Beto e Carmen conversavam, o pé minúsculo dela empurrando a rede. Cheyo e Juan afiavam pontas de arpão. Longe dos outros, Luis ouvia um rádio de transistor. *Rock and roll.* Você pode me ensinar inglês! Ele convidou Eloise para sentar-se perto dele. As letras das músicas não eram nem um pouco como ele imaginava. *Can't get no satisfaction.*

O neném de Beto estava pelado em cima da mesa, sua cabeça aninhada na mão livre de César. O bebê fez xixi e César empurrou a urina para fora da mesa e secou a mão no cabelo.

Neblina. Dois grous brancos. Ondulações provocadas pela tartaruga amarrada perto do barco. O vento fazia a lamparina bruxulear. Relâmpagos iluminavam o mar verde-claro. Os grous foram embora e começou a chover.

Fugindo da chuva, um rapaz americano de cabelo comprido entrou cambaleando na cabana, tremendo e arfando. Meu Deus. Meu Deus. Toda hora ele ria. Ninguém se mexeu. Ele botou a mochila e um bloco de desenho encharcado em cima da mesa e continuou rindo.

"Drogas?", Flaco perguntou. César deu de ombros e saiu, depois voltou trazendo toalhas e roupas de algodão. O rapaz ficou parado, dócil, enquanto César o despia, secava e vestia. Madaleno trouxe sopa e tortilhas para o rapaz; quando ele acabou de comer, César o levou para uma rede e o cobriu. O rapaz adormeceu, balançando na rede.

O compressor que recarregava os tanques de ar já estava chacoalhando e retinindo bem antes do amanhecer. Os galos cantavam, o papagaio palrava na pia do lado de fora, os urubus adejavam na beira da clareira. César e Raúl enchiam tanques; Madaleno passava um ancinho no chão de areia. Eloise se lavou na pia, penteou o cabelo se vendo no reflexo da água, prateada agora. O único espelho disponível era um caco pregado numa palmeira, diante do qual Luis se barbeava, cantando para a sua imagem sorridente. Guantanamera! Ele acenou para Eloise. "Bom dia, *teasher!*"

"Bom dia. *Dí 'teacher'*", ela disse, sorrindo.

"*Teacher.*"

No seu quarto, ela estava prestes a vestir a túnica rosa por cima do maiô.

"Não, não se vista. Nós vamos catar mariscos."

César carregou os tanques pesados e os lastros. Ela levou as máscaras e os pés de pato, uma bolsa de rede.

"Eu nunca fiz mergulho na vida."

"Você sabe nadar, não sabe?"

"Eu nado bem."

"Você é forte", ele disse, olhando para o corpo dela. Eloise corou. Forte. Seus alunos diziam que ela era má e fria. Ele afivelou o cinto de lastro na cintura dela e o tanque nas suas costas. Ela corou de novo quando ele roçou nos seus seios, enquanto ajustava o cinto. Ele lhe explicou as regras básicas, como subir à tona devagar, como ligar o tanque reserva. Mostrou a ela como limpar a máscara com cuspe, como ajustar o regulador. O tanque nas costas dela era insuportavelmente pesado.

"Pare. Eu não consigo carregar isso."

"Você vai conseguir", ele disse. Em seguida, pôs o bocal na boca de Eloise e a puxou para debaixo d'água.

O peso desapareceu. Não só o peso do tanque, mas também do seu próprio corpo. Ela estava invisível. Batia os pés, usando pés de pato pela primeira vez, planando pela água. Por causa do bocal, ela não podia rir nem gritar. Mel, isto é maravilhoso! Ela continuou voando, com César ao seu lado.

O sol penetrava pela superfície da água como se atravessasse um vidro fosco, produzindo um brilho pálido e metálico. Então, lentamente, como um palco se iluminando, o mundo subaquático ganhou vida. Anêmonas fúcsia, cardumes de peixes-anjo azuis, neons azuis e vermelhos, uma raia-lixa. César mostrou a ela como atenuar a pressão à medida que eles iam mais para o fundo. Perto do muro tarascano, César nadou até o fundo ensolarado, onde se pôs a cravar um espigão na areia várias e várias vezes. Quando aparecia uma bolha, ele desenterrava um marisco e o botava dentro da bolsa. Eloise fez um sinal pedindo o espigão e saiu nadando e espetando a areia, enquanto César ia recolhendo os mariscos, até que a bolsa ficou cheia. Eles nadaram de volta em direção à margem em meio a miríades de peixes e plantas. Absolutamente tudo era novo para Eloise, cada criatura, cada sensação. Um cardume de sardinhas se espatifou de encontro a ela como ásperos jatos de água. De repente, ela ficou sem ar; esqueceu do tanque reserva, entrou em pânico e começou a se debater. César a pegou, segurou sua cabeça, puxou o cabo de ar dela com a outra mão.

Eles subiram à superfície. A água verde não mostrava nada do que havia debaixo dela. Pela posição do sol, ela se deu conta de que eles não tinham ficado nem uma hora lá embaixo. Sem peso, você perde a si mesmo como ponto de referência, perde seu lugar no tempo.

"Obrigada", ela disse.

"Eu é que agradeço — pegamos muitos mariscos."

"Quanto você cobra por aula?"

"Eu não sou professor de mergulho."

Ela apontou com a cabeça para a placa do Bernardo. "Aulas 500 pesos."

"Você não está na escola do Bernardo. Você apareceu na nossa cabana."

E era isso, ela pensou mais tarde, diante da mesa do café da manhã. A aceitação que ela sentia da parte deles não era porque eles gostassem dela ou porque ela tivesse se integrado bem ao grupo. Ela simplesmente havia aparecido lá, como o rapaz americano, que já tinha sumido. Talvez fosse porque os mergulhadores passavam muito tempo debaixo d'água, cercados daquela vastidão toda. Tudo era esperado, tudo era igualmente desimportante.

Tanques de ar amarelos rolavam e retiniam no fundo do barco. *La Ida*. Não é um nome, mas *A Ida*, a saída.

Os pescadores estavam rindo, tirando e botando os elásticos de seus arbaletes, prendendo facas em pernas morenas e cheias de cicatrizes. Os tanques sibilavam conforme César checava o ar de cada um deles.

Os homens contavam histórias. *El Peine*. A baleia assassina. O mergulhador italiano e os tubarões. O dia em que Mário se afogou, em que a mangueira de ar de César quebrou. Até mesmo Eloise iria ouvir essas histórias mil vezes, a ladainha antes de cada mergulho.

Uma jamanta brincava com o barco grande. Madaleno deu uma guinada brusca, tirando o barco do caminho dela, mas sem se afastar muito. Ela saltou no ar, a barriga branca cintilando. Peixes parasitas despencaram dela, ricocheteando no barco. No mar alto, duas tartarugas verde-escuras acasalavam, flutuando nas ondas. Elas se mantinham coladas uma na outra, balançando suavemente sem parar, às vezes piscando os olhos sob a luz ofuscante.

Madaleno ancorou o barco na parte norte da baía, longe das pedras. Todos puseram os pés de pato, as máscaras, os lastros, os tanques. Sentaram-se em círculo na borda do barco. Flaco e Ramón mergulharam de costas. Simplesmente se jogaram para trás e desapareceram. Depois Raúl e Cheyo, Beto e Luis. César viu que Eloise estava com medo. As ondas estavam altas, azul-marinho. Com um sorriso, ele a empurrou para fora do barco. Frio. Um lampejo de céu azul e depois todo um céu translúcido inteiramente novo. A realidade do barco e do cabo da âncora. Mais fundo, mais frio. Vá devagar, César lhe recomendou com gestos.

Uma suspensão do tempo. Uma multiplicidade de tempos por causa das gradações de luz e escuridão, de frio e calor. Descendo uma camada atrás da outra, estratos, cada qual com uma hierarquia distinta de plantas e peixes coexistentes. Noites e dias, invernos e verões. Perto do fundo é quentinho, ensolarado, uma campina de Montana anos atrás. Moreias arreganharam os dentes. Flaco lhe mostrou o que procurar. A rápida aparição da antena de uma lagosta azul. Espere, cuidado com as moreias! Deslizando, os mergulhadores entravam e saíam das fendas como dançarinos num sonho. Eloise acenou para os homens mais próximos quando avistou uma lagosta. De vez em quando, passava um enorme vermelho ou pargo e um dos mergulhadores atirava nele. Um jato de sangue. Um bruxuleio prateado enquanto o peixe deslizava atrás do cordão.

O mergulho seguinte foi no mar aberto. Eloise ficou esperando no barco com Madaleno. Ele ficou cantando, enquanto ela observava as fragatas e cochilava, recostada nos peixes escorregadios. Seus sonhos se dissolveram com estilhaços de espuma e o berro de um mergulhador, vindo à tona com o peixe que havia apanhado.

Os homens estavam todos exultantes no caminho de volta, menos Luis. Claro que a pescaria tinha sido boa, mas eles precisavam fazer duas pescarias daquelas por dia se queriam ficar com *La Ida*. Estavam com duas prestações atrasadas e ainda deviam vinte mil pesos. No antigo barco deles só cabiam quatro mergulhadores e tanques suficientes apenas para um mergulho. *La Ida* seria uma boa ideia, disse ele, se o seu pai desistisse dos três velhos. Os *viejos* pegam dois peixes para cada dez nossos. Com três bons mergulhadores pagaríamos o barco em meses.

"O que o Luis quer mesmo é comprar uma lancha pra puxar gringas de esqui", disse César. "*Que se vaya a Acapulco*. Eu nunca vou dizer pros velhos que eles não podem mergulhar. E você nunca diga pra mim."

Eloise ia todas as manhãs com César pegar mariscos e também fazia o primeiro mergulho do dia. Eles ainda não tinham deixado que ela os acompanhasse no segundo mergulho do dia, mais profundo, embora ela estivesse ficando mais segura e mais forte e estivesse começando a capturar uma boa cota de peixes com o arbalete. À noitinha, ela se sentava com os velhos. Luis e César examinavam contas, discutiam. Às vezes os filhos iam para a cidade. Luis consultava Eloise para decidir que roupa usar. Acredite, a calça branca de algodão é mais bonita do que essa verde de poliéster. Claro que você deixa o colar de dentes de tubarão no pescoço.

Uma noite, César cortou o cabelo de todo mundo. Até o dela. Eloise daria qualquer coisa por um espelho, mas se sentiu bem com o cabelo mais curto, mais leve, cacheado.

"*Berry pretty*", disse Luis. *Very*, ela o corrigiu, mas sabia que ele tinha descoberto o charme de ter sotaque.

Geralmente eles ficavam sentados em silêncio enquanto o

sol se punha e a noite caía. Ela ficava ouvindo o clique-clique das peças de dominó, os estalidos da corda da âncora. Tinha tentado algumas vezes ler ou trabalhar no poema, mas desistiu. Talvez eu nunca mais volte a ler. O que ela ia fazer quando voltasse para casa? Talvez Denver esteja completamente submersa até lá, quem sabe? Essa ideia a fez rir alto.

"*Estás contenta*", César disse.

No dia seguinte, ela perguntou a ele, gritando por cima do barulho do gerador: "Posso mergulhar lá no fundo com vocês antes de ir embora?".

"Antes você precisa fazer um mergulho ruim."

"E como eu faço isso?"

"Você vai fazer. Talvez hoje mesmo. O mar está agitado. Choveu a noite inteira."

O primeiro mergulho foi num lugar rochoso, com muitos ouriços-do-mar e moreias. A água estava escura; fortes correntes frias tornavam difícil enxergar ou nadar. Um peixe-agulha deu uma estocada no braço dela. Ramón e Raúl subiram com ela à superfície e ataram o corte com trapos com bastante firmeza para evitar que o sangue atraísse tubarões. Voltando para debaixo d'água, ela perdeu todos eles de vista; não estava vendo nem sombra de César. Espero que isso constitua um mergulho ruim, disse consigo, brincando, mas estava apavorada. Não conseguia ver ninguém, não conseguia ver nada. Ficou dando voltas na água, como se estivesse perdida numa floresta. Seu ar acabou. Puxou o cordão do tanque reserva, mas nada aconteceu. Não entre em pânico. Suba à tona devagar. Devagar. Mas ela estava em pânico, seus pulmões quase arrebentando. Continuou subindo devagar, puxando freneticamente o cordão. Nada de ar. César estava na sua frente. Ela puxou o bocal dele e o pôs em sua própria boca.

Sorveu o ar com um soluço de alívio. César esperou, depois pegou calmamente o bocal de volta e respirou. Conduziu-a até a superfície, passando a mangueira de ar de um para o outro.

Eles emergiram. Ar, luz. Eloise estava tremendo. Madaleno a ajudou a subir no barco.

"Estou tão envergonhada. Por favor, me perdoe."

César segurou a cabeça dela entre as mãos. "Fui eu que fechei o seu tanque reserva. Você fez exatamente o que deveria ter feito."

Os mergulhadores ficaram caçoando dela no caminho de volta, mas todos concordaram que ela podia ir a Los Morros no dia seguinte. *"Pues, es brava"*, Raúl disse. *"Sí."* César sorriu. *"Ella podría ir sola."* Ele devia achar que ela era uma daquelas americanas competentes e enérgicas. Eu sou competente, ela pensou, com a cabeça apoiada na borda do barco, as ondas altas varrendo suas lágrimas. Fechou os olhos e pensou no poema; sabia como terminá-lo. *And thus all blood arrives/ to its own quiet place.*

O dia seguinte amanheceu claro, com uma luminosidade ofuscante. Los Morros era um monólito árido lá no meio do mar, quase fora do campo de visão de quem estava na terra. Coberta de excrementos brancos, a ilha palpitava vertiginosamente com milhares de aves. *La Ida* ancorou a uma boa distância da ilha, mas, acima até do barulho da arrebentação e dos gritos das aves, ouvia-se um fantasmagórico bater e agitar de asas. O fedor de urina e fezes era nauseabundo, tão intoxicante quanto o cheiro de éter.

Longa descida. Quinze metros, vinte, trinta, quarenta. Era como se as montanhas do Colorado estivessem debaixo d'água.

Penhascos e ravinas, fendas e vales. Peixes e plantas que Eloise nunca tinha visto; os peixes que ela conhecia eram enormes ali, ousados. Ela mirou num badejo, errou, mirou de novo e acertou bem no alvo. O peixe era tão grande que Juan precisou ajudá-la a prendê-lo na fieira dela; a corda escorregava entre seus dedos, queimando sua pele. Em volta dela, todos recarregavam e disparavam seus arbaletes freneticamente. Vermelhos, pargos, olhos--de-boi. *Sangre*. Ela acertou um mero e outro badejo, contente por não ter visto César, por estar sozinha. Depois ficou assustada, mas avistou-o ao longe e foi nadando rápido ao longo dos rochedos irregulares em direção a ele. César deu algumas pernadas e ficou esperando por ela no escuro, depois a puxou para junto de si. Eles se abraçaram, seus reguladores retinindo. Ela se deu conta de que o pênis dele estava dentro dela; enroscou as pernas em volta dele enquanto eles rodavam e coleavam no mar escuro. Quando ele saiu de dentro dela, seu esperma ficou flutuando entre eles como uma pálida mancha de tinta de polvo. Mais tarde, quando acontecia de Eloise pensar sobre isso, não era como quem se lembra de uma pessoa ou de uma relação sexual, mas como se tivesse sido um fenômeno da natureza, um leve terremoto, uma rajada de vento num dia de verão.

Ele lhe entregou a fieira dele quando viu um *pintillo* imenso. Em seguida, atirou nele e o prendeu na fieira. Havia um pargo acima deles, longe, e ela nadou às pressas atrás de César em direção ao peixe, encontrando-o na boca de uma caverna escura. O pargo tinha ido embora. César fez sinal para que ela esperasse, detendo-a na escuridão fria. Partículas de poeira dourada flutuavam na água turva e arroxeada. Um peixe-papagaio--azul. Silêncio. Então, elas vieram. Um cardume de barracudas. Não havia mais nada no mar. Intermináveis, subliminares, centenas delas. A luz fraca transformava seus corpos ágeis e lustrosos em prata derretida. César atirou, fazendo o cardume se espalhar como gotas de mercúrio, que rapidamente se juntaram de novo e logo desapareceram.

La Ida estava arriada na água, encharcada de respingos. Os mergulhadores tinham se esparramado, exaustos, sobre os corpos ainda pulsantes dos peixes. Beto havia pegado uma tartaruga e os homens arrancaram os ovos de dentro dela, comendo-os depois com sal e limão. Eloise recusou a princípio, muito correta; não era temporada de caça às tartarugas. Mas depois, com fome, comeu também. O barco estava dando voltas e mais voltas em torno de Los Morros. Ninguém tinha dito nada; a princípio Eloise não notou que Flaco não tinha vindo à tona, não sentiu nenhum medo em ninguém até quando já tinha se passado pelo menos uma hora desde o momento em que ele deveria ter sido avistado. Mesmo quando o sol começou a se pôr, ninguém disse que era provável que ele tivesse se afogado, que ele estivesse morto. Por fim, César falou para Madaleno rumar para a costa.

Eles comeram à luz da única lamparina. Ninguém dizia nada. Quando todos terminaram de comer, César, Raúl e Ramón voltaram para o mar com lanternas e uma garrafa de *raicilla*.

"Mas eles não acham que vão encontrá-lo no escuro."

"Não", disse Luis.

Ela foi para o quarto fazer a mala, pendurar o tailleur de listinhas cinza. Ia embora de manhã; um barco a motor tinha sido chamado para levá-la. Ela ficou acordada na cama úmida, observando a noite prateada de luar através do mosquiteiro. César entrou no quarto e se deitou na cama dela, abraçou-a, acariciou-a com suas mãos fortes e cheias de cicatrizes. A boca e o corpo dele tinham gosto de sal. Em terra, seus corpos eram pesados e quentes, balançavam. A cadência do mar. Eles sorriram sob a luz pálida e adormeceram, colados um no outro como tartarugas.

Quando ela acordou, ele estava sentado na cama, de calção e camiseta.

"Eloisa, você pode me dar os vinte mil pra eu pagar o barco?"
Ela hesitou. Em pesos, parecia muito dinheiro. Era muito dinheiro. "Posso", ela disse. "Pode ser em cheque?" Ele fez que sim. Ela preencheu o cheque e ele o botou no bolso. *Gracias*, ele disse, depois deu um beijo em cada pálpebra dela e saiu.

O sol já tinha nascido. César estava mexendo no gerador, gotas de óleo preto escorriam pelo seu braço. Eloise passou batom diante do espelho quebrado. Os porcos e as galinhas procuravam comida no quintal, afugentando os urubus. Madaleno passava ancinho na areia. Isabel saiu da cozinha.

"Pues ya se va?" Eloise fez que sim, estendendo a mão para Isabel para se despedir, mas a velha abriu os braços para ela. As duas mulheres ficaram se balançando, abraçadas; as mãos de Isabel estavam molhadas e mornas, esquentando as costas de Eloise.

O barco a motor entrou pela enseada ao mesmo tempo em que *La Ida* passava pelo muro tarascano, rumo ao mar. Os homens acenaram rápido da água para Eloise. Estavam verificando os reguladores, prendendo os cintos de lastro e as facas. César checava os tanques de ar.

Boa e má

Freiras fizeram de tudo para me ensinar a ser boa. Na escola secundária foi a miss Dawson. Colégio Santiago, 1952. Seis de nós na escola pretendíamos estudar em universidades americanas e tínhamos que fazer um curso de educação cívica e história americana com a nova professora, Ethel Dawson. Ela era a única professora americana na escola, as outras eram chilenas ou europeias.

Todas nós éramos más com ela, mas eu era a pior. Se ia ter prova num determinado dia e nenhuma de nós havia estudado, eu era capaz de distraí-la com perguntas sobre a Compra de Gadsden durante o tempo inteiro da aula ou, se estávamos realmente em apuros, de fazê-la falar sobre segregação ou imperialismo americano.

Zombávamos dela, imitando seu jeito nasalado de falar, típico de quem é de Boston. Ela usava um salto ortopédico num dos sapatos, por causa de uma sequela de poliomielite, e óculos grossos de aro de metal. Tinha dentes espaçados e uma voz horrível. Além disso, parecia que ela piorava sua aparência de propósito usando cores masculinas e descombinadas, calças amarfanhadas e manchadas de sopa e lenços espalhafatosos no seu cabelo mal cortado. Seu rosto ficava muito vermelho quando ela estava dando aula e ela cheirava a suor. Não era só que ela ostentasse pobreza... A madame Tournier usava a mesma saia e blusa pretas e surradas todo santo dia, mas a saia era cortada em viés e a blusa preta, que já estava esverdeada e rota de tão velha, era de seda de boa qualidade. Estilo, prestígio eram de extrema importância para nós na época.

Ela nos mostrava filmes e slides sobre os problemas enfrentados por mineradores e estivadores chilenos, todos por culpa dos EUA. A filha do embaixador estava na turma e também algumas filhas de almirantes. Meu pai era engenheiro de minas, trabalhava com a CIA. Eu sabia que ele realmente acreditava que o Chile precisava dos Estados Unidos. Miss Dawson achava que estava abrindo jovens mentes impressionáveis, quando na verdade estava falando para adolescentes americanas mimadas. Cada uma de nós tinha um papaizinho americano rico, bonito e poderoso. Garotas dessa idade sentem pelos pais o mesmo que sentem pelos cavalos. É uma paixão. Ela dava a entender que os nossos pais eram vilões.

Como quase sempre era eu que falava, foi comigo que ela cismou, me mantendo em sala depois da aula, e um dia até andou comigo pelo jardim de rosas, reclamando do elitismo da escola. Eu perdi a paciência com ela.

"O que é que você está fazendo aqui, então? Por que você não vai dar aula para os pobres, já que se preocupa tanto com eles? Por que ter qualquer ligação que seja com esnobes que nem a gente?"

Ela me disse que tinha sido ali que lhe ofereceram emprego, porque ela era professora de história americana. Ainda não sabia falar espanhol, mas passava todo o seu tempo livre prestando assistência aos pobres e realizando trabalhos voluntários em grupos revolucionários. Disse que não era perda de tempo trabalhar com a gente… se ela conseguisse mudar a mentalidade de uma única pessoa já valeria a pena.

"Talvez você seja essa pessoa", disse ela. Nós nos sentamos num banco de pedra. O intervalo estava quase no fim. Perfume de rosas e o cheiro de mofo do suéter dela.

"O que você costuma fazer nos fins de semana?", ela perguntou.

Não era difícil parecer completamente fútil, mas eu exagerei mesmo assim. Cabeleireiro, manicure, costureira. Almoço no Charles. Polo, rúgbi ou críquete, *thés dansants*, jantares, festas até o dia raiar. Missa em El Bosque às sete da manhã de domingo, ainda com as roupas da noite anterior. Depois country club para tomar café da manhã, jogar golfe ou nadar, ou talvez Algarrobo, para passar o dia na praia ou esquiando no inverno. Cinema, claro, mas em geral passávamos a noite inteira dançando.

"E pra você essa vida é satisfatória?", ela perguntou.

"É."

"E se eu lhe pedisse para me dar os seus sábados durante um mês, você toparia? Só para você ver uma parte de Santiago que você ainda não conhece."

"Por que você está propondo isso pra mim?"

"Porque, basicamente, eu acho que você é uma boa pessoa. E acho que você pode aprender com isso." Ela segurou minhas duas mãos. "Experimente."

Boa pessoa. Mas ela tinha me fisgado antes, com a palavra *revolucionários*. Eu queria de fato conhecer revolucionários, porque eles eram maus.

Todo mundo pareceu ficar muito mais contrariado do que era necessário com a ideia de eu passar os meus sábados com a miss Dawson, o que só serviu para aumentar a vontade de ir. Eu disse à minha mãe que ia ajudar os pobres. Ela ficou enojada, com medo de doenças, preocupada com os assentos dos vasos sanitários. Até eu sabia que os pobres do Chile não tinham assentos de vasos sanitários. Minhas amigas ficaram chocadas com o fato de eu me dispor a sair com a miss Dawson para onde quer que fosse. Disseram que ela era maluca, fanática e lésbica. Eu tinha enlouquecido por acaso?

O primeiro dia que passei com ela foi horrível, mas eu mantive o trato para não dar parte de fraca.

Todo sábado de manhã íamos até o depósito de lixo da cidade, numa camionete carregada de panelas enormes de comida. Feijão, mingau, biscoitos, leite. Montávamos uma enorme mesa num campo, perto de quilômetros de barracos feitos de latas achatadas. Uma torneira de água torta a uns três quarteirões de distância servia a toda a comunidade que morava nos barracos. Em frente aos esquálidos casebres de meia-água, havia fogueiras onde ardiam aparas de madeira, papelão, sapatos, e que eram usadas para cozinhar.

A princípio o lugar parecia deserto, apenas quilômetros e quilômetros de dunas. Dunas de lixo malcheiroso, ardendo lentamente. Depois de um tempo você começava a perceber que, atrás da poeira e da fumaça, havia pessoas espalhadas pelas dunas. Mas elas eram da mesma cor da sujeira, seus andrajos iguais ao lixo em que rastejavam. Ninguém ficava de pé, todos andavam de quatro, como ratos, enfiando coisas dentro de sacos de aniagem que faziam com que parecessem animais com corcovas, dando voltas, disparando, chegando perto uns dos outros, encostando os narizes, escorregando encosta abaixo, desaparecendo feito iguanas detrás das cristas das dunas. Mas, assim que a comida foi posta na mesa, dezenas de mulheres e crianças apareceram, molhadas e sujas de fuligem, cheirando a putrefação e comida estragada. Elas ficaram agradecidas pelo café da manhã, comendo agachadas e com os cotovelos ossudos para fora, como louva-a-deus, nos morros de lixo. Depois de comerem, as crianças se amontoaram ao meu redor. Ainda rastejando ou esparramadas no lixo, passaram a mão nos meus sapatos e pela minha meia-calça.

"Viu? Elas gostam de você", disse miss Dawson. "Isso não faz você se sentir bem?"

O que eu sabia era que elas gostavam dos meus sapatos, da minha meia-calça, da minha jaqueta vermelha Chanel.

Miss Dawson e os amigos dela saíram de lá animadíssimos, conversando alegremente na camionete. Já eu estava enojada e deprimida.

"De que adianta alimentar essas pessoas uma vez por semana? Isso não melhora a vida delas em nada. Pelo amor de Deus, elas precisam de muito mais que biscoitos uma vez por semana."

Certo. Mas até que a revolução viesse e tudo passasse a ser compartilhado você tinha que fazer o que pudesse para ajudar, mesmo que parecesse pouco.

"Elas precisam saber que alguém tem consciência de que moram aqui. Nós dizemos a elas que em breve as coisas vão mudar. Damos esperança para essas pessoas, é isso", disse miss Dawson.

Almoçamos num apartamento do sexto andar de um prédio no sul da cidade, sem elevador. A única janela dava para um poço de ventilação. Um fogão portátil e nada de água encanada. Toda a água que eles usavam tinha que ser carregada pelas escadas até lá em cima. A mesa posta tinha quatro tigelas e quatro colheres, uma pilha de pão no centro. Havia muita gente lá, conversando em pequenos grupos. Eu falava espanhol, mas eles falavam um carregado *caló* quase sem consoantes, que eu tinha dificuldade de entender. Eles nos ignoravam, olhando para nós com um ar de tolerância zombeteira ou com completo desdém.

Eu não ouvia conversas revolucionárias, mas sim conversas sobre trabalho e dinheiro ou piadas sujas. Todos nos revezamos para comer lentilha e tomar *chicha*, um vinho rústico, usando as mesmas tigelas e copos que outras pessoas haviam acabado de usar.

"Que bom que você não liga pra sujeira", disse miss Dawson, sorrindo.

"Eu cresci em cidades mineradoras. Tinha muita sujeira." Mas as cabanas dos mineradores finlandeses e bascos eram bonitinhas, com flores, velas e Virgens de rosto doce. Aquele lugar era feio e imundo, com slogans cheios de erros de ortografia nas paredes, panfletos comunistas pregados com chiclete. Havia uma foto de jornal do meu pai com o ministro de Minas, manchada de sangue.

"Ei!", eu disse. Miss Dawson pegou a minha mão e a acariciou. "Shh! Nós aqui só nos tratamos pelo primeiro nome", ela disse em inglês. "Pelo amor de Deus, não diga quem você é. Escute, Adele, não se sinta desconfortável. Para crescer, você precisa encarar todas as verdades a respeito das personas do seu pai."

"Não com sangue nelas."

"Sim, exatamente desse jeito. Existe uma grande possibilidade de algo assim acontecer e você precisa se conscientizar disso." Ela apertou minhas duas mãos então.

Depois do almoço, ela me levou para El Niño Perdido, um orfanato instalado num velho prédio de pedra coberto de trepadeiras, no sopé dos Andes. Era administrado por freiras francesas, velhinhas encantadoras, com toucas em forma de flor-de-lis e hábitos de um tom azulado de cinza. Elas flutuavam pelos cômodos escuros, acima dos pisos de pedra, planavam pelas passagens ao redor do pátio florido, abriam persianas de madeira, chamando as crianças com vozes de passarinho. Afastavam crianças loucas que estavam mordendo suas pernas, arrastando-as pelos pezinhos minúsculos. Lavavam dez rostos em sequência, todos os olhos cegos. Davam de comer a seis gigantes mongoloides, esticando o braço para cima para lhes dar colheradas de mingau de aveia.

Todos os órfãos tinham algum tipo de problema. Alguns eram loucos, outros não tinham pernas ou eram mudos, alguns tinham tido o corpo inteiro queimado. Não tinham nariz ou orelhas. Bebês sifilíticos e adolescentes mongoloides. As diversas moléstias transbordavam de todos os quartos, extravasando para o pátio e para o lindo jardim descuidado.

"Há muita coisa a fazer", disse miss Dawson. "Eu gosto de dar mamadeira e de trocar as fraldas dos bebês. Você talvez goste de ler para as crianças cegas... todas elas parecem muito inteligentes e muito entediadas."

Havia poucos livros. La Fontaine em espanhol. As crianças estavam sentadas em círculo, me encarando com olhares realmente vazios. Nervosa, eu propus uma brincadeira, uma espécie de jogo de bater palmas e pés parecido com a dança das cadeiras. Elas gostaram da brincadeira e outras crianças também.

Eu detestava ir ao depósito de lixo aos sábados, mas gostava de ir ao orfanato. Gostava até da miss Dawson enquanto estávamos lá. Ela passava o tempo todo dando banho e ninando os bebês e cantando para eles, enquanto eu inventava jogos e brincadeiras para as crianças mais velhas. Algumas coisas funcionavam e outras não. Corridas de revezamento não funcionavam, porque ninguém queria passar o bastão. Pular corda era ótimo, porque dois meninos com síndrome de Down batiam corda durante horas a fio sem parar enquanto todo mundo, principalmente as meninas cegas, se revezava para pular. Até freiras entravam na brincadeira; pulando e pulando, elas flutuavam, azuis, no ar. Ciranda, cirandinha. Passa anel. Pique esconde não funcionava porque ninguém batia pique. Os órfãos ficavam felizes de me ver e eu adorava ir lá, não porque eu fosse boa, mas porque gostava de brincar.

Sábado à noite íamos ao teatro revolucionário ou a saraus de poesia. Ouvimos os maiores poetas latino-americanos do nosso século. Eram poetas cuja obra eu mais tarde viria a amar e sobre os quais viria a estudar e ensinar. Mas na época eu não ouvia. Só sofria, angustiada, constrangida e confusa. Éramos as únicas americanas lá e só o que eu ouvia eram ataques contra os Estados Unidos. Muita gente me fazia perguntas sobre a política americana a que eu não sabia responder; eu transmitia as perguntas a miss Dawson e traduzia as respostas dela, envergonhada e perplexa com o que eu estava dizendo para aquelas pessoas, sobre segregação, sobre o Plano Anaconda. Ela não percebia quanto aquelas pessoas nos desprezavam, como elas debochavam dos clichês comunistas banais sobre a realidade delas. Riam do meu corte de cabelo e das minhas unhas, das minhas caras roupas informais. Num grupo de teatro, eles me botaram no palco e o diretor berrou: "Pois bem, gringa, me diga por que você está no meu país!". Eu gelei e fui correndo me sentar, ao som de vaias e gargalhadas. Por fim, eu disse a miss Dawson que não podia mais sair com ela nas noites de sábado.

Jantar e música na casa de Marcelo Errazuriz. Consomê de martíni em pequenas taças na varanda, diante de jardins perfumados. Um jantar de seis pratos que começou às onze. Todo mundo caçoava de mim por causa dos meus dias com miss Dawson, implorava que eu contasse para onde ia com ela. Eu não conseguia falar sobre isso, nem com meus amigos nem com meus pais. Lembro de alguém fazer uma piada sobre mim e os meus *rotos*, como os pobres eram chamados na época. Eu sentia vergonha, consciente de que ali os empregados eram tão numerosos quanto os convidados.

Fui com miss Dawson a um protesto de trabalhadores em

frente à embaixada dos Estados Unidos. Eu só tinha andado mais ou menos um quarteirão quando um amigo do meu pai, Frank Wise, me arrancou do meio da multidão e me levou para o Hotel Crillon.

Ele estava furioso. "Que raios você acha que está fazendo?" Ele logo percebeu o que miss Dawson era incapaz de perceber... que eu não entendia absolutamente nada de política, que eu não fazia a menor ideia do que aquilo significava. Ele me disse que seria desastroso para o meu pai se a imprensa descobrisse o que eu estava fazendo. Isso eu entendi.

Numa outra tarde de sábado, concordei em ir para o centro da cidade arrecadar dinheiro para o orfanato. Fiquei parada numa esquina e miss Dawson em outra. Em apenas alguns minutos dezenas de pessoas já tinham me insultado e me xingado. Eu não entendia, balançava meu cartaz que dizia "Doe para El Niño Perdido" e chacoalhava a minha caneca. Tito e Pepe, dois amigos, estavam a caminho do Waldorf para tomar café. Mais que depressa, eles me tiraram de lá e me forçaram a ir tomar café com eles.

"Aqui *não* se faz esse tipo de coisa. Quem pede esmola são os pobres. Você está ofendendo os pobres. Para uma mulher, implorar o que quer que seja passa uma imagem chocante. Você vai destruir a sua reputação. Além do mais, ninguém vai acreditar que você não vai ficar com o dinheiro. Uma moça não pode de jeito nenhum ficar plantada na rua sozinha. Você pode ir a bailes ou almoços beneficentes, mas ter contato físico com pessoas de outras classes é simplesmente vulgar e, para eles, é uma demonstração ofensiva de condescendência. E, mais ainda, você não pode de forma alguma se dar ao luxo de ser vista em público com uma pessoa da inclinação sexual dela. Minha querida, você é jovem demais, você não entende..."

Tomamos café jamaicano e eu ouvi o que eles tinham a dizer. Então, falei que entendia, mas que eu não podia simplesmente deixar miss Dawson sozinha na esquina. Eles disseram que iam falar com ela. Nós três fomos até Ahumada, até a esquina onde ela estava plantada orgulhosamente, enquanto transeuntes passavam por ela resmungando *"gringa loca"* ou *"puta coja"*.

"Não é adequado, em Santiago, uma mocinha fazer esse tipo de coisa, e nós vamos levá-la para casa", foi tudo o que Tito disse para ela. Miss Dawson olhou para ele com desdém e alguns dias depois, no corredor da escola, me disse que era errado deixar que homens ditassem as minhas ações. Eu disse a ela que tinha a sensação de que todo mundo ditava as minhas ações, que eu já vinha saindo com ela aos sábados um mês a mais do que tinha prometido e que não ia mais fazer isso.

"É um erro você voltar para uma existência totalmente egoísta. Lutar por um mundo melhor é a única razão que há para viver. Você não aprendeu nada?"

"Eu aprendi muito. Sei que muita coisa precisa mudar, mas essa é uma luta deles, não minha."

"Eu não acredito que você tem coragem de dizer uma coisa dessas. Você não vê que é exatamente isso que está errado no mundo, essa atitude?"

Ela foi manquejando para o banheiro, chorando, e entrou atrasada na sala, onde nos disse que estávamos dispensadas. Nós seis saímos da sala e fomos para o jardim, onde sentamos na grama longe das janelas para que ninguém visse que não estávamos em aula. As meninas me provocavam, dizendo que eu estava partindo o coração da miss Dawson. Ela obviamente estava apaixonada por mim. Por acaso ela tinha tentado me beijar? Isso me deixou realmente confusa e enraivecida. Apesar de tudo, eu estava começando a gostar dela, do seu comprometimento ingênuo e persistente, da sua postura esperançosa. Ela era como uma criancinha, uma das menininhas cegas do orfanato quando elas arfavam de prazer, brincando no irrigador. Miss Dawson nunca havia flertado comigo e também não ficava o tempo todo tentando me tocar como os meninos faziam. Mas ela queria que eu fizesse coisas que eu não queria fazer e eu me sentia uma má pessoa por não querer fazê-las, por não me importar mais com a injustiça no mundo. As meninas ficavam zangadas comigo porque eu me recusava a falar sobre ela e me chamavam de namorada da miss Dawson. Não havia ninguém com quem eu pudesse falar sobre essas coisas, ninguém a quem eu pudesse perguntar o que era certo ou errado, então eu só me sentia errada.

Ventava muito no último dia em que fui ao depósito de lixo. Lufadas jogavam areia no mingau, pitadas de grãos cintilantes. Quando os vultos se erguiam nas colinas, era em meio a um redemoinho de sujeira, de forma que eles pareciam fantasmas prateados, dervixes. Nenhum deles tinha sapato e seus pés pisavam silenciosamente os montes úmidos. Eles não diziam nada, nem gritavam uns com os outros como a maioria das pessoas que trabalham juntas, e nunca falavam conosco. Além das colinas de lixo fumegantes ficava a cidade e, acima de todos nós, a branca cordilheira dos Andes. Eles comeram. Miss Dawson não disse uma palavra, recolhendo panelas e utensílios ao som dos suspiros do vento.

Tínhamos combinado ir a uma assembleia de trabalhadores rurais fora da cidade naquela tarde. Comemos churrasquinho na rua e passamos no apartamento dela para que ela trocasse de roupa.

O apartamento era sujo e abafado. O fato de o fogão portátil ficar em cima do reservatório de água do vaso sanitário me causou engulhos, assim como o cheiro de lã velha, suor e cabelo. Ela se despiu na minha frente, o que eu achei chocante e assustador, seu corpo deformado nu, branco-azulado. Pôs um vestido de verão sem manga, sem sutiã.

"Miss Dawson, não teria problema usar essa roupa à noite,

na casa de alguém ou na praia, mas a senhora simplesmente não pode sair por aí nua desse jeito no Chile."

"Eu sinto pena de você. Você vai ficar a vida inteira paralisada pelo que todo mundo faz, pelo que as pessoas dizem que você deve pensar ou fazer. Eu não me visto para agradar aos outros. Está muito quente hoje, e eu me sinto confortável com esse vestido."

"Bom... eu não vou me sentir confortável. As pessoas vão dizer coisas grosseiras para nós na rua. Aqui é diferente dos Estados Unidos..."

"A melhor coisa que poderia acontecer com você seria você se sentir desconfortável de vez em quando."

Pegamos vários ônibus apinhados para chegar à fazenda onde seria realizada a assembleia, esperando sob o sol forte e viajando em pé nos ônibus. Saltamos e fomos andando por uma alameda linda, ladeada de eucaliptos, depois paramos para nos refrescar no riacho ao lado da alameda.

Chegamos tarde demais para ouvir os discursos. Havia um palco vazio e uma faixa que dizia "A terra de volta para o povo" pendurada enviesada atrás do microfone. Havia um pequeno grupo de homens de terno, obviamente os organizadores, mas a maioria ali era de lavradores. Havia algumas pessoas tocando violão e uma multidão aglomerada ao redor de um casal que dançava *La Cueca* de um jeito meio desanimado, sacudindo lenços languidamente enquanto davam voltas em torno um do outro. Algumas pessoas se serviam de vinho de tonéis imensos enquanto outras faziam fila para se servir de espetinhos e feijão. Miss Dawson me falou para ir procurar um lugar para nós em alguma das mesas, que ela levaria nossa comida.

Eu me espremi no canto de uma mesa cheia de famílias. Ninguém estava falando de política; parecia que eram só pessoas do campo que tinham vindo para aproveitar o churrasco de graça. Todo mundo estava muito, muito bêbado. Consegui avistar miss Dawson tagarelando sem parar na fila. Ela também estava tomando vinho, gesticulando e falando muito alto para que as pessoas pudessem entendê-la.

"Não é maravilhoso?", ela perguntou, trazendo dois pratos enormes de comida. "Vamos nos apresentar. Tente conversar mais com as pessoas. É assim que a gente aprende e ajuda."

Os dois lavradores ao nosso lado concluíram, às gargalhadas, que éramos de outro planeta. Como eu temia, eles ficaram abismados com os ombros nus e os mamilos à mostra da miss Dawson, não conseguiam entender o que ela era. Eu me dei conta de que não só ela não falava espanhol, como era quase cega. Apertava os olhos detrás de suas lentes fundo de garrafa, sorrindo, mas não conseguia ver que aqueles homens estavam rindo de nós e não gostavam de nós, fôssemos o que fôssemos. O que estávamos fazendo ali? Ela tentou explicar que era do partido comunista, mas, em vez de dizer *partido*, ficava erguendo brindes à *"fiesta"*, e então eles brindavam com ela: *"La Fiesta!"*.

"A gente tem que ir embora", eu disse, mas ela se limitou a ficar olhando para mim, boquiaberta e bêbada. O homem ao meu lado estava me paquerando sem muita convicção, mas eu estava mais preocupada com o homenzarrão bêbado ao lado da miss Dawson. Ele estava acariciando os ombros dela com uma das mãos enquanto comia uma costela com a outra. Ela estava rindo sem parar, até que ele começou a agarrá-la e beijá-la. Aí ela desatou a berrar.

Miss Dawson acabou no chão, chorando e soluçando incontrolavelmente. Muita gente correu até lá no começo, mas logo foi todo mundo embora, resmungando: "Não é nada. Só uma gringa bêbada". Os homens do nosso lado agora nos ignoravam totalmente. Ela se levantou e começou a correr na direção da estrada; eu fui atrás. Quando chegou ao riacho, ela tentou se lavar, esfregando a boca e o peito. Só o que conseguiu foi ficar molhada e enlameada. Sentou na margem, chorando, o nariz escorrendo. Eu lhe dei o meu lenço.

"Senhorita Perfeita! Um lencinho de linho passado a ferro!", ela debochou.

"Sim", eu disse, já de saco cheio dela e só preocupada agora em voltar para casa. Ainda chorando, ela saiu mancando pela alameda em direção à estrada principal, onde começou a fazer sinal para os carros que passavam. Eu a puxei de volta para o meio das árvores.

"Olha, miss Dawson, a senhora não pode pegar carona aqui. Eles não entendem... isso é pedir para entrar numa encrenca, duas mulheres sozinhas pegando carona. Por favor, me escute!"

Mas um lavrador num caminhão velho tinha parado, o motor trepidando na estrada poeirenta. Eu lhe ofereci dinheiro para nos levar até os arredores da cidade. Ele estava indo para o centro da cidade, poderia facilmente nos levar até a casa dela por vinte pesos. Subimos na carroceria do caminhão.

Ela pôs os braços em volta de mim no vento. Eu sentia seu vestido molhado, os pelos grudentos do seu sovaco enquanto ela se abraçava a mim.

"Você não pode voltar para aquela sua vida fútil! Não vá embora! Não me deixe", ela ficou repetindo até finalmente chegarmos ao seu quarteirão.

"Tchau", eu disse. "Obrigada por tudo", ou alguma bobagem parecida. Eu a deixei no meio-fio, piscando os olhos para o meu táxi até que ele dobrou a esquina.

As empregadas estavam encostadas no portão, conversando com o *carabinero* da vizinhança, então eu achei que não havia ninguém em casa. Mas o meu pai estava lá, trocando de roupa para ir jogar golfe.

"Você chegou cedo. Onde você estava?", ele perguntou.

"Num piquenique, com a minha professora de história."

"Ah, sim. Como ela é?"

"Legal. Ela é comunista."

Simplesmente falei sem pensar. Tinha sido um dia horrível. Eu estava de saco cheio da miss Dawson. Mas foi o que bastou. Três palavras para o meu pai. Ela foi demitida em algum momento daquele fim de semana e nós nunca mais a vimos.

Ninguém mais sabia o que tinha acontecido. As outras meninas ficaram contentes por ela ter ido embora. Ficamos com um horário vago; em contrapartida, seríamos obrigadas a repor história americana na faculdade. Não havia ninguém com quem falar. A quem dizer que eu sentia muito.

Melina

Em Albuquerque, no final da tarde, Rex, meu marido, ia para as aulas na universidade ou para o ateliê onde ele fazia suas esculturas. Eu levava Ben, o bebê, para longos passeios de carrinho. Subindo a ladeira, numa rua cheia de olmos frondosos, ficava a casa de Clyde Tingley. Nós sempre passávamos por aquela casa. Clyde Tingley era um milionário que tinha dado todo o dinheiro dele para hospitais de crianças do estado. Passávamos pela casa dele porque não só no Natal, mas durante o ano inteiro, ele mantinha luzes de árvore de Natal penduradas em toda a extensão da varanda e em todas as árvores. Ele as ligava bem ao cair da noite, quando estávamos a caminho de casa. Às vezes ele estava na varanda, na sua cadeira de rodas, um velho muito magrinho que gritava "Olá" e "Que bela noite" para nós quando estávamos passando. Uma noite, porém, ele gritou para mim: "Para! Para! Tem alguma coisa errada com os pés desse menino. Você precisa levá-lo pra fazer um exame".

Eu olhei para os pés de Ben, que estavam ótimos.

"Não, é que ele já ficou grande demais pra esse carrinho.

Ele só está levantando os pés desse jeito esquisito para que eles não arrastem no chão."

Ben era muito esperto. Ainda nem sabia falar, mas já parecia entender tudo. Nesse momento, ele apoiou os pés bem retos no chão, como que para mostrar ao velho que não havia nada de errado com eles.

"As mães nunca querem admitir que há algum problema. Leve esse menino a um médico, sim?"

Justo nessa hora, um homem todo vestido de preto veio andando na nossa direção. Mesmo naquela época você raramente via pessoas andando na rua, então foi uma surpresa ver aquele homem ali. Ele se agachou na calçada e segurou os pés de Ben nas mãos. Uma correia de saxofone pendurada no pescoço dele ficou balançando e Ben tentou agarrá-la.

"Não, senhor. Não há nada errado com os pés desse menino", ele disse.

"Que bom, então", Clyde Tingley gritou.

"Obrigada de qualquer forma", eu disse.

O homem e eu ficamos lá conversando e depois ele nos acompanhou até a nossa casa. Isso aconteceu em 1956. Ele foi o primeiro beatnik que eu conheci. Não havia ninguém como ele em Albuquerque, pelo menos que eu tivesse visto. Judeu, com sotaque do Brooklyn. Cabelo comprido e barba, óculos escuros. Mas ele não parecia ameaçador. Ben gostou dele logo de cara. Ele se chamava Beau. Era poeta e músico, saxofonista. Foi só mais tarde que eu descobri que a alça pendurada no pescoço dele era de saxofone.

Ficamos amigos instantaneamente. Ele brincou com o bebê enquanto eu fazia um chá gelado. Depois que botei Ben na cama, nos sentamos nos degraus da varanda e ficamos conversando até Rex voltar para casa. Os dois homens se trataram de modo educado, mas não foram muito com a cara um do outro, eu percebi de imediato. Rex era estudante de pós-graduação. Estávamos na maior penúria na época, mas Rex dava a impressão de ser alguém mais velho e poderoso. Tinha um ar de sucesso, talvez uma pontinha de arrogância. Beau agia como se não se importasse muito com nada, o que eu já sabia que não era verdade. Depois que ele foi embora, Rex disse que não gostava da ideia de eu trazer boêmios extraviados para casa.

Beau estava viajando de carona de volta para casa, em Nova York... a Maçã... depois de passar seis meses em San Francisco. Estava hospedado em casa de amigos, mas eles trabalhavam o dia inteiro, então todo dia ele vinha visitar a mim e ao Ben, durante os quatro dias em que ficou em Albuquerque.

Beau estava realmente precisando falar. Para mim era maravilhoso ouvir alguém falar, além das poucas palavras que Ben sabia dizer, então eu ficava feliz em vê-lo. Além disso, Beau falava de amor. Tinha se apaixonado. Ora, eu sabia que Rex me amava, e nós estávamos felizes, teríamos uma vida feliz juntos, mas ele não estava loucamente apaixonado por mim como Beau estava por Melina.

Beau tinha sido vendedor de sanduíche em San Francisco. Tinha uma carrocinha na qual vendia café, pães doces, refrigerantes e sanduíches. Empurrava a carrocinha para cima e para baixo, pelos andares de um gigantesco edifício comercial. Um dia, ele empurrou a carrocinha até o escritório de uma companhia de seguros e então a viu. Melina. Ela estava arquivando papéis, só que não estava arquivando coisa nenhuma, mas sim olhando pela janela com um sorriso sonhador no rosto. Tinha cabelo comprido pintado de louro e usava um vestido preto. Era muito magra e pequenininha. Mas o impressionante era a pele dela, disse ele. Era como se ela não fosse uma pessoa de verdade, mas algum tipo de criatura feita de seda branca, de vidro leitoso.

Beau não sabia o que tinha dado nele. Só sabia que tinha

abandonado a carrocinha e os fregueses, passado por uma portinhola e ido até onde ela estava. Então, ele disse a Melina que estava apaixonado por ela. Eu quero você, ele disse. Vou pegar a chave do banheiro. Vamos. Só vai levar uns cinco minutos. Melina olhou para ele e disse: Eu já vou lá.

Eu era muito jovem na época. Essa era a história mais romântica que eu já tinha ouvido na vida.

Melina era casada e tinha uma filhinha de mais ou menos um ano. A idade de Ben. O marido dela era trompetista. Ele esteve em turnê durante os dois meses em que Beau ficou com Melina. Eles tiveram um caso tórrido e, quando o marido estava para chegar, ela disse para Beau: "Hora de se mandar". Então, ele se mandou.

Beau disse que você não tinha como não fazer o que ela pedia, que ela enfeitiçava a ele, ao marido e a todo homem que a conhecia. Você também não tinha como sentir ciúme, porque parecia perfeitamente natural que qualquer outro se apaixonasse por ela.

Por exemplo... a bebê nem era filha do marido dela. Eles tinham morado em El Paso durante um tempo. Melina trabalhava no supermercado Piggly Wiggly, embalando carne e frango com plástico. Atrás de uma vitrine de vidro, com um chapéu de papel ridículo. Mesmo assim, um toureiro mexicano que estava comprando bifes a viu lá dentro. Ele bateu no balcão, tocou uma campainha e insistiu com o açougueiro que tinha que falar com a moça que fazia as embalagens. Ele a fez sair do trabalho. Era esse o tipo de efeito que ela tinha em você, disse Beau. Você tinha que dar um jeito de ficar perto dela imediatamente.

Alguns meses depois, Melina percebeu que estava grávida. Ficou muito feliz e contou para o marido. Ele ficou furioso. Você não pode estar grávida, ele disse, eu fiz vasectomia. O quê? Melina ficou indignada. E você se casou comigo sem me contar uma coisa dessa? Ela o pôs para fora de casa e trocou todas as fechaduras. Então, ele começou a lhe mandar flores, a escrever cartas apaixonadas. Ficou acampado em frente à porta dela até que, por fim, ela perdoou o que ele tinha feito.

Era ela que fazia todas as roupas deles. Tinha forrado todos os cômodos do apartamento com tecidos. Havia colchões e almofadas espalhados pelo chão, então você engatinhava, feito um bebê, de uma tenda para outra. À luz de velas, dia e noite, você nunca sabia que horas eram.

Beau me contou tudo sobre Melina. Sobre sua infância em casas de pais de criação, sobre como ela fugiu aos treze anos. Ela começou a trabalhar num bar, como *B-girl* (não sei muito bem o que é isso), e o marido a tinha tirado de uma situação muito ruim. Ela é durona, disse Beau, fala grosso. Mas os olhos dela, o modo como ela toca em você, são de uma criança angelical. Ela foi um anjo que entrou na minha vida e a arruinou para sempre... Ele realmente ficava dramático quando falava dela e até chorava às vezes, mas eu adorava ouvir as histórias sobre Melina, queria poder ser como ela. Durona, misteriosa, linda.

Fiquei triste quando Beau foi embora. Ele também foi como um anjo na minha vida. Depois que ele se foi, eu me dei conta de como era raro Rex conversar comigo ou com Ben. Fiquei me sentindo tão sozinha que até pensei em transformar nossos quartos em tendas.

Alguns anos depois, eu estava casada com outro homem, um pianista de jazz chamado David. Ele era um cara legal, mas também era muito calado. Não sei por que eu me casei com esses homens caladões, quando a coisa que mais gosto de fazer na vida é conversar. Mas tínhamos muitos amigos. Músicos que vinham para a cidade ficavam na nossa casa e, enquanto os homens tocavam, nós, mulheres, cozinhávamos, conversávamos e brincávamos na grama com as crianças.

Fazer David me contar alguma coisa era como arrancar um dente, não importava se eu estivesse pedindo para ele me falar sobre como ele era na primeira série, sobre a sua primeira namorada ou sobre o que quer que fosse. Eu sabia que ele tinha morado com uma mulher, uma pintora muito bonita, durante cinco anos, mas ele não queria falar sobre ela. Ei, eu disse um dia, eu contei a minha vida inteirinha pra você, me conta alguma coisa sobre você, vai, me fala da primeira vez que você se apaixonou… Ele riu, mas me contou. Isso é fácil, ele disse.

Era uma mulher que estava morando com o melhor amigo dele, um baixista, Ernie Jones. Eles moravam no vale do sul, perto do canal de irrigação. Um dia ele foi lá para falar com Ernie e, quando viu que ele não estava em casa, resolveu ir até o canal.

Ela estava tomando sol, nua e branca na grama verde. Em vez de óculos escuros, estava usando duas daquelas toalhinhas rendadas de papel que as pessoas costumam botar embaixo de taças de sorvete.

"E aí? Só isso?", pressionei.

"É, ué. Só isso. Eu me apaixonei."

"Mas como ela era?"

"Ela não era como ninguém que existe neste mundo. Uma vez, o Ernie e eu estávamos sentados perto do canal, conversando e puxando fumo. Estávamos numa tremenda fossa, porque nós dois estávamos sem trabalho. Ela estava sustentando nós dois, trabalhando como garçonete. Um dia ela trabalhou num banquete na hora do almoço e foi embora levando junto todas as flores, as flores do salão inteiro. Só que ela carregou todas elas até o alto do vale e as jogou no canal. Então o Ernie e eu estávamos lá sentados na margem do canal, deprimidos, olhando para a água barrenta, quando de repente um bilhão de flores passou boiando na nossa frente. Ela também levou comida, vinho, pratos e até talheres e toalhas de mesa, que estendeu na grama."

"Então, você fez amor com ela?"

"Não. Eu nunca nem conversei com ela, não a sós pelo menos. Eu só me lembro dela... deitada na grama."

"Hum", eu disse, satisfeita com toda essa informação e com o ar de bobão que ele tinha no rosto. Eu adorava histórias românticas de qualquer tipo.

Nós nos mudamos para Santa Fe, onde David passou a tocar piano no Claude's. Muitos bons músicos passavam pela cidade naquela época e tocavam com o trio de David uma ou duas noites. Uma vez veio um trompetista fantástico, chamado Paco Duran. David gostava de tocar com ele e me perguntou se eu me importaria se Paco, a mulher e a filha ficassem com a gente durante uma semana. Claro que não me importo, eu disse, vai ser ótimo.

E foi. Paco tocava maravilhosamente bem. Ele e David tocavam a noite toda no trabalho e tocavam juntos o dia inteiro em casa. A mulher de Paco, Melina, era exótica e divertida. Eles falavam e agiam como jazzistas de Los Angeles. Chamavam a nossa casa de "cafofo" e diziam coisas como "saca?" e "um barato". A filhinha deles e Ben se entenderam muito bem, mas estavam ambos naquela idade em que as crianças mexem em tudo. Tentamos botá-los num cercadinho, mas nenhum dos dois queria saber de ficar lá dentro. Melina teve a ideia de deixar os dois soltos e a gente entrar no cercadinho, para que nossos cafés e cinzeiros ficassem a salvo. Então lá estávamos nós, sentadas dentro do cercadinho, enquanto as crianças tiravam livros da estante. Ela estava me falando de Las Vegas, descrevendo a cidade de um jeito que a fazia parecer outro planeta. Ouvindo-a falar e não só olhando para ela, mas sendo cercada pela sua beleza de outro mundo, eu me dei conta de que aquela era a Melina de Beau.

Por alguma razão, eu não consegui dizer nada sobre isso. Não podia dizer "Ei, você é tão bonita e estranha que só pode ser a paixão do Beau". Mas fiquei pensando em Beau, sentindo falta dele e torcendo para que ele estivesse bem.

Ela e eu fizemos o jantar e depois os homens foram trabalhar. Demos banho nas crianças e fomos para a varanda dos fundos, onde ficamos fumando, tomando café e falando sobre sapatos. Falamos de todos os sapatos que tinham sido importantes na nossa vida. O primeiro mocassim, o primeiro salto alto. Sandálias de salto plataforma prateadas. Botas que tínhamos conhecido. Escarpins perfeitos. Sandálias feitas à mão. Sandálias de couro trançado. Sapatos de salto agulha. Enquanto falávamos, nossos pés descalços se remexiam na grama verde e úmida em frente à varanda. As unhas dos pés dela estavam pintadas de preto.

Ela me perguntou qual era o meu signo. Normalmente esse tipo de coisa me irritava, mas eu deixei que ela discorresse sobre a minha natureza escorpiana e acreditei em cada palavra. Então, eu disse a ela que sabia ler mãos, um pouquinho, e examinei as palmas das suas mãos. Como estava escuro, fui buscar uma lamparina lá dentro e a pus no degrau entre nós duas. Segurei aquelas duas mãos brancas à luz da lamparina e da lua e me lembrei do que Beau havia me dito sobre a pele dela. Era como segurar um objeto frio de vidro ou prata.

Sei de cor o livro de quiromancia de Cheiro. Já li centenas de mãos. Estou falando isso para você saber que, sim, eu disse a ela coisas que vi nas linhas e nos montes das mãos. Mas, basicamente, eu lhe disse tudo o que Beau tinha me contado sobre ela.

Tenho vergonha da razão por que fiz isso. Eu sentia inveja de Melina. Ela era tão deslumbrante. E não fazia realmente nada de especial, era a sua *pessoa* que deslumbrava. Eu queria impressioná-la.

Contei a vida dela inteira para ela. Falei dos pais adotivos horríveis que ela teve, de como Paco a protegeu. Falei coisas como "Eu vejo um homem. Um homem bonito. Perigo. Você não está em perigo. Ele está em perigo. É piloto de corrida ou, talvez, toureiro?". Putz, ela disse, ninguém sabia do toureiro.

Beau havia me contado que uma vez ele tinha posto a mão na cabeça dela e dito "Vai ficar tudo bem..." e que ela tinha chorado. Eu disse a Melina que ela quase nunca chorava, nem quando estava triste nem quando estava com raiva. Mas, se alguém fosse carinhoso com ela e simplesmente pusesse a mão na sua cabeça e falasse para ela não se preocupar, isso podia fazê-la chorar...

Não vou contar mais nada. Estou envergonhada demais. Mas isso teve exatamente o efeito que eu esperava. Ela ficou lá sentada, olhando para suas mãos lindas, e sussurrou: "Você é uma bruxa. Você é mágica".

Tivemos uma semana maravilhosa. Fomos todos assistir a danças indígenas, visitar o monumento Bandelier e o *pueblo* Acoma. Sentamos dentro da caverna onde o homem de Sandia viveu. Tomamos banho em fontes de águas termais perto de Taos e fomos à igreja do Santo Niño. Contratamos até uma babysitter por duas noites, para que Melina e eu pudéssemos ir ao Claude's. A música estava ótima. "Eu me diverti muito esta semana", eu disse. Ela sorriu. "Eu sempre me divirto", ela disse, sem afetação.

A casa ficou muito quieta depois que eles foram embora. Acordei, como sempre, quando David chegou em casa. Acho que senti vontade de confessar a ele o que eu tinha feito quando li as mãos de Melina, mas ainda bem que não fiz isso. Estávamos deitados juntos na cama, no escuro, quando ele me disse:

"Era ela."

"Ela quem?"

"Melina. Era ela a mulher na grama."

Amigos

Loretta conheceu Anna e Sam no dia em que salvou a vida de Sam.

Anna e Sam eram idosos. Ela tinha oitenta e ele oitenta e nove. Loretta via Anna às vezes quando ia nadar na piscina de sua vizinha Elaine. Um dia ela passou por lá quando as duas mulheres estavam tentando convencer o velho a nadar um pouco. Por fim, ele decidiu entrar na piscina e estava nadando cachorrinho com um grande sorriso no rosto quando teve um ataque. As duas outras mulheres estavam na parte rasa e não perceberam. Loretta pulou na piscina de sapato e tudo, puxou Sam até a escada e depois para fora da piscina. Ele não precisou de ressuscitação, mas estava desorientado e assustado. Ele tinha um remédio para tomar, para epilepsia, e elas o ajudaram a se secar e se vestir. Todos ficaram sentados por lá durante algum tempo até terem certeza de que ele estava bem e poderia ir andando para casa, logo adiante no mesmo quarteirão. Anna e Sam agradeceram várias vezes a Loretta por ter salvado a vida dele e insistiram para que ela fosse almoçar na casa deles no dia seguinte.

Por acaso, ela não ia trabalhar nos dias seguintes. Havia tirado três dias de folga não remunerada porque tinha uma porção de coisas para fazer. Almoçar com eles significaria ter que voltar do centro da cidade até Berkeley e não resolver tudo num dia só como tinha planejado.

Era comum ela se sentir impotente em situações como essa. Aquele tipo de situação em que você pensa: puxa, eles são tão gentis, é o mínimo que eu posso fazer. Se não faz, você se sente culpada e, se faz, você se sente uma banana.

O mau humor de Loretta terminou assim que ela entrou no apartamento deles. O lugar era ensolarado e aberto, como uma velha casa no México, onde eles tinham morado a maior parte da vida deles. Anna tinha sido arqueóloga e Sam engenheiro. Os dois costumavam trabalhar juntos todos os dias em Teotihuacan e outros sítios arqueológicos. O apartamento deles era cheio de cerâmicas e fotografias lindas e tinha uma biblioteca maravilhosa. Lá embaixo, no quintal dos fundos, havia uma horta bem grande, muitas árvores frutíferas e arbustos de amora e framboesa. Loretta ficou espantada quando soube que aqueles dois velhinhos frágeis como passarinhos cultivavam aquilo tudo sozinhos. Ambos usavam bengala e andavam com muita dificuldade.

O almoço foi sanduíches de queijo quente, sopa de chuchu e uma salada de verduras da horta deles. Anna e Sam prepararam o almoço juntos, botaram a mesa e serviram a comida juntos.

Vinham fazendo tudo juntos fazia cinquenta anos. Como irmãos gêmeos, um ecoava o que o outro dizia ou terminava as frases que o outro havia começado. O almoço transcorreu de forma agradável enquanto os dois lhe contavam, em estéreo, algumas das experiências por que tinham passado quando trabalhavam na pirâmide no México e em outras escavações. Loretta ficou impressionada com os dois velhos, com o modo como eles compartilhavam seu amor por música e pelo cultivo da terra, com o prazer que sentiam na companhia um do outro. Ficou impressionada também com quanto eles se envolviam na política local e nacional, indo a passeatas e protestos, escrevendo para congressistas e editores, dando telefonemas. Liam três ou quatro jornais todos os dias e, à noite, liam romances ou livros de história um para o outro.

Enquanto Sam tirava a mesa com mãos trêmulas, Loretta comentou com Anna como era invejável ter um companheiro de vida tão próximo. É, disse Anna, mas em breve um de nós vai partir...

Tempos depois, Loretta se lembraria dessa declaração e ficaria se perguntando se Anna teria começado a cultivar uma amizade com ela como uma espécie de medida de precaução para quando um deles morresse. Mas, não, ela pensou, era mais simples do que isso. Os dois tinham sido extremamente autossuficientes, extremamente capazes de bastar um ao outro durante toda a vida, mas agora Sam estava ficando bastante aéreo e, muitas vezes, incoerente. Repetia as mesmas histórias várias vezes e, embora Anna sempre fosse paciente com ele, Loretta sentia que ela ficava feliz de ter outra pessoa com quem conversar.

Fosse qual fosse a razão, o fato é que ela se viu cada vez mais envolvida na vida de Sam e Anna. Eles não dirigiam mais. Então, Anna com frequência ligava para o trabalho de Loretta para perguntar se ela podia trazer um pouco de turfa quando saísse do trabalho ou se podia levar Sam ao oftalmologista. Às vezes os dois estavam se sentindo mal demais para ir ao mercado, então ela fazia compras para eles. Ela gostava dos dois e sentia admiração por eles. Como pareciam querer muito uma companhia, ela se viu indo jantar na casa deles uma vez por semana ou, pelo menos, uma vez a cada duas semanas. Convidou-os algumas vezes para jantar na casa dela, mas eram tantos degraus para subir e os dois chegavam tão exaustos que ela parou. Então, passou a levar um prato de peixe, frango ou massa quando ia jantar na casa deles. Eles faziam uma salada e serviam frutas do quintal de sobremesa.

Depois do jantar, eles se sentavam em volta da mesa com xícaras de chá de hortelã ou de hibisco e ficavam ouvindo Sam contar histórias. Sobre a vez em que Anna pegou pólio, numa escavação no meio da selva de Yucatán, e como eles a levaram até um hospital e como as pessoas foram gentis. Muitas histórias sobre a casa que eles construíram em Xalapa. Sobre a mulher do prefeito, que uma vez quebrou a perna fugindo por uma janela para evitar uma visita. As histórias de Sam sempre começavam com "Isso me faz lembrar aquela vez…".

Aos poucos, Loretta foi conhecendo em detalhes a história de vida dos dois. A paquera no monte Tamalpais. O namoro em Nova York, quando eles eram comunistas. Viviam em pecado. Nunca tinham se casado e ainda se orgulhavam desse anticonvencionalismo. Tinham dois filhos; ambos moravam em cidades distantes. Havia histórias sobre um rancho perto de Big Sur, quando os filhos eram pequenos. Quando uma história estava terminando, Loretta dizia: "Estou com muita pena de ir embora, mas tenho que acordar muito cedo amanhã para ir pro trabalho". Às vezes ela ia embora logo depois. Geralmente, no entanto, Sam dizia: "Antes, me deixe só lhe contar o que aconteceu com a vitrola a manivela". Horas depois, exausta, ela ia dirigindo de volta para casa em Oakland, dizendo a si mesma que não podia continuar fazendo isso. Ou que ia continuar, mas estabelecendo um limite de horário claro.

Não que eles fossem chatos ou desinteressantes. Pelo contrário, o casal tinha tido uma vida rica e movimentada, eram pessoas envolvidas e perceptivas. Tinham um interesse enorme pelo mundo e pelo seu próprio passado. Eles se divertiam tanto fazendo acréscimos aos comentários um do outro, discutindo datas ou detalhes, que Loretta não tinha coragem de interrompê--los e ir embora. E ir lá de fato a fazia se sentir bem, já que os dois ficavam muito felizes em vê-la. Mas havia vezes em que ela realmente não sentia vontade de ir até lá, quando estava muito cansada ou tinha alguma outra coisa para fazer. Por fim, ela acabou dizendo que não podia mais ficar até tão tarde, que era difícil levantar no dia seguinte. Então venha tomar brunch com a gente no domingo, disse Anna.

Quando o tempo estava bom, eles comiam numa mesa na varanda, cercados de flores e plantas. Centenas de passarinhos vinham se alimentar nos comedouros bem ao lado deles. Quando esfriava, eles passavam a comer do lado de dentro, perto de uma estufa de ferro fundido. Sam abastecia a estufa com lenha que ele mesmo tinha cortado. Eles comiam waffles ou a omelete especial de Sam; às vezes Loretta levava bagels e salmão defumado. Horas se passavam, o dia inteiro passava enquanto Sam contava suas histórias, com Anna as corrigindo e acrescentando comentários. Às vezes, no sol da varanda ou no calor da estufa, era difícil ficar acordada.

A casa deles no México tinha sido feita de blocos de concreto, mas as vigas, as bancadas e os armários eram de cedro. A primeira coisa que eles construíram foi o salão, que incluía cozinha e sala de estar. Tinham plantado árvores, claro, antes mesmo de começarem a construir. Bananeiras, ameixeiras, jacarandás. No ano seguinte, eles acrescentaram um quarto; alguns anos depois, outro quarto e um gabinete para Anna. As camas, as bancadas de trabalho e as mesas foram feitas de cedro. Eles voltavam para a casinha deles depois de trabalhar num sítio, em outro estado do México. A casa estava sempre fresca e tinha cheiro de cedro, como uma grande arca de cedro.

Anna pegou pneumonia e precisou ficar internada. Mesmo

doente como estava, ela só conseguia pensar em Sam, em como ele iria se virar sem ela. Loretta lhe prometeu que passaria na casa deles antes de ir para o trabalho, que o faria tomar os remédios e um bom café da manhã, que voltaria depois do trabalho para preparar o jantar dele e o levaria para o hospital para visitá-la.

O mais terrível era que Sam não falava. Ficava sentado na beira da cama, tremendo, enquanto Loretta o ajudava a se vestir. Mecanicamente, tomava seus remédios, bebia suco de abacaxi, limpava com cuidado o queixo depois de terminar o café da manhã. Quando ela chegava à noitinha, ele já estava plantado na varanda à sua espera. Preferia visitar Anna primeiro e jantar depois. Quando eles chegavam ao hospital, encontravam Anna deitada na cama, pálida, suas longas tranças brancas pendendo como as de uma garotinha. Ela estava com um tubo intravenoso, um cateter e oxigênio. Não podia falar, mas sorria e segurava a mão de Sam, enquanto ele lhe contava que tinha lavado uma carga de roupa, regado os tomates, protegido os feijões com turfa, lavado a louça, feito limonada. Ele falava sem parar, ofegante, relatando cada hora do seu dia para ela. Quando eles iam embora, Loretta tinha que segurá-lo com firmeza, pois ele tropeçava e cambaleava enquanto andava. No carro, voltando para casa, ele chorava, estava muito preocupado. Mas Anna voltou para casa e ficou bem, exceto que havia muita coisa para fazer na horta. No domingo seguinte, depois do brunch, Loretta ajudou a arrancar o mato, a podar as parreiras de amora-preta. Estava preocupada: e se Anna ficasse realmente doente? Onde ela estava se metendo cultivando essa amizade? A dependência que um tinha do outro e a vulnerabilidade dos dois a entristeciam e a comoviam. Esses pensamentos passavam pela sua cabeça enquanto ela trabalhava, mas era agradável estar ali, sentir a terra preta e fresca, o sol nas suas costas. Ouvir Sam contar suas histórias enquanto arrancava o mato do canteiro ao lado.

No domingo seguinte em que foi à casa deles, Loretta chegou atrasada. Tinha acordado cedo, mas estava cheia de coisas para fazer. Queria muito ficar em casa, mas não teve coragem de telefonar e cancelar.

A porta da frente não estava destrancada como de costume, então ela entrou e seguiu em direção ao quintal, para subir pela escada dos fundos. Passou pelo quintal para dar uma espiada na horta, que estava exuberante, repleta de tomates, abóboras, vagens de ervilha. Abelhas entorpecidas. Anna e Sam estavam na varanda, lá em cima. Loretta pensou em chamá-los, mas eles estavam tão concentrados na conversa que ela desistiu.

"Ela nunca se atrasou antes. Talvez ela não venha."

"Ah, ela vem sim… essas manhãs significam tanto pra ela."

"Coitada, tão sozinha. Ela precisa de nós. Na verdade, nós somos a única família que ela tem."

"Ela com certeza adora as minhas histórias. Droga. Não estou conseguindo pensar em nenhuma história para contar pra ela hoje."

"Alguma coisa vai acabar te ocorrendo…"

"Olá!", Loretta gritou. "Tem alguém em casa?"

Incontrolável

Na noite escura e funda da alma, as lojas de bebida e os bares estão fechados. Ela enfiou a mão debaixo do colchão; a garrafa de vodca estava vazia. Sentou na cama, depois levantou. Estava tremendo tanto que teve que sentar no chão. Estava hiperventilando. Se não tomasse alguma coisa, ela entraria em delirium tremens ou teria um ataque.

O segredo é procurar desacelerar a respiração e a pulsação. Manter-se o mais calmo possível até poder comprar uma bebida. Açúcar. Chá com açúcar, era isso que davam para você nas clínicas de desintoxicação. Mas ela estava tremendo demais para ficar de pé. Deitou no chão e começou a respirar fundo, usando a técnica da ioga. Não pense, pelo amor de Deus, não pense no estado em que você está ou vai acabar morrendo, de vergonha, de derrame. A sua respiração se acalmou. Ela começou a ler os títulos dos livros na estante. Concentre-se, leia os nomes em voz alta. Edward Abbey, Chinua Achebe, Sherwood Anderson, Jane Austen, Paul Auster, não pule nenhum, vá devagar. Quando terminou de ler toda a parede de livros, já estava se sentindo melhor. Levantou-se do chão. Apoiando-se na parede, tremendo tanto que mal conseguia botar um pé na frente do outro, ela foi até a cozinha. Não tinha baunilha. Extrato de limão. O limão queimou sua garganta e lhe deu ânsia de vômito; ela tapou a boca e se forçou a tornar a engolir. Fez chá com bastante mel e o tomou bem devagar no escuro. Às seis, ou seja, dali a duas horas, ela poderia comprar vodca na Uptown Liquour Store em Oakland. Em Berkeley você tinha que esperar até as sete. Ai, Deus, será que ela tinha dinheiro? Arrastou-se de volta até o quarto para ver quanto tinha na carteira. Seu filho Nick devia ter tirado a carteira e as chaves do carro da bolsa dela. Não havia como procurar a carteira e as chaves no quarto dos filhos sem acordá-los.

Encontrou um dólar e trinta centavos num pote de moedas em cima da sua mesa. Vasculhou todas as bolsas guardadas no armário, bolsos de casacos, uma gaveta da cozinha, até que finalmente conseguiu juntar os quatro dólares que o maldito indiano cobrava por uma garrafa de meio litro àquela hora. Todos os bêbados doentes pagavam o preço dele, embora a maioria comprasse vinho doce, que fazia efeito mais rápido.

Era longe para ir a pé. Ela levaria uns quarenta e cinco minutos para chegar lá e teria que voltar correndo para casa para estar lá antes que os meninos acordassem. Será que conseguiria? Mal podia andar de um cômodo até outro. Teria que rezar para que nenhum carro de patrulha passasse por ela. Queria ter um cachorro para levar para passear. Já sei, pensou, rindo, vou pedir emprestado o cachorro dos vizinhos. Claro. Nenhum dos vizinhos falava mais com ela.

Uma coisa que a ajudava a manter o equilíbrio era se concentrar nas rachaduras da calçada e contá-las, um, dois, três. Andava se apoiando, se pendurando em arbustos e troncos de árvores, como se escalasse uma montanha de lado. Atravessar as ruas era aterrorizante, largas como eram, com seus sinais piscando, vermelho, vermelho, amarelo, amarelo. De vez em quando passava um caminhão de revistas, um táxi vazio. Um carro de polícia passou rápido, com as luzes apagadas. Os policiais não a viram. Um suor frio escorria pelas suas costas, seus dentes batiam ruidosamente na manhã escura e silenciosa.

Ela estava ofegante e fraca quando enfim chegou à Uptown Liquor Store, na Shattuck. Ainda não estava aberta. Sete homens negros, todos velhos com exceção de um rapaz, estavam parados do lado de fora, no meio-fio. Alheio a eles, o indiano tomava café, sentado atrás da vitrine. Na calçada, dois homens dividiam um frasco de xarope para tosse Nyquil. A morte azul, essa você pode comprar a noite toda.

Um velho que chamavam de Champ sorriu para ela. "Tá enjoada, amor? O seu cabelo dói?" Ela fez que sim. Era essa a sensação que você tinha, o cabelo, os olhos, os ossos, tudo doía. "Aqui", disse Champ, "é melhor você comer alguma coisa." Ele estava comendo bolachas salgadas e deu duas para ela. "Você tem que se forçar a comer."

"Ei, Champ, me dá uma bolacha dessa aí", pediu o rapaz.

Eles deixaram que ela fosse a primeira a ser atendida. Pediu uma garrafa de vodca e despejou sua pilha de moedas no balcão.

"Está tudo aí", ela disse.

Ele sorriu. "Conta para mim."

"Anda logo. Merda", disse o rapaz, enquanto ela contava as moedas com mãos violentamente trêmulas. Ela enfiou a garrafa na bolsa e foi cambaleando até a porta. Do lado de fora, se apoiou num poste de telefone, com medo de atravessar a rua.

Champ estava tomando um gole da sua garrafa de Night Train.

"Você é fina demais pra beber na rua?"

Ela fez que não. "Estou com medo de deixar a garrafa cair."

"Aqui", disse ele. "Abre a boca. Você precisa tomar uns

goles senão não vai conseguir chegar em casa nunca." Ele derramou um pouco de vinho dentro da sua boca. Ela sentiu a bebida descendo dentro de si, quente. "Obrigada", disse.

Atravessou a rua rapidamente, depois correndo aos trancos até em casa, noventa, noventa e um, contando as rachaduras. O céu ainda estava um breu quando ela chegou em frente à porta.

Esbaforida. Sem acender a luz, pôs um pouco de suco de cranberry num copo e acrescentou um terço do conteúdo da garrafa de vodca. Sentou diante da mesa e tomou a bebida devagar, o alívio do álcool se espalhando aos poucos pelo seu corpo inteiro. Estava chorando, de alívio por não ter morrido. Despejou mais um terço da garrafa e um pouco de suco no copo, deitando a cabeça na mesa entre um gole e outro.

Quando esvaziou o copo, já estava se sentindo melhor. Foi para a área de serviço e pôs uma carga de roupa na máquina de lavar. Levando a garrafa junto, entrou no banheiro. Tomou uma chuveirada, penteou o cabelo, vestiu roupas limpas. Mais dez minutos. Conferiu se a porta estava trancada, sentou no vaso e tomou o resto da vodca. Esse último terço da garrafa não só a fez se sentir melhor, como a deixou também levemente embriagada.

Transferiu as roupas da máquina de lavar para a secadora. Estava misturando concentrado de suco de laranja numa jarra de água quando Joel entrou na cozinha, esfregando os olhos. "Nada de meia e nada de camisa."

"Oi, filho. Senta aí e come o seu cereal. Até você acabar de tomar café e tomar banho, as suas roupas já vão estar secas." Ela serviu um copo de suco para ele e outro para Nicholas, que estava parado no vão da porta, em silêncio.

"Como você conseguiu comprar bebida?" Empurrando-a para o lado com o ombro, ele passou por ela e foi se servir de cereal. Treze anos. E já era mais alto que ela.

"Será que dava pra devolver a minha carteira e as chaves?", ela perguntou.

"A carteira, sim. As chaves eu devolvo quando tiver certeza de que você está bem."

"Eu estou bem. Amanhã mesmo eu vou voltar pro trabalho."

"Você não tem mais como parar sem ir pra um hospital, mãe."

"Eu vou ficar bem. Por favor, não se preocupem. Vou ter o dia inteiro pra me recuperar." Ela foi ver se as roupas já tinham secado.

"As camisas estão secas", ela disse a Joel. "As meias vão precisar de mais uns dez minutos."

"Eu não posso esperar. Vou usar elas molhadas mesmo."

Os filhos pegaram os livros e mochilas, se despediram dela com um beijo e saíram. Ela foi para a janela e ficou vendo os filhos descerem a rua em direção ao ponto de ônibus. Esperou que eles entrassem no ônibus e que o ônibus seguisse pela Telegraph Avenue. Depois, foi até a loja de bebidas da esquina. Estava aberta agora.

Carro elétrico, El Paso

A sra. Snowden esperou que a minha avó e eu entrássemos no carro elétrico dela. Era igual a qualquer outro carro, salvo pelo fato de que era muito alto e curto, como um carro de desenho animado quando bate numa parede. Um carro de cabelo em pé. Mamie se sentou no banco da frente e eu no de trás.

Era como unhas arranhando um quadro-negro. As janelas estavam cobertas de uma camada de poeira amarela. As paredes e os bancos eram de veludo bolorento e empoeirado. Marrom--escuro. Eu roía muito as unhas nessa época, e a sensação do veludo mofado e poeirento nas pontas em carne viva dos meus dedos, nos meus cotovelos e joelhos esfolados era... uma agonia. Meus dentes doíam, meu cabelo doía. Eu estremecia como se tivesse tocado acidentalmente num gato morto de pelo duro. Dando um impulso, estiquei o corpo pra cima e me agarrei aos pinos dourados em forma de vasos de planta que ficavam em cima das janelas sujas. As alças que serviam para o passageiro se segurar estavam podres e desfiadas, balançando feito perucas velhas embaixo dos vasos de planta. Agarrada desse jeito aos pinos, eu ficava suspensa no ar, balançando acima dos bancos traseiros dos outros carros, onde eu via bolsas de compras, bebês brincando com cinzeiros, caixas de lenços de papel.

O carro fazia um ruído tão baixo, feito um zumbido, que nem parecia que estávamos saindo do lugar. Será que estávamos? A sra. Snowden não passava, talvez não pudesse passar, de vinte e cinco quilômetros por hora. Andávamos tão devagar que eu via as coisas de um jeito que nunca tinha visto antes. Via tudo ao longo do tempo, como se estivesse observando alguém dormir, a noite inteira. Um homem na calçada decidiu entrar num café, mudou de ideia, foi andando até a esquina, depois voltou e entrou, estendeu o guardanapo no colo e fez uma cara de expectativa, tudo isso antes que nós chegássemos ao fim do quarteirão.

Se eu abaixasse a cabeça, fazendo dela um banco de balanço embaixo dos meus braços pendurados, quando olhava para cima só o que eu via de Mamie e da sra. Snowden, tão pequeninas, eram os chapéus de palha, como se elas fossem apenas dois chapéus de palha pousados no painel. Eu ria histericamente toda vez que fazia isso. Mamie virava para trás e sorria como se não tivesse notado. Nós não estávamos nem no centro ainda, nem na Plaza.

Ela e a sra. Snowden estavam falando de amigas que tinham morrido ou que tinham doentes ou que tinham perdido o marido. Concluíam tudo o que diziam com uma citação da Bíblia.

"Bom, eu acho que ela foi *muito* tola de…"

"Ah, sim, misericórdia! E como foi. 'Todavia, não o considereis como inimigo, mas procurai corrigi-lo como irmão.'"

"Tessalonicenses Três!", disse Mamie. Era uma espécie de jogo.

Por fim, eu não aguentei mais ficar pendurada nos vasos de planta e me deitei no chão. Borracha mofada. Poeira. Mamie virou para trás e sorriu. Misericórdia! A sra. Snowden parou o carro na beira da calçada. Elas acharam que eu tinha caído. Bem mais tarde, horas depois, fiquei com vontade de ir ao banheiro. Todos os banheiros limpos ficavam do outro lado da rua, o lado esquerdo. A sra. Snowden não podia fazer curvas à esquerda. Tivemos que fazer umas dez curvas à direita e percorrer uns dez quarteirões de ruas de mão única até chegar a um banheiro. Eu já tinha feito xixi na calça a essa altura, mas não disse nada para elas. Tomei a água fria da bica do posto Texaco. Levamos mais tempo ainda para voltar para o lado direito, porque tivemos que retornar até o viaduto da Wyoming Avenue.

Estava seco no aeroporto, carros entrando e saindo da pista de cascalho. Novelos de barrilha presos na cerca. Asfalto, metal, uma névoa poeirenta de átomos dançantes que se refletia, ofuscante, das asas e janelas dos aviões. Dentro dos carros à nossa volta, pessoas comiam coisas melequentas. Melancias, romãs, bananas machucadas. Garrafas de cerveja esguichavam nos tetos, espuma cascateava nas laterais dos carros. Eu queria chupar uma laranja. Estou com fome, choraminguei.

A sra. Snowden tinha previsto isso. Sua mão enluvada me passou biscoitos recheados embrulhados num lenço de papel sujo de talco. O biscoito se expandiu na minha boca como flores japonesas, como um travesseiro estourado. Eu engasguei e chorei. Mamie sorriu e me passou um lenço de pano cheio de pó de sachê, depois sussurrou para a sra. Snowden, que estava balançando a cabeça:

"Não ligue… ela só está querendo chamar atenção."

"Pois o Senhor educa a quem ama."

"João?"

"Hebreus, Onze."

Alguns aviões decolaram e um pousou. Bem, é melhor tratarmos de voltar para casa. Ela não enxergava tão bem à noite, com os faróis e tudo o mais, então dirigiu mais devagar no caminho para casa, mantendo distância dos carros estacionados no meio-fio. Todos os motoristas de domingo estavam buzinando para nós. Eu me levantei do banco, apoiei as duas mãos no vidro de trás e, sustentando o corpo bem longe do veludo, fiquei vendo o colar de faróis emperrado atrás de nós até o aeroporto.

"A polícia!", gritei. Uma luz vermelha, uma sirene. A sra. Snowden ligou a seta e foi encostando lentamente para deixar o carro de polícia passar, mas ele parou do nosso lado. Ela abaixou a janela até o meio para ouvir o que o guarda tinha a dizer.

"Senhora, os sinais estão ajustados para um fluxo de sessenta quilômetros por hora. Além disso, a senhora está dirigindo no meio da estrada."

"Sessenta é rápido demais."

"Se a senhora não aumentar a velocidade, eu vou ser obrigado a multá-la."

"Eles podem me contornar simplesmente."

"Minha querida, eles não ousariam!"

"Ora!"

Ela acionou a janela elétrica na cara do guarda. Ele bateu na janela com o punho fechado, o rosto vermelho. Buzinas baliam atrás de nós, e as pessoas do carro logo atrás do nosso estavam rindo. Furioso, o guarda saiu pisando firme e entrou no carro de patrulha. Engatou a marcha e arrancou, a sirene aos brados enquanto ele ultrapassava um sinal vermelho, batia na traseira bronzeada de um Oldsmobile e depois batia de novo, na dianteira de uma picape. Vidros se estilhaçaram. A sra. Snowden abaixou sua janela. Seguiu adiante, contornando com cuidado a traseira da picape arrebentada.

"Aquele que julga estar em pé tome cuidado para não cair."

"Coríntios!", disse Mamie.

Sex appeal

Bella Lynn era minha prima e provavelmente a moça mais bonita do oeste do Texas. Tinha sido condutora da banda da El Paso High School e Miss Sun Bowl em 1946 e 1947. Mais tarde, ela foi para Hollywood para se tornar uma starlet. Mas não deu certo. A viagem começou mal por causa do sutiã dela. Não era um sutiã com enchimento tradicional, mas sim feito para você enchê-lo de ar, como um balão. Dois balões.

Tio Tyler, tia Tiny e eu fomos ao aeroporto para vê-la partir. Num DC-6 bimotor. Nenhum de nós jamais tinha andado de avião na vida. Ela disse que estava uma pilha de nervos, mas não parecia. Estava simplesmente linda com um suéter de angorá rosa. Seus seios estavam muito grandes.

Nós três ficamos olhando para o avião dela, acenando, até ele avançar bastante rumo a Califórnia e Hollywood e depois desaparecer. Ao que parece, nessa hora o avião também atingiu uma certa altitude e, por causa da pressão na cabine, o sutiã de Bella Lynn foi pelos ares. Quer dizer, explodiu. Felizmente, ninguém em El Paso ficou sabendo disso. Até para mim ela só contou vinte anos depois. Mas eu não acredito que tenha sido por isso que ela nunca se tornou uma starlet.

O jornal de El Paso vivia publicando fotos dela. Uma vez, durante uma semana, lá estavam elas todo santo dia... quando ela estava saindo com Rickie Evers. Rickie Evers tinha acabado de se divorciar de uma atriz de cinema famosa. O pai dele era um proprietário de hotéis milionário e morava na cobertura do Hotel del Norte em El Paso.

Rickie Evers veio para a cidade para assistir ao National Golf Open, e Bella Lynn estava determinada a sair com ele. Fez reservas para o jantar no Del Norte e disse que era para eu ir com ela, que, com onze anos, eu já não era tão criança para ter algumas lições de sex appeal.

Eu, de fato, não sabia nada sobre sex appeal. Sexo parecia ter algo a ver com ficar maluco. Os gatos agiam de um jeito bem maluco em relação à coisa toda, e todas as estrelas de cinema pareciam malucas. Bette Davis e Barbara Stanwyck eram definitivamente malvadas. Bella Lynn e as amigas se escarrapachavam no Court Café debaixo de topetes Pompadour e ficavam soltando fumaça pelas narinas feito dragões enraivecidos.

Elas estavam todas muito empolgadas com o National Golf Open. "Uma mina de ouro! Um poço de petróleo bem aqui no nosso quintal!"

Wilma, a melhor amiga de Bella Lynn, queria ir com a gente para o Hotel Del Norte, mas Bella Lynn não deixou. Um princípio básico do sex appeal, ela me disse, é trabalhar sempre sozinha. Não importava se a outra mulher fosse feia ou bonita... isso simplesmente atrasava e complicava qualquer operação.

Vesti o que considerava o vestido mais maravilhoso que eu já tinha visto na vida. Musselina suíça de bolinhas lilases, com mangas bufantes e saia-balão. Tia Tiny fez uma trança embutida no meu cabelo. Eu ainda não usava batom, mas passei um pouco de Merthiolate na boca. Tia Tiny me fez lavar a boca, mas beliscou minhas bochechas. Bella Lynn pôs um vestido matador de crepe marrom com ombreiras, uma maquiagem escura matadora e sapatos pretos de salto alto. Chegamos cedo ao hotel. Ela se sentou numa poltrona de encosto alto no lobby, usando óculos escuros. Cruzou as pernas. Meias de seda pretas. Eu avisei a ela que as costuras estavam tortas, mas ela disse que costuras levemente tortas tinham sex appeal. Ela me deu uma moeda de vinte e cinco centavos para que eu fosse comprar um refrigerante, mas em vez disso eu só fiquei subindo e descendo a escada. Era uma escada linda, larga e curva, forrada com um tapete de veludo vermelho e com um corrimão curvo. Eu corria até o alto da escada e ficava embaixo do lustre, com um sorriso de rainha. Depois, descia bem lenta e elegantemente até lá embaixo, deslizando a mão de leve pelo corrimão de mogno. Então, corria de novo até lá em cima. Fiz isso uma porção de vezes, até que finalmente me pareceu que já devia estar na hora de comer. Bella Lynn disse que tinha adiado as reservas, porque Evers ainda não tinha dado as caras. Comprei um Hershey's com amêndoas e me sentei a algumas poltronas de distância. Sussurrando, ela me mandou parar de chutar o assento. Ela fumava Pall Malls, só que os chamava de Pell Mells.

Reconheci o famoso Evers e seu pai milionário no instante em que entraram. Logo depois, eles foram para o salão do restaurante com alguns outros homens. Todos com chapéus de caubói e botas, salvo Evers, que estava com um terno risca de giz e sem chapéu. Mas eu teria percebido que eram eles só pela cara de má que Bella Lynn estava fazendo, agora de piteira. Ela tirou os óculos escuros e nós entramos. Bella Lynn disse ao maître que um imprevisto tinha feito o acompanhante dela se atrasar e que apenas nós duas iríamos jantar.

Eu queria bife de frango frito, mas ela disse que era muito chinfrim. Então, pediu medalhão para nós duas. De bebida, um Manhattan para ela e um Shirley Temple para mim. Só que ela acabou tendo que tomar um Shirley Temple também, porque só tinha dezoito anos. Ela disse ao garçom que tinha esquecido de botar a carteira de motorista na bolsa. Que chato.

Havia uma garrafa de uísque em cima da mesa dos homens e todos eles, salvo Rickie Evers, estavam fumando charuto.

"Então, como é que você vai fazer para conhecer o homem?", eu perguntei a ela.

"Eu te falei. Sex appeal. Assim que o meu olhar cruzar com o dele, eu vou fazer com que ele venha até aqui e pague os nossos maravilhosos medalhões pra nós."

"Até agora ele ainda não olhou pra cá."

"Olhou sim, mas fingiu que não olhou… esse é o sex appeal dele. Mas ele vai olhar de novo e, quando olhar, eu simplesmente vou olhar para ele como se ele fosse o cachorro velho mais reles e sarnento que já vi na minha vida."

Rickie Evers, de fato, olhou para ela, e foi exatamente desse jeito que ela olhou para ele, como se estivesse se perguntando como podiam ter deixado alguém como *ele* entrar ali. Dois segundos depois, ele estava parado atrás da cadeira vazia.

"Posso me sentar com vocês?"

"Bom, um imprevisto fez o meu acompanhante se atrasar. Talvez você possa se sentar com a gente por alguns minutos."

"O que vocês estão bebendo?", ele perguntou.

"Shirley Temples", respondi, mas ela disse que estava tomando um Manhattan. Ele pediu ao garçom que trouxesse um Shirley

Temple para mim e Manhattans para ele e para a senhorita. O garçom não disse nada sobre a identidade dela.

"Eu sou Bella Lynn e esta é a minha priminha, Lou. Desculpe, eu não guardei o seu nome", ela disse, embora soubesse perfeitamente qual era o nome dele.

Quando ele falou o nome, ela disse: "O seu pai e o meu jogam golfe juntos".

"Vocês vão ao torneio de golfe amanhã?", ele perguntou.

"Eu ainda não sei. Multidões são tão desagradáveis. Mas a Lou está louca para ir."

Eles acabaram decidindo ir ao torneio de golfe no dia seguinte para que eu não ficasse decepcionada. Era a última coisa que eu queria fazer, mas no dia seguinte eles já tinham esquecido quanto eu supostamente estava louca para ir.

Eles tomaram seus Manhattans, depois vieram coquetéis de camarão e os medalhões. Na sobremesa, Baked Alaska, que eu achei sensacional.

Depois do jantar eles pretendiam rodar as boates de Juárez, motivo das confabulações, acima do licor de menta, sobre como me levar para casa. Bella Lynn sugeriu um táxi, mas ele insistiu que eles podiam me deixar em casa antes de atravessar a fronteira.

Bella Lynn foi retocar a maquiagem. Eu não fui, ainda não sabia que era praxe você ir, para avaliar a situação.

Quando ela se afastou da mesa, Rickie Evers deixou seu isqueiro de ouro cair no chão e, ao se abaixar para pegá-lo, passou a mão pela minha perna e acariciou a parte interna do meu joelho.

Pus uma colherada de Baked Alaska na boca e perguntei como será que eles faziam aquilo. Ele pegou o isqueiro do chão e disse que meu queixo estava lambuzado de sorvete. Quando o limpou com o enorme guardanapo de linho, ele roçou o braço no meu peito. Fiquei constrangida; ainda não usava nem sutiã de menina-moça.

Bella Lynn voltou do toalete andando sem pressa, com suas costuras tortas, fingindo não notar que todos os homens estavam olhando para ela. O restaurante inteiro tinha ficado olhando para Bella Lynn e Rickie Evers durante todo o jantar. Acho que o ajudante de garçom mexicano viu o que Evers fez quando deixou o isqueiro cair.

Sentei entre Evers e Bella Lynn no enorme Lincoln preto. As janelas subiam e desciam quando ele apertava um botão, até mesmo as de trás. Havia um isqueiro no painel, e Evers roçava na minha perna quando se esticava para alcançá-lo e de novo no meu peito quando acendia os Pell Mells de Bella Lynn.

Paramos em frente à garagem.

"Que tal um beijo de boa-noite, pequena Lou?", ele perguntou. Bella Lynn riu. "Ora, ela ainda nem fez quinze anos." Quando ela estava saindo do carro, ele mordeu o meu pescoço.

Bella Lynn entrou comigo para pegar um xale e seu vidrinho de perfume Tabu.

"Viu como é a coisa do sex appeal que eu te falei, Lou? É moleza!" Entrei para ouvir *Inner Sanctum* com tio Tyler e tia Tiny. Eles ficaram felizes feito crianças com a notícia de que Bella Lynn ia sair com o ex-marido da estrela de cinema mais bonita do mundo.

"Como será que ela conseguiu isso?", tio Tyler se perguntou.

"Ué, Tyler… você sabe que a nossa Bella Lynn é a coisa mais linda que existe a oeste do Mississippi!"

"Não. Foi o sex appeal", eu disse a eles.

Os dois arregalaram os olhos para mim.

"Olha aqui, eu nunca mais quero ouvir você usar esse termo, entendeu, menina?", disse tia Tiny, com uma cara de dar medo. Ela ficou igualzinha à Mildred Pierce.

Moleque adolescente

Nos anos 1960, Jesse costumava ir lá em casa para ver Ben. Eles eram garotos na época, cabelo comprido, luz estroboscópica, maconha e ácido. Jesse já tinha largado a escola, já tinha sido preso, já estava em liberdade condicional. Os Rolling Stones se apresentaram no Novo México. The Doors também. Ben e Jesse tinham chorado com a morte de Jimi Hendrix, com a morte de Janis Joplin. Aquele foi um ano de tempo ruim. Neve. Canos congelados. Todo mundo chorou naquele ano.

Morávamos numa velha casa de fazenda, perto do rio. Marty e eu tínhamos acabado de nos divorciar, era meu primeiro ano trabalhando como professora, meu primeiro emprego. Era uma casa difícil para uma pessoa cuidar sozinha. O telhado dava infiltração, a bomba estava velha, mas era uma casa linda, grande.

Ben e Jesse ouviam música alta, queimavam um incenso de violeta que tinha cheiro de mijo de gato. Meus outros filhos Keith e Nathan não suportavam Jesse — hippie drogado — mas Joel, o bebê, o adorava, adorava as botas, a guitarra, a espingarda

208

de chumbinho de Jesse. A prática de pontaria em latas de cerveja no quintal dos fundos. Ping.

Era março e estava frio para valer. Os grous iam aparecer na vala limpa do rio ao amanhecer. Eu tinha ficado sabendo disso pelo novo pediatra. Ele é um bom médico, e solteiro, mas eu ainda sinto falta do velho dr. Bass. Quando Ben era neném, liguei para ele para perguntar quantas fraldas eu deveria lavar de cada vez. Uma, ele me respondeu.

Nenhum dos meninos quis ir. Eu me vesti, tremendo. Fiz uma fogueira com pinhas, enchi uma garrafa térmica com café. Preparei massa de panqueca, dei comida para os cachorros, para os gatos e para Rosie, a cabra. Será que nós tínhamos um cavalo na época? Se tínhamos, eu esqueci de dar comida para ele. Jesse se aproximou por trás de mim no escuro, no arame farpado ao lado da estrada coberta de geada branca.

"Eu quero ver os grous."

Eu dei a lanterna para ele, acho que dei a garrafa térmica também. Ele apontava a luz da lanterna para tudo quanto era lugar, menos para a estrada, e eu ficava reclamando com ele por causa disso. Que saco. Para com isso.

"Você está conseguindo ver. Está seguindo em frente. Você obviamente conhece a estrada."

Era verdade. Os vertiginosos arcos de luz revelavam ninhos de passarinho em choupos empalidecidos pelo inverno, abóboras-morangas no campo de Gus, as silhuetas pré-históricas dos bois brâmanes de Gus. Os olhos de ágata dos bois se abriam para refletir um pontinho de claridade, depois se fechavam de novo.

Atravessamos o tronco acima da vala de irrigação escura e lenta rumo à vala limpa, onde deitamos de barriga no chão, silenciosos como guerrilheiros. Eu sei, eu romantizo tudo. Mas é verdade que ficamos lá deitados, congelando, durante um bom tempo, no meio da cerração. Não era cerração. Devia ser a névoa que subia da vala ou talvez apenas o vapor que saía da nossa boca.

O fato é que, depois de um bom tempo, os grous realmente apareceram. Centenas deles, bem quando o céu estava ficando cinza-azulado. Eles pousavam em câmera lenta sobre pernas frágeis. Na margem, se lavavam e ajeitavam as penas com o bico. De repente, tudo ficou preto, branco e cinza, como um filme depois dos créditos, se agitando.

Quando os grous bebiam na parte mais alta do regato, a água prateada abaixo deles se dividia em dezenas de filetes finíssimos. Depois, bem rápido, os pássaros se foram, espalhando brancura, com o som de cartas sendo embaralhadas.

Nós ficamos lá, tomando café, até clarear e os corvos chegarem. Corvos estabanados e estridentes, que desafiavam a graça dos grous. A negrura deles ziguezagueava na água, enquanto os galhos dos choupos balançavam como trampolins. Dava para sentir o sol.

Estava claro na estrada no caminho de volta, mas Jesse deixou a lanterna ligada. Você pode fazer o favor de desligar isso? Como ele me ignorou, eu tirei a lanterna dele. Andávamos no ritmo das suas longas passadas, sobre marcas de rodas de tratores.

"Puta merda", ele disse. "Aquilo foi assustador."

"Foi mesmo. Terrível como um exército com bandeiras desfraldadas. Isso é da Bíblia."

"Ah, é, professora?" Ele já era insolente na época.

Passo

A clínica de desintoxicação West Oakland ficava num lugar onde antes havia um armazém. É escura por dentro e ecoa como uma garagem subterrânea. Os quartos, uma cozinha e o escritório dão para um amplo salão. No meio do salão ficam uma mesa de sinuca e a arena da tevê. Chamam de arena porque as paredes em volta só têm um metro e meio de altura, para que os terapeutas possam olhar lá para dentro.

A maioria dos pacientes internados estava na arena, de pijama azul, vendo *Leave It to Beaver*. Bobo segurava uma xícara de chá para Carlotta beber. Os outros homens estavam rindo do fato de ela ter saído correndo pelo pátio de manobras da ferrovia, tentando entrar debaixo da locomotiva. A Amtrak de Los Angeles tinha parado. Carlotta também estava rindo. Todos eles correndo pela arena de pijama. Não que ela não ligasse para o que tinha feito. Ela simplesmente não se lembrava, não reconhecia aquela ação de forma alguma.

Milton, um terapeuta, veio até a beira da arena.

"Quando vai ser a luta?"

"Daqui a duas horas." Benitez e Sugar Ray Leonard iam disputar o título da categoria meio-médio.

"Sugar Ray vai levar, fácil." Milton sorriu para Carlotta e os homens fizeram comentários, piadas. Ela conhecia a maioria dos homens de outras internações ali e em clínicas de desintoxicação de Hayward, Richmond e San Francisco. Bobo ela conhecia também da ala psiquiátrica de Highland.

Todos os vinte pacientes estavam na arena agora, com travesseiros e cobertores, amontoados como crianças de jardim de infância na hora da soneca. Desenhos de Henry Moore de pessoas em abrigos antiaéreos. Na tevê, Orson Welles dizia: "Nós não vendemos nenhum vinho antes da hora". Bobo riu e disse: "Tá na hora, irmão, tá na hora!".

"Para de tremer, mulher! Tá bagunçando a televisão."

Um homem com dreadlocks se sentou do lado de Carlotta e pôs a mão na parte interna da coxa dela. Bobo segurou o pulso do homem. "Tira a mão, senão eu quebro." O velho Sam chegou enrolado num cobertor. Não havia calefação e estava um frio de lascar.

"Senta ali nos pés dela. Vê se faz eles pararem de tremer."

Papai batuta estava quase no fim. Clifton Webb morreu e Myrna Loy foi para a faculdade. Willie disse que tinha gostado da Europa porque lá as pessoas brancas eram feias. Carlotta não entendeu o que ele quis dizer, mas depois se deu conta de que as únicas pessoas que os beberrões solitários veem são as que aparecem na televisão. Às três da manhã ela costumava esperar para ver Jack, o estripador, dos Datsuns usados. Retalhando preços. Só cortando e mutilando.

A televisão era a única luz acesa na clínica. Era como se a arena fosse um ringue enfumaçado só deles, com o ringue de boxe em cores no meio. A voz do locutor era estridente. O prêmio desta noite é de um milhão de dólares! Todos os homens estavam apostando em Sugar Ray, teriam apostado. Bobo disse a Carlotta que alguns dos homens que estavam ali nem sequer eram alcoólatras, só tinham fingido que precisavam se desintoxicar para poder assistir à luta.

Carlotta estava torcendo para Benitez. Você gosta de meninos bonitos, né, amor? Benitez era bonito, tinha feições delicadas, um bigode bem cuidado. Pesava sessenta e cinco quilos, tinha ganhado seu primeiro campeonato aos dezessete anos. Sugar Ray Leonard era só ligeiramente mais pesado, mas parecia muito mais alto, sem se mexer. Os dois homens se encontraram no meio do ringue. Não se ouvia um ruído. A multidão na tevê e os pacientes na arena prenderam a respiração quando os boxeadores se encararam, rodeando-se, sinuosos, olhos nos olhos.

No terceiro assalto um gancho rápido de Leonard derrubou Benitez no chão. Ele se levantou num segundo, com um sorriso infantil no rosto. Constrangido. Eu não imaginava que isso fosse acontecer comigo. Naquele momento os homens na arena da tevê começaram a querer que ele ganhasse.

Ninguém se mexia, nem mesmo durante os comerciais. Sam ficou enrolando cigarros durante a luta inteira e passando-os para os outros. Milton veio para a beira da arena durante o sexto assalto, justo quando Benitez levou um soco na testa, o único golpe a lhe deixar uma marca naquela luta. Milton viu o sangue refletido nos olhos de todos, no suor de todos.

"Não é de espantar... é lógico que vocês todos iam torcer por um perdedor", ele disse.

"Silêncio! Oitavo assalto."

"Vamos lá, garoto, aguenta firme."

Eles não estavam pedindo para Benitez ganhar, só para continuar na luta. E ele fez isso, continuou na luta. No nono assalto ele cravou um soco e recuou, depois um gancho de esquerda o levou para as cordas e um de direita o fez cuspir o protetor bucal.

Décimo assalto, décimo primeiro, décimo segundo, décimo terceiro, décimo quarto. Ele continuou na luta. Ninguém dizia uma palavra na arena. Sam tinha pegado no sono.

O sino tocou anunciando o último assalto da luta. O estádio estava tão silencioso que deu para ouvir Sugar Ray Leonard sussurrar. "Ai, meu Deus. Ele continua em pé."

Mas o joelho direito de Benitez tocou na lona. Breve, como um católico saindo de um banco de igreja. Uma deferência mínima que significava que a luta havia acabado; ele tinha perdido. Carlotta sussurrou:

"Deus, por favor me ajude."

Desgarrados

Fui de Baton Rouge para Albuquerque. Cheguei lá por volta de duas da manhã. Um vento fustigante. É isso que o vento faz em Albuquerque. Fiquei à toa na rodoviária até aparecer um motorista de táxi que tinha tantas tatuagens de presidiário que imaginei que eu poderia comprar drogas e ele me diria onde ficar. Ele me abasteceu e me levou para uma toca de drogados no vale do sul, uma *noria*, como dizem aqui. Foi sorte minha ter encontrado aquele motorista, o Noodles. Eu não podia ter escolhido um lugar pior que Albuquerque para me esconder. Os chicanos controlam a cidade. *Mayates* — como os chicanos chamam os negros — não conseguem nada, já têm sorte quando não são assassinados. Alguns homens brancos, com tempo de cadeia suficiente para terem sido testados. Mulheres brancas, esquece, elas não duram. O único jeito, e Noodles me ajudou nisso também, era se ligar a um grande fornecedor, como eu fiz com Nacho. Aí ninguém podia me fazer mal. Que coisa lamentável eu acabei de dizer. Nacho era um santo, o que pode parecer difícil de acreditar. Ele fazia muito pelos Brown Berets, por toda a comunidade chicana, jovens, velhos. Eu não sei onde ele está agora. Fugiu depois de pagar fiança. E foi uma fiança astronômica. Ele atirou num policial da divisão de narcóticos, Marquez, cinco vezes, nas costas. Os jurados não acharam que ele era um santo, mas talvez tenham achado que era um Robin Hood, porque só o condenaram por homicídio culposo. Eu bem que queria saber onde ele estava. Fui em cana mais ou menos na mesma época, por causa de marcas de agulha.

Tudo isso aconteceu faz muitos anos ou eu nem poderia estar abrindo a boca. Naquela época você podia acabar condenado a cinco ou dez anos só por causa de uma bagana ou de marcas nos braços.

Isso foi quando estavam implantando os primeiros programas de reabilitação com metadona. Fui enviada para um dos projetos piloto. Seis meses em La Vida em vez de seis anos em "*la pinta*", a prisão federal de Santa Fe. Vinte outros viciados fizeram o mesmo acordo. Nós todos chegamos a La Vida num ônibus escolar amarelo. Uma matilha de cães selvagens veio receber o ônibus. Eles ficaram rosnando e latindo para nós um tempo, até que finalmente se cansaram e saíram correndo, sumindo no meio da poeira.

La Vida ficava a cinquenta quilômetros de Albuquerque. No deserto. Sem nada em volta, nem uma única árvore, nem um único arbusto. A Rota 66 ficava longe demais para alguém ir até lá a pé. La Vida havia sido um posto de radar, uma instalação militar durante a Segunda Guerra Mundial. Desde então, tinha ficado abandonada. Abandonada mesmo. Nós é que íamos recuperar o lugar.

Ficamos parados por ali, no vento, na claridade ofuscante do sol. A única sombra era a do gigantesco disco do radar, que dominava o lugar inteiro, pairando lá no alto. Alojamentos caindo aos pedaços. Venezianas quebradas e enferrujadas chacoalhando ao vento. Pôsteres de pinups descascando das paredes. Dunas de areia de mais ou menos um metro de altura em todos os cômodos. Dunas com ondas e padrões, como em cartões-postais do Deserto Pintado.

Muitas coisas iam contribuir para a nossa reabilitação. A primeira delas era a distância do ambiente das ruas. Toda vez que um terapeuta dizia isso a gente caía na gargalhada. Não havia nenhuma estrada à vista, quanto mais ruas, e as ruas do complexo estavam cobertas de areia. Havia mesas nas salas de refeição e camas de armar nos quartos, mas elas também estavam cobertas de areia. As privadas estavam entupidas de animais mortos e mais areia.

Não se ouvia nada a não ser o vento e a matilha de cães, que vivia rondando por ali. Às vezes era bom, aquele silêncio, só que os discos do radar ficavam girando e fazendo um chiadinho irritante, dia e noite, dia e noite. No início ficou todo mundo enlouquecido com aquilo, mas depois de um tempo aquele som começou a nos parecer reconfortante, como um sino dos ventos. Diziam que o radar tinha sido usado para interceptar pilotos camicases japoneses, mas as pessoas diziam um bocado de coisas bem estranhas.

Claro que a principal parte da nossa reabilitação ia ser dar duro. A satisfação do trabalho bem-feito. Aprender a interagir. A trabalhar em equipe. Esse trabalho em equipe começava quando fazíamos fila para receber a nossa metadona às seis todas as manhãs. Depois do café da manhã, trabalhávamos até a hora do almoço. Tínhamos terapia de grupo das duas às cinco e depois das sete às dez.

O objetivo desses grupos era quebrar resistências. Nossos principais problemas eram a raiva, a arrogância, a revolta. Mentíamos, trapaceávamos, roubávamos. Tínhamos "tosas" diárias, durante as quais os grupos gritavam para uma pessoa todos os defeitos e fraquezas dela.

Éramos esculhambados até não aguentar mais e pedir penico. Quem inventou essa porra de pedir penico? Viu? Eu continuo raivosa, arrogante. Cheguei dez minutos atrasada para o grupo e eles rasparam minhas sobrancelhas e cortaram meus cílios.

Os grupos lidavam com a raiva. Durante o dia inteiro botávamos bilhetes numa caixa de reclamações dizendo de quem estávamos com raiva e depois, em grupo, falávamos sobre isso. Em geral nós só vociferávamos, dizendo quanto todas as outras pessoas eram vacilonas e fracassadas. Mas, sabe, todos nós de fato mentíamos e trapaceávamos. Metade do tempo nenhum de nós nem sequer estava com raiva, só fingia e atiçava alguma raiva para poder jogar o jogo do grupo, para ficar em La Vida e não voltar para a prisão. A maior parte das queixas era contra Bobby, o cozinheiro, porque ele dava comida para os cachorros selvagens. Ou porque dizia coisas como "O Grenas quase nunca capina, só fica fumando e arrastando montinhos de capim de um lado pro outro com o ancinho".

Tínhamos raiva daqueles cachorros. Ficávamos em fila às seis da manhã, à uma e às seis da tarde, em frente ao refeitório. Vento fustigante com areia. Todos cansados e famintos. Congelando de manhã e morrendo de calor à tarde. Bobby esperava um tempo, depois finalmente vinha andando sem pressa, feito um bancário pedante, para destrancar a porta para nós. E enquanto esperávamos, a alguns passos de distância, em frente à porta da cozinha, os cachorros esperavam também, sabendo que Bobby lhes atiraria restos de comida. Cães sarnentos, malhados, feios, que tinham sido abandonados pelos donos na meseta. Os cachorros gostavam de Bobby sem dúvida, mas nos odiavam, arreganhando os dentes e rosnando para nós, dia após dia, refeição após refeição.

Fui transferida da lavanderia para a cozinha. Ajudava a cozinhar, lavava a louça e limpava o chão. Passei a gostar mais de Bobby depois de algum tempo. Passei até a gostar mais dos cachorros. Bobby tinha dado nomes para todos eles. Nomes bobos. Duke, Spot, Blackie, Gimp, Shorty. E Liza, a sua favorita. Uma vira-lata amarela, de cabeça chata, com enormes orelhas de morcego e olhos cor de âmbar-amarelo. Depois de alguns meses, ela já estava até comendo na mão dele. "Raio de sol! Liza, meu sol de olhos amarelos", ele costumava dizer para ela, com voz macia. Por fim, ela passou a deixar que ele fizesse festinha atrás das suas orelhas feias e logo acima do rabo comprido e xexelento que ficava pendurado entre as patas. "Meu doce raio de sol", ele dizia.

Volta e meia pessoas eram pagas com dinheiro do governo para dar palestras e oficinas para nós. Veio uma senhora para dar uma palestra sobre Famílias. Como se algum de nós algum dia já tivesse tido uma família. E um sujeito da organização Synanon, que ficava dizendo que nosso problema era nossa atitude blasée. A frase favorita dele era: "Quando você acha que está passando uma boa imagem, você está passando uma imagem péssima". Todo dia ele nos fazia "demolir nossa imagem". O que significava simplesmente fazer papel de bobos.

Tínhamos um ginásio, uma mesa de bilhar, pesos e sacos de pancada. Duas televisões em cores. Uma quadra de basquete, uma pista de boliche e uma quadra de tênis. Quadros emoldurados de Georgia O'Keeffe. Ninfeias de Monet. Logo uma produtora de cinema de Hollywood se interessou em ir lá, para rodar um filme de ficção científica. Teríamos a oportunidade de trabalhar como extras e ganhar alguns trocados. O filme iria girar em torno do disco do radar e do que ele fez com Angie Dickinson. O disco se apaixonou por ela e se apoderou da sua alma quando ela morreu num acidente de carro. Ele também se apoderaria de várias outras almas vivas, que seriam os moradores de La Vida, nós. Eu vi esse filme umas vinte vezes, no meio da noite, na televisão.

Tudo somado, os três primeiros meses correram bastante bem. Estávamos limpos e saudáveis; trabalhávamos duro. O lugar estava em ótimo estado. Ficamos bem próximos uns dos outros e às vezes até ficávamos com raiva uns dos outros. Mas naqueles três meses ficamos em total isolamento. Ninguém entrava e ninguém saía. Nada de ligações telefônicas, nada de jornais, nada de cartas, nada de televisão. As coisas começaram a degringolar quando isso acabou. As pessoas saíam com passes e voltavam com a urina suja, ou nem sequer voltavam. Novos residentes chegavam o tempo todo, mas eles não tinham nosso sentimento de orgulho em relação ao lugar.

Todo dia fazíamos uma reunião matinal. Parte sessão de queixas, parte sessão de delação. Todos nós tínhamos de falar quando chegava a nossa vez, mesmo que fosse só para contar uma piada ou cantar uma música. Mas ninguém nunca conseguia pensar em nada, então pelo menos duas vezes por semana a velha Lyle Tanner cantava "I thought I saw a whippoorwill". "El Sapo" deu uma aula sobre como criar chihuahuas, o que foi nojento. Sexy vivia recitando o Salmo 23. Só que o jeito como ela acariciava as palavras fazia o salmo parecer obsceno e todo mundo ria, o que a deixava magoada.

O apelido Sexy era uma piada. Ela era uma puta velha mexicana. Não tinha vindo com a gente no primeiro grupo, mas sim mais tarde, depois de passar cinco dias numa solitária, sem comida. Bobby fez uma sopa e ovos com bacon para ela, mas só o que ela queria era pão. Sentou lá e comeu três fôrmas de Wonder Bread, sem nem mastigar, só engolindo, faminta. Bobby deu a sopa e os ovos com bacon para Liza.

Sexy continuou comendo, até que finalmente eu a levei para o nosso quarto e ela capotou. Lydia e Sherry estavam juntas na cama no quarto ao lado. Eram amantes fazia anos. Percebi pelas risadas preguiçosas das duas que elas estavam de barato com alguma coisa, Seconal ou Quaalude provavelmente. Voltei para a cozinha para ajudar Bobby a fazer a limpeza. Gabe, o terapeuta, veio para pegar as facas e trancá-las no cofre. Ele fazia isso toda noite.

"Eu vou pra cidade. Você está no comando, Bobby." Nenhum membro da equipe ficava mais no complexo à noite.

Bobby e eu fomos lá para fora tomar café debaixo do cinamomo. Os cachorros estavam latindo para alguma coisa na meseta.

"Fiquei feliz que a Sexy veio. Ela é legal."

"É. Mas ela não vai ficar."

"Ela me lembra a Liza."

"A Liza não é tão feia assim. Ei, Tina, quieta. Está quase chegando."

A lua. Não existe lua como a de uma noite clara no Novo México. Ela nasce acima das montanhas Sandia e suaviza os quilômetros e quilômetros de deserto estéril com toda a brancura silenciosa de uma primeira nevasca. Luar nos olhos amarelos de Liza e no cinamomo.

O mundo simplesmente segue adiante. Nada importa muito, sabe? Quer dizer, nada importa de verdade. Mas aí, às vezes, só por um segundo, é como se você recebesse uma graça, a crença de que aquilo importa e muito.

Ele sentiu a mesma coisa. Eu ouvi o nó na sua garganta. Algumas pessoas teriam se ajoelhado e rezado num momento como aquele. Cantado um hino religioso. Talvez homens da caverna tivessem feito uma dança. O que nós fizemos foi transar. "El Sapo" nos pegou no flagra. Já tinha acabado, mas ainda estávamos pelados.

Então, o assunto veio à tona na reunião matinal e era preciso nos dar um castigo. Teríamos três semanas para, depois de limpar a cozinha, remover e lixar toda a tinta que havia ao redor: a das janelas do refeitório. Até uma hora da manhã, toda santa noite. Isso já era ruim o bastante, mas aí Bobby, tentando salvar a própria pele, se levantou e disse: "Eu não queria trepar com a Tina. Só o que eu quero é ficar limpo, cumprir a minha pena e voltar pra casa e pra minha mulher, Debbi, e pra minha filha Debbi-Ann". Me deu vontade de botar uma queixa na caixa de reclamações contra esses dois nomes metidos a besta.

Foi um tapa na cara. Ele tinha me abraçado e conversado comigo. Tinha se empenhado muito mais durante a nossa trepada do que a maioria dos homens costuma fazer, e eu tinha me sentido feliz com ele vendo a lua nascer.

Tínhamos que trabalhar tanto que não havia tempo para conversar. De qualquer forma, eu jamais teria deixado que ele soubesse quanto aquilo me magoou. Ficávamos mortos de cansaço toda noite e o dia inteiro também.

O principal assunto no qual não tínhamos tocado eram os cachorros. Eles não apareciam fazia três noites.

Por fim, eu falei: "Onde você acha que os cachorros estão?".

Ele deu de ombros. "Um puma. Garotos com armas."

Voltamos ao trabalho, lixando janelas. Ficou tarde demais até para ir para a cama, então fizemos um pouco de café fresco e nos sentamos debaixo da árvore.

Eu sentia falta de Sexy. Esqueci de contar que ela tinha ido para a cidade para ir ao dentista, mas acabou conseguido comprar drogas, foi flagrada e levada de volta para a cadeia.

"Estou sentindo falta da Sexy. Bobby, aquilo que você falou na reunião foi uma tremenda mentira. Você queria *sim* transar comigo."

"É, eu menti."

Fomos para dentro do frigorífico e nos abraçamos de novo, fizemos amor de novo, mas não por muito tempo, porque estávamos congelando. Voltamos lá para fora.

Os cachorros começaram a aparecer. Shorty, Blackie, Spot, Duke.

Eles tinham encontrado porcos-espinhos. Devia ter acontecido fazia dias, porque as feridas de todos eles estavam muito infeccionadas. Suas caras estavam inchadas como rinocerontes monstruosos, secretando pus verde. Intumescidos e crivados de minúsculos espinhos, seus olhos nem se abriam. Isso era o mais assustador, nenhum deles conseguia enxergar. Nem emitir nenhum som de verdade, já que suas gargantas também estavam dilatadas.

Blackie teve uma crise. Saltou no ar, emitindo uma espécie de gorgolejo sinistro. Ficou se debatendo, estrebuchando e mijando no ar. Alto, mais de meio metro acima do chão, depois caiu, molhado e morto, na terra. Liza chegou por último porque não estava conseguindo andar. Foi se arrastando até chegar aos pés de Bobby e ficou se contorcendo ali, batendo com a pata na bota dele.

"Me traz a porra das facas."

"O Gabe ainda não voltou." Só os terapeutas podiam abrir o cofre.

Liza dava patadas no pé de Bobby, de leve, como se estivesse pedindo que ele fizesse carinho nela ou jogasse uma bola para ela buscar.

Bobby entrou no frigorífico e trouxe um pedaço de carne. O céu estava lilás. Era quase manhã.

Ele fez os cachorros cheirarem a carne. Chamou-os com voz suave, fazendo com que fossem atrás dele e atravessassem a estrada em direção à oficina mecânica. Eu fiquei debaixo da árvore.

Quando chegou lá, quando finalmente conseguiu fazer

todos os cachorros entrarem, ele os matou a marretadas. Eu não vi, mas ouvi tudo e, de onde estava sentada, vi o sangue respingar e escorrer pelas paredes. Pensei que Bobby fosse dizer algo como "Liza, meu doce raio de sol", mas ele não disse uma palavra. Saiu da oficina coberto de sangue e, sem olhar para mim, foi para o alojamento.

A enfermeira chegou de carro, trazendo as doses de metadona, e todo mundo começou a entrar na fila para tomar café da manhã. Liguei a chapa e comecei a fazer a massa das panquecas. Todo mundo ficou enfurecido porque eu demorei demais para preparar o café.

Ainda não havia nenhum funcionário por ali quando os trailers da produtora de cinema começaram a chegar. Eles começaram a trabalhar imediatamente, escolhendo locações, selecionando extras. Havia gente correndo de um lado para o outro com megafones e walkie-talkies. Por alguma razão, ninguém foi até a oficina mecânica.

Começaram a rodar uma cena logo de cara… uma tomada de um dublê, que supostamente seria Angie Dickinson, saindo de carro do ginásio enquanto um helicóptero sobrevoava o disco do radar. A ideia era o carro bater no disco e o espírito de Angie ascender em direção ao disco, mas o carro bateu no cinamomo.

Bobby e eu fomos fazer o almoço, tão cansados que andávamos em câmera lenta, exatamente como os extras que representavam zumbis estavam sendo instruídos a fazer. Não falamos nada. Uma hora, enquanto fazia uma salada de atum, eu disse em voz alta, comigo mesma: "Pepino em conserva?".

"O que você disse?"

"Eu disse pepino em conserva."

"Céus. Pepino em conserva!" Nós caímos na gargalhada, não conseguíamos parar de rir. Ele passou a mão na minha bochecha, de leve, uma asa de pássaro.

A equipe de cinema achou o posto de radar um barato, um desbunde. Angie Dickinson gostou da sombra que eu tinha passado nos olhos. Eu disse a ela que era apenas giz, do tipo que você passa em taco de sinuca. "É deslumbrante, esse azul", ela me disse.

Depois do almoço, o velho que era eletricista-chefe da equipe de filmagem chegou perto de mim e perguntou onde ficava o bar mais próximo. Havia um lugar mais adiante na estrada, seguindo em direção a Gallup, mas eu disse a ele que era em Albuquerque. Disse também que faria qualquer coisa para conseguir uma carona até a cidade.

"Não se preocupe com isso. Sobe no meu caminhão e vamos embora."

Pam, craque, bum!

"Santo Deus, o que foi isso?", ele perguntou.

"Um mata-burro."

"Cacete, isto aqui é um fim de mundo mesmo."

Finalmente chegamos à estrada. Foi ótimo, o som de pneus no asfalto, o vento entrando pela janela. Carretas, adesivos de para-choque, crianças brigando nos bancos de trás. Rota 66.

Chegamos à subida, com o enorme vale e o rio Grande abaixo de nós e as montanhas Sandia, lindas, acima.

"Moço, eu preciso mesmo é de dinheiro pra comprar uma passagem de volta pra casa, em Baton Rouge. O senhor teria como me arranjar? Uns sessenta dólares?"

"Fácil. Você precisa de uma passagem. Eu preciso de um drinque. Tudo vai se ajeitar."

Dor

"De que será que aquelas duas tanto falam o tempo inteiro?", a sra. Wacher perguntou ao marido no café da manhã.

Do outro lado da sala de refeições aberta, com telhado de colmo, de frente para o mar, as irmãs esqueciam suas papaias, seus *huevos rancheros*, falando, falando. Mais tarde, quando estavam caminhando pela beira do mar, suas cabeças se inclinavam uma em direção à outra. Falando, falando. Ondas as pegavam desprevenidas, deixando-as encharcadas, e elas riam. A mais jovem volta e meia chorava... Quando ela chorava, a mais velha esperava, tentando reconfortá-la, entregando-lhe lenços de papel. Quando as lágrimas cessavam, as duas começavam a falar de novo. Ela não parecia insensível, a mais velha, mas nunca chorava.

Os outros hóspedes do hotel espalhados pela sala de refeições ou sentados em cadeiras de praia na areia ficavam de modo geral bastante quietos, só de vez em quando fazendo algum comentário sobre como o dia estava perfeito ou sobre o azul-turquesa do mar, ou falando para os filhos endireitarem as costas. O casal em lua de mel trocava sussurros e brincava um com o outro, dava pedaços de melão um para o outro, mas na maior parte do tempo ficava em silêncio, olhando para os olhos ou para as mãos um do outro. Os casais mais velhos tomavam café e liam ou faziam palavras cruzadas. Suas conversas eram breves, monossilábicas. As pessoas que estavam contentes umas com as outras falavam tão pouco quanto as que estavam cheias de ressentimento ou de tédio; era o ritmo de suas falas que diferia, como uma bola de tênis preguiçosa atirada de um lado para o outro ou as rápidas raquetadas de quem tenta matar uma mosca.

À noitinha, à luz de uma lamparina, o casal alemão, os Wacher, jogava bridge com outro casal aposentado do Canadá, os Lewis. Todos eram jogadores sérios, então as conversas ficavam reduzidas a um mínimo. Estalidos das cartas, "hmms" do sr. Wacher. Dois sem trunfo. O chiado da espuma das ondas, as pedras de gelo nos copos. As mulheres falavam, vez por outra, sobre as compras que estavam planejando fazer no dia seguinte, sobre um passeio a La Isla, sobre as misteriosas irmãs conversadeiras. A mais velha tão elegante e imperturbável. Cinquentona, mas ainda atraente, vaidosa. A mais nova, quarentona, era bonita, mas malvestida, apagada. Lá vai ela, chorando de novo!

A sra. Wacher decidiu abordar a irmã mais velha quando ela fosse nadar de manhã. A sra. Lewis se encarregaria de puxar conversa com a mais nova, que nunca nadava nem pegava sol, mas ficava esperando a irmã, tomando chá e segurando um livro fechado.

Naquela noite, enquanto o sr. Wacher pegava o bloco de anotações e as cartas e o sr. Lewis pedia bebidas e petiscos do bar, as duas mulheres partilharam as informações que haviam levantado.

"Elas falam tanto porque não se viam fazia vinte anos! Imagine! Irmãs! A minha se chama Sally e mora na Cidade do México. É casada com um mexicano e tem três filhos. Nós conversamos em espanhol, ela parece mexicana, na verdade. Fez uma mastectomia recentemente, o que explica por que ela nunca nada. Vai começar o tratamento contra o câncer no mês que vem. É por isso provavelmente que ela chora a toda hora. Isso foi tudo o que eu consegui, antes que a irmã viesse e as duas fossem se trocar."

"Não! Não é por isso que ela vive chorando! A mãe delas morreu faz pouco tempo! Duas semanas atrás! Imagine... e elas vieram para um resort!"

"O que mais ela disse? Qual é o nome dela?"

"Dolores. Ela é enfermeira e mora na Califórnia. Tem quatro filhos já adultos. Ela disse que a mãe delas morreu recentemente, que ela e a irmã têm muita coisa pra conversar."

As mulheres entenderam tudo. Sally, a mais meiga, devia ter cuidado da mãe inválida esses anos todos. Quando a velha finalmente morreu, Dolores se sentiu culpada, por ter deixado a irmã cuidar sozinha da mãe e por nunca ter ido visitá-las. E então veio o câncer da irmã. Dolores era quem estava pagando tudo, os táxis, os garçons. Foi vista comprando roupas para Sally nas butiques do centro. Devia ser isso. Culpa. Ela estava arrependida por não ter ido ver a mãe antes que ela morresse e agora quer ser boa para a irmã antes que ela morra também.

"Ou antes que ela própria morra", disse a sra. Lewis. "Depois que os seus pais morrem, você encara a sua própria morte."

"Ah, eu sei o que você quer dizer... não há mais ninguém para proteger você da morte."

As duas mulheres ficaram em silêncio então, satisfeitas com suas fofocas inofensivas, suas análises. Pensando em suas próprias mortes por vir. Nas mortes por vir de seus maridos. Mas só um pouco. Embora setentões, os dois casais eram saudáveis, ativos. Viviam plenamente, aproveitando cada dia. Quando seus maridos puxaram as cadeiras e se sentaram para jogar, elas entraram no jogo com prazer, esquecendo por completo as duas irmãs, que agora estavam lado a lado na praia, sob as estrelas.

Sally não estava chorando por causa da morte da mãe nem do câncer. Estava chorando porque o marido, Alfonso, a tinha deixado, depois de vinte anos de vida em comum, por causa de uma mulher mais jovem. Parecia uma coisa brutal, logo depois da mastectomia dela. Sally estava arrasada, mas, não, ela jamais se divorciaria dele, apesar de a outra mulher estar grávida e de ele querer se casar com ela.

"Eles podem simplesmente esperar que eu morra. Eu vou morrer não demora muito, provavelmente o ano que vem..." Sally estava chorando, mas o oceano abafava o som.

"Você não está morrendo. Eles disseram que o câncer foi retirado. A radioterapia é rotina, uma precaução. Eu ouvi o médico dizer isso, que eles tinham tirado todo o câncer."

"Mas vai voltar. Sempre volta."

"Isso não é verdade. Para com isso, Sally."

"Você é tão fria. Às vezes você é tão cruel quanto a mamãe."

Dolores não disse nada. Era o seu maior medo, ser igual à mãe. Cruel, beberrona.

"Olha, Sally, é melhor você dar logo o divórcio para ele e começar a cuidar de si mesma."

"Você não entende! Como você pode entender como eu me sinto depois de viver vinte anos com ele? Você está sozinha faz quase o mesmo tempo! Pra mim, sempre foi o Alfonso, desde que eu tinha dezessete anos! Eu amo o Alfonso!"

"Eu acho que posso fazer um esforço pra entender", Dolores disse, seca. "Vamos embora, vamos entrar, está ficando frio."

No quarto, a luz do abajur de Dolores estava acesa dentro do seu mosquiteiro; ela estava lendo antes de dormir.

"Dolores?"

Sally estava chorando, de novo. Ai, Deus. O que era agora?

"Sally, eu fico maluca quando não consigo ler assim que acordo e antes de dormir. É um hábito idiota, mas é assim. O que foi?"

"Eu estou com uma farpa no pé."

Dolores se levantou, pegou uma agulha, um antisséptico e um Band-Aid, extraiu a farpa do pé da irmã. Sally chorou de novo e abraçou Dolores.

"Vamos ficar sempre próximas agora. É tão bom ter uma irmã que cuida de mim!"

Dolores colou o Band-Aid no pé de Sally, como tinha feito dezenas de vezes quando elas eram crianças. "Pronto, bem melhor", ela disse automaticamente.

"Bem melhor!", disse Sally, com um suspiro. Ela pegou no sono logo depois. Dolores ainda ficou acordada por mais algumas horas, lendo. Por fim, apagou a luz, ansiando por uma bebida.

Como ela poderia falar com Sally sobre o seu alcoolismo? Não era como falar sobre uma morte ou sobre perder um marido, perder um seio. As pessoas diziam que alcoolismo era uma doença, mas ninguém a forçava a beber. Eu tenho uma doença fatal. Estou apavorada, Dolores queria dizer, mas não disse.

* * *

Os Wacher e os Lewis eram sempre os primeiros hóspedes a tomar café, sentados em mesas adjacentes. Os maridos liam jornal, as esposas conversavam entre si e com os garçons. Depois do café da manhã, os quatro iam sair para pescar em alto-mar.

"Onde será que as irmãs estão hoje?", perguntou a sra. Lewis.

"Brigando! Quando eu passei pelo quarto delas, elas estavam aos berros. O Herman não tem coração, ele não me deixou ficar ouvindo atrás da porta. A Sally disse: 'Não! Eu não quero um centavo do dinheiro sujo daquela bruxa velha!'. Disse que, quando ela estava desesperada, a mãe tinha se recusado a ajudá-la. E aí desandou a gritar palavrões, aquela coisinha dócil! *Puta! Desgraciada!* A Dolores gritava pra ela: 'Será que você não consegue entender o que é a loucura? *Você* é que é a verdadeira louca... porque você se recusa a ver! A mamãe era louca!'. E aí ela começou a berrar para a irmã: 'Tira isso! Tira isso!'."

"Shhh. Elas estão vindo aí."

Sally estava toda desgrenhada; parecia, como sempre, ter chorado. Como sempre, Dolores estava calma e bem-arrumada. Pediu café da manhã para as duas e, quando o café chegou, foi possível ouvir a sua voz dizendo para a irmã:

"Coma. Você vai se sentir melhor. Tome o suco de laranja todo. Está docinho, delicioso."

"Tira isso!"

Sally recuou, apertando a bata bordada junto ao corpo. Dolores arrancou a bata dela e a fez ficar parada ali, nua. Um pálido vermelho e azul, as cicatrizes onde antes estava o seio.

Sally chorou. "Eu estou horrenda! Não sou mais mulher! Não olhe!"

Dolores segurou os ombros da irmã e a sacudiu. "Você quer que eu seja sua irmã? Então me deixe ver! Sim, é horrendo. As cicatrizes são brutais, horríveis, mas elas fazem parte de você agora. E você é mulher, sim, sua bobona! Sem o seu Alfonso, sem o seu seio, você pode ser mais mulher do que nunca, você pode ser a *sua* mulher! Pra começar, você hoje vai nadar, com aquele seio falso de cento e cinquenta dólares que eu trouxe pra você usar por baixo do maiô."

"Eu não posso."

"Pode sim. Vamos, ponha uma roupa para a gente ir tomar café."

"Bom dia, senhoras!", disse a sra. Lewis para as irmãs. "Outro dia magnífico. Nós vamos pescar. Quais são os seus planos para hoje?"

"Nós vamos nadar, depois vamos fazer compras e vamos ao cabeleireiro."

"Coitada da Sally", disse a sra. Lewis. "Ela obviamente não quer fazer nada disso. Está doente, está sofrendo. Aquela irmã dela está forçando ela a tirar umas férias. É igualzinha à minha irmã Iris. Mandona que só ela! Você tinha uma irmã mais velha?"

"Não", respondeu a sra. Wacher, rindo. "Eu era a irmã mais velha. Pode acreditar, irmãs mais novas também têm os seus defeitos."

Dolores estendeu as toalhas delas na areia.

"Tira isso."

Ela estava se referindo ao roupão que a irmã estava segurando por cima do maiô.

"Tira isso", ela insistiu. "Você está linda. Os seios parecem de verdade. Você tem uma cinturinha de dar inveja e pernas maravilhosas. O problema é que você nunca, nunca, nunca se deu conta de como você é bonita."

"Não. Você é que era a filha bonita. Eu era a boazinha."

"Esse rótulo era terrível para mim também. Tire esse chapéu. Nós só temos mais alguns dias. Você vai voltar pra cidade com um bronzeado."

"*Pero...*"

"*Cállate.* Boca fechada, pra não se bronzear com marcas de rugas."

"O sol está delicioso", disse Sally depois de algum tempo, soltando um suspiro.

"Não é bom sentir o sol no corpo?"

"Eu me sinto tão nua. Tenho a impressão de que todo mundo está vendo as minhas cicatrizes."

"Sabe uma coisa que eu aprendi? A maioria das pessoas não repara em absolutamente nada ou, se repara, não dá a mínima."

"Você é tão cínica."

"Vire pra eu passar óleo nas suas costas."

Passado um tempo, Sally começou a falar para Dolores sobre a biblioteca do *barrio* onde ela trabalhava como voluntária. Histórias comoventes sobre crianças e famílias que viviam na extrema pobreza. Ela adorava o trabalho que fazia lá, e todos a adoravam.

"Está vendo, Sally? Tem tanta coisa que você pode fazer, que você gosta de fazer."

Dolores não conseguiu pensar em nenhuma história comovente para contar a Sally sobre seu trabalho numa clínica do leste de Oakland. Bebês de mães viciadas em crack, crianças violentadas, crianças com lesões cerebrais, síndrome de Down, ferimentos de bala, subnutrição, aids. Mas ela era boa no que fazia e gostava do seu trabalho. Isso antes — tinha finalmente sido demitida por causa da bebida, no mês anterior, antes de a mãe morrer.

"Eu também gosto do meu trabalho", foi só o que ela disse. "Vamos lá, vamos nadar."

"Eu não posso. Vai doer."

"As feridas estão cicatrizadas, Sally. Só sobraram cicatrizes. Terríveis cicatrizes."

"Eu não posso."

"Pelo amor de Deus, entra na água."

Dolores levou a irmã para dentro da arrebentação e depois soltou sua mão. Viu Sally chapinhar e cair, engolir água, ser derrubada por uma onda. Batendo perna para se manter à tona, ela viu Sally se levantar e mergulhar sob a onda seguinte, depois sair nadando. Dolores nadou atrás dela. Ai, Deus, ela está chorando de novo, mas, não, Sally estava rindo alto.

"A água está quentinha! Tão quentinha! Eu estou leve como um bebê!"

Elas ficaram nadando no mar azul por um bom tempo. Por fim, voltaram para o raso. Esbaforidas, rindo, saíram da arrebentação. Sally abriu os braços para a irmã e as duas mulheres se abraçaram, enquanto a espuma fazia redemoinhos em volta de suas canelas. "*Mariconas!*", zombaram dois garotos de praia que estavam passando por ali.

A sra. Lewis e a sra. Wacher assistiram a tudo de suas cadeiras de praia e ficaram bastante comovidas. "Ela não é tão durona, só firme… ela sabia que a irmã ia gostar depois que entrasse na água. Como ela parece feliz! Coitada, ela precisava dessas férias."

"Pois é, não parece tão chocante agora, não é? Que elas

tenham decidido fazer uma viagem de férias depois que a mãe morreu."

"Sabe... é pena que isso não seja uma tradição. Férias pós-funeral, como uma lua de mel ou um chá de bebê."

As duas riram. "Herman!", a sra. Wacher gritou para o marido. "Depois que nós duas tivermos morrido, vocês dois prometem fazer uma viagem de férias juntos?"

Herman sacudiu a cabeça. "Não. É preciso quatro pessoas para jogar bridge."

Quando Sally e Dolores voltaram para o hotel à noitinha, todo mundo elogiou Sally, dizendo como ela estava bonita. Corada do sol, um novo corte de cabelo formando suaves cachos castanhos em volta do rosto.

Sally volta e meia sacudia o cabelo, se olhando no espelho. Seus olhos verdes brilhavam como esmeraldas. Ela estava pintando os olhos com a maquiagem de Dolores.

"Você pode me emprestar a sua blusa verde?", ela perguntou.

"O quê? Eu acabei de comprar três vestidos lindos pra você. Agora você quer a minha blusa? E, por falar nisso, você tem sua própria maquiagem e seu próprio perfume!"

"Está vendo como você se ressente de mim? Sim, você me dá presentes, mas continua sendo egoísta, egoísta como ela!"

"Egoísta!" Dolores tirou a blusa. "Toma! Leva esses brincos também. Eles combinam com a blusa."

O sol se pôs enquanto os hóspedes comiam o flã. Quando os cafés chegaram, Dolores pegou a mão da irmã.

"Você percebeu que nós estamos agindo exatamente como

quando éramos crianças? É até bom, quando você para pra pensar. Você vive dizendo que quer que nós sejamos irmãs de verdade agora. Pois estamos agindo exatamente como irmãs de verdade: brigando!"

Sally sorriu. "Tem razão. Acho que eu nunca soube como famílias de verdade se comportam. Nós nunca fizemos uma viagem de férias em família, ou nem mesmo um piquenique."

"Eu tenho certeza de que foi por isso que eu tive tantos filhos e que você se casou com um homem de uma família mexicana tão gigantesca, porque nós queríamos desesperadamente ter um lar."

"E é exatamente por isso que é tão difícil aceitar que o Alfonso me deixe…"

"Não fale mais dele."

"De que é que eu posso falar, então?"

"Precisamos falar sobre ela. Sobre a mamãe. Ela está morta agora."

"Eu bem poderia ter matado aquela bruxa! Estou feliz que ela tenha morrido", disse Sally. "Foi um horror quando o papai morreu. Eu peguei um avião para Los Angeles e um ônibus para San Clemente, e ela nem sequer me deixou entrar na casa dela. Eu fiquei batendo na porta e dizendo 'Eu preciso de uma mãe! Vamos conversar!', mas ela se recusou a me deixar entrar. Não foi justo. Eu estou me lixando para o dinheiro, mas isso também não foi justo."

A mãe jamais havia perdoado Sally por ter se casado com um mexicano, tinha se recusado a conhecer os filhos dela e deixado todo o seu dinheiro para Dolores. Dolores fazia questão de dividir a herança, mas isso não atenuava a ofensa.

Dolores ficou embalando Sally, quando elas se sentaram na areia. O sol havia se posto.

"Ela se foi, Sally. Estava doente e cheia de medo. E atacava como uma… hiena ferida. Você teve sorte de não vê-la. Eu a vi. Liguei pra ela para dizer que nós estávamos levando o papai para o hospital de ambulância. Sabe o que ela disse? 'Será que dava pra você dar uma paradinha pra comprar umas bananas?'"

"Hoje é o meu último dia aqui!", Sally disse para a sra. Wacher. "Nós vamos para a ilha. A senhora já foi lá?"

"Ah, sim, nós fomos com os Lewis alguns dias atrás. É absolutamente lindo. Vocês vão mergulhar com snorkel?"

"Com scuba", disse Dolores. "Vamos, Sally, o carro está esperando."

"Eu não vou mergulhar com scuba. E pronto", disse Sally no caminho para Ixtapa.

"Você vai ver. Espere até conhecer o César. Eu morei com ele um tempo, vinte e cinco, trinta anos atrás. Ele era só um mergulhador na época, um pescador."

César havia se tornado famoso e rico desde então, o Jacques Cousteau do México, com muitos filmes e programas de televisão. Era difícil para Dolores imaginar isso. Ela ainda se lembrava do velho barco de madeira dele, do chão de areia da cabana, das redes de dormir.

"Ele já era um mestre na época", ela disse. "Ninguém conhece o mar como ele. Os releases o chamam de Netuno, o que é muito cafona… mas é verdade. É pouco provável que ele se lembre de mim, mas eu quero que você o conheça mesmo assim."

Ele era um velho agora, com uma longa barba branca, cabelo branco comprido. Claro que ele se lembrava de Dolores. Foram doces os beijos que ele deu nas suas pálpebras, o seu abraço. Ela se lembrou das suas mãos calosas e cheias de cicatrizes na pele dela... Ele as levou para uma mesa na varanda. Dois homens da Secretaria de Turismo estavam tomando tequila e se abanando com seus chapéus de palha, suas *guayaberas* úmidas e amarrotadas.

A enorme varanda dava para o mar, mas mangueiras e abacateiros bloqueavam totalmente a vista.

"Como você pode tampar uma vista do mar linda como esta?", Sally perguntou.

César deu de ombros. "*Pues*, eu já vi."

Ele lhes falou dos mergulhos que ele e Dolores tinham feito anos atrás. Da vez com os tubarões, do *peine* gigante, do dia em que Flaco se afogou. De como os mergulhadores costumavam chamar Dolores de "*La Brava*". Mas ela mal ouviu os elogios que ele lhe fez. O que ela ouviu foi: "Ela era uma mulher linda quando era jovem".

"Então, você veio mergulhar comigo?", ele perguntou, segurando as mãos dela. Dolores estava louca para mergulhar, mas não tinha coragem de dizer a ele que estava com medo de que o regulador quebrasse seus dentes postiços.

"Não. As minhas costas estão ruins agora. Eu trouxe a minha irmã pra mergulhar com você."

"*Lista?*", ele perguntou a Sally. Ela estava tomando tequila e se deliciando com os elogios e flertes dos homens. Os homens foram embora. César, Sally e Dolores partiram numa canoa rumo a La Isla. Sally se agarrava à borda do barco, pálida de medo. Num determinado momento, ela se debruçou sobre a borda e vomitou.

"Você tem certeza de que ela deve mergulhar?", César perguntou a Dolores.

"Tenho."

Eles sorriram um para o outro. Os anos se apagaram, a

comunicação entre eles ainda estava lá. Uma vez ela havia dito, em tom de ironia, que ele tinha sido perfeito. Não sabia ler nem escrever e a maior parte do romance dos dois tinha se passado debaixo d'água, onde não havia palavras. Nunca tinha sido preciso explicar nada.

Calmamente, ele mostrou a Sally os princípios básicos do mergulho. A princípio, no raso, Sally ainda ficou tremendo de medo. Dolores se sentou nas pedras e ficou observando, viu César limpar a máscara de Sally com cuspe, explicar como funcionava o regulador. Em seguida, ele botou o tanque nas costas dela. Dolores viu Sally enrijecer, com medo de que ele notasse o seu seio, mas depois ela viu a irmã relaxar, oscilando ritmicamente diante dele enquanto ele a tranquilizava, afivelava o equipamento dela e a acariciava, afundando-a devagar na água.

Foram necessárias quatro tentativas. Sally subia à superfície, sufocada. Não, não, era impossível, ela sentia claustrofobia, não conseguia respirar! Mas ele continuou a falar com ela com voz suave, a incentivá-la, a apaziguá-la com as mãos. Dolores sentiu uma onda nauseante de ciúme quando ele segurou a cabeça de Sally entre as mãos, sorrindo para os olhos dela através das máscaras. E se lembrou do sorriso dele atrás do vidro.

Grande ideia essa sua, Dolores disse consigo. Tentou se acalmar, olhando para a água verde e ondulante sob a qual sua irmã e César haviam desaparecido. Tentou se concentrar no prazer da irmã. Pois sabia que ela teria prazer. Mas só o que conseguia sentir era arrependimento e remorso, uma sensação indizível de perda.

Quando eles enfim subiram à tona, era como se tivessem se passado horas. Sally estava rindo; um riso de criança. Impetuosamente, ela beijou e abraçou César enquanto ele desafivelava as correias dos tanques dela, tirava os seus pés de pato.

Na cabana dos mergulhadores, ela abraçou Dolores também. "Você sabia como seria maravilhoso! Eu voei! O oceano não acabava nunca! Dolores, eu me senti tão viva e forte! Eu parecia uma amazona!"

Dolores ficou tentada a comentar que as amazonas só tinham um seio, mas mordeu a língua. Ela e César sorriam enquanto Sally continuava a falar da beleza do fundo do mar. Ela voltaria em breve, para passar uma semana inteira mergulhando! Ah, o coral e as anêmonas, as cores, os cardumes cintilantes!

César as convidou para almoçar. Eram três horas. "Infelizmente, eu estou precisando de uma *siesta*", disse Dolores. Sally ficou decepcionada.

"Você vai voltar, Sally. Agora você já sabe o caminho."

"Obrigada aos dois", disse Sally. Sua alegria e sua gratidão eram puras, inocentes. César e Dolores beijaram suas bochechas coradas.

Eles estavam no ponto de táxi na praia. César apertou a mão de Dolores com força. "Então, *mi vieja*, você vai voltar algum dia?" Ela sacudiu a cabeça.

"Fica comigo esta noite."

"*No puedo*."

César beijou os lábios dela. Dolores sentiu o gosto do desejo e do sal do passado dos dois. Na última noite que ela passou com ele, César havia roído todas as unhas dela até o sabugo. "Pense em mim", ele disse.

Sally ficou falando animadamente durante todo o caminho até a cidade, uma viagem de uma hora de carro. Como ela tinha se sentido viva, livre.

"Eu sabia que você ia gostar dessa parte. O seu corpo desaparece, porque você não sente o seu próprio peso, mas ao mesmo tempo você fica extremamente consciente dele."

"Ele é maravilhoso. Maravilhoso. Eu consigo perfeitamente me imaginar tendo um caso com ele! Você é tão sortuda!"

"Você consegue imaginar, Sally, todo aquele trecho de praia, onde agora está o Club Med, era uma praia vazia, praticamente intocada? Lá no meio da floresta tinha um poço artesiano. E havia cervos, quase dóceis. Passamos dias lá sem ver vivalma. E a ilha... Era só uma ilha, mata virgem. Não havia nenhuma loja de mergulho, nenhum restaurante. Nem um único barco, a não ser o nosso. Você consegue imaginar?"

Não. Ela não conseguia.

"É muito estranho", disse a sra. Wacher, quando as irmãs desceram do táxi. "É como se elas tivessem invertido totalmente os papéis. Agora a mais nova está absolutamente linda e radiante, enquanto a outra está abatida e desarrumada. Olha pra ela... logo ela, que nunca aparecia com um único fio de cabelo fora do lugar!"

A noite estava tempestuosa. Nuvens negras passavam correndo diante da lua cheia, de modo que a praia ficava clara num momento e escura no outro, como um quarto de hotel em frente ao qual há um letreiro de neon piscando. O rosto de Sally brilhava como o de uma criança quando o luar a iluminava.

"Mas a mamãe não falava de mim nunca?"

Na verdade, não. Salvo para debochar da sua meiguice, para dizer que a sua docilidade provava que você era uma idiota.

"Falava, falava muito", Dolores mentiu. "Uma das lembranças favoritas que ela tinha de você era de como você adorava aquele livro do doutor Coelho. Você fingia ler o livro, virando as páginas, muito séria e compenetrada. E você dizia todas as palavras certinhas, a não ser quando o doutor Coelho dizia 'Caso encerrado!'. Em vez disso, você dizia 'Casa encerada!'"

"Eu me lembro desse livro! Os coelhos eram todos peludinhos!"

"No início, sim, mas você gastou os pelos todos fazendo carinho neles. Ela também gostava de lembrar de você brincando com aquele carrinho de puxar vermelho, quando você tinha uns quatro anos. Você botava o Billy Jameson no carrinho, depois botava todas as suas bonecas e a Mabel, a cachorra, e os dois gatos, e aí você dizia 'Todos a bordo!', só que, enquanto isso, os gatos e a cachorra já tinham pulado para fora do carrinho e o Billy também, e as bonecas já estavam caídas no chão. Você passava a manhã inteira botando todos eles no carrinho e dizendo 'Todos a bordo'."

"Eu não me lembro de nada disso."

"Ah, eu lembro, era no caminho que ficava ao lado dos jacintos do papai e da roseira perto do portão. Você se lembra do cheiro?"

"Lembro!"

"Ela costumava me perguntar se eu me lembrava de você no Chile, indo para a escola de bicicleta. Todo santo dia você olhava para a janela do hall e acenava lá pra cima. E aí o vento carregava o seu chapéu de palha."

Sally riu. "É verdade. Eu me lembro. Mas, Dolores, era você que ficava na janela do hall. Era pra você que eu acenava."

Era verdade. "Bem, imagino que ela costumava te ver da janela que ficava perto da cama dela."

"É ridículo como isso me deixa feliz. Quer dizer, apesar de ela nunca, jamais, ter me dado tchau. Pelo menos ela ficava me vendo sair de casa pra ir pra escola. Estou tão contente por você ter me contado isso."

"Que bom", Dolores sussurrou, para si mesma. O céu estava

preto agora e enormes gotas de chuva começaram a cair, frias. As irmãs correram juntas na chuva rumo ao quarto delas.

O avião de Sally partiu na manhã seguinte; Dolores iria embora um dia depois. No café da manhã, antes de ir embora, Sally se despediu de todo mundo, agradeceu aos garçons e também à sra. Lewis e à sra. Wacher por terem sido tão gentis.

"Nós ficamos felizes por vocês duas terem tido um encontro tão bom. É um grande consolo ter uma irmã!", disse a sra. Lewis.

"É mesmo um grande consolo", Sally disse quando deu um beijo de despedida em Dolores no aeroporto.

"Estamos só começando a nos conhecer", disse Dolores. "Daqui pra frente, vamos poder contar uma com a outra sempre." Ela sentiu um aperto no coração ao ver o carinho, a confiança nos olhos da irmã.

No caminho de volta para o hotel, ela fez o táxi parar em frente a uma loja de bebidas. No quarto, bebeu e dormiu, depois mandou buscar outra garrafa. De manhã, a caminho do aeroporto para pegar um avião para a Califórnia, ela comprou uma garrafa de meio litro de rum, para curar a tremedeira e a dor de cabeça. Quando o táxi chegou ao aeroporto, ela, como dizem, não sentia dor nenhuma.

Tremoços-de-flor-azul

"Mãe, eu não estou acreditando que você vai fazer isso. Você nunca sai com ninguém e aí, de repente, resolve passar uma semana com um estranho. Ele pode ser um assassino psicopata e você nem desconfiar."

Nick, um dos filhos de Maria, estava levando-a para o aeroporto de Oakland. Céus, por que eu não peguei um táxi? Seus filhos, todos adultos agora, podiam ser piores do que pais — mais moralistas, mais antiquados — no que dizia respeito a ela.

"Eu nunca o vi, mas ele não é exatamente um estranho. Ele gostou da minha poesia e pediu que eu traduzisse o livro dele para o espanhol. Faz anos que nós escrevemos um para o outro e nos falamos pelo telefone. Nós temos muito em comum. Ele também criou quatro filhos sozinho. Eu faço jardinagem; ele tem uma fazenda. Eu me sinto lisonjeada por ele ter me convidado... acho que ele não costuma ver muita gente."

Maria havia perguntado sobre Dixon a uma velha amiga que morava em Austin. Um gênio. Totalmente excêntrico, Ingeborg tinha dito. Avesso a contatos sociais. Em vez de pasta, ele usa um

244

saco de aniagem. Os alunos ou o idolatram ou o odeiam. Ele tem perto de cinquenta anos e é bastante atraente. Depois me conta como foi tudo…

"Aquele foi o livro mais estranho que eu já li na vida", disse Nick. "Não que eu tenha conseguido ler. Admita… você conseguiu por acaso? Gostar, eu quero dizer."

"O estilo era ótimo. Claro e simples. Bom de traduzir. Filosofia e linguística, só que muito abstrato."

"Eu não consigo imaginar você fazendo isso… tendo uma… aventura… no Texas."

"É isso que está te incomodando. A ideia de que a sua mãe possa transar, ou que qualquer pessoa com cinquenta possa. De qualquer forma, ele não disse 'Vamos ter uma aventura'. Ele disse: 'Por que você não vem passar uma semana na minha fazenda? Os tremoços-de-flor-azul estão começando a florescer. Eu posso te mostrar as anotações que fiz para o meu novo livro. A gente pode pescar, fazer caminhadas pela floresta'. Pelo amor de Deus, Nick. Eu trabalho num hospital municipal, em Oakland. O que você acha que um convite para fazer caminhadas pela floresta representa para mim? Tremoços-de-flor-azul? É como se eu estivesse indo para o paraíso."

Eles encostaram em frente ao terminal da United e Nick tirou a mala dela do porta-malas. Ele a abraçou e lhe deu um beijo na bochecha. "Desculpe ter te atormentado. Aproveite a viagem, mãe. Ei, talvez você possa ir ver um jogo dos Rangers."

Neve nas montanhas Rochosas. Maria leu, ouviu música, ficou tentando não pensar. Claro que, lá no fundinho da sua consciência, havia a ideia de ter um caso.

Ela não tirava a roupa desde que tinha parado de beber; a ideia era aterrorizante. Bem, ele também tinha lhe parecido bastante travado; talvez sentisse o mesmo que ela. Viva um dia de cada vez. Pratique simplesmente estar na companhia de um homem e, pelo amor de Deus, aproveite a viagem. Você está indo para o Texas.

O estacionamento tinha cheiro de Texas. Poeira de caliche e espirradeira. Ele jogou a mala dela na carroceria de uma velha picape Dodge com arranhões de cachorro nas portas. "Você conhece aquela música 'Tennessee Border'?", Maria perguntou. "Claro." Eles cantaram. "... *Picked her up in a pickup truck and she broke that heart of mine.*" Dixon era alto, magro, tinha boas rugas de risadas. Rugas também em torno dos olhos cinzentos e francos, de quem aperta muito os olhos. Inteiramente à vontade, ele lhe fez uma pergunta pessoal atrás da outra, com uma fala nasalada e arrastada igualzinha à do tio John. Como ela havia conhecido o Texas? Como ela conhecia aquela velha música? Por que ela havia se divorciado? Como eram os filhos dela? Por que ela não bebia? Por que ela era alcoólatra? Por que ela traduzia os trabalhos de outras pessoas? As perguntas eram constrangedoras, acachapantes, mas tinham um efeito sedativo; a atenção era como uma massagem.

Ele parou num mercado de peixe. Espere aqui que eu já volto. Depois a autoestrada e lufadas de vento quente. Eles desceram uma rua de macadame, onde não viram um único carro. Um vagaroso trator vermelho. Moinhos de vento, bois Hereford submersos até os joelhos em castilejas. Na pequena cidade de Brewster, Dixon estacionou a camionete em frente à praça. Ia cortar o cabelo. Eles passaram por um poste de barbeiro e entraram numa pequena barbearia, onde só havia uma cadeira. Ela ficou ouvindo Dixon e o velho barbeiro conversarem sobre o calor, as chuvas, a pesca, a candidatura de Jesse Jackson à presidência, algumas mortes e um casamento. Dixon havia se limitado a sorrir quando ela perguntou se a sua mala estaria segura na carroceria da camionete. Pela janela, ela ficou observando o centro de Brewster. Era o início da tarde e não havia ninguém andando nas ruas. Dois velhos estavam sentados na escada do fórum como figurantes num filme do sul, mascando tabaco, cuspindo.

Era a ausência de barulho que evocava sua infância, outra era. Não havia sirenes, não havia trânsito, não havia rádios. O zumbido de uma mosca batendo na janela, os estalidos da tesoura, o ritmo das vozes dos dois homens, um ventilador enfeitado com fitas sujas fazendo revistas velhas farfalharem. O barbeiro a ignorou, não por indelicadeza, mas por educação.

Dixon disse "muito agradecido" ao sair. Enquanto eles atravessavam a praça em direção à mercearia, ela lhe contou sobre sua avó texana, Mamie. Uma vez, uma velha tinha passado por lá para fazer uma visita. Mamie serviu chá num bule, com um açucareiro e uma cremeira, pequenos sanduíches, biscoitos e pedaços de bolo. "Minha nossa, Mamie, você não devia se dar a esse trabalho todo." "Ah, sim", Mamie disse, "a gente sempre deve."

Eles botaram as compras na carroceria da picape e foram para a loja de ração, onde Dixon comprou farelo e ração de galinha, dois fardos de feno e uma dúzia de pintinhos. Ele sorriu para ela quando a pegou olhando para ele e dois agricultores que estavam conversando sobre alfafa.

"O que você estaria fazendo agora, em Oakland?", ele perguntou quando eles entraram na picape. Naquele dia era clínica pediátrica. Bebês de mães viciadas em crack, bebês com aids, gente com ferimentos de bala. Hérnias e tumores, mas principalmente as chagas dos pobres enraivecidos e desesperados da cidade.

Pouco depois eles já estavam fora da cidade e avançando por uma estradinha estreita de terra. Os pintinhos piavam dentro da caixa, no chão.

"Era isso que eu queria que você visse", disse ele, "a estrada que vai até a minha casa nesta época do ano."

Eles seguiram pela estrada vazia, passando por colinas suaves, perfumadas e repletas de flores, rosa, azul, magenta, vermelho. Rasgos de amarelo e lilás. O ar quente e cheiroso envolvia a cabine. Enormes nuvens de tempestade tinham se formado e a luz ficou amarelada, dando a quilômetros de flores uma luminosidade iridescente. Cotovias, calhandras e pássaros-pretos-da-asa-vermelha passavam voando acima das valas ao lado da estrada; o canto dos pássaros abafava o ruído da picape. Maria se debruçou na janela, pousando a cabeça úmida nos braços. Ainda era abril, mas o abafado calor texano a inundava; o perfume das flores a sedava como uma droga.

Uma velha casa de fazenda, com telhado de zinco e uma cadeira de balanço na varanda, cerca de uma dúzia de gatos de diferentes idades. Eles guardaram as compras na cozinha, que tinha belos tapetes persas em frente à pia e ao fogão, outro queimado por centelhas de uma estufa a lenha. Duas poltronas de couro. Estantes em todas as paredes, com duas fileiras de livros em cada prateleira. Uma enorme mesa de carvalho coberta de livros. Pilhas de livros no chão. As velhas janelas de vidro canelado davam vista para um exuberante pasto verde, onde cabritos mamavam em suas mães. Dixon pôs a comida na geladeira, depois pôs os pintinhos numa caixa maior no chão, com uma lâmpada dentro, embora estivesse muito quente. Seu cachorro tinha morrido fazia pouco tempo, ele disse. E, então, pela primeira vez ele pareceu inibido. Preciso regar as plantações, ele disse, e ela foi atrás dele. Passaram pelos galinheiros e estábulos e chegaram a um enorme campo coberto de pés de milho, tomate, feijão, abóbora e outras hortaliças. Ela ficou sentada na cerca enquanto ele abria comportas para deixar água correr para dentro dos sulcos. Mais além, uma égua castanha e um potro galopavam no campo de tremoços-de-flor-azul.

No fim da tarde, eles alimentaram os animais perto do celeiro, onde, num canto escuro, gotejavam sacos de pano cheios de queijo, e mais gatos corriam ao longo dos caibros, indiferentes aos pássaros que entravam e saíam voando pelas janelas de cima, ao lado do jirau. Um velho jumento branco, chamado Homero, se levantou com dificuldade ao ouvir o barulho do balde. Deita aqui comigo, disse Dixon. Mas eles vão pisar na gente. Não vão não, pode deitar. Um grupo de cabras bloqueou o sol, fitando-a de cima com olhos de cílios compridos. Homero aproximou o focinho de Maria, roçando os lábios aveludados nas bochechas dela. A égua e o potro bufavam, soltando bafos quentes enquanto examinavam Maria.

Os outros cômodos da casa de fazenda eram completamente diferentes da cozinha entulhada. Um quarto com piso de tábua corrida não tinha nada a não ser um piano de cauda Steinway. O escritório de Dixon tinha apenas quatro mesas grandes de madeira, cobertas com fichas brancas de 5 x 8. Em cada ficha estava escrito um parágrafo ou uma frase. Ela viu que ele costumava trocar as fichas de lugar, como outras pessoas mudam coisas de lugar num computador. Não olhe pra isso ainda, disse ele.

A sala de estar e o quarto onde ele dormia eram um único e amplo cômodo, com janelas altas em duas paredes e grandes pinturas exuberantes nas outras duas. Maria ficou surpresa quando soube que as pinturas tinham sido feitas por Dixon. Ele era tão calmo. As pinturas eram arrojadas, suntuosas. Ele também tinha pintando um mural no sofá de veludo cotelê, figuras, sentadas ali. Uma cama de bronze com uma velha colcha de patchwork, belíssimas cômodas, escrivaninhas e mesas, antiguidades do período colonial americano que tinham pertencido ao pai dele. O piso nesse cômodo era pintado de um branco lustroso e revestido aqui e ali de outros valiosos tapetes persas. Não esqueça de tirar o sapato, ele disse.

O quarto dela era um jardim de inverno ao longo dos fundos da casa, com persianas de três lados, feitas de um plástico reticulado que borrava o rosa das flores e o verde das folhagens, as folhas novas das árvores, a passagem-relâmpago de um cardeal. Era como o subsolo do Musée de l'Orangerie, onde você fica cercado pelas ninfeias de Monet. Dixon estava enchendo a banheira para ela no cômodo ao lado. Acho que você vai querer descansar um pouco. Eu tenho mais algumas tarefas para fazer.

Limpa, cansada, ela se deitou cercada pelas cores suaves, que ficaram mais borradas ainda quando começou a chover e o vento começou a agitar as folhas das árvores. Chuva no telhado de zinco. Pouco depois que ela pegou no sono, Dixon chegou e se deitou ao lado dela. Ficou deitado ali até que ela acordou e eles fizeram amor; simples assim.

Dixon acendeu o fogo na estufa de ferro. Maria ficou sentada ao lado da estufa enquanto ele preparava um guisado de caranguejo. Ele cozinhava num fogão portátil, mas tinha uma lavadora de louça. Enquanto eles comiam na varanda à luz de uma lamparina, a chuva diminuiu. Quando as nuvens se dissiparam, eles desligaram a lamparina para ver as estrelas.

Eles alimentavam os animais na mesma hora todos os dias, mas, de resto, praticamente trocaram o dia pela noite. Ficavam na cama o dia inteiro, tomavam café quando escurecia, faziam caminhadas pela floresta à luz da lua. Assistiram ao filme *Aventureiro da sorte* com Cary Grant às três da manhã. No sol quente, cheios de preguiça, eles balançavam no barco a remo, no lago, pescavam, liam John Donne, William Blake. Deitavam-se na grama úmida e ficavam observando as galinhas, falando de suas infâncias, de seus filhos. Viram Nolan Ryan não deixar que os Oakland A's marcassem um único ponto, dormiram em sacos de dormir na beira de um lago depois de horas de caminhada pelo mato. Faziam amor na banheira com pés em forma de patas, no barco a remo, na floresta, mas principalmente no verde bruxuleante do jardim de inverno, quando chovia.

O que é o amor? Maria se perguntava, observando o rosto

de traços retos de Dixon enquanto ele dormia. O que poderia impedir nós dois de fazer isso, amar?

Os dois admitiam que raramente falavam com outras pessoas, riam de si mesmos por ter tanta coisa a dizer agora, por interromperem um ao outro, sim, mas... Era difícil quando ele falava do novo livro ou se referia a Heidegger, Wittgenstein, Derrida, Chomsky e outros cujos nomes ela nem sequer reconhecia.

"Desculpe. Eu sou poeta. Lido com o específico. Fico perdida no abstrato. Eu simplesmente não tenho bagagem para discutir essas coisas com você."

Dixon ficou furioso. "Como raios você traduziu meu outro livro então? Eu sei que você fez um bom trabalho pela repercussão que o livro teve. Você leu a droga do livro?"

"Eu fiz, sim, um bom trabalho. Não distorci uma palavra. Uma pessoa poderia traduzir os meus poemas perfeitamente, mesmo achando que eles são pessoais e triviais. Eu não... captei... as implicações filosóficas do livro."

"Então a sua vinda aqui é uma farsa. Os meus livros são tudo o que eu sou. É inútil a gente discutir o que quer que seja."

Maria começou a se sentir magoada e zangada e pensou em deixá-lo sair porta afora sozinho. Mas acabou indo atrás dele e se sentou ao seu lado no degrau da varanda. "Não é inútil. E eu estou aprendendo, descobrindo quem você é." Dixon a abraçou então e lhe deu um beijo cauteloso.

Quando era estudante, ele morava numa cabana a alguns acres de distância dali, na floresta. Um velho morava na casa e Dixon costumava fazer tarefas para ele, trazer comida e suprimentos da cidade. Quando morreu, o velho deixou a casa e dez acres para Dixon e o resto das terras dele para o Estado, para ser transformado num santuário de pássaros. Na manhã seguinte, eles fizeram uma caminhada até a velha cabana de Dixon. Ele tinha que carregar até a água que consumia, Dixon contou. Tinha sido a melhor fase da sua vida.

A cabana de madeira ficava num bosque de choupos. Não havia nenhuma trilha até lá e também não parecia haver nenhum tipo de marca nos chaparreiros e algarobeiras que indicasse o caminho. Quando eles chegaram perto da cabana, Dixon soltou um grito, como se estivesse sentindo dor.

Alguém, provavelmente garotos, tinha atirado em todas as janelas da cabana, destruído o interior a machadadas, escrito obscenidades com tinta spray nas paredes de pinho. Era difícil imaginar alguém se embrenhando tão fundo na mata para fazer uma coisa daquelas. Parece até Oakland, Maria disse. Dixon lançou um olhar colérico para ela, deu as costas e saiu andando de volta por entre as árvores. Ela foi atrás, procurando mantê-lo em seu campo de visão, mas não conseguiu acompanhar o ritmo dele. Estava um silêncio perturbador. De vez em quando, aparecia um enorme boi brâmane na sombra de uma árvore. Simplesmente parado lá, sem piscar, impassível, quieto.

Dixon não falou no caminho para casa, no carro. Gafanhotos verdes estalavam contra o para-brisa. "Eu sinto muito pelo que aconteceu com a sua casa", ela disse. Como ele não respondeu, ela acrescentou: "Eu também faço isso, quando estou magoada. Me escondo debaixo dos móveis como um gato doente". Ele continuou sem dizer nada. Quando pararam em frente à casa dele, Dixon esticou o braço e abriu a porta dela. O motor ainda estava ligado. "Eu vou pegar minha correspondência e já volto. Talvez você pudesse começar a ler meu livro."

Ela sabia que com "livro" ele queria dizer as centenas de fichas que estavam em cima das mesas. Por que ele havia pedido para ela fazer isso agora? Talvez fosse porque não estava conseguindo falar. Ela também era desse jeito às vezes. Quando queria dizer a alguém como estava se sentindo, mas era difícil, ela mostrava um poema. Geralmente as pessoas não entendiam qual tinha sido a intenção dela.

Sentindo um embrulho no estômago, ela entrou na casa. Devia ser bom morar num lugar onde você não precisava nem fechar as portas. Começou a ir para a sala de estar de Dixon a fim de botar uma música para tocar, mas mudou de ideia. Foi para o quarto onde estavam as fichas. Sentou num banquinho, que ela ia levando de uma mesa para outra enquanto lia e relia as frases escritas nas fichas.

"Você não faz a menor ideia do que elas querem dizer, não é?" Ele havia entrado silenciosamente e parado atrás de Maria, que estava debruçada sobre uma das mesas. Ela não tinha tocado em nenhuma das fichas.

Ele começou a mover as fichas pela mesa, num frenesi, como se estivesse jogando aquele jogo em que você tem que enfileirar números corretamente. Maria saiu e foi para a varanda.

"Eu pedi a você para não andar naquele piso de sapato."

"Que piso? Do que você está falando?"

"O piso branco."

"Eu nem cheguei perto daquele quarto. Você está maluco."

"Não minta pra mim. Aquelas pegadas são suas."

"Ah, desculpe. Eu ia entrar lá, de fato. Mas não devo ter dado mais do que dois passos."

"Exatamente. Dois."

"Graças a Deus amanhã de manhã eu volto pra casa. Vou sair pra dar uma caminhada."

Maria pegou a trilha em direção ao lago, entrou no barco a remo verde e se empurrou para longe da margem. Riu de si mesma quando as libélulas a fizeram se lembrar dos helicópteros da polícia de Oakland.

Com passadas largas, Dixon percorreu a trilha rumo ao lago, entrou andando na água e subiu no barco. Beijou Maria, empurrou-a para o fundo molhado do barco e a segurou ali enquanto entrava nela. Seus corpos se chocavam com selvageria um contra o outro e o barco sacolejava e girava, até finalmente atracar nos juncos. Ficaram deitados ali, balançando sob o sol quente. Ela se perguntava se tanta paixão teria brotado simplesmente da raiva ou de uma sensação de perda. Fizeram amor calados durante boa parte da noite, no jardim de inverno, ao som da chuva. Antes da chuva, eles tinham ouvido o uivo de um coiote, os cacarejos das galinhas se empoleirando nas árvores.

Fizeram a viagem de carro até o aeroporto em silêncio, passando por quilômetros de tremoços-de-flor-azul e prímulas. Pode me deixar aqui, ela disse, não falta muito.

Maria pegou um táxi do aeroporto até seu apartamento num prédio alto de Oakland. Disse oi para o segurança, conferiu a caixa do correio. O elevador estava vazio, assim como os corredores, que costumavam mesmo ficar vazios durante o dia. Ela entrou, botou a mala no chão e ligou o ar. Tirou o sapato, como todo mundo fazia para andar no carpete dela. Foi para o quarto e deitou na sua própria cama.

La Vie en rose

As duas meninas estão deitadas de barriga para baixo em toalhas que dizem GRAN HOTEL PUCÓN. A areia é escura e fina; a água do lago é verde. Mais escuro e perfumado, o verde dos pinheiros que margeiam o lago. O vulcão Villarica paira, branco, sobre o lago e as árvores, o hotel, a cidadezinha de Pucón. Fios de fumaça sobem do cume do vulcão e somem no azul límpido do céu. Barracas de praia azuis. A touca de cabelo ruivo de Gerda, uma bola de praia amarela, as faixas vermelhas de *huasos* que galopam por entre as árvores.

De vez em quando, uma das pernas bronzeadas de Gerda ou de Claire se balança languidamente no ar, para se livrar de grãos de areia ou de uma mosca. Às vezes seus corpos jovens trepidam com as incontroláveis risadinhas de adolescentes.

"E a cara que a Conchi fez! A única coisa que ela pensou em dizer foi '*Ojalá*'. Que cara de pau!"

O riso de Gerda é um latido curto germânico. O de Claire é agudo, ondulante.

"E ela nem admite quanto foi boba."

Claire se senta para passar óleo no rosto. Seus olhos azuis vasculham a praia. Nada. Os dois homens bonitos não reapareceram.

"Lá está ela... a Anna Kariênina..."

Numa cadeira de lona vermelha e branca embaixo dos pinheiros.

A melancólica moça russa, de chapéu-panamá, com uma sombrinha de seda branca.

Gerda suspira. "Ah, ela é linda. O nariz dela. Flanela cinza no verão. E ela parece tão infeliz. Deve ter um amante."

"Eu vou cortar o meu cabelo que nem o dela."

"Em você vai ficar parecendo que você botou uma cuia na cabeça. Ela simplesmente tem estilo."

"Ela é a única aqui que tem. Essas argentinas e americanas são todas muito cafonas. E parece que não tem nenhum chileno aqui, nem mesmo entre os funcionários. A aldeia inteira estava falando alemão."

"Quando acordo, eu sempre tenho a sensação de que ainda sou uma menininha e estou na Alemanha ou na Suíça. Dá para ouvir as empregadas sussurrando no hall ou cantando lá da cozinha."

"Fora aqueles americanos, ninguém aqui sorri, nem mesmo aquelas crianças, tão sérias com seus baldinhos."

"Só americanos sorriem o tempo todo. Você está falando em espanhol, mas o seu sorrisinho idiota te denuncia. O seu pai também ri o tempo inteiro. O mercado de cobre acabou de entrar em colapso, rá-rá-rá."

"O seu pai também ri muito."

"Só quando alguma coisa é ridícula. Olha pra ele. Já deve ter nadado até aquela balsa umas cem vezes hoje."

Gerda e Claire sempre vão a lugares com o pai de uma ou de outra. Ao cinema e a corridas de cavalo com o sr. Thompson, a concertos ou jogar golfe com *Herr* von Dessaur. Já suas amigas chilenas saem sempre com mães, tias, avós ou irmãs.

A mãe de Gerda morreu na Alemanha durante a guerra; sua madrasta é médica e raramente está em casa. A mãe de Claire bebe, passa a maior parte do tempo na cama ou em sanatórios. Depois da escola, as duas amigas vão para casa tomar chá, ler ou estudar. A amizade delas começou entre livros, em suas casas vazias.

Herr von Dessaur se seca. Está molhado e ofegante. Frios olhos cinzentos. Quando criança, Claire se sentia culpada quando via filmes de guerra. Gostava dos nazistas... dos seus sobretudos, dos seus carros, dos seus frios olhos cinzentos.

"*Ja*. Chega. Vão nadar. Eu quero ver o crawl de vocês, quero ver como vocês estão mergulhando agora."

"Ele está sendo bonzinho, não?", Claire pergunta no caminho para a água.

"Ele é bonzinho quando não está com ela."

As meninas nadam com braçadas seguras pelo lago gelado adentro, até ouvirem *Gerdalein!* e verem o pai dela agitando os braços. Elas nadam até a balsa e se deitam na madeira quentinha. O vulcão branco solta chispas e fumaça bem acima delas. Risos vindos de um barco num ponto distante do lago, ruídos de cascos batendo na estrada de terra perto da margem. Nenhum outro som, além do chape-chape da água contra a balsa balançante.

Na enorme sala de refeições de teto alto, cortinas brancas se encapelam ao sabor da brisa do lago. Folhas de palmeiras se agitam em vasos. Um garçom de casaca serve o consomê com uma concha, outro quebra ovos, botando um em cada tigela de metal. Juntos, os dois homens removem as espinhas de trutas, flambam sobremesas.

Um senhor de cabelo branco e costas arqueadas se senta na cadeira em frente à da bela Anna Kariênina.

"Será que ele é o marido dela?"

"Espero que ele não seja o conde Vronski."

"De onde vocês duas tiraram a ideia de que eles são russos? Eu ouvi os dois falando alemão."

"Jura, papai? O que eles disseram?"

"Ela disse: 'Eu não devia ter comido ameixa seca no café da manhã'."

As meninas alugam um barco a remo e zarpam rumo a uma ilha. O lago é imenso. Elas se revezam, rindo, remando em círculos a princípio, mas depois deslizando suavemente. O chape--chape e o mergulho dos remos na água. Elas atracam o barco numa enseada, mergulham de cima de uma pedra na água verde, que tem gosto de peixe e limo. Nadam durante um bom tempo, depois se deitam de braços e pernas abertas ao sol, os rostos cobertos de trevos. Há um longo e lento tremor, que faz o chão debaixo de seus corpos jovens se encrespar e estremecer. Elas se agarram a hastes de alfazema enquanto a terra se ondula debaixo delas, afunda debaixo delas. Seus olhos estão no mesmo nível das ondulações verdes da terra. Teria escurecido por causa da fumaça do vulcão? O cheiro de enxofre é intenso, aterrorizante. O tremor para. Por uma fração de segundo, não há som nenhum e então os pássaros desatam a piar histericamente. Vacas mugem e cavalos relincham. Cachorros latem sem parar. Acima das meninas, os pássaros adejam e assobiam nos galhos das árvores. Ondas altas se quebram contra as pedras. As meninas estão em silêncio. Nenhuma delas consegue falar sobre o que está sentindo, algo diferente de medo. Gerda ri, dá aquela sua risada que parece um latido.

"A gente nadou quilômetros, papai. Olha só as nossas mãos, cheias de bolhas de tanto que nós remamos! Você sentiu o tremor?"

Ele estava jogando golfe quando o tremor aconteceu, estava

bem no *green*. O pesadelo de um golfista... ver a bola se afastando do buraco, em direção a você!

Os rapazes estão no saguão, conversando com o recepcionista. Ah, eles são bonitos. Fortes e bronzeados, com dentes brancos. Têm por volta de vinte e cinco anos e vestem roupas chamativas. O de Claire, o moreno, tem uma fenda no queixo. Quando olha para baixo, seus cílios roçam em maçãs do rosto salientes e bronzeadas. Não pule tanto, meu coração! Claire diz, rindo. *Herr* von Dessaur diz que os homens são velhos demais para elas e vulgares, claramente da pior espécie. Fazendeiros, é bem provável. Acompanhando as meninas, ele passa pelos rapazes e diz para elas ficarem lendo no quarto até a hora do jantar.

A sala de jantar está festiva. Por causa do tremor, os hóspedes se cumprimentam, falam com os garçons, conversam uns cons os outros. Há músicos, homens muito velhos. Violinos tocam tangos, valsas. "Frenesi." *La Mer*.

Os rapazes estão parados no vão da porta, emoldurados por vasos de palmeiras e luminárias de parede de veludo vinho.

"Papai, eles não são fazendeiros. Olha!"

Estão esplendorosos em uniformes azul-claros de cadetes da Aeronáutica chilena. Azul-claro adornado com galões dourados. Golas altas, dragonas, botões dourados. Eles usam botas com esporas, capas de lã que vão até o chão, espadas. Seguram seus quepes e luvas na dobra do braço.

"Militares! Pior ainda!", exclama *Herr* von Dessaur, rindo. Vira o rosto, secando lágrimas de riso dos olhos.

"Capas numa noite de verão. Esporas e espadas num avião? Pelo amor de Deus, olhem para eles! Eles são ridículos, coitados!"

Claire e Gerda olham, impressionadas. Os cadetes retribuem com olhares intensos, semissorrisos. Eles se sentam a uma pequena mesa perto do palco, tomam conhaque em taças enormes. O louro tem uma piteira de casca de tartaruga, que ele segura entre os dentes.

"Admita, papai. Os olhos dele têm exatamente o mesmo tom de azul da capa."

"Sim. É o azul da Força Aérea chilena. A Força Aérea chilena nem sequer tem aviões!"

Devia estar quente demais, afinal. Eles se transferiram para uma mesa perto da porta da varanda, penduraram as capas em suas cadeiras.

As meninas imploraram para ficar acordadas até mais tarde, ouvir a música, ver as pessoas dançarem tango. O suor encaracola o cabelo caído na testa dos dançarinos, olhos nos olhos, hipnotizados. Como sonâmbulos, os dançarinos giram e inclinam o corpo ao som dos violinos.

Os homens, Roberto e Andrés, batem os saltos de suas botas. Eles se apresentam ao pai de Gerda e lhe pedem permissão para dançar com as duas jovens senhoritas. *Herr* von Dessaur pensa em dizer não, mas continua achando os cadetes tão engraçados que acaba dizendo: Uma dança, depois é hora de as meninas irem para a cama.

A orquestra toca "La Vie en rose" durante um longo tempo enquanto os jovens dançam, dando voltas e mais voltas pelo salão de piso bem encerado. Os uniformes azuis e os vestidos brancos de chiffon se refletem nos espelhos escuros. As pessoas sorriem, observando os belos dançarinos. As cortinas se agitam como velas de barco. Andrés fala com Claire usando o pronome de tratamento familiar. Roberto sugere que as meninas voltem para o salão depois que *Herr* von Dessaur for dormir. A dança acabou.

Dias se passam. Os homens trabalham na fazenda de Roberto e só voltam para o hotel no fim da tarde. Gerda e Claire nadam, escalam o vulcão. Sol quente, neve fria. Jogam golfe e croquet com *Herr* von Dessaur. Remam até a ilha. Andam a cavalo com

Herr von Dessaur. Ombros para trás, ele diz. Cabeça erguida, ele diz para Claire. Ele segura o pescoço dela durante um bom tempo. Claire engole em seco. As meninas jogam canastra com algumas senhoras na varanda. Uma argentina lê a sorte das duas nas cartas. Com um cigarro na boca, ela aperta os olhos atrás da fumaça. Nas cartas, Gerda tira um novo caminho e um homem estranho e misterioso. Claire também tira um novo caminho e o dois de copas. Um beijo dos deuses.

Toda noite, as meninas dançam com Roberto e Andrés ao som de "La Vie en rose", até que finalmente, uma noite, elas decidem voltar lá para baixo depois que *Herr* von Dessaur pega no sono. Um casal em lua de mel e alguns americanos são os únicos que restam no salão. Roberto e Andrés se levantam e fazem uma reverência. Os velhos músicos da orquestra parecem chocados, mas tocam "Adiós muchachos", um tango triste e pulsante. Os casais saem dançando, como num sonho, pelas portas da varanda afora e descem a escada até a areia molhada. As botas fazem a areia estalar como neve fresca. Os quatro sobem num barco. Ficam sentados ali, sob o céu estrelado, de mãos dadas, ouvindo os violinos. As luzes do hotel e do vulcão branco formam estilhas prateadas na água. Sopra uma brisa. Está fresco. Não, frio. O barco se desprendeu do cais. Não há remos. O barco está se deslocando rapidamente, deslizando como o vento, com o vento, rumo ao centro do lago escuro. Ah, não! Gerda arfa. As meninas são beijadas enquanto ainda há chance. Ele enfiou a língua toda na minha boca, Gerda conta, mais tarde. Claire leva uma cabeçada na testa. Um beijo atinge o canto da sua boca, roça o seu nariz, antes que as meninas mergulhem como mercúrio na água negra do lago.

Os sapatos das duas se foram. As meninas estão molhadas e cheias de frio, tremendo diante da entrada do hotel, agora fechada por portões de ferro. Vamos esperar, diz Claire. O quê, até de manhã? Você só pode estar maluca! Gerda sacode os portões de ferro, até que finalmente luzes se acendem dentro do hotel. *Gerdalein!*, o pai dela brada de uma das varandas, mas de repente ele está na frente delas, atrás dos portões. O administrador do hotel aparece de roupão, com as chaves.

No quarto, as meninas se enrolam em cobertas. *Herr* von Dessaur está pálido. Ele tocou em você? Gerda faz que não com a cabeça. A gente dançou e depois sentou no barco, mas aí o barco se soltou, então a gente... Ele beijou você? Ela não responde. Eu lhe fiz uma pergunta: ele beijou você? Gerda faz que sim; o pai lhe dá um tapa na boca. Vadia, ele diz.

A camareira chega de manhã cedo, antes de clarear. Ela arruma as malas deles. Eles vão embora antes que os outros hóspedes acordem, ficam esperando um tempo enorme na estação de trem em Temuco. *Herr* von Dessaur está sentado na frente de Claire e Gerda. As meninas estão lendo, em silêncio, segurando o livro entre as duas. *Sonata de otoño*. A mulher morre nos braços dele, numa ala distante do castelo. Ele tem que carregar o corpo de volta até a cama dela, pelos corredores. O longo cabelo preto da mulher arrasta nas pedras. Não há velas.

"Você não vai ver ninguém, principalmente a Claire, até o fim do verão."

Finalmente *Herr* von Dessaur sai para fumar e, por um breve e abençoado momento, as amigas podem rir. Uma alegre explosão de riso. Quando ele volta, elas estão lendo, em silêncio.

Macadame

Quando fresco, parece caviar, faz um barulho de cacos de vidro, de alguém mordendo gelo.

Eu mordia gelo quando a limonada acabava, balançando com a minha avó no balanço da varanda. Ficávamos olhando lá para baixo, para o grupo de presidiários acorrentados que estava pavimentando a Upson Street. Um capataz derramava o macadame; os prisioneiros o calcavam com batidas fortes e ritmadas. As correntes retiniam; o macadame fazia barulho de aplausos.

Nós três dizíamos essa palavra com frequência. Minha mãe porque odiava o lugar onde morávamos, sujo e miserável, e agora pelo menos teríamos uma rua de macadame. Minha avó apenas porque queria muito que as coisas ficassem limpas — o macadame iria segurar a poeira. A poeira vermelha texana que o vento soprava para dentro de casa com resíduos cinza da fundição, formando dunas no piso encerado do hall, na mesa de mogno.

Eu dizia *macadame* em voz alta, para mim mesma, porque parecia um nome para um amigo.

Querida Conchi

Querida Conchi,

A Universidade do Novo México não é nem um pouco como a gente imaginava. A escola secundária no Chile era mais difícil do que a faculdade aqui. Eu moro num dormitório com centenas de garotas, todas extrovertidas e confiantes. Ainda me sinto estranha, pouco à vontade.

O lugar mesmo eu adoro. O campus tem muitos prédios antigos de adobe. O deserto é lindo e aqui também tem montanhas. Não como os Andes, claro, mas grandes numa escala diferente. Irregulares e pedregosas. Óbvio, sua idiota... é por isso que elas são chamadas de montanhas Rochosas. O ar é limpo e claro, as noites são frias, com milhões de estrelas.

As minhas roupas estão completamente erradas. Uma menina chegou a me dizer que ninguém aqui "se empeteca" como eu. Tenho que comprar meias brancas de cano curto, imagino, e enormes saias rodadas e calças jeans. Pra mim, as mulheres ficam horríveis vestidas desse jeito. Já os homens ficam bem com roupas informais e botas.

Nunca vou me acostumar com a comida. Cereal no café da manhã e um café fraco que parece chá. Quando estou pronta para o chá da tarde, por aqui já é hora do jantar. E quando estou pronta para jantar, é hora de apagar as luzes no dormitório.

Só no próximo semestre é que vou poder cursar uma disciplina com Ramón Sender. Mas cruzei com ele no corredor! Falei para ele que *Crónica del alba* era o meu livro favorito, e ele disse: "Sim, mas, também, você ainda é muito jovem". Ele é como eu imaginava, só que muito velho. Muito espanhol e arrogante, digno…

Querida Conchi,

Eu arranjei um emprego, você acredita? É de meio expediente, mas é trabalho mesmo assim. Eu faço a revisão de provas do jornal da faculdade, *The Lobo*, que sai uma vez por semana. Trabalho três noites por semana no prédio de jornalismo, que fica bem ao lado do dormitório. Tenho até uma cópia da chave do dormitório, já que ele é trancado às dez e eu trabalho até as onze. O tipógrafo é um velho texano chamado Jonesy, que opera uma máquina linotipo. É uma máquina maravilhosa, com centenas de peças e engrenagens. Ela derrete o chumbo que faz as letras. Ele escreve as palavras, e aí as engrenagens retinem, rangem e estalam, e depois as palavras saem em linhas de chumbo quente. Isso faz com que cada linha pareça importante.

Ele me ensina muitas coisas, sobre como escrever manchetes, sobre quais matérias são boas e por quê. Também mexe muito comigo, me prega peças para que eu fique sempre atenta. No meio de uma matéria sobre uma partida de basquete, por exemplo, ele vai e põe um trecho da letra de uma música, "*Down upon the Swanee River*".

Às vezes um homem chamado Joe Sanchez vai até lá levar uma matéria e também uma cerveja para Jonesy. Ele escreve matérias sobre esportes e artigos de destaque. Embora seja estudante, é bem mais velho que os garotos da minha turma, porque é veterano de guerra e está estudando aqui com bolsa do governo. De vez em quando ele fala para a gente sobre o Japão, onde serviu como paramédico. Ele parece um índio, tem um cabelo preto brilhante e comprido, penteado num rabo de pato.

Desculpe, eu já estou usando expressões que você nunca ouviu. A maioria dos garotos aqui tem cabelo à escovinha, o que quer dizer que eles praticamente raspam a cabeça. Alguns têm cabelo comprido, penteado para trás no que parece um rabo de pato.

Sinto muita saudade de você e da Quena. Ainda não fiz nenhuma amiga aqui. Eu sou diferente, por ter morado no Chile. As pessoas me acham metida porque não sou expansiva. Ainda não entendo o humor daqui, fico constrangida porque as pessoas fazem muitas piadas e insinuações sobre sexo. Pessoas estranhas são capazes de contar a vida delas inteira para você, mas não são emotivas nem afetuosas como os chilenos, então eu ainda não tenho a sensação de que as conheço.

Todos aqueles anos na América do Sul eu queria voltar para o meu país, os Estados Unidos, porque era uma democracia e não tinha só duas classes como no Chile. Aqui definitivamente existem classes. Meninas que eram gentis comigo no início agora me esnobam porque eu não participei do recrutamento das irmandades, moro no dormitório e não numa irmandade. E algumas irmandades são "melhores" do que outras. Mais ricas.

Comentei com a minha companheira de quarto, Ella, que Joe, o repórter, era simpático e engraçado e ela disse: "É, mas ele é mexicano". Ele não é do México, mas aqui eles chamam qualquer pessoa de ascendência espanhola de mexicano. Não há muitos mexicanos na universidade, considerando a população daqui, e só uns dez negros.

Minhas aulas de jornalismo estão indo bem, os professores são ótimos, parecem até repórteres de filmes antigos. Mas eu estou começando a ter uma sensação estranha. Escolhi jornalismo porque queria ser escritora, mas o negócio todo do jornalismo é cortar fora as melhores partes...

Querida Conchi,

... Eu já saí várias vezes com Joe Sanchez. Ele recebe ingressos grátis de eventos para escrever matérias sobre eles. Eu gosto dele porque ele nunca diz nada só porque é a coisa certa a dizer. Está muito na moda gostar de Dave Brubeck, um músico de jazz, mas na resenha dele Joe o chamou de frouxo. As pessoas ficaram enfurecidas. E Billy Graham. É difícil explicar para você, que é católica, o que é um pregador evangélico. Ele fala, grita sobre Deus e pecado e tenta convencer as pessoas a entregarem a vida a Jesus. Todo mundo que eu conheço acha que o cara é maluco, louco por dinheiro e irremediavelmente piegas. A coluna que Joe escreveu era sobre a habilidade e o poder desse homem. Acabou virando uma coluna sobre fé.

A gente não costuma ir a pontos de encontro de estudantes, mas a pequenos restaurantes no vale do sul ou a bares mexicanos ou de caubói. É como ir para outro país. Vamos de carro até as montanhas ou para o deserto, andamos ou escalamos quilômetros. Ele não fica tentando "me agarrar" como todos os outros garotos fazem, sem parar, por aqui. Quando se despede, ele só toca na minha bochecha. Uma vez ele beijou o meu cabelo.

Joe não fala sobre coisas, acontecimentos nem livros. Ele me faz lembrar o meu tio John. Conta histórias, sobre os irmãos dele ou sobre o avô ou sobre gueixas no Japão.

Eu gosto dele porque fala com todo mundo e realmente quer saber o que todo mundo anda fazendo.

Querida Conchi,

Estou saindo com um cara muito sofisticado chamado Bob Dash. A gente viu uma peça, *Esperando Godot*, e um filme italiano (esqueci o título). Ele parece um desses escritores charmosos que a gente vê em sobrecapa de livro. Fuma cachimbo, usa blazers com reforço nos cotovelos. Mora numa casa de adobe cheia de cerâmicas indígenas, tapetes e arte moderna. Tomamos gim com água tônica e uma rodela de limão, ouvimos músicas como a *Sonata para dois pianos e percussão* de Bartók. Ele vive fazendo comentários sobre livros de que eu nunca ouvi falar e me emprestou uma dúzia de livros… Sartre, Keerkegard (é assim que se escreve?), Beckett, T.S. Eliot e muitos outros. Eu gosto de um poema chamado "Os homens ocos".

Joe disse que Dash é que era um homem oco. Ele fica absurdamente chateado quando eu saio com Bob, mesmo que seja só para tomar um café. Ele diz que não está com ciúme, mas que não suporta a ideia de eu me transformar numa intelectual. Diz que eu tenho que ouvir Patsy Cline e Charlie Parker como antídoto. E ler Walt Whitman e *Look Homeward, Angel*, de Thomas Wolfe.

Na verdade, eu gostei mais de *O estrangeiro* do Camus do que de *Look Homeward, Angel*. Mas gosto de Joe porque ele gosta desse livro. Ele não tem medo de ser sentimental. Adora os Estados Unidos, o Novo México, o bairro onde mora, o deserto.

Costumamos dar longas caminhadas pelas colinas. Uma vez veio uma tempestade de areia fortíssima. Novelos de barrilha voavam pelos ares e rajadas de poeira amarela uivavam. Joe ficou dançando no meio da tempestade. Eu mal conseguia ouvi-lo gritando como o deserto era maravilhoso. Nós vimos um coiote, ouvimos os ganidos dele.

Ele é sentimental comigo também. Lembra das coisas e fica horas e horas me ouvindo falar. Um dia eu estava chorando sem razão, só por estar sentindo falta de você, de Quena e de casa. Em vez de ficar tentando me animar, ele só me abraçou e me deixou ficar triste. Nós falamos em espanhol quando estamos conversando sobre coisas doces ou quando estamos nos beijando. Temos nos beijado muito.

Querida Conchi,

Eu escrevi um conto, "Maçãs". É sobre um velho que recolhe maçãs do chão com um ancinho. Bob Dash cortou uns dez adjetivos e disse que era "um continho aceitável". Joe disse que era afetado e falso, que eu só devia escrever sobre o que eu sinto, não inventar uma coisa sobre um velho que eu nunca conheci. Eu não me importo com o que eles disseram. Li o conto centenas de vezes.

Claro que me importo.

Ella, a minha companheira de quarto, disse que preferia não ler o conto. Eu queria muito que a gente se entendesse melhor. A mãe dela lhe manda absorventes Kotex de Oklahoma pelo correio todo mês. Ela está cursando arte dramática. Céus, como é que ela vai poder fazer Lady Macbeth algum dia se fica tão aflita por causa de um pouquinho de sangue?

Estou me encontrando mais com Bob Dash. Sair com ele é

como ter palestras particulares. Hoje a gente foi tomar um café e conversou sobre A *náusea*. Mas tenho pensado mais em Joe. Eu o vejo nos intervalos entre as aulas e quando estou trabalhando. Ele, Jonesy e eu rimos muito, comemos pizza e tomamos cerveja. Joe tem um quartinho que é como se fosse o escritório dele; é lá que a gente se beija. Não é exatamente nele que eu fico pensando, mas em beijá-lo. Eu estava pensando nisso na aula de Edição de texto I e cheguei até a gemer ou dizer alguma coisa em voz alta. O professor olhou para mim e disse: "O que foi, srta. Gray?".

Querida Conchi,

... Estou lendo Jane Austen. O texto dela é como música de câmara, mas é verdadeiro e engraçado ao mesmo tempo. Tem milhares de livros que eu quero ler; não sei por onde começar. Vou pedir transferência para Inglês no próximo semestre...

Querida Conchi,

Os zeladores do prédio de jornalismo são um casal de velhos. Uma noite eles nos levaram até o terraço para tomar cerveja depois do trabalho. O terraço é cheio de choupos e você pode se sentar debaixo das árvores e ficar olhando para as estrelas. Se quiser, você pode olhar para baixo e ver os carros na Rota 66 ou, do outro lado, as janelas do dormitório onde eu moro. Eles nos deram uma cópia da chave do quartinho das vassouras, que é onde fica a escada de mão que a gente sobe para ir ao terraço. Ninguém mais sabe da existência desse lugar. A gente vai lá para cima no intervalo entre as aulas e depois do trabalho. Joe levou uma grelha, um colchão e velas para lá. É como se fosse uma ilha só nossa ou nossa casa na árvore...

Querida Conchi,

Estou feliz. Acordo de manhã com as bochechas doloridas de tanto sorrir.

Quando pequena, eu acho que sentia paz às vezes, na floresta ou numa campina, e no Chile eu me divertia muito. Sentia alegria quando esquiava. Mas nunca me senti feliz como me sinto agora com Joe. Nunca tive a sensação de ser eu mesma, e de ser amada por isso.

Estou pedindo permissão para sair do dormitório nos fins de semana para ir à casa dele, com o pai dele como responsável por mim. Joe mora com o pai, que é um professor de escola aposentado, já bem velhinho. Ele adora cozinhar, faz uma comida que é um horror de gordurosa. Toma cerveja o dia inteiro. O único efeito que a bebida parece ter é fazê-lo cantar coisas como "Minnie the Mermaid" e "Rain on the Roof" sem parar enquanto cozinha. E também gosta de contar histórias, sobre as pessoas que moram em Armijo, o bairro deles. Ele foi professor de boa parte delas na escola.

Querida Conchi,

Quase todos os fins de semana nós vamos para as montanhas Jemez e escalamos o dia inteiro, depois acampamos à noite. Há algumas fontes de águas termais lá em cima. Até agora, nunca apareceu ninguém enquanto estávamos lá. Cervos e corujas, carneiros selvagens, gaios-azuis. Ficamos na água, conversamos ou lemos em voz alta. Joe adora ler Keats.

Minhas aulas e o trabalho estão indo bem, mas eu sempre fico louca para que terminem para eu poder ficar com Joe. Ele também trabalha como repórter esportivo para o *Tribune*, então é difícil encontrar tempo. A gente vai a provas de atletismo, jogos de basquete de escolas secundárias, corridas de stock car. Eu não gosto de futebol americano, sinto falta dos jogos de futebol e de rugby.

Querida Conchi,

Todo mundo está absurdamente contrariado com o meu namoro com Joe. A inspetora do dormitório me chamou para uma conversa. Bob Dash foi horrível, ficou mais de uma hora me passando sermão, até que eu me levantei e fui embora. Ele disse que Joe era vulgar e comum, um hedonista sem noção de valores e sem alcance intelectual. Entre outras coisas. As pessoas estão preocupadas principalmente porque eu sou muito nova. Acham que eu vou deixar de lado meus estudos ou minha carreira. Ou, pelo menos, é isso que todas elas dizem. Eu acho que elas têm inveja porque a gente está muito apaixonado. E não importa que argumentos usem, desde arruinar minha reputação até pôr em risco meu futuro, elas sempre mencionam o fato de que ele é mexicano. Nunca ocorre a ninguém que, tendo vivido no Chile, é natural que eu goste de um latino, alguém que sente as coisas. Estou completamente deslocada aqui. Queria muito que Joe e eu pudéssemos ir morar em Santiago...

Querida Conchi,

… Alguém escreveu para os meus pais contando que eu estava tendo um caso com um homem velho demais para mim.

Eles me ligaram, histéricos, e vão vir do Chile para cá. Chegam na véspera do Ano-Novo. Ao que parece, minha mãe começou a beber de novo. Meu pai diz que é tudo culpa minha.

Quando estou com Joe, nada disso importa. Acho que ele é repórter porque gosta de conversar com as pessoas. Aonde quer que a gente vá, a gente acaba conversando com estranhos. E gostando deles.

Acho que só passei a gostar realmente do mundo depois que conheci Joe. Meus pais não gostam do mundo, nem de mim, ou confiariam em mim.

Querida Conchi,

Eles chegaram na véspera do Ano-Novo, mas estavam exaustos da viagem, então a gente só conversou um pouco. Eles não ouviram quando eu contei que tenho tirado A em todas as matérias, que adoro meu trabalho, que fui escolhida rainha do Baile do Jornal naquela noite. Para eles, eu virei uma perdida, uma vagabunda qualquer etc. "Com um *chicano*", disse a minha mãe.

O baile foi maravilhoso. Jantamos com amigos nossos do departamento antes do baile, rimos muito. Houve uma cerimônia em que eu recebi uma coroa de jornal e uma orquídea. Por alguma razão, eu nunca tinha dançado com Joe. Foi maravilhoso. Dançar com ele.

Tínhamos combinado que iríamos nos encontrar com meus pais no dia seguinte, no hotel deles. Meu pai disse que ele e Joe podiam ver o jogo do Rose Bowl, que isso ajudaria a quebrar o gelo.

Fui muito burra. Percebi que eles já tinham tomado alguns martínis quando nós chegamos, mas achei que isso os deixaria mais relaxados. Joe foi ótimo. Tranquilo, afetuoso, aberto. Meus pais pareciam feitos de pedra.

Papai relaxou um pouco quando o jogo começou. Tanto ele como Joe estavam gostando de ver o jogo. Mamãe e eu ficamos sentadas, em silêncio. Joe só está acostumado a tomar cerveja, então os martínis do meu pai o deixaram para lá de relaxado. Toda vez que havia um chute de três pontos, ele berrava "É isso aí, porra!" ou "A la verga!". Às vezes ele dava um soco de leve no ombro do meu pai. Mamãe estremecia, bebia e não dizia uma palavra.

Depois do jogo, Joe convidou meus pais para jantar fora, mas meu pai disse que era melhor ele e Joe saírem para comprar comida chinesa.

Enquanto eles estavam na rua, mamãe me falou da vergonha que o meu comportamento imoral causava neles, de como ela estava enojada.

Conchi, eu sei que a gente tinha prometido falar de sexo, contar para a outra quando a gente fizesse amor pela primeira vez. É difícil escrever sobre isso. O bom do sexo é que é entre duas pessoas, o mais nua e próxima que você pode ficar de alguém. E cada vez é diferente, cada vez é uma surpresa. Às vezes a gente ri o tempo todo. Às vezes dá vontade de chorar.

O sexo é a coisa mais importante que já aconteceu comigo. Eu não conseguia entender o que a minha mãe estava dizendo, por que ela estava dizendo que eu era suja.

Só Deus sabe sobre o que Joe e papai conversaram. Os dois estavam pálidos quando voltaram. Ao que parece, o meu pai disse coisas como "estupro presumido" e Joe disse que se casaria comigo no dia seguinte, o que, para os meus pais, era a pior coisa que ele poderia ter dito.

Quando terminamos de comer, Joe disse: "Bem, estamos todos muito cansados. É melhor eu ir. Você vem, Lu?".

"Não, ela vai ficar aqui", disse o meu pai.

Por um momento, eu fiquei lá, paralisada.

"Eu vou com o Joe", eu disse. "Vejo vocês amanhã de manhã."

Estou escrevendo para você do dormitório. Está um silêncio perturbador aqui. A maior parte das meninas foi passar o Natal em casa.

Tirando o pouco que ele me contou sobre o que o meu pai tinha dito, Joe não disse mais nada enquanto me trazia de carro até aqui. Eu também não consegui falar. Quando nos despedimos com um beijo, eu achei que o meu coração fosse explodir.

Querida Conchi,

Meus pais vão me tirar da faculdade no fim do semestre. Vão ficar esperando por mim em Nova York. Eu vou me encontrar com eles lá e depois nós vamos para a Europa, onde vamos ficar até o semestre do outono.

Peguei um táxi até a casa do Joe. A gente ia até o pico de Sandia para conversar, e eu entrei no carro dele. Não sei o que eu achava que ele fosse dizer, o que eu queria.

Tinha esperança de que ele dissesse que ia esperar por mim, que ainda estaria aqui quando eu voltasse. Mas ele disse que se eu realmente o amasse eu me casaria com ele já. Eu fui contra a ideia. Ele precisa se formar; só trabalha meio expediente. Eu não disse o resto da verdade, que é que eu não quero sair da faculdade. Quero estudar Shakespeare, os poetas românticos. Ele disse que a gente podia morar com o pai dele até ter dinheiro suficiente para morar sozinhos. Estávamos atravessando a ponte do rio Grande quando eu disse que não queria me casar ainda.

"Você só vai descobrir daqui a muito tempo o que está jogando fora."

Eu disse que sabia o que a gente tinha, que isso ainda iria estar lá quando eu voltasse.

"Isso sim, mas você não. Você vai partir pra outra, vai ter 'relacionamentos', vai se casar com algum babaca."

Ele abriu a porta do carro e me empurrou para a ponte do rio Grande, com o carro ainda em movimento. E foi embora. Eu tive que atravessar a cidade inteira a pé até o dormitório. Fiquei o tempo todo achando que ele acabaria vindo atrás de mim, mas ele não veio.

Boba de chorar

Solidão é um conceito anglo-saxão. Na Cidade do México, se você é o único passageiro dentro de um ônibus e outra pessoa entra, ela não só vai se sentar perto de você, como vai se encostar em você.

Quando meus filhos moravam comigo, se eles vinham até o meu quarto, em geral era porque tinham uma razão específica. Você viu as minhas meias? O que tem para jantar? Mesmo agora, quando minha campainha toca, quase sempre é algo como "Oi, mãe! Vamos ao jogo dos Oakland A's?" ou "Você pode ficar com as crianças pra nós hoje à noite?". Mas, no México, as filhas da minha irmã sobem três lances de escada e passam por três portas só porque eu estou aqui. Para se encostar em mim ou para perguntar *"Qué honda?"*.

A mãe delas, Sally, está dormindo profundamente. Tomou analgésicos e um comprimido para dormir. Não está me ouvindo virar páginas e tossir, na cama ao lado da dela. Quando Tino, o filho de quinze anos de Sally, chega em casa, ele me dá um beijo, vai até a outra cama, se deita ao lado da mãe e fica segurando a mão dela. Depois, dá um beijo de boa-noite nela e vai para o quarto dele.

Mercedes e Victoria moram em seu próprio apartamento, do outro lado da cidade, mas toda noite dão uma passada na casa da mãe, apesar de ela nunca acordar. Victoria alisa as sobrancelhas de Sally, ajeita seus travesseiros e cobertas, desenha uma estrela na cabeça careca da mãe com uma caneta hidrocor. Sally geme enquanto dorme, franze as sobrancelhas. Fica quietinha, amor, diz Victoria. Por volta das quatro da manhã, Mercedes vem para dar boa-noite para a mãe. Ela é cenógrafa de cinema. Quando está trabalhando, trabalha dia e noite. Ela também se deita encostada em Sally, canta para ela, beija sua cabeça. Vê a estrela e ri. Victoria esteve aqui! Tia, você está acordada? *Sí. Oye!* Vamos fumar. Vamos para a cozinha. Ela está muito cansada, suja. Abre a geladeira, fica olhando lá para dentro, solta um suspiro e fecha a porta. Nós fumamos e dividimos uma maçã, sentadas juntas na única cadeira da cozinha. Ela está feliz. O filme que eles estão fazendo é maravilhoso, o diretor é fantástico. Ela está fazendo um bom trabalho. "Eles me tratam com respeito, como homem! Cappelini quer que eu trabalhe no próximo filme dele!"

De manhã, Sally, Tino e eu vamos ao La Vega para tomar café. Tino segura seu cappuccino enquanto vai passando de mesa em mesa, conversando com amigos, flertando com meninas. Mauricio, o chofer, espera do lado de fora, para levar Tino para a escola. Sally e eu conversamos sem parar, como temos feito desde que eu cheguei da Califórnia, três dias antes. Ela está usando uma peruca de cabelo castanho cacheado e um vestido verde que realça seus olhos cor de jade. Todo mundo olha para ela, fascinado. Sally frequenta esse café há vinte e cinco anos. Todo mundo sabe que ela está morrendo, mas ela nunca esteve tão bonita nem tão feliz.

Já eu… se os médicos me dissessem que eu só tenho mais

um ano de vida, aposto que eu simplesmente sairia nadando até o fundo do mar e acabaria logo com isso. Mas, para Sally, é como se essa sentença de morte tivesse sido uma bênção. Talvez seja porque ela se apaixonou por Xavier uma semana antes de descobrir. Sally ganhou vida. Saboreia tudo. Diz o que lhe vem à cabeça, faz o que quer fazer, não importa o quê. Dá risada. Seu jeito de andar é sexy, sua voz é sexy. Quando fica zangada, atira coisas no chão, berra palavrões. A pequena Sally, sempre dócil e passiva, à minha sombra quando era menina, à sombra do marido durante a maior parte da vida. Ela agora está forte, radiante; seu entusiasmo contagia. Pessoas param ao lado da nossa mesa para cumprimentá-la, homens beijam sua mão. O médico, o arquiteto, o viúvo.

A Cidade do México é uma metrópole imensa, mas as pessoas têm títulos, como o ferreiro numa aldeia. O estudante de medicina; o juiz; Victoria, a bailarina; Mercedes, a beldade; o ex-marido de Sally, o ministro. Eu sou a irmã americana. Todo mundo me cumprimenta com abraços e beijos na bochecha.

O ex-marido de Sally, Ramón, passa por lá para tomar um expresso, cercado de guarda-costas. Por todo o café, cadeiras são empurradas para trás, arranhando o chão, enquanto homens se levantam para apertar a mão dele ou lhe dar um *abrazo*. Ele agora é membro do gabinete, pelo PRI. Beija Sally, me beija e pergunta a Tino sobre a escola. Tino se despede do pai com um abraço e vai para a aula. Ramón olha para seu relógio de pulso.

Espera só mais um pouquinho, pede Sally. As duas querem tanto te ver; elas com certeza virão.

Victoria chega primeiro, vestindo uma malha decotada, a caminho da aula de dança. Ela tem cabelo punk e uma tatuagem no ombro. "Pelo amor de Deus, se cubra!", diz o pai.

"Papai, todo mundo aqui está acostumado comigo, não é, Julián?"

Julián, o garçom, sacode a cabeça. "Não, *mi doña*, a cada dia a senhorita nos traz uma nova surpresa."

Ele trouxe para todos nós o que queríamos sem que precisássemos pedir. Chá para Sally, um segundo *latte* para mim, um expresso e depois um *latte* para Ramón.

Mercedes chega, com o cabelo em alvoroço, o rosto muito maquiado, a caminho de um trabalho de modelo antes de ir para o set de filmagem. Todo mundo que trabalha no café conhece Victoria e Mercedes desde que elas eram bebês, mas fica olhando para elas mesmo assim, porque elas são lindas, se vestem de forma bem escandalosa.

Ramón dá início ao seu costumeiro sermão. Mercedes apareceu em algumas cenas sensuais na MTV mexicana. Um constrangimento. Ele quer que Victoria curse uma faculdade e arranje um emprego de meio expediente. Ela põe os braços em volta dele.

"Ora, papai, por que eu deveria cursar uma faculdade se só o que eu quero fazer é dançar? E por que eu deveria trabalhar se nós somos tão ricos?"

Ramón balança a cabeça e acaba lhe dando dinheiro para pagar as aulas de dança, depois mais um pouco para ela comprar uns sapatos e mais um pouco para ela pegar um táxi, já que está atrasada. Ela vai embora, dando adeusinhos e jogando beijos para todos no café.

Ramón resmunga. "Estou atrasado!" Ele também vai embora, atravessando um corredor polonês de apertos de mão. Uma limusine preta o leva dali às pressas, seguindo pela Insurgentes.

"*Pues*, finalmente podemos comer", diz Mercedes. Julián chega trazendo suco, frutas e *chilaquiles*. "Mamãe, por que você não tenta comer alguma coisa, só um pouquinho?" Sally faz que não. Ela tem quimioterapia mais tarde e passa mal quando come antes.

"Eu não dormi nada essa noite!", diz Sally. Ela parece ficar ofendida quando Mercedes e eu rimos, mas ri também quando nós contamos a ela quantas pessoas foram visitá-la e ela não viu porque estava dormindo.

"Amanhã é aniversário da tia. Dia do Basil!", disse Mercedes. "Mamãe, você também estava na Grange Fête?"

"Estava, mas eu era muito pequena, só tinha sete anos, na vez em que a festa caiu no aniversário de doze anos da Carlotta, o ano em que ela conheceu o Basil. Todo mundo estava lá... crianças, adultos. Havia todo um mundinho inglês dentro do Chile. Igrejas anglicanas, mansões e casas de campo inglesas. Jardins e cachorros ingleses. O Country Club Príncipe de Gales. Times de rugby e de críquete. E, claro, a escola Grange. Uma excelente escola só para meninos, nos moldes da Eton."

"E todas as meninas da nossa escola eram apaixonadas por meninos da Grange..."

"A Fête durava o dia inteiro. Havia partidas de futebol e de críquete, corridas rústicas, disputas de lançamento de peso e de salto. Todos os tipos de jogos e barraquinhas, coisas pra comprar e pra comer."

"E cartomantes também", disse Carlotta. "Ela me disse que eu teria muitos amantes e muitos problemas."

"Isso eu mesma poderia ter dito. Enfim, era igualzinha a uma feira rural inglesa."

"Como ele era, o Basil?"

"Nobre e preocupado. Alto e bonito, tirando as orelhas grandes."

"E o queixo enorme..."

"No fim da tarde havia a entrega de prêmios, e todos os meninos por quem eu e as minhas amigas estávamos apaixonadas ganhavam prêmios por esportes, mas Basil toda hora era chamado para receber prêmios de desempenho em Física e Química,

Grego e Latim, e uma porção de outros. No início todo mundo bateu palmas, mas depois começou a ficar engraçado. O rosto dele foi ficando mais vermelho a cada vez que ele subia no palco para receber outro prêmio, que era sempre um livro. Ele ganhou mais de dez livros. Coisas como Marco Aurélio.

"Depois veio a hora do chá, antes do baile. Todo mundo ficava andando de um lado para o outro ou tomando chá em volta de pequenas mesas. Conchi me desafiou a convidá-lo para dançar, então eu convidei. Ele estava com a família inteira: um pai orelhudo, a mãe e três irmãs, todas com aquele mesmo queixo infeliz. Eu dei parabéns para ele e o convidei para dançar. E aí ele se apaixonou, bem diante dos meus olhos.

"Ele nunca tinha dançado na vida, então eu mostrei pra ele como era fácil, como era só ir fazendo quadrados. Dançamos ao som de "Siboney", "Long Ago and Far Away". Passamos a noite toda dançando, ou fazendo quadrados. Durante uma semana, ele foi tomar chá lá em casa todos os dias. Depois vieram as férias de verão e ele foi para a fazenda da família. Escrevia pra mim todos os dias, me mandou dezenas e dezenas de poemas."

"Tia, como era o beijo dele?", perguntou Mercedes.

"Beijo! Ele nunca me beijou, nunca nem pegou na minha mão. Isso teria sido um passo muito sério, no Chile daquela época. Eu lembro que tive a sensação de que ia desmaiar quando Pirulo Díaz pegou na minha mão no cinema, quando a gente foi ver *Beau Geste*."

"Era uma coisa séria um menino tratar uma menina por '*tú*'", disse Sally. "Isso foi há muito, muito tempo. A gente passava pedra-ume debaixo do braço como desodorante. O absorvente higiênico ainda nem tinha sido inventado; a gente usava paninhos, que as empregadas lavavam várias e várias vezes."

"E você era apaixonada pelo Basil, tia?"

"Não. Eu era apaixonada pelo Pirulo Díaz. Mas durante

anos o Basil esteve sempre lá, na nossa casa, nos jogos de rugby, nas festas. Ele ia tomar chá todos os dias. Papai jogava golfe com ele e toda hora o convidava para jantar."

"Ele foi o único pretendente que o papai aprovou na vida."

"O que é a pior coisa para o romantismo", disse Mercedes, soltando um suspiro. "Bons rapazes nunca são sexy."

"O meu Xavier é bom! Ele é tão bom pra mim! E é sexy!", disse Sally.

"Basil e papai eram bons de um jeito condescendente e moralista. Eu tratava muito mal o Basil, mas ele sempre voltava. Todo santo ano, ele me manda rosas ou me telefona no meu aniversário. Ano após ano. Durante mais de quarenta anos. Ele sempre descobre meu paradeiro através da Conchi ou da sua mãe e me liga não importa onde eu esteja. Chiapas, Nova York, Idaho. Uma vez eu estava até trancafiada na ala psiquiátrica de um hospital, em Oakland."

"E o que ele costuma dizer nesses telefonemas, todos esses anos?"

"Muito pouco, na verdade. Quer dizer, sobre a vida dele. Ele é presidente de uma cadeia de mercados. Em geral, ele pergunta como eu estou. Invariavelmente alguma coisa horrível acabou de acontecer... a nossa casa pegou fogo ou eu me divorciei ou sofri um acidente de carro. Toda vez que liga ele diz a mesma coisa. É como uma ladainha. Hoje, dia 12 de novembro, ele está pensando na mulher mais encantadora que ele já conheceu na vida. Dá para ouvir 'Long Ago and Far away' tocando ao fundo."

"Ano após ano!"

"E ele nunca escreveu pra você nem se encontrou com você?"

"Não", disse Sally. "Quando ele ligou na semana passada para perguntar onde a Carlotta estava, eu disse a ele que ela estava vindo para a Cidade do México e sugeri que ele almoçasse com ela. Fiquei com a sensação de que ele não queria realmente se encontrar com ela amanhã. Ele disse que seria complicado contar para a mulher dele. Então eu sugeri que ele trouxesse a mulher para almoçar também, mas ele disse que seria complicado."

"Lá vem o Xavier! Você é tão sortuda, mãe. Nós não sentimos a menor pena de você. *Pilla envidia!*"

Xavier está ao lado de Sally, segurando as duas mãos dela. Ele é casado. Supostamente, ninguém sabe que eles estão tendo um caso. Ele só estava passando por ali, como que por acaso. Como alguém poderia não notar a eletricidade entre os dois? Julián sorri para mim.

Xavier também mudou, tanto quanto a minha irmã. Ele é um aristocrata, um químico respeitado, e costumava ser muito sério e reservado. Agora ele também ri. Ele e Sally brincam, choram, brigam. Fazem aula de *danzón* e vão para Mérida. Dançam *danzón* na praça, sob as estrelas, gatos e crianças brincando no meio dos arbustos, lanternas de papel penduradas nas árvores.

Tudo o que eles dizem, até as coisas mais banais, como "bom dia, *mi vida*" ou "me passe o sal", são carregadas de tanta urgência que Mercedes e eu rimos. Mas também ficamos comovidas e impressionadas com aquelas duas pessoas em estado de graça.

"Amanhã é dia do Basil!", diz Xavier, sorrindo.

"Victoria e eu achamos que ela devia ir vestida de punk ou então como uma velhinha bem velhinha", diz Mercedes.

"Ou então a Sally podia ir no meu lugar!", eu digo.

"Não. Seria melhor a Victoria ou a Mercedes... Aí ele ia sentir que você ainda está lá na década de quarenta, quase do jeito que você é na lembrança dele!"

Xavier e Sally vão para a quimioterapia dela e Mercedes para o trabalho. Eu passo o dia em Coyoacán. Na igreja, o padre estava batizando uns cinquenta bebês ao mesmo tempo. Eu me ajoelho no fundo da igreja, perto do Cristo mais ensanguentado, e assisto à cerimônia. Os pais e padrinhos estavam dispostos numa longa fila ao longo da nave, de frente uns para os outros. As mães seguravam os bebês, todos vestidos de branco. Bebês redondos, bebês magrinhos, bebês gorduchos, bebês carecas. O padre foi andando pelo meio da nave, seguido por dois coroinhas balançando incensários. O padre orava em latim. Molhando os dedos num cálice que ele segurava com a mão esquerda, fez o sinal da cruz na testa de cada bebê, batizando-os em nome do Pai, do Filho e do Espírito Santo. Os pais estavam sérios e rezavam de um jeito solene. Eu queria que o padre abençoasse também cada uma das mães, fizesse algum sinal, desse a elas algum tipo de proteção.

Em aldeias mexicanas, quando meus filhos eram bebês, índios às vezes faziam o sinal da cruz na testa deles. *Pobrecito!*, diziam. Que lástima uma criaturinha tão encantadora ter que suportar esta vida!

Mark, aos quatro anos de idade, numa escola maternal na Horatio Street, em Nova York. Ele estava brincando de casinha com algumas outras crianças. Abriu uma geladeira de brinquedo, botou leite num copo imaginário e o entregou a um amigo. O amigo jogou o copo imaginário no chão. A expressão de tristeza no rosto de Mark, a mesma que vi mais tarde no rosto de todos os meus filhos no decorrer da vida deles. Uma ferida causada por um acidente, um divórcio, um fracasso. A ferocidade da minha ânsia de protegê-los. A minha impotência.

Antes de sair da igreja, acendo uma vela ao pé da estátua de Nossa Senhora, Santa Maria. *Pobrecita.*

Sally está na cama, exausta e enjoada. Ponho toalhinhas umedecidas com água gelada na sua cabeça. Falo para ela sobre as pessoas que estavam na praça em Coyoacán, sobre o batismo. Ela me fala sobre os outros pacientes na quimioterapia, sobre Pedro, o seu médico. Fala das coisas que Xavier lhe disse, de como ele é carinhoso com ela, e daí ela verte lágrimas tristes, tristes.

Quando Sally e eu ficamos amigas, depois de adultas, passamos alguns anos resolvendo nossos ressentimentos e ciúmes. Mais tarde, começamos a fazer terapia e passamos anos dando vazão à raiva que sentíamos do nosso avô, da nossa mãe. Nossa mãe cruel. Alguns anos depois, foi a vez da raiva do nosso pai, o santo, cuja crueldade não era tão óbvia.

Agora, no entanto, só falamos no tempo presente. Num cenote no Iucatã, no alto de Tulum, no convento de Tepoztlán ou no quartinho de Sally, rimos de alegria quando percebemos como as nossas reações são parecidas, como expressamos opiniões em estéreo.

Na manhã do meu aniversário de cinquenta e quatro anos, não ficamos muito tempo no La Vega. Sally quer descansar antes da quimioterapia. Eu preciso me arrumar para ir almoçar com Basil. Quando chegamos em casa, Mercedes e Victoria estão vendo telenovela com Belén e Dolores, as duas empregadas. Belén e Dolores passam a maior parte do dia e da noite assistindo a telenovelas. As duas estão com Sally há vinte anos; moram num pequeno apartamento no terraço. Não há muita coisa para elas fazerem agora que Ramón e as filhas não moram mais lá, mas Sally jamais as mandaria embora.

Hoje é um grande dia em *Los golpes de la vida*. Sally veste um roupão e vai para a sala assistir à novela. Eu tomei banho e me maquiei, mas também fico de roupão, pois não quero amassar a minha roupa de linho cinza.

Adelina vai ter que contar para a filha, Conchita, que ela não pode se casar com Antonio. Tem que confessar que Antonio é seu filho natural, irmão de Conchita! Adelina o teve num convento, vinte e cinco anos antes.

Então, lá estão elas num restaurante da Sanborn's, mas antes que Adelina consiga dizer uma palavra, Conchita conta para a mãe que ela e Antonio se casaram em segredo. E agora eles vão ter um bebê! Close-up do rosto aflito de Adelina, a mãe. Mas ela sorri e beija Conchita. *Mozo*, ela diz, traga champanhe para nós.

Está bem, é um bocado idiota. Mas o que era realmente idiota era que todas nós, as seis mulheres, estávamos aos prantos, simplesmente nos debulhando em lágrimas quando a campainha tocou. Mercedes correu para abrir a porta.

Basil arregalou os olhos para Mercedes, espantado. E não só porque ela estava chorando ou porque estava vestindo um short e uma camiseta sem sutiã. As pessoas sempre se assustam com a beleza das irmãs. Depois de passar um tempo com elas, você se acostuma, como com um lábio leporino.

Mercedes deu um beijo na bochecha dele. "O famoso Basil, com um legítimo terno de tweed inglês!"

A cara dele estava vermelha. Ele ficou olhando para nós, todas aos prantos, com uma expressão tão desnorteada que tivemos um ataque de riso. Feito crianças. Um ataque daqueles sérios, dignos de castigo. Não conseguíamos parar de rir. Eu me levantei e fui até ele com a intenção de também lhe dar um *abrazo*, mas ele enrijeceu de novo e estendeu a mão para trocar um frio aperto de mão.

"Desculpe… nós estávamos vendo uma novela melodramática na televisão." Eu o apresentei a todas. "Você se lembra da Sally, é claro, não?" Ele fez uma cara de espanto de novo. "A minha peruca!" Sally foi correndo buscar a peruca. Eu fui me vestir. Mercedes foi comigo.

"Ah, vai, tia, bota uma roupa bem indecente e provocante... ele é tão travado!"

"Não há nenhum lugar para comer por aqui, obviamente", Basil estava dizendo.

"Óbvio que há. La Pampa, um restaurante argentino, logo em frente ao relógio de flores do parque."

"Relógio de flores?"

"Eu te mostro", eu disse. "Vamos."

Desci os três lances de escada atrás dele, tagarelando de nervoso. Como era bom vê-lo de novo, como ele parecia estar em forma.

Na portaria, ele parou e olhou em volta.

"O Ramón agora é ministro. Será que ele não pode pagar um lugar melhor para a família dele morar?"

"Ele agora tem uma nova família. Eles moram em La Pedregal, numa casa linda. Mas aqui é um lugar maravilhoso, Basil. Ensolarado e espaçoso... cheio de antiguidades, plantas e pássaros."

"O bairro?"

"Calle Amores? A Sally jamais moraria em outro lugar. Ela conhece todo mundo. Até eu conheço todo mundo."

Fui cumprimentando gente ao longo de todo o caminho até o carro dele. Ele havia pagado alguns meninos para tomarem conta do carro, mantê-lo a salvo de bandidos.

Botamos os cintos de segurança.

"O que houve com o cabelo da Sally?", ele perguntou.

"Ela perdeu o cabelo por causa da quimioterapia. Ela tem câncer."

"Que horror! O prognóstico é bom?"

"Não. Ela está morrendo."

"Eu lamento muito. Mas devo dizer que nenhuma de vocês parece ter sido particularmente afetada por isso."

"Todas nós fomos afetadas. No momento, estamos felizes. Sally está apaixonada. Ela e eu nos tornamos muito próximas, irmãs de verdade. Isso também tem sido como estar apaixonada. Os filhos dela sempre vêm vê-la, ouvi-la."

Ele ficou em silêncio, as mãos agarradas ao volante.

Eu lhe indiquei o caminho até o parque da Insurgentes.

"Pode estacionar onde quiser agora. Olha o relógio de flores ali!"

"Não parece um relógio."

"Claro que parece. Veja os números! Ah… Puxa, parecia um relógio outro dia. É que os números são cravos-de-defunto e eles ficaram um pouco compridos demais. Mas todo mundo sabe que é um relógio."

Estacionamos longe à beça do restaurante. Estava quente. Eu tenho um problema de coluna e fumo muito. A neblina e o ar poluído, meus sapatos de salto alto. Eu estava fraca de fome. Os cheiros que vinham de dentro do restaurante eram maravilhosos. Alho e alecrim, vinho tinto, cordeiro.

"Não sei", disse ele, "é muito barulhento. Vai ser difícil conversar direito. Está cheio de argentinos!"

"*Well, yeah*, é um restaurante argentino."

"O seu sotaque é tão americano! Você diz '*yeah*' toda hora."

"*Well, yeah*, eu sou americana." Ficamos andando para cima e para baixo pela rua, espiando pelas janelas de um restaurante maravilhoso atrás do outro, mas nenhum deles servia. Um era muito custoso. Eu decidi que ia passar a usar "custoso" em vez de "caro" dali em diante. Oh, veja, a minha custosa conta de telefone…

"Basil… vamos comprar uma torta e sentar num banco do

parque. Eu estou faminta e quero ter tempo pra conversar com você."

"Nós vamos ter que ir para o centro. Os restaurantes de lá eu conheço."

"Que tal eu esperar aqui enquanto você vai buscar o carro?"

"Eu não gosto da ideia de deixar você desacompanhada aqui neste bairro."

"Mas o bairro é ótimo!"

"Por favor, vamos juntos procurar o carro."

Procurar o carro. Claro que ele não se lembrava onde tinha estacionado. Quarteirões e quarteirões. Demos voltas e mais voltas, cruzamos com os mesmos gatos, as mesmas empregadas encostadas em portões, flertando com o carteiro. O amolador de facas que tocava flauta, guiando sua bicicleta sem usar as mãos.

Eu me afundei no banco acolchoado do carro e me livrei dos sapatos. Tirei um maço de cigarros da bolsa, mas ele pediu que eu não fumasse dentro do carro. Lágrimas escorriam pelos nossos rostos, efeito do ar poluído e enevoado da Cidade do México. Eu disse que achava que a fumaça do cigarro podia formar uma espécie de cortina de proteção.

"Ah, Carlotta, você continua flertando com o perigo!"

"Vamos. Eu estou morrendo de fome."

Mas ele estava tirando de dentro do porta-luvas fotografias dos filhos. Eu segurei as fotos em suas molduras de prata. Jovens de olhos brilhantes e expressão determinada. Ambos queixudos. Ele ficou falando do brilhantismo deles, das suas realizações, suas carreiras de sucesso como médicos. Sim, eles viam o filho com frequência, mas Marilyn e a mãe não se davam. As duas eram muito teimosas.

"Ela sabe lidar com os empregados muito bem", Basil disse sobre a esposa. "Nunca deixa que eles passem dos limites. Aquelas mulheres eram empregadas da sua irmã?"

"Eram. Agora elas são mais como membros da família."

Entramos na contramão numa rua de mão única. Basil deu marcha a ré, enquanto carros e caminhões buzinavam para nós. Depois, na perimetral, avançamos a uma boa velocidade, até que houve um acidente mais adiante e o trânsito parou. Basil desligou o motor e o ar-condicionado. Saí do carro para fumar.

"Você vai ser atropelada!"

Nem um único carro estava saindo do lugar ao longo de vários quarteirões atrás de nós.

Chegamos ao Sheraton às quatro e meia. O restaurante estava fechado. O que fazer? Ele tinha estacionado o carro. Fomos para o Denny's logo ao lado.

"Todo mundo acaba sempre indo parar num Denny's", eu disse.

"Eu vou querer um club sandwich e um chá gelado", eu disse. "E você?"

"Sei lá. Eu não vejo muita graça em comida."

Eu estava profundamente deprimida. Queria comer o meu sanduíche e voltar para casa. Mas puxei conversa, por educação. Sim, eles eram sócios de um country club inglês. Ele jogava golfe e críquete, fazia parte de um grupo de teatro. Havia feito o papel de uma das velhinhas em *Arsênico e alfazema*. Tinha sido muito divertido.

"Por falar nisso, eu comprei aquela casa, no Chile, com piscina, ao lado do terceiro buraco do campo de golfe de Santiago. Nós a alugamos agora, mas o nosso plano é morar lá, depois da aposentadoria. Você sabe de que casa eu estou falando?"

"Claro. Uma casa linda, com glicínias e lilases. Olhe embaixo dos arbustos de lilases que você deve encontrar centenas de bolas de golfe lá. Sempre que eu dava um golpe de efeito na minha primeira tacada, a bola ia parar naquele quintal."

"Quais são seus planos para depois da aposentadoria? Para o futuro?"

"Futuro?"

"Você tem economias? Plano de previdência, esse tipo de coisa?"

Eu fiz que não.

"Eu tenho ficado muito preocupado com você. Principalmente naquela vez em que você estava num hospital. Você tem realmente levado uma vida bem agitada... três divórcios, quatro filhos, uma porção de empregos. E os seus filhos, o que eles fazem? Você se orgulha deles?"

Eu estava irritada, apesar de o meu sanduíche já ter chegado. Basil havia pedido um sanduíche de queijo frio e chá.

"Eu odeio essa noção... essa ideia de você se orgulhar dos seus filhos, tomar para si o mérito pelas conquistas deles. Eu gosto dos meus filhos. Eles são afetuosos. Têm integridade."

Eles riem. Comem *muito*.

Ele me perguntou de novo o que eles faziam. Um é chef, outro é operador de câmera de televisão, outro é designer gráfico e o outro é garçom. Todos gostam do que fazem.

"Não me parece que nenhum deles venha a ter condições de cuidar de você quando for preciso. Ah, Carlotta, se pelo menos você tivesse ficado no Chile... Você teria tido uma vida serena. Ainda seria a rainha do country club."

"Serena? Eu teria morrido na revolução." Rainha do country club? Mude de assunto, rápido!

"Você e a Hilda costumam ir para o litoral?"

"Como alguém conseguiria, depois de frequentar a costa do Chile? Não, há sempre muitas hordas de americanos. Eu acho o Pacífico mexicano entediante."

"Basil, como você pode achar um oceano entediante?"

"O que você acha entediante?"

"Na verdade, nada. Eu nunca fiquei entediada."

"Mas, também, você faz um esforço tremendo para nunca se entediar."

Basil empurrou seu sanduíche quase intocado para o lado e se inclinou na minha direção de um jeito solícito.

"Minha querida Carlotta... como você vai fazer para juntar os pedaços da sua vida?"

"Eu não quero nenhum daqueles pedaços velhos. Eu só sigo em frente, tentando não causar nenhum estrago."

"Me diga uma coisa, o que você acha que realizou na sua vida?"

Não consegui pensar em coisa alguma.

"Eu não bebo há três anos", respondi.

"Isso não é exatamente uma realização. É como dizer 'Eu não matei a minha mãe'."

"Ah, sim, claro, teve isso também." Eu sorri.

Eu tinha comido todos os triângulos do meu sanduíche e o galhinho de salsa.

"Você poderia me trazer um flã e um cappucino, por favor?", pedi ao garçom.

Aquele era o único restaurante em toda a República do México que não tinha flã. Gelatina, *sí.* "E você, Basil? E a sua ambição de ser poeta?"

Ele fez que não com a cabeça. "Eu ainda leio poesia, claro. Me diga, que verso de poema guia a sua vida?"

Que pergunta interessante! Fiquei contente, mas, para o meu desgosto, só versos inaceitáveis me vinham à cabeça. Diz, mar. Leva-me! Toda mulher adora um fascista. Eu gosto da expressão de agonia, porque sei que é verdadeira.*

---

* Em inglês, *"Say, sea. Take me!"*, de Emily Dickinson; *"Every woman adores a fascist"*, de Sylvia Plath; *"I like a look of agony, because I know it's true"*, de Emily Dickinson. (N. T.)

"Não vá docilmente para aquela noite boa."* Eu nem mesmo gostava de Dylan Thomas.

"Ainda a mesma Carlotta desafiadora! O meu verso é de Yeats: 'Seja reservado, e exulte.'"**

Céus. Eu apaguei o meu cigarro, terminei o café instantâneo.

"Que tal 'milhas a percorrer antes de dormir'?*** É melhor eu voltar para a casa da Sally."

O trânsito e o ar estavam ruins. Avançávamos pouco a pouco. Ele listou todas as mortes de pessoas que tínhamos conhecido, os fracassos financeiros e conjugais de todos os meus antigos namorados.

Ele encostou o carro no meio-fio. Eu disse adeus. Tolamente, me inclinei para lhe dar um abraço. Ele recuou em direção à porta do carro. *Ciao*, eu disse. Exulte!

A casa estava silenciosa. Sally dormia, depois da quimioterapia, e se remexia de vez em quando. Fiz um café forte, me sentei perto dos canários e do perfume das angélicas, fiquei ouvindo o vizinho de baixo tocar violoncelo, mal.

Deitei na cama ao lado da minha irmã. Nós duas dormimos até escurecer. Victoria e Mercedes vieram, querendo saber como tinha sido o almoço com Basil.

Eu poderia ter contado como tinha sido o almoço. Poderia ter transformado aquele almoço numa história muito engraçada. Contado que os cravos-de-defunto tinham crescido e Basil não tinha conseguido perceber que era um relógio de flores. Poderia ter imitado Basil fazendo o papel de uma das velhinhas de *Arsê-*

---

* No original, "*Do not go gentle into that good night*". (N. T.)

** No original, "*Be secret, and exult*". (N. T.)

*** Em inglês, "*miles to go before I sleep*", de Robert Frost. (N. T.)

nico e alfazema. Mas fiquei recostada no travesseiro ao lado de Sally.

"Ele nunca mais vai me ligar."

Chorei. Sally e as filhas me consolaram. Elas não acharam que eu era boba de chorar.

Luto

Adoro casas e todas as coisas que elas me dizem, então essa é uma das razões por que eu não me importo de trabalhar como faxineira. É como ler um livro.

Há algum tempo, venho trabalhando para Arlene, da imobiliária Central Reality. Limpando basicamente casas vazias, mas mesmo casas vazias têm histórias, pistas. Uma carta de amor enfiada bem no fundo de um armário, garrafas de uísque vazias atrás da secadora, listas de compras... "Por favor, compre sabão em pó, um pacote de linguine e seis latinhas de cerveja. Eu não quis realmente dizer aquilo que eu disse ontem à noite."

Ultimamente tenho limpado casas onde alguém acabou de morrer. Faço faxina e ajudo a separar as coisas para as pessoas levarem ou doarem para caridade. Arlene sempre pergunta se elas têm roupas ou livros para doar para a Casa de Repouso para Pais Judeus, que é onde a mãe dela, Sadie, está. Esses trabalhos têm sido deprimentes. Ou todos os parentes querem tudo — e discutem por causa das menores coisas, um par de suspensórios velhos e xexelentos ou uma caneca de café — ou nenhum deles quer saber de nada do que tem na casa inteira, e aí eu simplesmente empacoto tudo. Nos dois casos, o triste é a quantidade ínfima de tempo que isso leva. Pense só. Se você morresse... eu poderia me livrar de todos os seus pertences em duas horas, no máximo.

Na semana passada, limpei a casa de um carteiro negro, bem velhinho. Arlene o conhecia, disse que ele estava acamado por causa da diabetes e tinha morrido de ataque cardíaco. Segundo ela, era um velho mesquinho e severo, presbítero de uma igreja. Era viúvo; sua mulher tinha morrido dez anos antes. Arlene é amiga da filha dele, uma ativista política, membro do Conselho de Educação de Los Angeles. "Ela fez muito pela educação e pela moradia dos negros; é uma senhora durona", disse Arlene. Então ela deve ser mesmo, já que é isso que as pessoas sempre dizem a respeito de Arlene. O filho é cliente de Arlene, e é outra história. Promotor público em Seattle, tem imóveis espalhados por Oakland inteira. "Eu não diria que ele é exatamente um daqueles senhorios que chupam o sangue de inquilinos pobres, mas..."

O filho e a filha só chegaram à casa do pai no final da manhã, mas eu já sabia muito a respeito deles, pelo que Arlene tinha me contado e pelas pistas que encontrei. A casa estava silenciosa quando eu entrei com a chave que tinham me dado, aquele silêncio ecoante de uma casa onde não mora mais ninguém, onde alguém acabou de morrer. Ficava num bairro decadente da zona oeste de Oakland. Parecia uma pequena casa de fazenda, bem-arrumada e bonitinha, com um balanço na varanda, um quintal bem cuidado, com velhas roseiras e azaleias. A maior parte das casas ao redor tinha janelas tapadas com ripas, paredes pichadas. Grupos de velhos beberrões me observavam de degraus cediços de varandas; jovens traficantes de crack esperavam clientes parados na esquina ou sentados em carros.

Do lado de dentro, a casa também parecia muito afastada

daquele bairro, com cortinas de renda, móveis de carvalho polidos. O velho havia passado seu tempo num amplo jardim de inverno nos fundos da casa, numa cama hospitalar e numa cadeira de rodas. Havia samambaias e violetas africanas amontoadas em prateleiras nas janelas e quatro ou cinco comedouros de pássaros logo em frente à vidraça. Uma enorme televisão nova, um aparelho de videocassete, um aparelho de CD — presentes dos filhos, imaginei. No consolo da lareira, havia uma fotografia de casamento, ele de smoking, com o cabelo penteado para trás, um bigode bem fino. A noiva era jovem e bonita; ambos tinham uma expressão solene. Uma fotografia dela, já idosa e de cabelo branco, mas com um sorriso, olhos sorridentes. Solenes também eram as fotos de formatura dos dois filhos, ambos bonitos, confiantes, arrogantes. A foto do casamento do filho. Uma bela noiva loura, com um vestido de cetim branco. Uma foto dos dois com uma menininha de cerca de um ano. Uma foto da filha com o deputado Ron Dellums. Na mesa de cabeceira havia um cartão com uma mensagem que começava assim: "Desculpe, eu estava com tanta coisa para resolver que simplesmente não tive como ir passar o Natal em Oakland..."; poderia ter sido enviado por qualquer um dos dois. A Bíblia do velho estava aberta no Salmo 104. "Ele olha a terra e ela estremece, toca as montanhas e elas fumegam."

Antes de eles chegarem, limpei os quartos e o banheiro do andar de cima. Não havia muita coisa, mas tudo o que estava nos guarda-roupas e nos armários eu empilhei em cima de uma das camas. Eu estava limpando a escada quando eles entraram, então desliguei o aspirador. Ele foi simpático, apertou a minha mão; ela só acenou com a cabeça e depois subiu a escada. Eles pareciam ter vindo direto do funeral. Ele estava usando um terno preto com listras finas douradas e colete; ela usava um conjunto de cashmere cinza e uma jaqueta cinza de camurça. Ambos eram altos e extremamente elegantes. O cabelo preto dela estava preso num coque. Ela nunca sorria; ele sorria o tempo todo.

Fiquei atrás dos dois enquanto eles passavam pelos quartos. Ele pegou um espelho oval trabalhado. Eles não queriam mais nada. Perguntei se havia alguma coisa que eles pudessem doar para a Casa de Repouso para Pais Judeus. Ela baixou os olhos pretos e os cravou em mim.

"Nós parecemos judeus pra você?"

Mais que depressa, ele me explicou que pessoas da Igreja Batista Rosa de Sharon iriam passar mais tarde para pegar tudo o que eles não quisessem. E a loja de artigos hospitalares viria buscar a cama e a cadeira de rodas. Ele disse que achava melhor me pagar logo e puxou quatro notas de vinte de um maço grosso de notas presas com um clipe de prata. Pediu que eu trancasse a casa, depois de terminar a faxina, e deixasse a chave com Arlene.

Enquanto eu limpava a cozinha, eles foram examinar o jardim de inverno. O filho pegou a foto de casamento dos pais e as suas próprias fotos. Ela queria a foto da mãe. Ele também, mas disse: "Não, pode ficar". Ele pegou a Bíblia; ela pegou a foto dela com Ron Dellums. Eu e ela o ajudamos a levar a televisão, o aparelho de videocassete e o aparelho de CD até o porta-malas do Mercedes dele.

"Meu Deus, é horrível olhar para esse bairro agora", ele disse. Ela não disse nada. Não creio que tenha olhado para o bairro. Voltando para dentro da casa, ela se sentou no jardim de inverno e olhou ao redor.

"Eu não consigo imaginar o papai observando pássaros e cuidando de plantas", disse ela.

"Estranho, né? Mas a sensação que eu tenho é que nunca conheci o papai de verdade."

"Era ele que nos fazia trabalhar duro."

"Eu lembro dele espinafrando você quando você tirou um C em matemática."

"Não foi um C, foi um B", disse ela. "Um B mais. Nunca nada do que eu fazia era bom o bastante para ele."

"É, eu sei. Mesmo assim... eu gostaria de ter passado mais tempo com ele. Odeio pensar em quanto tempo fazia que eu não vinha aqui... Sim, eu telefonava bastante pra ele, mas..."

Ela o interrompeu, dizendo para ele não se culpar, e depois eles falaram sobre como teria sido impossível levar o pai para morar com qualquer um deles dois, como era difícil para ambos tirar folga do trabalho. Estavam tentando fazer com que o outro se sentisse bem, mas dava para perceber que os dois estavam se sentindo muito mal.

Eu e minha língua comprida. Seria tão bom se eu conseguisse simplesmente calar a boca. O que fiz foi dizer: "Esse jardim de inverno é tão agradável. Parece que o pai de vocês foi feliz aqui".

"Parece, não é?", disse o filho, sorrindo para mim, mas a filha me lançou um olhar colérico.

"Não é da sua conta se ele foi ou não foi feliz."

"Desculpe. Lamento se fui intrometida", eu disse. Lamento não poder dar um tapa nessa sua cara de víbora.

"Um drinque cairia bem agora", disse o filho. "É pouco provável que haja alguma bebida na casa."

Eu mostrei a ele o armário onde havia uma garrafa de conhaque, um pouco de licor de menta e xerez. Perguntei o que eles achavam de ir para a cozinha enquanto eu esvaziava os armários, pois assim eu poderia ir mostrando as coisas antes de encaixotá-las. Eles foram para a mesa da cozinha. Ele serviu bebida para ambos, duas generosas taças de conhaque. Ficaram bebendo e fumando cigarros Kool, enquanto eu tirava as coisas dos armários. Nenhum deles quis nada, então eu encaixotei tudo rapidamente.

"Também tem algumas coisas na despensa…" Eu sabia porque estava de olho nelas. Um velho ferro de passar, com cabo de madeira trabalhada, feito de ferro fundido preto.

"Eu quero isso!", os dois disseram.

"A sua mãe realmente passava roupa com esse ferro?", eu perguntei ao filho.

"Não, ela usava pra fazer misto-quente. E *corned beef*, para prensar a carne."

"Eu sempre me perguntei como as pessoas faziam isso…", eu disse, falando demais de novo, mas calei a boca porque a filha estava me olhando com aquela cara.

Um rolo de macarrão velho e surrado, polido pelo uso, acetinado.

"Eu quero isso!", os dois disseram. Ela até riu nessa hora. O conhaque e o calor da cozinha haviam suavizado o penteado dela, mechas de cabelo se encaracolavam ao redor do seu rosto, agora brilhoso. O batom tinha sumido; ela estava parecendo a menina da foto de formatura. Ele tirou o paletó, o colete e a gravata, enrolou as mangas da camisa. Ela me pegou olhando para o corpo bem-feito dele e me lançou aquele olhar fulminante.

Nesse momento, funcionários da loja de artigos hospitalares chegaram para pegar a cama e a cadeira de rodas. Eu os levei até o jardim de inverno, abri a porta dos fundos. Quando voltei, o irmão tinha posto mais um pouco de conhaque nas taças dos dois. Ele se inclinou na direção dela.

"Faça as pazes com a gente", ele disse. "Passe um fim de semana lá em casa, conheça melhor a Debbie. E você nunca viu a Latania. Ela é linda, parecidíssima com você. Por favor."

Ela não disse nada. Mas eu percebi que a morte estava trabalhando nela. Morte é cura, ela nos convence a perdoar, nos faz lembrar que não queremos morrer sozinhos.

A irmã fez que sim. "Eu vou", disse ela.

"Oba! Que bom!" Ele pôs a mão em cima da dela, mas ela recuou. Sua mão chegou para trás e se agarrou à beira da mesa como uma pata rígida.

Nossa, você é uma filha da mãe fria, eu disse. Não em voz alta. Em voz alta eu disse: "Agora tem uma coisa aqui que eu aposto que vocês dois vão querer". Uma fôrma de waffle de ferro fundido, bem pesada, do tipo que você bota em cima do fogão. A minha avó Mamie tinha uma dessas. Não há nada como aqueles waffles. Bem crocantes e torradinhos por fora e macios por dentro. Eu pus a fôrma de waffle em cima da mesa, no meio dos dois.

Ela estava sorrindo. "Olha, isso é meu!"

Ele riu. "Você vai ter que pagar uma fortuna de excesso de peso no avião."

"Não tem importância. Você se lembra como a mamãe sempre fazia waffles quando a gente ficava doente? Com xarope de bordo de verdade?"

"E no Valentine's Day ela fazia waffles em forma de coração."

"Só que eles nunca ficavam nem um pouco parecidos com corações."

"Não, mas a gente dizia: 'Mãe, eles ficaram iguaizinhos a corações!'"

"Com morango e chantili."

Eu trouxe outras coisas, então, tabuleiros e caixas de potes de compota que não eram interessantes. A última caixa, que estava na prateleira de cima, eu botei em cima da mesa.

Aventais. Daquele tipo antigo, com peitilho. Feitos à mão, bordados com pássaros e flores. Panos de prato, também bordados. Todos feitos com sacos de farinha ou com pedaços de tecido riscadinho de roupas velhas. Macios e desbotados, com cheiro de cravo e baunilha. "Esse foi feito com o pano do vestido que eu usei no primeiro dia de aula da quarta série!"

A irmã estava desdobrando cada avental e pano de prato e os estendendo em cima da mesa. Ah, Ah, ela dizia a toda hora. Lágrimas escorriam pelas suas bochechas. Ela juntou todos os aventais e panos de prato e os segurou junto ao peito.

"Mamãe!", exclamou. "Minha mãezinha tão querida!"

O irmão também estava chorando agora e foi para perto da irmã. Ele a abraçou, e ela deixou que ele a abraçasse e a embalasse. Saí de mansinho da cozinha e fui para o lado de fora pela porta dos fundos.

Eu ainda estava sentada nos degraus quando um caminhão parou na pista de entrada da casa e três homens da igreja batista desceram. Eu os levei até a porta da frente, depois até o andar de cima e lhes mostrei tudo o que era para ir. Ajudei um dos homens a levar as coisas que estavam no andar de cima lá para baixo e depois o ajudei a botar no caminhão o que estava na garagem, ferramentas e ancinhos, um cortador de grama e um carrinho de mão.

"Bem, é isso", um dos homens disse. O caminhão saiu de marcha a ré e os homens acenaram para mim. Voltei lá para dentro. A casa estava em silêncio. Os irmãos já tinham ido embora. Varri o que faltava ser varrido e saí, trancando as portas da casa vazia.

Panteón de Dolores

Nem "Descanso Celestial" nem "Vale Sereno". Panteão de dores é o nome do cemitério do parque de Chapultepec. Não há como escapar disso no México. Morte. Sangue. Dor.

Há tortura por todo lado. Nos campeonatos de luta livre, nos templos astecas, nas camas de pregos nos velhos conventos, nos espinhos ensanguentados na cabeça de Cristo em todas as igrejas. Céus... agora todos os biscoitos e balas estão sendo feitos em forma de caveira, pois em breve será o Dia dos Mortos.

Foi nesse dia que mamãe morreu, na Califórnia. Minha irmã Sally estava aqui, na Cidade do México, onde ela mora. Ela e os filhos fizeram uma *ofrenda* para a nossa mãe.

Ofrendas são divertidas de fazer. Oferendas para os mortos. O objetivo é fazê-las o mais bonitas possível. Repletas de veludo vermelho e cravos-de-defunto, uma flor que parece um cérebro, e pequeninas *sempiternas* roxas. A principal ideia em relação à morte aqui é torná-la bonita e festiva. Cristos sangrentos sensuais, a elegância, a letalidade essencialmente bela das touradas, túmulos e lápides com entalhes elaborados.

Nas oferendas você bota tudo aquilo que a pessoa morta possa estar desejando. Tabaco, fotos da família, mangas, bilhetes de loteria, tequila, cartões-postais de Roma. Espadas, velas e café. Caveiras com nomes de amigos. Esqueletos feitos de doce.

Na oferenda da nossa mãe, os filhos da minha irmã tinham posto dezenas de bonecos da Ku Klux Klan. Ela odiava os meninos porque eles eram filhos de um mexicano. A oferenda dela tinha barras de chocolate Hershey, garrafas de Jack Daniel's, livros policiais e muitas, muitas notas de dólar. Comprimidos para dormir, revólveres e facas, já que ela vivia tentando se matar. Mas nenhuma corda... ela dizia que se atrapalhava com o nó corrediço.

Estou no México agora. Este ano nós fizemos uma linda *ofrenda* para minha irmã Sally, que está morrendo de câncer.

Botamos milhares de flores, vermelhas, laranja, roxas. Muitas velas votivas brancas. Imagens de santos e anjos. Minúsculos violões e pesos de papel de Paris, Cancún, Portugal, Chile. De todos os lugares onde ela esteve. Dezenas e dezenas de caveiras com nomes e fotos dos filhos dela, de todos nós que a amamos... Uma foto do nosso pai em Idaho, segurando Sally no colo quando ela era bebê. Poemas de crianças que foram alunas dela.

Mamãe, você não estava na *ofrenda*. Não deixamos você de fora de propósito. Na verdade, temos dito coisas afetuosas a seu respeito nos últimos meses.

Durante anos, sempre que nos encontrávamos, Sally e eu nos queixávamos obsessivamente de como você era maluca e cruel. Mas nesses últimos meses... bem, imagino que seja natural, quando uma pessoa está morrendo, procurar sintetizar o que realmente importou, o que foi bom. Lembramos das suas piadas

305

e do seu jeito de olhar, aquele olhar que nunca deixava escapar nada. Você nos deu isso. Essa capacidade de olhar.

Não a de ouvir, porém. Você nos dava talvez uns cinco minutos para te contar alguma coisa e depois dizia "Chega".

Não consigo entender por que a nossa mãe odiava tanto os mexicanos. Quer dizer, com uma intensidade que ia muito além do conhecido preconceito de todos os parentes texanos dela. Sujos, mentirosos, ladrões. Ela odiava cheiros, qualquer cheiro, e o México cheira, mesmo acima da fumaça dos canos de descarga. Cebola e cravo. Coentro, mijo, canela, borracha queimada, rum e angélicas. Os homens têm um cheiro forte no México. O país inteiro cheira a sexo e sabonete. Era isso que deixava você apavorada, mãe, você e o velho D. H. Lawrence. É fácil misturar sexo e morte aqui, já que ambos estão sempre latejando. Uma caminhada de dois quarteirões exala sensualidade, é repleta de perigos.

Embora hoje supostamente ninguém deva sair de casa, por causa do nível de poluição.

Meu marido, meus filhos e eu moramos muitos anos no México. Fomos muito felizes durante aqueles anos. Mas sempre moramos em aldeias, à beira-mar ou nas montanhas. Havia um clima tão tranquilo e afetuoso lá, uma doçura passiva. Ou na época havia, pois isso foi há muitos anos.

A Cidade do México, agora... fatalista, suicida, corrupta. Um pântano pestilento. Ah, mas há uma afabilidade. Lampejos de tamanha beleza, gentileza e cor que a gente perde o fôlego.

Duas semanas atrás eu voltei para casa por uma semana, para passar o dia de Ação de Graças, voltei para os Estados Unidos, onde há honra e integridade e sabe Deus mais o quê, pensei. Fiquei confusa. Presidente Bush, Clarence Thomas, manifestações contra o aborto, aids, Duke, crack, os sem-teto. E em toda parte — MTV, charges, anúncios, revistas — só guerra, sexismo e violência. No México, pelo menos você morre porque uma lata de argamassa escorrega de um andaime e cai na sua cabeça, não por causa de Uzis nem de nada pessoal.

O que eu quero dizer é que vou ficar aqui por um período indefinido. Mas e depois? Para onde eu vou?

Mamãe, você via feiura e maldade em toda parte, em todo mundo, em todo lugar. Será que você era louca ou vidente? Seja como for, eu não suporto a ideia de ficar como você. Estou apavorada, estou perdendo toda a noção do que é... precioso, verdadeiro.

Agora eu estou me sentindo como você, crítica, rabugenta. Que pocilga. Você odiava lugares com o mesmo ardor com que odiava pessoas... Todos os campos de mineração em que nós moramos, nos Estados Unidos, El Paso, a sua cidade natal, no Chile, no Peru.

Mullan, Idaho, nas montanhas Coer d'Alene. Você odiava aquela cidade mineradora mais que todos os outros lugares, porque havia de fato uma cidadezinha. "Um clichê de cidade pequena." Uma escola de uma sala só, uma máquina de refrigerante, uma agência de correio, uma prisão. Um puteiro, uma igreja. Uma pequena biblioteca circulante no mercadinho. Zane Grey e Agatha Christie. Havia uma prefeitura, onde eram feitas reuniões sobre blecautes e ataques aéreos.

Você esbravejava contra os finlandeses ignorantes e vulgares todo o caminho de volta para casa. A gente parava para comprar um *Saturday Evening Post* e uma barra grande de Hershey antes de escalar a montanha até a mina, de mãos dadas com o papai. No escuro, porque a guerra havia acabado de começar e as janelas da cidade estavam todas tapadas, mas as estrelas e a neve brilhavam tanto que conseguíamos enxergar perfeitamente o caminho... Em casa, papai lia para você até você pegar no sono. Se fosse uma história realmente boa, você chorava, não porque a história fosse triste, mas sim porque ela era tão bonita e tudo no mundo era tão chinfrim.

Meu amigo Kentshereve e eu ficávamos cavando buracos debaixo do arbusto de lilás enquanto você jogava bridge, nas segundas-feiras. As três outras mulheres usavam vestidos de ficar em casa, às vezes ficavam até de meias e chinelos. Era tão frio em Idaho. Muitas vezes elas ficavam com o cabelo cheio de grampos, para modelar os cachos, e um turbante por cima, ajeitando os cabelos para... o quê? Isso ainda é um costume americano. Você vê mulheres com bobes nos cabelos por todo lado. Deve ser uma declaração de princípios, filosófica ou de moda. Talvez apareça algo melhor, mais tarde.

Você sempre se vestia com cuidado. Liga para prender as meias no lugar. Meias finas com costura. Uma anágua de cetim cor de pêssego, que você deixava aparecer um pouco embaixo de propósito, só para aquelas caipiras saberem que você usava anágua. Um vestido de chiffon com ombreiras, um broche com minúsculos diamantes. E o seu casaco. Eu tinha cinco anos e mesmo com tão pouca idade sabia que aquilo era um casaco velho molambento. Castanho, com os bolsos manchados e puídos, os punhos rotos. Seu irmão Tyler lhe dera aquele presente de casamento, dez anos antes. A gola era de pele. Ah, a pobre pele emaranhada, que um dia tinha sido prateada, agora estava amarelada como os traseiros mijados de ursos-polares de zoológico. Kentshereve me contou que todo mundo de Mullan ria das suas roupas. "Bem, ela ri mais ainda das de todos eles, então pronto."

Você vinha cambaleando montanha acima com sapatos de salto alto baratos, a gola do casaco virada para cima em torno do seu cabelo cuidadosamente cacheado e frisado. Uma mão enluvada segurava o corrimão da passarela de madeira bamba que dava acesso à mina e ao moinho. Do lado de dentro, na sala de estar, você acendia a estufa a carvão e se desvencilhava dos sapatos.

Ficava sentada no escuro, fumando, chorando de solidão e tédio. Minha mãe, madame Bovary. Você lia peças de teatro. Queria ter sido atriz. Noel Coward. *Gaslight*. Qualquer coisa em que os Lunts estivessem, decorando as falas e dizendo-as em voz alta enquanto lavava louça. "*Ah!* Eu achei que tinha ouvido os seus passos atrás de mim, Conrad... Não. Ah, eu *achei* que tinha ouvido os seus passos atrás de mim, Conrad..."

Quando papai voltava para casa, imundo, com botas pesadas de minerador, um capacete com lanterna, e ia tomar banho, você preparava drinques em cima de uma mesinha, onde havia um balde de gelo e um sifão. (Essa garrafa causava muita chateação. Papai tinha que se lembrar de comprar as cápsulas nas raras vezes em que ia a Spokane. E a maior parte das visitas não gostava daquilo. "Não, não, nada dessa água barulhenta. Água normal para mim.") Mas era isso que as pessoas usavam em peças de teatro e nos filmes do *Thin Man*.

Em *Alma em suplício*, Joan Crawford tem uma filha chamada Sherry. Numa cena, o vilão está esguichando água gasosa no drinque dele e pergunta a Joan Crawford o que ela quer beber.

"Sherry. Vou levar Sherry para casa",* ela responde.

"Que fala maravilhosa!", você disse para mim quando estávamos saindo do cinema. "Acho que eu vou mudar seu nome para Sherry, para poder usar essa fala."

"Que tal Cerveja?", perguntei. Foi minha primeira gracinha. Ou, pelo menos, foi a primeira vez que fiz você rir.

A outra vez foi quando Earl, o menino que fazia entregas, trouxe uma caixa de compras da mercearia. Eu estava ajudando

---

* No original, "*I'll take Sherry. Home*". Em inglês, "*sherry*" é como é chamado o vinho xerez. (N. T.)

você a guardar as compras. A nossa casa era, na verdade, um barraco de papel alcatroado, exatamente como você dizia, e o chão da cozinha, além de inclinado, era cheio de ondas de linóleo podre e tábuas empenadas. Eu tirei três latas de sopa de tomate da caixa e ia guardá-las no armário, mas sem querer as deixei cair. Elas saíram rolando pelo chão inclinado e bateram na parede. Olhei para cima, achando que você ia gritar comigo ou me bater, mas você estava rindo. Então, você pegou mais algumas latas do armário e as fez sair rolando pelo chão também.

"Vamos apostar corrida!", você disse. "A minha lata de milho contra a sua de ervilha!"

Estávamos agachadas, rindo, fazendo latas rolarem pelo chão e se chocarem contra as outras quando o papai chegou.

"Parem com isso já! Guardem essas latas!" Havia muitas latas. (Você andava fazendo estoque delas, por causa da guerra, coisa que o meu pai dizia que era uma péssima ideia.) Levamos um bom tempo para guardar todas as latas de volta no armário, ambas rindo bem baixinho e cantando "Praise the Lord and Pass the Ammunition" enquanto você me passava as latas que estavam no chão. Foi a coisa mais divertida que eu fiz com você. Tínhamos acabado de guardar tudo quando ele veio até a porta e disse: "Vá para o seu quarto". Eu fui. Mas ele também estava falando para você ir para o seu quarto! Não precisei de muito tempo para perceber que, quando ele a mandava ir para o quarto, era porque você tinha bebido.

Depois disso, até o fim, você pouco saiu do quarto. Deerlodge, Montana; Marion, Kentucky; Patagonia, Arizona; Santiago, Chile; Lima, Peru.

Sally e eu agora estamos no quarto dela no México, temos ficado aqui a maior parte do tempo nos últimos cinco meses.

Saímos, às vezes, para ir ao hospital tirar radiografias e fazer exames laboratoriais, ou para que drenem líquido dos pulmões dela. Fomos duas vezes ao Café Paris tomar um café e uma vez à casa de Elizabeth, uma amiga de Sally, para tomar café da manhã. Mas ela fica muito cansada. Até as sessões de quimioterapia agora são feitas no quarto.

Conversamos e lemos, eu leio em voz alta para ela, pessoas vêm visitá-la. Bate um pouco de sol nas plantas à tarde. Durante mais ou menos meia hora. Sally diz que em fevereiro bate muito sol. Nenhuma das janelas tem vista aberta para o céu, então a luz do sol não é direta, na verdade, mas refletida da parede ao lado. À noitinha, quando escurece, eu fecho as cortinas.

Sally e os filhos moram aqui há vinte e cinco anos. Ela não é nem um pouco parecida com a nossa mãe, a bem dizer é quase irritantemente o oposto dela, pois vê beleza e bondade em toda parte, em todo mundo. Adora o seu próprio quarto, todos os suvenires espalhados pelas prateleiras. A gente se senta na sala e ela diz: "Esse é o meu canto favorito, com a samambaia e o espelho". Ou numa outra hora: "Esse é o meu canto favorito, com a máscara e a cesta de laranjas".

Já eu, no momento, tenho a impressão de que todos os cantos estão me deixando maluca.

Sally adora o México, com o fervor dos convertidos. Seu marido, seus filhos, sua casa, tudo em volta dela é mexicano. A não ser ela. Sally é muito americana, americana à moda antiga, do tipo salutar. De certa forma eu sou a mais mexicana de nós duas; tenho uma natureza sombria. Conheço a morte, a violência. A maior parte dos dias eu nem sequer noto aquele período em que bate sol no quarto.

Quando o nosso pai foi para a guerra, Sally ainda era bebê. Fomos de trem de Idaho para o Texas, para morar com os nossos avós pelo tempo que a guerra durasse. Duros tempos.

Uma coisa que fez mamãe ser como era foi que, quando ela era pequena, a vida deles era muito fácil e confortável. A mãe e o pai dela pertenciam a duas das melhores famílias texanas. Vovô era um dentista rico; eles moravam numa casa linda, com criados, inclusive uma babá para cuidar de mamãe. Ela era mimada pela babá e também pelos três irmãos mais velhos. E aí, pumba, ela foi atropelada por um mensageiro da Western Union e ficou quase um ano no hospital. Durante esse ano, tudo piorou. A Depressão, as jogatinas do vovô, as bebedeiras dele. Ela saiu do hospital e encontrou seu mundo mudado. Uma casa xexelenta perto da oficina de fundição, nada de carro, nada de criados, nada de quarto só para ela. Sua mãe, Mamie, trabalhando como enfermeira do vovô, longe do majongue e do bridge. Era tudo muito triste. E assustador também, provavelmente, se vovô fazia com ela o que fez tanto comigo como com Sally. Ela nunca disse nada sobre isso, mas ele deve ter feito, já que ela o odiava tanto e nunca deixava ninguém tocar nela, nem mesmo para lhe dar um aperto de mão...

O trem se aproximou de El Paso quando o sol estava raiando. Era impressionante de ver, o espaço, todos aqueles espaços abertos, tendo vindo das densas florestas de pinheiro. Era como se o mundo estivesse descoberto, como se uma tampa tivesse sido tirada. Quilômetros e quilômetros de claridade e céu azul, azul. Eu corria para cá e para lá entre as janelas dos dois lados do vagão recreativo que finalmente tinha sido aberto, eufórica com toda aquela nova face da terra.

"É só o deserto", ela disse. "Ermo. Vazio. Árido. E logo, logo vamos estar chegando ao muquifo que eu costumava chamar de lar."

Sally queria que eu a ajudasse a botar sua casa em Calle Amores em ordem. Organizar fotografias, roupas e documentos, consertar as hastes das cortinas dos chuveiros, trocar as vidraças das janelas. Salvo a porta da frente, nenhuma das portas tinha maçaneta; você tinha que usar uma chave de fenda para abrir os closets e escorar a porta do banheiro com um cesto para ela não abrir. Chamei uns trabalhadores para botarem as maçanetas. Eles vieram e isso foi bom, só que era um domingo à tarde, enquanto estávamos tendo um jantar de família, e eles ficaram até umas dez da noite. O que aconteceu foi que eles botaram as maçanetas, mas não apertaram nenhum parafuso, então todas as maçanetas que a gente tentava abrir caíam na nossa mão e agora não dava para abrir as portas dos closets de jeito nenhum. Além disso, vários parafusos saíram rolando e desapareceram. Liguei para os homens no dia seguinte e alguns dias depois eles vieram de manhã, justo quando a minha irmã tinha finalmente conseguido pegar no sono depois de uma noite ruim. Os três homens faziam tanto barulho que eu acabei falando para eles: "Olha, para tudo. Deixa para lá. A minha irmã está doente, muito doente, e vocês são barulhentos demais. Voltem outro dia". Voltei para o quarto dela, mas algum tempo depois comecei a ouvir uns bufos, arquejos e baques abafados. Eles estavam tirando todas as portas das dobradiças para poderem levá-las para o terraço e consertá-las sem fazer barulho.

Será que na verdade eu só estou com raiva porque Sally está morrendo e então fico com raiva de um país inteiro? Agora é a privada que está quebrada. Eles precisam tirar o piso todo.

Sinto falta da lua. Sinto falta de solidão.

No México nunca acontece de não ter mais ninguém aonde quer que você vá. Se você vai para o seu quarto ler, alguém vai notar que você está só e vai até lá te fazer companhia. Sally nunca fica sozinha. À noite eu fico lá até ter certeza de que ela pegou no sono.

Não existe manual para a morte. Não há ninguém que possa te dizer o que fazer nem como vai ser.

Quando éramos pequenas, nossa avó Mamie assumiu a responsabilidade de cuidar de Sally. À noite, mamãe comia, bebia e lia livros policiais no quarto dela. Vovô comia, bebia e ouvia rádio no quarto dele. Na verdade, mamãe saía a maior parte das noites, com Alice Pomeroy e as irmãs Parker, para jogar bridge ou passear por Juárez. Durante o dia ela ia para o hospital Beaumont, como voluntária da Cruz Vermelha americana, para ler para soldados cegos e jogar bridge com soldados mutilados.

Ela era fascinada por tudo o que era grotesco, exatamente como o vovô. Quando voltava do hospital, ligava para Alice e ficava falando de todas as feridas dos soldados, das histórias de guerra de todos eles, de como as mulheres deles tinham caído fora quando descobriram que eles não tinham mais mãos ou pés.

Às vezes ela e Alice iam a bailes da United Service Organization à procura de um marido para Alice. Ela nunca encontrou um marido; trabalhou na loja de departamentos Popular Dry Goods, desmanchando costuras, até morrer.

Byron Merkel também trabalhava na Popular, no setor de lâmpadas. Era supervisor de lâmpadas. E continuava perdidamente apaixonado por mamãe depois de todos aqueles anos. Os dois tinham feito parte do clube de teatro na escola secundária e estrelavam todas as peças. Embora mamãe fosse bem pequena, eles tinham que fazer todas as cenas românticas sentados, porque Byron só tinha um metro e cinquenta e oito de altura. Não fosse isso, ele teria se tornado um ator famoso.

Ele a levava para ver peças. *Canción de cuna*. À *margem da vida*. Às vezes ele ia lá para casa à noitinha e os dois ficavam sentados no balanço da varanda. Liam peças em que tinham atuado quando eram jovens. Eu sempre ficava embaixo da varanda nessas horas, num pequeno ninho que eu havia feito com um cobertor velho, com uma lata cheia de biscoitos Saltine. *A importância de ser prudente. A família Barrett.*

Ele era abstêmio. Fiquei achando que isso queria dizer que ele só bebia chá,* e era só chá que ele bebia mesmo, enquanto minha mãe tomava Manhattans. Era o que eles estavam fazendo quando eu o ouvi dizer para mamãe que ele continuava perdidamente apaixonado por ela depois de todos aqueles anos. Disse também que sabia que não chegava aos pés de Ted (papai), outra expressão estranha. Vivia dizendo "Bem, é preciso roer muito osso duro até chegar lá", coisa que eu também não conseguia entender. Uma vez, quando mamãe estava reclamando dos mexicanos, ele disse: "Bem, se você lhes dá a mão, eles ficam só com a mão mesmo". O problema com as coisas que ele dizia era que ele tinha uma voz de tenor forte e impostada, então cada palavra parecia carregada de significado e ficava ecoando na minha cabeça. Abstêmio, abstêmio...

Uma noite, depois que ele foi para casa, ela entrou no quarto onde eu dormia junto com ela e ficou bebendo, chorando e rabiscando, literalmente rabiscando, no diário dela.

"Está tudo o.k.?", eu finalmente lhe perguntei, e ela me deu um tapa.

"Eu já falei pra você parar de falar 'o.k.'!" Depois ela pediu desculpas por ter ficado brava comigo.

"É que eu odeio morar na Upson Street. O seu pai só me escreve pra falar do navio dele e pra me dizer pra não chamar o

---

* No original, a palavra é *teetotaller*, cuja primeira sílaba lembra *tea*, "chá". (N. T.)

navio de barco. E o único romance que existe na minha vida agora é com um vendedor de lâmpadas nanico!"

Isso pode parecer engraçado agora, mas não foi quando ela estava chorando e soluçando, como se o seu coração fosse explodir. Eu fiz um carinho nela e ela se esquivou. Odiava ser tocada. Então, fiquei só olhando para ela à luz do poste de iluminação entre as frestas da persiana. Só olhando para ela enquanto ela chorava. Ela estava completamente sozinha, como a minha irmã Sally, quando chora desse jeito.

Até mais

Adoro ouvir Max dizer alô.

Ligava para ele quando éramos amantes, adúlteros. O telefone tocava, a secretária dele atendia e eu pedia para falar com ele. Alô, ele dizia. Max? Eu ficava tonta, zonza, na cabine telefônica.

Estamos divorciados há muitos anos. Ele é um inválido agora, precisa de oxigênio, cadeira de rodas. Quando eu morava em Oakland, ele me ligava umas cinco ou seis vezes por dia. Max tem insônia: uma vez ele me ligou às três da manhã e perguntou se já tinha amanhecido. Às vezes eu ficava irritada e desligava na mesma hora ou então nem atendia.

Na maior parte do tempo falávamos dos nossos filhos, do nosso neto ou do gato de Max. Eu lixava as unhas, costurava, via o jogo dos Oakland A's enquanto conversávamos. Ele é engraçado e um grande fofoqueiro.

Estou morando na Cidade do México já faz quase um ano. Minha irmã Sally está muito doente. Eu cuido da casa e dos filhos dela, trago comida para ela, lhe dou injeções e banho. Nós duas ficamos horas conversando, choramos e rimos, nos irritamos com as notícias, nos preocupamos com o filho dela quando ele fica até tarde na rua.

É impressionante como nós duas nos tornamos próximas. Temos passado os dias inteiros juntas há tanto tempo. Vemos e ouvimos coisas da mesma forma, sabemos o que a outra vai dizer...

Eu raramente saio do apartamento. Nenhuma das janelas tem vista aberta para o céu, só para o poço de ventilação do prédio ou para os apartamentos vizinhos. Dá para ver o céu da cama de Sally, mas eu só o vejo quando abro ou fecho as cortinas do quarto dela. Falo espanhol com ela e com os filhos dela, com todo mundo.

Na verdade, Sally e eu não temos mais conversado tanto. Ela sente dor nos pulmões quando fala muito. Eu leio ou canto ou então nós simplesmente ficamos deitadas juntas no escuro, respirando em uníssono.

Tenho a sensação de ter desaparecido. Na semana passada, no mercado de Sonora, eu era tão alta, cercada de índios morenos, muitos deles falando em nauatle. Não só eu tinha desaparecido, como estava invisível. Quer dizer, durante um bom tempo eu achei que nem sequer estava lá.

Claro que eu tenho uma identidade aqui, e uma nova família, novos gatos, novas piadas. Mas fico tentando me lembrar de quem eu era em inglês.

É por isso que fico tão contente quando Max me liga. Ele me telefona bastante, da Califórnia. Alô, ele diz. Conta que tem ouvido Percy Heath, que protestou contra a pena de morte em San Quentin. Nosso filho Keith fez ovos beneditinos para ele no domingo de Páscoa. A mulher de Nathan, Linda, pediu para Max não telefonar tanto para ela. Nosso neto, Nikko, disse que estava pegando no sono sem querer.

Max me fala dos boletins de trânsito e da previsão do tempo, descreve as roupas que aparecem no programa de Elsa Klensch. E me pergunta de Sally.

Em Albuquerque, quando éramos jovens, antes de eu conhecê-lo, eu ouvi Max tocar saxofone, vi Max correr de Porsche no forte Sumter. Todo mundo sabia quem ele era. Era bonito, rico, exótico. Uma vez eu o vi no aeroporto, despedindo-se do pai. Ele deu um beijo de adeus no pai, com lágrimas nos olhos. Eu quero um homem que se despeça do pai com um beijo, pensei.

Quando se está morrendo, é natural fazer um retrospecto da vida, pesar as coisas, sentir arrependimentos. Eu também fiz isso nesses últimos meses, junto com a minha irmã. Nós duas levamos um bom tempo para nos livrarmos da raiva e da ânsia de atribuir culpas. Até as nossas listas de arrependimentos e autorrecriminações estão ficando mais curtas. As listas agora são daquilo que nos resta. Amigos. Lugares. Ela gostaria de poder dançar *danzón* com o amante dela. Quer ver a *parroquia* em Veracruz, palmeiras, lanternas ao luar, cachorros e gatos entre os sapatos lustrosos dos dançarinos. Recordamos escolas de uma sala só no Arizona, o céu quando esquiávamos nos Andes.

Ela parou de se preocupar com os filhos, com o que vai ser deles quando ela morrer. Eu provavelmente vou voltar a me preocupar com os meus quando for embora daqui, mas por ora nós simplesmente temos nos deixado ir devagar ao sabor dos ritmos e padrões de cada novo dia. Alguns dias são cheios de dor e vômito, outros são calmos, com uma marimba tocando ao longe, o apito do vendedor de *camote* à noite...

Não sinto mais remorso por causa do meu alcoolismo. Antes de eu sair da Califórnia, o meu filho mais novo, Joel, veio tomar café da manhã comigo. O mesmo filho de quem eu costumava roubar e que já me disse que eu não era mãe dele. Fiz panquecas de queijo; tomamos café e lemos o jornal, resmungando um com o outro de Rickey Henderson, George Bush. Depois ele foi para o trabalho; me deu um beijo e disse Até mais, mãe. Até mais, eu disse.

No mundo inteiro, mães estão tomando café com os filhos, despedindo-se deles na porta. Será que elas têm noção da gratidão que eu senti, ali parada, acenando? Suspensão da pena.

Eu tinha dezenove anos quando o meu primeiro marido me deixou. Depois me casei com Jude, um homem atencioso, com um senso de humor irônico.

Ele era uma boa pessoa. Queria me ajudar a criar meus dois filhos pequenos.

Max foi nosso padrinho de casamento. Depois da cerimônia, no quintal dos fundos da nossa casa, Jude foi trabalhar — ele tocava piano no bar Al Monte. A outra testemunha, Shirley, minha melhor amiga, foi embora sem dizer quase nada. Ela estava muito contrariada por eu ter me casado com Jude, achava que eu tinha feito isso por desespero.

Max ficou. Depois que as crianças foram dormir, a gente ficou por lá, comendo o bolo do casamento e tomando champanhe. Ele falou sobre a Espanha e eu sobre o Chile. Ele me falou sobre os seus anos em Harvard, com Jude e Creeley. Sobre tocar saxofone quando o bebop estava surgindo. Charlie Parker, Bud Powell, Dizzy Gillespie. Max tinha sido viciado em heroína nesse tempo. Para falar a verdade, eu não sabia o que isso significava. Heroína para mim tinha uma conotação positiva… Jane Eyre, Becky Sharp, Tess.

Jude tocava à noite. Acordava no fim da tarde e praticava, ou ele e Max passavam horas tocando duetos, depois a gente jantava. Então, ele ia para o trabalho. Max me ajudava a lavar a louça e a botar as crianças na cama.

Eu não podia incomodar Jude no trabalho. Quando havia alguém rondando a casa, quando os meninos ficavam doentes, quando um pneu do meu carro furava, era para Max que eu ligava. Alô, ele dizia.

Enfim, um ano depois tivemos um caso. Foi intenso e passional, uma grande confusão. Jude se recusava a falar do assunto. Eu o deixei para ir morar sozinha com as crianças. Jude apareceu e me disse para entrar no carro. Íamos para Nova York, onde Jude ia tocar jazz e nós íamos salvar o nosso casamento.

Nunca falávamos sobre Max. Nós dois trabalhávamos muito em Nova York. Jude praticava e fazia apresentações. Tocou em casamentos no Bronx, em shows de strippers em Nova Jersey até conseguir se sindicalizar. Eu fazia roupas para crianças que eram vendidas até na Bloomingdale's. Estávamos felizes. Nova York era maravilhosa naquela época. Allen Ginsberg e Ed Dorn lendo na YMCA. A exposição de Mark Rothko no MoMA, durante a grande nevasca. A luz era intensa por causa da neve nas claraboias; as pinturas latejavam. A gente ouvia Bill Evans e Scott LaFaro. John Coltrane no sax soprano. A primeira noite de Ornette no Five Spot.

Durante o dia, enquanto Jude dormia, eu e os meninos passeávamos pela cidade inteira de metrô, saltando em estações diferentes a cada dia. Andamos de barca várias e várias vezes. Uma vez, quando Jude estava tocando no Grossinger's, acampamos no Central Park. Para você ver como Nova York era agradável na época, ou como eu era idiota... A gente morava na Greenwich Street na altura do Washington Market, perto da Fulton Street.

Jude fez uma caixa de brinquedos vermelha para os meninos, pendurou balanços nos canos do nosso loft. Era paciente e rigoroso com eles. À noite, quando ele chegava em casa, fazíamos amor. Toda raiva, tristeza e afeto que existiam entre nós viravam eletricidade nos nossos corpos. Nunca nada disso era dito em voz alta.

À noite, quando Jude estava no trabalho, eu lia para Ben e Keith, cantava para eles dormirem e depois ia costurar. Ligava para o programa de rádio de Symphony Sid e pedia para ele tocar Charlie Parker e King Pleasure, até que ele me disse para parar de ligar tanto para lá. Os verões eram muito quentes e nós dormíamos no terraço. Os invernos eram frios e não havia aquecimento depois das cinco nem nos fins de semana. Os meninos iam para a cama de luva e protetor de ouvido.

Agora, no México, eu canto músicas de King Pleasure para Sally. "Little Red Top". "Parker's Mood". "Sometimes I'm Happy".

É horrível quando não há mais nada que se possa fazer.

Em Nova York, quando o telefone tocava à noite, era Max. Alô, ele dizia.

Ele estava correndo no Havaí. Estava correndo em Wisconsin. Estava vendo televisão e pensou em mim. As íris estavam florescendo no Novo México. Enxurradas repentinas em arroios em agosto. Choupos ficavam amarelos no outono.

Ele ia a Nova York com frequência, para ouvir música, mas eu nunca me encontrei com ele. Ele ligava e me falava de Nova York e eu falava para ele de Nova York. Case comigo, ele dizia, me dê uma razão para viver. Fale comigo, eu dizia, não desligue.

Uma noite, fazia um frio insuportável e Ben e Keith estavam dormindo comigo, vestidos com agasalhos de neve. As persianas chacoalhavam com o vento, persianas do tempo de Herman Melville. Era domingo, então não havia carros. Lá embaixo, nas ruas, o veleiro passava, numa carroça puxada a cavalo. Ploc ploc. Uma chuva fria de granizo assobiava atrás das janelas e Max ligou. Alô, ele disse. Estou logo aqui na esquina, numa cabine telefônica.

Ele veio trazendo rosas, uma garrafa de conhaque e quatro passagens para Acapulco. Acordei os meninos e fomos embora.

Não é verdade, aquilo que eu disse sobre não ter arrependimentos, embora eu não tenha sentido o menor remorso na época. Foi só uma das muitas coisas erradas que eu fiz na vida, ir embora daquele jeito.

O Plaza Hotel estava quentinho. Não, estava quente de verdade. Ben e Keith entraram na banheira fumegante com uma expressão reverente, como se estivessem num batismo texano. Adormeceram envoltos em roupas de cama brancas e limpas. No quarto ao lado, Max e eu fizemos amor e ficamos conversando até de manhã.

Tomamos champanhe sobrevoando Illinois. Trocamos beijos enquanto os meninos dormiam na nossa frente e nuvens passavam diante da janela. Quando pousamos, o céu sobre Acapulco estava listrado de rosa e coral.

Nós quatro nadamos, depois comemos lagosta e depois nadamos mais um pouco. De manhã, o sol brilhava por entre as persianas de madeira, fazendo listras em Max, Ben e Keith. Eu me sentava na cama e ficava olhando para eles, feliz.

Max carregava cada um dos meninos para a cama e o cobria. Beijava-os com carinho, do mesmo jeito como tinha beijado o pai. Max dormia tão profundamente quanto eles. Eu achava que ele devia estar exausto por causa do que nós estávamos fazendo, por ele estar deixando a esposa e assumindo uma família.

Ele ensinou os dois a nadar e a mergulhar com snorkel. Contava coisas para eles. Contava coisas para mim. Coisas sobre a vida, sobre pessoas que ele conhecia. Nós três nos interrompíamos contando coisas para ele também. Ficávamos deitados na areia fina da praia Caleta, quentes ao sol. Keith e Ben me enterravam na areia. Max contornava os meus lábios com o dedo. Explosões de cor do sol contra as minhas pálpebras fechadas e sujas de areia. Desejo.

À noitinha, a gente ia ao parque perto das docas, onde havia triciclos para alugar. Max e eu ficávamos de mãos dadas enquanto os meninos corriam furiosamente ao redor do parque, passando como relâmpagos por bougainvílleas rosa, canáceas vermelhas. Atrás deles, navios eram carregados nas docas.

Uma tarde, minha mãe e meu pai, conversando sem parar, subiram a prancha de embarque do *S. S. Stavangerfjord*, um navio norueguês. Minha irmã tinha me escrito contando que eles estavam viajando de Tacoma para Valparaíso. Meus pais não estavam falando comigo nessa época, por causa do meu casamento com Jude. Eu não podia chamá-los e dizer: Oi, mamãe! Oi, papai! Que coincidência, não? Esse aqui é o Max.

No entanto, saber que os meus pais estavam logo ali fez com que eu me sentisse bem. E agora eles estavam na balaustrada enquanto o navio zarpava. Meu pai estava queimado de sol e usava um chapéu branco de aba mole. Minha mãe fumava. Ben e Keith corriam cada vez mais rápido pela pista de cimento, gritando um para o outro e para nós... Olha pra mim!

Hoje houve uma grande explosão de gás em Guadalajara, centenas de pessoas morreram e tiveram suas casas destruídas. Max ligou para saber se eu estava bem. Contei a ele que agora no México todo mundo estava achando engraçado sair por aí perguntando: "Escuta... você está sentindo cheiro de gás?".

Em Acapulco, fizemos amigos no hotel. Don e María, que tinham uma filha de seis anos, Lourdes. À noite, as crianças ficavam colorindo na varanda deles até pegarem no sono.

Ficávamos lá até bem tarde, até a lua ficar alta e pálida. Don e Max jogavam xadrez à luz de uma lamparina a querosene. Afagos de mariposas. María e eu nos deitávamos transversalmente numa enorme rede e ficávamos conversando baixinho sobre coisas bobas como roupas, nossos filhos, amor. Ela e Don só estavam casados havia seis meses. Antes de conhecê-lo, ela estava muito sozinha. Eu contei a ela que, de manhã, eu dizia o nome de Max antes mesmo de abrir os olhos. Ela disse que a vida dela era como um disco triste tocando sem parar o dia todo e agora, num segundo, o disco tinha sido virado e pronto, música. Max ouviu o que ela disse e sorriu para mim. Viu, amor, a gente é o lado B agora.

Tínhamos outros amigos também. Raúl, o mergulhador, e a mulher dele, Soledad. Um fim de semana, nós seis fizemos mariscos no vapor na varanda do nosso hotel. Tínhamos mandado todas as crianças tirarem uma soneca. Mas, uma a uma, elas foram aparecendo por lá, querendo ver o que estava acontecendo. Volta pra cama! Uma queria água, outra simplesmente não estava conseguindo dormir. Volta pra cama. Keith veio e disse que tinha visto uma girafa! Agora volta pra cama, daqui a pouco a gente acorda vocês. Ben veio e disse que tinha visto tigres e elefantes. Ah, pelo amor de Deus. Mas lá estava, na rua abaixo de nós: um desfile de circo. Acordamos todas as crianças, então. Um dos homens do circo achou que Max fosse um astro do cinema e eles nos deram ingressos grátis. Nós todos fomos ao circo naquela noite. Foi mágico, mas as crianças pegaram no sono antes do fim do número do trapézio.

Houve um terremoto na Califórnia hoje. Max ligou para dizer que não tinha sido culpa dele e que não estava conseguindo encontrar seu gato.

Uma lua poente espectral brilhava sobre nós quando fizemos amor naquela noite. Depois ficamos deitados um ao lado do outro debaixo do ventilador de madeira, quentes, grudentos. A mão de Max no meu cabelo. Obrigada, sussurrei, para Deus, acho…

De manhã, quando eu acordava, os braços dele estavam em volta de mim, seus lábios no meu pescoço, sua mão na minha coxa.

Um dia eu acordei antes do sol nascer e ele não estava lá. O quarto estava em silêncio. Ele deve estar nadando, pensei. Fui ao banheiro. Max estava sentado no vaso, esquentando alguma coisa numa colher enegrecida. Havia uma seringa na pia.

"Alô", ele disse.

"Max, o que é isso?"

"Heroína", ele disse.

Isso parece o fim de uma história, ou o começo, quando na verdade foi só uma parte dos anos que estavam por vir. Tempos de intensa felicidade tecnicolor e também de momentos sórdidos e assustadores.

Tivemos mais dois filhos, Nathan e Joel. Viajamos por todo o México e pelos Estados Unidos num Beechcraft Bonanza. Moramos em Oaxaca e, por fim, nos instalamos numa aldeia na costa do México. Fomos felizes, todos nós, durante um bom tempo e, então, tudo ficou difícil e solitário porque ele gostava muito mais da heroína.

Detox não… Max diz pelo telefone… Retox, é disso que todo mundo precisa. E "Simplesmente diga não"? O certo seria dizer: Não, obrigado. Ele está brincando, não se droga já faz muitos anos.

Durante meses Sally e eu nos desdobramos tentando analisar nossas vidas, nossos casamentos, nossos filhos. Ela nunca bebeu nem fumou como eu.

O ex-marido de Sally é político. Quase todo dia ele passa por aqui, num carro com dois guarda-costas e uma escolta de dois carros com mais homens dentro. Sally é tão próxima dele quanto eu sou de Max. Então, o que é o casamento afinal? Eu nunca consegui descobrir. E agora é a morte que eu não entendo.

Não só a morte de Sally. O meu país, depois de Rodney King e dos tumultos em Los Angeles. Pelo mundo todo, a fúria e o desespero.

Sally e eu fazemos rébus uma para a outra para que ela não force os pulmões falando. Rébus são mensagens em que você faz desenhos em vez de escrever palavras ou letras. "Violência", por exemplo, é uma viola e uma lança. "Dá nojo" é uma pessoa com cara de asco olhando para uma barata. A gente ri baixinho no quarto dela, desenhando. Na verdade, o amor não é mais um mistério para mim. Max liga e diz alô. Eu digo a ele que a minha irmã vai morrer não demora muito. Como você está?, ele pergunta.

Um caso amoroso

Era difícil cuidar da sala de espera e da sala de exame sozinha. Eu tinha que trocar curativos, tirar temperatura e pressão, e ainda tentar receber novos pacientes e atender ligações. Era um grande transtorno, porque, para fazer um eletrocardiograma ou dar assistência durante uma sutura ou um exame preventivo, eu tinha que pedir ao serviço de recados para receber as ligações. A sala de espera ficava cheia, os pacientes se sentiam negligenciados e eu ficava ouvindo os telefones tocando sem parar.

A maioria dos pacientes do dr. B. eram bastante idosos. Muitas das mulheres que faziam exame preventivo eram obesas, com acesso difícil, então o exame demorava mais tempo ainda.

Acho que havia uma lei que dizia que eu tinha que estar presente quando ele estivesse examinando uma paciente do sexo feminino. Eu costumava achar que isso era uma precaução antiquada. Não mesmo. Era impressionante quantas daquelas velhas senhoras eram apaixonadas por ele.

Eu entregava o espéculo a ele e, algum tempo depois, o palito comprido. Depois de colher células do colo do útero, ele as passava na lâmina que eu estava segurando, e eu então a borrifava com uma solução, formando uma película protetora. Em seguida, eu cobria a lâmina com outra lâmina, guardava numa caixa e a etiquetava para ser enviada ao laboratório.

Minha principal tarefa era fazer com que as mulheres botassem as pernas bem no alto dos estribos e o bumbum bem na beira da mesa, onde ele ficaria no mesmo nível que os olhos do médico. Depois, eu estendia um lençol sobre os joelhos delas e deveria ajudá-las a relaxar. Conversar e fazer brincadeiras até que ele entrasse na sala. Essa parte era fácil, a parte da conversa. Eu conhecia as pacientes e elas eram todas muito simpáticas.

A parte difícil era quando ele entrava na sala. Era um homem extremamente tímido, com um problema sério de tremor nas mãos que se manifestava de vez em quando. Sempre quando ele tinha que assinar cheques ou fazer exames preventivos.

Ele se sentava num banquinho, olhos nivelados com as vaginas das pacientes, uma lanterna na testa. Eu lhe entregava o espéculo (aquecido) e, alguns minutos depois, enquanto a paciente arfava e suava, o palito comprido com algodão na ponta. Ele segurava o palito, balançando-o feito uma batuta, enquanto se metia debaixo do lençol, aproximando-se da mulher. Por fim, a mão dele emergia com o palito, agora um metrônomo zonzo apontado para a minha lâmina expectante. Eu ainda bebia nessa época, então a mão com que eu segurava a lâmina tremia visivelmente enquanto eu tentava levá-la de encontro à dele. Mas, enquanto o meu era um tremor nervoso para cima e para baixo, o dele era para a frente e para trás. Até que, finalmente, *tchum*. Esse procedimento demorava tanto que ele muitas vezes perdia ligações importantes, e claro que as pessoas que estavam na sala de espera ficavam muito impacientes. Uma vez, o sr. Larraby chegou até a bater na porta. O dr. B. levou um susto tão grande que deixou o palito cair no chão. Tivemos que começar tudo de novo. Depois disso, ele concordou em contratar uma recepcionista para trabalhar em meio expediente.

Se algum dia resolver procurar outro emprego, vou pedir um salário bem alto. Se uma pessoa trabalha por tão pouco quanto eu e Ruth trabalhávamos, há algo de muito suspeito.

Ruth nunca tinha trabalhado fora e não precisava trabalhar, o que já era suspeito o bastante. Estava ali por diversão.

Eu achei isso tão fascinante que a convidei para almoçar depois da entrevista. Sanduíches de atum com queijo derretido no Pill Hill Café. Gostei dela de cara. Nunca tinha conhecido ninguém como ela.

Ruth tinha cinquenta anos e estava casada fazia trinta com o seu amor de infância, um contador. Eles tinham dois filhos e três gatos. Os hobbies dela, de acordo com a sua ficha de inscrição, eram "gatos". Então, o dr. B. sempre perguntava a ela como os seus gatos estavam. Meus hobbies eram "ler", então ele costumava dizer para mim "Nas margens de Itchee Goomee", ou "Nunca mais, disse o corvo".

Sempre que atendia um paciente novo, ele anotava algumas frases nas costas da ficha. Coisas que ele poderia usar para puxar conversa quando entrasse na sala de exame. "Acha que o Texas é a terra de Deus." "Tem dois poodles toy." "Consome quinhentos dólares de heroína por dia." Então, quando entrava na sala para atender, ele dizia coisas como "Bom dia! Tem visitado a terra de Deus ultimamente?" ou "Você está sem sorte se acha que vai conseguir arranjar drogas comigo".

Durante o almoço, Ruth me contou que tinha começado a se sentir velha e acomodada e que então havia entrado para um grupo de apoio. As Meninas Peraltas, ou M. P., que era na verdade uma referência à Meno Pausa. Ruth sempre dizia essa palavra como se fossem duas. O grupo tinha como objetivo dar mais pique à vida das mulheres. Ele se concentrava nas próprias participantes. A última a ser ajudada tinha sido Hannah. O grupo a convenceu a entrar para os Vigilantes do Peso, a ir para o spa Rancho del Sol, a fazer aulas de dança de salão e depois a fazer uma lipoaspiração e um lifting. Ela ficou com uma aparência maravilhosa, mas agora estava em dois outros grupos. Um para mulheres que fizeram lifting mas continuavam deprimidas e outro para "Mulheres que amam demais". Ruth soltou um suspiro e disse: "A Hannah sempre foi o tipo de mulher que tem casos com estivadores".

Estivadores! Ruth usava palavras surpreendentes, como *assaz* e *azáfama*. Dizia coisas como estar sentindo falta "daquela fase do mês". Era sempre uma fase tão quentinha e aconchegante.

As Meninas Peraltas recomendaram a Ruth que fizesse aulas de arranjo floral, entrasse para um grupo de teatro, se filiasse a um clube de entusiastas do jogo Trivial Pursuit e arranjasse um emprego. Ela também deveria ter um caso amoroso, mas ainda não havia pensado sobre isso. Pique a vida dela já tinha. Adorava fazer arranjos florais, e agora elas estavam aprendendo a fazer buquês com ervas e mato. Também fazia uma pontinha, sem cantar, em *Oklahoma!*

Eu gostava de ter a companhia de Ruth no consultório. Brincávamos muito com os pacientes e falávamos deles como se fossem nossos parentes. Até arquivar ela achava divertido, cantando "Abcdefg hi jk lmnop lmnopqrst uvwxyZ!", até que eu dizia: "Para, deixa que *eu* arquivo".

Agora era mais fácil quando eu estava com pacientes. Mas, na verdade, ela trabalhava muito pouco. Estudava suas cartas do Trivial Pursuit e telefonava muito para as amigas, principalmente para Hannah, que estava tendo um caso com o professor de dança.

Na hora do almoço eu ia com Ruth colher ervas para pôr em buquês, escalando, quente e suada, o barranco ao lado da autoestrada à procura de pés de cenoura selvagem e tabaco. Pedras entravam nos nossos sapatos. Ruth parecia ser uma bela senhora judia de meia-idade como tantas outras, mas havia um quê de selvagem e livre nela. O grito que ela deu quando encontrou uma flor de rúcula rosa no beco atrás do hospital.

Ela e o marido haviam crescido juntos. Suas famílias eram muito próximas, alguns dos poucos judeus numa cidade pequena do Iowa. Desde que ela se lembrava, todo mundo sempre havia esperado que ela e Ephraim se casassem. Eles se apaixonaram de verdade na escola secundária. Ela estudou economia doméstica na faculdade e esperou que ele se formasse em administração e contabilidade. Claro que eles tinham se guardado para o casamento. Foram morar na casa da família dele e cuidavam da mãe inválida de Ephraim. Ela tinha vindo para Oakland com o casal e ainda morava com eles, aos oitenta e seis anos.

Nunca ouvi Ruth reclamar de nada nem de ninguém, nem da velha doente, nem dos filhos, nem de Ephraim. Eu vivia reclamando dos meus filhos, do meu ex-marido, da minha nora e, principalmente, do dr. B. Ele me fazia abrir todos os pacotes que chegavam para ele, temendo que houvesse alguma bomba dentro deles. Se uma abelha ou uma vespa entrasse na sala, ele saía e só voltava depois que eu a tivesse matado. Isso são só as coisas bobas. Ele era mau. Principalmente com Ruth, dizendo coisas como "É isso que eu ganho por contratar deficientes?". Ele a chamava de "Dislexia", porque ela trocava a posição dos algarismos de números de telefone. Ela fazia muito isso. Dia sim, dia não ele me dizia para mandá-la embora. Eu falava que nós não podíamos, que não havia motivo para uma demissão, que ela me ajudava muito e que os pacientes gostavam dela. Ela alegrava o ambiente.

"Eu não suporto gente alegre", ele dizia. "Me dá vontade de dar um tapa pra tirar aquele sorriso da cara dela."

Ela continuou a ser gentil com ele. Achava que ele era

como o Heathcliff de *O morro dos ventos uivantes* ou como o sr. Rochester de *Jane Eyre*, só que pequeno. "É, *muito* pequeno", eu dizia. Mas Ruth nunca ouvia comentários negativos. Acreditava que alguém, em algum momento, havia partido o coração do dr. B. Levava para ele *kugel, rugelach* e *hamantaschen,* e vivia inventando desculpas para entrar na sala dele. Eu ainda não tinha me dado conta de que ela havia escolhido o dr. B. para ser seu caso amoroso, até que um dia ele entrou na minha sala e fechou a porta.

"Você tem que mandar essa mulher embora! Ela está dando em cima de mim! É inaceitável."

"Bem, por estranho que possa parecer, ela acha o senhor extremamente atraente. Eu ainda preciso dela. É difícil encontrar uma pessoa com quem seja fácil trabalhar. Seja paciente. Por favor, senhor." O "senhor" o amoleceu, como de costume.

"Está bem", ele disse, soltando um suspiro.

Ela era boa para mim, botava pique na minha vida. Em vez de passar minha hora de almoço remoendo problemas e fumando no beco, eu me sujava e me divertia colhendo buquês com ela. Comecei até a cozinhar, usando algumas das centenas de receitas que ela xerocava o dia inteiro. Cebolas assadas com uma pitada de açúcar mascavo. Ela levava roupas do brechó Schmatta e eu as comprava. Fomos à ópera algumas vezes, quando Ephraim estava cansado demais.

Era maravilhoso ir à ópera com ela, porque no intervalo ela não ficava só lá parada sem fazer nada, com cara de tédio, como todo mundo. Ela me levava até o saguão principal para a gente poder admirar as roupas e as joias. Eu chorei com ela em *La traviata*. Nossa cena favorita era a ária da velha em *A dama de espadas*.

Um dia Ruth convidou o dr. B. para ir à ópera. "Não! Que convite inapropriado!", ele disse.

"Que babaca", eu disse quando ele saiu porta afora. Só o que ela disse foi que médicos simplesmente eram ocupados demais para terem casos amorosos, então ela imaginava que ia ter que ser com o Julius.

Julius era um dentista aposentado que havia feito parte do elenco de *Oklahoma!*. Era viúvo e gordo. Ela disse que gordura era bom, era quente e confortável.

Perguntei se era porque Ephraim havia perdido o interesse por sexo. "*Au contraire!*", disse ela. "É a primeira coisa em que ele pensa todas as manhãs e a última à noite. E se fica em casa durante o dia, ele me persegue nessas horas também. É sério..."

Vi Julius no funeral da mãe de Ephraim na Capela do Vale. A velha tinha morrido tranquilamente enquanto dormia.

Ruth e a família estavam na escada da casa funerária. Dois filhos encantadores, bonitos, simpáticos, reconfortando os pais, Ruth e Ephraim. Ephraim tinha uma beleza sombria. Magro, melancólico, profundo. Ele, sim, parecia Heathcliff. Seus olhos tristes e sonhadores sorriram para os meus. "Obrigado por ser tão generosa com a minha esposa."

"Lá está ele!", Ruth sussurrou, apontando para um homem de cara vermelha, Julius. Cordões de ouro, um terno azul apertado demais. Ele devia estar mascando Clorets, pois seus dentes estavam verdes.

"Você está maluca!", eu sussurrei para ela.

Ruth tinha escolhido a Capela do Vale porque os agentes funerários de lá eram os nossos favoritos. Volta e meia algum paciente do dr. B morria, então quase todo dia algum agente funerário ia até lá para pedir que ele assinasse o atestado de óbito. Com tinta preta, a lei exigia, mas o dr. B. teimava em assiná-los com caneta azul, então os agentes funerários tinham que tomar café e ficar zanzando por ali até que ele voltasse e os assinasse com caneta preta.

Fiquei parada no fundo da capela, pensando onde iria sentar. Muitas mulheres da Hadassah tinham vindo; a capela estava cheia. Um dos agentes funerários apareceu ao meu lado. "Como você fica bonita de cinza, Lily", disse ele. O outro agente, com uma flor na lapela, veio andando pela nave e disse com uma voz baixa e pesarosa: "Que gentileza sua ter vindo, querida. Deixe-me encontrar um bom lugar para você". Eu fui andando atrás dos dois pela nave, me sentindo importante, como se tivesse sido recebida como uma freguesa conhecida num restaurante.

Foi uma cerimônia muito bonita. O rabino leu aquela passagem da Bíblia que diz que uma boa esposa é mais preciosa do que rubis. Ninguém teria pensado isso em relação à velha, acho. Mas tive a impressão de que o panegírico foi sobre Ruth, e Ephraim e Julius também devem ter pensado o mesmo, a julgar pelo modo como os dois ficaram olhando para ela.

Na segunda-feira eu tentei argumentar com ela. "Você é uma mulher que tem tudo. Saúde, beleza, humor. Uma casa nas colinas. Uma faxineira. Um compactador de lixo. Filhos maravilhosos. E Ephraim! Ele é bonito, inteligente, rico. E obviamente te adora!"

Disse também que o grupo a estava conduzindo na direção errada. Ela não devia fazer nada que magoasse Ephraim, devia era agradecer aos céus a sorte que tinha. As M. Ps. só estavam com inveja. Provavelmente tinham maridos alcoólatras ou que só queriam saber de ver futebol na televisão ou que eram impotentes ou infiéis. Os filhos delas devem andar por aí com bipes, devem ter piercings, ser bulímicos, drogados, tatuados.

"Eu acho que você sente vergonha de ser tão feliz e vai fazer isso pra ter o que compartilhar com as M. Ps. Eu entendo. Quando eu tinha onze anos, uma tia me deu um diário de presente. Só o que eu escrevia nele era: 'Fui pra escola. Fiz o dever de casa'. Aí eu comecei a fazer bobagens só pra ter alguma coisa pra escrever no diário."

"Não vai ser um caso sério", disse ela. "É só pra pôr uma pimentinha."

"Que tal se eu tivesse um caso com o Ephraim? Ia ser uma pimentinha e tanto pra mim. Você ficaria com ciúme e se apaixonaria loucamente por ele de novo."

Ela sorriu. Um sorriso inocente, como o de uma criança.

"O Ephraim jamais faria isso. Ele me ama."

Achei que ela tinha desistido da ideia de ter um caso, até que, numa sexta-feira, ela trouxe um jornal para o consultório.

"Eu vou sair com o Julius hoje à noite, mas vou dizer pro Ephraim que vou sair com você. Você já viu algum desses filmes, pra me contar como é a história?"

Eu falei sobre *Ran*, principalmente sobre a cena em que a mulher puxa a adaga e sobre quando o bobo chora. Os estandartes azuis entre as árvores, os estandartes vermelhos entre as árvores, os estandartes brancos entre as árvores. Quando eu estava começando a me empolgar, ela disse "Para!" e perguntou aonde iríamos depois do cinema. Eu nos levei, então, ao Café Roma em Berkeley.

Ela e Julius passaram a sair todas as sextas. O romance dos dois foi bom para mim. Normalmente, eu ia para casa depois do trabalho, lia romances e tomava vodca até pegar no sono, todo santo dia. Durante o Caso Amoroso, eu comecei a ir a apresentações de quartetos de cordas, ao cinema, a leituras de Ishiguro ou Leslie Scalapino enquanto Ruth e Julius iam ao The Hungry Tiger ou ao Rusty Scupper.

Eles saíram durante quase dois meses antes de fazer Você Sabe O Quê. Esse acontecimento ia se dar em Big Sur, numa viagem de três dias. O que dizer a Ephraim?

"Ah, isso é fácil", eu disse. "Você e eu vamos fazer um retiro zen. Nada de telefone! Nada a contar porque nós só vamos ficar em silêncio e meditar. Vamos nos banhar em fontes de águas termais sob as estrelas. Vamos ficar na posição de lótus em penhascos de frente para o mar. Ondas sem fim. Sem fim."

Foi chato não poder sair à vontade naqueles dias, ter que filtrar minhas ligações. Mas funcionou. Ephraim levou os filhos para jantar fora, deu comida para os gatos, regou as plantas e sentiu saudade. Muita, muita saudade.

Na segunda-feira depois da viagem, três grandes buquês de rosas foram entregues no consultório. Um cartão dizia: "Para minha querida esposa com amor". Outro era do "Seu admirador secreto". E o outro dizia: "Ela caminha em beleza". Ruth confessou que tinha enviado esse último para si mesma. Adorava flores. Havia comentado com os dois homens, como quem não quer nada, que adorava rosas, mas nunca imaginou que eles fossem de fato lhe mandar rosas.

"Tire esses arranjos fúnebres daqui agora", disse o dr. B. quando estava a caminho do hospital. Mais cedo, ele tinha me pedido de novo para mandá-la embora e eu de novo havia recusado. Por que ele implicava tanto com ela?

"Eu já te falei. Ela é alegre demais."

"Eu também costumo sentir a mesma coisa em relação a pessoas alegres, mas a alegria dela é genuína."

"Céus. Isso é muito deprimente."

"Por favor, dê uma chance a ela. Além do mais, eu tenho a sensação de que ela vai ficar deprimida não demora muito."

"Espero que sim."

Ephraim passou por lá para levar Ruth para tomar um café. Ela não tinha feito nada a manhã inteira, a não ser conversar com Hannah pelo telefone. Eu percebi que a principal razão por que ele tinha ido até lá era ver se ela tinha gostado das rosas. Ele ficou muito chateado quando viu os outros dois buquês. Ruth disse ao marido que um deles tinha sido enviado por uma paciente chamada Anna Fedaz, mas depois só deu uma risadinha quando ele perguntou do admirador secreto. Coitado do homem. Eu vi o impacto do ciúme acertá-lo em cheio na cara, no coração. Um gancho de esquerda na boca do estômago.

Ele me perguntou se eu tinha gostado do retiro. Odeio mentir, realmente não suporto. Não por razões morais. É que é tão difícil pensar no que você vai dizer. Lembrar do que você disse.

"Bem, o lugar era lindo. A Ruth é muito serena e pareceu se adaptar perfeitamente à atmosfera de lá. Eu tenho dificuldade de meditar. Só fico pensando em coisas que me preocupam ou remoendo cada erro que eu cometi na minha vida inteira. Mas foi bom pra deixar a gente mais… eh… centrada. Serena. Agora você e Ruth se mandem daqui. Bom almoço!"

Mais tarde eu soube os detalhes. Big Sur tinha sido *a* aventura da vida de Ruth. Ela sabia que não ia conseguir contar para as M. P.s sobre fazer Você Sabe O Quê. S. oral pela primeira vez! Bem, sim, ela tinha feito S. Oral em Ephraim, mas ele nunca tinha feito *nela*. E M-A-C… "Eu sei que tem *NH* em algum lugar."

"Maconha?"

"Shhh! Bom, só me fez tossir e ficar nervosa, mais nada. Mas, sim, foi muito bom, o S. Oral. Mas o jeito como ele ficava me perguntando toda hora 'Você está pronta?' me fazia imaginar que a gente ia a algum lugar e estragava o clima."

Eles iam para Mendocino dali a duas semanas. A história era que ela e eu íamos participar de uma oficina de escritores e de uma feira de livros em Petaluma. Robert Haas ia ser o escritor visitante.

Uma noite, no meio da semana, ela me ligou e perguntou se podia dar um pulo lá em casa. Fiquei esperando feito uma boba, não me dei conta de que ela só tinha me ligado para disfarçar, de que tinha saído para se encontrar com Julius. Então, quando Ephraim ligou, eu pude soar genuinamente irritada por ela ainda não ter chegado, e estava mais irritada ainda quando ele ligou pela segunda vez. "Assim que ela chegar eu falo pra ela ligar pra você." Depois de algum tempo ele ligou de novo, dessa vez furioso porque ela já tinha voltado para casa, dizendo que eu não tinha dado o recado.

No dia seguinte eu disse a ela que não ia mais fazer nada daquilo. Não tinha problema, ela respondeu, os dois iam retomar as aulas de teatro na segunda-feira.

"Você e eu estamos fazendo aulas de arranjo floral às sextas, no Laney College. Só isso."

"Olha, é a última vez. Foi muita sorte sua ele nunca ter perguntado detalhes."

"Claro que ele não faria isso. Ele confia em mim. Mas a minha consciência está limpa agora. Julius e eu não fazemos mais Você Sabe O Quê."

"Então o que *é* que vocês fazem? Pra que se dar a todo esse trabalho e fazer tanto segredo pra não fazer mais Você Sabe O Quê?"

"Descobrimos que nenhum de nós dois é do tipo que gosta de variar de parceiro. Eu gosto muito mais de fazer Você Sabe O quê com o Ephraim, e o Julius não está tão interessado assim. Eu gosto da sensação de agir às escondidas. Ele gosta de me dar presentes e de cozinhar pra mim. O meu momento favorito é quando eu bato na porta de um quarto de motel em Richmond ou seja onde for e aí ele abre a porta e eu entro correndo. O coração batendo forte."

"E o que vocês fazem então?"

"Jogamos Trivial Pursuit, vemos vídeos. Às vezes cantamos. Duetos, como 'Bali Hai' ou 'Oh, What a Beautiful Morning'. Saímos para andar na chuva à meia-noite!"

"Ande na chuva no seu tempo livre!", bradou o dr. B. A gente não tinha visto ele entrar.

Ele estava sério. Ficou lá parado enquanto ela juntava todas as suas revistas *Bon Appétit*, suas cartas de Trivial Pursuit e seu material de tricô. Ele me falou para fazer um cheque para ela no valor de duas semanas de trabalho, mais o que nós lhe devíamos.

Depois que o dr. B. saiu ela ligou para Julius e pediu que ele fosse se encontrar com ela no Denny's imediatamente.

"Minha carreira está arruinada!", disse ela, chorando.

Ela se despediu de mim com um abraço e foi embora. Eu me mudei para a mesa dela, de onde podia ver a sala de espera.

Ephraim apareceu no vão da porta. Veio andando devagar na minha direção e apertou a minha mão. "Lily", disse ele, com aquela sua voz grossa e envolvente. Ele me disse que Ruth havia ficado de encontrá-lo no Pill Mill Café para almoçar, mas não tinha aparecido. Contei a ele que ela tinha acabado de ser demitida pelo dr. B., sem nenhuma razão. Era provável que ela tivesse esquecido completamente do almoço e ido para casa. Ou ido fazer compras, talvez.

Ephraim continuou lá parado.

"Ela pode arranjar outro emprego muito melhor do que esse aqui. Sou eu que administro o consultório e claro que vou dar uma boa carta de recomendação pra ela. Vou sentir muita falta da Ruth."

Ele ficou lá, olhando para mim.

"E ela vai sentir falta de você." Ele se debruçou na pequena janela perto da minha mesa. "Foi melhor assim, minha querida. Quero que você saiba que eu entendo. Acredite, eu sinto muito por você."

"O quê?"

"Tem muitas coisas que eu não compartilho com ela como

você. Literatura, budismo, ópera. A Ruth é uma mulher muito fácil de amar."

"O que você quer dizer?"

Ele segurou a minha mão então e ficou olhando bem no fundo dos meus olhos, enquanto seus amáveis olhos castanhos se enchiam de lágrimas.

"Eu sinto falta da minha mulher. Por favor, Lily, deixe a Ruth."

Lágrimas começaram a escorrer pelo meu rosto. Eu estava me sentindo muito, muito triste. Nossas mãos eram uma pequena pilha quente e úmida no peitoril da janela.

"Não se preocupe", eu disse. "A Ruth só ama você, Ephraim."

Quero ver aquele seu sorriso

É verdade, o túmulo é mais poderoso que os
olhos da pessoa amada. Um túmulo aberto, com todos
os seus ímãs. E eu digo isso para você, você que quando
sorri me faz pensar no começo do mundo.

Vicente Huidobro, *Altazor*

Jesse me surpreendeu de verdade. E olha que eu tenho orgulho da minha capacidade de ler as pessoas. Antes de entrar para a firma de Grillig, trabalhei tanto tempo como defensor público que aprendi a avaliar um cliente ou um jurado praticamente à primeira vista.

Eu estava despreparado também porque a minha secretária não o anunciou pelo interfone e ele não tinha hora marcada. Elena simplesmente o levou até a minha sala.

"Jesse está aqui para vê-lo, sr. Cohen."

Elena o apresentou com um ar de importância, usando apenas o primeiro nome dele. Ele era tão bonito e entrou na sala com tanta autoridade que eu achei que ele devia ser um desses astros do rock de um nome só do qual eu ainda não tinha ouvido falar.

Estava usando botas de caubói, jeans preto e uma camisa de seda preta. Tinha cabelo comprido e um rosto áspero e forte. Devia ter por volta de trinta anos, foi o meu primeiro palpite. No entanto, ao apertar a minha mão, ele abriu um sorriso de uma doçura indescritível e seus olhos castanho-claros me fitaram com uma franqueza que me pareceu inocente e infantil. Sua voz grave e rouca me confundiu mais ainda. Ele falava como se estivesse explicando pacientemente a situação a uma pessoa jovem e inexperiente. Eu.

Disse que tinha herdado dez mil dólares e queria usar esse dinheiro para me contratar. A mulher com quem ele morava estava encrencada, disse ele, e ia ser julgada dali a dois meses. Havia dez acusações contra ela.

Eu detestaria ter que dizer a ele quanto do meu tempo o dinheiro dele poderia pagar.

"Ela não tem um advogado indicado pelo tribunal?", perguntei.

"Ela tinha, mas o babaca pulou fora. Ele achou que ela não só era culpada, como era uma má pessoa, uma pervertida."

"O que te faz pensar que eu não vou achar a mesma coisa?"

"O senhor não vai. Ela disse que o senhor é o melhor advogado da cidade na área das liberdades civis. O negócio é que ela não sabe que eu estou aqui. Eu quero que o senhor deixe que ela pense que o senhor se ofereceu voluntariamente para cuidar do caso. Pelo princípio da coisa. Essa é a minha única condição."

Tentei interrompê-lo nesse momento, para dizer "Pode esquecer, filho". Para dizer a ele com firmeza que eu não ia fazer isso. Não havia como ele pagar o meu preço. Eu não queria chegar nem perto daquele caso. Não conseguia acreditar que aquele pobre rapaz estivesse disposto a abrir mão de todo o dinheiro dele. E eu já estava odiando aquela mulher. Óbvio que ela era culpada e uma má pessoa!

Ele disse que o problema era o laudo policial que o juiz e o júri iriam ler. Eles iriam condená-la de antemão, porque o laudo distorcia os fatos e estava cheio de mentiras. Ele achava que eu podia livrá-la das acusações mostrando que a detenção dela tinha sido ilegal, que o laudo de prisão dela era calunioso, que o policial que ela havia agredido era brutal, que o oficial que fez a prisão era psicótico, que as provas tinham definitivamente sido forjadas. Ele estava convencido de que eu conseguiria descobrir que eles haviam feito outras detenções ilegais e tinham histórico de brutalidade.

Ele ainda tinha outras coisas a dizer sobre como eu deveria conduzir o caso. Não sei explicar por que não explodi, não o mandei passear. Ele argumentava com paixão e competência. Devia ter sido advogado.

Eu não só gostei dele, como até comecei a perceber que, para ele, gastar a herança inteira era um rito de passagem necessário. Um gesto nobre e heroico.

Era como se Jesse fosse de outra época, de outro planeta. Num determinado momento, ele disse até que a mulher o chamava de "O homem que caiu na Terra". Por alguma razão, isso fez com que eu passasse a vê-la com outros olhos.

Mandei Elena cancelar uma reunião e uma consulta. Ele falou a manhã inteira, com simplicidade e clareza, sobre o relacionamento dos dois, sobre como ela foi presa.

Eu sou advogado de defesa. Sou cínico. Sou uma pessoa materialista, um homem ganancioso. Disse a ele que assumiria o caso de graça.

"Não. Obrigado", disse ele. "Só, por favor, diga a ela que o senhor vai fazer isso sem cobrar nada. Mas foi por minha culpa que ela entrou nessa enrascada e eu quero pagar por isso. Quanto vai ser? Cinco mil? Mais?"

"Dois mil", eu disse.

"Eu sei que esse preço é muito baixo. Que tal três?"

"Fechado."

Ele tirou uma de suas botas e contou trinta notas mornas de cem dólares, colocou-as em cima da minha mesa dispostas em leque, como cartas. Trocamos um aperto de mão.

"Obrigado por fazer isso, sr. Cohen."

"De nada. Pode me chamar de Jon."

Ele se recostou de novo na cadeira e me contou a história toda.

Ele e seu amigo Joe tinham abandonado os estudos e fugido do Novo México no ano anterior. Jesse tocava guitarra, queria tocar em San Francisco. No seu aniversário de dezoito anos, ele ia receber uma herança em dinheiro de uma senhora de Nebraska (outra história comovente). Havia planejado ir para Londres, onde tinha sido convidado a se juntar a uma banda. Um grupo inglês havia tocado em Albuquerque, gostado das músicas dele e da maneira como ele tocava. Quando chegaram à área da baía de San Francisco, ele e Joe não tinham onde ficar, então ele procurou Ben, que tinha sido seu melhor amigo no ginasial. A mãe de Ben não sabia que eles tinham fugido de casa. Ela disse que não tinha problema eles ficarem na garagem por um tempo. Mais tarde, ela descobriu e telefonou para os pais deles para tranquilizá-los e dizer que eles estavam bem.

Acabou dando tudo certo. Ele e Joe faziam bicos, cuidavam de quintais, faziam mudanças e outras coisas assim. Jesse estava tocando com outros músicos, compondo. Eles se davam muito bem com Ben e com a mãe dele, Carlotta. Ela se sentia grata por Jesse passar tanto tempo com Saul, o filho mais novo dela, levando o menino para jogos de futebol, para pescar, para escalar em

Tilden. Ela dava aula numa escola e trabalhava muito, então se sentia grata também por ele ajudar a lavar as roupas e a louça, a carregar as compras. Enfim, era um arranjo vantajoso para todo mundo, disse ele.

"Eu tinha conhecido a Maggie uns três anos antes. Ela foi chamada na escola onde a gente estudava, em Albuquerque. Alguém tinha posto ácido no leite do Ben no recreio. Ele entrou em pânico, não fazia ideia do que estava acontecendo. Ela foi até lá buscá-lo. Eles deixaram que eu e Joe fôssemos com ela, para ajudar caso ele ficasse violento. Eu pensei que ela fosse levá-lo para um hospital, mas ela nos levou de carro até a beira do rio. Nós quatro sentamos no meio dos juncos e ficamos vendo os pássaros-pretos-da-asa-vermelha, acalmando Ben e, na verdade, o ajudando a ter uma viagem bem legal. Maggie e eu nos entendemos bem, ficamos falando sobre pássaros e sobre o rio. Eu normalmente não falo muito, mas com ela eu sempre tenho a sensação de que tem muita coisa que eu preciso dizer."

Liguei um gravador nesse momento.

"Então a gente ficou um mês na casa deles em Berkeley e depois outro mês. À noite nós todos nos sentávamos em volta da lareira e ficávamos conversando, contando piadas. A essa altura Joe tinha arranjado uma namorada e o Ben também, então eles geralmente saíam. Ben ainda estava no último ano da escola e costumava ir para a Telegraph Avenue, pra vender as bijuterias dele e fotos de astros do rock, então eu não o via muito. Nos fins de semana eu ia para a marina ou para a praia com Saul e Maggie."

"Desculpe, mas você não disse que o nome dela era Carlotta? Quem é Maggie?"

"Eu a chamo de Maggie. À noite ela ficava corrigindo trabalhos e eu tocando guitarra. A gente ficava conversando a noite inteira às vezes, contando toda a história da nossa vida, rindo, chorando. A gente é alcoólatra, o que é ruim por um lado, mas bom quando você pensa em como isso nos ajudou a dizer coisas um para o outro que a gente nunca tinha dito pra ninguém. Nossa infância foi ruim e assustadora exatamente da mesma forma, mas como negativos uma da outra. Quando começamos a namorar, os filhos dela tiveram um treco e os amigos dela disseram que a nossa relação era doentia, incestuosa. A gente é incestuoso, mas de uma maneira estranha. É como se fôssemos gêmeos. Ou a mesma pessoa. Ela escreve contos, histórias. E o que ela faz nos contos é a mesma coisa que eu faço na minha música. Enfim, a gente foi se conhecendo mais profundamente a cada dia que passava, então quando a gente acabou indo pra cama foi como se já estivesse dentro um do outro. Fomos amantes durante dois meses, até a data em que era para eu ter ido embora. A ideia era eu pegar o meu dinheiro em Albuquerque em 28 de dezembro, quando completei dezoito anos, e depois ir para Londres. Ela fez questão que eu fosse, disse que eu precisava dessa experiência e que nós precisávamos nos separar.

"Eu não queria ir pra Londres. Eu posso ser novo, mas sei que o que ela e eu temos um com o outro está galáxias à frente daquilo que as pessoas normais costumam ter. A gente conhece a alma um do outro, com tudo o que há de bom e de ruim. Somos generosos um com o outro."

Ele me contou então o que havia acontecido no aeroporto, quando ela e Joe foram levá-lo. A faca que Joe costuma carregar no cinto e os zíperes da roupa dele fizeram o alarme disparar quando eles passaram pela segurança, os três foram revistados e obrigados a se despir e Jesse acabou perdendo o avião. Ele começou a berrar porque a guitarra e as músicas dele estavam dentro do avião, foi algemado e estava sendo espancado pela polícia quando Maggie entrou na sala.

"Nós todos fomos presos. Está no laudo", disse ele. "A manchete que saiu no jornal dizia 'Professora de escola luterana e membros dos Hell's Angels se envolvem em briga no aeroporto'."

"Você é membro dos Hell's Angels?"

"Claro que não. Mas o laudo diz que eu sou. Já o Joe parece e gostaria de ser dos Hell's Angels. Ele deve ter comprado uns dez exemplares daquele jornal. Enfim, ela e o Joe foram levados pra cadeia de Redwood City. Eu passei uma noite na casa de detenção de menores e depois eles me mandaram para o Novo México. A Maggie ligou pra mim no meu aniversário e disse que estava tudo bem. Ela não me disse uma palavra sobre julgamento nenhum, não me contou que tinha sido despejada e demitida, nem que o ex-marido dela ia levar os filhos para o México. Mas o Joe me contou, apesar de ela ter falado pra ele não contar. Então, eu voltei pra cá."

"E o que ela achou disso?"

"Ela ficou furiosa. Disse que eu tinha que ir pra Londres, que eu precisava crescer e aprender. E ela estava acreditando em toda aquela merda sobre ela ser uma má pessoa, porque eu tinha dezessete anos quando a gente começou a transar. Fui eu que seduzi a Maggie. Parece que ninguém entende essa parte, só ela. Eu não sou um adolescente típico."

"É verdade", eu disse.

"Mas, enfim, nós estamos juntos agora. Ela concordou em não tomar decisão nenhuma até depois do julgamento. Em não procurar emprego nem outro lugar pra ficar. A minha esperança é que, até lá, ela concorde em ir embora comigo."

Ele me entregou o laudo policial. "O melhor agora é você ler isso e depois a gente conversar. Vem jantar com a gente. Sexta-feira está bom? Depois que você tiver lido isso. Talvez você consiga descobrir alguma coisa sobre o policial. Os dois policiais. Vem cedo", disse ele, "assim que você sair do trabalho. A gente mora a alguns quarteirões daqui."

Nada se aplicava mais. Eu não consegui dizer que isso não seria apropriado. Que eu tinha outros planos. Que a minha mulher poderia não gostar.

"Claro, por volta das seis eu estou lá." O endereço que ele me deu ficava num dos piores quarteirões da cidade.

Foi um Natal maravilhoso. Trocamos presentes carinhosos, a comida estava ótima. Keith convidou Karen, uma das minhas alunas. Acho que é infantilidade minha, mas o fato de ele ver a admiração que ela sentia por mim fez com que eu me sentisse bem. A namorada de Ben, Megan, fez tortinhas natalinas. Os dois me ajudaram a preparar o jantar e foi bem divertido. Nosso amigo Larry também veio. Fogo alto na lareira; um dia gostoso, à moda antiga.

Nathan e Keith estavam tão contentes por Jesse estar indo embora que foram supergentis com ele, até lhe deram presentes. Jesse tinha feito presentes para todo mundo. Foi uma reunião calorosa e festiva, só que depois Jesse sussurrou para mim na cozinha "Ei, Maggie, o que você vai fazer quando eu não estiver mais aqui?" e eu pensei que meu coração fosse explodir. Ele me deu um anel com uma lua e uma estrela. Por coincidência, nós dois demos um para o outro uma garrafinha de bolso de prata. Tínhamos adorado a garrafinha. Nathan disse: "Mãe, isso é horrível", mas na hora eu nem ouvi o que ele disse.

O voo de Jesse saía às seis. Joe quis ir com a gente. Fui dirigindo até o aeroporto, na chuva. "The Joker" e "Jumpin' Jack Flash" tocaram no rádio. Joe estava tomando uma lata de cerveja e Jesse e eu estávamos dividindo uma garrafa de uísque Beam. Eu nunca parei para pensar. Nunca me ocorreu que eu estava contribuindo para que eles virassem delinquentes. Eles já bebiam quando eu os conheci. Compravam suas próprias bebidas, nunca ninguém pedia a carteira de identidade deles. A verdade é que eu vivia numa tal negação dos meus próprios problemas com a bebida que seria difícil me preocupar com o fato de eles estarem bebendo também.

Quando entramos no aeroporto, Jesse parou e disse: "Putz, vocês dois não vão conseguir encontrar o carro nunca". A gente riu, sem se dar conta de que provavelmente era isso mesmo que ia acontecer.

Não estávamos exatamente bêbados, só um pouco altos e eufóricos. Eu estava tentando não mostrar o tamanho do meu desespero porque Jesse ia embora.

Percebo agora quanta atenção a gente deve ter atraído. Nós três éramos muito altos. Joe, um índio moreno de Laguna com longas tranças negras, jaqueta de couro de motoqueiro, uma faca no cinto. Botas enormes, zíperes e correntes. Jesse de preto, com sua guitarra e seu saco de lona. Jesse. Ele parecia de outro mundo. Eu não podia nem olhar para ele, para seu queixo, seus dentes, seus olhos dourados, seu cabelo comprido solto. Eu choraria se olhasse para ele. Eu estava vestida para o Natal, com um terno de veludo preto, bijuterias navajo. O que quer que tenha sido, a combinação de nós três, mais todos os alarmes que os metais de Joe fizeram disparar quando a gente passou pela segurança... o fato é que eles nos viram como uma ameaça à segurança, nos levaram para salas separadas e nos revistaram. Examinaram minhas roupas de baixo, minha bolsa, passaram os dedos pelo meu cabelo, entre os dedos do meu pé, em tudo quanto foi lugar. Quando saí lá de dentro, eu não vi Jesse, então corri para o portão de embarque. O voo de Jesse já tinha saído. Ele estava gritando com o agente, dizendo que a guitarra dele estava no avião, que suas músicas estavam no avião. Eu precisei ir ao banheiro. Quando saí, não havia mais ninguém no balcão em frente ao portão. O avião já tinha decolado. Perguntei a alguém se o rapaz alto vestido de preto tinha conseguido pegar o avião. O homem apontou com a cabeça na direção de uma porta sem placa de identificação. Eu entrei.

A sala estava cheia de seguranças e policiais. O ar lá dentro tinha um cheiro azedo de suor. Dois seguranças continham Joe, que estava algemado. Dois policiais seguravam Jesse enquanto um terceiro batia na cabeça dele com uma lanterna de cabo comprido. O rosto e a camisa de Jesse estavam cobertos de sangue. Ele berrava de dor. Ninguém me viu entrar na sala. Todos estavam vendo o policial bater em Jesse, como se estivessem assistindo a uma luta na televisão. Eu agarrei a lanterna e bati na cabeça do policial com ela. Ele desabou no chão. "Ai, meu Deus, ele morreu", um deles disse.

Jesse e eu fomos algemados e levados pelo aeroporto até uma pequena delegacia de polícia no subsolo. Eles nos puseram sentados um ao lado do outro, com as mãos presas para trás nas cadeiras. Os olhos de Jesse estavam completamente cobertos de sangue, colados. Ele não estava conseguindo enxergar e a ferida na sua cabeça continuava sangrando. Eu implorei a eles que limpassem ou cobrissem a ferida, que lavassem os olhos dele. Eles vão limpar vocês dois na prisão de Redwood City, o guarda falou.

"Porra, Randy, o cara é menor! Alguém vai ter que levar esse infeliz até o outro lado da ponte!"

"Menor! Então essa piranha tá numa baita enrascada. Eu é que não vou levar o cara. O meu turno já está quase terminando."

Ele veio para perto de mim. "Sabe o policial em quem você bateu? Foi pra UTI. Ele pode morrer."

"Por favor, você pode limpar os olhos dele?"

"Eu quero que os olhos dele se fodam."

"Jesse, se abaixe um pouco."

Eu lambi o sangue dos olhos dele. Levei um bom tempo

fazendo isso; o sangue estava tão espesso e coagulado que grudava nos cílios. Tive que cuspir várias vezes. Com o sangue cor de ferrugem em volta, os olhos adquiriam um brilho âmbar, como mel.

"Ei, Maggie, quero ver aquele seu sorriso."

A gente se beijou. O guarda puxou minha cabeça para trás e me deu um tapa na cara. "Piranha nojenta!", ele disse. Justo nessa hora, a gente começou a ouvir muitos gritos e então Joe foi empurrado para dentro da sala e para junto de nós. Eles tinham prendido Joe por usar linguagem obscena na frente de mulheres e crianças. Ele tinha ficado furioso quando eles se negaram a lhe dar qualquer informação sobre nós.

"Esse daí já tem idade para ir pra Redwood City."

Como suas mãos estavam algemadas atrás das costas, ele não podia nos abraçar, então deu um beijo em cada um de nós. Até onde eu me lembrava, Joe nunca tinha beijado nenhum de nós dois na boca. Mais tarde, ele disse que fez isso porque nossa boca estava tão ensanguentada que ele ficou morrendo de pena. O policial me chamou de pervertida de novo, por seduzir jovenzinhos.

Eu estava enojada àquela altura. Ainda não tinha entendido, não tinha me dado conta de como eu seria vista por todo mundo por causa daquilo. Não fazia ideia de que as acusações contra mim estavam se somando. Um dos policiais leu todas para mim do balcão do outro lado da sala. "Estar bêbada em público, intrometer-se numa ação policial, agredir um oficial de polícia, empreender ataque com arma letal, tentativa de assassinato, resistência à prisão. Comportamento indecoroso e lascivo, atos sexuais com menor (lamber seus olhos), contribuir para a delinquência de menores, posse de maconha."

"Ei, de jeito nenhum!", disse Joe.

"Não fale nada", Jesse sussurrou. "Isso vai funcionar a nosso favor. Eles devem ter posto no meio das coisas dela. A gente tinha acabado de ser revistado, certo?"

"Porra, é mesmo", disse Joe. "Além do mais, se a gente tivesse algum bagulho, já tinha fumado."

Eles levaram Jesse embora. Depois, me enfiaram junto com Joe na traseira de um carro de patrulha. Rodamos quilômetros e quilômetros até a prisão de Redwood City. A única coisa em que eu conseguia pensar era que não veria mais Jesse. Imaginei que eles o mandariam para Albuquerque e depois ele iria para Londres.

Duas policiais machonas mal-encaradas fizeram exame vaginal e retal em mim, depois me deram um banho frio. Lavaram meu cabelo com sabão de lixívia, sem se preocupar em evitar que caísse sabão nos meus olhos. Depois me deixaram lá sem toalha nem pente. O que elas me deram para usar foi só uma túnica muito, muito curta e um par de tênis. Eu estava com um olho roxo e o lábio inchado, da surra que levei depois que tiraram a lanterna de mim. O policial que havia me levado até a delegacia no subsolo do aeroporto não tinha parado de torcer as algemas, de modo que agora eu estava com cortes abertos nos meus dois pulsos, como se eu fosse uma suicida idiota.

Eles se recusaram a me dar meus cigarros. Pelo menos, as duas prostitutas e a beberrona que estavam comigo me deixaram acabar de fumar suas guimbas molhadas. Ninguém dormiu nem falou nada. Eu tremi a noite inteira, de frio e por causa da falta da bebida.

De manhã nós fomos levadas num ônibus até o tribunal. Eu falei através de uma janela, pelo interfone, com um advogado ruivo e gordo, que leu o laudo policial para mim. O laudo deturpava os fatos e mentia do início ao fim.

"Fomos informados da presença de três tipos suspeitos no saguão do aeroporto. Mulher com dois membros dos Hell's

Angels, um deles índio. Todos armados e potencialmente perigosos." Eu disse a ele umas mil vezes que as coisas que o laudo dizia eram totalmente falsas. Além de ignorar o que eu estava dizendo, o advogado não parava de me perguntar se eu estava transando com o garoto.

"Estava!", respondi por fim. "Mas essa é praticamente a única coisa de que eu não estou sendo acusada."

"Você teria sido se eu tivesse escrito o laudo. Estupro estatutário."

Eu estava tão cansada que tive um ataque de riso, o que o deixou mais irritado ainda. Estupro estatutário. Imagens me vêm à cabeça de Pigmaleão ou algum italiano estuprando a Pietà.

"Você só pode ser doente", ele disse. "Você está sendo acusada de realizar atos sexuais com um menor em público."

Eu disse a ele que estava tentando tirar o sangue dos olhos de Jesse para que ele pudesse enxergar.

"Você lambeu o sangue pra valer?", ele debochou.

Posso imaginar o inferno que é uma prisão. Consegui entender perfeitamente por que os prisioneiros só aprendem a ser pessoas piores. Eu estava com vontade de matar aquele homem. Perguntei a ele o que ia acontecer. Ele disse que eu seria chamada perante o juiz para ouvir as acusações contra mim e então uma data seria marcada para o julgamento. Eu entraria lá, me declararia inocente e rezaria para pegar um juiz ao menos um pouco leniente quando fôssemos a júri. Montar um júri nesta cidade também é um problema. Aqui só tem gente de extrema direita, religiosa, severa em relação a drogas e crimes sexuais. Hell's Angels são demônios para eles e maconha... pode esquecer.

"Eu não tinha maconha nenhuma", eu disse. "Foi o policial que botou na minha bolsa."

"Claro que ele botou. Em agradecimento por você ter chupado o pau dele?"

"Você vai me defender ou me acusar?"

"Eu fui indicado para ser seu advogado de defesa. A gente se vê no tribunal."

Joe também estava no tribunal, algemado a uma fileira de homens, todos vestidos de macacão laranja. Ele não olhou para mim. Eu estava cheia de manchas roxas, com o cabelo todo desgrenhado em volta do rosto e uma túnica que mal cobria minha calcinha. Mais tarde, Joe admitiu que eu estava com tanta pinta de vagabunda que ele realmente fingiu que não me conhecia. Meu julgamento e o dele foram marcados para janeiro. Quando o caso dele foi a júri, o juiz simplesmente riu e indeferiu as acusações.

Eu havia telefonado para casa. Já tinha sido difícil o bastante contar para Ben onde eu estava. Eu estava envergonhada demais para pedir a quem quer que fosse para depositar a fiança, então esperei mais um dia para que eles me liberassem assumindo eu mesma o compromisso de cumprir as determinações judiciais. Burramente, consegui isso falando para eles telefonarem para a diretora da escola onde eu trabalhava. Ela gostava de mim, me respeitava. Eu ainda não tinha ideia de como as pessoas iriam me julgar. Fico abismada quando penso em como fui cega, mas agora eu estou sóbria.

A polícia me disse que Joe precisava que eu depositasse a fiança para ele, então, quando saí da prisão, fui a um fiador. Não devia ser uma quantia muito alta, já que eu fiz um cheque para ele.

Descobrimos como chegar ao aeroporto, mas era como avistar o monte Everest. Ele só parecia estar perto. Andamos quilômetros e quilômetros na chuva, num frio de congelar. Levamos quase o dia inteiro para chegar lá. Rimos muito, mesmo depois que tentamos pegar um atalho atravessando um canil. Subimos numa cerca com dobermanns latindo e rosnando embaixo de nós. Abbott e Costello. Quando chegamos à estrada, ninguém quis nos dar carona. Mentira, um motorista de caminhão finalmente parou, mas, como já estávamos quase chegando, fizemos sinal para ele seguir.

Essa foi a pior parte da situação toda. É sério. Tentar encontrar a porcaria do carro. Percorremos todos os andares do estacionamento, todos eles imensos, subindo e subindo, depois descendo e dando voltas e mais voltas, depois subindo outra vez e dando voltas e mais voltas, até que nós dois começamos a chorar. Simplesmente caímos em prantos de cansaço, fome e frio. Um senhor idoso negro nos viu e não se assustou, apesar de estarmos completamente encharcados e chorando feito idiotas. Ele nem mesmo se importou com o fato de a gente molhar e encher de lama seu velho e impecável Hudson. Ele nos levou para cima e para baixo no carro dele, dando voltas e mais voltas pelo estacionamento e dizendo que o bom Deus ia nos ajudar, com certeza. E quando encontramos o carro nós todos dissemos: "Louvado seja Deus". Quando saímos do carro, ele disse para nós: "Deus os abençoe". "Deus o abençoe e muito obrigado", Joe e eu dissemos em uníssono, como um responso numa igreja.

"Aquele cara é um puta de um anjo."

"Ele é um anjo mesmo", eu disse.

"Pois é, foi o que eu disse. Um anjo de verdade."

Havia mais de meia garrafa de uísque no porta-luvas. A gente ficou sentado lá, com o aquecimento ligado e as janelas embaçadas, comendo Cheerios e pedaços de pão do saco para alimentar os patos e liquidando a garrafa de uísque.

"Eu tenho que admitir", Joe disse. "Isso foi a coisa mais gostosa que eu já comi na vida."

Ficamos calados o caminho inteiro de volta para casa, na chuva. Ele estava dirigindo. Eu fiquei desembaçando os vidros. Pedi a ele que não contasse aos meus filhos e nem a Jesse sobre as acusações todas nem sobre o policial. Foi só um problema de perturbação da ordem pública, está bem? Tudo bem, ele disse. Não falamos mais nada depois disso. Eu não me sentia culpada nem envergonhada, não estava preocupada com a enrascada em que tinha me metido nem com o que eu iria fazer. Só pensava que Jesse tinha ido embora.

Tentei ligar para Cheryl antes de ir para a casa de Jesse, mas ela desligou na minha cara. Tentei de novo, mas caiu na secretária eletrônica. Minha ideia era ir de carro para lá, mas eu estava com medo de estacionar no bairro deles. Estava com medo de andar até o bairro deles também. Imagino que o fato de eu ter deixado meu Porsche na garagem do escritório e andado uns sete ou oito quarteirões até o apartamento deles queira dizer alguma coisa.

A porta do prédio era um compensado grafitado atrás de uma grade de metal. Eles abriram a porta para mim pelo porteiro eletrônico e eu entrei num hall empoeirado revestido de mármore, iluminado pela claridade que entrava por uma claraboia em forma de estrela quatro andares acima. Ainda era um prédio muito bonito, de ladrilho e mármore, com uma escada em curva, espelhos desbotados com molduras art déco. Uma pessoa dormia encostada num vaso; figuras de cara virada passaram por mim na escada, todas vagamente conhecidas do tribunal ou da prisão.

Quando finalmente cheguei ao apartamento deles, eu já estava sem fôlego, nauseado por causa dos cheiros de urina, vinho barato, óleo usado, poeira. Carlotta abriu a porta. "Entre", ela disse, sorrindo. Entrei no mundo tecnicolor dos dois, que cheirava a broa de milho, pimentão vermelho, limão, coentro e o perfume dela. A sala tinha pé-direito alto, janelas altas. Tapetes orientais sobre o piso de madeira polida. Enormes samambaias, bananeiras, estrelícias. O único móvel nesse cômodo era uma cama com lençóis de cetim vermelho. Do lado de fora, ao sol do fim de tarde, estava o domo dourado da igreja batista abissínia, um aglomerado de palmeiras altas e antigas, a curva do trilho do trem. A vista era como de uma paisagem de Tânger. Carlotta me deixou absorver isso por alguns instantes, depois apertou minha mão.

"Obrigada por nos ajudar, sr. Cohen. Espero poder pagar-lhe em breve."

"Não se preocupe com isso", eu disse. "Fico contente de poder ajudar, principalmente agora que li o laudo da polícia. Ele é obviamente uma deturpação."

Carlotta era alta. Estava bronzeada e usava um vestido branco de malha. Parecia ter por volta de trinta anos e tinha o que a minha mãe costumava chamar de porte. Ela me causou uma surpresa ainda maior do que o apartamento, do que Jesse. Bem, talvez não maior do que Jesse. Entendi como a combinação dos dois podia ser perturbadora. Volta e meia eu me pegava olhando para ela. Era uma mulher encantadora. Não quero dizer bonita, embora ela fosse, mas agradável. Se o caso dela fosse mesmo a julgamento, ela faria ótima figura no tribunal.

Essa acabaria sendo apenas a minha primeira visita. Passei a ir lá toda sexta-feira, andando, não, correndo do meu escritório para a casa deles. Era como se eu tivesse tomado alguma bebida, como Alice, ou estivesse num filme de Woody Allen. Não aquele em que o ator desce da tela. Eu me sentia entrando na tela.

Naquela primeira noite, Carlotta me levou até o outro cômodo, que tinha um belo tapete persa, algumas almofadas e uma mesa posta para três pessoas, com flores e velas. "Angie" estava tocando no aparelho de som estéreo. Ali as janelas altas tinham persianas de bambu e, com o leve vento que soprava, elas faziam sombras como de bandeiras nas paredes.

Jesse gritou oi da cozinha, depois veio apertar minha mão. Estava de jeans e camiseta branca. Os dois estavam corados de sol, tinham passado o dia inteiro no estuário.

"O que você achou da nossa casa? Fui eu que pintei. Dá uma olhada na cozinha. Amarelo-cocô-de-bebê. Bonito, né?"

"Este apartamento é fantástico!"

"Você gostou dela. Eu sabia que você ia gostar." Ele me entregou um gim-tônica.

"Como você sabia que eu…?"

"Eu perguntei pra sua secretária. Hoje o cozinheiro sou eu. Você deve ter perguntas a fazer pra Maggie enquanto eu termino de preparar o jantar."

Ela me levou até a "varanda", um espaço do lado de fora em frente às janelas, acima da escada de incêndio, grande o bastante para caber dois engradados. Eu tinha, de fato, dezenas de perguntas a fazer. O laudo dizia que ela informara ser professora. Ela me contou que tinha perdido o emprego numa escola secundária luterana e também que havia sido despejada. Foi franca. Disse que os vizinhos já vinham reclamando fazia muito tempo, porque havia muita gente morando lá e por causa da música alta. Isso agora tinha sido só a gota d'água. Ela estava grata por seu ex-marido ter levado os três meninos mais novos para o México.

"Eu estou completamente confusa e desnorteada no momento", ela disse. Era difícil de acreditar, ouvindo o tom calmo da sua bela voz.

Ela me contou rapidamente o que havia acontecido no aeroporto, assumindo uma culpa maior do que Jesse havia lhe atribuído. "Quanto às acusações, eu sou culpada de todas elas, menos da maconha, isso foram eles que puseram. Mas a maneira como eles *descrevem* o que aconteceu é doentia. Por exemplo, Joe realmente deu um beijo em nós dois, mas foi por amizade. Eu não tenho nenhum harém de jovenzinhos. O que foi doente e errado foi o modo como o policial estava batendo em Jesse e como os outros ficaram lá parados, vendo aquilo. Qualquer pessoa normal teria feito o que eu fiz. Ainda que... enfim, graças a Deus, o policial não morreu."

Perguntei o que ela ia fazer depois do julgamento. Ela fez uma cara de pânico e sussurrou o que Jesse já tinha admitido no escritório, que eles tinham decidido não pensar nisso até o julgamento.

"Mas eu tenho como me virar, botar as coisas em ordem, botar a cabeça no lugar depois." Ela disse que falava espanhol e estava pensando em procurar emprego em hospitais ou como tradutora em tribunais. Tinha trabalhado durante quase um ano num julgamento no Novo México, tinha boas referências. Eu conhecia o caso e também o juiz e o advogado com quem ela tinha trabalhado. Era um caso famoso... de um viciado que havia atirado num policial da Divisão de Narcóticos cinco vezes pelas costas e sido condenado apenas por homicídio culposo. Ficamos conversando sobre essa defesa brilhante durante algum tempo e eu lhe disse para onde ela devia escrever para se candidatar a trabalhar como tradutora em tribunais.

Jesse veio da cozinha trazendo guacamole e bolachas, outro drinque para mim e cervejas para eles. Ela deslizou até o chão e ele se sentou no engradado. Ela se encostou nos joelhos dele. Ele segurou o pescoço dela com uma mão fina, de dedos longos, e tomou sua cerveja com a outra.

Nunca vou me esquecer do modo como ele ficou segurando o pescoço dela. Os dois nunca flertavam um com o outro, fosse aberta ou disfarçadamente, nunca faziam gestos eróticos ou mesmo amorosos, mas a proximidade deles era elétrica. Ele ficou segurando o pescoço dela. Não era um gesto possessivo; eles estavam fundidos um ao outro.

"Claro que a Maggie tem como conseguir vários tipos de

emprego. E ela pode encontrar uma casa e os filhos dela podem todos voltar pra cá. A questão é que eles estão numa situação melhor sem ela. Claro que eles sentem falta dela e ela sente falta deles. Ela foi uma boa mãe. Criou os filhos direito, fez deles pessoas de caráter, com bons valores e com consciência de quem eles são. Eles são confiantes e honestos. E riem muito. Agora eles estão com o pai, que é muito rico. Ele pode mandar os meninos pra Andover e pra Harvard, onde ele estudou. O resto do tempo eles podem velejar, pescar e fazer mergulho. Se eles voltarem pra ficar com ela, eu vou ter que ir embora. E se eu for embora ela vai beber. Ela não vai conseguir parar e isso vai ser péssimo."

"O que você vai fazer se for embora?"

"Eu? Eu vou morrer."

O sol poente estava batendo nos olhos azuis de Carlotta. Lágrimas encheram seus olhos, ficaram presas nos cílios e não caíram, refletindo as palmeiras verdes, de modo que parecia que ela estava usando óculos azul-turquesa.

"Não chore, Maggie", ele disse. Em seguida, inclinou a cabeça dela para trás e bebeu suas lágrimas.

"Como você sabia que ela estava chorando?", eu perguntei.

"Ele sempre sabe", ela disse. "À noite, no escuro, mesmo estando de costas para ele, se eu sorrio ele pergunta: 'Está achando graça do quê?'"

"Ela é igual. Ela pode estar no sétimo sono, roncando. Se eu sorrio, os olhos dela se abrem de repente e ela sorri de volta para mim."

Fomos jantar então. A comida estava fantástica. Falamos sobre tudo, menos sobre o julgamento. Não consigo me lembrar como comecei a contar histórias sobre minha avó russa, mas contei dezenas de histórias sobre ela. Fazia anos que eu não ria tanto. Ensinei a eles a palavra *shonda*. Que *shonda*!

Carlotta tirou a mesa. As velas estavam pela metade. Ela

voltou trazendo café e flã. Quando estávamos terminando, ela disse: "Jon, eu posso te chamar de conselheiro?".

"Cruzes, não", disse Jesse. "Eu vou me sentir como se tivesse voltado pra escola. Ele vai me perguntar de onde vem a minha raiva. Vamos chamá-lo de defensor. Defensor, o senhor por acaso teve oportunidade de refletir a respeito da difícil situação desta senhora?"

"Tive sim, meu bom jovem. Deixe-me pegar minha pasta que eu já lhes mostro exatamente em que pé nós estamos."

Eu disse sim a um conhaque. Os dois agora estavam tomando uísque e água. Eu estava entusiasmado. Queria falar num tom objetivo, mas estava satisfeito demais para isso. Examinei o documento e o comparei com uma lista de três páginas de declarações falsas, capciosas, ofensivas ou caluniosas presentes no laudo. "Lascivo", "comportamento licencioso", "ameaçador", "armados e perigosos". Páginas de declarações que poderiam predispor um juiz e um júri contra a minha cliente e que haviam de fato me dado uma ideia distorcida dela mesmo depois de eu ter falado com Jesse.

Eu tinha uma cópia do relatório da segurança do aeroporto declarando que ela, suas roupas e sua bolsa haviam sido cuidadosamente revistadas e que nem drogas nem armas tinham sido encontradas.

"Mas a melhor parte é que você tinha razão, Jesse. Os dois policiais têm longas listas de violações sérias. Suspensões por uso impróprio de força, por agredirem suspeitos. Estão sendo alvo de duas investigações independentes por terem matado suspeitos desarmados. Receberam inúmeras queixas por brutalidade, força excessiva, detenções ilegais e fabricação de provas. E nós descobrimos tudo isso depois de apenas alguns dias de pesquisa! Sabemos que ambos os policiais sofreram suspensões graves, foram rebaixados, tirados de rondas na cidade e transferidos para o sul de San Francisco. Vamos insistir para que a Corregedoria de Polícia investigue os oficiais que fizeram a prisão e ameaçar processar o Departamento de Polícia de San Francisco."

"Então não vamos só ameaçar, vamos processar logo", disse Jesse.

Eu iria descobrir que a bebida dava coragem a Jesse, mas deixava Carlotta mais frágil. Ela fez que não com a cabeça. "Eu não iria conseguir levar isso adiante."

"Má ideia, Jesse", eu disse. "Mas é um jeito interessante de lidar com o caso."

O julgamento estava marcado só para o fim de junho. Embora meus assistentes continuassem a encontrar novos indícios contra os policiais, não havia muita coisa que precisássemos discutir. Se o caso não fosse indeferido, teríamos que pedir que o julgamento fosse adiado e, bem, rezar. Mesmo assim, continuei indo ao apartamento da Telegraph toda sexta-feira. Isso deixava minha mulher, Cheryl, furiosa e enciumada. Tirando jogos de handebol, essa era a primeira vez que eu ia sem ela a algum lugar. Cheryl não entendia por que ela não podia ir também. E eu não sabia explicar, nem para mim mesmo. Uma vez ela me acusou de estar tendo um caso extraconjugal.

Parecia mesmo um caso. Era imprevisível e empolgante. Toda sexta eu ficava esperando ansiosamente o dia inteiro a hora de poder ir para lá. Estava apaixonado por todos eles. Às vezes Jesse, Joe, o filho mais velho de Carlotta, Ben, e eu jogávamos pôquer ou sinuca. Jesse me ensinou a ser um bom jogador de pôquer e um bom jogador de sinuca. Eu me sentia infantilmente descolado, indo com eles a salões de sinuca do centro sem sentir medo. A mera presença de Joe fazia com que todos nós ficássemos seguros em qualquer lugar.

"É como ter um pit bull, só que alimentar o Joe é mais barato", disse Jesse.

"Ele é bom pra outras coisas também", disse Ben. "Consegue abrir garrafas com os dentes. E é o cara mais risonho do mundo." Isso era verdade. Joe raramente falava, mas captava humor imediatamente.

Às vezes íamos andar com Ben pelo centro de Oakland enquanto ele tirava fotografias. Carlotta sugeriu que fizéssemos molduras com as mãos e olhássemos para as coisas como se estivéssemos olhando através de lentes. Eu disse a Ben que isso tinha mudado minha maneira de ver.

O que Joe gostava de fazer era se enfiar sorrateiramente nas fotografias. Quando as cópias por contato ficavam prontas, lá estava ele sentado numa escada com alguns beberrões ou com cara de perdido em frente a uma porta, discutindo com um açougueiro chinês a respeito de um pato.

Numa sexta-feira, Ben trouxe uma Minolta e disse que, se eu quisesse, ele a venderia para mim por cinquenta dólares. Claro que eu queria. Fiquei esfuziante. Mais tarde, vi que ele entregou o dinheiro para Joe, o que me deixou intrigado.

"Brinque com ela antes de colocar filme. No início, é bom você simplesmente sair por aí, olhando para as coisas através das lentes. Metade do tempo eu não tenho filme nenhum na minha câmera."

As primeiras fotos que tirei foram numa loja que fica a poucos quarteirões do meu escritório. Vende pés avulsos de sapato, por um dólar cada um. Do lado esquerdo da loja ficam pilhas de sapatos velhos para o pé esquerdo e, do outro lado, pilhas de sapatos para o pé direito. Velhos. Jovens pobres. O velho vendedor de sapatos sentado numa cadeira de balanço, guardando o dinheiro numa caixa de aveia Quaker.

Aquele primeiro rolo de filme me deixou mais feliz do que qualquer outra coisa em muito tempo, incluindo os julgamentos bem-sucedidos. Quando mostrei os contatos para eles, todos me parabenizaram com uma batida de mãos. Carlotta me deu um abraço.

Ben e eu saímos juntos algumas vezes, de manhã cedo, para andar por Chinatown, pela região do porto. Era uma boa maneira de conhecer uma pessoa. Eu focalizava crianças de uniforme escolar, enquanto ele tirava fotos de mãos de velhos. Eu disse a ele que me sentia pouco à vontade tirando fotos de pessoas, que isso me parecia uma invasão, uma indelicadeza.

"A minha mãe e o Jesse me ajudaram com isso. Eles sempre falam com todo mundo, e as pessoas falam com eles também. Agora, se eu não tenho como fotografar uma pessoa sem que ela me veja, eu simplesmente falo com ela, vou lá e pergunto: 'Você se importaria se eu tirasse uma foto sua?'. A maioria das vezes elas respondem 'Claro que eu me importo, seu imbecil'. Mas às vezes elas não se importam."

Conversamos algumas vezes sobre Carlotta e Jesse. Como todos eles se davam muito bem, fiquei surpreso com a raiva que ele demonstrou.

"Bem, claro que isso me chateia. Em parte, é infantilidade minha. Eles são tão grudados que eu me sinto excluído e enciumado, como se tivesse perdido minha mãe e meu melhor amigo. Mas, ao mesmo tempo, tem um lado meu que acha bom, porque eu nunca vi nenhum dos dois feliz antes. Só que eles estão alimentando o lado destrutivo um do outro, o lado deles que se odeia. Ele não tem tocado e ela não tem escrito desde que eles se mudaram para aquele apartamento da Telegraph. E eles estão torrando o dinheiro dele, basicamente com bebida."

"Eles nunca me dão a impressão de estarem bêbados", eu disse.

"Isso é porque você nunca viu os dois sóbrios. E eles só começam a beber de verdade depois que a gente vai embora. Aí eles saem pela cidade correndo feito uns loucos, perseguindo carros de bombeiro, fazendo só Deus sabe o quê. Uma vez eles entraram no depósito dos correios e foram expulsos de lá a tiros. Pelo menos eles são bêbados pacíficos. São incrivelmente carinhosos um com o outro. Ela nunca foi cruel com a gente, com os filhos, nunca bateu em nenhum de nós. Ela ama a gente. É por isso que eu não consigo entender por que ela não está querendo que os meus irmãos voltem."

Outra vez, na Telegraph, ele me mostrou uma letra de música que Jesse havia escrito. Era uma boa letra. Madura, irônica, sensível. Parecia uma mistura de Dylan, Tom Waits e Johnny Cash. Ben me entregou também uma *Atlantic Monthly* onde um conto dela havia sido publicado. Eu já tinha lido aquele conto alguns meses antes e achado maravilhoso. "Vocês dois escreveram essas coisas lindas?" Eles deram de ombros.

O que Ben disse fazia sentido, mas eu não via sinais de auto-ódio nem de destrutividade em nenhum dos dois. Estar com eles parecia trazer à tona um lado positivo meu, um lado sentimental.

Carlotta e eu estávamos sozinhos na varanda. Perguntei a ela por que estar ali fazia com que eu me sentisse tão bem. "Será que é simplesmente porque todos eles são jovens?"

Ela riu. "Nenhum deles é jovem. O Ben nunca foi jovem. Eu nunca fui jovem. Você provavelmente também foi uma criança velha, e você gosta da gente porque com a gente você pode agir por impulso. É delicioso brincar, não é? Você gosta de vir aqui porque o resto da sua vida desaparece. Você nunca fala da sua mulher, então deve haver problemas aí. O seu trabalho deve ser cheio de problemas. O Jesse dá permissão a todos nós para sermos nós mesmos e para pensarmos em nós mesmos. Ele passa a sensação de que não tem problema ser egoísta.

"Estar com o Jesse é uma espécie de meditação. É como praticar zazen ou estar num tanque de privação sensorial. O passado e o futuro desaparecem. Problemas e decisões desaparecem. O tempo desaparece e o presente adquire uma cor linda e passa a existir dentro de uma moldura em que só cabe o agora, neste segundo, exatamente como as molduras que fazemos com as mãos."

Eu percebi que ela estava bêbada, mas entendi o que queria dizer e sabia que tinha razão.

Durante algum tempo, Jesse e Maggie ficaram dormindo em terraços de prédios do centro, cada noite num terraço diferente. Eu não conseguia conceber por que estavam fazendo isso, então me levaram com eles uma noite. Primeiro, encontramos a velha escada de incêndio de metal do prédio, depois Jesse deu um pulo bem alto e puxou a escada para baixo. Quando chegamos ao primeiro patamar, ele puxou a parte móvel da escada para cima de novo. Então fomos subindo, subindo. Era assustador e mágico olhar para o estuário e para a baía lá de cima. Ainda havia um suave pôr de sol rosa atrás da Golden Gate. O centro de Oakland estava silencioso e deserto. "Nos fins de semana, isto aqui fica que nem A hora final", disse Jesse.

Fiquei pasmo com o silêncio, com a sensação de que éramos as únicas pessoas ali, com a cidade lá embaixo, o céu ao nosso redor. Não tinha muita ideia de onde nós estávamos, até que Jesse me chamou para a beirada oposta do terraço. "Olha." Eu olhei e então me dei conta. Era o meu escritório, no décimo quinto andar do edifício Leyman, alguns andares acima de nós. Apenas algumas janelas adiante ficava a sala de Brillig. A pequena luminária com quebra-luz de casco de tartaruga estava acesa. Brillig estava sentando atrás de sua enorme mesa, sem paletó nem gravata, com os pés num pufe. Ele estava lendo. Montaigne provavelmente, porque o livro estava encadernado em couro e Brillig estava sorrindo.

"Isso não é coisa que se faça", disse Carlotta. "Vamos embora."

"Normalmente você gosta de olhar para as pessoas atrás das janelas."

"Sim, só que se você sabe quem elas são não é imaginar, mas espiar."

Enquanto descia a escada de incêndio, fiquei pensando que aquela discussão típica era uma das razões por que eu gostava deles. As discussões dos dois nunca eram mesquinhas.

Uma vez eu cheguei ao apartamento quando Joe e Jesse ainda não tinham voltado da pescaria deles. Ben estava lá. Maggie tinha chorado. Ela me mostrou uma carta de seu filho de quinze anos, Nathan. Era uma carta carinhosa, em que ele lhe contava o que todos eles vinham fazendo e dizia que queriam voltar para casa.

"Então, o que você acha?", perguntei a Ben quando ela foi lavar o rosto.

"Eu queria que eles abandonassem a ideia de que é ou Jesse ou os meninos. Se ela arranjasse um emprego e uma casa, parasse de beber e Jesse fosse lá de vez em quando, eles veriam que poderia ficar tudo bem. *Poderia ficar* tudo bem. O problema é que os dois morrem de medo de que o outro vá embora se ficar sóbrio."

"Ela vai parar de beber se ele for embora?"

"Não, de jeito nenhum. Eu odeio pensar nessa possibilidade."

Ben e Joe foram a uma partida de beisebol naquela noite. Joe sempre se referia aos Oakland Athletics como "a porra dos A's".

"Vai passar *Perdidos na noite* na televisão. Quer ir assistir com a gente?", Jesse perguntou. Eu disse "Claro!"; adorava aquele filme. Imaginei que eles pretendessem ver o filme num bar, esquecendo da idade de Jesse. Não, eles pretendiam ver o filme na estação de ônibus Greyhound, onde nós três nos sentamos em bancos adjacentes, cada um diante de um pequeno aparelho de tevê, no qual inseríamos moedas de vinte e cinco centavos. Durante os comerciais, Carlotta ia comprar pipoca e trocava notas de dinheiro por moedas. Depois do filme, fomos a um restaurante chinês, mas já estava fechando. "Sim, nós sempre chegamos quando o restaurante está fechando. Essa é a hora em que eles pedem pizza." Como eles descobriram isso, eu não faço a menor ideia. Eles me apresentaram a um dos garçons e nós demos dinheiro a ele. Então, nos sentamos em volta de uma grande mesa com os garçons, chefs e lavadores de pratos e ficamos comendo pizza e tomando coca-cola. As luzes estavam apagadas; comemos à luz de velas. Todos eles ficaram conversando em chinês e balançando a cabeça para nós enquanto nos passavam pizzas de diferentes tipos. Tive, de alguma forma, a sensação de estar num restaurante chinês de verdade.

Na noite seguinte, Cheryl e eu íamos nos encontrar com amigos para jantar na Jack London Square. O tempo estava agradável e a capota do Porsche estava abaixada. Tínhamos tido um bom dia, feito amor, curtido preguiça na cama. Quando chegamos perto do restaurante, Cheryl e eu estávamos rindo, de bom humor. Tivemos que parar para esperar a passagem de um dos longos trens de carga que invariavelmente estão atravessando a praça quando você quer passar por ali. Aquele parecia que não ia terminar nunca. Então, ouvi um grito.

"Conselheiro! Jon! Ei, defensor!" Jesse e Carlotta estavam acenando e mandando beijos para mim de dentro de um vagão.

"Nem precisa me dizer", disse Cheryl. "Aquele só pode ser o Peter Pan e a mãe dele. Bonnie e Clyde de estimação do Jon."

"Cala a boca."

Eu nunca havia dito isso para ela. Cheryl ficou olhando fixamente para a frente, como se não tivesse me ouvido. Fomos ao restaurante elegante com nossos amigos liberais elegantes e bem-falantes. A comida estava excelente, os vinhos, perfeitos. Conversamos sobre filmes, política e advocacia. Cheryl foi encantadora e eu, espirituoso. Uma coisa terrível tinha acontecido entre nós.

Cheryl e eu estamos divorciados agora. Acho que nosso casamento começou a terminar por causa daquelas noites de sexta-feira, não porque Cheryl começou a ter um caso. Ela ficou furiosa porque eu nunca a levei para conhecê-los. Não sei direito por que eu não queria que ela fosse, se era porque eu tinha medo de que ela não gostasse deles ou de que eles não gostassem dela. Não, era outra coisa... um lado meu que eu tinha vergonha de deixar que ela visse.

Jesse e Carlotta já tinham esquecido o passeio de trem quando eu os encontrei de novo.

"A Maggie não tem jeito. A gente podia aprender como se faz. Podia viajar pelos Estados Unidos de cabo a rabo. Mas toda vez que o trem começa a se afastar um pouco mais daqui ela fica histérica. A gente nunca foi além de Richmond e Fremont."

"Não, uma vez nós fomos até Stockton. É longe. É apavorante, Jon. Embora seja maravilhoso também e você realmente se sinta livre, como se estivesse no seu trem particular. O problema é que nada assusta o Jesse. E se a gente acabasse indo parar em Dakota do Norte no meio de uma nevasca e eles nos trancassem lá dentro? Ficaríamos lá. Congelados."

"Maggie, você não pode ficar se preocupando tanto. Olhe o que você faz com você mesma! Você está arrancando os cabelos por causa de uma tempestade de neve em Dakota do Sul."

"Dakota do Norte."

"Jon, fale pra ela não se preocupar tanto."

"Tudo vai acabar dando certo, Carlotta", eu disse. Mas também fiquei assustado.

Conferíamos a posição do vigia na marina. Às sete e meia ele sempre estava na outra ponta dos píeres. Jogávamos nossas coisas por cima da cerca e depois trepávamos, num lugar perto da água, onde não havia nenhuma fiação conectando a cerca ao alarme. Foram necessárias algumas tentativas até que encontrássemos o nosso barco perfeito, *La Cigale*. Um veleiro enorme e lindo, com deque de teca. Bem afundado na água. Estendíamos nosso saco de dormir, ligávamos o rádio baixinho, comíamos sanduíches e tomávamos cerveja. Bebericávamos uísque mais tarde. Era fresco e tinha cheiro de oceano. De vez em quando, a névoa se dispersava e víamos as estrelas. A melhor parte era quando enormes navios japoneses, repletos de carros, se aproximavam do estuário. Eram como arranha-céus em movimento, todos iluminados. Como navios fantasmas que passavam deslizando, sem fazer um único ruído. As ondas que eles produziam eram tão grandes que não faziam barulho, subiam, mas não estouravam. Nunca havia mais que uma ou duas figuras em qualquer um dos deques. Homens sozinhos, fumando, olhando para a cidade sem nenhuma expressão no rosto.

Navios-tanque mexicanos eram exatamente o contrário. Ouvíamos a música e sentíamos o cheiro dos motores fumacentos antes de vermos os navios cheios de ferrugem. A tripulação inteira ficava debruçada na amurada, acenando para moças nas varandas de restaurantes. Os marinheiros estavam sempre rindo, fumando ou comendo. Uma vez, não consegui resistir e gritei *"Bienvenidos!"* para eles. O vigia me ouviu, veio andando na nossa direção e apontou a luz da lanterna dele para nós.

"Eu já tinha visto vocês dois umas duas ou três vezes. Pensei comigo que vocês não estavam fazendo mal a ninguém nem estavam roubando, mas vocês podem me botar numa grande enrascada."

Jesse fez sinal para ele, chamando-o para entrar no barco. Chegou até a dizer "Bem-vindo a bordo". A gente deu um sanduíche e uma cerveja para ele e disse que, se algum dia a gente fosse pego, faria questão de mostrar que não havia como ele ter visto nada. O nome dele era Solly. A partir daí ele passou a vir todas as noites, para jantar às oito, e depois ia fazer suas rondas. Ele nos acordava de manhã bem cedo, antes de clarear, na hora em que os pássaros estavam começando a voar acima da água.

Doces noites de primavera. Fazíamos amor, bebíamos, conversávamos. Sobre o que tanto falávamos? Às vezes ficávamos conversando a noite inteira. Uma vez, falamos sobre as coisas ruins que tinham acontecido quando éramos pequenos. Chegamos até a representá-las um com o outro. Foi sexy e assustador. Nunca mais fizemos isso. Nossas conversas eram sobre pessoas, principalmente, as que conhecíamos andando pela cidade. Solly. Eu adorava ouvir Jesse e ele conversando sobre o trabalho no campo. Solly era de Grundy Center, Iowa, e tinha servido em Treasure Island quando estava na Marinha.

Jesse nunca lia livros, mas certas palavras que as pessoas diziam o deixavam feliz. Como quando uma senhora negra nos disse que ela era tão velha quanto o sal e a pimenta. Ou quando Solly contou que tinha deixado a esposa quando ela começou a ficar com olhos de fuzil e bico de tesoura.

Jesse fazia todo mundo se sentir importante. Ele não era gentil. *Gentil* é uma palavra como *caridade*; implica um esforço. Como aquela frase de para-choque de caminhão que fala de gestos aleatórios de gentileza. Gentil deveria ser o modo como uma pessoa é sempre, não um gesto que ela opta por fazer. Jesse tinha uma curiosidade compassiva em relação a todo mundo. A minha vida inteira eu tive a sensação de não existir de verdade. Ele me viu. Eu. Viu quem eu era. Apesar de todas as coisas perigosas que a gente fazia, as horas em que eu estava com ele eram as únicas em que eu estava realmente segura.

A coisa perigosa mais burra que a gente fez foi ir nadando até a ilha do lago Merritt. Botamos todas as nossas tralhas, mudas de roupa, comida, uísque e cigarros dentro de sacos plásticos e saímos nadando em direção à ilha. É mais longe do que parece. A água estava muito, muito fria, imunda e fedida, e nós ficamos fedidos também, mesmo depois de trocar de roupa.

O parque é lindo durante o dia, com colinas ondulantes e velhos carvalhos, o jardim de rosas. À noite, ele latejava de medo e crime. Sons horríveis chegavam ampliados depois de atravessar a água. Sexo raivoso e brigas, garrafas se quebrando. Gente vomitando e berrando. Mulheres apanhando. A polícia e grunhidos, socos. O som agora familiar de sirenes da polícia. Chape-chape as ondas de encontro à nossa pequena ilha arborizada, mas a gente tremeu e bebeu até que o silêncio mostrou que dava para arriscar nadar de volta até a margem. A água devia estar realmente muito poluída, porque nós dois passamos mal durante dias.

Ben apareceu uma tarde. Eu estava sozinha. Joe e Jesse tinham ido jogar sinuca. Ben me agarrou pelo cabelo e me levou até o banheiro.

"Olha pra essa cara de bêbada! Quem é você? E os meus irmãos? O papai e a namorada dele estão viciados em cocaína. Talvez com você eles acabassem morrendo num acidente de carro ou queimados quando você botasse fogo na casa, mas pelo menos não iam achar que beber é uma coisa glamourosa. Eles precisam de você. Eu preciso de você. Eu preciso não te odiar." Ele estava chorando.

Só o que eu podia fazer era o que já tinha feito um milhão de vezes antes. Dizer mil vezes: "Desculpe".

Quando falei para Jesse que tínhamos que parar, ele disse tudo bem. Por que a gente não aproveita e para de fumar também? Dissemos aos meninos que íamos acampar perto de Big Sur. Descemos a sinuosa Highway 1 à beira do oceano. A lua brilhava e a espuma branca do mar parecia de neon. Jesse estava dirigindo com os faróis apagados, o que era apavorante e deu início às nossas brigas. Depois que chegamos lá e nos embrenhamos na floresta, começou a chover. Chovia sem parar e nós brigamos outra vez, algo a ver com o macarrão instantâneo. Estava frio, mas nós dois tivemos tremedeiras horríveis ainda por cima. Só resistimos uma noite. Voltamos para casa e enchemos a cara, depois passamos um tempo reduzindo a bebida antes de tentar de novo.

Dessa vez foi melhor. Fomos para Point Reyes. O tempo estava claro e quente. Passávamos horas olhando para o mar, em silêncio. Fazíamos caminhadas pela floresta, corríamos na praia, falávamos um para o outro como as romãs eram gostosas. Estávamos lá fazia uns três dias quando fomos acordados por grunhidos estranhos. Movendo-se atabalhoadamente na nossa direção, na floresta enevoada, vinham criaturas que pareciam alienígenas de cabeças oblongas, soltando sons guturais e dando risadas esquisitas. Eles andavam com as pernas retesadas e balançando o tronco de um lado para o outro. "Bom dia. Desculpe o transtorno", um homem disse. Acabou que era um grupo de adolescentes com retardo mental grave. Suas cabeças alongadas eram na verdade sacos de dormir enrolados, no alto de suas mochilas. "Céus, eu preciso de um cigarro", disse Jesse. Foi bom voltar para casa, na Telegraph. A gente continuou sem beber.

"Impressionante o tempo que beber tomava, não, Maggie?"

Fomos ao cinema. Vimos *Terra de ninguém* três vezes. Nenhum de nós dois conseguia dormir. Fazíamos amor dia e noite, como se estivéssemos furiosos um com o outro, escorregando dos lençóis de seda para o chão, suando, exaustos.

Uma noite, Jesse entrou no banheiro quando eu estava lendo uma carta de Nathan. Ele dizia que eles tinham que voltar para casa. Jesse e eu brigamos a noite inteira. Brigamos de verdade, batendo, chutando e arranhando um ao outro, até que desabamos no chão, soluçando. Acabamos enchendo a cara durante dias, mais loucos do que nunca. Por fim, fiquei tão intoxicada de álcool que a bebida não fazia mais efeito, não me fazia parar de tremer. Estava apavorada, em pânico. Estava me sentindo totalmente incapaz de parar, totalmente incapaz de cuidar de mim mesma, quanto mais dos meus filhos.

Estávamos loucos e enlouquecíamos mais ainda um ao outro. Decidimos que nenhum de nós estava apto para viver. Ele jamais conseguiria fazer carreira como músico, já tinha estragado tudo. Eu tinha falhado como mãe. Éramos alcoólatras irrecuperáveis. Não podíamos viver juntos. Nenhum de nós dois era viável neste mundo. Então o melhor era simplesmente morrer. É estranho escrever isso. Soa egoísta e melodramático. Mas, naquele momento, era uma verdade terrível, sombria.

De manhã, entramos no carro e tomamos o rumo de San Clemente. Eu chegaria à casa dos meus pais na quarta-feira. Na quinta eu iria à praia e nadaria até o fundo do mar. Assim pareceria um acidente e meus pais poderiam se encarregar do meu corpo. Jesse voltaria para casa e se enforcaria na sexta, para que Joe pudesse encontrar o corpo dele.

Tivemos que reduzir a bebida para conseguir fazer a viagem. Ligamos para Jon, Joe e Ben para avisar que íamos viajar e voltaríamos na sexta seguinte. Fomos descendo a costa devagar, sem pressa. Foi uma viagem maravilhosa. Nadamos no mar. Fomos a Carmel e ao castelo de Hearst. Newport Beach.

Em Newport Beach foi maravilhoso. A gerente do hotel bateu na nossa porta e disse para mim: "Eu esqueci de entregar as toalhas pro seu marido".

Estávamos assistindo a *Big Valley* quando Jesse disse: "O que você acha? A gente se casa ou se mata?".

Estávamos perto da casa dos meus pais quando tivemos uma briga ridícula. Ele queria ver a casa de Richard Nixon antes de me deixar na casa dos meus pais. Eu disse que não queria que um dos últimos atos da minha vida fosse visitar a casa do Nixon.

"Foda-se. Desce aqui então."

Eu disse a mim mesma que, se ele dissesse que me amava, eu não desceria do carro, mas ele disse apenas: "Quero ver aquele seu sorriso, Maggie". Eu desci e peguei a minha mala no banco de trás. Não consegui sorrir. Ele arrancou e foi embora.

Minha mãe era uma bruxa; sabia de tudo. Eu não tinha dito nada a eles sobre Jesse. Tinha contado que havia sido demitida da escola, que os meninos estavam no México, que eu estava procurando emprego. Mas eu só estava lá fazia uma hora quando ela disse: "Então, você está planejando cometer suicídio ou o quê?".

Eu disse a eles que estava sem ânimo para procurar emprego, que sentia saudade dos meus filhos. Tinha achado que visitá-los seria uma boa ideia, mas, na verdade, só estava me dando a sensação de estar adiando o que eu tinha que fazer. Era melhor eu voltar para casa de manhã. Eles foram bastante solidários. Nós todos estávamos bebendo muito naquela noite.

Na manhã seguinte, meu pai me levou de carro ao aeroporto John Wayne e comprou uma passagem para Oakland para mim. Ficou dizendo que eu devia procurar emprego como recepcionista num consultório médico, onde eu teria benefícios sociais.

Eu estava num ônibus a caminho da Telegraph na hora em que era para estar me afogando. Fui correndo da rua 40 até a minha casa, agora apavorada com a possibilidade de Jesse já ter se matado.

Ele não estava em casa. Havia tulipas lilases por todo lado. Em vasos, latas, tigelas. No apartamento inteiro, no banheiro, na cozinha. Em cima da mesa havia um bilhete: "Você não pode me deixar, Maggie".

Ele chegou por trás de mim, me virou e me encostou no fogão. Abraçado a mim, puxou minha saia para cima, abaixou minha calcinha, entrou em mim e gozou. Passamos a manhã inteira no chão da cozinha. Otis Redding e Jimi Hendrix. "When a Man Loves a Woman." Jesse fez seu sanduíche preferido para nós. Frango no pão de fôrma com maionese. Sem sal. Que sanduíche horrível. Minhas pernas estavam tremendo de tanto transar, meu rosto dolorido de tanto sorrir.

Tomamos um banho e nos vestimos, passamos a noite no nosso próprio terraço. Não conversamos. Só o que ele disse foi: "Está muito pior agora". Eu fiz que sim com a cabeça encostada no peito dele.

Jon chegou na noite seguinte, depois Joe e Ben. Ben ficou feliz por nós não estarmos bebendo. Não tínhamos decidido não beber, só não tínhamos bebido. Claro que todos perguntaram o porquê das tulipas.

"A casa estava precisando de uma cor, porra", Jesse respondeu.

Decidimos comprar comida no Flint's Barbeque e ir para a marina de Berkeley.

"Eu queria poder levar todo mundo pro nosso barco", eu disse.

"Eu tenho um barco", disse Jon. "Vamos fazer um passeio no meu barco."

O barco de Jon era menor que *La Cigale*, mas era bom mesmo assim. Saímos, usando o motor, e demos uma volta pela baía inteira ao pôr do sol. Estava lindo, as cidades, a ponte, os respingos das ondas. Voltamos para o píer e jantamos no deque. Solly passou por lá e fez uma cara de apavorado quando nos viu. Nós o apresentamos a Jon e contamos que ele tinha nos levado para passear.

Solly sorriu. "Nossa, vocês dois devem ter adorado isso. Um passeio de barco!"

Joe e Ben estavam rindo. Tinham adorado passear pela baía, sentir o cheiro do mar, o gosto da liberdade. Estavam falando de comprar um barco e morar nele. Já planejando tudo.

"Que bicho mordeu vocês, hein?", Joe nos perguntou. Era verdade. Nós três estávamos calados, só sentados lá.

"Eu estou deprimido", disse Jon. "Tenho esse barco há um ano e essa é a terceira vez que saio nele. Nunca velejei essa porcaria de barco. As minhas prioridades estão completamente fora de ordem. A minha vida está uma bagunça."

"Eu estou…" Jesse sacudiu a cabeça, não terminou a frase. Eu sabia que ele estava triste pelo mesmo motivo que eu. Aquilo era um barco de verdade.

Jesse disse que não queria ir ao tribunal. Eu disse a Carlotta que passaria para apanhá-la bem cedo. Era a época do racionamento de gasolina, então você nunca sabia quanto tempo ia ficar na fila. Eu a peguei na esquina da Sears. Jesse estava com ela, pálido, com cara de ressaca.

"Oi, cara. Não se preocupe. Vai dar tudo certo", eu disse. Ele fez que sim.

Ela cobriu a cabeça com uma echarpe. Seus olhos estavam claros e ela parecia calma. Estava usando um vestido rosa-claro, escarpim de verniz, uma pequena bolsa.

"Jackie O vai ao tribunal! Esse vestido é perfeito", eu disse. Eles se despediram com um beijo.

"Eu odeio esse vestido", ele disse. "Quando você voltar, eu vou queimar essa merda." Eles ficaram parados, olhando um para o outro.

"Vamos, entra no carro. Você não vai pra cadeia, Carlotta, eu prometo."

Tivemos realmente que esperar muito tempo para conseguir

abastecer o carro. Falamos de tudo, menos do julgamento. Falamos de Boston. Da livraria Grolier. Do restaurante Lochober's. De Truro e das dunas. Cheryl e eu tínhamos nos conhecido em Provincetown. Contei a ela que Cheryl estava tendo um caso. Que eu não sabia como estava me sentindo, em relação ao caso, em relação ao nosso casamento. Carlotta pôs a mão em cima da minha, na alavanca da caixa de marchas.

"Eu sinto muito, Jon", ela disse. "O mais difícil é não saber como você se sente. Quando você descobrir, bem, aí tudo vai ficar claro pra você, imagino."

"Muito obrigado." Eu sorri.

Os dois policiais estavam no tribunal. Ela se sentou do lado oposto ao deles, na seção dos espectadores. Falei com o promotor e com o juiz e nós fomos para a sala do juiz. Os dois olharam bem para ela antes de entrarmos.

Tudo correu na mais perfeita ordem. Eu tinha páginas e páginas de documentação sobre a atuação dos policiais, mais o relatório do controle de segurança, declarando que eles não haviam encontrado maconha. O juiz captou o espírito do laudo policial antes mesmo de eu começar a realmente falar sobre ele.

"Sim, sim, então qual é a sua proposta?"

"A nossa proposta é processar o Departamento de Polícia de San Francisco a menos que todas as acusações sejam indeferidas." Ele ficou pensando a respeito, mas não por muito tempo.

"Eu acho que é apropriado indeferir as acusações."

O promotor já estava esperando por isso, mas deu para perceber que ele não estava nada contente de ter que encarar os policiais.

Voltamos para o tribunal, onde o juiz disse que, em virtude de uma iminente ação judicial contra o Departamento de Polícia de San Francisco, ele considerava apropriado indeferir todas as acusações contra Carlotta Moran. Se tivessem lanternas à mão, os policiais teriam matado Carlotta a pancadas ali mesmo no tribunal. Ela não pôde refrear um sorriso angelical.

Fiquei desapontado. Tinha sido tão rápido. E eu esperava que ela ficasse mais feliz, mais aliviada. Se o outro advogado tivesse cuidado do caso, ela estaria presa agora. Cheguei até a dizer isso para ela, cavando elogios.

"Ei, que tal exultar um pouco, sentir um pouco de... eh... gratidão?"

"Jon, me desculpe. Claro que eu estou exultante. Claro que eu estou grata. E eu sei quanto você cobra. A gente está te devendo milhares e milhares de dólares. Mas mais importante que isso foi que a gente conheceu você de verdade, e você gostou da gente. E nós agora amamos você." Ela me deu um abraço carinhoso então e um grande sorriso.

Fiquei com vergonha, disse a ela para esquecer o dinheiro, que aquilo tinha ido muito além de um caso judicial. Entramos no carro.

"Jon, eu estou precisando beber. Nós dois precisamos tomar café da manhã."

Parei o carro e comprei uma garrafa de uísque para ela. Ela tomou alguns bons goles antes de a gente chegar ao Denny's.

"Que dia. Parece até que nós estamos em Cleveland. Olhe em volta." Estar no Denny's de Redwood City era como estar no coração da América.

Percebi que fazia um grande esforço para me mostrar que estava feliz. Ela me pediu para contar tudo o que tinha acontecido, o que eu tinha dito, o que o juiz tinha dito. No caminho para casa, ela me perguntou sobre outros casos, quais eram os meus favoritos. Só entendi o que estava acontecendo quando estávamos atravessando a Bay Bridge e eu vi as lágrimas. Quando saímos da ponte, encostei o carro e parei, entreguei o meu lenço para ela. Ela retocou a maquiagem no espelho, olhou para mim com um sorriso forçado.

"Imagino então que a farra acabou", eu disse. Puxei a capota do carro na hora certa. Começou a chover forte quando tomamos o rumo de Oakland.

"O que você vai fazer?"

"O que você me aconselha, conselheiro?"

"Não seja sarcástica, Carlotta. Não combina com você."

"Eu estou falando muito sério. O que você faria?"

Sacudi a cabeça. Pensei na cara dela, lendo a carta de Nathan. Lembrei de Jesse segurando o pescoço dela.

"Está claro pra você? O que você vai fazer?"

"Sim", ela sussurrou, "está claro."

Ele estava esperando na esquina da Sears. Todo encharcado.

"Para! Ele está ali!"

Ela desceu do carro. Ele veio até ela, perguntou como tinha sido.

"Maior moleza. Foi ótimo."

Ele esticou o braço e apertou minha mão. "Obrigado, Jon."

Dobrei a esquina, parei o carro no meio-fio e fiquei vendo os dois indo embora na chuva, ensopados, pisando de propósito nas poças, esbarrando de leve um no outro.

Mamãe

"Mamãe sabia de tudo", minha irmã Sally disse. "Ela era uma bruxa. Mesmo agora que ela está morta, eu ainda fico morrendo de medo de que ela esteja me vendo."

"Eu também. Se estou fazendo alguma grande bobagem, aí é que fico apavorada mesmo. E o mais triste é que, quando faço alguma coisa certa, fico torcendo para que ela esteja vendo. 'Ei, mamãe, olha só.' E se os mortos só ficam lá, espionando todo mundo e morrendo de rir? Cruzes, Sally, isso que eu acabei de dizer é bem típico dela. E se eu for igual a ela?"

Nossa mãe costumava ficar pensando em como as cadeiras seriam se nossos joelhos dobrassem para o outro lado. E se Cristo tivesse sido eletrocutado? Em vez de pingentes em forma de cruz, todo mundo andaria por aí com cadeiras penduradas no pescoço.

"Ela disse pra mim: 'O que quer que aconteça, não se reproduza'", disse Sally. "E se algum dia eu fosse burra a ponto de me casar, que pelo menos fosse com um homem rico e que me adorasse. 'Nunca, jamais se case por amor. Se amar um homem, você vai querer estar com ele, agradar-lhe, fazer coisas para ele. Vai perguntar a ele coisas como Onde você estava? ou Em que você está pensando? ou Você me ama?. E aí ele vai bater em você. Ou vai sair pra comprar cigarro e nunca mais voltar.'"

"Ela odiava a palavra *amor*. Falava essa palavra do mesmo jeito que as pessoas dizem *puta*."

"Ela detestava crianças. Uma vez eu me encontrei com ela num aeroporto quando meus quatro filhos eram pequenos. Ela berrou 'Segura essas feras!', como se eles fossem um bando de dobermanns."

"Eu não sei se ela me renegou porque eu me casei com um mexicano ou porque eu me casei com um católico."

"Ela culpava a Igreja católica por as pessoas terem tantos filhos. Dizia que os papas tinham espalhado o boato de que o amor fazia as pessoas felizes."

"O amor deixa você infeliz", nossa mãe dizia. "Você encharca o travesseiro chorando até dormir, embaça cabines telefônicas com as suas lágrimas, os seus soluços fazem o cachorro uivar, você fuma dois cigarros ao mesmo tempo."

"O papai te deixava infeliz?", eu perguntei a ela.

"Quem, ele? Ele não seria capaz de deixar ninguém infeliz."

Mas eu usei os conselhos de mamãe para salvar o casamento do meu próprio filho. Coco, a mulher dele, me ligou, chorando. Ken queria passar uns meses fora de casa. Queria ter o espaço dele. Coco adorava Ken e estava desesperada. Eu me peguei dando conselhos para ela com a voz da minha mãe. Literalmente, com aquela sua voz nasalada texana, aquele seu tom debochado. "Ih, minha filha, o melhor que você faz é dar praquele bobo uma provinha do próprio veneno dele." Eu disse a ela para jamais pedir que ele voltasse. "Não ligue pra ele. Mande flores pra si mesma com cartões misteriosos. Ensine o papagaio africano dele a dizer 'Oi, Joe!'." Eu a aconselhei a fazer um estoque de homens,

homens bonitos, charmosos. A pagar a eles, se fosse preciso, só pra poder ir à casa deles de vez em quando. A levá-los para almoçar no Chez Panisse. A dar um jeito de ter algum homem diferente em casa sempre que fosse provável que Ken aparecesse por lá para pegar roupas ou visitar o papagaio. Coco continuou me ligando. Sim, ela estava seguindo os meus conselhos, mas ele ainda não tinha voltado para casa. Por outro lado, ela não estava mais parecendo tão infeliz.

Por fim, um dia, Ken me ligou. "Ei, mãe, escuta essa... Sente só como a Coco é descarada. Eu vou lá no nosso apartamento buscar uns CDs, certo? Aí eu chego lá e dou de cara com um sujeito vestido com uma roupa de ciclista de lycra roxa, provavelmente suado, deitado na minha cama, vendo o programa da Oprah na minha televisão e dando comida pro meu papagaio."

O que eu posso dizer? Ken e Coco têm vivido felizes desde então. Recentemente, eu estava fazendo uma visita a eles e o telefone tocou. Coco atendeu, ficou falando por um tempo, rindo de vez em quando. Quando ela desligou, Ken perguntou: "Quem era?". Coco sorriu e disse: "Ah, era só um cara que eu conheci na academia".

"Mamãe arruinou o meu filme favorito", eu disse para Sally. "A canção de Bernadette. Eu estava estudando na St. Joseph's na época e queria ser freira ou, de preferência, santa. Você só tinha uns três anos nessa época. Eu tinha visto o filme três vezes e aí, finalmente, ela concordou em ir comigo. Pois bem, ela riu o filme inteiro. Disse que a linda senhora não era a Virgem Maria. 'É a Dorothy Lamour, santo Deus.' Depois, passou semanas zombando da Imaculada Conceição. 'Você pode pegar uma xícara de café pra mim? Eu não posso me levantar. Sou a Imaculada Conceição.' Ou, quando telefonava para uma amiga dela, a Alice Pomeroy, ela dizia: 'Oi, sou eu, a suada conceição'. Ou então: 'Oi, aqui é a apressada conceição'."

"Ela era espirituosa, você tem que admitir. Como quando ela dava uma moeda para um mendigo e dizia: 'Desculpe, meu rapaz, mas quais são os seus sonhos e aspirações?'. Ou quando um motorista de táxi estava mal-humorado e ela dizia pra ele: 'Você está parecendo meio pensativo e introspectivo hoje'."

"Não, até o humor dela era assustador. Os bilhetes suicidas que ela escreveu ao longo dos anos, sempre endereçados a mim, geralmente eram piadas. Quando cortou os pulsos, ela assinou o bilhete como Bloody Mary. Quando tomou uma overdose, ela escreveu que tinha tentado se enforcar, mas tinha se atrapalhado com o nó corredio. A última carta que ela me escreveu não foi engraçada. Ela dizia que sabia que eu jamais a perdoaria e que ela jamais conseguiria me perdoar por eu ter estragado a minha própria vida."

"Ela nunca escreveu nenhum bilhete suicida pra mim."

"Não acredito. Sally, você realmente está com ciúme por eu ter recebido todos os bilhetes suicidas dela?"

"Bom, sim, estou."

Quando nosso pai morreu, Sally pegou um avião para ir da Cidade do México até a Califórnia. Foi à casa da nossa mãe e bateu na porta. Mamãe a viu pela janela, mas não quis deixá-la entrar. Tinha renegado Sally fazia muitos anos.

"Eu sinto falta do papai", Sally disse a ela pela janela. "Estou com câncer e estou morrendo. Eu preciso de você agora, mãe!" Mamãe simplesmente fechou as persianas e ignorou as insistentes batidas na porta.

Sally chorava e soluçava, revivendo essa cena e outras mais tristes ainda vezes sem conta. Por fim, ela ficou muito doente e pronta para morrer. Tinha parado de se preocupar com os filhos. Estava serena, extremamente afável e carinhosa. Mesmo assim, de vez em quando, a raiva a assaltava e não a largava, negando-lhe paz.

Então, passei a contar histórias para Sally todas as noites, como quem narra contos de fada.

Contava histórias engraçadas sobre a nossa mãe. Como uma vez em que ela tinha ficado horas tentando abrir um saco de batata frita Granny Goose e, depois, desistido. "A vida já é dura demais", disse ela, atirando o saco por cima do ombro.

Contei que mamãe tinha passado trinta anos sem falar com o irmão dela, Fortunatus. Por fim, ele a tinha convidado para almoçar no Top of the Mark, para jogar uma pá de cal na desavença. "Só se for pra jogar naquela cara pedante dele!", disse mamãe. Mas ela acabou indo à forra. Ele a forçou a pedir faisão e, quando o prato chegou, ela perguntou ao garçom: "Ei, moço, tem ketchup?".

Mais que tudo, eu contava a Sally histórias sobre como nossa mãe havia sido um dia. Antes de começar a beber, antes de nos fazer mal. Era uma vez, há muitos e muitos anos...

"Mamãe está debruçada na balaustrada do navio, com destino a Juneau, no Alasca. Vai se encontrar com Ed, com quem acabou de se casar. Está a caminho de uma vida nova. É 1930. Ela deixou a Depressão para trás, deixou o vovô para trás. Toda a pobreza sórdida e todas as aflições do Texas se foram. O navio desliza, próximo da terra, num dia claro. Ela está olhando para a água azul-marinho e para os pinheiros verdes na costa dessa terra nova, selvagem e limpa. Há icebergs e gaivotas.

"É essencial lembrar como ela era pequena, tinha pouco mais de um metro e sessenta. Ela só *parecia* enorme para nós. Era tão jovem, dezenove anos. E muito bonita, morena e magra. No deque do navio, ela balança ao vento. É frágil. Treme de frio e ansiedade. Fuma. A gola de pele do casaco está levantada,

emoldurando seu rosto em forma de coração, seu cabelo preto-
-azeviche.

"Tio Guyler e tio John tinham dado aquele casaco para mamãe de presente de casamento. Seis anos depois, ela ainda continuava usando o casaco, então eu o conheci. Costumava enterrar
o rosto na gola de pele embaraçada e impregnada de nicotina.
Não enquanto ela estava usando o casaco. Ela não suportava ser
tocada. Se você chegasse perto demais, ela botava a mão na frente como se quisesse se proteger de um soco.

"No deque do navio, ela se sente bonita e adulta. Fez amigos
durante a viagem. Foi espirituosa e charmosa. O capitão flertou
com ela. Estava sempre botando mais gim no copo dela, um gim
que lhe dava vertigem e a fazia rir alto quando ele sussurrava:
'Você está partindo o meu coração, sua morena linda!'.

"Quando o navio entrou no porto de Juneau, os olhos azuis
dela se encheram de lágrimas. Não, eu também nunca a vi chorando. Era mais ou menos como a Scarlett em ... *E o vento levou*.
Ela jurou pra si mesma. Ninguém nunca mais vai me machucar.

"Ela sabia que Ed era um homem bom, confiável e gentil.
A primeira vez em que deixou que ele a levasse para casa, na
Upson Avenue, ela tinha ficado envergonhada. A casa era xexelenta; tio John e vovô estavam bêbados. Ela tinha ficado com
medo de que Ed não a convidasse mais para sair. Mas ele a abraçou e disse: 'Eu vou te proteger'.

"O Alasca era tão maravilhoso quanto ela tinha sonhado.
Eles iam para regiões selvagens de hidroavião com esquis e pousavam em lagos congelados, esquiavam no silêncio e viam alces,
ursos-polares e lobos. Acampavam na floresta no verão e pescavam salmão, viam ursos-cinzentos e cabras-das-rochosas! Fizeram
amigos. Ela estava num grupo de teatro e fez o papel da médium
em *Blithe Spirit*. Havia festas do elenco e jantares em que cada
um levava um prato e então Ed disse que ela não podia mais

fazer teatro, porque bebia demais e agia de uma maneira indigna de alguém como ela. Aí eu nasci. Ele teve que ir para Nome por alguns meses e ela ficou sozinha com um bebê recém-nascido. Quando voltou, ele a encontrou bêbada, cambaleando pela casa comigo no colo. 'Ele arrancou você do meu peito', ela me disse. Então, ele assumiu por completo os cuidados comigo, passou a me dar mamadeira. Uma mulher esquimó vinha cuidar de mim enquanto ele estava no trabalho. Ele disse pra mamãe que ela era fraca e ruim, como todos os Moynihan. A partir daí, ele passou a protegê-la dela mesma, não a deixava dirigir nem lhe dava dinheiro. Tudo o que ela podia fazer era ir a pé pra biblioteca e ler peças, livros policiais e Zane Grey.

"Quando a guerra começou, você nasceu e nós fomos morar no Texas. Papai era tenente num navio-auxiliar, posicionado ao largo da costa do Japão. Mamãe odiou voltar para a casa dos pais. Passava a maior parte do tempo fora de casa, bebendo cada vez mais. Mamie parou de trabalhar no consultório do vovô para poder cuidar de você. Levou seu berço pro quarto dela; brincava com você, cantava e te ninava até você dormir. Não deixava ninguém chegar perto de você, nem mesmo eu.

"Era horrível pra mim, com mamãe, com vovô. Ou sozinha, a maior parte do tempo. Vivia me metendo em encrencas na escola, fugi de uma escola, fui expulsa de outras duas. Uma vez, fiquei sem falar durante seis meses. Mamãe me chamava de Semente Ruim. Descarregava toda a raiva dela em mim. Só depois de crescida foi que eu me dei conta de que ela e vovô provavelmente nem se lembravam do que tinham feito. Deus dá amnésia aos bêbados porque, se eles se lembrassem do que fizeram, certamente morreriam de vergonha.

"Depois que papai voltou da guerra, moramos um tempo no Arizona e eles ficaram felizes juntos. Plantaram roseiras, deram um cachorrinho chamado Sam pra você, e ela se manteve sóbria.

Só que ela já não sabia como conviver com você e comigo. Nós achávamos que ela nos odiava, mas ela só tinha medo de nós. Achava que éramos nós que a tínhamos abandonado, nós que a odiávamos. E se protegia zombando e fazendo pouco de nós, nos magoando antes que nós pudéssemos magoá-la.

"A mudança para o Chile parecia ser um sonho transformado em realidade para mamãe. Ela adorava elegância e coisas bonitas, sempre tinha desejado conhecer 'as pessoas certas'. Papai tinha um emprego de prestígio. Nós éramos ricos agora, tínhamos uma casa linda e muitos criados, e havia jantares e festas com todas as pessoas certas. No início ela até que saía bastante, mas a verdade é que ficava apavorada demais. Arrumava o cabelo da maneira errada, escolhia as roupas erradas. Comprava imitações caras de móveis antigos e pinturas ruins. Morria de medo dos criados. Por outro lado, ela tinha alguns amigos em quem confiava. Ironicamente, jogava pôquer com padres jesuítas. Mas a maior parte do tempo ela ficava mesmo no quarto dela. E papai a mantinha lá.

"'No início ele era meu protetor, depois virou meu carcereiro', ela dizia. Ele achava que estava ajudando a mamãe, mas durante anos e anos ele racionou a bebida dela e a escondeu, e nunca procurou nenhum tipo de ajuda pra ela. A gente nunca chegava perto dela, ninguém chegava. Ela tinha ataques de fúria, se tornava cruel, irracional. Tínhamos a sensação de que nada do que fazíamos era bom o bastante pra ela. E ela, de fato, detestava ver a gente se sair bem, crescer e conquistar coisas. Éramos jovens, bonitas e tínhamos um futuro. Você entende como era difícil pra ela, Sally?"

"Entendo. Era assim mesmo. Coitada da mamãe. Sabe, eu agora estou que nem ela. Fico com raiva de todo mundo porque eles estão trabalhando, vivendo. Às vezes fico com ódio de você porque você não está morrendo. Não é horrível?"

"Não, porque você pode dizer isso pra mim. E eu posso dizer pra você que me sinto aliviada porque não sou eu que estou morrendo. Mas a mamãe nunca teve ninguém pra quem ela pudesse contar coisa alguma. Naquele dia, no navio, entrando no porto, ela achava que teria. Mamãe acreditava que Ed estaria sempre ao lado dela. Achava que estava indo pra casa."

"Conta pra mim de novo sobre quando ela estava no navio. Quando ela ficou com os olhos cheios d'água."

"Está bem. Ela joga o cigarro na água. Dá pra ouvir o leve chiado, porque as ondas estão calmas perto da costa. O navio estremece quando os motores são desligados. Em silêncio, ao som das gaivotas, das boias e do apito longo e triste do navio, eles deslizam em direção ao atracadouro, esbarrando suavemente nos pneus da doca. Mamãe ajeita a gola do casaco e o cabelo. Sorrindo, olha para a multidão, à procura do marido. Nunca sentiu tamanha felicidade na vida."

Sally está chorando baixinho. "*Pobrecita. Pobrecita*", ela diz. "Se pelo menos eu tivesse sido capaz de falar com ela, de mostrar pra ela quanto eu a amava..."

Eu... eu não tenho compaixão.

Carmen

Em frente a todas as farmácias da cidade havia dezenas de carros velhos, com crianças brigando no banco de trás. Eu via as mães delas dentro da Payless, da Walgreen's ou da Lee's, mas nós não nos cumprimentávamos. Mesmo mulheres que eu conhecia... agíamos como se nunca tivéssemos nos visto. Esperávamos na fila enquanto as outras compravam xarope para tosse de hidrato de terpina com codeína e assinavam num enorme livro de registro para finalizar a compra. Às vezes assinávamos nosso nome verdadeiro, outras vezes nomes inventados. Dava para perceber que, como eu, elas não sabiam o que era pior. Às vezes eu via as mesmas mulheres em quatro ou cinco farmácias diferentes no mesmo dia. Outras esposas ou mães de viciados. Os farmacêuticos compartilhavam da nossa cumplicidade, nunca demonstrando que nos reconheciam de compras anteriores. Salvo uma vez em que um jovem farmacêutico da Fourth Street Drugs me chamou de volta ao balcão. Eu fiquei apavorada. Pensei que ele fosse me denunciar. Ele era muito tímido e ficou vermelho quando se desculpou por estar se intrometendo na minha vida. Disse que sabia que eu estava grávida e que tinha ficado preocupado por eu estar comprando tanto xarope para tosse. Explicou que o xarope tinha um teor alto de álcool e que eu poderia facilmente me tornar alcoólatra sem me dar conta. Eu não disse que o xarope não era para mim. Disse obrigada, mas comecei a chorar assim que dei as costas e saí correndo da farmácia, chorando porque queria que Noodles se livrasse das drogas antes que o bebê nascesse. "Por que é que você está chorando, mamãe? A mamãe está chorando!" Willie e Vincent estavam pulando no banco de trás. "Senta!", falei, esticando o braço para trás e dando um tapa na cabeça de Willie. "Senta. Eu estou chorando porque estou cansada e vocês dois não ficam quietos."

A polícia tinha feito uma grande batida na cidade e outra maior ainda em Culiacán, então não havia heroína em Albuquerque. Noodles tinha me dito que ia segurar as pontas só com o xarope para tosse e parar de se drogar, para estar limpo quando o bebê chegasse dali a dois meses. Eu sabia que ele não ia conseguir. Ele nunca tinha ficado tão viciado antes e agora, ainda por cima, tinha arrebentado a coluna trabalhando numa obra de construção. Pelo menos estava recebendo auxílio-doença.

Ele estava de joelhos, falando, tinha engatinhado até o telefone. Eu sei, eu sei, eu fui às reuniões. Eu também estou doente, sou uma facilitadora, uma coviciada. Só o que posso dizer é que sinto amor, pena, carinho por ele. Ele estava tão magro, tão doente. Eu faria qualquer coisa para que ele não sofresse daquele jeito. Ajoelhei e pus os braços em volta dele. Ele desligou o telefone.

"Porra, Mona, pegaram o Beto", ele disse. Depois me beijou e me abraçou, chamou os meninos e os abraçou também. "Ei, meninos, deem uma mão pro seu velho, sejam as minhas muletas pra eu conseguir chegar até o banheiro." Quando os meninos saíram, eu entrei e fechei a porta. Ele estava tremendo tanto que eu tive que entornar o xarope dentro da boca dele. O cheiro me deu ânsia de vômito. O suor e as fezes dele, o trailer inteiro fediam a laranja podre por causa do xarope.

Preparei o jantar para os meninos e eles ficaram vendo *O agente da UNCLE* na televisão. Todos os meninos da escola usavam calça Levi's e camiseta, menos Willie. Ele estava na terceira série e usava calça preta e camisa branca. Penteava o cabelo como o cara louro da série de televisão. Os meninos dormiam numa cama-beliche num quartinho minúsculo. Noodles e eu dormíamos no outro quarto. Eu já tinha um moisés ao pé da nossa cama, fraldas e roupas de bebê em todos os cantos vagos do trailer. Nós éramos donos de um terreno de dois acres em Corrales, perto da vala limpa, num bosque de choupos. No início tínhamos planos de começar a construir nossa casa de adobe, plantar uma horta, mas logo depois que compramos o terreno Noodles se viciou de novo. A maior parte do tempo ele continuou trabalhando em obras, mas nada aconteceu em relação à nossa casa e agora o inverno estava chegando.

Fiz uma xícara de chocolate quente e fui me sentar no degrau, do lado de fora. "Noodles, vem ver!" Mas ele não respondeu. Ouvi o barulho de outra tampa de xarope sendo aberta. O pôr do sol estava espetacular, cheio de cores berrantes. As imensas montanhas Sandia estavam de um tom forte de rosa e os rochedos ao pé delas, vermelhos. Choupos amarelos refulgiam na margem do rio. Uma lua cor de pêssego já começava a raiar. O que havia comigo? Eu estava chorando de novo. Detesto ver coisas lindas sozinha. Então ele veio, beijou meu pescoço e pôs os braços em volta de mim.

"Você sabia que elas são chamadas de Sandias porque têm um formato parecido com o de melancias?"

"Não", eu disse, "é por causa da cor delas." Tínhamos tido essa discussão no nosso primeiro encontro e depois mais centenas de vezes. Ele riu e me beijou, carinhoso. Estava bem agora. Isso é que é horrível nas drogas, pensei. Elas funcionam. Ficamos sentados lá, vendo bacuraus darem rasantes sobre o campo.

"Noodles, não tome mais nenhum xarope. Eu vou guardar o resto e dar pra você só quando você estiver passando mal, tá bem?"

"Tá bem." Ele não estava me ouvindo. "O Beto estava indo comprar droga em Juárez, da La Nacha. O Mel está lá. Ele vai experimentar a droga, mas não tem como trazer. Não pode atravessar a fronteira. Eu preciso que você vá. Você é a pessoa perfeita pra isso. É anglo-saxã, está grávida e tem cara de boazinha. Você parece uma boa moça."

Eu sou uma boa moça, pensei.

"Você vai de avião pra El Paso, pega um táxi para atravessar a fronteira e depois pega um avião pra voltar. Tranquilo."

Eu me lembrei da vez em que fiquei esperando no carro em frente ao prédio onde La Nacha morava, de sentir medo naquele bairro.

"Eu sou a pior pessoa pra isso. Não posso deixar as crianças. Não posso ir pra cadeia, Noodles."

"Você não vai pra cadeia. Aí é que tá. A Connie pode ficar com os meninos. Ela sabe que você tem família em El Paso. Você pode dizer que houve algum tipo de emergência. Os meninos vão adorar ficar na casa da Connie."

"E se a polícia me parar, perguntar o que eu estou fazendo lá?"

"A gente ainda tem a identidade da Laura. Ela parece com você, talvez não seja tão bonita, mas vocês duas são louras de olhos azuis. Você leva um pedacinho de papel com o nome 'Lupe Vega' e o endereço do apartamento ao lado do da Nacha. Diz que está procurando sua empregada, que ela não apareceu, que ela está te devendo dinheiro, alguma coisa assim. É só você se fingir de boba, fazer com que eles te ajudem a procurar por ela."

Acabei concordando em ir. Ele disse que Mel estaria lá e que era para eu prestar atenção quando ele fosse experimentar a droga. "Você vai saber se é da boa." Sim, eu conhecia a cara de quem estava tendo um bom barato. "Aconteça o que acontecer, não deixe o Mel sozinho na sala. Mas saia de lá sozinha, não saia junto com ninguém, nem com o Mel. Peça pro motorista do táxi voltar para pegar você uma hora depois. Não deixe que eles chamem um táxi pra você."

Eu me arrumei, liguei para Connie, disse a ela que o meu tio Gabe tinha morrido em El Paso e perguntei se ela podia ficar com os meninos naquela noite e talvez também no dia seguinte. Noodles me deu um envelope grosso, cheio de dinheiro, fechado com fita adesiva. Arrumei uma mochila para os meninos. Eles ficaram felizes de ir para lá. Os seis filhos de Connie eram como primos. Quando eu os levei até a porta, Connie os fez entrar, depois saiu para a varanda e me abraçou. Seu cabelo preto estava enrolado em bobes de metal, como um penteado de teatro kabuki. Ela estava usando um short jeans e uma camiseta, parecia ter catorze anos.

"Você não precisa mentir pra mim, Mona", ela disse.

"Você já fez isso alguma vez?"

"Já, várias vezes. Mas não depois que tive filhos. Você não vai fazer isso de novo, aposto. Tome cuidado. Eu vou rezar por você."

Ainda estava quente em El Paso. Desci do avião e fui andando pela pista alcatroada, que afundava debaixo dos meus pés de tão mole, sentindo aquele cheiro de poeira e sálvia de que me lembrava da minha infância. Pedi ao motorista do táxi que me levasse até a ponte, mas antes desse uma volta ao redor do lago dos jacarés.

"Jacarés? Aqueles jacarés velhos já morreram faz anos. Quer dar uma volta na praça assim mesmo?"

"Quero", respondi. Então, me recostei e fiquei vendo os bairros passarem pela janela. Algumas coisas tinham mudado, mas, quando criança, eu tinha andado tanto de patins por aquela cidade inteira que tinha a sensação de conhecer cada velha casa, cada árvore. O bebê estava chutando e se esticando dentro da minha barriga. "Está gostando da minha velha cidade?"

"O que foi?", o motorista do táxi perguntou.

"Desculpe, eu estava falando com o meu bebê."

Ele riu. "E ele respondeu?"

Atravessei a ponte. Ainda estava me sentindo feliz só de sentir os cheiros de lenha queimada, pó de caliche, chili e a baforada de enxofre que vinha da fundição. Minha amiga Hope e eu adorávamos dar respostas engraçadinhas quando os guardas da fronteira perguntavam nossa nacionalidade. Transilvana. Moçambicana.

"Americana", eu disse. Ninguém pareceu reparar em mim. Por precaução, não peguei nenhum dos táxis que estavam parados perto da fronteira e andei mais alguns quarteirões. Comi um *dulce de membrillo*. Nem quando era criança eu gostava daquele doce, mas gostava do fato de ele vir numa caixinha de madeira e de você usar a tampa como colher. Depois de examinar todas as joias de prata, cinzeiros de concha e Don Quixotes, eu me forcei a entrar num táxi e entreguei ao motorista o pedacinho de papel com o nome de Lupe e o endereço errado. "*Cuanto?*"

"Vinte dólares."

"Dez."

"*Bueno.*" Então, não consegui mais fingir que não estava

com medo. O motorista dirigiu rápido por um bom tempo. Reconheci a rua deserta e o prédio de cimento. Ele parou alguns prédios depois. Num espanhol macarrônico, pedi que ele voltasse dali a uma hora. Por vinte dólares. *"Okay. Una hora."*

Foi difícil subir as escadas até o quarto andar. Minha barriga de grávida estava enorme e minhas pernas estavam inchadas e doloridas. Eu parava para tomar fôlego a cada patamar, arfando. Meus joelhos e minhas mãos tremiam. Bati na porta do apartamento 43, Mel abriu e eu cambaleei porta adentro.

"Ei, amor, o que é que você tem?"

"Água, por favor." Sentei num sofá de vinil sujo. Mel me trouxe uma coca-cola diet, limpou o gargalo com a camisa, sorriu. Ele estava sujo, mas era bonito, se movimentava como um guepardo. Tinha virado uma lenda àquela altura, por ter fugido de prisões, por ser um foragido. Armado e perigoso. Ele trouxe uma cadeira para que eu apoiasse os pés, massageou meus tornozelos.

"Onde está La Nacha?" Ninguém nunca se referia àquela mulher só como Nacha. Ela era "A Nacha", o que quer que isso significasse. Ela entrou, vestindo um terno preto de homem e uma camisa branca. Sentou numa cadeira atrás de uma mesa. Eu não sabia dizer se ela era um travesti ou uma mulher tentando parecer um homem. Era bem morena, quase negra, com um rosto maia; usava batom e esmalte vermelho-escuro, óculos escuros. Seu cabelo era curto, gomalinado. Ela estendeu a mão curta, aberta, na direção de Mel sem olhar para mim. Entreguei o dinheiro para ele. Vi La Nacha contar o dinheiro.

Foi aí que fiquei apavorada mesmo. Eu pensava que estava comprando drogas para Noodles. Minha única preocupação era que ele não passasse mal. Tinha imaginado que dentro do envelope houvesse um maço grosso de notas de dez e de vinte. Mas havia milhares de dólares na mão de La Nacha. Noodles não tinha me mandado ali só para comprar heroína para ele. Eu estava fazendo uma compra grande e perigosa. Se a polícia me pegasse, eu seria tratada como traficante, não como usuária. Quem iria cuidar dos meninos? Fiquei com ódio de Noodles.

Mel viu que eu estava tremendo. Acho que tive até ânsia de vômito. Ele revirou os bolsos e puxou um comprimido azul. Eu fiz que não. O bebê.

"Ah, pelo amor de Deus. É só um Valium. Você vai ferrar com esse bebê mais ainda se não tomar. Toma. Você precisa segurar as pontas! Tá ouvindo?"

Eu fiz que sim. O desdém dele funcionou como uma sacudida. Fiquei calma antes mesmo de o comprimido fazer efeito.

"O Noodles falou pra você que eu vou experimentar a droga, não falou? Se for da boa, eu aviso e aí você pega o balão e se manda. Você sabe onde botar?" Eu sabia, mas não faria isso de jeito nenhum. E se o balão furasse e a droga contaminasse o bebê?

Mel era um demônio, conseguia ler meus pensamentos. "Se você não enfiar lá, eu vou enfiar. Não vai furar. O seu bebê está todo embrulhadinho numa bolsa à prova de drogas, totalmente a salvo de todos os males do mundo externo. Depois que ele nascer, meu bem, aí é outra história."

Mel ficou observando La Nacha pesar o pacote e fez que sim com a cabeça quando ela o entregou a ele. Ela não tinha olhado para mim nem uma única vez. Fiquei vendo Mel injetar. Ele botou algodão e água numa colher, salpicou uma pitada de heroína marrom por cima, aqueceu. Amarrou o garrote, espetou uma veia na mão, fazendo um pouco de sangue subir pela seringa, depois apertou o êmbolo e soltou o garrote, enquanto seu rosto instantaneamente se esticava. Ele estava num túnel de vento. Fantasmas voadores levaram Mel para outro mundo. Senti vontade de mijar, de vomitar. "Onde é o banheiro?" La Nacha apontou para uma porta. Encontrei o banheiro no fim do corredor pelo cheiro. Quando voltei, lembrei que Noodles tinha falado para eu não deixar Mel sozinho. Mel estava sorrindo. Ele me entregou a camisinha, enrolada como uma bola.

"Prontinho, amor, faça uma boa viagem. Agora vai, guarda esse troço direitinho, como uma boa menina." Eu me virei e fingi estar enfiando a camisinha dentro de mim, mas na verdade só botei dentro da minha calcinha apertada. Do lado de fora, no escuro do hall, transferi a bolota para o meu sutiã.

Fui descendo os degraus devagar, como se estivesse bêbada. Estava escuro, imundo.

No segundo patamar, ouvi a porta lá de baixo se abrir, barulhos vindos da rua. Dois adolescentes subiram a escada correndo. *"Fíjate no más!"* Um deles me imprensou na parede, o outro pegou minha bolsa. Não havia nada lá a não ser algumas notas de dinheiro soltas, maquiagem. O resto estava dentro de um bolso interno do meu casaco. Ele me deu um soco.

"Vamo estuprar ela", o outro disse.

"Como? Só se você tiver um pau de mais de um metro."

"Vira ela de costas, *bato*."

Bem na hora em que ele me deu outro soco, uma porta se abriu e um velho veio descendo a escada correndo, com uma faca na mão. Os garotos deram as costas e saíram correndo de volta lá para fora. "Você está bem?", o velho me perguntou em inglês.

Eu fiz que sim. Pedi que ele fosse comigo até a rua. "Deve ter um táxi me esperando aqui em frente, espero."

"Você fica aqui. Se o táxi estiver lá, eu peço pro motorista buzinar três vezes."

A sua mãe ensinou você a se comportar como uma dama, pensei enquanto me perguntava o que mandaria a etiqueta numa situação como aquela. Será que eu devia oferecer dinheiro ao velho? Não ofereci. O sorriso banguela que ele me deu quando abriu a porta do táxi para mim foi um sorriso doce.

"*Adiós.*"

Fiquei enjoada no pequeno avião bimotor para Albuquerque. Eu estava com cheiro de suor e do sofá e da parede manchada de urina. Pedi um sanduíche extra e também mais amendoim e leite. "Comendo por dois agora, hein!", o texano sentado na minha frente disse, sorrindo.

Fui dirigindo do aeroporto para casa. Pegaria os meninos depois de tomar um banho. Enquanto seguia pela estrada de terra em direção ao nosso trailer, vi Noodles do lado de fora, com sua japona de marinheiro, fumando e andando de um lado para o outro.

Parecia desesperado; nem sequer veio me cumprimentar. Entrou no trailer e eu fui atrás.

Ele se sentou na beira da cama. Os apetrechos dele estavam em cima da mesa, prontos e à espera. "Deixa eu ver." Eu lhe entreguei a camisinha. Ele abriu o armário acima da cama e botou a droga na pequena balança. Depois se virou e me deu um tapa na cara com toda a força. Ele nunca tinha me batido. Fiquei lá sentada, paralisada, ao lado dele. "Você deixou o Mel sozinho com a droga, não deixou? Não deixou?"

"Tem heroína suficiente aí pra me botar na cadeia por muito tempo", eu disse.

"Eu falei pra você não sair de perto dele. O que é que eu vou fazer agora?"

"Chama a polícia", eu disse, e ele me deu outro tapa. Esse eu nem senti. Tive uma contração forte. Braxton-Hicks, pensei comigo. Quem diabo foi Braxton-Hicks? Continuei lá sentada, fedendo a Juárez, e fiquei vendo Noodles entornar o conteúdo da camisinha dentro de uma lata de filme. Em seguida, ele salpicou um pouco da droga no algodão que estava na sua colher. Sentindo um embrulho no estômago, eu tive a certeza de que, se tivesse que escolher entre mim e os meninos ou as drogas, ele iria sempre escolher as drogas.

Um jato de água quente escorreu pelas minhas pernas até o tapete. "Noodles! A bolsa estourou! Eu tenho que ir pro hospital." Mas já era tarde, ele já tinha injetado. A colher fez um clique ao cair na mesa, o tubo de borracha caiu do braço dele. Ele se recostou no travesseiro. "Pelo menos é da boa", sussurrou. Tive outra contração. Forte. Arranquei o vestido imundo que estava usando e me lavei com uma esponja, vesti uma túnica branca. Outra contração. Liguei para o serviço de emergência. Noodles tinha apagado. Será que eu devia deixar um bilhete para ele? Talvez ele ligasse para o hospital quando acordasse. Não. Ele não ia pensar em mim nem por um instante.

A primeira coisa que ele ia fazer era injetar o resto da droga que tivesse sobrado no algodão, tirar mais uma provinha. Senti um gosto de cobre na boca. Dei um tapa na cara de Noodles, mas ele não se mexeu.

Abri a lata de heroína, segurando-a com um lenço de papel. Despejei uma boa quantidade na colher. Acrescentei um pouco de água, depois fechei a linda mão de Noodles em torno da lata. Senti outra contração dolorosa. Sangue e muco escorriam pelas minhas pernas. Vesti um suéter, peguei meu cartão do Medi-Cal e fui lá para fora, esperar a ambulância.

Eles me levaram direto para a sala de parto. "O bebê está saindo!", eu disse. A enfermeira pegou meu cartão, perguntou algumas coisas, telefone, nome do marido, quantos filhos já tinha tido, qual era a data prevista para o nascimento do bebê.

Ela me examinou. "Você já está completamente dilatada. A cabeça está bem aqui."

As dores estavam vindo uma atrás da outra. A enfermeira correu para chamar um médico. Enquanto ela estava fora da sala, o bebê nasceu, uma menininha. Carmen. Eu me inclinei e a peguei no colo. Deitei-a, quente e úmida, na minha barriga. Estávamos sozinhas na sala silenciosa. Então eles vieram e nos empurraram correndo na maca para debaixo da luz forte. Alguém cortou o cordão e eu ouvi a bebê chorar. Senti uma dor pior ainda quando a placenta saiu e, então, vieram botar uma máscara na minha cara. "O que vocês estão fazendo? Ela já nasceu!"

"O médico está vindo. Você precisa de uma episiotomia." Eles amarraram as minhas mãos.

"Cadê a minha bebê? Onde ela está?" A enfermeira saiu da sala. Eu estava presa às laterais da cama. Um médico entrou. "Por favor, me desamarre." Ele me desamarrou e foi tão gentil que eu fiquei assustada. "O que houve?"

"Ela nasceu cedo demais", ele disse, "pesava muito pouquinho. Ela não resistiu. Eu sinto muito." Ele deu tapinhas no meu braço, constrangido, como se estivesse dando tapinhas num travesseiro. Estava olhando para a minha ficha. "Esse é o telefone da sua casa? Você quer que eu ligue para o seu marido?"

"Não", respondi. "Não tem ninguém em casa."

Silêncio

Comecei quieta, morando em cidadezinhas mineradoras nas montanhas, me mudando com frequência demais para fazer amigos. Procurava uma árvore ou uma sala num velho moinho abandonado, para ficar em silêncio.

Minha mãe passava a maior parte do tempo lendo ou dormindo, então eu conversava mais com meu pai. Assim que ele entrava pela porta de casa ou quando ele me levava para o alto das montanhas ou para o fundo escuro de minas, eu falava sem parar.

Então, ele foi para o exterior e nós para El Paso, no Texas, onde fui estudar na escola Vilas. Na terceira série, eu lia bem, mas não sabia fazer contas nem de adição. Usava um colete pesado nas minhas costas tortas. Era alta, mas ainda infantil. Uma esquisitona naquela cidade, como se eu tivesse sido criada no mato por cabras-monteses. Vivia fazendo xixi nas calças, chapinhando, até que me recusei a ir para a escola ou mesmo a conversar com a diretora.

Uma velha professora da minha mãe na escola secundária

conseguiu uma bolsa de estudos para mim na exclusiva Radford, uma escola para meninas a duas viagens de ônibus da nossa casa, do outro lado de El Paso. Continuei a ter todos os problemas mencionados acima, só que agora também andava vestida feito uma maltrapilha. Eu morava na parte pobre da cidade e havia alguma coisa particularmente inaceitável no jeito do meu cabelo.

Nunca falei muito sobre essa escola. Não me importo de contar coisas horríveis para as pessoas, desde que consiga torná-las engraçadas. Lá nunca foi engraçado. Uma vez, no recreio, resolvi beber um pouco de água de uma mangueira do jardim e a professora arrancou a mangueira de mim e me chamou de grosseirona.

Mas a biblioteca... Todo dia nós podíamos passar uma hora lá, livres para folhear qualquer livro, todos os livros, para sentar e ler, ou examinar o catálogo de fichas. Quando faltavam quinze minutos para nosso tempo terminar, a bibliotecária nos avisava, para que pudéssemos pegar emprestado algum livro. A bibliotecária tinha — não ria — uma voz muito macia. Não só suave, mas gentil. Ela dizia para você "Aqui é onde ficam as biografias" e então explicava o que era uma biografia.

"Aqui ficam os livros de referência. Se houver alguma coisa que você queira saber, basta me perguntar que a gente encontra a resposta num livro."

Era uma coisa maravilhosa de ouvir, e eu acreditei nela.

Até que a bolsa da srta. Brick, que sempre ficava embaixo da mesa dela, foi roubada. Ela disse que devia ter sido eu quem tinha pegado a bolsa. Então, me mandaram para a sala de Lucinda de Leftwitch Templin. Lucinda de Leftwitch disse que sabia que eu não era de uma família privilegiada como a maioria das meninas da escola e que isso devia ser difícil para mim às vezes. Ela entendia, disse Lucinda, mas o que ela estava dizendo na verdade era "Onde é que está a bolsa?".

404

Fui embora. Não voltei nem para pegar o dinheiro do ônibus e o lanche no meu armário. Saí a pé pela cidade, andando todo aquele longo caminho, todo aquele longo dia. Minha mãe estava me esperando na porta de casa com uma vara na mão. Tinham ligado para ela da escola para dizer que eu havia roubado a bolsa e depois fugido. Ela nem sequer me perguntou se eu tinha roubado de fato. "Sua ladrazinha, me humilhando", vapt, "delinquente, ingrata", vapt. Lucinda de Leftwitch ligou para ela no dia seguinte para dizer que um faxineiro tinha roubado a bolsa, mas minha mãe nem me pediu desculpa. Disse apenas "Vaca!", depois de desligar o telefone.

Foi assim que acabei indo para a St. Joseph's, que eu adorava. Só que as alunas de lá também me odiavam, por todas as razões mencionadas acima, mas agora também por outras razões, sendo uma delas a de que a irmã Cecilia sempre me chamava e eu ganhava estrelas e santinhos e era a queridinha! queridinha!, até que parei de levantar a mão.

Tio John se mandou para Nacogdoches, o que me deixou sozinha com a minha mãe e o meu avô. Tio John sempre comia comigo, ou bebia enquanto eu comia. Conversava comigo enquanto eu o ajudava a consertar móveis, me levava ao cinema e me deixava segurar o olho de vidro gosmento dele. Foi horrível quando ele foi embora. Vovô e Mamie (minha avó) ficavam no consultório dentário dele o dia inteiro e, quando voltavam para casa, Mamie mantinha minha irmã mais nova a salvo levando-a para a cozinha ou para seu próprio quarto. Minha mãe saía, ia para o hospital do Exército prestar serviços como voluntária ou ia jogar bridge. Vovô ia para o clube ou sei lá para onde. A casa ficava vazia e assustadora sem o tio John, e eu tinha que me esconder do vovô e da mamãe quando eles estavam bêbados. Em casa era ruim e na escola também.

Decidi parar de falar. Simplesmente desisti. Fiquei tanto

tempo muda que a irmã Cecilia quis rezar comigo no vestiário. Ela queria o meu bem e só estava me tocando para se mostrar solidária, enquanto rezava. Eu fiquei assustada e a empurrei. Ela caiu e eu fui expulsa da escola.

Foi então que conheci Hope.

Como o ano letivo já estava quase terminando, eu ficaria em casa e voltaria para a Vilas no semestre seguinte. Continuei sem falar, mesmo quando minha mãe entornou uma jarra inteira de chá gelado na minha cabeça ou até quando ela me beliscava e torcia minha pele, deixando marcas que pareciam estrelas, a Ursa Maior, a Ursa Menor, a Lira, espalhadas pelos meus braços.

Eu jogava o jogo das pedrinhas no chão de concreto acima dos degraus, torcendo para que a menina síria da casa ao lado me chamasse para brincar com ela. Ela jogava no chão de concreto da varanda deles. Era pequena e magra, mas parecia velha. Não adulta nem madura, mas como uma velhinha-criança. Tinha um cabelo comprido preto e brilhoso, uma franja que lhe caía nos olhos. Para enxergar, ela tinha que inclinar a cabeça para trás. Parecia um filhote de babuíno. No bom sentido, quero dizer. Um rosto pequeno com grandes olhos pretos. Todos os seis filhos da família Haddad eram magricelas, mas os adultos eram imensos, pareciam pesar uns cem quilos ou mais.

Eu sabia que Hope também reparava em mim porque, se eu estava fazendo aquela jogada conhecida como cerejas no cesto, ela também fazia a mesma jogada. Ou se eu estava fazendo meteoros, ela fazia também, com a diferença de que ela nunca deixava nenhuma pedrinha cair, nem mesmo quando estava usando doze. Durante semanas nossas bolas e pedrinhas fizeram um bop bop pá bop bop pá gostoso e ritmado, até que finalmente ela veio até a cerca. Devia ter ouvido minha mãe berrar comigo, porque perguntou:

"Você já está falando?"

Eu fiz que não.

"Que bom. Falar comigo não conta."

Pulei a cerca. Naquela noite, eu estava tão feliz por ter uma amiga que, quando fui para a cama, falei em voz alta: "Boa noite!".

Tínhamos passado horas jogando o jogo das pedrinhas naquele dia e depois ela tinha me ensinado brincadeiras perigosas com uma faca. Fazer a faca dar giros triplos no ar até fincar na grama e, o mais assustador, com a mão aberta apoiada no chão, cravar a faca no espaço entre os dedos. Mais rápido, mais rápido, mais rápido, sangue. Acho que nem falamos nada naquele dia. Raramente falamos aquele verão inteiro. Tudo de que me lembro são as primeiras e últimas palavras dela.

Nunca mais tive uma amiga como Hope, minha uniquíssima amiga de verdade. Aos poucos fui me tornando parte da família Haddad. Acho que, se isso não tivesse acontecido, eu teria virado uma adulta não só neurótica, alcoólatra e insegura, mas seriamente perturbada. Maluca mesmo.

Os seis filhos e o pai falavam inglês. A mãe, a avó e cinco ou seis outras velhas só falavam árabe. Lembrando desse tempo agora, eu tenho a impressão de que passei por uma espécie de orientação. As crianças me observavam enquanto eu aprendia a correr, correr de verdade, e a saltar a cerca, em vez de subir nela. Fiquei craque na faca, no pião e na bolinha de gude. Aprendi gestos obscenos e palavrões em inglês, espanhol e árabe. Para a avó, eu lavava louça, regava plantas, passava ancinho na areia do quintal, batia tapetes com um batedor de bambu trançado, ajudava as velhas a estender massa de pão nas mesas de pingue-pongue do porão. Tardes preguiçosas lavando paninhos sujos de menstruação numa bacia no quintal com Hope e Shahala, a irmã mais velha. Isso não parecia nojento, mas sim mágico, como um rito misterioso. De manhã, eu ficava em fila com as outras meninas para que minhas orelhas fossem lavadas e meu cabelo trançado, para ganhar quibe num pão quentinho. As mulheres gritavam comigo: "*Hjaddadinah!*". E me davam beijos e tapas como se eu pertencesse à família. O sr. Haddad deixava que Hope e eu nos sentássemos em sofás e passeássemos pela cidade na carroceria do caminhão da Haddad's Beautiful Furniture.

Aprendi a roubar. Romãs e figos do quintal do velho cego Guca, perfume Blue Waltz e batom Tangee da loja de departamentos Kress, balas de alcaçuz e refrigerantes do mercado Sunshine. Mercados faziam entregas na época, e um dia o entregador do Sunshine veio trazer compras para as casas de nós duas bem na hora em que Hope e eu estávamos chegando em casa, chupando picolés de banana. Nossas mães estavam ambas do lado de fora.

"As suas filhas roubaram aqueles picolés!", ele disse.

Minha mãe me bateu, vapt, vapt. "Já pra dentro, sua ladra mentirosa, falsa, traiçoeira!" Já a sra. Haddad disse: "Seu cretino mentiroso! *Hjaddadinah! Tlajhama!* Não se atreva a falar mal dos meus filhos! Nunca mais eu boto os pés naquele seu mercado!".

E ela nunca mais botou mesmo, passando a pegar um ônibus até Mesa para fazer compras, embora soubesse muito bem que Hope tinha roubado o picolé. Aquilo fez sentido para mim. Eu não queria só que minha mãe acreditasse em mim quando eu era inocente, coisa que ela nunca fazia, mas também que ela me defendesse quando eu era culpada.

Quando compramos patins, Hope e eu desbravamos El Paso, patinávamos pela cidade inteira. Íamos ao cinema, uma fazendo a outra entrar pela porta da saída de incêndio. *Pirata dos sete mares. Noite na alma.* Chopin se derramando por todas as teclas do piano. Vimos *Alma em suplício* seis vezes e *Os dedos da morte* dez.

A hora em que mais nos divertíamos era quando jogávamos cartas. Sempre que podíamos, ficávamos rodeando um dos irmãos de Hope, Sammy, que tinha dezessete anos. Ele e os amigos eram bonitos, durões, atrevidos. Eu já lhe contei sobre Sammy e as cartas. Nós vendíamos rifas de caixas de joias musicais. Levávamos o dinheiro para Sammy e ele nos dava uma comissão. Foi assim que compramos os patins.

Vendíamos rifas em tudo quanto era lugar. Em hotéis, na estação de trem, na filial da United Service Organization, em Juárez. Mas até mesmo os bairros residenciais eram mágicos. Você andava por uma rua, passando por casas e quintais, e às vezes no fim da tarde você via pessoas comendo ou sentadas por lá, e dava para ter uma boa visão de como elas viviam. Hope e eu entramos em centenas de casas. As duas com sete anos de idade, meio esquisitas cada uma à sua maneira, as pessoas gostavam de nós e eram amáveis conosco. "Entrem. Tomem uma limonada." Vimos quatro gatos siameses que usavam o banheiro de verdade e até davam descarga. Vimos papagaios e uma pessoa de mais de duzentos quilos que não saía de casa fazia vinte anos. Mas gostávamos mais ainda de todas as coisas bonitas que víamos: pinturas, pastoras de porcelana, espelhos, relógios de cuco e de pêndulo, colchas de retalhos e tapetes de muitas cores. Gostávamos de ficar sentadas em cozinhas mexicanas cheias de canários, tomando suco de laranja de verdade e comendo *pan dulce*. Hope era tão inteligente que aprendeu espanhol só de ouvir as pessoas falando pelo bairro, para poder conversar com as velhinhas.

Ficávamos radiantes quando Sammy nos elogiava, nos abraçava. Ele fazia sanduíches de mortadela para nós e nos deixava sentar perto deles na grama. Falávamos para eles sobre as pessoas que tínhamos conhecido. Ricas, pobres, chinesas, negras, até que o fiscal da estação nos fez sair da sala de espera das pessoas de cor. Só encontramos uma pessoa má, o homem com os cachorros. Ele não fez nem disse nada, só nos assustou horrores com a cara pálida e debochada dele.

Quando Sammy comprou o carro velho, Hope entendeu

tudo na mesma hora. Ninguém ia ganhar caixa de joia musical nenhuma.

Enfurecida, ela saltou a cerca em direção ao meu quintal, berrando, o cabelo voando como o de um guerreiro índio de cinema. Abriu sua faca, fez grandes cortes nos nossos dedos indicadores e os apertou, pingando, um contra o outro.

"Eu nunca mais vou falar com o Sammy", disse ela. "Fala!"

"Eu nunca mais vou falar com o Sammy", eu disse.

Eu exagero muito e misturo ficção com realidade, mas nunca chego de fato a mentir. Não estava mentindo quando fiz aquela promessa. Sabia que Sammy tinha nos usado, mentido para nós e enganado todas aquelas pessoas. Eu não ia mais falar com ele.

Algumas semanas depois, eu estava subindo a colina em direção à Upson Drive, perto do hospital. Estava quente. (Viu só? Estou tentando justificar o que aconteceu. Sempre estava quente.) Sammy parou ao meu lado no velho carro conversível azul, o carro que Hope e eu tínhamos trabalhado para pagar. É verdade também que, tendo vindo de cidadezinhas nas montanhas, raras vezes na minha vida eu havia andado de carro, fora algumas viagens de táxi.

"Entra. Vamos dar uma volta."

Algumas palavras me deixam maluca. Ultimamente, não há artigo de jornal que não mencione um "marco", um "divisor de águas" ou um "ícone". Pelo menos uma dessas expressões deve se aplicar àquele momento da minha vida.

Eu era uma menininha; não creio que fosse de fato uma atração sexual. Mas eu estava fascinada com a beleza física de Sammy, com seu magnetismo. Seja qual for a justificativa... Bom, está bem, não há justificativa para o que eu fiz. Eu falei com ele. Entrei no carro.

Foi maravilhoso andar no carro sem capota. O vento nos refrescava enquanto andávamos em alta velocidade em torno da

Plaza, passando pelo teatro Wigwam, pelo Del Norte, pela Popular Dry Goods Company, depois subindo a Mesa em direção à Upson. Eu ia pedir para que ele me deixasse saltar alguns quarteirões antes de casa quando vi Hope em cima de uma figueira, no terreno baldio da esquina da Upson com a Randolph.

Hope gritou. Sentada na árvore, ficou brandindo o punho para mim e me amaldiçoando em árabe sírio. Talvez tudo o que aconteceu comigo desde então tenha sido resultado dessa maldição. Faz sentido.

Saí do carro, desconsolada, trêmula, subi a escada de casa como se fosse uma velhinha e desabei no balanço da varanda.

Sabia que era o fim da nossa amizade e sabia que eu estava errada.

Cada dia era interminável. Hope passava por mim como se eu fosse invisível, brincava do outro lado da cerca como se o nosso quintal não existisse. Ela e as irmãs só falavam em árabe sírio agora. Alto, se estavam do lado de fora. Eu entendia muitas das coisas ruins que elas falavam. Hope passava horas jogando o jogo das pedrinhas sozinha na varanda, cantando músicas tristes em árabe, lindas; sua voz rouca e plangente me fazia chorar de saudade dela.

Salvo Sammy, nenhum dos Haddad falava mais comigo. A mãe de Hope cuspia em mim e brandia o punho. Sammy me chamava do carro dele, longe da nossa casa. Pedia desculpas. Tentava ser amável, dizendo que sabia que no fundo ela ainda continuava sendo minha amiga e pedindo que eu não ficasse triste. Dizia que entendia por que eu não podia falar com ele e pedia, por favor, que o perdoasse. Eu virava para o outro lado para não vê-lo enquanto ele falava.

Nunca me senti tão sozinha na vida. Foi um marco de solidão. Os dias não tinham fim, acompanhados pelo som da bola de Hope batendo no chão de concreto hora após hora sem parar, pelo assobio da sua faca furando a grama, pelas cintilações da lâmina.

Não havia nenhuma outra criança na nossa vizinhança. Durante semanas nós brincamos sozinhas. Ela aperfeiçoava manobras com a faca na grama deles. Eu coloria e lia, deitada no balanço da varanda.

Ela foi embora de vez pouco antes de as aulas começarem. Sammy e o pai carregaram a cama dela, a mesinha de cabeceira e uma cadeira até o enorme caminhão de móveis. Hope subiu na carroceria e se sentou ereta na cama, para poder olhar para fora. Não olhou para mim. Parecia minúscula dentro daquele caminhão enorme. Fiquei olhando até ela desaparecer. Sammy gritou para mim da cerca, disse que ela tinha ido para Odessa, no Texas, para morar com alguns parentes. Digo Odessa, no Texas, porque uma vez uma pessoa me disse: "Esta é a Olga; ela é de Odessa". E eu pensei "E daí?". Acabou que ela era de Odessa, na Ucrânia. Eu pensava que a única Odessa que existia era aquela para onde Hope tinha ido.

As aulas começaram e não foi tão ruim. Eu não me importava de ficar sempre sozinha e de ser alvo de riso. O colete que eu usava para a coluna estava ficando pequeno demais e as minhas costas doíam. Que bom, eu pensava, eu mereço.

Tio John voltou. Cinco minutos depois de entrar pela porta, ele disse para a minha mãe: "O colete dela está pequeno demais!".

Fiquei bem feliz de vê-lo. Ele preparou para mim uma tigela de cereal com leite, umas seis colheres de açúcar e pelo menos três colheres de baunilha. Sentou na minha frente na mesa da cozinha e ficou tomando uísque enquanto eu comia. Contei para ele sobre a minha amiga Hope, sobre tudo. Contei até sobre os meus problemas na escola. Quase tinha me esquecido deles. Ele grunhia ou dizia "Cacete!" enquanto eu falava. E entendeu tudo, principalmente a história com Hope.

Ele nunca dizia coisas como "Não se preocupe, tudo vai se ajeitar". Na verdade, uma vez Mamie disse: "Podia ser pior".

"Pior?", ele disse. "Porra, podia ser estupidamente melhor!". Ele também era alcoólatra, mas a bebida só o deixava mais carinhoso, ao contrário deles. Ou ele se mandava, ia para o México, para Nacogdoches ou para Carlsbad, para a prisão às vezes, tenho consciência agora.

Ele era bonito, moreno como vovô, com só um olho azul, já que vovô tinha atirado no outro. Seu olho de vidro era verde. Eu sei que é verdade que vovô atirou nele, mas a história de como isso aconteceu tem umas dez versões. Quando tio John estava em casa, ele dormia num barracão do lado de fora, perto de onde ele tinha feito o meu quarto, na varanda dos fundos.

Tio John usava chapéu e botas de caubói e era como um valente caubói de cinema algumas horas; outras horas, ele era apenas um bêbado chorão e digno de pena.

"Doentes de novo", Mamie dizia, referindo-se a eles.

"Bêbados, Mamie", eu dizia.

Eu tentava me esconder quando vovô estava bêbado porque ele me pegava e me balançava. Uma vez, ele estava fazendo isso na cadeira de balanço grande, me segurando com força no colo dele, a cadeira quicando a poucos centímetros da estufa em brasa, o treco dele futucando e futucando meu traseiro. Ele estava cantando "Old Tin Pan with a Hole in the Bottom". Alto. Arfando e grunhindo. Sentada perto dali, Mamie lia a Bíblia, enquanto eu gritava: "Mamie! Me ajuda!". Tio John apareceu, bêbado e sujo. Ele me arrancou do colo do vovô, agarrou o velho pela camisa e disse que, na próxima vez, o mataria de porrada. Depois, fechou com violência a Bíblia de Mamie.

"Lê de novo, mãe. Você entendeu errado, aquela parte sobre dar a outra face. Isso não vale pra quando alguém está fazendo mal a uma criança."

Chorando, ela disse que ele queria partir o coração dela. Enquanto eu terminava a tigela de cereal, ele me perguntou se vovô andava me importunando. Eu disse que não. Disse também que ele tinha feito aquilo com Sally, uma vez, que eu tinha visto.

"Com a pequena Sally? E o que você fez?"

"Nada." Eu não tinha feito nada. Tinha ficado olhando com um misto de sentimentos: medo, excitação, ciúme, raiva. John veio para perto de mim, puxou uma cadeira e me sacudiu, com força. Estava furioso.

"Isso foi abominável! Está me ouvindo? Onde a Mamie estava?"

"Regando as plantas. A Sally estava dormindo antes, mas acordou."

"Quando eu não estou aqui, você é a única pessoa nesta casa que tem um pouco de juízo. Você tem que proteger a sua irmã. Está ouvindo?"

Eu fiz que sim, envergonhada. Mas estava com mais vergonha ainda de como eu tinha me sentido quando aquilo aconteceu. Ele percebeu isso, de alguma forma. Sempre entendia aquelas coisas que você não conseguia nem organizar direito na cabeça, quanto mais falar sobre elas.

"Você acha que a Sally está com tudo. Sente ciúme dela porque a Mamie está sempre dando atenção a ela. Então, mesmo se o que ele fazia com você era ruim, pelo menos era uma coisa ruim que ele fazia só com você, não é verdade? Claro que você tem motivo pra sentir ciúme da Sally, minha querida. Ela é muito bem tratada. Mas lembra da raiva que você sentiu da Mamie? De como você implorou pela ajuda dela? Responde!"

"Lembro."

"Bem, você foi tão má quanto a Mamie. Pior! O silêncio pode ser uma coisa ruim, muito, muito ruim. Você fez mais alguma coisa errada, além de trair a sua irmã e a sua amiga?"

"Eu roubei. Bala e..."

"Não, eu estou falando de magoar as pessoas."

"Não."

Ele disse que ia ficar em casa por um tempo, me botar na linha, botar a oficina de consertos de móveis antigos dele para funcionar antes do inverno.

Eu trabalhava para ele nos fins de semana e depois da escola, no barracão e no quintal dos fundos. Lixando, lixando ou esfregando madeira com um pano encharcado de óleo de linhaça e terebintina. Dois amigos dele, Tino e Sam, às vezes vinham ajudá-lo a empalhar, estofar, dar acabamento. Se a minha mãe ou o meu avô estavam em casa, eles saíam pela porta dos fundos, porque Tino era mexicano e Sam era negro. Mamie, no entanto, gostava deles e sempre levava brownies ou biscoitos de aveia lá para fora quando estava em casa.

Uma vez, Tino trouxe uma moça mexicana, Mecha. Ela era praticamente uma menina ainda, muito bonita, com anéis e brincos, sombra nos olhos e unhas compridas, um vestido verde brilhante. Ela não falava inglês, mas me perguntou com gestos se podia me ajudar a pintar um banco de cozinha. Eu fiz que sim, claro. Tio John falou para eu me apressar, pintar rápido antes que a tinta acabasse, e acho que Tino disse a mesma coisa em espanhol para Mecha. A gente estava passando os pincéis furiosamente pelas travessas e pelas pernas do banco, o mais rápido que conseguia, enquanto os três homens, com a mão na barriga, davam risada. Nós duas percebemos o que estava acontecendo mais ou menos ao mesmo tempo e começamos a rir também. Mamie veio ver qual era a razão de toda aquela algazarra. Ela chamou tio John para perto dela. Estava furiosa por causa da mulher, disse que era um absurdo ela estar ali. John fez que sim e coçou a cabeça. Quando Mamie foi lá para dentro, ele voltou para perto de nós e, depois de um tempo, disse: "Bem, vamos parar por aqui hoje".

Enquanto estávamos limpando os pincéis, ele me explicou que a mulher era prostituta, que Mamie tinha percebido isso pela maneira como a moça estava vestida e pintada. Acabou me explicando uma porção de coisas que me intrigavam. Fiquei entendendo melhor os meus pais, o vovô, os filmes e os cachorros. Mas, como ele se esqueceu de me dizer que prostitutas cobravam pelo que faziam, eu continuei confusa em relação às prostitutas.

"A Mecha é legal. Eu odeio a Mamie", eu disse.

"Não diga essa palavra! Além do mais, você não odeia a Mamie coisa nenhuma. Você sente raiva dela porque ela não gosta de você. Ela vê você perambulando pelas ruas, andando com sírios e com o tio John, e conclui que você é uma causa perdida, uma Moynihan nata. Você queria que ela te amasse, só isso. Toda vez que você achar que odeia uma pessoa, o melhor que você faz é rezar por ela. Experimente, você vai ver. E enquanto estiver ocupada rezando por ela, você poderia também tentar ajudá-la de vez em quando. Dar a ela algum tipo de razão pra gostar de uma pirralha emburrada que nem você."

Às vezes, nos fins de semana, ele me levava para corridas de cachorros em Juárez ou para pontos de jogo espalhados pela cidade. Eu adorava as corridas e levava jeito para escolher vencedores. Só gostava de ir a jogos de cartas quando ele jogava com ferroviários, num vagão de funcionários no pátio de manobras. Eu subia a escada até o teto do vagão e ficava vendo os trens indo e vindo, trocando de linha, se conectando. O problema era que a maior parte dos jogos de cartas acontecia nos fundos de lavanderias chinesas. Eu ficava horas sentada na parte da frente da lavanderia, lendo, enquanto em algum lugar lá dos fundos ele jogava pôquer. O calor e o cheiro de solvente misturado com lã chamuscada e suor me deixavam enjoada. Houve algumas vezes em que tio John saiu pela porta dos fundos e me esqueceu lá, de modo que só quando ia fechar as portas era que o gerente da lavanderia me encontrava dormindo numa cadeira. Eu tinha que voltar sozinha e no escuro para casa, que ficava longe, e quase sempre não tinha ninguém lá. Mamie levava Sally com ela quando ia às reuniões do coral e da Eastern Star e quando ia fazer curativos em soldados.

Mais ou menos uma vez por mês, íamos a um barbeiro. Sempre um barbeiro diferente. Tio John pedia que fizessem a barba e cortassem o cabelo dele. Eu ficava sentada numa cadeira, lendo *Argosy*, enquanto o barbeiro trabalhava, só esperando a parte da barba. Tio John ficava inclinado lá para trás na cadeira e, bem na hora em que o barbeiro estava terminando de barbeá--lo, perguntava: "Escuta, por acaso você tem algum colírio aí?", coisa que eles sempre tinham. O barbeiro se debruçava sobre ele e pingava colírio nos seus olhos. Então, o olho de vidro verde começava a girar e o barbeiro berrava de susto. Depois todo mundo ria.

Se eu tivesse entendido o tio John só metade do que ele sempre me entendia, eu poderia ter percebido quanto ele sofria e por que se esforçava tanto para fazer as pessoas rirem. Ele realmente fazia todo mundo rir. Comíamos em vários cafés de Juárez e El Paso que eram como casas de pessoas. Apenas uma porção de mesas espalhadas pela sala de uma casa normal, com boa comida. Todo mundo conhecia o tio John e as garçonetes sempre riam quando ele perguntava se o café era requentado.

"Não, claro que não!"

"Bom, então o que você fez para ele ficar tão quente?"

Geralmente eu conseguia perceber quão bêbado ele estava

e, se ele estava muito bêbado, eu inventava alguma desculpa e voltava para casa a pé ou de bonde. Um dia, porém, eu tinha ficado dormindo na cabine do caminhão e só acordei depois que ele já tinha entrado e dado partida. Estávamos na Rim Road, andando cada vez mais rápido. Ele estava com uma garrafa de bebida entre as coxas, dirigindo com os cotovelos enquanto contava o dinheiro que estava segurando em leque em cima do volante.

"Vai mais devagar!"

"Eu estou cheio da grana, meu bem!"

"Vai mais devagar! Segura o volante direito!"

O caminhão deu um baque, saltou e depois deu outro baque contra o chão. O dinheiro saiu voando pela cabine inteira. Eu olhei pelo vidro de trás. Um garotinho estava parado na rua, com o braço sangrando. Um collie estava estirado no chão ao lado dele, todo ensanguentado, tentando se levantar.

"Para! Para o caminhão. A gente tem que voltar. Tio John!"

"Eu não posso!"

"Diminui a velocidade. Você tem que voltar!" Eu estava chorando histericamente.

Em frente de casa, ele esticou o braço por cima de mim e abriu a porta do meu lado. "Vai pra dentro."

Não sei se parei de falar com ele. Ele não voltou para casa. Nem naquela noite, nem durante dias, semanas, meses. Eu rezei por ele.

A guerra terminou e meu pai voltou para casa. Nós nos mudamos para a América do Sul.

Tio John acabou indo parar na sarjeta em Los Angeles, virou um beberrão realmente imprestável. Até que ele conheceu Dora, que tocava trompete na banda do Exército da Salvação. Ela o fazia ir para o abrigo e tomar sopa e conversava com ele. Mais tarde, ela contou que ele a fazia rir. Eles se apaixonaram e se casaram e ele nunca mais bebeu. Quando fiquei mais velha, fui visitá-los em Los Angeles. Dora estava trabalhando como operária rebitadora na Lockheed e tio John tinha uma oficina de consertos de móveis antigos na garagem. Eles eram, talvez, as duas pessoas mais carinhosas que já conheci na vida; carinhosas uma com a outra, quero dizer. Fomos ao cemitério Forest Lawn, aos poços de piche de La Brea e ao restaurante Grotto. Mas, a maior parte do tempo, fiquei ajudando tio John na oficina, lixando móveis, polindo-os com um pano encharcado de terebintina e óleo de linhaça. Conversamos sobre a vida, contamos piadas. Nenhum dos dois sequer mencionou El Paso. Claro que, a essa altura, eu já tinha percebido todas as razões de ele não ter parado o caminhão naquele dia, porque a essa altura eu era alcoólatra.

Mijito

Quero ir para casa. Quando *mijito* Jesus pega no sono, eu penso em casa, na minha *mamacita* e nos meus irmãos e irmãs. Tento me lembrar de todas as árvores e de todas as pessoas da aldeia. Tento me lembrar de mim, porque eu era diferente antes de *tantas cosas que han pasado*. Eu não fazia ideia. Não conhecia a televisão, nem as drogas, nem o medo. Tenho sentido medo desde o instante em que a viagem terminou e eu deixei a van e os homens e comecei a fugir, e até quando Manolo me encontrou eu fiquei com mais medo ainda, porque ele não era mais o mesmo. Eu sabia que ele me amava e, quando ele me abraçava, era como quando a gente ficava na beira do rio, mas ele estava mudado, tinha medo nos seus olhos gentis. Chegando a Oakland, os Estados Unidos, de alto a baixo, dava medo. Carros na frente, carros atrás, carros indo para o outro lado, carros, carros, carros à venda e lojas e lojas e mais carros. Até no nosso quartinho em Oakland, onde eu ficava esperando por ele, até o quartinho era cheio de barulhos, não só da televisão, mas de carros, ônibus, sirenes, helicópteros, homens brigando e atirando e gente berrando. Os *mayates* me assustam, e eles ficavam parados em grupos espalhados pela rua inteira, então eu tinha medo de sair. Manolo estava tão estranho que eu fiquei com medo de que ele não quisesse mais se casar comigo, mas ele disse "Deixa de maluquice, eu te amo *mi vida*". Eu fiquei feliz, mas depois ele disse "De qualquer forma você precisa se legalizar pra receber assistência social e os cupons de auxílio-alimentação". A gente se casou logo em seguida e naquele mesmo dia ele me levou a um posto da assistência social. Eu fiquei triste. Queria, sei lá, ir para um parque ou tomar um vinho, fazer uma festinha de *luna de miel*.

Morávamos no hotel Flamingo, na MacArthur. Eu me sentia muito sozinha. Manolo passava a maior parte do tempo na rua. Ficava zangado comigo por eu sentir tanto medo, mas ele esquecia como era diferente lá. Ninguém tinha banheiro nem luz dentro de casa. Até a televisão me assustava; parecia tão real. Eu queria que nós tivéssemos uma casinha ou mesmo um quarto que eu pudesse deixar bem bonitinho e onde eu pudesse cozinhar para ele. Manolo voltava para o quarto trazendo galinha frita do Kentucky Fry, tacos do Taco Bell ou hambúrgueres. Tomávamos café da manhã todo dia num pequeno café. Isso era bom, como no México.

Um dia, ouvi batidas na porta. Eu não queria abrir, mas o homem disse que era Ramón, tio de Manolo. Disse que Manolo estava na cadeia e que ia me levar até lá para eu falar com ele. Ramón me fez botar todas as minhas coisas numa mala e entrar no carro. Toda hora eu perguntava: "Por quê? O que aconteceu? O que foi que ele fez?".

"*No me jodes! Cállate*", ele dizia para mim. "*Mira*, eu não sei. Ele vai explicar pra você. Só o que eu sei é que você vai ficar com a gente até o dia da audiência dele no tribunal."

Entramos num prédio enorme e pegamos um elevador até o último andar. Eu nunca tinha andado de elevador. Ramón falou com alguns policiais e depois um deles me fez entrar por uma porta e me sentar numa cadeira na frente de uma janela. Ele apontou para um telefone. Manolo veio e se sentou do outro lado da janela. Estava magro, barbudo e os olhos estavam cheios de medo. Tremia todo, pálido. Vestia apenas uma espécie de pijama cor de laranja. Ficamos lá sentados, olhando um para o outro. Ele pegou um telefone e fez sinal para que eu pegasse o meu. Era a primeira vez que eu falava num telefone. Não parecia a voz dele, mas eu estava vendo que era ele que estava falando. Fiquei com muito medo. Não consigo me lembrar de quase nada, só que ele disse que me amava e que sentia muito. Disse que ia avisar para Ramón quando soubesse a data da audiência no tribunal e que esperava poder voltar para mim então. Mas, se não voltasse, que era para eu esperar por ele, pelo meu marido. Ramón e Lupe eram *buena gente*, eles iam cuidar de mim até que ele saísse da cadeia. Eles precisavam me levar ao posto da assistência social para mudar o meu endereço. "Não esqueça. Eu sinto muito", ele disse em inglês. Tive que parar para pensar como se dizia isso em espanhol. *Lo siento.*

Se pelo menos eu soubesse. Devia ter dito para ele que o amaria para sempre e esperaria por ele quanto tempo fosse preciso, que o amava com todo o meu coração. Devia ter contado do nosso bebê. Mas estava preocupada e assustada demais para falar pelo telefone, então só fiquei olhando para ele até que dois policiais o levaram embora.

No carro, perguntei a Ramón o que tinha acontecido, para onde eles tinham levado Manolo. Perguntei tantas vezes que ele parou o carro e disse: "Como é que eu vou saber? Agora cala essa boca". O meu cheque e os meus cupons de auxílio-alimentação ficariam com eles, para pagar a minha alimentação, e eu teria que tomar conta dos filhos deles. Assim que pudesse, eu deveria arranjar um lugar para ficar e me mudar de lá. Eu contei que estava grávida de três meses e ele disse: *"Fuck a duck".** Foram as primeiras palavras em inglês que eu disse em voz alta. *"Fuck a duck."*

O dr. Fritz deve estar para chegar, então pelo menos eu posso levar alguns dos pacientes para dentro das salas. Ele devia ter chegado duas horas atrás, mas, como sempre, encaixou mais uma cirurgia. Ele sabe que tem que dar consultas às quartas-feiras. A sala de espera está abarrotada, bebês berrando, crianças brigando. Se Karma e eu conseguirmos sair daqui às sete, já vai ser muita sorte. Ela é a supervisora do consultório; que emprego! O lugar está quente e abafado, fedendo a fralda suja, suor e roupa molhada. Está chovendo, claro, e a maioria daquelas mães fez longas viagens de ônibus para chegar até aqui.

Quando vou até lá, eu entorto um pouco os olhos e, quando chamo o nome de um paciente, sorrio para a mãe ou para a avó ou para a mãe de criação, mas olho para um terceiro olho na testa delas. Aprendi isso no setor de emergência. É a única maneira de conseguir trabalhar aqui, principalmente com todos os bebês com aids, câncer ou gestados por mulheres viciadas em crack. Ou aqueles que nunca vão crescer. Se olha nos olhos das mães, você divide e confirma todo o medo, a exaustão e a dor. Por outro lado, quando passa a conhecê-las, às vezes isso é tudo o que você pode fazer, olhar nos olhos delas com a esperança ou a tristeza que você não pode expressar.

Os dois primeiros pacientes são de pós-operatório. Eu separo luvas, removedores de suturas, gaze e esparadrapo, falo para as

---

* Expressão chula usada para exprimir espanto e incredulidade. (N. T.)

mães despirem os bebês. Não vai demorar muito. Na sala de espera, chamo Jesus Romero.

Uma mãe adolescente vem andando na minha direção, com o bebê embrulhado num *rebozo*, como no México. Parece amedrontada, apavorada. *"No inglés"*, ela diz.

Em espanhol, falo para ela tirar toda a roupinha do bebê, menos a fralda. Pergunto o que há com ele.

Ela diz: *"Pobre mijito*, ele chora o tempo todo, sem parar".

Eu peso o bebê e pergunto a ela com quantos quilos ele nasceu. Três quilos e duzentos. Está com três meses, já devia estar maior a esta altura.

"Você o levou para tomar as vacinas?"

Sim, ela foi a La Clinica alguns dias atrás. Disseram que ele tinha uma hérnia. Ela não sabia que bebês precisavam tomar vacina. Tinham dado uma vacina nele e falado para ela voltar no mês seguinte, mas para vir aqui ao consultório quanto antes.

O nome dela é Amelia. Tem dezessete anos, veio de Michoacán para se casar com o namorado, mas agora ele está na prisão Soledad. Mora com um tio e uma tia. Não tem dinheiro para voltar para casa. Eles não a querem aqui e não gostam do bebê porque ele chora o tempo todo.

"Você dá de mamar a ele?"

"Dou, mas acho que o meu leite não é bom. Ele acorda e fica chorando, chorando."

Ela o segura como um saco de batata. A expressão no seu rosto diz: "O que eu faço com este saco?". Então me ocorre que ela não tem ninguém para lhe ensinar coisa alguma.

"Você sabe que deve revezar os seios? Cada vez que for dar de mamar, comece com um seio diferente e deixe que o bebê mame por um bom tempo, depois ponha-o no outro seio e deixe que ele mame mais um pouco. Mas não se esqueça de revezar os seios. Assim o seu bebê suga mais leite e os seus seios produzem mais leite. Pode ser que ele esteja pegando no sono porque está cansado, antes de ter mamado o suficiente. Também é provável que ele esteja chorando por causa da hérnia. O doutor é muito bom. Ele vai cuidar do seu bebê direitinho."

Ela parece estar se sentindo melhor. É difícil dizer, porque ela tem o que os médicos chamam de "embotamento afetivo".

"Eu tenho que ir ver os outros pacientes. Volto quando o médico chegar." Ela faz que sim, resignada. Tem aquele olhar desesperançado que você vê em mulheres que apanham. Deus me perdoe, porque eu também sou mulher, mas quando vejo mulheres com esse olhar tenho vontade de dar uma bofetada nelas.

O dr. Fritz chegou, está na primeira sala. Por mais que ele faça as mães esperarem, por mais que Karma e eu fiquemos enlouquecidas, quando ele está com uma criança todas nós o perdoamos. Ele é um médico fantástico. O melhor cirurgião da equipe, faz mais cirurgias do que todos os outros juntos. Claro que todos eles dizem que ele é obsessivo e egomaníaco. Mas ninguém pode negar que é um excelente cirurgião. Ele é famoso, na verdade. Foi ele o médico que arriscou a vida para salvar aquele menino depois do grande terremoto.

Os dois primeiros pacientes vão rápido. Eu digo a ele que há um pré-operatório que não fala inglês na sala 3 e que daqui a pouco eu vou para lá. Limpo as salas e levo outros pacientes para elas. Quando entro na sala 3, ele está segurando o bebê, mostrando a Amelia como empurrar a hérnia para dentro. O bebê está sorrindo para ele.

"Diga a Pat para incluí-lo na lista de cirurgias. Explique o pré-operatório e o jejum com cuidado pra mãe. Diga a ela para telefonar se não conseguir empurrar a hérnia pra dentro quando ela vier pra fora." Ele entrega o bebê à mãe. "*Muy bonito*", ele diz.

"Pergunte a ela como foi que o menino ficou com essas manchas nos braços, essas sobre as quais você devia ter feito uma anotação na ficha." Ele aponta para as marcas no lado inferior dos braços do bebê.

"Desculpe", eu digo a ele. Quando pergunto a Amelia, ela faz uma cara assustada e surpresa. "*No sé.*"

"Ela não sabe."

"O que você acha?"

"Me parece que ela…"

"Eu não acredito que você vai dizer o que eu acho que você vai dizer. Tenho umas ligações pra fazer. Daqui a uns dez minutos eu vou para a sala um. Vou precisar de dilatadores, um oito e um dez."

Ele tinha razão. Eu ia dizer que ela própria parecia uma vítima e, sim, eu sei o que as vítimas muitas vezes fazem. Explico a ela como a cirurgia é importante e também o procedimento pré-operatório que ela terá que seguir na véspera. Digo a ela para telefonar se o bebê ficar doente ou estiver com uma assadura grave. Explico que, a partir de três horas antes da cirurgia, ele não poderá mais tomar leite. Chamo Pat para marcar uma data com ela e repito as instruções.

Esqueço dela então, até que, passado pelo menos um mês, por alguma razão me ocorre que ela não havia trazido o bebê para uma consulta pós-operatória. Perguntei a Pat quando tinha sido a cirurgia.

"Jesus Romero? Aquela mãe é tão retardada. Não apareceu na primeira data marcada para a cirurgia. Não se deu ao trabalho de telefonar. Eu ligo pra ela e ela diz que não veio porque não conseguiu arranjar condução. Tá, tudo bem. Então eu digo a ela que a gente vai fazer o pré-operatório e a cirurgia no mesmo dia, que ela tem que chegar bem cedo para o menino ser examinado e fazer um exame de sangue, mas que ela tem que vir. E, aleluia, ela aparece. Mas adivinha o que acontece?"

"Ela dá de mamar pro bebê meia hora antes da cirurgia."

"Acertou na mosca. O dr. Fritz vai viajar, então a próxima data que eu tenho é pra daqui a um mês."

Era muito ruim morar com eles. Eu não via a hora de eu poder ficar com o Manolo. Eu entregava meu cheque e meus cupons para eles. Eles só me davam uma mixaria para eu comprar minhas coisas. Eu tomava conta de Tina e Willie, mas eles não falavam espanhol, não me davam a menor atenção. Lupe odiava ter que me aceitar na casa dela. Ramón era gentil, só que, quando ficava bêbado, vivia tentando me agarrar ou ficava me cutucando por trás. Eu tinha mais medo de Lupe do que dele, então, quando não estava fazendo nenhum serviço de casa, eu ia para o meu cantinho na cozinha e ficava lá.

"O que você fica fazendo aí horas e horas?", Lupe me perguntava.

"Pensando. No Manolo. No meu *pueblo*."

"Trate de começar a pensar em se mudar daqui."

Ramón teve que trabalhar no dia da audiência, então Lupe me levou. Ela era bacana às vezes. No tribunal, a gente se sentou lá na frente. Quase não reconheci Manolo quando ele entrou, algemado e com correntes prendendo os pés dele um no outro. Era uma maldade muito grande o que estavam fazendo com Manolo, que é um homem doce. Ele ficou parado diante do juiz e então o juiz disse umas coisas e dois policiais o levaram embora. Ele virou para trás e olhou para mim, mas eu não o reconheci com aquela cara de raiva. Meu Manolo. No caminho de volta para casa, Lupe disse que a situação não estava parecendo boa. Ela também não tinha entendido direito do que ele estava sendo acusado, mas não era só por porte de drogas, porque se fosse eles o teriam mandado para Santa Rita. Oito anos na prisão Soledad é péssimo.

"Oito anos? *Cómo que* oito anos!"

"Nem pense em dar chilique, ou eu te ponho pra fora do carro e já te deixo aí na rua agora mesmo! Estou falando sério."

Lupe disse que eu tinha que ir a uma clínica porque estava grávida. Eu não sabia que ela queria dizer que eu devia fazer um aborto. "Não", eu disse para a médica, "não, eu quero o meu bebê, *mijito*. O pai dele foi embora, o meu bebê é tudo o que eu tenho." Primeiro ela foi legal, mas depois ficou irritada, disse que eu não passava de uma criança, que eu não podia trabalhar, como ia criar aquele bebê? Que eu estava sendo egoísta, *porfiada*. "É pecado", eu disse para ela. "Eu não vou fazer isso. Eu quero o meu bebê." Ela jogou o caderno em cima da mesa.

"*Válgame diós*. Pelo menos volte pra fazer os exames antes que o bebê nasça."

Ela me deu um cartão com o dia e a hora em que eu deveria voltar lá, mas nunca mais voltei. Os meses passaram devagar. Eu estava sempre esperando por notícias de Manolo. Willie e Tina só ficavam vendo televisão e não davam trabalho. Eu tive o neném na casa de Lupe. Ela me ajudou, mas Ramón bateu nela quando chegou em casa e em mim também. Disse que já era ruim o bastante eu ter aparecido, agora uma criança também.

Eu tento ficar longe da vista deles. Temos o nosso cantinho na cozinha. O pequeno Jesus é lindo e se parece com Manolo. Consegui comprar coisas bonitas para ele na Goodwill e na Payless. Ainda não sei o que o Manolo fez para ir para a prisão, nem quando vou ter notícias dele. Quando perguntei para o Ramón, ele disse: "Esquece o Manolo. E vê se trata de arranjar um emprego".

Eu tomo conta dos filhos de Lupe enquanto ela trabalha e mantenho a casa deles limpa. Lavo todas as roupas na lavanderia lá de baixo. Mas fico muito cansada. Jesus chora sem parar, não importa o que eu faça. Lupe falou que eu tinha que levar Jesus à clínica. Os ônibus me dão medo. Os *mayates* me seguram e me assustam. Acho que vão tirar o meu bebê de mim.

Na clínica as pessoas ficaram zangadas comigo de novo, disseram que eu tinha que ter feito pré-natal, que Jesus precisava tomar vacinas e era muito pequeno. Ele tinha três quilos e duzentos, eu disse, o meu tio pesou. "Bem, ele só está com três e seiscentos agora." Deram uma vacina nele e disseram que eu tinha que voltar. O médico disse que Jesus tinha uma hérnia e que isso podia ser perigoso. Eu precisava procurar um cirurgião. Uma mulher de lá me deu um mapa e anotou o ônibus e o trem que eu tinha que pegar para chegar ao consultório do cirurgião, me disse até para onde eu tinha que ir para pegar o ônibus e o trem de volta para casa. Depois, telefonou para o consultório do cirurgião e marcou uma consulta para mim.

Lupe tinha me levado à clínica e estava lá em frente, no carro com as crianças, quando eu saí. Eu contei a ela o que eles tinham dito e depois comecei a chorar. Ela parou o carro e me sacudiu.

"Você é uma mulher agora! Enfrente a realidade. Nós vamos dar um tempo pra você até o Jesus ficar bom, mas depois você vai ter que dar um jeito na sua vida. O apartamento é pequeno demais. O Ramón e eu estamos mortos de cansaço e o seu filho chora dia e noite ou então é você que chora, mais forte ainda. Nós não estamos aguentando mais."

"Eu estou tentando ajudar", eu disse.

"Ah, sim, muito obrigada."

A gente acordou cedo no dia em que eu tinha que levar Jesus ao cirurgião. Lupe ia ter que levar as crianças para a creche. É de graça e elas gostam mais de ficar lá do que de ficar sozinhas comigo em casa, então elas estavam contentes. Já Lupe estava muito zangada, porque ia ter que fazer uma longa viagem de carro até a creche e porque Ramón ia ter que pegar o metrô. Foi assustador pegar o ônibus, depois o trem e depois outro ônibus. Eu estava nervosa demais para comer antes de sair de casa, então fiquei com fome e zonza de medo no caminho. Mas depois vi o letreiro enorme como tinham me dito e vi que estava no lugar certo. Tivemos que esperar um tempão. Eu tinha saído de casa às seis da manhã e o médico só examinou Jesus às três. Eu estava com muita fome. Eles me explicaram tudo direitinho e a enfermeira me ensinou uma maneira diferente de amamentar para que eu tivesse mais leite. O médico foi carinhoso com Jesus e disse que ele era bonito, mas achou que eu tinha machucado o menino, mostrou à enfermeira umas manchas roxas no braço dele. Eu não tinha visto aquelas manchas antes. É verdade. Eu machuquei o meu bebê, *mijito*. Fui eu que fiz aquelas manchas na noite anterior, quando ele estava chorando e chorando. Ele estava comigo debaixo das cobertas. Eu o segurei com força. "Shhh, shhh, para de chorar, para, para." Eu nunca tinha apertado Jesus daquele jeito antes. Ele não chorou nem mais nem menos por causa disso.

Passaram duas semanas. Marquei os dias no calendário. Falei para Lupe que eu tinha que levar Jesus para fazer o pré--operatório num dia e a cirurgia no dia seguinte.

"Nem pensar", disse Lupe. O carro estava na oficina. Ela não tinha como levar Willie e Tina para a creche. Então, eu não fui.

Ramón ficou em casa. Estava tomando cerveja e vendo um jogo de beisebol na televisão. As crianças estavam tirando uma soneca e eu estava dando de mamar para o Jesus na cozinha. "Vem cá ver o jogo, prima", ele disse, então eu fui. Jesus ainda estava mamando, mas eu tinha jogado uma manta por cima. Ramón se levantou para pegar mais cerveja. Não estava parecendo bêbado antes de se levantar, mas foi só se levantar que ele ficou tonto e caiu no chão perto do sofá. Puxou a manta para baixo e a minha camisa para cima. "Me deixa provar essa *chichi*", ele disse e começou a chupar o meu outro seio. Eu o empurrei para trás e ele bateu na mesa, mas Jesus também caiu e arranhou o ombro na mesa. Começou a escorrer sangue pelo bracinho dele. Eu estava limpando o braço dele com uma toalha de papel quando o telefone tocou.

Era Pat, a moça do consultório do cirurgião, furiosa porque eu não tinha ido nem telefonado para avisar. "Desculpe", eu disse para ela em inglês.

Ela falou que tinha havido um cancelamento para o dia seguinte. Eu poderia fazer o pré-operatório no mesmo dia se eu conseguisse, sem falta, levar Jesus lá bem cedo. Sete da manhã. Ela estava furiosa comigo. Disse que ele podia ficar muito doente e morrer, que se eu continuasse a perder as datas marcadas para as cirurgias o governo poderia tirar o menino de mim. "Você está entendendo?"

Eu disse que sim, mas não acreditei que eles pudessem tirar o meu filho de mim.

"Você vem amanhã?", ela perguntou.

"Vou", respondi. Falei para Ramón que no dia seguinte eu tinha que levar Jesus para fazer a cirurgia, se ele podia ficar com Tina e Willie.

"Então eu chupo o seu peitinho e você já acha que pode pedir alguma coisa em troca? Tá bom, eu fico. Estou sem trabalho mesmo. Mas nem pense em contar nada pra Lupe. Você iria pro olho da rua em cinco minutos. Coisa que, por mim, tudo bem. Mas enquanto você estiver aqui eu pretendo tirar algum proveito."

Então, ele me agarrou no banheiro, com Jesus chorando no chão da sala e as crianças batendo na porta. Ele me fez debruçar em cima da pia e meteu e meteu o troço dele em mim, mas estava tão bêbado que não durou muito. Escorregou até o chão, desmaiado. Eu saí. Disse para as crianças que ele estava passando mal. Eu tremia tanto que tive que me sentar, ninei *mijito* Jesus e fiquei vendo desenho animado com as crianças. Não sabia o que fazer. Rezei uma ave-maria, mas parecia ter tanto barulho em todo lado, como é que ia dar para ouvir uma prece?

Quando Lupe chegou em casa, ele saiu do banheiro. Deu para perceber pela maneira como ele olhou para mim que ele sabia que tinha feito algo de ruim, mas não se lembrava o quê. Ele disse que ia sair. Ela disse ótimo.

Ela abriu a geladeira. "O cretino acabou com a cerveja. Amelia, você pode dar um pulo no Seven-Eleven? Ai, meu santo, você não pode nem comprar cerveja. Pra que é que você serve? Por acaso você se dignou a procurar um emprego ou um lugar pra ficar?"

Eu disse a ela que eu estava tomando conta das crianças, como é que eu podia ir a algum lugar? Disse também que a cirurgia de Jesus era no dia seguinte.

"Bem, assim que você puder, trate de começar a procurar. As pessoas costumam pendurar anúncios de empregos e de casas em quadros nas mercearias e nas farmácias."

"Eu não sei ler."

"Também tem anúncios em espanhol."

"Eu também não sei ler em espanhol."

"*Fuck a duck.*"

Eu disse também: "*Fuck a duck*". Isso a fez rir, pelo menos. Ah, como eu sinto saudade do meu *pueblo*, onde o riso é suave como uma brisa.

"Está bem, Amelia, amanhã eu procuro pra você, dou uns telefonemas. Agora me faça um favor e tome conta das crianças. Eu preciso beber alguma coisa. Qualquer coisa estou no Jalisco."

Ela deve ter se encontrado com Ramón. Eles voltaram para casa juntos, bem tarde. Só tinha feijão e Ki-Suco para o jantar das crianças e o meu. Não tinha pão, nem farinha para fazer tortilha. Jesus estava dormindo pesado no nosso cantinho da cozinha, mas assim que me deitei ele começou a chorar. Dei de mamar para ele. Dava para perceber que ele estava conseguindo sugar mais leite agora, mas, depois de dormir um pouquinho, ele começou a chorar de novo. Tentei lhe dar uma chupeta, mas ele só a empurrou para fora. Eu estava fazendo aquilo de novo, apertando-o com força e dizendo "Shhh, shhh", mas parei quando percebi que estava machucando Jesus e também porque não queria que o médico encontrasse manchas roxas. O ombro dele já estava feio o bastante, todo arranhado e machucado, *pobrecito*. Rezei de novo para Nossa Senhora, pedindo que ela me ajudasse, que por favor me dissesse o que fazer.

Ainda estava escuro quando saí na manhã seguinte. Encontrei umas pessoas que me ajudaram a pegar o ônibus certo e depois o trem e o outro ônibus. No hospital, me mostraram para onde eu tinha que ir. Tiraram sangue do braço de Jesus. O médico que o examinou não falava espanhol. Eu não sei o que ele anotou. Sei que ele escreveu sobre o ombro porque ele mediu o machucado com o polegar e depois escreveu. Ele olhou para mim com cara de quem está fazendo uma pergunta. "Crianças empurra", eu disse em inglês e ele fez que sim com a cabeça. Eles haviam dito que a cirurgia ia ser às onze, então eu tinha dado de mamar para o Jesus às oito. Mas horas e horas se passaram e nada, já era uma hora da tarde. Jesus estava berrando. A gente estava num espaço que tinha uma cama e uma cadeira. Eu estava sentada na cadeira, mas aí a cama começou a parecer tão boa que eu me deitei nela e segurei Jesus perto de mim. Começou a pingar leite dos meus seios. Era como se eles estivessem ouvindo Jesus chorar. Eu não estava aguentando mais e achei que, se eu desse de mamar só alguns segundos, não faria diferença.

O dr. Fritz berrou comigo quando viu. Tirei Jesus do meu peito, mas o dr. Fritz sacudiu a cabeça de um lado para o outro e depois fez sinal para eu continuar amamentando. Uma enfermeira latina veio depois para dizer que eles não podiam mais fazer a operação agora. Ela disse que eles tinham uma lista de espera enorme e que já era a segunda vez que eu os deixava ali na mão. "Liga para a Pat e marca outra data. Agora vai, vai pra casa. Liga pra ela amanhã. Esse menino precisa fazer essa cirurgia, você entende?"

A minha vida inteira, na minha terra, ninguém nunca tinha ficado zangado assim comigo.

Devo ter desmaiado quando me levantei. Quando acordei, a enfermeira estava sentada do meu lado.

"Eu pedi uma refeição reforçada pra você. Você deve estar com fome. Você comeu alguma coisa hoje?"

"Não", respondi. Ela ajeitou os travesseiros atrás de mim e botou uma mesa por cima do meu colo. Ficou segurando Jesus enquanto eu comia. Comi feito um animal. Tudo, sopa, bolachas, salada, suco, leite, carne, batata, cenoura, pão, salada, torta. Estava bom.

"Você precisa comer bem todos os dias enquanto estiver amamentando", disse ela. "Você acha que já está bem pra voltar pra casa?"

Eu fiz que sim. Estava me sentindo tão bem, a comida era tão boa.

"Vamos, então. Prepare-se para ir. Aqui tem umas fraldas pra ele. O meu turno terminou uma hora atrás e eu preciso trancar tudo."

Pat tem um trabalho difícil. Nosso consultório de seis cirurgiões fica no Children's Hospital de Oakland. Todo dia, cada cirurgião tem uma agenda lotada. Além disso, todo dia algumas cirurgias são canceladas, outras são postas no lugar e várias cirurgias de emergência são encaixadas também. Todos os dias, um dos nossos médicos fica à disposição para atender pacientes do setor de emergência. Todos os tipos de trauma, dedos cortados, amendoins aspirados, ferimentos de bala, apêndices, queimaduras; então pode haver de seis a oito cirurgias-surpresa por dia.

Quase todos os pacientes só têm o Medi-Cal e muitos são imigrantes ilegais e não têm nem isso, então nenhum dos nossos médicos está aqui por dinheiro. É um trabalho extenuante também para a equipe de atendentes. Eu trabalho dez horas por dia com muita frequência. Os cirurgiões são todos diferentes uns dos outros e, por diferentes razões, podem ser irritantes às vezes. Mas, apesar de a gente reclamar deles, também respeitamos e nos orgulhamos deles, e temos a sensação de que ajudamos. É um trabalho gratificante; não é como trabalhar num escritório ou num consultório normal. E com certeza mudou o modo como eu vejo as coisas.

Sempre fui uma pessoa cínica. Quando comecei a trabalhar aqui, eu achava que era um tremendo desperdício do dinheiro dos contribuintes fazer dez, doze cirurgias em bebês do crack com anomalias bizarras só para eles poderem continuar vivos e cheios de deficiências depois de passar um ano internados num hospital, e mais tarde ficarem pulando de um lar de criação para outro. Muitos deles sem mãe, que dirá pai. Os pais de criação na maioria das vezes são maravilhosos, mas alguns são assustadores. Tantas crianças deficientes ou com lesões cerebrais, pacientes que nunca vão chegar a ter mais que alguns poucos anos de idade. Muitos pacientes com síndrome de Down. Eu achava que não seria capaz de ficar com uma criança assim.

Agora, abro a porta da sala de espera e encontro Toby, que é todo torto e trêmulo, que não consegue falar. Toby, que mija e evacua em sacos, que se alimenta através de um buraco no estômago. Toby vem me abraçar, rindo, de braços abertos. É como se essas crianças fossem resultado de uma falha sofrida por Deus ao atender preces. Todas aquelas mães que não querem que seus filhos cresçam, que rezam para que seus filhos as amem para sempre. Essas preces atendidas foram enviadas ao mundo como Tobys.

Claro que Tobys podem destruir um casamento ou uma família, mas, quando não destroem, eles parecem ter o efeito oposto. Parecem trazer à tona os bons e os maus sentimentos mais profundos, as forças e a dignidade que, de outra forma, um homem e uma mulher jamais teriam descoberto em si mesmos ou no outro. Tenho a impressão de que cada alegria é mais saboreada, de que o comprometimento tem uma dimensão mais profunda. E não acho que eu esteja romantizando. Eu os estudo atentamente, porque vi essas qualidades e elas me surpreenderam. Vi vários casais se divorciarem. Parecia inevitável. Havia o progenitor mártir e o progenitor omisso, o que culpa os outros, o que se culpa e o "por que eu", o que enche a cara e o que chora. Vi irmãos passarem a se comportar mal por ressentimento e causarem ainda mais confusão, raiva, culpa. Mas, com muito mais frequência, vi casamentos se tornarem mais sólidos, famílias se tornarem mais unidas, melhores. Todo mundo aprende a lidar com a situação, todo mundo tem que ajudar, tem que ser honesto e dizer que é horrível. Todo mundo tem que rir, todo mundo tem que se sentir grato quando, por mais coisas que a criança não consiga fazer, ela consegue beijar a mão que penteia o seu cabelo.

Não gosto de Diane Arbus. Quando eu era criança, no Texas, havia *freak shows*, e já naquela época eu odiava o modo como as pessoas ficavam apontando para as aberrações e rindo delas. Mas eu ficava fascinada também. Adorava o homem sem braços que datilografava com os dedos dos pés. Mas não era da falta de braços que eu gostava. Era de ver que ele realmente escrevia, o dia inteiro. Escrevia com seriedade alguma coisa, gostando do que estava escrevendo.

Admito que é realmente fascinante quando as duas mulheres trazem Jay para fazer um exame pré-operatório com a dra. Rook. Tudo é bizarro. Elas são anãs. Parecem irmãs, talvez até sejam. São muito pequenininhas e gordinhas, com bochechas rosadas e cabelo encaracolado, nariz arrebitado e sorriso enorme. São amantes, se tocam, se beijam e se acariciam sem nenhum constrangimento. Adotaram Jay, um bebê anão com uma série de problemas graves. A assistente social delas, que é, bem, gigantesca, veio com as duas, para carregar Jay, o pequeno tanque de oxigênio e a bolsa de fraldas. As mães carregam, cada uma, um banquinho, como aqueles que as pessoas usam para ordenhar vacas. Elas se sentam nos banquinhos nas salas de exame e ficam falando de Jay e de como ele está muito melhor, de como ele agora consegue focar os olhos e as reconhece. A dra. Rook vai fazer uma gastrostomia nele para que ele possa ser alimentado através de uma sonda introduzida por um orifício no estômago.

É um bebê alerta, mas calmo; não é particularmente pequeno, mas tem uma cabeça enorme e deformada. As mulheres adoram falar sobre ele, nos contam voluntariamente como o carregam juntas, dão banho e cuidam dele. Em breve ele vai precisar de um capacete para engatinhar pela casa, porque os móveis delas só têm uns trinta centímetros de altura. Elas escolheram o nome Jay porque se parece com *"joy"*, alegria, e ele trouxe muita alegria para elas.

Estou saindo da sala para ir buscar um rolo de esparadrapo de papel. Jay é alérgico ao esparadrapo comum. Olho para trás e vejo as duas mulheres na ponta dos pés, olhando para Jay, que está deitado de barriga para baixo na mesa de exame. Ele está sorrindo para elas e elas para ele. A assistente social e a dra. Rook estão sorrindo uma para a outra.

"Essa é a coisa mais fofa que eu já vi na vida", digo para Karma.

"Coitadinhas. Elas estão felizes agora, mas é possível que ele só tenha mais alguns poucos anos de vida, se tanto", ela diz.

"Vale a pena. Mesmo que eles só tivessem o dia de hoje e mais nada. Ainda valeria toda a dor que virá depois, Karma. As lágrimas delas serão doces." Eu me surpreendi dizendo isso, mas estava sendo sincera. Estava aprendendo o que significa trabalhar por amor.

O marido da dra. Rook chama os pacientes dela de bebês do rio, o que a deixa furiosa. Ele diz que era assim que as pessoas costumavam chamar bebês como aqueles no Mississippi. Ele também faz parte da nossa equipe de cirurgiões. De alguma forma, consegue pegar quase todas as cirurgias de pacientes que têm um seguro-saúde de verdade, como o Blue Cross. A dra. Rook pega a maior parte das crianças deficientes ou totalmente incapacitadas, mas não só porque ela é uma boa cirurgiã. Ela ouve as famílias, se preocupa com elas, então acaba sendo muito recomendada.

Hoje está sendo uma atrás da outra. A maior parte dessas crianças é mais velha e pesada. Pesos mortos. Eu tenho que levantá-las, depois segurá-las enquanto ela remove a sonda velha e põe uma nova. A maioria não consegue chorar. Dá para perceber que dói muito, mas você só vê lágrimas escorrendo pela lateral do rosto até a orelha delas e escuta um rangido estranho, terrível, como de um portão enferrujado, vindo lá do fundo.

A última paciente é fantástica. Não a paciente, mas o que a dra. Rook faz. Uma menina recém-nascida linda, de rosto rosado, com seis dedos em cada mão. As pessoas sempre falam brincando de conferir, quando os bebês nascem, se eles têm cinco dedos em cada mão e em cada pé. É mais comum do que eu pensava. Normalmente os médicos marcam uma rápida cirurgia para esses casos. Aquela bebê nasceu faz só alguns dias. A dra. Rook me pede xilocaína, uma agulha e um pouco de categute. Anestesia a área em volta do dedo e depois amarra o categute bem apertado na base de cada dedinho extra. Dá um frasco de Tylenol líquido para a família, para eles darem para a bebê mais tarde caso ela pareça estar com dor, fala para não tocarem nos dedinhos, que logo, logo, eles iriam ficar pretos e cair, como o umbigo. Ela contou que o seu pai era médico numa cidade pequena do Alabama e que tinha aprendido com ele a fazer aquilo.

Uma vez, o dr. Kelly atendeu um menininho com seis dedos em cada mão. Os pais dele queriam muito que ele fizesse a cirurgia, mas o menino não queria. Ele tinha seis ou sete anos e era muito bonitinho.

"Não! Eu quero os meus dedos. Eles são meus! Eu quero ficar com eles!"

Eu pensei que o velho dr. Kelly fosse argumentar com o menino, mas, em vez disso, ele falou para os pais que estava parecendo que o menino queria continuar tendo aquela característica distintiva.

"Por que não?", disse ele. Os pais não conseguiam acreditar no que ele estava dizendo. Ele disse aos pais que, se o menino mudasse de ideia, eles poderiam fazer a cirurgia. Mas claro que, quanto antes, melhor.

"Eu gosto do modo como ele defende os direitos dele. Aperta aqui, filho", e apertou a mão do menino. Eles foram embora, os pais furiosos, xingando o médico, e o menino sorrindo.

Será que ele sempre vai se sentir assim? E se ele quiser tocar piano? Será que se e quando mudar de ideia já vai ser tarde demais? Por que não seis dedos? Eles são esquisitos de qualquer maneira, assim como os dedos dos pés, os cabelos, as orelhas. Eu, de minha parte, adoraria que a gente tivesse rabo.

Estou devaneando sobre ter um rabo e folhas em vez de

cabelo, enquanto limpo e reabasteço as salas de exame para o turno da noite, quando ouço uma batida na porta. A dra. Rook tinha ido embora e eu era a única pessoa que ainda estava ali. Destranco a porta e deixo Amelia e Jesus entrarem. Ela está chorando, tremendo enquanto fala. A hérnia dele veio para fora e ela não consegue empurrá-la para dentro.

Pego meu casaco, ligo o alarme, tranco a porta e vou andando com ela até o setor de emergência. Entro para ter certeza de que vão fazer a ficha dela na recepção. O dr. McGee está de plantão. Que bom.

"O dr. McGee é um médico muito velhinho e amável. Ele vai cuidar bem do Jesus. É provável que o operem esta noite mesmo. Não se esqueça de telefonar para marcar uma hora para ele lá no consultório. Pra daqui a mais ou menos uma semana. Ligue para nós. Ah, e pelo amor de Deus, não dê de mamar para ele."

O metrô e o ônibus estavam lotados, mas eu não fiquei com medo. Jesus estava dormindo. Parecia que a Virgem Maria tinha atendido às minhas preces. Ela disse para eu pegar o meu próximo cheque da assistência social e voltar para o México. A *curandera* ia cuidar do meu bebê e a minha *mamacita* ia saber o que fazer para ele parar de chorar. Eu daria banana e papaia para ele comer. Manga não, porque manga às vezes dá dor de barriga nos bebês. Quando será que os dentes dos bebês nascem?

Lupe estava vendo uma novela na televisão quando eu cheguei em casa. Os filhos dela estavam dormindo no quarto.

"Fizeram a operação?"

"Não. Teve um problema."

"Óbvio. Qual foi a besteira que você fez desta vez? Hein?"

Botei Jesus deitado no nosso cantinho sem acordá-lo. Lupe veio até a cozinha.

"Eu encontrei um lugar pra você. Você pode ficar lá pelo menos até poder alugar um quarto. Você pode receber o seu próximo cheque aqui e depois dar o seu novo endereço lá no posto da assistência social. Você me ouviu?"

"Ouvi. Eu quero o dinheiro do meu cheque. Vou voltar para casa."

"Você está maluca. Pra começar, o dinheiro deste mês já está gasto. Se ainda tem algum com você, é só isso e mais nada. *Estás loca?* Não ia dar pra chegar nem à metade do caminho até Michoacán. Olha, menina, você está aqui. Arranje um emprego num restaurante, em algum lugar onde você possa trabalhar nos fundos. Tente conhecer outros homens, sair, se divertir. Você é jovem, bonita, ou seria se se arrumasse um pouco. Pra todos os efeitos, é como se você fosse solteira. Está aprendendo inglês rápido. Você não pode simplesmente desistir."

"Eu quero voltar pra casa."

"*Fuck a duck*", ela disse, e voltou para a televisão.

Eu ainda estava sentada lá quando Ramón entrou pela porta dos fundos. Acho que ele não viu a Lupe no sofá. Ele começou a apertar meu peito e beijar meu pescoço. "Carinho, eu quero um carinho!"

"*Ya estuvo*", Lupe disse. Para o Ramón ela disse: "Vá jogar uma água nessa cara, seu gordo nojento", e o empurrou porta afora. Para mim ela disse apenas: "Você vai embora daqui agora. Arrume as suas coisas. Tome aqui uma sacola de plástico".

Botei tudo na minha bolsa e na sacola, peguei Jesus no colo.

"Vai, leva o seu filho e entra no carro. Eu levo as coisas."

Parecia uma loja velha fechada com tábuas, mas havia uma placa e uma cruz acima da porta. Estava escuro, mas ela bateu na porta. Um velho anglo-saxão apareceu. Ele sacudiu a cabeça e falou alguma coisa em inglês, mas ela falou mais alto, me empurrou com Jesus porta adentro e se mandou.

Ele acendeu uma lanterna. Tentou falar comigo, mas eu sacudi a cabeça. Não falo inglês. Ele provavelmente estava dizendo que eles não tinham camas suficientes. O quarto estava cheio de camas de armar com mulheres deitadas nelas e algumas crianças. Cheirava mal, a vinho, vômito e mijo. Fedorento e sujo. Ele me trouxe umas roupas de cama e apontou para um canto, do mesmo tamanho que o meu cantinho na cozinha de Lupe. "Obrigada", eu disse.

Foi horrível. Assim que me deitei, Jesus acordou. Não parava de chorar de jeito nenhum. Fiz uma espécie de cabana para abafar o barulho, mas algumas das mulheres começaram a xingar e a dizer: "Cala a boca! Cala a boca!". A maioria delas eram velhas brancas beberronas, mas também havia algumas moças negras, que começaram a me empurrar e me sacudir. Uma menina pequena ficou me batendo com mãozinhas minúsculas, rápidas que nem marimbondos.

"Para com isso!", eu berrei. "Para! Para!"

O homem voltou com a lanterna e me conduziu pelo quarto até uma cozinha e um novo cantinho. *"Mis bolsas!"*, eu disse. Ele entendeu, voltou lá e trouxe as minhas bolsas. "Desculpe", eu disse em inglês. Jesus mamou e pegou no sono, mas eu fiquei encostada na parede, esperando amanhecer. Estou aprendendo inglês, sim, pensei. Tentei me lembrar de tudo o que eu já sabia falar em inglês. *Court, Kentucky Fry, hamburger, good-bye, chicano, nigger, asshole, ho, Pampers, How much?, Fuck a duck, children, hospital, stopit, shaddup, hello, I'm sorry, General Hospital, All My Children, inguinal hernia, pre-op, post-op, Geraldo, food stamps, money, car, crack, police, Miami Vice, José Canseco, homeless, real pretty, No way, José, Excuse me, I'm sorry, please,*

please, stopit, shaddup, shaddup, I'm sorry. Holy Mary mother of God pray for us.

Pouco antes de amanhecer, o homem e uma velha vieram e começaram a ferver água para fazer mingau de aveia. Ela me deixou ajudar, apontando para o açúcar e para os guardanapos e fazendo sinal para que eu pusesse tudo no meio das mesas enfileiradas.

Todas nós recebemos mingau de aveia e leite de café da manhã. As mulheres pareciam muito mal, algumas delas malucas ou bêbadas. Sem-teto sujas e maltrapilhas. Ficamos esperando em fila para tomar banho, mas quando chegou a minha vez e a de Jesus a água ficou fria e só tinha uma pequena toalha. Então eu e Jesus viramos sem-teto também. Durante o dia o lugar era uma creche para crianças pequenas. A gente podia voltar à noite, para tomar sopa e dormir. O homem era legal. Ele permitiu que eu deixasse a minha bolsa lá, então eu levei só algumas fraldas. Passei o dia perambulando em volta do Eastmont Mall. Fui a um parque, mas ficava assustada quando homens chegavam perto de mim. Andei, andei, andei, e o bebê era pesado. No segundo dia a menina pequena que tinha me batido me mostrou, ou eu entendi de alguma forma, que você podia andar o dia inteiro de ônibus se pedisse bilhetes de transferência. Então fiz isso, porque Jesus estava muito pesado e assim eu podia me sentar e ver as ruas ou dormir quando ele dormia, porque à noite eu não conseguia. Um dia, vi onde ficava a clínica. Decidi ir até lá no dia seguinte para tentar encontrar alguém que me ajudasse. Daí me senti melhor.

Mas no dia seguinte Jesus começou a chorar de um jeito diferente, como se estivesse latindo. Olhei a hérnia dele e vi que ela estava bem espetada para fora e dura. Peguei o ônibus na mesma hora, mas o caminho era longo, ônibus, depois trem, depois outro ônibus. Pensei que o consultório já estivesse fechado, mas a enfermeira estava lá e nos levou até o hospital. Ficamos esperando um tempo enorme, mas depois, finalmente, eles levaram Jesus para operar. Disseram que ele ia ter que passar a noite no hospital e eles iam botar uma cama pra mim do lado da caixinha onde ele ia dormir. Eles me deram um tíquete para comprar alguma coisa para comer na cafeteria. Eu pedi um sanduíche, uma coca-cola, sorvete, uns biscoitos e uma fruta para mais tarde, mas peguei no sono. Era tão bom não estar no chão. Quando acordei, a enfermeira estava lá. Jesus estava todo limpinho e embrulhado numa manta azul.

"Ele está com fome!", ela disse, sorrindo. "Nós não quisemos te acordar quando ele saiu da cirurgia. Correu tudo bem."

"Obrigada." Ah, graças a Deus! Ele estava bem. Enquanto dava de mamar a Jesus, eu chorava e rezava.

"Não há mais razão pra chorar agora", ela disse. Ela me trouxe uma bandeja com café, suco e cereal.

O dr. Fritz veio, não o médico que fez a cirurgia, o primeiro médico. Ele olhou para Jesus e fez que sim com a cabeça, sorriu para mim e examinou a ficha dele. Depois, levantou a camisa de Jesus. Ainda tinha um arranhão e uma mancha roxa no ombro dele. A enfermeira me perguntou sobre aquilo. Eu disse a ela que tinham sido as crianças da casa onde eu estava morando, mas que eu não estava mais morando lá.

"Ele quer que você saiba que, se voltar a encontrar machucados no seu bebê, ele vai ligar para o serviço de proteção à criança. Essas pessoas podem tirar o seu bebê de você se acharem necessário, ou pode ser que elas só queiram que você converse com alguém."

Eu fiz que sim. Queria dizer a ela que eu precisava conversar com alguém.

Tivemos alguns dias tumultuados. Tanto o dr. Adeiko quanto o dr. McGee estavam de férias, então os outros médicos andavam extremamente ocupados. Vários pacientes ciganos, o que sempre queria dizer que a família inteira, primos, tios, todo mundo ia junto para lá. Isso sempre me faz rir (não rir literalmente, já que ele não gosta que a gente faça nenhum tipo de brincadeira nem se comporte de maneira pouco profissional), porque uma das coisas que o dr. Fritz sempre faz quando entra na sala é cumprimentar educadamente a mãe ou o pai da criança com um "Bom dia". Quando estão os dois, ele faz um aceno com a cabeça para cada um e diz "Bom dia. Bom dia". Quando vão famílias ciganas, é duro segurar o riso quando ele se espreme para conseguir entrar na sala e diz "Bom dia. Bom dia. Bom dia. Bom dia. Bom dia" etc. Ele e o dr. Wilson parecem atender muitos bebês com hipospádia, que é quando bebês do sexo masculino têm buracos na parte de baixo do pênis, às vezes vários buracos, de forma que, quando eles fazem xixi, é como se o xixi estivesse saindo por um bico de regador. Enfim, um bebê cigano chamado Rocky Stereo tinha isso, mas o dr. Fritz resolveu o problema. A família inteira, mais de dez adultos e algumas crianças, tinha vindo para a consulta pós-operatória e todos quiseram apertar a mão do médico. "Obrigado. Obrigado. Obrigado. Obrigado." Pior do que os "bons dias" dele! Foi tocante e engraçado e eu me peguei comentando alguma coisa mais tarde, mas ele me olhou de cara feia. Ele nunca fala sobre os pacientes. Nenhum deles fala, na verdade. A não ser a dra. Rook, mas só raramente.

Nem sei qual foi o diagnóstico original de Reina. Ela tem catorze anos agora. Vem com a mãe, duas irmãs e um irmão. Eles a empurram num enorme híbrido de carrinho de bebê com cadeira de rodas que o pai dela fez. Uma das irmãs tem doze anos, a outra quinze e o menino oito; três crianças lindas, engraçadas e cheias de vida. Quando entro na sala, eles já a puseram na mesa de exame. Ela está nua. Salvo pela sonda alimentar, o corpo dela é perfeito, macio como cetim. Seus seios cresceram. Não dá para ver as protuberâncias parecidas com cascos que ela tem em lugar de dentes. Seus lábios lindos, bem vermelhos, estão entreabertos. Olhos verde-esmeralda com longos cílios pretos. As irmãs fizeram um corte punk no cabelo dela, puseram um pequeno rubi no seu nariz e pintaram uma tatuagem de borboleta na sua coxa. Elena está passando esmalte nas unhas dos pés de Reina, enquanto Tony ajeita os braços dela atrás da cabeça. Ele é o mais forte, o que me ajuda a segurar o tronco dela enquanto as irmãs seguram as pernas. Mas, naquele momento, ela está lá estendida como a Olympia de Manet, tão linda e pura que é de tirar o fôlego. A dra. Rook estaca no meio do caminho, como eu já tinha feito, só para olhar para ela. "Meu Deus, como ela é linda", diz.

"Quando foi que ela começou a menstruar?", ela pergunta.

Eu não tinha notado o cordão do absorvente interno entre os pelos pretos e sedosos. A mãe diz que é a primeira vez que ela menstrua. Sem ironia, diz:

"Ela é uma mulher agora."

Ela está em perigo agora, eu penso.

"Muito bem, agora segurem a moça", diz a dra. Rook. A mãe agarra a cintura da filha, as meninas seguram as pernas, Tony e eu seguramos os braços. Ela luta violentamente contra nós, mas a dra. Rook por fim consegue tirar a sonda velha e botar uma nova.

Ela foi a última paciente do dia. Estou limpando a sala, trocando o papel que forra a mesa de exame, quando a dra. Rook entra de novo. Ela diz: "Sou tão grata pelo meu Nicholas".

Eu sorrio e digo: "E eu pelo meu Nicholas". Ela está falando do seu bebê de seis meses, eu do meu neto de seis anos.

"Boa noite", dizemos uma para a outra, e então ela vai para o hospital.

Vou para casa e faço um sanduíche, ligo a televisão e ponho no jogo dos Oakland Athletics. Dave Stewart lançando contra Nolan Ryan. A partida está no décimo *inning* quando o telefone toca. É o dr. Fritz. Ele está no setor de emergência e quer que eu vá para lá. "O que houve?"

"Amelia, lembra dela? Há pessoas aqui que falam espanhol, mas eu queria que você falasse com ela."

Amelia estava na sala do médico no setor de emergência. Fora sedada e estava com um olhar ainda mais vazio que de costume. E o bebê? Dr. Fritz me leva até uma cama atrás de uma cortina.

Jesus está morto, com o pescoço quebrado. Há manchas roxas nos braços dele. A polícia está a caminho, mas o dr. Fritz quer que eu converse com ela com calma antes, para ver se consigo descobrir o que aconteceu.

"Amelia? Lembra de mim?"

"*Sí. Cómo no?* Como vai? Eu posso ver *mijito* Jesus?"

"Daqui a pouquinho. Antes eu preciso que você me conte o que aconteceu."

Levou um tempo para eu conseguir entender que ela vinha passando os dias andando de ônibus pela cidade e as noites num abrigo para mulheres sem-teto. Quando ela chegou ao abrigo naquela noite, duas das mulheres mais novas tiraram todo o dinheiro dela, que ela havia prendido com um alfinete na parte de dentro das roupas. Bateram nela e a chutaram, depois saíram. O homem que administra o abrigo não fala espanhol e não entendia o que ela estava dizendo. Só repetia que ela tinha que ficar quieta, botava o dedo na frente da boca para dizer para ela ficar quieta e fazer o bebê ficar quieto. Mais tarde, as mulheres voltaram. Estavam bêbadas, o abrigo estava escuro e havia gente tentando dormir, mas Jesus não parava de chorar. Amelia não tinha dinheiro nenhum e não sabia o que fazer. Não conseguia pensar. As duas mulheres chegaram perto. Uma deu um tapa nela e a outra agarrou Jesus, mas Amelia pegou o filho de volta. O homem veio e as mulheres foram se deitar. Jesus continuou chorando.

"Eu não sabia o que fazer. Sacudi Jesus pra fazê-lo ficar quieto pra eu poder pensar no que fazer."

Segurei as mãozinhas minúsculas dela entre as minhas. "Ele estava chorando quando você o sacudiu?"

"Estava."

"E o que aconteceu depois?"

"Depois ele parou de chorar."

"Amelia, você sabe que Jesus está morto?"

"Sim, eu sei. *Lo sé.*" Então, ela disse em inglês: "*Fuck a duck. I'm sorry*".

502

502 era a pista para o 1-horizontal das palavras cruzadas do *Times* de hoje. Moleza. Esse é o código da polícia para dirigir embriagado, *Driving While Intoxicated*, então eu escrevi *DWI* nos quadradinhos. Errado. Imagino que os leitores do *New York Times* lá de Connecticut saibam que o certo seria escrever 502 em algarismos romanos. Tive alguns instantes de pânico, como sempre acontece quando lembranças dos tempos em que eu bebia me vêm à cabeça. Mas, desde que me mudei para Boulder, aprendi a respirar fundo e meditar, o que é infalível para me acalmar.

Ainda bem que fiquei sóbria antes de me mudar para Boulder. Esse é o primeiro lugar em que moro que não tem uma loja de bebida em cada esquina. Nem nos supermercados Safeway daqui vendem bebidas alcoólicas, e claro que é impossível comprar bebida aos domingos. Só existem algumas poucas lojas de bebida, a maior parte delas nos arredores da cidade, então, se você é um pobre alcoólatra acometido por uma tremedeira e está nevando, Deus tenha piedade. As lojas de bebida daqui são gigantescas, do tamanho de Targets, verdadeiros pesadelos. Dá para morrer de delirium tremens só tentando encontrar o corredor do Jim Beam.

A melhor cidade é Albuquerque, onde as lojas de bebida têm janelas para atender os fregueses sem que eles saiam do carro, então você não precisa nem trocar o pijama. Mas elas também não abrem aos domingos. Então, quando eu não planejava com antecedência, sempre havia o problema de descobrir quem no mundo eu poderia visitar que fosse me oferecer uma bebida de verdade e não um daqueles refrescos de vinho.

Embora já estivesse sóbria fazia anos antes de me mudar para cá, tive problemas no início. Sempre que olhava pelo espelho retrovisor, eu pensava "Ah, não", mas eram só os porta-esquis que quase todo carro daqui tem. Na verdade, eu nunca vi um carro de polícia em perseguição nem vi ninguém ser preso. Vi policiais de short no shopping, tomando frozen yogurt Ben & Jerry's, e uma equipe da SWAT numa picape. Seis homens vestidos com roupas de camuflagem e com rifles enormes carregados com dardos tranquilizantes perseguindo um filhote de urso no meio da Mapleton Avenue.

Boulder deve ser a cidade mais saudável do país. Aqui não se bebe em festas de fraternidades nem em jogos de futebol. Ninguém fuma, ninguém come carne vermelha nem donuts com cobertura. Você pode andar sozinho à noite e deixar as portas destrancadas. Não há gangues aqui nem racismo. Não há muitas raças aqui, na verdade.

Aquela porcaria de 502. Uma enxurrada de lembranças invade a minha cabeça, apesar de eu estar respirando fundo. O meu primeiro dia de trabalho em U———, o problema no Safeway, o incidente em San Anselmo, a cena com A————.

Agora está tudo bem. Adoro o meu trabalho e meus colegas. Tenho bons amigos. Moro num apartamento bonito, logo abaixo do monte Sanitas. Hoje um sanhaço pousou num galho no meu quintal. Cosmo, o meu gato, estava dormindo ao sol, então não tentou caçá-lo. Sou profundamente grata pela minha vida hoje.

Então, que Deus me perdoe, mas confesso que de vez em quando sinto um impulso diabólico de, bem, esculhambar tudo. Nem acredito que isso me passe pela cabeça, depois de todos aqueles anos de suplício em que o oficial Wong vivia me levando ou para a cadeia ou para a clínica de desintoxicação.

O Educado, era como chamávamos Wong. Chamávamos todos os outros de porcos, uma palavra que jamais poderia ser aplicada ao oficial Wong, que era muito gentil, de fato. Metódico e formal. Nunca havia nenhuma das costumeiras interações físicas entre você e ele como acontecia com os outros. Ele nunca empurrava você de encontro ao carro nem torcia as algemas para machucar o seu pulso. Você ficava lá esperando durante horas enquanto ele preenchia meticulosamente a multa e lia os seus direitos. Antes de algemar você ele dizia "Com licença" e, quando você ia entrar no carro, "Cuidado pra não bater a cabeça".

Era dedicado e honesto, um membro excepcional da polícia de Oakland. Tínhamos sorte de tê-lo no nosso bairro. Hoje, lamento em especial um incidente. Um dos passos do programa dos Alcoólicos Anônimos é fazer reparações às pessoas a quem você tenha prejudicado ou com as quais tenha sido injusta. Acho que fiz a maioria das reparações que pude, mas fiquei devendo uma ao oficial Wong. Fui injusta com ele sem a menor sombra de dúvida.

Na época, eu morava em Oakland, num enorme prédio turquesa na esquina da Alcatraz com a Telegraph. Bem em cima da loja de bebida Alcatel, perto da White Horse e em frente a uma 7-Eleven. Boa localização.

A 7-Eleven era uma espécie de ponto de encontro de velhos beberrões. Embora, ao contrário deles, eu saísse para trabalhar todos os dias, eles esbarravam comigo em lojas de bebida nos fins de semana. Filas em frente à Black and White, que abria às seis da manhã. Discussões tarde da noite com o paquistanês sádico que trabalhava na 7-Eleven.

Todos eles eram amáveis comigo. "Como é que tá essa força, dona Lu?" Às vezes eles me pediam dinheiro, que eu sempre dava, e de vez em quando, depois que perdi o emprego, eu pedia dinheiro a eles. O grupo ia mudando conforme alguns iam para a cadeia, para o hospital, para o beleléu. Os habitués eram Ace, Mo, Little Ripple e The Champ. Esses quatro velhos negros passavam as manhãs na 7-Eleven e as tardes cochilando ou bebendo num Chevrolet Covair azul-piscina desbotado que ficava estacionado no quintal de Ace. A mulher dele, Clara, não deixava que eles fumassem nem bebessem dentro de casa. Inverno ou verão, chuva ou sol, os quatro ficavam lá, sentados dentro do carro. Dormindo como criancinhas em longas viagens de carro, a cabeça apoiada nas mãos entrelaçadas, ou olhando para a frente como se estivessem passeando num domingo, tecendo comentários sobre todo mundo que passava a pé ou de carro, enquanto dividiam uma garrafa de vinho do Porto.

Quando eu descia no ponto de ônibus e vinha subindo a rua, gritava para eles "Como é que tá tudo aí?". "Tudo certinho!" Mo respondia. "Eu tenho o meu vinho!" E Ace complementava: "Sopa no mel, eu tô com o meu moscatel!". Eles perguntavam do meu chefe, aquele bobão do dr. B.

"Pede logo demissão daquela droga de emprego. Arranja uma pensão por invalidez que você merece! Vem ficar aqui com a gente, irmã, passar o tempo com conforto. Você não precisa de emprego nenhum!"

Uma vez Mo disse que eu não estava parecendo muito bem, que talvez eu estivesse precisando de uma detox.

"Detox?", The Champ debochou. "Que detox que nada. Retox! Isso sim!"

The Champ era baixo e gordo, usava um terno azul lustroso, uma camisa branca limpa e um chapéu de jazzista, de copa baixa e coroa reta. Tinha um relógio de bolso dourado preso por uma corrente e estava sempre com um charuto na mão. Os outros três usavam camisa xadrez, macacão e boné dos Oakland Athletics.

Uma sexta-feira eu não fui trabalhar. Devo ter bebido na noite anterior. Não sei aonde eu tinha ido de manhã, mas lembro de ter voltado para casa com uma garrafa de Jim Beam. Estacionei meu carro atrás de uma van, em frente ao meu prédio, mas do outro lado da rua. Subi e fui dormir. Acordei com batidas fortes na minha porta.

"Abra a porta, sra. Moran. É o oficial Wong."

Escondi a garrafa na estante e abri a porta. "Olá, oficial Wong. Em que posso ajudá-lo?"

"A senhora tem um Mazda 626?"

"O senhor sabe que sim."

"Onde está o seu carro, sra. Moran?"

"Bem, aqui dentro é que ele não está."

"Onde a senhora estacionou o veículo?"

"Acho que lá em frente à igreja." Eu não estava conseguindo me lembrar.

"Pense melhor."

"Eu não me lembro."

"Olhe pela janela. O que a senhora vê?"

"Nada. A 7-Eleven. Telefones. Bombas de gasolina."

"Alguma vaga de carro?"

"Sim. Impressionante. Duas vagas! Ah. Eu estacionei o meu carro ali, atrás de uma van."

"A senhora deixou o carro em ponto morto, sem freio de

mão. Quando a van saiu, o seu carro seguiu atrás dela, desceu a Alcatraz em plena hora do rush, depois passou para a outra pista, por muito pouco não colidindo com outros veículos, e subiu na calçada, quase ferindo um homem, a esposa dele e o bebê que estava no carrinho."

"E depois, o que aconteceu?"

"Eu vou levar a senhora para ver o que aconteceu. Venha comigo."

"O senhor pode me dar um instante? Eu quero lavar o rosto."

"Eu vou ficar esperando aqui."

"Por favor, oficial, um pouco de privacidade. Espere do lado de fora, sim?"

Tomei uma dose caprichada de uísque. Escovei os dentes e penteei o cabelo.

Nós dois descemos a rua em silêncio. Dois longos quarteirões. Merda.

"Se o senhor parar para pensar, foi um verdadeiro milagre o meu Mazda não ter batido em nada nem ferido ninguém. O senhor não acha, oficial Wong? Um verdadeiro milagre!"

"Bem, ele bateu em alguma coisa. Foi um milagre nenhum daqueles senhores estar dentro do carro na hora. Eles tinham saído pra ver o seu Mazda deslizando rua abaixo."

O nariz do meu carro estava enfiado no para-lama direito do Chevrolet Corvair. Os quatro velhos estavam parados lá, sacudindo a cabeça. Champ dava baforadas num charuto.

"Graças a Deus você não estava no carro, irmã", disse Mo. "A primeira coisa que eu fiz foi abrir a porta e perguntar 'Cadê ela?'"

O para-lama e a porta do Chevrolet estavam bem amassados. No meu carro, o para-choque, um dos faróis dianteiros e uma seta estavam quebrados.

Ace continuava sacudindo a cabeça. "Espero que a senhora

tenha seguro, dona Lucille. Esse meu carro clássico aqui sofreu umas avaria bem séria."

"Não se preocupe, Ace. Eu tenho seguro. Assim que puder, você me traz um orçamento."

The Champ falou alguma coisa em voz baixa para os outros. Eles tentaram não sorrir, mas não funcionou. Ace disse: "Nós só tava aqui sentado, cuidando da nossa vida, e olha só o que acontece! Meu Deus do céu!".

O oficial Wong estava anotando os números da placa do meu carro e do carro de Ace.

"Esse carro tem motor?", ele perguntou a Ace.

"Este carro aqui é uma peça de museu. Modelo vintage. Não precisa de motor."

"Bem, acho que agora então eu vou tratar de tentar sair daqui de ré sem bater em ninguém", eu disse.

"Ainda não, sra. Moran", disse o oficial Wong. "Eu preciso redigir um auto de infração."

"Auto de infração? Que é isso, oficial? Que absurdo!"

"O senhor não pode passar uma multa pra essa senhora. Ela estava dormindo na hora do incidente!"

Os velhos cercaram o policial, deixando-o nervoso.

"Bem", ele gaguejou, "ela cometeu uma imprudência… imprudência…"

"Não pode ser imprudência ao volante. Ela não estava dirigindo o carro!"

Ele estava tentando pensar. Eles ficaram resmungando e grunhindo. "Absurdo. Vergonha. Contribuintes inocentes. Coitadinha, sozinha e tudo o mais."

"Eu definitivamente estou sentindo cheiro de álcool", disse o oficial Wong.

"Sou eu!", os quatro disseram ao mesmo tempo, bafejando.

"Não, senhor", disse Champ. "Se você não está dirigindo, não pode ser multado por dirigir embriagado!"

"É verdade!"

"Sem dúvida nenhuma."

O oficial Wong olhou para nós com uma expressão de extremo desânimo. O rádio da polícia começou a grasnar. Wong guardou rapidamente o bloco no bolso, deu as costas, correu para o carro de patrulha e se mandou com sirene e luzes ligadas.

O cheque do seguro chegou bem rápido, enviado para mim, mas nominal a Horatio Turner. Os quatro homens estavam sentados dentro do carro quando eu entreguei o cheque a Ace. Mil e quinhentos dólares.

Aquela tarde foi a única vez em que eu me sentei dentro do velho Chevrolet. Tive que deslizar pelo banco atrás de The Champ porque a outra porta não estava abrindo. Little Ripple, que era pequeno, se sentou do outro lado. Todos eles estavam tomando vinho do Porto Gallo, mas trouxeram uma garrafa enorme de cerveja Colt 45 para mim. Fizeram um brinde. "À nossa senhora Lucille!" Foi assim que fiquei conhecida no bairro depois daquele dia.

A parte triste foi que isso aconteceu no início da primavera. O oficial Wong ainda teve que aguentar o resto da primavera e o verão inteiro naquela mesma rota. Todo dia, era obrigado a passar pelos velhos no Chevrolet Corvair, que sorriam e acenavam para ele.

Claro que tive outros encontros com o oficial Wong depois desse. E não foram nem um pouco agradáveis.

Aqui é sábado

O trajeto da prisão municipal até a prisão do condado segue ao longo do topo das colinas acima da baía. A avenida é ladeada de árvores e aquela última manhã estava enevoada, como uma velha pintura chinesa. Nenhum barulho a não ser o dos pneus e o dos limpadores de para-brisa. As correntes que prendiam nossas pernas faziam sons de instrumentos orientais e os prisioneiros vestidos com macacões laranja balançavam juntos como monges tibetanos. Você ri. Bem, eu também ri. Tinha consciência de que eu era o único sujeito branco no ônibus e de que nenhum daqueles outros caras era o dalai-lama. Mas estava lindo. Talvez eu tenha rido porque me senti bobo, vendo aquilo dessa maneira. Karate Kid me ouviu rir. O velho Chaz está com demência alcoólica na certa. A maioria dos homens que estão indo para a prisão agora são só garotos viciados em crack. Eles não se metem comigo, acham que sou só um hippie velho.

A primeira visão da prisão é impressionante. Depois de uma longa subida, você se depara com um vale entre as colinas. O lugar costumava ser o sítio de veraneio de um milionário chamado Spreckles. Os campos em volta da prisão do condado parecem as terras de um castelo francês. Naquele dia havia uma centena de cerejeiras em flor. Marmeleiros floridos. Mais tarde haveria campos de narciso, depois íris.

Em frente à prisão há uma campina onde pasta um rebanho de búfalos. Cerca de sessenta animais. Já havia seis filhotes novos. Por alguma razão, todos os búfalos doentes dos Estados Unidos são enviados para lá. Veterinários cuidam deles e os estudam. Dá para perceber quando os caras do ônibus estão indo para lá pela primeira vez porque todos eles ficam alucinados. "Cacete! Que porra é essa! Será que dão carne de búfalo pra gente comer? Dá só uma olhada nesses filhos da puta."

O presídio e a penitenciária feminina, a oficina de carros e as estufas. Ninguém, nenhuma outra casa, então parece que de repente você está numa velha pradaria, iluminada por raios de sol em meio à neblina. O ônibus sempre assusta os búfalos, apesar de aparecer por ali uma vez por semana. Os bichos fogem em disparada, galopando em direção às colinas verdes. Como um turista num safári, eu estava torcendo para conseguir avistar os campos.

O ônibus nos deixou na entrada da cela de triagem do subsolo, onde ficamos esperando para sermos registrados. Uma longa espera e mais uma revista íntima. "Chaz, vê se não ri agora, hein", Karate Kid disse. Ele me contou que CD estava lá, que ele tinha sido violado. A língua da prisão é que nem espanhol. O copo quebra a si próprio. Você não viola sua liberdade condicional. A polícia é que viola você.

A gangue de Sunnyvale tinha acertado um tiro em Chink. Eu não sabia disso. Sabia que CD adorava o irmão dele, um dos chefões do tráfico em Mission. "Que merda", eu disse.

"Nem fala. Todo mundo já tinha se mandado quando a polícia chegou, menos o CD, que estava lá segurando a cabeça do

Chink. A única coisa que eles tinham contra ele era violação da condicional. Seis meses. Pode ser que ele fique aqui uns três. E aí ele vai atrás daqueles filhos da puta."

Eu dei sorte e peguei o terceiro andar (mas sem vista), uma cela só com dois garotos carrancudos e Karate, que eu conheço da rua. Só tinha mais três outros caras brancos no andar, então eu fiquei feliz por Karate estar comigo. As celas eram feitas para duas pessoas. Normalmente ficam seis homens em cada uma; mais dois viriam para a nossa cela dali a uma semana. Kid passava o tempo levantando pesos e praticando chutes, golpes e sei lá mais o que que ele faz.

Quando chegamos aqui, o chefe da carceragem era Mac. Ele vive buzinando a ladainha dos AA no meu ouvido. Mas ele sabe que eu gosto de escrever e me trouxe um bloco amarelo e uma caneta. Disse que tinha visto que eu tinha sido condenado por arrombamento e roubo, que eu ia ficar ali por algum tempo. "Quem sabe desta vez você não cumpre o quarto passo, Chaz?" Isso é quando você admite todos os seus erros.

"É melhor você me trazer mais uns dez blocos", eu disse para ele.

Qualquer coisa que você diga sobre a prisão é clichê. A humilhação. A espera, a brutalidade, o fedor, a comida, as horas intermináveis. Não dá para descrever o barulho incessante e ensurdecedor.

Durante dois dias eu tive tremedeiras medonhas. Uma noite eu devo ter tido uma convulsão, ou então cinquenta caras me deram uma surra enquanto eu dormia. Acordei com o lábio cortado, alguns dentes quebrados, manchas roxas e pretas por todo lado. Tentei ir para a enfermaria, mas nenhum dos guardas deixou.

"Você nunca mais vai precisar passar por isso", disse Mac. Pelo menos me deixaram ficar na minha cama. CD estava em outro andar, mas durante os exercícios eu o via no pátio, fumando com outros caras, ouvindo enquanto eles riam. A maior parte do tempo ele ficava andando por lá sozinho.

É estranho como certas pessoas têm poder. Os piores filhos da puta da prisão se curvavam a CD, só pelo modo como eles abriam espaço para ele passar. Ele não é enorme como o irmão, mas tem a mesma força e frieza. Os dois são filhos de mãe chinesa e pai negro. CD tem um rabo de cavalo comprido, que desce pelas costas, e uma cor estranha, como uma velha fotografia sépia, chá preto com leite.

Às vezes ele me lembra um guerreiro massai, outras vezes um buda ou um deus maia. É capaz de ficar parado, sem mexer um músculo, sem piscar um olho, durante meia hora. Tem a indiferença calma de um deus. Eu provavelmente estou parecendo maluco ou bicha. Mas ele tem esse efeito em todo mundo.

Conheci CD na prisão do condado quando ele tinha acabado de fazer dezoito anos. Era a primeira vez tanto dele quanto minha ali. Fui eu que despertei o interesse dele por livros. A primeira vez que ele se apaixonou pelas palavras foi com *The Open Boat* de Stephen Crane. Toda semana, o homem da biblioteca vinha e a gente devolvia os livros que tinha lido e pegava outros. Os latinos usam uma língua complicada de sinais para se comunicar aqui dentro. Eu e CD começamos a falar em livro. *Crime e castigo*, *O estrangeiro*, Elmore Leonard. Fui em cana outra vez quando ele também estava lá e daí foi ele que me apresentou autores novos.

Fora da prisão, eu às vezes esbarrava com ele na rua. Ele sempre me dava dinheiro, o que era constrangedor, mas eu estava lá pedindo esmola mesmo, então nunca recusei. A gente se sentava num banco de ponto de ônibus e ficava conversando. CD já leu mais que eu a essa altura. Está com vinte e dois anos. Tenho trinta e dois, mas as pessoas sempre me dão muito mais. Eu me sinto como se tivesse uns dezesseis. Estou bêbado desde essa época, então muita coisa passou batida por mim. Não vi o Watergate, graças a Deus. Ainda falo como hippie, digo coisas como "curtição" e "que viagem".

Willie Clampton me acordou batendo na grade da minha cela quando os prisioneiros do andar voltaram do pátio. "E aí, Chaz, como é que tá? O CD mandou um bem-vindo ao lar pra você."

"Diga aí, Willie, tudo bem?"

"Tudo. Mais uns dois *Soul Trains* e eu pulo fora daqui. Cara, vocês dois têm que entrar pro curso de escrita. Tem uns cursos do cacete agora aqui. Música, cerâmica, teatro, pintura. Eles até deixam a mulherada lá do presídio feminino vir aqui pra fazer os cursos. Adivinha quem tá na turma, Kid. A Dixie. Palavra de honra."

"Não brinca. O que é que a Dixie tá fazendo na prisão?"

Karate Kid já tinha sido cafetão da Dixie. Agora ela tinha o próprio negócio feminista dela, mulheres e cocaína para advogados importantes, administradores do condado. Fosse qual fosse a razão da cana, ela com certeza não iria demorar para cair fora. Dixie tinha uns quarenta anos, mas ainda era bonita. Na rua, você a tomaria por uma compradora de alguma loja de departamentos chique, feito a Neiman Marcus. Ela nunca dava bandeira de que me conhecia, mas sempre me dava cinco ou dez dólares e um grande sorriso. "Agora, rapaz, você trata de usar esse dinheiro pra comprar um café da manhã bom e nutritivo."

"O que é que você escreve?"

"Contos, raps, poemas. Saca só o poema que eu fiz:

Carros de polícia passam em sucessão
Se bater eles nem ligam
Preto com preto não dá pra ver não

e

Dois pacotinhos de açúcar molhado
Por um cigarro
Isso é que é negócio bem fechado."

Karate e eu caímos na gargalhada.

"Riam, filhos da puta, podem rir. Escutem este."

E não é que ele recitou um soneto de Shakespeare. Willie. Sua voz grossa se elevando acima da barulheira insana da prisão.

"*Shall I compare thee to a summer's day? Thou art more lovely and more temperate…*"

"A professora é branca, velha. Mais velha que a minha avó. Mas ela é legal. Usa umas botas Ferragamo. No primeiro dia ela estava usando o perfume Chanel. Ela não acreditou que eu conhecia. Agora ela está usando perfumes diferentes. Eu conheço todos. Opium, Ysatis, Joy. O único que eu não identifiquei foi o Fleurs de Rocaille."

A pronúncia dele parecia perfeita. Karate e eu nos escangalhamos de rir dele e do seu Fleurs de Rocaille.

Na verdade, uma coisa que você escuta muito na prisão é risada.

Esta não é uma prisão normal. Eu já estive em prisões normais, Santa Rita, Vacaville. É um milagre que eu ainda esteja vivo. A prisão do condado número 3 até apareceu no *60 Minutes* de tão progressista que é. Oferece treinamento em computação, mecânica, impressão. Tem uma escola famosa de horticultura.

A gente fornece verduras para o Chez Panisse, Stars e outros restaurantes. Foi aqui que eu fiz meu supletivo.

O diretor da prisão, Bingham, é fora de série. Para começar, ele é ex-presidiário. Matou o pai. Cumpriu uma pena pesada. Quando saiu da prisão, entrou para a faculdade de direito e decidiu mudar o sistema prisional. O cara entende de prisão.

Hoje em dia ele teria se safado, conseguido legítima defesa por ser vítima de maus-tratos. Nossa, eu poderia ter me livrado de homicídio doloso fácil, fácil, era só falar para o júri como era a minha mãe. Contar histórias sobre o meu pai. Porra, eu poderia ter virado um Zodíaco!

Vão construir uma prisão nova, ao lado desta. Bingham diz que esta prisão é igual à rua. Tem a mesma estrutura de poder, os mesmos comportamentos, brutalidade, drogas. A nova prisão vai mudar tudo isso. Você não vai querer voltar, ele diz. Reconheçam, alguns de vocês gostam de voltar para cá, ter um pouco de descanso.

Eu me inscrevi no curso só para me encontrar com CD. A sra. Bevins disse que ele já tinha falado de mim.

"Desse véio bebum? Ah, mas aposto que a senhora ouviu um bocado de coisa sobre mim. Eu sou o Karate Kid. Aquele que vai fazer a senhora sorrir. Que vai botar mais vida na sua batida. Mais molejo no seu sacolejo."

Um escritor chamado Jerome Washington escreveu sobre isso de dar uma de tio Tom. Falar língua de negro com os brancos. Coisas como "Eu tavo tão rico que tinha grana dentro dos meu dois sapato". Mas, é verdade, a gente adora isso. A professora estava rindo.

"É melhor ignorar esse daí", Dixie disse. "Ele não tem jeito."

"Não, senhora, nada disso. Pode me incentivar à vontade."

A sra. Bevins pediu que eu e Karate respondêssemos a um questionário enquanto os outros alunos liam os trabalhos deles em voz alta. Eu pensei que as perguntas fossem ser sobre a nossa formação escolar e a nossa ficha policial, mas eram coisas como "Descreva o seu quarto ideal", "Você é um toco de árvore. Descreva a si mesmo como um toco".

Estávamos escrevendo freneticamente, mas eu também fiquei ouvindo a história que Marcus estava lendo. Marcus é índio, um cara violento, um criminoso barra-pesada. Mas ele escreveu uma boa história, sobre um garotinho que vê o pai ser espancado por uns caipiras racistas. O nome do conto era "Como me tornei um cherokee".

"É um bom conto", ela disse.

"O conto é uma merda. Já era uma merda quando eu li pela primeira vez sei lá onde. Eu nunca conheci meu pai. Só li isso porque imaginei que era o tipo de babaquice que você quer da gente. Aposto que você até goza pensando em como ajuda a turma aqui, pobres vítimas da sociedade, a entrar em contato com os nossos sentimentos."

"Eu estou me lixando para os seus sentimentos. Estou aqui para ensinar escrita. Na verdade, você pode mentir e mesmo assim dizer a verdade. O conto é bom e soa verdadeiro, não importa de onde tenha vindo."

Ela estava recuando em direção à porta enquanto falava. "Eu detesto vítimas", continuou. "E com certeza não quero ser uma vítima sua." Ela abriu a porta e falou para os guardas levarem Marcus para a cela dele.

"Se esse curso funcionar, o que nós vamos fazer é confiar nossa vida uns aos outros", ela disse. Depois, explicou para mim e para Karate que a tarefa proposta tinha sido escrever sobre dor. "Leia a sua história, por favor, CD."

Quando ele terminou de ler, a sra. Bevins e eu sorrimos um para o outro. CD também sorriu. Foi a primeira vez na vida que vi CD sorrir de verdade; seus dentes eram brancos e pequenininhos. A história era sobre um rapaz e uma moça que estão olhando para a vitrine de um brechó em North Beach. Eles ficam falando sobre os objetos da vitrine, uma velha fotografia de uma noiva, uns sapatinhos, uma almofada bordada.

O modo como ele descreve a moça, seus pulsos finos, a veia azul na testa, sua beleza e inocência, é de partir o coração. Kim estava chorando. Ela é uma jovem prostituta de Tenderloin, uma putinha malvada.

"É bem legal, mas não é sobre dor", disse Willie.

"Eu senti dor", Kim disse.

"Eu também", disse Dixie. "Eu daria qualquer coisa pra que alguém me visse dessa maneira."

Todo mundo começou a discutir, dizendo que a história era sobre felicidade, não sobre dor.

"É sobre amor", disse Daron.

"Amor? Não mesmo. O cara nem toca nela."

A sra. Bevins falou para a gente reparar em todas as lembranças de pessoas mortas. "O pôr do sol está refletido no vidro. Todas as imagens são sobre a fragilidade da vida e do amor. Aqueles pulsos minúsculos. A dor está na consciência de que a felicidade não vai durar."

"É", disse Willie, "só que nesse conto ele está recompondo a moça."

"Como é que é, neguinho?"

"Isso é de Shakespeare, meu irmão. É o que a arte faz. Ela congela a felicidade dele. O CD pode recuperar isso a qualquer momento, é só ler a história de novo."

"É, mas ele não pode trepar com ela."

"Você entendeu perfeitamente, Willie. Eu juro que essa turma capta melhor as coisas do que qualquer outra turma que eu já tive", a professora disse. Outro dia, ela disse que existia pouca diferença entre a mente de um criminoso e a mente de um poeta. "É uma questão de melhorar a realidade, de criar a nossa própria verdade. Vocês têm olho para os detalhes. Dois minutos numa sala e vocês já esquadrinharam tudo e todo mundo. Vocês todos sacam quando uma coisa é mentira."

As aulas tinham quatro horas de duração. A gente falava enquanto escrevia, quando não estava lendo os nossos trabalhos ou ouvindo coisas que ela lia. Falava um com o outro, com ela, sozinho. Shabazz disse que aquilo lembrava a escola dominical quando ele era criança. Eles ficavam colorindo figuras de Jesus e conversando baixinho exatamente como a gente fazia ali. Shabazz é um fanático religioso, preso por bater na esposa e nos filhos. Seus poemas são um cruzamento de rap com Cântico dos Cânticos.

O curso de escrita mudou a minha amizade com Karate Kid. A gente escrevia toda noite na nossa cela e lia as nossas histórias um para o outro, se revezava lendo em voz alta. Lemos "Sonny's Blues" de James Baldwin. "Olhos mortos de sono" de Tchékhov.

Parei de me sentir inibido depois do primeiro dia, lendo em voz alta "Meu toco". Meu toco era o único que tinha sobrado numa floresta incendiada. Estava preto e morto e, quando o vento soprava, pedaços de carvão se esfarelavam e caíam.

"O que temos aqui?", ela perguntou.

"Depressão clínica", disse Daron.

"Temos um hippie acabado", disse Willie.

Dixie riu e disse: "Eu vejo uma imagem muito negativa do corpo".

"O texto está muito bem escrito", disse CD. "Eu realmente senti a tristeza e a falta de esperança dele."

"É verdade", disse a sra. Bevins. "As pessoas sempre falam pra você dizer a verdade ao escrever. O fato é que é difícil mentir. A tarefa parece boba… se imaginar como um toco. Mas isso foi sentido de um modo profundo. Eu vejo um alcoólatra que está farto, que não aguenta mais. Esse toco é como eu teria descrito a mim mesma antes de parar de beber."

"Depois de quanto tempo sóbria a senhora começou a se sentir diferente?", eu perguntei. Ela disse que funcionava na ordem inversa. Primeiro tive que acreditar que eu tinha jeito, depois consegui parar.

"Ei", disse Daron, "se eu quisesse ouvir essa merda me inscrevia nas reuniões dos AA."

"Desculpe", ela disse. "Mas me façam um favor, todos vocês. Não respondam em voz alta, mas perguntem a si mesmos se na última vez, ou nas últimas vezes, em que vocês foram presos, por que quer que tenha sido, por acaso vocês estavam bêbados ou drogados?." Silêncio. Pegos no flagra. Todo mundo riu. Dwight disse: "Sabe aquele grupo MCMB, Mães Contra Motoristas Bêbados? A gente tem nosso próprio grupo: BCM. Bêbados Contra Mães".

Willie saiu da prisão duas semanas depois de eu ter chegado. Ficamos com pena por ele não estar mais com a gente. Duas das mulheres da turma se engalfinharam, então só sobraram Dixie, Kim, Casey e seis homens. Sete quando Vee de la Rangee entrou no lugar de Willie. Era um travesti franzino, feioso e cheio de espinhas, com permanente no cabelo pintado de louro, com raízes pretas. Usava uma presilha plástica de embalagem de pão no nariz como se fosse uma argola e mais umas vinte em volta de cada orelha. Daron e Dwight davam a impressão de que seriam capazes de matar o sujeito. Ele disse que tinha escrito alguns poemas. "Leia um para nós."

Era uma fantasia exuberante e violenta sobre o mundo dos travestis viciados em heroína. Depois que ele terminou de ler, ninguém disse uma palavra. Por fim, CD disse: "Troço poderoso, hein. Lê outro". Foi como se CD tivesse dado permissão a todo mundo para aceitar o cara. Vee se soltou a partir daí e, na aula seguinte, já estava se sentindo em casa. Dava para ver quanto aquilo era importante para ele, ser ouvido. Na verdade, eu também me sentia assim. Cheguei até a ter coragem de escrever sobre o dia em que o meu cachorro morreu. Não estava nem me importando se eles rissem, mas ninguém riu.

Kim não escrevia muito. Vários poemas cheios de remorso sobre a filha que tinha sido tirada dela. Dixie escrevia coisas sarcásticas em torno do tema "A depravação é uma curtição". Casey era fantástica. Escrevia sobre ser viciada em heroína. Os textos dela realmente mexiam comigo. A maioria dos caras daqui vendia crack, mas ou não consumia muito ou era jovem demais para saber o que anos e anos voltando ao inferno voluntariamente podem fazer com você. A sra. Bevins sabia. Ela não falava muito sobre isso, mas falava o suficiente para que parecesse fantástico ela ter parado.

Todo mundo escrevia algumas coisas boas. "Isso é maravilhoso!", a sra. Bevins disse uma vez para Karate. "Você fica melhor a cada semana que passa."

"Sério? Então, fessora, eu sou tão bom quanto o CD?"

"Escrever não é uma competição. O que você faz é só o seu próprio trabalho cada vez melhor."

"Mas o CD é o seu favorito."

"Eu não tenho um queridinho. Tenho quatro filhos e um sentimento diferente por cada um deles. Com vocês é a mesma coisa."

"Mas a senhora não fica falando pra gente voltar a estudar, tentar arranjar uma bolsa de estudos. A senhora vive botando pilha pro CD mudar de vida."

"Ela faz isso com todo mundo", eu disse, "menos com a Dixie. Mas ela é sutil. Eu posso parar de beber, quem sabe? De qualquer forma, o CD é o melhor. Todo mundo sabe disso. No primeiro dia que eu cheguei aqui, eu vi o CD lá no pátio. Sabe o que eu pensei? Eu pensei que ele parecia um deus."

"Se ele parece um deus eu não sei", disse Dixie, "mas ele tem carisma. Não é verdade, sra. Bevins?"

"Ah, dá um tempo", disse CD.

A sra. Bevins sorriu. "Está bem, eu admito. Acho que todo professor vê isso de vez em quando. Não é só inteligência ou talento. É uma nobreza de espírito. Uma qualidade que pode fazer com que ele seja excepcional no que quer que ele queira fazer."

Ficamos em silêncio depois disso. Acho que todo mundo ali concordava com ela. Mas a gente também ficou com pena dela. Sabíamos o que CD queria fazer, o que ele ia fazer.

Voltamos ao trabalho, escolhendo textos para a nossa revista. A sra. Bevins ia mandar fazer a composição tipográfica e depois a gráfica da prisão ia imprimir.

Ela e Dixie estavam rindo. As duas adoravam fofocar. Agora elas estavam trocando impressões sobre alguns dos carcereiros. "Ele é do tipo que não tira as meias", disse Dixie. "Exatamente. E passa fio dental antes."

"Nós precisamos de mais textos em prosa. Eu trouxe uma tarefa pra semana que vem, vamos ver o que vocês conseguem." Ela distribuiu uma lista de títulos retirados de um caderno de Raymond Chandler. Cada um de nós tinha que escolher um. Eu escolhi *Nós todos gostávamos de Al.* Casey gostou de *Tarde demais para sorrir*. CD gostou de *Aqui é sábado*. "Na verdade", ele disse, "eu acho que a gente devia dar esse nome pra nossa revista."

"A gente não pode", disse Kim. "A gente prometeu pro Willie que ia usar o título dele: *Pelos olhos de um gato.*"

"Então, o que eu quero são duas ou três páginas conduzindo a um cadáver. Não nos mostrem o cadáver em si. Não nos digam que vai haver um cadáver. Terminem a história nos dando a entender que vai haver um cadáver. Entendido?"

"Entendido."

"Hora de ir, senhores", o guarda disse, abrindo a porta.

"Vem cá, Vee." Ela lançou um jato de perfume nele antes de mandá-lo de volta lá para cima. O andar dos homossexuais era bem deprimente. Metade dos prisioneiros de lá era de velhos beberrões senis, o resto era gay.

Escrevi um conto ótimo. Saiu na revista e eu ainda o leio toda hora. Era sobre Al, o meu melhor amigo. Ele está morto agora. Só que a professora disse que eu não cumpri a tarefa direito, porque contei que eu e a senhoria encontramos o corpo de Al.

Kim e Casey escreveram a mesma história terrível. A de Kim era sobre o pai, que batia nela, e a de Casey sobre um cliente sádico. Você sabia que elas iam acabar matando os caras. Dixie escreveu uma boa história sobre uma mulher presa numa solitária. Ela tem um ataque de asma horrível, mas ninguém a ouve. O terror e a escuridão absoluta. Então, há um terremoto. Fim.

Não dá para imaginar como é estar na prisão durante um terremoto.

CD escreveu sobre o irmão. A maioria das histórias que CD vinha escrevendo era sobre o irmão na época em que os dois eram pequenos. Sobre os anos em que eles tinham ficado separados um do outro em diferentes lares de criação. Sobre como eles se reencontraram por acaso, em Reno. Essa história agora se passava no distrito de Sunnyvale. CD a leu em voz baixa. Nenhum de nós se mexia. Era sobre a tarde e a noite que antecederam a morte de Chink. Os detalhes sobre o encontro das duas gangues. Terminava com disparos de Uzi e com CD virando a esquina.

Os pelos do meu braço ficaram arrepiados. A sra. Bevins estava pálida. Ninguém tinha contado para ela que o irmão de CD estava morto. Não havia uma palavra sobre o irmão no conto.

Para você ver como era bom. A história era tão envolvente e tensa que só havia um final possível. A sala ficou em silêncio até que, por fim, Shabazz disse: "Amém". O guarda abriu a porta. "Hora de ir, senhores." Os outros guardas ficaram esperando as mulheres enquanto a gente saía em fila.

CD estava programado para sair da prisão dois dias depois do último dia de aula. As revistas ficariam prontas para o último dia e haveria uma grande festa. Uma exposição de arte e uma apresentação musical feita pelos prisioneiros. Casey, CD e Shabazz iam ler. Todo mundo ia receber exemplares de *Pelos olhos de um gato*.

Estávamos empolgados com a revista, mas não fazíamos ideia de como seria. Ver nossos trabalhos impressos. "Cadê o CD?", a professora perguntou. Não sabíamos. Ela deu vinte exemplares para cada um. Lemos nossos textos em voz alta, aplaudindo uns aos outros. Depois, ficamos lá sentados, lendo e relendo em silêncio nossos próprios trabalhos.

A aula foi curta por causa da festa. Um bando de carcereiros entrou e abriu as portas entre a nossa sala e a sala da turma de artes. Ajudamos a arrumar as mesas para a comida. As pilhas da nossa revista ficaram bonitas em cima da mesa. Verde sobre a toalha de papel roxa. O pessoal da horticultura trouxe enormes buquês de flores. As pinturas dos alunos estavam nas paredes, as esculturas em pedestais. Uma banda estava se preparando para tocar.

Primeiro uma banda tocou, depois vieram as nossas leituras e depois a outra banda. A leitura correu muito bem e a música estava ótima. Os caras da cozinha trouxeram comida e refrigerantes e todo mundo entrou na fila. Havia dezenas de guardas lá, mas todos eles também pareciam estar se divertindo. Até Bingham apareceu por lá. Todo mundo estava lá menos CD.

A professora estava conversando com Bingham. O cara é bem bacana. Eu vi que ele fez que sim com a cabeça e chamou um guarda. Saquei que ele tinha deixado ela subir até as celas.

Ela não demorou para voltar, mesmo tendo que subir todas aquelas escadas e passar por seis portões de aço que ficavam trancados. Ela se sentou, parecia que estava passando mal. Levei uma lata de Pepsi para ela.

"A senhora falou com ele?"

Ela fez que não com a cabeça. "Ele estava deitado debaixo de uma coberta, não quis me responder. Eu enfiei as revistas por entre as grades. É horrível lá em cima, Chaz. A janela da cela dele está quebrada, a chuva está caindo lá dentro. O fedor. As celas são tão pequenas e escuras."

"Ei, aquilo está um paraíso agora. Não tem ninguém lá. Imagine aquelas celas com seis caras dentro."

"Cinco minutos, senhores!"

Dixie, Kim e Casey se despediram dela com abraços. Nenhum de nós, homens, disse tchau. Eu não consegui nem olhar para ela. Mas a escutei dizer: "Se cuide, Chaz".

Acabei de me dar conta de que estou fazendo aquela última tarefa de novo. E de novo estou fazendo errado, mencionando o corpo, contando a você que mataram CD no dia em que ele saiu da prisão do condado.

B. F. e eu

Gostei dele de cara, só de falar com ele pelo telefone. Voz rouca, relaxada, com um sorriso e sexo nela, você sabe o que eu quero dizer. Como é que a gente lê as pessoas pela voz, afinal? A moça do serviço de informações da companhia telefônica é autoritária e condescendente e nem é uma pessoa de verdade. E aquele sujeito da empresa de TV a cabo que diz que a nossa ligação é muito importante para eles e que eles querem nos agradar, dá para ouvir o sarcasmo na voz dele.

Eu já trabalhei como telefonista num hospital. Passava o dia inteiro falando com vários médicos que eu nunca via. Todas nós tínhamos os nossos favoritos e aqueles que não suportávamos. Nenhuma jamais tinha visto o dr. Wright, mas a voz dele era tão macia e tranquila que todas nós éramos apaixonadas por ele. Se tínhamos que passar um bipe para ele, cada uma botava um dólar em cima da mesa telefônica, corria para atender ligações para ser aquela que ia falar com ele, ficar com o dinheiro e dizer: "*Ooo-lááá*, dr. Wright. A UTI está chamando o senhor, doutor". Nunca cheguei a conhecer o dr. Wright pessoalmente, mas quando fui trabalhar na emergência acabei conhecendo todos os outros médicos com quem tinha falado pelo telefone. Logo descobri que eles eram exatamente como imaginávamos. Os melhores médicos eram aqueles que atendiam as ligações prontamente, eram claros e educados; os piores eram os que costumavam berrar com a gente e dizer coisas como "Será possível que estejam contratando retardadas como telefonistas?". Eram esses que deixavam o setor de emergência atender os pacientes deles, que mandavam encaminhar os pacientes do Medicaid para o hospital do condado. Era impressionante como os que tinham voz sexy eram igualmente sexy na vida real. Mas, não, eu não sei descrever o que na voz das pessoas passa a impressão de que elas acabaram de acordar ou estão loucas para ir para a cama. Pense na voz de Tom Hanks. Esqueça. Está bem, agora pense na de Harvey Keitel. E se você não acha que Harvey é sexy basta fechar os olhos.

Pois bem, eu tenho uma voz muito agradável. Sou uma mulher forte, durona até, mas todo mundo acha que eu sou muito gentil por causa da minha voz. Soo jovem apesar de ter setenta anos. Caras da Pottery Barn flertam comigo. "Ei, aposto que você vai adorar rolar nesse tapete." Coisas desse tipo.

Tenho tentado arranjar alguém para ladrilhar o chão do meu banheiro. As pessoas que botam anúncios em jornais se oferecendo para fazer serviços avulsos, pintura etc. não parecem realmente querer trabalhar. Todas elas estão muito ocupadas no momento ou uma secretária eletrônica atende com uma música do Metallica ao fundo e ninguém liga de volta quando você deixa recado. Depois de seis tentativas, B. F. foi o único que disse que viria até a minha casa. Ele atendeu o telefone: É, aqui é o B. F. Então eu disse: Oi, aqui é a L. B. E ele riu, bem devagar. Eu disse que estava procurando alguém para ladrilhar o chão do meu banheiro e ele disse que ele era o homem que eu estava procurando. Podia vir a qualquer hora. Imaginei que ele fosse um garotão de uns vinte e poucos anos, boa-pinta, com tatuagens e cabelo espetado, uma picape e um cachorro.

Ele não apareceu no dia combinado, mas ligou no dia seguinte, disse que tivera um imprevisto e perguntou se poderia vir naquela tarde. Eu disse claro, pode vir. Mais tarde naquele dia eu vi a picape, ouvi batidas na minha porta, mas levei um tempo para chegar até lá. Tenho uma artrite braba e também costumo me enrolar na mangueira do meu tanque de oxigênio. Já vai!, gritei.

B. F. estava apoiado na parede e no corrimão, arfando e tossindo depois de ter subido os três degraus. Era um homem enorme, alto, muito gordo e muito velho. Mesmo enquanto ele ainda estava do lado de fora, tentando recuperar o fôlego, eu já estava sentindo o cheiro dele. Tabaco e lã suja, suor fedorento de alcoólatra. Ele tinha olhos azul-bebê injetados que sorriam. Gostei dele de cara.

Ele disse que provavelmente estava precisando de um pouco daquele meu oxigênio. Respondi que ele devia arranjar um tanque, mas ele disse que tinha medo de se explodir fumando. Entrou e foi andando em direção ao banheiro. Não era como se eu precisasse mostrar para ele onde ficava. Moro num trailer e não há mesmo muitos lugares onde possa haver um banheiro. Mas ele simplesmente rumou para lá pisando forte, balançando o trailer enquanto andava. Fiquei vendo B. F. medir o banheiro durante um tempo, depois fui me sentar na cozinha. Continuei sentindo o cheiro dele de lá. Aquela sua catinga era como uma madeleine para mim, trazendo de volta vovô e tio John, para começar.

Cheiros ruins podem ser agradáveis. Um leve odor de cangambá na floresta. Bosta de cavalo nas pistas de corrida. Uma das melhores coisas de visitar os tigres no zoológico é sentir aquele fedor de fera. Em touradas, eu sempre gostei de sentar lá no alto, para ver tudo, como na ópera, mas se você senta perto da *barrera* dá para sentir o cheiro do touro.

B. F. era exótico para mim simplesmente porque estava bem sujo. Eu moro em Boulder, onde não existe sujeira. Não existem pessoas sujas. Até os praticantes de corrida daqui parecem ter acabado de sair do chuveiro. Fiquei me perguntando onde será que ele bebia, porque eu também nunca vi nenhum pé-sujo em Boulder. B. F. parecia ser do tipo que gosta de beber conversando.

Ele estava falando sozinho no banheiro, grunhindo e arfando enquanto se abaixava até o chão para medir o armário de toalhas. Quando içou o corpanzil para se pôr de pé de novo, com um PUTA MERDA, eu juro que a casa inteira oscilou para trás e para a frente. Ele saiu do banheiro e me disse que eu precisava de quatro metros quadrados de ladrilho. Dá pra acreditar?, eu disse. Eu comprei quatro e meio! Bem, você tem bom olho. Dois bons olhos. Ele sorriu com uma dentadura amarela.

"Você só vai poder entrar lá depois de setenta e duas horas", ele disse.

"Isso é maluquice. Eu nunca ouvi falar numa coisa dessas."

"Bem, o certo é isso. Os ladrilhos precisam assentar."

"Nunca na minha vida eu ouvi alguém dizer: 'Eu fui pra um hotel enquanto os ladrilhos assentavam'. Ou 'Posso ficar na sua casa enquanto os meus ladrilhos assentam?'. Nunca ouvi ninguém dizer nada parecido."

"Isso é porque geralmente as pessoas que revestem o chão de ladrilho têm dois banheiros."

"E o que as pessoas que só têm um banheiro fazem?"

"Ficam com o tapete."

O tapete já estava lá quando eu comprei o trailer. Era laranja e estava surrado e manchado.

"Eu não suporto aquele tapete."

"Eu entendo. O que eu estou dizendo é que você só tem que evitar pisar nos ladrilhos durante setenta e duas horas."

"Eu não tenho como fazer isso. Tomo Lasix por causa do coração. Vou ao banheiro umas vinte vezes por dia."

"Bom, então você entra lá, mas se os ladrilhos saírem do lugar não venha botar a culpa em mim, porque eu assento ladrilhos muito bem."

Combinamos um preço pelo serviço e ele disse que viria na sexta-feira de manhã. Estava na cara que ele tinha ficado dolorido depois de se abaixar. Ofegante, ele foi manquejando até lá fora, parando para se apoiar na bancada da cozinha e depois na estufa na sala. Fui andando atrás dele até a porta, fazendo as mesmas pausas para descansar. Ao pé da escada, ele acendeu um cigarro e sorriu para mim. Foi um prazer te conhecer. O cachorro dele esperava pacientemente na picape.

Ele não veio na sexta e também não telefonou. No domingo, eu liguei para o número dele. Ninguém atendeu. Encontrei a folha de jornal com todos os outros números de telefone. Ninguém atendeu em nenhum deles também. Imaginei um bar de filme de faroeste repleto de assentadores de ladrilho, todos segurando garrafas, cartas ou copos, cabeça adormecida em cima da mesa.

Ele ligou ontem. Eu disse alô e ele, "Oi, L. B., tudo bem?".

"Tudo, B. F. Eu estava aqui pensando se algum dia ia voltar a te ver."

"Que tal se eu passar aí amanhã?"

"Por mim, tá ótimo."

"Por volta das dez, pode ser?"

"Pode, claro", eu disse. "A qualquer hora."

Espere um instante

Suspiros, o ritmo dos nossos batimentos cardíacos, as contrações do parto, orgasmos, tudo entra no mesmo compasso como relógios de pêndulo postos um ao lado do outro logo batem em uníssono. Vaga-lumes numa árvore acendem e apagam ao mesmo tempo. O sol se levanta e se põe. A lua cresce e míngua e geralmente o jornal da manhã pousa em frente à porta às seis e trinta e cinco.

O tempo para quando alguém morre. Claro que para para quem morre, talvez, mas para quem fica de luto o tempo entra em parafuso. A morte vem cedo demais. Ela esquece das marés, dos dias que estão ficando mais curtos ou mais longos, da lua. Rasga o calendário. Você não está diante da sua mesa, nem no metrô, nem preparando o jantar das crianças. Você está lendo *People* na sala de espera de um centro cirúrgico, ou tremendo de frio numa varanda fumando a noite inteira. Você está olhando para o vazio, sentado no seu quarto de criança com o globo em cima da mesa. Pérsia, Congo Belga. O lado ruim é que, quando você volta à sua vida normal, todas as rotinas, todos os marcos do dia ficam parecendo mentiras sem sentido. Tudo é suspeito, tudo é um truque para nos acalmar, nos ninar e nos restituir à plácida inexorabilidade do tempo.

Quando alguém tem uma doença terminal, a reconfortante agitação do tempo é estilhaçada. Rápido demais, não dá tempo, eu te amo, preciso terminar isso, diga aquilo para ele. Espere um instante! Eu quero explicar. Onde é que está o Toby, afinal? Ou então o tempo se torna sadicamente lento. A morte só fica ali, pairando, enquanto você espera que anoiteça e depois que amanheça. Todo dia você se despede um pouco. Ah, pelo amor de Deus, acaba com isso de uma vez. Você não para de olhar para o quadro de Chegadas e Partidas. As noites são intermináveis porque você acorda com qualquer tossezinha ou soluço, depois fica acordada ouvindo a pessoa respirar suavemente, como uma criança. Em tardes passadas ao lado de uma cama, você sabe que horas são pela passagem da luz do sol, agora na Virgem de Guadalupe, agora no nu a carvão, no espelho, na caixa de joias trabalhada, ofuscante no frasco de Fracas. O vendedor de *camote* apita na rua lá embaixo e então você ajuda sua irmã a ir para a sala para assistir às notícias da Cidade do México e depois às notícias dos Estados Unidos com Peter Jennings. Os gatos vêm se sentar no colo dela. Ela tem um tanque de oxigênio, mas mesmo assim o pelo deles dificulta sua respiração. "Não! Não os leve embora. Espere um instante."

Toda noite, depois dos noticiários, Sally chorava. Debulhava-se em lágrimas. Provavelmente não era um choro demorado, mas, na dobra temporal da doença dela, era interminável, dolorido e rouco. Não consigo me lembrar se, no início, minha sobrinha Mercedes e eu chorávamos com ela. Acho que não. Nem eu nem ela somos muito de chorar. Mas nós a abraçávamos e beijávamos, cantávamos para ela. Tentávamos fazer piadas. "Talvez fosse melhor a gente ver o noticiário do Tom Brokaw." Fazíamos sucos, chás e chocolate quente para ela. Não lembro quando exatamente ela parou de chorar, pouco antes de morrer, mas, quando parou, aí sim foi horrível de verdade, aquele silêncio, e durou muito tempo.

Quando chorava, ela às vezes dizia coisas como "Desculpe, deve ser a quimioterapia. É uma espécie de reflexo. Não liguem". Outras vezes, porém, ela implorava que chorássemos com ela. "Não consigo, *mi Argentina*", Mercedes dizia. "Mas o meu coração está chorando. Como sabemos que vai acontecer, nós automaticamente endurecemos." Era gentil da parte dela dizer isso. O choro simplesmente me deixava maluca.

Uma vez, enquanto chorava, Sally disse: "Eu nunca mais vou ver jumentos!", o que eu e Mercedes achamos engraçadíssimo. Sally ficou furiosa, atirou sua xícara e seus pratos, nossos copos e o cinzeiro na parede. Virou a mesa com um chute, berrando conosco. Suas malvadas, frias, calculistas. Vocês não têm um pingo de compaixão, de piedade.

"Nem uma mísera lágrima. Vocês nem parecem tristes." Ela estava sorrindo a essa altura. "Vocês são como sargentonas. 'Beba isto. Tome aqui um lenço. Vomite na bacia.'"

Mais tarde, nós a preparávamos para ir para a cama, dávamos os remédios, uma injeção. Eu dava um beijo nela e a cobria. "Boa noite. Eu te amo, minha irmã, *my sister, mi cisterna*." Eu dormia num quartinho, um closet, ao lado do quarto dela, e a ouvia por trás da parede de compensado, lendo, cantando baixinho, escrevendo. Às vezes ela chorava na cama, e esses eram os piores momentos, porque ela tentava abafar esses choros tristes e silenciosos com o travesseiro.

No início eu ia para perto dela e tentava consolá-la, mas isso parecia fazer com que ela chorasse mais, ficasse mais nervosa. O remédio para dormir acabava fazendo o efeito oposto e a deixava desperta, agitada e enjoada. Então passei a só falar com ela:

"Sally. Minha querida Sal *y pimienta*, Salsa, não fique triste".
Coisas assim.

"Lembra que a Rosa costumava pôr tijolos quentes na nossa cama, no Chile?"

"Eu tinha me esquecido disso!"

"Você quer que eu procure um tijolo pra você?"

"Não, *mi vida*, eu já estou quase dormindo."

Ela havia feito mastectomia e radioterapia e depois, durante cinco anos, tinha ficado bem. Bem de verdade. Radiante e bonita, extremamente feliz com um homem gentil, Andrés. Ela e eu nos tornamos amigas, pela primeira vez desde a nossa difícil infância. Tinha sido como se apaixonar, nossa descoberta uma da outra, o modo como nos abrimos. Fomos a Yucatán e a Nova York juntas. Eu ia para o México ou ela ia para Oakland. Quando nossa mãe morreu, passamos uma semana em Zihuatanejo, onde conversávamos dia e noite. Exorcizamos nossos pais e nossas próprias rivalidades, e acho que nós duas crescemos.

Eu estava em Oakland quando ela telefonou. O câncer estava nos pulmões agora. Em toda parte. Não restava mais muito tempo. *Apúrate*. Vem para cá agora!

Levei três dias para sair do meu emprego, arrumar as malas e entregar o apartamento. No avião rumo à Cidade do México, eu pensava em como a morte despedaça o tempo. Minha vida normal tinha desaparecido. Terapia, aulas de natação. Que tal um almoço na sexta? A festa de Gloria, dentista amanhã, lavar roupa, pegar livros com Moe, limpar a casa, comprar ração de gato, tomar conta dos netos no sábado, encomendar gaze e sondas de gastrostomia no trabalho, escrever para August, falar com Josee, assar bolinhos, C. J. está vindo aí. Mais estranho ainda foi, um ano depois, encontrar com funcionários da mercearia ou da livraria ou com amigos na rua que não tinham sequer percebido que eu tinha estado fora.

Telefonei para Pedro, o oncologista de Sally, do aeroporto no México, querendo saber o que esperar. Tinha parecido que era uma questão de semanas ou, no máximo, um mês. "*Ni modo*", disse ele. "Nós vamos continuar com a químio. Pode levar seis meses, um ano, talvez mais."

"Era só você ter falado 'Eu quero que você venha agora', eu teria vindo", eu disse a ela mais tarde naquela noite.

"Não teria não!", ela disse, rindo. "Você é realista. Você sabe que eu tenho empregadas para fazer tudo, e enfermeiras, médicos, amigos. Você ia achar que eu não precisava de você ainda. Mas eu quero você agora, para me ajudar a botar tudo em ordem. Eu quero que cozinhe para que a Alicia e o Sergio venham comer aqui. Eu quero que leia pra mim e cuide de mim. Agora é que eu estou sozinha e apavorada. Eu preciso de você agora."

Todos nós temos álbuns de fotografias mentais. Instantâneos. Imagens de pessoas que amamos em diferentes épocas. Essa é Sally com roupa de corrida verde-escura, sentada de pernas cruzadas na cama dela. A pele luminosa, os olhos verdes delineados por lágrimas enquanto ela falava comigo. Sem dissimulações nem autopiedade. Eu a abracei, grata pela confiança que ela tinha em mim.

No Texas, quando eu tinha oito anos e ela três, eu odiava Sally, sentia um ciúme violento dela. Nossa avó me deixava por minha própria conta, à mercê dos outros adultos, mas protegia a pequena Sally, penteava o cabelo dela e fazia tortas só para ela, ninava-a e cantava "Way Down in Missoura" para ela dormir. Mas eu tenho instantâneos dela mesmo dessa época, sorrindo, me oferecendo um pedaço de bolo com uma inegável doçura que ela nunca perdeu.

Na Cidade do México, os primeiros meses passaram voando, como quando os calendários vão perdendo as folhas em filmes antigos. Como num filme de Charlie Chaplin acelerado, carpinteiros martelavam na cozinha, encanadores ribombavam no banheiro. Homens vieram consertar todas as maçanetas e janelas quebradas, lixar os assoalhos. Mirna, Belen e eu atacamos o quarto de cacarecos, o *topanco*, os armários, as estantes e gavetas. Jogamos fora sapatos, chapéus, coleiras de cachorro, túnicas. Mercedes, Alicia e eu tiramos todas as roupas e joias de Sally dos armários e etiquetamos as que ela queria dar para diferentes amigas.

Doces tardes preguiçosas no chão do quarto de Sally, separando fotografias, lendo cartas, poemas, fofocando, contando histórias. O telefone e a campainha tocavam o dia inteiro. Eu filtrava as ligações e as visitas, era quem as interrompia se ela estava cansada, ou não interrompia se ela estava feliz, como sempre ficava com Gustavo.

Assim que uma pessoa é diagnosticada com uma doença fatal, ela recebe uma avalanche de telefonemas, cartas, visitas. Mas, conforme os meses vão passando e o tempo vai se transformando em tempos difíceis, cada vez menos gente aparece. É quando a doença está avançando e o tempo é lento e barulhento. Você ouve os relógios, os sinos das igrejas, os vômitos, cada respiração áspera.

O ex-marido de Sally, Miguel, e Andrés vinham todos os dias, mas em horários diferentes. Só uma vez as visitas deles coincidiram. Fiquei espantada com a maneira como a prioridade foi automaticamente dada ao ex-marido. Ele havia se casado de novo fazia muito tempo, mas ainda era preciso tomar cuidado para não ferir o orgulho dele. Andrés tinha entrado no quarto de Sally fazia poucos minutos. Eu trouxe café e *pan dulce* para ele. Assim que pousei a bandeja em cima da mesa, Mirna entrou para dizer "O *señor* está vindo!".

"Rápido, para o seu quarto!", disse Sally. Andrés correu para o meu quarto, carregando o café e o *pan dulce*. Eu tinha acabado de fechá-lo lá dentro quando Miguel chegou.

"Café! Eu preciso de café!", ele disse. Então, eu entrei no meu quarto, tirei o café e o *pan dulce* de Andrés e os levei para Miguel. Andrés desapareceu.

Fiquei muito fraca e com dificuldade de andar. Achamos que fosse *estress* (não há nenhuma palavra em espanhol para *stress*), mas acabei desmaiando na rua e sendo levada para a emergência de um hospital. Eu estava com uma anemia grave por causa de uma hérnia esofágica com sangramento. Fiquei internada alguns dias para fazer transfusões de sangue.

Estava me sentindo muito mais forte quando voltei, mas a minha doença tinha deixado Sally assustada. A morte havia nos lembrado que ela ainda estava lá. O tempo acelerou de novo. Eu achava que Sally tinha pegado no sono e me levantava para ir para a minha cama.

"Não vá embora!"

"Eu só vou ao banheiro e já volto." Durante a noite, se ela se engasgava ou tossia, eu acordava e ia até lá para ver como ela estava.

Ela estava usando oxigênio agora e raramente saía da cama. Eu lhe dava banho no quarto dela, dava injeções para amenizar a dor e a náusea. Ela tomava um pouco de sopa, comia bolachas de água e sal às vezes. Gelo moído. Eu botava gelo numa toalha e batia, batia, batia a toalha contra a parede de concreto. Mercedes se deitava ao lado dela e eu me deitava no chão, lendo para elas. Quando elas pareciam estar dormindo, eu parava, mas as duas diziam "Não pare!".

Bueno. "Eu desafio qualquer um a dizer que a nossa Becky,

que certamente tem lá seus defeitos, não foi apresentada ao público de uma maneira absolutamente elegante e inofensiva..."

Pedro aspirou o pulmão dela, mas mesmo assim Sally estava tendo cada vez mais dificuldade de respirar. Eu decidi que nós devíamos fazer uma limpeza de verdade no quarto dela. Mercedes ficou com ela na sala enquanto Mirna, Belen e eu varríamos e tirávamos o pó, lavávamos as paredes, as janelas e o chão. Eu mudei a cama dela de lugar, botando-a na horizontal debaixo da janela; agora Sally ia poder ver o céu. Belen botou lençóis limpos e passados e cobertas macias na cama e nós levamos Sally de volta para o quarto. Ela se recostou no travesseiro, e o sol da primavera bateu em cheio no seu rosto.

"El sol", disse Sally. "Eu posso sentir o sol daqui."

Eu me sentei encostada na outra parede e fiquei vendo Sally olhar pela janela. Avião. Pássaros. Um rastro de jato. O pôr do sol!

Bem mais tarde, eu lhe dei um beijo de boa-noite e fui para o meu quartinho. O umidificador do tanque de oxigênio dela borbulhava como uma fonte. Fiquei esperando para ouvir o tipo de respiração que significava que ela tinha adormecido. O colchão dela rangeu. Ela arfou e depois gemeu, respirando ruidosamente. Fiquei ouvindo e esperando e, então, escutei o tlim-tlim das argolas da cortina acima da cama dela.

"Sally? Salamandra, o que você está fazendo?"

"Estou olhando para o céu!"

Perto dela, olhei lá para fora pela minha própria janelinha.

"*Oye*, irmã..."

"O que foi?", perguntei.

"Eu estou ouvindo. Você está chorando por mim!"

Faz sete anos que você morreu. Claro que a próxima coisa que eu vou dizer é que o tempo voou. Fiquei velha. De repente.

Ando com dificuldade. Babo até. Deixo a porta destrancada para o caso de eu morrer enquanto estiver dormindo, mas o mais provável é que eu continue assim indefinidamente até ser internada em algum lugar. Já estou caducando. Outro dia estacionei meu carro numa transversal porque a vaga onde eu costumo parar já estava ocupada. Mais tarde, quando vi a vaga vazia, fiquei me perguntando para onde eu tinha ido. Não é tão estranho eu falar com o meu gato, mas me sinto idiota porque ele é completamente surdo.

Mas nunca há tempo suficiente. "Tempo de verdade", como os prisioneiros para quem eu dava aula diziam, explicando como só parecia que eles tinham todo o tempo do mundo. O tempo nunca era deles.

Estou dando aula agora numa cidadezinha de montanha bonita, *fresa*. Nas mesmas montanhas Rochosas onde papai minerava, só que muito diferente de Butte ou Coer d'Alene. Mas tenho sorte. Tenho bons amigos aqui. Moro no sopé, onde cervos passam, elegantes e discretos, pela minha janela. Vi cangambás cruzando ao luar; seus gritos ásperos eram como instrumentos orientais.

Sinto saudades dos meus filhos e de suas famílias. Vejo-os talvez uma vez por ano e é sempre ótimo, mas não faço mais realmente parte da vida deles. Nem da vida dos seus filhos, Sally, embora Mercedes e Enrique tenham vindo se casar aqui!

Tantas outras pessoas se foram. Eu costumava achar estranho quando alguém dizia "Eu perdi meu marido". Mas essa é a sensação que dá. Alguém desapareceu. Paul, tia Chata, Buddy. Eu entendo as pessoas que acreditam em fantasmas ou fazem sessões espíritas para invocar os mortos. Passo meses sem pensar em ninguém a não ser nos vivos e então Buddy aparece com uma piada, ou você surge vividamente na minha frente, evocada por um tango ou uma *agua de sandía*. Se pelo menos você pudesse falar comigo. Você é tão inútil quanto o meu gato surdo.

Você veio pela última vez alguns dias depois da nevasca. Gelo e neve ainda cobriam o chão, mas nós tivemos a sorte inesperada de um dia quente. Esquilos e pegas-rabudas estavam matraqueando e pardais e tentilhões cantavam em árvores desfolhadas. Abri todas as portas e cortinas. Tomei chá na mesa da cozinha sentindo o sol nas minhas costas. Vespas saíram do ninho na varanda da frente, atravessaram a minha casa planando sonolentamente e ficaram voando em círculos modorrentos pela cozinha inteira. Bem nessa hora a bateria do detector de fumaça descarregou, e então o alarme começou a cricrilar feito um grilo no verão. O sol alcançou o bule de chá, o pote de farinha, o vaso de flores prateado.

Uma iluminação preguiçosa, como uma tarde mexicana no seu quarto. Eu vi o sol no seu rosto.

Voltando para casa

Nunca vi os corvos saindo da árvore de manhã, mas todo fim de tarde, cerca de meia hora antes de escurecer, eles começam a chegar, voando de todos os cantos da cidade. Talvez alguns deles cumpram regularmente o papel de convocar o bando, descendo dos céus em voos rasantes ao longo de quarteirões a fim de chamar os outros para voltar para casa, ou talvez cada um deles faça um voo ao redor da área onde se encontra para reunir os desgarrados antes de rumar para a árvore. Passei tanto tempo observando que seria de esperar que eu já soubesse a essa altura. Mas só vejo corvos, dezenas deles, virem voando de longe de todas as direções e uns cinco ou seis voando em círculos como sobre o O'Hare, chamando, chamando, e então, numa fração de segundo, tudo fica em silêncio de repente e não se vê mais corvo nenhum. A árvore parece um bordo comum. Não há como você saber que há tantos pássaros lá.

Por acaso, eu estava na minha varanda da frente quando os vi pela primeira vez. Eu tinha acabado de chegar do centro da cidade e estava usando meu tanque de oxigênio portátil, sentada no balanço da varanda para ver a luz do fim da tarde. Normalmente eu me sento na varanda dos fundos, onde a mangueira do meu tanque normal alcança. Às vezes assisto ao noticiário nessa hora ou preparo o jantar. O que quero dizer é que eu poderia facilmente não ter a menor ideia de que aquele bordo fica cheio de corvos ao pôr do sol.

Será que todos vão embora juntos depois, para dormir em alguma outra árvore num ponto mais alto do monte Sanitas? Talvez, porque eu me levanto cedo e costumo ir me sentar perto da janela que dá para o sopé das montanhas e nunca vi os corvos saindo da árvore. No entanto, vejo cervos subindo as colinas do monte Sanitas e de Dakota Ridge e a luz rosada do sol nascente brilhando sobre as rochas. Se há neve e está muito frio, um reflexo avermelhado surge no alto das montanhas, quando os cristais de gelo transformam a cor da manhã num rosa de vitral, neon cor de coral.

Claro, é inverno agora. A árvore está sem folhas e não há corvos. Estou apenas pensando nos corvos. Caminho com dificuldade, então os poucos quarteirões colina acima seriam demais para mim. Eu poderia ir de carro, imagino, como Buster Keaton, que pedia para o chofer levá-lo até o outro lado da rua. Mas acho que estaria escuro demais a esta hora para ver os pássaros dentro da copa da árvore.

Nem sei por que puxei este assunto. As pegas-rabudas brilham com uma cintilação verde-azulada contra a neve. Elas têm um grito autoritário parecido. Claro que eu poderia procurar num livro ou telefonar para alguém para descobrir como são os hábitos noturnos dos corvos, mas o que me incomoda é que eu só reparei neles por acidente. O que mais será que eu deixei passar? Quantas vezes na minha vida eu estive, por assim dizer, na varanda dos fundos, e não na varanda da frente? O que será que me disseram que eu não ouvi? Que amor poderia ter existido que eu não senti?

Essas perguntas são inúteis. Eu só vivi tanto tempo porque deixei meu passado para lá. Fechei a porta para tristeza arrependimento remorso. Se eu os deixar entrar, só uma fresta autocomplacente, zás, a porta vai se escancarar rajadas de dor despedaçando meu coração cegando meus olhos de vergonha quebrando copos e garrafas derrubando jarros estilhaçando janelas tropeçando ensanguentada no açúcar derramado e nos cacos de vidro engasgando aterrorizada até que com um último estremecimento e soluço eu torno a fechar aquela porta pesada. E junto os pedaços mais uma vez.

Talvez não seja uma coisa tão perigosa assim, deixar o passado entrar com o prefácio "E se?". E se eu tivesse falado com Paul antes de ele ir embora? E se eu tivesse pedido ajuda? E se eu tivesse me casado com H? Sentada aqui, olhando pela janela em direção à árvore onde agora não há galhos nem corvos, as respostas para cada "e se" são estranhamente tranquilizadoras. Eles não poderiam ter acontecido, esse "e se", aquele "e se". Tudo de bom ou de ruim que aconteceu na minha vida foi previsível e inevitável, sobretudo as escolhas e ações que garantiram que eu viesse a estar agora absolutamente sozinha.

Mas e se eu voltasse bem lá para trás, para antes de nos mudarmos para a América do Sul? E se o dr. Mock tivesse dito que eu não podia sair do Arizona por um ano, que eu precisava de uma terapia extensa e de ajustes regulares no meu colete, talvez até de uma cirurgia para corrigir minha escoliose? Eu poderia ter me juntado à minha família no ano seguinte. E se eu tivesse ficado morando com os Wilson em Patagonia, Arizona, ido semanalmente ao ortopedista em Tucson, lendo *Emma* ou *Jane Eyre* nas viagens quentes de ônibus?

Os Wilson tinham cinco filhos, todos já grandes o bastante

para trabalhar na mercearia ou na lanchonete da família. Eu trabalhava antes e depois da escola na lanchonete com Dot e dividia o quarto do sótão com ela. Dot tinha dezessete anos e era a filha mais velha. Já era uma mulher, na verdade. Parecia uma mulher saída de um filme, pelo modo como ela sapecava pó de arroz no rosto, lambuzava os lábios de batom e fumava soltando fumaça pelo nariz. Dormíamos juntas no colchão de palha, nos cobríamos com colchas de retalhos velhas. Aprendi que era melhor não incomodá-la, ficar quietinha, fascinada com os cheiros dela. Ela domava o cabelo ruivo encaracolado com óleo Wildroot, besuntava o rosto com Noxzema à noite e passava sempre perfume Tweed nos pulsos e atrás das orelhas. Cheirava a cigarro, suor, desodorante Mum e ao que eu mais tarde descobriria ser sexo. Nós duas cheirávamos a gordura velha porque fazíamos hambúrgueres e batata frita na lanchonete até a hora de fechar, às dez. Voltávamos para casa a pé, atravessando a rua principal e os trilhos do trem, passando rápido pelo salão Frontier e descendo a rua até a casa dos pais dela. A casa dos Wilson era a mais bonita da cidade. Uma casa grande, de dois andares, branca, com uma cerca de estacas, jardim e gramado. A maioria das casas em Patagonia era pequena e feia. Casas provisórias de cidade mineradora pintadas naquele tom esquisito de caramelo das estações de trem de campos de mineração. A maior parte das pessoas trabalhava no alto da montanha, nas minas de Trench e Flux, das quais meu pai tinha sido superintendente. Agora ele era comprador de minérios no Chile, no Peru e na Bolívia. Ele não queria ir, não queria abandonar as minas, não queria parar de trabalhar em minas. Minha mãe, todo mundo, tinha convencido meu pai a ir. Era uma grande oportunidade e nós ficaríamos muito ricos.

Ele pagava à família Wilson pela minha hospedagem e alimentação, mas todos decidiram que seria bom para o meu caráter que eu trabalhasse como todos os outros filhos. A gente dava um duro danado, principalmente Dot e eu, porque trabalhávamos até tarde e depois acordávamos às cinco da manhã. Abríamos a lanchonete para os três ônibus de mineradores que iam de Nogales para a mina de Trench. Os ônibus chegavam com quinze minutos de intervalo entre um e outro; os mineradores só tinham tempo para tomar um ou dois cafés e comer uns donuts. Eles nos agradeciam e acenavam para nós ao saírem, *Hasta luego!* Nós terminávamos de lavar a louça e fazíamos sanduíches para comer no almoço. Quando a sra. Wilson chegava para tomar conta da lanchonete, íamos para a escola. Eu ainda estava na escola primária no alto da colina. Dot estava no secundário.

Depois que voltávamos para casa à noite, ela saía de novo, às escondidas, para se encontrar com o namorado, Sextus. Ele morava num rancho em Sonoita, tinha parado de estudar para ajudar o pai. Não sei a que horas ela voltava para casa. Eu pegava no sono assim que encostava a cabeça no travesseiro. Assim que estendia o esqueleto na palha. Adorei a ideia do colchão de palha, como em *Heidi*. A palha era gostosa e tinha um cheiro gostoso. Eu sempre tinha a impressão de que havia acabado de fechar os olhos quando Dot me sacudia para me acordar. Ela já tinha se lavado ou tomado uma chuveirada e se vestido quando me acordava, penteando e enrolando o cabelo e se maquiando. "O que é que você está olhando? Arrume a cama se não tem mais nada pra fazer." Ela realmente não gostava de mim, mas eu também não gostava dela, então não ligava. No caminho para a lanchonete, ela repetia sem parar que era melhor eu ficar de bico calado com respeito aos encontros dela com Sextus, o seu pai a mataria se soubesse. Se a cidade inteira já não soubesse dos encontros dela com Sextus, eu teria contado para alguém, não para os seus pais, mas para alguém, só porque ela era muito malvada. Era malvada por princípio. Achava que devia odiar aquela criança que tinham enfiado no quarto dela. A verdade era que a gente se entendia bem de outros jeitos, sorria e dava risada, trabalhava bem em conjunto, picando cebola, preparando refrigerantes, virando hambúrgueres. Nós duas éramos rápidas e eficientes, gostávamos de gente, principalmente dos simpáticos mineradores mexicanos que brincavam e mexiam com a gente de manhã. Depois da escola, estudantes e pessoas da cidade iam para lá, para tomar refrigerantes ou sundaes, para ouvir música na jukebox e jogar na máquina de pinball. Servíamos hambúrgueres, cachorro-quente com chili, queijo quente. Também tínhamos salada de atum, de ovo, de batata e de repolho, que a sra. Wilson fazia. No entanto, o prato mais popular era o chili que a mãe de Willie Torres levava para lá todas as tardes. Chili vermelho no inverno, chili verde com carne de porco no verão. Pilhas de tortilhas, que esquentávamos na grelha.

Uma das razões por que Dot e eu trabalhávamos tanto e tão rápido é que tínhamos um acordo tácito segundo o qual, depois de lavarmos toda a louça e limparmos a grelha, ela sairia pelos fundos com Sextus e eu me encarregaria de atender os poucos fregueses que costumavam pedir café e torta entre nove e dez horas. Basicamente eu fazia minha lição de casa com Willie Torres.

Willie trabalhava até as nove na contrastaria ao lado. Estávamos na mesma série na escola e eu tinha feito amizade com ele lá. Nas manhãs de sábado eu descia com o meu pai de picape para fazer compras e pegar a correspondência para as quatro ou cinco famílias que moravam na montanha, perto da mina de Trench. Depois de fazer todas as compras e guardar tudo na picape, papai passava na contrastaria do sr. Wise. Eles tomavam café e conversavam sobre minérios, minas, veios? Desculpe, eu não prestava atenção. Sei que era sobre minerais. Willie era uma pessoa diferente na contrastaria. Ele era tímido na escola, tinha vindo do México com oito anos e, embora fosse mais inteligente que a sra. Boosinger, tinha um pouco de dificuldade de ler e escrever. No primeiro cartão de Valentine's Day que me deu, Willie escreveu "Seja minha prinseza". No entanto, ninguém caçoava dele como caçoavam de mim e do meu colete ortopédico, gritando "Madeira!" quando eu entrava na sala, porque eu era muito alta. Ele também era alto; tinha cara de índio, maçãs do rosto salientes e olhos escuros. Usava roupas limpas, mas surradas e pequenas demais para ele; seu cabelo preto era comprido e desigual, cortado pela mãe. Quando li *O morro dos ventos uivantes*, Heathcliff era como Willie, indômito e corajoso.

Na contrastaria ele parecia saber tudo. Queria ser geólogo quando crescesse. Ele me ensinou a identificar ouro, ouro de tolo e prata. Naquele primeiro dia, meu pai perguntou sobre o que estávamos conversando. Eu mostrei a ele o que eu tinha aprendido. "Isto é cobre. Quartzo. Chumbo. Zinco."

"Que maravilha!", ele disse, realmente satisfeito. No carro, voltando para casa, eu tive uma aula de geologia sobre todo o terreno até a mina.

Em outros sábados, Willie me mostrou mais pedras. "Esta aqui é mica. Esta é xisto, essa é uma pedra calcária." Ele me explicou os mapas de mineração. Remexíamos em caixas cheias de fósseis. Ele e o sr. Wise costumavam sair à procura de fósseis. "Ei, olha esse! Olha só essa folha!" Eu não percebia que amava Willie porque a nossa proximidade era muito tranquila, nada tinha a ver com o amor de que as meninas viviam falando, nada tinha a ver com romance ou paixonites ou iih a fulana gosta do beltrano.

Na lanchonete, fechávamos as persianas, sentávamos em frente ao balcão e ficávamos fazendo lição de casa durante aquela última hora, tomando sundaes com calda quente de chocolate. Willie sabia fazer um macete na jukebox para que ela ficasse tocando "Slow Boat to China", "Cry" e "Texarkana Baby" sem parar. Ele era bom em álgebra e aritmética e eu era boa com palavras, então ajudávamos um ao outro. Nós nos encostávamos um no outro, nossas pernas enroscadas em volta dos bancos. Ele até passava o braço em volta da parte do meu colete que ficava para fora e eu não me importava. Normalmente, se eu percebia que alguém tinha notado o colete debaixo das minhas roupas, eu já passava mal de tanta vergonha.

Mais que qualquer outra coisa, compartilhávamos uma grande sonolência. Nunca falávamos "Nossa, eu estou morrendo de sono, e você?". Simplesmente ficávamos cansados juntos, nos debruçávamos no balcão da lanchonete, bocejando juntos. Bocejávamos e sorríamos um para o outro de lados opostos da sala na escola.

O pai dele tinha morrido num desabamento na mina de Flux. Meu pai vinha tentando fechar aquela mina desde que tínhamos chegado ao Arizona. Esse tinha sido o trabalho dele durante anos, inspecionar minas para ver se os veios estavam se esgotando ou se as minas estavam perigosas. As pessoas o chamavam de "O Fecha-Tudo". Eu fiquei esperando na picape enquanto ele foi dar a notícia para a mãe de Willie. Isso foi antes de eu conhecer Willie. Meu pai chorou a viagem inteira da cidade até nossa casa, o que me deixou assustada. Foi Willie quem me contou mais tarde que meu pai tinha batalhado para que os mineradores e suas famílias recebessem pensões e quanto essa ajuda era importante para a mãe dele. Ela tinha mais cinco filhos, lavava e cozinhava para outras pessoas.

Willie acordava tão cedo quanto eu, para cortar lenha e preparar o café da manhã para seus irmãos e irmãs. A aula de moral e cívica era a pior; impossível ficar acordado, impossível se interessar. Era às três horas da tarde. Uma hora interminável. No inverno, a estufa a lenha embaçava as janelas e nossas bochechas ficavam vermelhas como brasa. O rosto da sra. Boosinger ficava afogueado sob as duas manchas vermelhas do ruge. No verão, com as janelas abertas, moscas e abelhas zumbindo pela sala, o relógio tiquetaqueando tanto sono tanto calor, ela falando e falando sobre a Primeira Emenda e de repente zás! batia com a régua na mesa. "Acordem! Acordem, seus dois molengas! Vocês parecem feitos de gelatina! Endireitem as costas. Abram os olhos. Seus molengões!" Uma vez ela achou que eu estava dormindo, mas eu só estava descansando os olhos. Ela disse: "Lulu, quem é o secretário de Estado?".

"Acheson, professora." Isso a surpreendeu.

"Willie, quem é o secretário de Agricultura?"

"Topeka e Santa Fe?"*

Acho que nós dois ficávamos bêbados de sono. Toda vez que ela batia na nossa cabeça com o livro de moral e cívica ríamos mais ainda. Ela mandava Willie para o corredor, de castigo, e a mim para o vestiário. Depois da aula, ela encontrava a gente encolhido em algum canto, dormindo profundamente.

De vez em quando, Sextus subia até o quarto de Dot. Eu o ouvia sussurrar: "A menina dormiu?".

"Apagou feito uma lâmpada." Era verdade. Por mais que tentasse ficar acordada para ver o que eles faziam, eu sempre pegava no sono.

Uma coisa estranha aconteceu comigo esta semana. Eu começei a ver uns corvos pequenininhos passando rápido pelo canto do meu olho esquerdo. Quando eu me virava, eles já não estavam mais lá. E quando fechava os olhos eu via luzes passando a toda, como motocicletas cruzando uma autoestrada em alta

---

* Referência à companhia ferroviária Atchison, Topeka and Santa Fe, motivada pela semelhança entre os nomes Acheson e Atchison. (N. T.)

velocidade. Achei que estivesse tendo alucinações ou então com câncer no olho, mas o médico disse que eram moscas volantes, que muita gente tem isso.

"Como eu posso ver luzes no escuro?", perguntei, confusa do jeito que eu ficava por causa da luz da geladeira. Ele disse que o meu olho dizia ao meu cérebro que havia luzes e, então, o meu cérebro acreditava. Por favor, não ria. Isso só agravou a situação com os corvos. E trouxe à tona de novo a árvore que cai na floresta. Quem sabe meus olhos simplesmente disseram ao meu cérebro que havia corvos no bordo.

Numa manhã de domingo, acordei e vi que Sextus estava dormindo do outro lado da cama de Dot. Eu poderia ter ficado mais interessada se eles fossem um casal mais atraente. Ele tinha cabelo à escovinha, espinhas, sobrancelhas brancas e um pomo de adão enorme. Mas era campeão de laço e de corrida de cavalo em volta de barris, e seu porco havia ganhado o concurso da organização 4-H três anos seguidos. Dot era sem graça, nada mais que sem graça. Toda a maquiagem que ela passava não fazia nem com que ela parecesse vulgar, só acentuava seus pequeninos olhos castanhos e sua boca enorme, que os caninos salientes mantinham aberta num permanente rosnado silencioso. Eu a sacudi de leve e apontei para Sextus. "Jesus Maria José!", ela disse, e acordou Sextus. Ele saiu pela janela, desceu pelo choupo e desapareceu em segundos. Dot me imobilizou no colchão de palha e me fez jurar que eu não diria uma palavra. "Ei, Dot, eu não contei nada até agora, contei?"

"Se você contar, eu deduro você e o chicano." Eu fiquei assustada; ela falou igual à minha mãe.

Era bom não ter que me preocupar com a minha mãe. Eu era uma pessoa melhor agora. Não era mais mal-humorada nem carrancuda. Era educada e prestativa. Não vivia derrubando, quebrando nem derramando coisas como na minha casa. Eu não queria ir embora de lá nunca mais. O sr. e a sra. Wilson estavam sempre dizendo que eu era uma boa menina, trabalhadeira, e que para eles era como se eu fosse um membro da família. Aos domingos tínhamos almoços em família. Dot e eu trabalhávamos até meio-dia enquanto eles iam para a igreja, depois fechávamos a lanchonete, íamos para casa e ajudávamos a preparar o almoço. O sr. Wilson dava graças antes de começarmos a comer. Os meninos se cutucavam e riam, falavam sobre basquete, e nós todos falávamos sobre, bem, eu não me lembro. Talvez na verdade a gente não falasse muito, mas a atmosfera era amigável. Dizíamos "Pode me passar a manteiga, por favor?", "Quer molho?". O que me deixava mais contente era que eu tinha meu próprio guardanapo e minha própria argola de guardanapo, que ficava no aparador com as de todo mundo.

Aos sábados, eu pegava carona até Nogales e depois um ônibus até Tucson. Os médicos me botavam numa tração dolorosa, medieval, durante horas, até eu não aguentar mais. Depois me mediam, procuravam danos nos nervos espetando alfinetes em mim e batendo com martelos nas minhas pernas e nos meus pés. Ajustavam o colete e a palmilha no meu sapato. Parecia que eles estavam chegando a uma decisão. Vários médicos examinaram, de cenho franzido, minhas radiografias. O médico famoso pelo qual eles vinham esperando disse que minhas vértebras estavam próximas demais da medula espinhal. A cirurgia poderia causar paralisia e choque em todos os órgãos que haviam compensado a curvatura. Seria caro, não só pela cirurgia, mas também porque durante a recuperação eu teria que ficar deitada de bruços e imóvel durante cinco meses. Fiquei contente por eles parecerem não querer a cirurgia. Tinha certeza de que, se eles endireitassem minha coluna, eu ficaria com dois metros e meio de altura. Mas eu não queria que eles interrompessem meu tratamento; não queria ir para o Chile. Eles deixaram que eu ficasse com uma das radiografias em que aparecia o coração de prata que Willie tinha me dado. Minha coluna em forma de S, meu coração no lugar errado e o coração dele bem no meio. Willie pendurou a radiografia numa pequena janela nos fundos da contrastaria.

Alguns sábados à noite havia bailes em celeiros, lá em Elgin ou em Sonoita. Em celeiros. Todo mundo num raio de quilômetros e quilômetros ia, velhos, jovens, bebês, cachorros. Hóspedes de ranchos turísticos. Todas as mulheres levavam coisas para comer. Galinha frita e salada de batata, bolos, tortas e ponche. Os homens iam lá para fora em bandos, para beber e ficar conversando perto de suas picapes. Algumas mulheres também; minha mãe, sempre. A garotada da escola secundária se embebedava e vomitava, alguns eram flagrados se agarrando. Velhinhas dançavam umas com as outras e com as crianças. Todo mundo dançava. *Two-step* principalmente, mas também algumas músicas lentas e *jitterbug*. Algumas quadrilhas e danças mexicanas como *La Varsoviana*. A letra diz "Bota seu pezinho, bota seu pezinho bem aqui", e aí você pula, pula e dá um giro. Tocavam de tudo, de "Night and Day" a "Detour, There's a Muddy Road Ahead", de "Jalisco no te rajes" a "Do the Hucklebuck". Eram sempre bandas diferentes, mas com o mesmo tipo de mistura. De onde vinham aqueles maravilhosos músicos disparatados? Trompistas e tocadores de *guiro* hispânicos, guitarristas country de chapelão, bateristas de bebop, pianistas que pareciam Fred Astaire. A coisa mais próxima que eu ouvi da música daquelas pequenas bandas foi no Five Spot Café no final dos anos 1950. "Ramblin'" de Ornette Coleman. Todo mundo impressionado com aquele som novo e fora do comum. Para mim era puro Tex--Mex, como um bom baile caipira em Sonoita.

As sóbrias donas de casa abandonavam o estilo de pioneiras e se emperiquitavam todas para ir aos bailes. Permanentes caseiros, ruge, salto alto. Os homens eram agricultores ou mineiros batalhadores e calejados, criados durante a Depressão. Trabalhadores sérios e tementes a Deus. Eu adorava ver o rosto dos mineradores. Homens que eu costumava ver saindo das minas sujos e exaustos agora apareciam corados e relaxados, gritando um *"Ah ha San Antone!"* ou um *"Aí, aí, aí"*, porque não só todo mundo dançava, como cantava e berrava também. De vez em quando, o sr. e a sra. Wilson diminuíam um pouco o ritmo para ofegar: "Você viu a Dot?".

A mãe de Willie ia aos bailes com um grupo de amigas. Dançava todas as músicas, sempre com um vestido bonito, o cabelo preso no alto da cabeça, o crucifixo voando. Ela era jovem e bonita. Elegante também. Não dançava colado nas músicas lentas nem ia lá para fora para perto das picapes. Não, eu não reparava nisso. Mas todas as mulheres de Patagonia reparavam e aprovavam. Diziam também que ela não continuaria viúva por muito tempo. Quando perguntei a Willie por que ele nunca ia aos bailes, ele disse que não sabia dançar e que, além disso, tinha que tomar conta das crianças. Mas outras crianças vão, por que os seus irmãos não podem ir também? Não, ele disse. A mãe dele precisava se divertir, ficar longe dos filhos de vez em quando.

"Mas e você, não precisa?"

"Eu não ligo muito pra baile. Não é por altruísmo. Eu quero que a minha mãe encontre outro marido tanto quanto ela", disse ele.

Se havia operadores de sonda a diamante na cidade, aí é que os bailes ficavam animados mesmo. Eu não sei se ainda existem operadores de sonda a diamante, mas naquela fase mineradora eles eram uma casta especial. Sempre em duplas, entravam no acampamento roncando a cento e quarenta por hora, no meio de uma nuvem de poeira. Seus carros nunca eram picapes nem sedãs comuns, mas automóveis aerodinâmicos de dois lugares, com uma pintura lustrosa que brilhava detrás da poeira. Eles

500

não usavam jeans nem calças de brim cáqui como os agricultores e mineradores. Talvez usassem quando entravam nas minas, mas viajando ou nos bailes eles usavam ternos escuros, camisa de seda e gravata. Tinham cabelo relativamente comprido, penteado para trás num topete alto, costeletas longas, às vezes bigode. Embora eu só os visse nas minas do oeste, as placas dos carros deles geralmente eram do Tennessee, do Alabama ou da Virgínia Ocidental. Nunca ficavam muito tempo na cidade, uma semana no máximo. Ganhavam mais do que neurocirurgiões, segundo o meu pai. Eram eles que abriam ou encontravam bons veios, acho eu. O que eu sei é que eles eram importantes e faziam um trabalho perigoso. Eles pareciam perigosos e, agora eu sei, sexy. Frios e arrogantes, tinham uma aura de matadores, ladrões de banco ou daqueles lançadores de beisebol que entram no jogo em momentos críticos. Todas as mulheres, velhas ou novas, queriam dançar com um operador de sonda a diamante nos bailes. Eu queria. Os operadores sempre queriam dançar com a mãe de Willie. Uma mulher ou uma irmã de alguém, depois de beber demais, invariavelmente acabava indo lá para fora com um deles, então havia uma briga sangrenta e todos os homens abandonavam o celeiro. As brigas sempre terminavam com alguém dando um tiro para o alto e os operadores arrancando a toda e desaparecendo no escuro da noite, enquanto os galãs feridos voltavam para o baile com o queixo inchado ou um olho roxo. A banda então tocava algo como "You Two-Timed Me One Time Too Often".

Numa tarde de domingo, o sr. Wise levou a mim e a Willie de carro até a mina no alto da montanha, para ver a antiga casa da minha família. Fiquei com saudade de casa então, sentindo o perfume das rosas do meu pai, passeando sob a copa dos velhos carvalhos. Penhascos rochosos por toda a volta e vista para os vales e para o monte Baldy. Estavam lá os falcões e os gaios e o som repenicado de prato de bateria das roldanas na mina. Senti falta da minha família e tentei não chorar, mas chorei mesmo assim. O sr. Wise me deu um abraço, disse para eu não me preocupar, que provavelmente eu iria me juntar a eles quando as férias chegassem. Olhei para Willie. Ele apontou com a cabeça para uma corça acompanhada de filhotes, que estavam olhando para nós a poucos metros de distância. "Eles não querem que você vá", disse ele.

Então eu provavelmente teria ido para a América do Sul. Mas aí houve um terremoto terrível no Chile, uma catástrofe nacional, e a minha família morreu. Eu continuei vivendo em Patagonia, Arizona, com os Wilson. Depois de concluir o secundário, ganhei uma bolsa de estudos da Universidade do Arizona, onde fiz jornalismo. Willie também ganhou uma bolsa e se formou em geologia e arte. A gente se casou depois da formatura. Willie arranjou um emprego na mina de Trench e eu fiquei trabalhando para o *Nogales Star* até o nosso primeiro filho, Silver, nascer. Morávamos na velha e linda casa de adobe da sra. Boosinger (ela já havia morrido a essa altura) no alto das montanhas, num pomar de maçãs perto de Harshaw.

Sei que soa muito piegas, mas Willie e eu vivemos felizes para sempre.

E se isso tivesse acontecido, o terremoto? Eu sei o que viria. Esse é o problema do "E se". Mais cedo ou mais tarde você esbarra com um obstáculo. Eu não teria podido ficar em Patagonia. Teria acabado indo para Amarillo, Texas. Espaços planos, silos, céu e barrilhas rolando ao vento, nem uma única montanha à vista. Morando com tio David e tia Harriet e com a minha bisavó Grey. Eles me encarariam como um problema. Uma cruz a carregar. Não faltaria aquilo que chamam de "atos de rebeldia", e a psicóloga iria falar em pedidos de socorro. Depois de sair do reformatório, eu não demoraria a fugir com um operador de sonda a diamante que estaria passando pela cidade, com destino a Montana, e você acredita? A minha vida teria acabado exatamente como agora, sob as rochas calcárias de Dakota Ridge, com corvos.

"O que importa é a história"

Lydia Davis

Os contos de Lucia Berlin são elétricos, zumbem e estalam quando seus fios vivos se tocam. E, em resposta, também a cabeça do leitor, seduzida, fascinada, ganha vida, com todas as sinapses disparando. É assim que gostamos de ficar quando estamos lendo — usando nosso cérebro, sentindo nosso coração bater.

A vivacidade da prosa de Lucia Berlin está em parte no ritmo — às vezes calmo e fluente, equilibrado, suave e descontraído; e outras vezes staccato, telegráfico, acelerado. Está também na maneira específica como ela nomeia as coisas: Piggly Wiggly (um supermercado), meia-calça tamanho mãezona (uma maneira de nos dizer como a narradora é grande). Está no diálogo. Como é mesmo aquela exclamação? "Jesus Maria José."

E tem a língua em si, palavra por palavra. Lucia Berlin está sempre ouvindo, prestando atenção. Sua sensibilidade para os sons da língua está sempre presente, e nós também saboreamos os ritmos das sílabas, ou a perfeita correspondência entre som e sentido. Em um conto, Berlin evoca os gritos de "corvos estabanados e estridentes". Numa carta que me enviou do Colorado em 2000, ela escreve: "Galhos carregados de neve se quebram e se chocam contra o meu telhado e o vento estremece as paredes. Mas a sensação é de proteção e aconchego, como quando se está num barco bom e firme, uma chata ou um rebocador". (Ouça essas aliterações.)

Seus contos também são cheios de surpresas: frases e insights inesperados, reviravoltas, humor, como em "Até mais", cuja narradora está morando no México, falando em espanhol a maior parte do tempo, e comenta com certa tristeza: "Claro que eu tenho uma identidade aqui, e uma nova família, novos gatos, novas piadas. Mas fico tentando me lembrar de quem eu era em inglês".

Em "Panteón de Dolores", a narradora, quando criança, está pelejando com uma mãe difícil — como vai fazer em vários outros contos:

> Uma noite, depois que ele foi para casa, ela entrou no quarto onde eu dormia junto com ela e ficou bebendo, chorando e rabiscando, literalmente rabiscando, no diário dela.
>
> "Está tudo o.k.?", eu finalmente lhe perguntei, e ela me deu um tapa.
>
> "Eu já falei pra você parar de falar 'o.k.'!"

Em "Querida Conchi", a narradora é uma universitária inteligente e sarcástica:

> Ella, a minha companheira de quarto [...] Eu queria muito que a gente se entendesse melhor. A mãe dela lhe manda absorventes Kotex de Oklahoma pelo correio todo mês. Ela está cursando artes cênicas. Céus, como é que ela vai fazer Lady Macbeth al-

gum dia se não consegue nem lidar com um pouquinho de sangue?

Ou a surpresa pode vir numa símile — e os contos dela são ricos em símiles:

Em "Manual da faxineira", ela escreve: "Uma vez ele disse que me amava porque eu era como a San Pablo Avenue". O que ela emenda imediatamente com outra comparação, ainda mais surpreendente: "Ele era como o depósito de lixo de Berkeley". E é tão lírica descrevendo um depósito de lixo (seja em Berkeley ou no Chile) quanto descrevendo um campo de flores:

Eu queria que existisse um ônibus que fosse até o depósito. A gente ia para lá quando ficava com saudade do Novo México. Lá é árido, venta muito e gaivotas planam como bacuraus no deserto. Você vê o céu não só lá no alto, mas também ao seu redor. Caminhões de lixo trovejam pelas estradas de terra, levantando vagalhões de poeira. Dinossauros cinza.

Sempre assentando as histórias num mundo físico real, há esse tipo de imagística física concreta: os caminhões "trovejam", a poeira forma "vagalhões". Às vezes as imagens são lindas; outras vezes não são lindas, mas intensamente palpáveis: nós vivenciamos cada história não só com o intelecto e o coração, mas também através dos sentidos. O cheiro da professora de história, seu suor e suas roupas bafientas, em "Boa e má". Ou, em outro conto, uma pista alcatroada de aeroporto, que "afundava debaixo dos meus pés de tão mole […] aquele cheiro de poeira e sálvia". Em outro, grous saem voando com "um barulho de cartas sendo embaralhadas". "Poeira de caliche e espirradeira". Os "girassóis selvagens e o mato roxo" em outro ainda; e multidões de choupos, plantados anos antes, em tempos mais prósperos, florescendo num bairro miserável. Ela estava sempre observando, mesmo que apenas pela janela (quando se locomover se tornou difícil): naquela mesma carta que ela me enviou em 2000, pegas-rabudas "mergulham como caças-bombardeiros" em direção a polpas de maçã — "rápidos lampejos verde-água e pretos em contraste com a neve".

Uma descrição pode começar romântica — "a *parroquia* em Veracruz, palmeiras, lanternas ao luar" —, mas o romântico é interrompido, como na vida real, pelo detalhe realista flaubertiano, tão bem observado por ela: "cachorros e gatos entre os sapatos lustrosos dos dançarinos". O abarcamento do mundo pelo escritor fica ainda mais evidente quando ela vê o comum junto com o extraordinário, o banal ou o feio junto com o belo.

Ela aponta a mãe, ou uma de suas narradoras aponta, como a responsável por ter lhe ensinado esse olhar atento:

> Lembramos das suas piadas e do seu jeito de olhar, aquele olhar que nunca deixava escapar nada. Você nos deu isso. Essa capacidade de olhar.
>
> Não a de ouvir, porém. Você nos dava talvez uns cinco minutos para te contar alguma coisa e depois dizia "Chega".

A mãe ficava no quarto dela, bebendo. O avô ficava no quarto dele, bebendo. Da varanda onde dormia, a menina ouvia os gorgolejos das garrafas de um e de outro. Numa história, mas talvez também na realidade — ou pode ser que a história seja uma versão exagerada da realidade, tão intensamente testemunhada, tão engraçada, que ao mesmo tempo em que sentimos a dor da história sentimos também um prazer paradoxal com o modo como ela é narrada, e o prazer é maior que a dor.

Lucia Berlin baseou muitos de seus contos em acontecimentos de sua própria vida. Um de seus filhos disse, depois que ela morreu: "Mamãe escrevia histórias verdadeiras, não necessariamente autobiográficas, mas quase lá".

Embora as pessoas falem como se fosse uma novidade da forma de ficção conhecida na França como *auto-fiction* (autoficção) — a narração da própria vida, retirada quase sem modificações da realidade, selecionada e relatada judiciosa e habilidosamente —, Lucia Berlin vinha fazendo isso, ou uma versão disso, a meu ver desde sempre, desde o início, na década de 1960. Seu filho disse ainda: "As histórias e lembranças da nossa família foram sendo lentamente remodeladas, embelezadas e editadas, a ponto de muitas vezes eu não saber ao certo o que realmente aconteceu. Lucia dizia que isso não tinha importância: o que importa é a história".

Obviamente, em nome do equilíbrio, ou da vividez, ela alterava o que fosse preciso ao compor suas histórias — detalhes de acontecimentos ou descrições, cronologia. Ela admitia que exagerava. Uma de suas narradoras diz: "Eu exagero muito e misturo ficção com realidade, mas nunca chego de fato a mentir".

Com certeza ela inventava. Por exemplo, Alastair Johnson, o editor de uma das primeiras coletâneas de Berlin, relata a seguinte conversa: "Eu adoro aquela descrição da sua tia no aeroporto", ele disse para ela, "sobre como você afundou no corpanzil dela como se ele fosse uma espreguiçadeira". A resposta que ela lhe deu foi: "A verdade é que... ninguém foi me encontrar no aeroporto. Eu pensei nessa imagem outro dia e, quando estava escrevendo esse conto, dei um jeito de usá-la". Na verdade, algumas de suas histórias foram totalmente inventadas, como ela explica numa entrevista. Uma pessoa não poderia pensar que a conhecia só porque leu seus contos.

* * *

Sua vida foi rica e cheia de incidentes, e o material que Berlin retirou dela para escrever seus contos era curioso, dramático e diversificado. Os lugares em que ela e a família moraram durante a infância e a juventude de Berlin foram determinados pelo pai — onde ele trabalhou nos primeiros anos de vida dela, depois quando viajou para servir na Segunda Guerra Mundial, e finalmente o emprego que ele arranjou quando voltou da guerra. Assim, ela nasceu no Alasca e cresceu, a princípio, em campos de mineração no oeste dos Estados Unidos; depois viveu com a família da mãe em El Paso enquanto o pai esteve fora; depois foi transplantada para o sul e para uma vida muito diferente no Chile, uma vida de riqueza e privilégio, que é retratada em seus contos sobre uma menina adolescente em Santiago, em meio à escola católica de lá, turbulência política, iate clubes, costureiras, favelas, revolução. Quando adulta, Berlin continuou a levar uma vida geograficamente inquieta, tendo morado no México, no Arizona, no Novo México, na cidade de Nova York; um de seus filhos se lembra de ter se mudado mais ou menos a cada nove meses quando criança. Mais tarde, ela lecionou em Boulder, no Colorado, e já no final da vida se mudou para Los Angeles, para ficar mais perto dos filhos.

Ela escreve sobre os filhos — teve quatro — e os empregos que teve para sustentá-los, muitas vezes sozinha. Ou melhor, ela escreve sobre uma mulher que tem quatro filhos e empregos como os que ela teve — de faxineira, enfermeira do setor de emergência, secretária de uma ala hospitalar, telefonista de um hospital, professora.

Ela morou em tantos lugares, passou por tanta coisa — daria para encher várias vidas. Nós vivenciamos, a maioria de nós, pelo menos parte das coisas pelas quais ela passou: filhos com problemas, assédios quando ainda se é muito jovem, um caso amoroso arrebatador, a luta contra um vício, uma doença difícil ou uma deficiência, a formação de um vínculo inesperado com uma irmã, um emprego tedioso, colegas de trabalho difíceis, um patrão exigente, um amigo fingido, sem falar no assombro diante do mundo natural — bois Hereford submersos até os joelhos em castilejas, um campo de tremoços-de-flor-azul, uma flor de rúcula rosa crescendo no beco atrás de um hospital. Porque vivenciamos parte dessas coisas, ou algo parecido com elas, nós a acompanhamos sem dificuldade enquanto ela nos conduz por essas situações.

Coisas de fato acontecem nos contos — todos os dentes de uma boca são arrancados de uma vez; uma menininha é expulsa da escola por bater numa freira; um velho morre numa cabana no alto de uma montanha, seu cachorro e suas cabras na cama junto com ele; a professora de história do suéter malcheiroso é demitida por ser comunista — "Mas foi o que bastou. Três palavras para o meu pai. Ela foi demitida em algum momento daquele fim de semana e nós nunca mais a vimos".

Será por isso que é quase impossível parar de ler um conto de Lucia Berlin depois que você começa? Porque não param de acontecer coisas? Será também por causa da voz narrativa, tão cativante, tão afável? Somada à concisão, ao ritmo, à imagística, à clareza? Esses contos fazem você esquecer o que estava fazendo, onde você está, até mesmo quem você é.

"Espera", começa um conto, "me deixa explicar..." É uma voz próxima da voz da própria Lucia, embora nunca idêntica. Sua espirituosidade e ironia fluem através dos contos e também inundam suas cartas: "Ela está tomando os remédios", ela me contou uma vez, em 2002, referindo-se a uma amiga, "o que faz uma grande diferença! O que as pessoas faziam antes do Prozac? Espancavam cavalos, imagino."

Espancavam cavalos. De onde veio isso? O passado talvez estivesse tão vivo na cabeça de Lucia quanto estavam outras culturas, outras línguas, a política, as fraquezas humanas; sua gama de referências era tão ampla e até exótica que telefonistas se debruçam sobre as mesas telefônicas como ordenhadoras sobre vacas; ou uma amiga vem até a porta, "Seu cabelo preto [...] enrolado em bobes de metal, como um penteado de teatro kabuki".

O passado — eu li este trecho de "Até mais" algumas vezes, com deleite, com espanto, antes de entender o que ela estava fazendo:

> Uma noite, fazia um frio insuportável e Ben e Keith estavam dormindo comigo, vestidos com agasalhos de neve. As persianas chacoalhavam com o vento, persianas do tempo de Herman Melville. Era domingo, então não havia carros. Lá embaixo, nas ruas, o veleiro passava, numa carroça puxada a cavalo. Ploc ploc. Uma chuva fria de granizo assobiava atrás das janelas e Max ligou. Alô, ele disse. Eu estou logo aqui na esquina, numa cabine telefônica.
>
> Ele veio trazendo rosas, uma garrafa de conhaque e quatro passagens para Acapulco. Eu acordei os meninos e nós fomos embora.

Eles estavam morando no sul de Manhattan, numa época em que o aquecimento era desligado no fim do horário de expediente se você morava num loft, no sótão de um prédio comercial. Talvez as persianas realmente fossem do tempo de Herman Melville, já que em algumas partes de Manhattan, naquela época, existiam muitos prédios que de fato datavam dos idos de 1860, mais do que existem agora, embora eles ainda existam. Ou pode ser que ela esteja exagerando de novo — mas, se está, é um exagero bonito, um belo floreio. Ela continua: "Era domingo, então não havia carros". Isso me pareceu realista, então eu me deixei enganar pelo veleiro e a carroça puxada a cavalo que vieram em seguida — eu acreditei e aceitei e só depois de uma releitura foi que me dei conta de que ela devia ter saltado, sem esforço, para o tempo de Melville de novo. O "Ploc ploc", também, é algo que ela gosta de fazer — sem desperdiçar palavras, acrescentar um detalhe em forma de nota. A chuva de granizo assobiando me levou para lá, para entre aquelas paredes, e aí a ação acelerou e estávamos, de repente, a caminho de Acapulco.

Isso é uma escrita empolgante.

Outro conto começa com uma declaração tipicamente direta e informativa que não me espantaria se tivesse sido extraída diretamente da vida de Berlin: "Trabalho em hospitais há anos e se tem uma coisa que eu aprendi é que quanto mais doentes os pacientes estão menos barulho eles fazem. É por isso que eu ignoro o interfone dos pacientes". Lendo isso, eu me lembrei dos contos de William Carlos Williams, quando ele escrevia como o médico de família que era — seu estilo direto, suas descrições francas e bem informadas de problemas e tratamentos médicos, seus relatos objetivos. Mais até que Williams, ela também via Tchékhov (outro médico) como um modelo e mestre. De fato, ela diz numa carta enviada a Stephen Emerson que o que dá vida à obra dos dois é o distanciamento de médico que eles mantêm, combinado com a compaixão. Menciona também o uso de detalhes específicos e o estilo econômico de ambos — "Nenhuma palavra que não seja necessária é escrita". Distanciamento, compaixão, detalhes específicos e economia — aí vão identificadas algumas das coisas mais importantes da boa escrita. Mas sempre há algo mais a dizer.

Como ela faz isso? É que nós nunca sabemos ao certo o que vai vir depois. Nada é previsível. E, no entanto, ao mesmo tempo tudo é natural, fiel à realidade, fiel às nossas expectativas de psicologia e emoção.

No fim de "Dr. H. A. Moynihan", a mãe parece amolecer um pouco em relação ao seu velho pai bêbado, malvado e intolerante: "'Ele fez um bom trabalho', minha mãe disse". Como estamos bem no finalzinho do conto, nós pensamos — treinados por todos os anos de experiência como leitores de contos — que a mãe vai ceder; afinal, pessoas de famílias conturbadas podem se reconciliar, pelo menos por algum tempo. Mas quando a filha pergunta "Você não odeia mais o vovô, odeia, mãe?", a resposta, de uma honestidade brutal, e, de certo modo, gratificante, é: "Ah, odeio [...] Odeio sim".

Berlin é implacável, nunca doura a pílula. No entanto, a brutalidade da vida é sempre contrabalançada por sua compaixão pela fragilidade humana, pela espirituosidade e a inteligência daquela voz narrativa, pelo seu humor delicado.

Num conto chamado "Silêncio", a narradora diz: "Não me importo de contar coisas horríveis para as pessoas, desde que consiga torná-las engraçadas". (Embora algumas coisas, ela acrescenta, simplesmente não tenham graça.)

Às vezes a comédia é rasgada, como em "Sex appeal", em que a linda prima Bella Lynn pega um avião rumo ao que ela espera que venha a ser uma carreira em Hollywood, com os seios aumentados por um sutiã inflável, mas, quando o avião atinge altitude de cruzeiro, o sutiã explode.

Geralmente, o humor é mais contido, uma parte natural da conversa narrativa — por exemplo, sobre a dificuldade de comprar bebidas alcoólicas em Boulder: "As lojas de bebida daqui são gigantescas, do tamanho de Targets, verdadeiros pesadelos. Dá para morrer de delirium tremens só tentando encontrar o corredor do Jim Beam". Em seguida, ela nos informa que "A melhor cidade é Albuquerque, onde as lojas de bebida têm janelas para atender os fregueses sem que eles saiam do carro, então você não precisa nem trocar o pijama".

Como na vida, a comédia pode acontecer no meio da tragédia: a irmã mais nova, que está morrendo de câncer, se queixa: "Eu nunca mais vou ver jumentos!". No fim, as duas irmãs acabam rindo muito disso, mas a exclamação tocante fica com o leitor. A morte se tornou tão imediata — jumentos nunca mais, tanta coisa nunca mais!

Teria ela aprendido sua fantástica habilidade de contar histórias com os contadores de histórias com os quais cresceu? Ou será que sempre se sentiu atraída por contadores de histórias e foi à procura deles, aprendeu com eles? Ambas as coisas, sem dúvida. Ela tinha uma sensibilidade natural para a forma, a estrutura de uma história. Natural? O que quero dizer é que os contos dela têm uma estrutura sólida, equilibrada, mas, ao mesmo tempo, passam com grande efeito de naturalidade de um assunto a outro ou, em alguns contos, do presente para o passado — às vezes dentro de uma mesma frase, como nesta passagem:

> Trabalhei mecanicamente na minha mesa, atendendo telefone, ligando para pedir oxigênio e técnicos de laboratório, me deixando levar por ondas mornas feitas de salgueiros, ervilhas-de-cheiro e lagos de trutas. As roldanas e cordas da mina à noite, depois da primeira nevasca. Cenoura silvestre com o céu estrelado ao fundo.

Quanto ao modo como as histórias se desenrolam, Alastair Johnston tem o seguinte insight: "A forma como ela escrevia era catártica, mas, em vez de ir montando uma atmosfera rumo a uma epifania, ela evocava o clímax de maneira mais circunspecta, deixava que o leitor o pressentisse. Como Gloria Frym diz na *American Book Review*, ela 'o abrandava, o cercava e deixava que o momento se revelasse por conta própria'".

E o que dizer dos finais de Lucia Berlin? Em inúmeras histórias, de repente, *pumba!*, chega o fim, ao mesmo tempo surpreendente e inevitável, um resultado orgânico do material do conto. Em "Mamãe", a irmã mais nova encontra, finalmente, um jeito de sentir empatia pela mãe difícil, mas as últimas palavras da irmã mais velha, a narradora — falando consigo mesma agora, ou conosco — nos pega de surpresa: "Eu... eu não tenho compaixão".

Como uma história nascia, para Lucia Berlin? Johnston tem uma possível resposta: "Ela começava com algo tão simples quanto o contorno de um queixo ou uma mimosa amarela". Ela própria acrescenta: "Mas a imagem tem que estar ligada a uma experiência intensa específica". Numa carta enviada a August Kleinzahler, ela descreve como segue adiante: "Eu vou e *começo*, & depois é simplesmente como escrever isto pra você, só que mais legível...". Alguma parte da sua mente, ao mesmo tempo, devia estar sempre no controle da forma e da sequência da história e também do final.

Ela dizia que a história tinha que ser verdadeira — o que quer que isso significasse para ela. Eu acho que queria dizer não forçada, não fortuita nem gratuita: tinha que ser sentida de um modo profundo, ser emocionalmente significativa. Ela disse a um aluno que o conto que ele havia escrito era sagaz demais — não tente ser sagaz, disse. Lucia fez a composição de um de seus contos em metal quente num linotipo e, depois de três dias de trabalho, jogou todas as linhas-bloco de volta na caldeira, porque, segundo ela, a história era "falsa".

E quanto à dificuldade do material (verdadeiro)?

"Silêncio" é um conto sobre alguns dos mesmos acontecimentos reais que ela menciona mais brevemente numa carta a Kleinzahler, numa espécie de estilo telegráfico angustiado: "Briga com Hope arrasadora". No conto, o tio da narradora, tio John, que é alcoólatra, está dirigindo bêbado, com a sobrinha pequena ao lado dele na cabine do caminhão. Ele atropela um menino e um cachorro, ferindo os dois, o cachorro gravemente, e não para o caminhão para socorrê-los. Lucia Berlin diz a Kleinzahler, sobre o incidente: "A desilusão quando ele atropelou o menino e o cachorro foi Terrível para mim". A história, quando ela a transforma em ficção, tem o mesmo incidente e a mesma angústia, mas há uma peculiar resolução. A narradora conhece um tio John diferente anos mais tarde, quando, casado e feliz, ele é um homem tranquilo e gentil e não bebe mais. As últimas palavras dela, no conto, são: "Claro que, a essa altura, eu tinha consciência de todas as razões por que ele não havia podido parar o caminhão naquele dia, porque a essa altura eu era alcoólatra".

Sobre como lidar com material difícil, ela comenta: "De algum modo tem que acontecer uma alteração mínima, imperceptível, da realidade. Uma transformação, não uma distorção da verdade. A história em si se torna a verdade, não só para o escritor, mas para o leitor. Em qualquer bom texto, o que emociona não é a identificação com uma situação, mas esse reconhecimento da verdade".

Uma transformação, não uma distorção da verdade.

Conheço o trabalho de Lucia Berlin há mais de trinta anos — desde que comprei o livro bege fininho publicado em 1981 pela Turtle Island, intitulado *Angel's Laundromat*. Quando saiu a sua terceira coletânea, eu já havia travado contato pessoal com ela, à distância, embora não me lembre como. Na guarda do belo *Safe & Sound* (Poltroon Press, 1988), há uma dedicatória dela. Nunca chegamos a nos encontrar pessoalmente.

Passado algum tempo, suas publicações migraram do mundo das editoras de pequeno porte para o mundo das editoras de médio porte, primeiro na Black Sparrow e, mais tarde, na Godine. Uma de suas coletâneas ganhou o American Book Award. No entanto, mesmo com esse reconhecimento, ela ainda não havia encontrado o público amplo que já devia ter encontrado a essa altura.

Eu sempre achei que havia um conto dela em que uma mãe e os filhos estão colhendo os primeiros aspargos silvestres do início da primavera, mas, até agora, só consegui encontrar isso em outra carta que ela escreveu para mim em 2000. Eu havia mandado para ela uma descrição de aspargos feita por Proust. Ela respondeu:

Os únicos que vi brotando da terra foram os silvestres, aqueles finos e verdes como lápis de cera. No Novo México, onde nós morávamos nas cercanias de Albuquerque, perto do rio. Num dia de primavera, de repente lá estavam eles, debaixo dos choupos. Com uns quinze centímetros de altura, do tamanho certinho para serem quebrados. Meus quatro filhos e eu colhíamos dezenas, enquanto vovó Price e os meninos dela faziam a mesma coisa num ponto mais abaixo na beira do rio e, mais acima, todos os Waggoner. Parecia que ninguém nunca os via quando eles estavam com três ou cinco centímetros, só quando eles já estavam da altura perfeita. Um dos meninos vinha correndo pra casa e gritava "Aspargos!", ao mesmo tempo em que alguém estava fazendo o mesmo na casa dos Price e dos Waggonner.

Sempre acreditei que os melhores escritores, mais cedo ou mais tarde, acabam subindo à superfície, como nata, e se tornando conhecidos na exata medida em que devem ser — sua obra comentada, citada, ensinada, encenada, filmada, transformada em música, antologizada. Talvez, com esta coletânea, Lucia Berlin comece a receber a atenção que merece.

Eu poderia citar quase qualquer trecho de qualquer conto de Lucia Berlin, para ser contemplado, saboreado, mas aqui vai um último favorito meu: "Então, o que é o casamento afinal? Eu nunca consegui descobrir. E agora é a morte que eu não entendo".

Posfácio

Stephen Emerson

Pássaros comeram todas as sementes de malva-rosa e de espo-
rinha que eu tinha plantado… todos juntos, numa fileira,
como se estivessem numa cafeteria.

Carta enviada a mim, em 21 de maio de 1995

Lucia Berlin foi uma das amigas mais próximas que eu já
tive. Foi também uma das escritoras mais extraordinárias que
conheci.

É sobre este último fato que quero escrever aqui. Sua vida
excepcional — com sua riqueza, suas aflições e o heroísmo que
ela demonstrou principalmente na luta contra uma brutal dependência do álcool — é evocada na nota biográfica ao fim deste
livro.

Os contos de Lucia têm vigor. Quando penso neles, imagino
às vezes um baterista genial em ação atrás de uma bateria enor-

me, batendo ambidestramente numa coleção de caixas, tom-tons e pratos, enquanto movimenta os pedais com os dois pés.

Não é que o trabalho seja percussivo, é que há muita coisa acontecendo ao mesmo tempo.

A prosa salta da página e nos agarra com unhas e dentes. Tem vitalidade. Revela.

Um estranho carrinho elétrico, por volta de 1950: "Era igual a qualquer outro carro, salvo pelo fato de que era muito alto e curto, como um carro de desenho animado quando bate numa parede. Um carro de cabelo em pé".

O carro era alto *e* curto. Em outro conto, em frente à lavanderia Angel, que é frequentada por viajantes:

> Colchonetes sujos e cadeirinhas de bebê enferrujadas amarradas em capotas de Buicks velhos e amassados. Os reservatórios de óleo vazam, as bolsas de lona de água vazam. As máquinas de lavar vazam. Os homens ficam sentados dentro dos carros, sem camisa.

E a mãe (ah, a mãe):

> Você sempre se vestia com cuidado. [...] Meias finas com costura. Uma anágua de cetim cor de pêssego, que você deixava aparecer um pouco embaixo de propósito, só para aquelas caipiras saberem que você usava anágua. Um vestido de chiffon com ombreiras, um broche com minúsculos diamantes. E o seu casaco. Eu tinha cinco anos e mesmo com tão pouca idade sabia que aquilo era um casaco velho molambento. Castanho, com os bolsos manchados e puídos, os punhos rotos.

O que a obra dela tem é alegria. Um artigo precioso, que não se encontra com muita frequência. Balzac, Isaac Babel, García Márquez me vêm à cabeça.

Com uma prosa de ficção expansiva como a dela, o resultado é uma celebração do mundo. Por toda a obra, sente-se uma alegria que irradia do mundo. É uma escrita em contato constante com o caráter irreprimível da... humanidade, de lugares, comidas, cheiros, cores, linguagens. O mundo visto em todo o seu perpétuo movimento, em seu pendor para surpreender e até deleitar.

Não tem nada a ver com o autor ser pessimista ou não, os acontecimentos ou sentimentos evocados serem alegres. A palpabilidade do que nos é mostrado é afirmativa:

> Dentro dos carros à nossa volta, pessoas comiam coisas melequentas. Melancias, romãs, bananas machucadas. Garrafas de cerveja esguichavam nos tetos, espuma cascateava nas laterais dos carros. [...] Estou com fome, choraminguei.
>
> A sra. Snowden tinha previsto isso. Sua mão enluvada me passou biscoitos recheados embrulhados num lenço de papel sujo de talco. O biscoito se expandiu na minha boca como flores japonesas.

Sobre essa "alegria": não, ela não é onipresente. Sim, há contos de pura desolação. O que tenho em mente é o efeito dominante.

Pense em "Desgarrados". O final do conto é tão pungente quanto uma balada de Janis Joplin. A moça viciada, traída por um cozinheiro imprestável que virou seu amante, vinha seguindo o programa de reabilitação direitinho, participando da terapia de grupo e sendo uma boa menina. E, então, ela foge. Num caminhão, com o velho eletricista-chefe de uma equipe de filmagem, ela segue rumo à cidade:

Chegamos à subida, com o enorme vale e o rio Grande abaixo de nós e as montanhas Sandia, lindas, acima.

"Moço, eu preciso mesmo é de dinheiro pra comprar uma passagem de volta pra casa, em Baton Rouge. O senhor teria como me arranjar? Uns sessenta dólares?"

"Fácil. Você precisa de uma passagem. Eu preciso de um drinque. Tudo vai se ajeitar."

Também como uma balada de Janis Joplin, esse final tem *bossa*.

Claro que, ao mesmo tempo, um humor irreverente dá vida à obra de Lucia. Para o tema da alegria, isso é pertinente.

Exemplo: o humor de "502", que é o relato de um acidente causado por uma motorista embriagada, sem que haja ninguém no volante. (A motorista está dormindo no apartamento dela, bêbada, enquanto o carro estacionado desliza ladeira abaixo.) Mo, um companheiro de copo, diz: "Graças a Deus você não estava no carro, irmã. [...] A primeira coisa que eu fiz foi abrir a porta e perguntar 'Cadê ela?'".

Em outro conto, sobre a mãe: "Ela detestava crianças. Uma vez eu me encontrei com ela num aeroporto quando os meus quatro filhos eram pequenos. Ela berrou 'Segura essas feras!', como se eles fossem um bando de dobermanns".

Não surpreende que leitores da obra de Lucia tenham usado algumas vezes a expressão "humor negro". Eu não vejo dessa forma. O humor dela era engraçado demais e não tinha motivações pessoais encobertas. Céline, Nathanael West, Kafka — o território deles é diferente. Além disso, o humor de Lucia é gaiato.

Mas, se a escrita dela tem um ingrediente secreto, é o tom

abrupto. Na prosa em si, mudanças e surpresas produzem uma vivacidade que é uma marca da arte de Lucia.

Sua prosa sincopa e salta, troca de cadência, muda de assunto. É aí que está boa parte da sua efervescência.

Velocidade em prosa não é algo de que você ouça falar muito. Certamente, não o suficiente.

"*Panteón de Dolores*" é um conto de temática ampla com grande profundidade emocional. Mas também tem a vigorosa agilidade de Lucia. Leia a passagem que começa com "Não a de ouvir, porém" e vai até "por causa do nível de poluição".*

Ou esta: "Mamãe, você via feiura e maldade em toda parte, em todo mundo, em todo lugar. Será que você era louca ou vidente?".

O último conto escrito por Lucia, "B. F. e eu", é bastante curto. Não tem bordoadas nem grandes temas, não tem infanticídio, nem contrabando, nem conflitos ou reconciliações entre mãe e filha. É por isso, de certa forma, que a arte presente nele é tão impressionante. Ele é suave, mas veloz.

Lucia apresenta da seguinte forma o pedreiro velho e alquebrado que vem fazer um serviço no trailer dela:

> [B. F. estava] arfando e tossindo depois de ter subido os três degraus. Era um homem enorme, alto, muito gordo e muito velho. Mesmo enquanto ele ainda estava do lado de fora, tentando recu-

---

* Na prosa de Lucia, a pontuação é com frequência heterodoxa e, às vezes, incoerente. A velocidade é uma das razões. Ela abomina a vírgula que resulta numa pausa que não seria ouvida na fala, ou que produz qualquer tipo de desaceleração indesejável. Em outros casos, a omissão de uma vírgula cria certa qualidade frenética que aumenta o impulso. Na maior parte das vezes, nós evitamos normalizar a pontuação de Lucia. O mesmo vale para algumas peculiaridades gramaticais oriundas da linguagem coloquial e para um característico estilo telegráfico.

perar o fôlego, eu já estava sentindo o cheiro dele. Tabaco e lã suja, suor fedorento de alcoólatra. Ele tinha olhos azul-bebê injetados que sorriam. Gostei dele de cara.

Esse "Gostei dele de cara" é quase um *non sequitur*. E é nele que está a velocidade. E o humor. (Pense no que ele nos diz sobre esse "eu".)

Com uma escritora desse calibre, muitas vezes você consegue reconhecer de quem é a obra com uma única frase. Aqui vai uma frase desse mesmo último conto, ainda sobre B. F. e seu odor: "Cheiros ruins podem ser agradáveis".

Isso é pura Lucia Berlin. É tão brega ("agradáveis"), está tão perto de ser simplesmente bobo. Mas é verdade, e é profundo. Além disso, posta em contraste com a voz geralmente sofisticada de Lucia, a frase parece quase dissimulada. O que é parte da razão por que ela imprime velocidade ao texto. A mudança de tom, e até de voz, nos atira de uma hora para outra num novo terreno.

Além de tudo, a frase é irônica. (Como um cheiro ruim pode realmente ser "agradável"?) E acontece que a ironia — onde as coisas são mais, e diferentes, do que parecem — é rápida.

São cinco palavras, todas curtas, salvo a última.

Sobre a inhaca de B. F. — não, ela não pode chamá-la de inhaca. Bodum? Não. Ela tem que recorrer à gíria britânica para encontrar um termo que seja forte o bastante, mas ainda assim conserve uma neutralidade, não carregue um julgamento de valor.

"*Pong*" ("catinga") é a palavra que ela escolhe. O que nos leva a... Proust.

"Aquela sua catinga era como uma madeleine para mim."

Quem além de Lucia Berlin escreveria uma coisa dessas? A catinga era como uma madeleine.

524

* * *

Compilar os contos para este livro foi motivo de inúmeras alegrias. Uma delas foi descobrir que, nos anos que se passaram desde o último livro e a morte de Lucia, a obra havia *crescido* em estatura.

A Black Sparrow e as editoras anteriores da obra de Lucia lhe proporcionaram uma boa exposição, e com certeza ela teve mil ou dois mil leitores dedicados. Mas isso é muito pouco. A obra vai agradar o mais arguto dos leitores, mas não há nada de hermético nela. Pelo contrário, ela é convidativa.

Por outro lado, pode ser que o âmbito restrito do público das editoras de pequeno porte tenha sido, na época, inevitável. Afinal, toda a existência de Lucia se deu, basicamente, *à margem*.

A boêmia da Costa Oeste, trabalhos braçais ou como atendente, lavanderias, "reuniões", lojas que vendem sapatos avulsos e endereços como aquele trailer foram o pano de fundo de boa parte de sua vida adulta (ao longo da qual a sua postura elegante nunca falhou).

E foi, de fato, a "margem" que deu à sua obra a força especial que ela tem.

De Boulder, ela escreveu para mim (fazendo menção ao seu companheiro constante no final da vida, o tanque de oxigênio):

A área da baía de San Francisco, Nova York e a Cidade do México [eram os] únicos lugares em que eu não me sentia uma alienígena. Acabo de voltar das compras e todo mundo por quem eu passava me dizia tenha um ótimo dia e sorria para o meu tanque de oxigênio como se ele fosse um poodle ou uma criança.

De minha parte, não consigo imaginar ninguém que não fosse querer ler Lucia Berlin.

Agradecimentos

No decorrer dos vários anos dedicados a este livro, apoio, entusiasmo e esforços vieram de muitos lados e, apesar de uma tristeza inerente, o processo trouxe muitas vezes uma alegria genuína. Gostaria que Lucia pudesse saber disso. Profusos agradecimentos aos editores das coletâneas anteriores, incluindo alguns que já não podem mais recebê-los. Michael Myers e Holbrook Teter (Zephyrus Image), Eileen e Bob Callahan (Turtle Island), Michael Wolfe (Tombouctou), Alastair Johnston (Poltroon) e John Martin e David Godine (Black Sparrow) compõem a lista de honra. Todos os que puderam colaboraram generosamente.

Os escritores Barry Gifford e Michael Wolfe encabeçaram os esforços por trás da presente coletânea. Eles, junto com Jenny Dorn, Jeff Berlin, Gayle Davies, Katherine Fausset, Emily Bell e Lydia Davis, foram incansáveis e excepcionais no trabalho que realizaram em favor deste livro. Na FSG, uma equipe exemplar e diversificada se uniu a Emily, contribuindo com entusiasmo e dedicação. Acho que todos vocês sabem quanto Lucia se sentiria grata. Por favor, saibam que eu também me sinto.

S. E.

Sobre a autora

A ESCRITA

Lucia Berlin (1936-2004) publicou setenta e seis contos em vida. A maioria deles, mas não todos, foi reunida em três coletâneas da Black Sparrow Press: *Homesick* (1991), *So Long* (1993) e *Where I Live Now* (1999). Essas coletâneas incluíam contos publicados em seletas anteriores, de 1980, 1984 e 1987, e apresentavam trabalhos mais recentes.

As primeiras publicações começaram quando ela tinha vinte e quatro anos, no periódico *The Noble Savage*, de Saul Bellow, e em *The New Strand*. Contos posteriores saíram na *Atlantic Monthly*, na *New American Writing* e em inúmeras revistas menores. *Homesick* recebeu um American Book Award.

Berlin escreveu de forma brilhante, mas esporádica, ao longo das décadas de 1960 e 1970 e da maior parte da de 1980. Ao fim dos anos 1980, seus quatro filhos estavam criados e ela havia superado um problema persistente com o alcoolismo (seus relatos sobre os horrores do alcoolismo, sobre carceragens para bêbados, delirium tremens e ocasionais situações hilárias ocupam um lugar especial na sua obra). Daí em diante, ela se manteve produtiva até morrer prematuramente.

A VIDA

Berlin nasceu Lucia Brown no Alasca, em 1936. Seu pai trabalhava no ramo da mineração, e os primeiros anos da vida dela foram passados em campos de mineração e em pequenas cidades mineradoras nos estados de Idaho, Montana e Washington.

Em 1941, o pai de Berlin foi para a guerra e a mãe se mudou com Lucia e sua irmã mais nova para El Paso, onde o avô de Berlin era um dentista renomado, embora alcoólatra.

Logo depois da guerra, o pai de Berlin se mudou com a família para Santiago, no Chile, e ela embarcou no que seriam vinte e cinco anos de uma vida exuberante. Em Santiago, frequentava festas e bailes, teve seu primeiro cigarro aceso pelo príncipe Ali Khan, terminou seus estudos na escola secundária e atuou como anfitriã substituta nas reuniões sociais oferecidas pelo pai. Na maioria das noites, a mãe se recolhia cedo na companhia de uma garrafa.

Por volta dos dez anos, Lucia começou a sofrer de escoliose, um problema doloroso de coluna que se tornou perene e em virtude do qual precisou com frequência usar um colete de aço.

Em 1955 se matriculou na Universidade do Novo México. Fluente em espanhol a essa altura, estudou com o romancista Ramón Sender. Pouco depois, se casou e teve dois filhos. Quando o segundo filho nasceu, seu marido escultor já havia ido embora. Berlin concluiu seus estudos e, ainda em Albuquerque, conheceu o poeta Edward Dorn, uma figura-chave na sua vida.

530

Conheceu também o escritor Robert Creeley, que era professor de Dorn no Black Mountain College, e dois ex-colegas de Harvard de Creeley, Race Newton e Buddy Berlin, ambos músicos de jazz. E começou a escrever.

Newton, que era pianista, se casou com Berlin em 1958. (Os primeiros contos dela foram publicados sob o nome Lucia Newton.) No ano seguinte, o casal e os meninos se mudaram para Nova York, indo morar num loft. Race trabalhava regularmente e o casal fez amizade com os vizinhos Denise Levertov e Mitchell Goodman, bem como com outros poetas e artistas, como John Altoon, Diane di Prima e Amiri Baraka (então LeRoi Jones).

Em 1960, ela e os filhos deixaram Newton e Nova York e viajaram com o amigo Buddy Berlin para o México, onde ele se tornou o terceiro marido de Lucia. Buddy era carismático e rico, mas também se revelou um viciado em drogas. De 1961 a 1968, dois outros filhos nasceram.

Em 1968, os Berlin estavam divorciados e Lucia cursava o mestrado na Universidade do Novo México. Trabalhou como professora substituta. Nunca mais se casou.

Os anos de 1971 a 1994 foram passados em Berkeley e Oakland, na Califórnia. Nesse período, Berlin trabalhou como professora de escola secundária, faxineira, telefonista, assistente de médico e enfermeira, enquanto escrevia, cuidava dos quatro filhos, bebia e, por fim, vencia a batalha contra o alcoolismo. Passou boa parte de 1991 e 1992 na Cidade do México, onde sua irmã estava morrendo de câncer. A mãe delas havia morrido em 1986, num provável suicídio.

Em 1994, Edward Dorn levou Berlin para a Universidade do Colorado e ela passou os seis anos seguintes em Boulder, lecionando na universidade como escritora visitante e, mais tarde, como professora assistente. Tornou-se uma professora extremamente popular e querida e, já no seu segundo ano, ganhou o prêmio de excelência docente concedido pela universidade.

Durante os anos passados em Boulder, Berlin floresceu numa comunidade bastante unida, que incluía Dorn e sua esposa, Jennie, Anselm Hollo e Bobbie Louise Hawkins, uma velha amiga de Lucia. O poeta Kenward Elmslie, assim como o escritor Stephen Emerson, se tornou rapidamente um amigo próximo.

Com a saúde frágil (a escoliose havia lhe causado uma perfuração no pulmão e, a partir de meados da década de 1990, ela estava sempre com um tanque de oxigênio ao lado), Lucia Berlin se aposentou em 2000 e no ano seguinte se mudou para Los Angeles, incentivada pelos filhos, alguns dos quais moravam lá. Travou uma batalha vitoriosa contra o câncer, mas morreu em 2004, em Marina del Rey.